跨越丛书
刘东　主编

穿梭黑暗大洲

[马来西亚]
颜健富

著

晚清文人
对于非洲探险文本的
译介与想象

九 州 出 版 社
JIUZHOUPRESS｜全国百佳图书出版单位

图书在版编目（CIP）数据

穿梭黑暗大洲 ： 晚清文人对于非洲探险文本的译介
与想象 / （马来）颜健富著. -- 北京 ： 九州出版社，
2024.7
（跨越丛书 / 刘东主编）
ISBN 978-7-5225-2639-3

Ⅰ．①穿… Ⅱ．①颜… Ⅲ．①文学翻译－研究－中国
－清后期 Ⅳ．①I046

中国国家版本馆CIP数据核字(2024)第047182号

本书简体中文版由台湾大学出版中心授权出版。
著作权合同登记号：图字01-2024-3278

穿梭黑暗大洲：晚清文人对于非洲探险文本的译介与想象

作　　者	（马来西亚）颜健富　著
责任编辑	邹　婧
出版发行	九州出版社
地　　址	北京市西城区阜外大街甲 35 号 (100037)
发行电话	(010) 68992190/3/5/6
网　　址	www.jiuzhoupress.com
印　　刷	鑫艺佳利（天津）印刷有限公司
开　　本	880 毫米 ×1230 毫米　32 开
印　　张	14.5
字　　数	330 千字
版　　次	2024 年 8 月第 1 版
印　　次	2024 年 8 月第 1 次印刷
书　　号	ISBN 978-7-5225-2639-3
定　　价	88.00 元

《跨越丛书》总序

刘东

　　着手创办这套新的丛书，是为了到"跨文化"的背景下，来提示下述三重思绪的主旨，——而数十年间，它们一直是我念兹在兹、挂在嘴边的话题，无论是当年在北大的比较文学所，还是如今在浙大的中西书院。

　　第一重就是所谓的**"混杂性"**。不夸张地说，凡是注重于比较思维的人，或者凡是盯紧了文化跨越的人，都会本能地抗拒——至少是犹豫或有所保留——有关"本真"或"正宗"的夸张。因为在实际上，地球上绝大多数的现有文化，全都经过了传播、叠加与杂交。——也正是出于这样的心念，我才会在以往的著述中写道："什么才是这种'比较文学'的犀利方法呢？如果简单和形象一点地回答，那就是能像分析化学家那样，让目力得以钻进现有的物体之中，甚至能看穿组成它的分子式，以致当一粒石子在别人眼中，还只表现为力学上的坚硬固体时，却能在你的解析中被一眼看穿，而呈现为'碳酸＋钙'之类的文化化合物。"（刘东:《悲剧的文化解析·自序》）

　　特别需要提示的是，尤其是到了这个"后殖民"时代，我们才既恍然大悟、又追悔莫及地发现，在近代西方的、爆炸性的全球性扩张中，所有非西方世界所受到的空前重压，也就在由此造成的文化化合层上，浓重地造成了文化压迫和碾轧，而且这样的压迫还往往是我们不闻其臭的、基本失语的。——比如，在动情地唱着"黑眼睛黑头发黄皮肤，永永远远是龙的传人"的时候，或者在动情地唱着"让海潮伴我来保佑你，请别忘记我永远不变黄色的脸"的时候，在我们中间已很少有人还能够想到，"正如奇迈可（Michael Keevak）向我们揭示的，其实在迟至 18 世纪中期之前，欧洲人对于'东亚人'的肤色描述，还多是白皙、略暗的白色、橄榄色等，换言之更同自己的肤色相近；而当时被他们归为'黄皮肤'的，倒是在 19 世纪被归为'白人'的印度人。"而进一步说，"中国肤色的这种'由白变黄'，也就正好在欧洲人那里，对应着 18 世纪流行的'中国热'，以及又在 19 世纪流行的'中国冷'。——说得更透彻些，如果白色意味着圣洁、高贵与聪慧，而黑色意味着邪恶、低贱与愚昧，那么，介于白与黑之间的这种'黄色'，也就正好介乎两个极点之间……"（刘东：《〈大海航译丛〉总序》）

第二重则是所谓的**"生产性"**。无论如何，虽说单只从历史的"短时段"来看，文化的对撞难免要带来血与火，带来难以喘息的碾轧与压迫，可一旦放眼于历史的"长时段"来看，又未必不能带来文化的互渗与杂交，并且就基于这样杂交而寻求向上的跃升。早在任教于北大比较文学所时，我就不断告诫要在方法上"退一步，进两步"，而这也就意味着，不妨把我们的工作比作文化上的化学家，既要通过"分析"来暴露和祛除外来的覆盖，又要通过"化合"去丰富和加强固有的文化。——在这个意义上，如果冯友兰曾经提出过"照着讲"和"接着讲"，而且明显在侧重于后一种讲法，那么，我则有针对性地又提出了"从接着讲到对着讲"，也同样把重心落到了后一种讲法上："它不仅不再把精神围闭于某一特定的统绪，甚至也并不担保仅靠两种或多种传统间的对话与激发，就一定能够帮助摆脱深重的文明危机；它唯一可以承诺的是，文化间性至少会带来更多的头脑松动和思想选项，使得我们有可能挣脱缠绕已久的文化宿命论，从而有可能进行并不事先预设文化本位与文化归属的建构。"（刘东：《从接着讲到对着讲》）

说到根子上，也只有借助于这样的"生产性"，或者借助于这种交互性的"对着讲"，我们才真正可能去拯救自家的传统，而不是人为竖起一道刚性的篱笆，把这种传统给"保护"成了世界文明的"化外之物"，或者给"保护"成了只能被圈养起来的大熊猫。——事实上，对于此间的这番道理，我也早在别处给出了论述："正是在这种具有'自反性'的'对着讲'中，我们在把自己的国学带入那个'大空间'的同时，也应当头脑清醒地意识到，自己身后的传统无论多么厚重和伟大，都绝不是什么僵硬的、刀枪不入的死物；恰恰相反，它会在我们同世界进行持续对话的同时，不断借助于这种对话的'反作用力'，而同整个国际文化展开良性的互动，从而不断地谋求自身的递进，也日益地走向开放与自由。如果宏观地展望，实际上全世界各个民族的'国学'，都在百川归海地加入这场'重铸金身'的运动，而我们的传统当然也不能自外于它。"（刘东：《国学如何走向开放与自由》）

第三重又是所谓的"**或然性**"。也就是说，即使在文化的碰撞与交汇中，确实可能出现某种"生产性"，但我们仍不可盲从任何前定的目的论，仍不能秉持任何浅薄的乐观论。毕竟，并不是所有的文明间的叠加，全都属于具有前途的文化融合，那也完全可能杂交出一个怪胎，只因基因的排斥而无法传宗接代，只能够逐渐式微地无疾而终。在这个意义上，所谓"文化间性"也只是开放的、和不确定的；而且，这种或然性的历史结构，或者开放性的可能世界，也就正好敞开向了我们的深层思索，留给了我们的文化选择。——而此中的成败利钝，又正如我在以往议论过的："如果我们已从比较哲学的角度看到，宋明理学乃是作为中土主导价值的儒学，同当年的西学、即印度佛学之间的交流产物，那么，我们也就可以再从比较哲学的角度想到，要是为此吃尽了千辛万苦的玄奘当年，走到的那个西天竟不是印度、而是更远处的希腊，则此后作为文化间性的发展，也就会显出完全不同的景象，甚至超出了后人的理解和想象。"（刘东：《天边有一块乌云：儒学与存在主义》）

当然在另一方面，既然还没有停止自己的运思，还没有放弃自己的努力，那么，至少在当下的这个历史瞬间，我们也同样没有理由说，人类就彻底丧失了自己的前途，而历史也就此彻底沦为了黑洞。如果我们，既能从心情上回到那个"轴心时代"，又能基于那"四大圣哲"的价值立场，去展开新一轮的、充满了激情的"文明对话"，那么，就足以从跨文化的角度发现，真正能结出丰硕成果的对话，决不会发生在孔子与释迦牟尼、或者孔子与摩西之间，而只会发生在孔子与苏格拉底之间。——这也正是我晚近正在不断呼吁的、一种真正可以普适于人类的"文化生产性"："也就恰是在这一场剧烈冲突的背后，甚至，正是因为有了如此激烈的化合反应，反而应当求同存异地、'更上层楼'地看到，其实在这两大世界性文明之间，倒是罕见地共享着一连串的文化要素，包括多元、人间、现世、经商、感性、审美、乐观、怀疑、有限、中庸、理性、争鸣、论理、伦理、学术、讲学等。也正是鉴于这两者间的'亲和性'，自己晚近以来才越来越倾向于认定，我们正孜孜以求的'中国文化的现代形态'，绝不会只是存在于本土的文化潜能中，而更加宽广地存在于文明与文明之间，特别是'中国与希腊'这两者的'文化间性'中。"（刘东：《悲剧的文化解析·自序》）

但愿收进了这个系列中的著作，无论其具体的问题和立场如何，都能激发出对于上述要点的持续关注，使得大家即使在剧烈的文明冲突中，也不敢稍忘自己所肩负的、唯此为大的历史责任！

2023 年 11 月 17 日
于浙江大学中西书院

目　录

导　论

一、前言

　　19 世纪后半叶，各种新兴媒体于上海诞生，如传教士办理的《六合丛谈》（1857 年创办）、《教会新报》（1868 年创办，1874 年改为《万国公报》），英商创办的《上海新报》（1861 年创办）、《申报》（1872 年创办）等刊物，大量刊登新闻、西学、传教、贸易与论说，逐渐形塑一瞻望世界的窗口。来自不同地区的文人来到上海，投入由新闻、出版社与印刷结为一炉的媒体产业中。这批崛起于上海文化舞台的文人／报人群体，如王韬（1828—1897）、钱昕伯（1832—? ），《新报》的袁祖志（1827—1898）与《益闻录》的邹弢（1850—1931），处在华洋夹杂的城市里，透过办报、著书与创作等方式，推开世界的窗户，推敲与想象各大洲的历史、地理、文化、人种与风土。

　　随着工业技术扩散、社会关系与新世界观的冲击，进入 20 世纪的文人，如火如荼推动新世界观。1902 年由梁启超（1873—1929）主编的《新小说》、1903 年由李伯元（1867—1906）主编的《绣像小说》、1906 年由吴趼人（1866—1910）主编的《月月小说》、1907 年由黄摩西（1866—1913）与曾朴（1871—1935）主编的《小说林》，均透过刊物译介与思潮推动的方式，投射"旁咨风俗，广览地球"的世界想象。[①] 无论是报刊文章、综合性杂志、新闻报道、海外记载、文化评介、传教士话语或是各种文学书写，无不展现出对新世界的描绘。凡此种种，用梁启超之语便是受到"十九世纪世界大风潮之势力所簸荡、所冲击、所驱遣，

---

　　① 〔清〕魏源编，《海国图志》（台北：成文出版社，1967），卷 76，页 1889。

使我不得不为国人焉，浸假使将我不得不为世界人焉"①。

若就传统文献而言，中国早有"非洲"的记载，如宋代赵汝适（1170—1231）《诸蕃志》有"层拔国""木兰皮国""遏根陀国"等记载；元代汪大渊（1311—1350）《岛夷志略》则有"特番里""班达里""曼陀郎""加里那"等记载，均可对应非洲国家的译名。②明末艾儒略（1582—1649）《职方外纪》介绍"利未亚洲"："天下第三大州曰利未亚，大小共百余国。西南至利未亚海；东至西红海；北至地中海。极南南极出地三十五度；极北北极出地三十五度。东西广七十八度。"③此将"非洲"置入具体经纬度的描述方式，比起中国传统文献，又进一步推进中国人对于"非洲"的认识。

在"面向世界"的思潮中，19世纪的非洲介绍，从传统文献的格局普遍走向历史地理学的视野。自1815年刊出《察世俗每月统记传》以降，可见《东西洋考每月统记传》《遐迩贯珍》《新释地理备考》《万国地理全集》《地理全志》《格致汇编》《万国史记》《列国变通兴盛记》《天下五洲各大国志要》与《地理初阶》等刊物与著作相继发行，扩展世界的历史地理面貌，如经纬度、政治体制、历史发展与文化风情等。林则徐（1785—1850）《四洲志》、魏源（1794—1857）《海国图志》、徐继畬（1795—1873）《瀛环志略》都收入"非洲志"，介绍非洲地理、历史、政治、风

① 〔清〕梁启超，《夏威夷游记》，《梁启超全集》（北京：北京出版社，1999），第2册，页1217。

② 传统文献与非洲国家对应译名之相关研究可参阅李仲均，《赵汝适与〈诸蕃志〉》，《海交史研究》1990年第2期，页39。沈福伟，《元代航海家汪大渊周游非洲的历史意义》，《西亚非洲》双月刊1983年第1期，页33—40。

③ 〔明〕艾儒略著，谢方校译，《职方外纪校译》（北京：中华书局，1996），页105。

土与民俗等。从命名而言，即可见到晚清出现各种不同于传统
文献的音译，如"非洲""菲洲""斐洲""阿非利亚""亚非利
亚""阿弗利加""亚弗利加""阿佛利加""亚斐利加""阿斐里
加"与"阿非利加"等。"阿非利加"乃是 Africa 之音译，而"非
洲"则是简称。概括而言，这些称谓使用较多的是"非洲""菲
洲"与"斐洲"等简称。

当近现代报刊崛起后，各编务人员又将非洲的历史地理学
引荐给读者，如高度关注地理学的刊物《益闻录》，开辟"五洲
杂俎""时事汇登""海外通讯"等专栏，不遗余力地介绍"非
洲"历史地理学。处于 19 世纪讯息全球化的浪潮中，晚清报刊
不仅报道介绍历史地理学，亦即时更新非洲动态，如五十年代缩
短绕行好望角路线的埃及火车铁路、六十年代冲击中西交通路线
的苏伊士运河、七十年代施登莱*（Henry Morton Stanley，1841—
1904）探入非洲寻找立温斯敦**（David Livingstone，1813—1873）
的消息、八十年代对于英布战争的报道、九十年代列强对于非洲
的瓜分，以及贯穿各时段的"贩奴"与"禁奴"等强调人道主义
的新闻，在在展现时人对于非洲时事的关注。

由传教士主导的刊物尤其关注非洲奴隶的新闻，如 1873 年
《中西闻见录》第 14 期《埃及近事：阿斐里加西海贩卖黑奴》、
1874 年第 19 期《各国近事·阿斐里加近事：英国遣人前往阿斐
里加》、第 20 期《阿斐里加近事：阿斐里加西海口》等文，皆提
出"传教救奴""禁止贩奴"与"教化非洲"等诉求。由此而观，
晚清的中国文化界卷入"全球化"新闻时事的视野，共享"非洲"

＊　又译为"斯坦利"。——编者注
＊＊　又译为"利文斯敦"。——编者注

的最新讯息，形塑公共舆论空间时，也拉近中国与国际的距离。

原本作为地理学报道对象的"非洲"，进入19、20世纪之交，逐渐变为译者诉说自我生命情境的橱窗。随着中国局势的演变，"瓜分非洲"（Scramble for Africa）的报道急遽增加，在亡国灭种的危机中，晚清人士透过图像、新闻、评论、诗文与学堂歌等，屡屡关注西方列强对于非洲领土的割据。显而易见，叙说非洲，实是论者对于族群命运的反思。1902年，中国之新民（梁启超）刊登于《新民丛报》第4号的《亚洲地理大势论》，清楚剖析西方列强竞相发动殖民，"新世界之阿美利加，既无余地矣"，于是关注"万里不毛之沙漠，横亘其中央，炎热瘴疠，而利用极难"的非洲，讲述"瓜分非洲之势，如焰如潮，不转瞬间，脔割以尽"[①]的担忧。

随着19世纪的历史地理学与新闻报道的推动，"非洲"逐渐成为一普遍知识，必然牵动文艺评论的模式。各评论者与创作者皆开启"非洲"视野，将之纳入评论圈，在世界的版图上"发现"非洲。1897年，《〈国闻报〉附印说部缘起》长篇阔论，演绎物种竞逐与英雄崛起的背景，说明小说文体描写"公性情"（英雄）的功能。作者演述各大洲发展时，涵盖"非洲"，如"凡为人类，无论亚洲、欧洲、美洲、非洲之地，石刀、铜刀、铁刀之期，支那、蒙古、西米底、丢度尼之种，求其本原之地，莫不有一公性情焉"。只是，在彼时的文明话语中，非洲"黑种"遭到贬低："黑人低种之氓，其澌灭夷迟，降为臣仆，不复齿人之数，亦数

---

① 〔清〕中国之新民（梁启超），《亚洲地理大势论》，《新民丛报》第4号（1902年3月），页6，总第50页。

千年于此矣。"①如此的"黑人低种"论，实是近现代人种论中屡见不鲜的论述模式。

晚清文艺刊物对于"非洲"有更多的转化，如将"非洲"纳入新的地理版图，展现辽阔的世界观。1908年，《小说林》第9期为配合"新年专号"刊出筹备已久的文章——双菅室主人的《环球揽胜图说略》，以"学生、探险、工师、商人、教士、公使六人谱成环球揽胜图"，透过六人轮流投骰子的方式决定停留定点。这份"环球揽胜图"纳入遥远而陌生的非洲，如"南洋初渡（好望角）""女王信教（安达那那利佛）""五谷繁殖（尼罗河）""狮首女身（大石像）""女王遗念（金字塔）""商队南行（圣城）""尘沙漫漫（撒哈拉大沙漠）""奇观（庚哥阿瀑布）英教士李温士敦始探得""通商要道（绥士河）""非洲北障（地中海）""非摩接壤（支伯拉德）"等。②此一翻新传统"六逸图"的"环球揽胜图"，从非洲南部延伸到北部、从沿海地扩展到沙漠内陆，展现更具体与细致的非洲版图，颇能反映晚清的新空间想象。

除文艺评论外，晚清作者群透过文学创作，勾勒非洲的奴隶贩卖、瓜分命运、风土民俗、黑人形象与致命狮子等，渲染一幅幅俶诡瑰奇的非洲场景。旅生《痴人说梦记》、许指严（1895—1923）《电世界》、吴趼人《新石头记》、荒江钓叟《月球殖民地小说》与碧荷馆主人《新纪元》等，程度不一地触及非洲场景，虽然着墨不多，却弥足珍贵，反映晚清作者已开始将"非洲"转

---

① 〔清〕严复、夏曾佑，《〈国闻报〉附印说部缘起》，原载于《国闻报》光绪二十三年十月十六日至十一月十八日，收入阿英编，《晚清文学丛钞·小说戏曲研究卷》（台北：新文丰出版公司，1989），页2、4。

② 〔清〕双菅室主人，《环球揽胜图说略》，《小说林》第9期（1908年2月），页1—13。

化为叙事背景的尝试。在这些作品中，何迥《狮子血》是着墨最多的一篇，自第六回"为游湖忽人奴隶场"到第十回"以武定国以文化民"，探及非洲民族、文化、体制、风俗，勾勒非洲沙漠、部落与奴隶市场，占全书一半篇幅。就介于历史与小说之间的演义作品而言，沈惟贤（1866—1940）与高尚缙著作的《万国演义》，勾勒黑人从非洲遭贩卖到西方国家的悲惨命运，借此控诉殖民掠夺与奴隶贩卖等行径。

二、研究主题：非洲探勘／冒险记

从上述的历史地理学、传教士话语、传记书写与文学创作等，反映晚清人士透过"世界"的橱窗，眺望非洲。在各种涉及非洲的资料中，隐藏了一尚未受到中文学界观察的主题：非洲探勘／冒险记。此一主题在跨文化行旅的路线中，由西方传播到晚清文化界，饶具学术探讨的意义。

19世纪有关"探勘／冒险"非洲主题的出现，绝非意外。随着英国工业革命与法国政治革命的进展，欧洲社会经济高速发展，掀起"瓜分非洲"的殖民竞逐，如同上文提及梁启超指出"新世界之阿美利加，既无余地矣"的情况下，"瓜分非洲之势，如焰如潮"。成立于1830年的皇家地理学会（Royal Geographical Society），创始名称是"伦敦地理学会"，扛着"地理科学的进步"的名号，以探索非洲、中亚与印度等英国殖民地为主旨。该会先后赞助立温斯敦、施登莱、斯科特（Robert Falcon Scott, 1868—1912）、沙克尔顿（Sir Ernest Henry Shackleton, 1874—1922）、亨特（Hunt）与希拉蕊（Hillary）等人，前往各地探勘。[①]

　　经由政府机关的支持、地理协会的赞助，探险者前仆后继，闯入非洲，历险归来后，又受到皇家地理学会颁奖、演讲邀约与传记出版等，这又激励有志之士探勘非洲。1947 年，《东方杂志》第 43 卷第 6 号刊出《非洲的发现探险史实》，归纳诸种发现非洲与探险非洲的事迹，可见到这些人士探勘非洲的意义。相比之下，早期各冒险者对于非洲的探勘，多止于非洲沿海一带，如"一四八八年，葡萄牙航海家地亚士[*]（Bartholomew Dias）通过好望角"。可是进入 19 世纪，随着立温斯敦与施登莱等地理学家携带测量仪器与科学工具等探入非洲，非洲探勘取得突破性的进展："一八二二年，邓海姆（Denham）及克拉柏当（Clapperton）及英国探险学家'越过'撒哈拉沙漠；一八五一年，英国李文斯顿（Livingstone）发现三比西河 Zambesi River；一八五六年，德国探险家拜斯（Barth）'探险'苏丹 Sudan；一八七七年，英国探险家斯坦雷（Stanley）'探险'刚果河。"[②]从拜斯（巴尔特）对于非洲北部与中部的探索，到李文斯顿（立温斯敦）与斯坦雷（施登莱）对于非洲南部的探索，纵横交错地揭开了过去神秘莫测的非洲内陆。

　　于此脉络，各种有关非洲探勘的传记相继出现，如 19 世纪五十年代到非洲传教的立温斯敦的《南非传教旅行与研究》（*Missionary Travels and Researches in South Africa*，1857），与从

---

　　① 　相关讯息可见皇家地理学会的官网：https://www.rgs.org/about/the-society/history-and-future/（检索日期：2020 年 12 月 20 日）。

　　* 　又译为"迪亚士"。——编者注

　　② 　〔美〕Roy Chapman Andrews 著，陈泽泳译，《展开新世纪的探险·非洲的发现探险史实》，《东方杂志》第 43 卷第 6 号（1947 年 6 月），页 79。

非洲北部探入苏丹的德国探险家巴尔特（Heinrich Barth，1821—1865）的《中北非游记和发现》（*Travels and Discoveries in North and Central Africa*）；七十年代潜入非洲内陆探勘尼罗河源头的施登莱的《穿越黑暗大陆》（*Through the Dark Continent*），都是个中代表作，大幅度揭开非洲内陆，记载非洲风土民俗。

伴随着自强运动、洋务运动等，晚清知识分子积极翻译的西书，从军事技术、自然科学，逐渐扩展到社会科学与文学作品等。[1] 不同于此前各种以宗教教义为主的译本如《意拾喻言》（《伊索寓言》）与《天路历程》等，《申报》于 1872 年 5 月开始连载西方的文学著作如《谈瀛小录》（《格列佛游记》第一卷《小人国游记》之译本），接而刊出欧文（Washington Irving，1783—1859）《一睡七十年》、马里亚特小说的编译《乃苏国把沙官奇闻》。同年，11 月 11 日，中国第一份文艺刊物《瀛寰琐记》出版，第三卷开始连载英国翻译小说《昕夕闲谈》（*Night and Morning*）。就文学翻译的起始阶段而言，中国报刊连续刊登与出版了两部非洲探勘记。1879 年《申报》出版单行本《黑蛮风土记》，乃是翻译立温斯敦 *Missionary Travels and Researches in South Africa*，记录传主的实地考察，如穿越喀拉哈里沙漠*抵达盖米湖**，又发现

---

[1] 熊月之，《晚清社会对西学的认知程度》，收入王宏志编，《翻译与创作：中国近代翻译小说论》（北京：北京大学出版社，2000），页 34—35。据熊月之统计，从 1843 年上海等东南通商口岸开埠开始，西学即在中国蓬勃传播，1843 年至 1860 年出版西书有 105 种，1861 年至 1900 年出版西书有 555 种，涵盖哲学、社会、科学（内含哲学、历史、法学、教育等）、自然科学（含算学、重学、电学、化学、光学、动植物学等）、应用科学（含工艺、矿务、船政等）与其他（包括游记、杂著、议论等）。

* kalahari，又译为"卡拉哈里沙漠"。——编者注
** Lake Ngami，又译为"恩加米湖"。——编者注

赞比西河与位于赞比亚边界的维多利亚瀑布；1883 年，《益闻录》连载《三洲游记》，乃是翻译施登莱 *Through the Dark Continent*，记录传主探入非洲寻找尼罗河源头，解决西方地理学界争议多时的疑案。这两部以"探勘非洲"为主的译著，接而又辗转由各出版社结集、丛书辑录或报刊连载，恰能反映晚清文化界对于立温斯敦与施登莱探勘非洲活动的关注，同时促进晚清人士对于"探勘非洲"的认识。①

　　在一连串的"发现非洲"的探勘视角下，文学创作者透过虚实交错的叙事想象，将"非洲"化为小说叙事的空间背景，拓展"冒险非洲"的文学主题。19 世纪六十年代初，法律系毕业的凡尔纳（Jules Gabriel Verne，1828—1905），怀着文艺作家梦，运用各种地理学知识，写下以非洲为背景的长篇小说——《气球上的五星期》。凡尔纳将"非洲地理学"推到小说场景前沿，安排人物搭乘气球，串联上述巴尔特对于非洲北部、中部的探索以及立温斯敦等人对于非洲南部的探索路线。凡尔纳不仅仅回应现实中的地理探勘者的路线，甚至透过小说叙事的方式，让人物穿越现实中仍无人可以穿越的"非洲心脏"。此一结合"科学""冒险"与"殖民"的"冒险非洲"的主题，受到彼时正实施改革自强运动的日本与中国文化界的高度关注。明治十六年（1883），井上勤（いのうえ つとむ，1850—1928）先是依据英译本将其翻译为

① 　如王韬《探地记》指出施登莱与立温斯敦相遇，"把臂欢然，恨相见晚"；郭嵩焘提及施登莱 1874 年到非洲探险，"起自阿非利加之东曰桑希巴尔，经西出钢戈江"。分别见：〔清〕王韬，《探地记》，收入〔清〕王锡祺编，《小方壶斋舆地丛钞》（台北：广文书局，1962），第十二帙，页 11b，总页 9954；〔清〕郭嵩焘，《伦敦与巴黎日记》，收入钟叔河编，《走向世界丛书（第一辑）》（长沙：岳麓书社，1985），第 4 册，页 339。

《亚非利加内地三十五日间空中旅行》，由绘入自由出版社所出版。
1903 年，《江苏》杂志第 1、2 期刊载没有译者署名的《空中旅行
记》、1907 年《小说林》社出版谢炘翻译的《飞行记》，共三十五
回。此一科学冒险小说结合科学想象与历史地理学，对于晚清文
学界正在推动的"科学小说"①，无疑有推波助澜的效用。

不同于凡尔纳的科学冒险书写，1875—1882 年期间曾于非
洲工作的哈葛德＊（Henry Rider Haggard，1856—1925），在个人
的非洲经历上，写出一系列结合冒险、浪漫与传奇的非洲罗曼史
（romance）。他结合非洲国族、男女情爱，以白人探险者的角色，
探入神秘的非洲世界，经历生死交关的奇险挑战。"非洲"在其
笔下成为神秘蒙昧的国度，布满咒语、木乃伊与横阔时空的未解
之谜。相比起哈葛德一系列英雄主义的书写，更值得关注的是他
以黑人视角为主的《鬼山狼侠传》（Nada the Lily）与《蛮荒志异》
（Black Heart and White Heart），其演绎祖鲁族群力挽狂澜、保家
卫国的叙事，替已然灰飞烟灭的祖鲁政权，留下赫赫纪录。

在瓜分非洲／瓜分中国的时代共感中，林纾（1852—1924）
透过哈葛德著作的翻译，孜孜矻矻地叩问族群的命运，植入自身
的诉求、风俗习惯、文化趣味、道德规范与政治情境等，使得
"非洲"成为译者诉说自我生命情境的橱窗。林纾透过一系列附
于译著的序跋，指出自身翻译哈葛德小说之缘由。《雾中人·序》

---

① 如 1900 年，陈绎如与薛绍徽翻译《八十日环游记》；1902 年，卢籍东
翻译《海底旅行》；1903 年，鲁迅翻译凡尔纳《月界旅行》、梁启超翻译《十五
小豪杰》，海天独啸子翻译押川春浪《空中飞艇》、杨德森翻译爱斯克洛提斯《梦
游二十一世纪》；1904 年，包天笑翻译《秘密使者》；1905 年，吴趼人翻译菊池
幽芳《电术奇谈》；1906 年，周桂笙翻译凡尔纳《地心旅行》等。

＊ 又译为"哈格德"。——编者注

尤其语重心长："余老矣，无智无勇，而又无学，不能肆力复我国仇，日苞其爱国之泪，告之学生。又不已，则肆其日力，以译小说，其于白人之蚕食斐洲，累累见之译笔，非好语野蛮也，须知白人可以并吞斐洲，即可以并吞中亚。"[①]他忧虑中国会步上非洲惨遭蚕食并吞的后尘，因而以"累累见之译笔，非好语野蛮也"的自辩模式，回应孟子"予岂好辩哉？予不得已也"的儒家关怀。

　　本书在跨文化行旅的架构下，观察各种探勘／冒险非洲的文本，翻译传播到晚清文化界的过程。此一主题蕴含着"发现新大陆""科学文明""冒险精神"与"殖民扩展"等主题，已然脱离文学传统的神魔范式，展现各种航海、飞行记述，又可鼓舞国民精神，乃是一值得学界关注的议题。

三、非洲形象："黑暗大陆"的演绎与变调

　　本书透过系统性研究，试图提出一个过去较受忽略的现象。晚清人士反映多元的世界观，从"探勘非洲"的著作到"冒险非洲"的著作，从传记文学到文学想象，都有所发展。晚清译者面向各种探勘／探险非洲的文本时，导入了自身的需求与诉求。从19世纪后半叶的《黑蛮风土记》与《斐洲游记》，到20世纪初的《飞行记》与《蛮荒志异》等，都可见到译者透过翻译改写的模式，回应晚清中国的政治局势与文化情境。译者对于非洲译著的翻译与改写，亦潜藏了属于目标语社会脉络的论域，替原著注入了晚清文化脉络的诉求。

---

① 〔清〕林纾，《〈雾中人〉序》，收入〔英〕哈葛德著，〔清〕林纾、曾宗巩译，《雾中人》（上海：商务印书馆，1906），页1—2。

"异国形象"不只是对异国现实单纯复制式的描绘，更经由作者的凝视，套入特定的观看模式。史景迁（Jonathan D. Spence，1936—2021）从西方历史、文学与思想等材料，指出西人因其时代所需而于各阶段对"中国"投射或正或负的形象[①]；费正清（John King Fairbank，1907—1991）指出20世纪初中国发生反帝国主义的义和团运动，使得美国人大力抹黑中国[②]。在"异国"形象的理论思考下，不同的描述者会因特定的意识形态对于异国投射不同的形象。循此视角，可以观察与思考的是，近现代西方传教士、战地记者与各小说作者对于"非洲"投射的形象为何？中国译者翻译相关著作时，又会产生怎样的接受与变化呢？

在西方的殖民话语下，传教士、战地记者与各小说作者纷纷对于"非洲"投射"黑暗大陆"（dark continent）的形象。[③]"黑暗

---

① 史景迁指出："初来中国者"将"中国"当为强大的民族，如十九世纪，西班牙人门多萨（Mendoza）应罗马教皇写的《大中华帝国史》上溯到唐尧时代，品托（Pinto）《游历者》又进一步美化中国。欧洲对于中国的美化，乃为批判与解决自身社会的问题与民族危机。随着西方的强大，原为应付危机的视角转向批判与否定，如孟德斯鸠（Montesquieu）从"法"精神否定中国，黑格尔（Hegel Georg）将中国排斥到历史外。见史景迁，《文化类同与文化利用》（北京：北京大学出版社，1997），页12—34、57—85。

② 费正清指出："1900年的中国，在美国人印象中是肮脏、野蛮的，同尚未进入第一次世界大战的欧洲文明相比，相差甚远。"费正清著，傅光明译，《观察中国·导言》（北京：世界知识出版社，2002），页9。

③ 关于非洲是"黑暗大陆"的形象，可参见以下数篇论文：Patrick Brantlinger, "Victorians and Africans: The Genealogy of the Myth of the Dark Continent," *Critical Inquiry*, Vol. 12. No. 1 (1985): pp.166–203.Rebecca Stott, "The Dark Continent: Africa as Female Body in Haggard's Adventure Fiction," *Feminist Review* 32.1 (1989), pp.69–89. Lucy Jarosz, "Constructing the Dark Continent: Metaphor as Geographic Representation of Africa," *Geografiska Annaler: Series B, Human Geography*, Vol.74, No. 2 (1992), pp.105–115。

大陆"不只是荒芜、原始、未经开发的自然空间描述或中性的风土民俗记载，更反映人类在文化形塑和历史建构过程中的关系。殖民者带着不辩自明的正义光环，如人道主义、宗教福音、消除奴役与贸易往来等理由，长驱直入非洲内陆，开启文明化的工程，大肆勾勒描摹危险的世界。"黑暗大陆"的形象，实是投射描写者的意识形态，从惨绝人寰的奴隶制度、人口贩卖到饮血茹毛的风俗礼教，将非洲黑暗化，从而印证殖民发展的必要性。

　　以苏格兰传教士和非洲探险家立温斯敦为例，《南非传教旅行与研究》一书，多处透过"黑暗"化的非洲场景，投射因缺乏福音启迪而魅影幢幢的幽暗大陆，如"在深邃黑暗的森林处"（In the deep, dark forests）或是"在更黑暗的幽深处"（in the darker recesses），随处可见代表人头与狮子的偶像崇拜物、沾满药物的棍棒与刻在树皮上的人脸轮廓等[①]，无不彰显传教者透过福音照亮黑暗非洲的必要性："如果这些人必须像某些种族的动物一样在文明的发展中灭亡，那是可惜的。上帝准许这一次到来，他们可能会得到福音。这是死亡灵魂的慰藉！"[②]

---

①　David Livingstone, *Missionary Travels and Researches in South Africa* (New York: Harper, 1858), p.328. 原文如下："In the deep, dark forests near each village, as already mentioned, you see idols intended to represent the human head or a lion, or a crooked stick smeared with medicine, or simply a small pot of medicine in a little shed, or miniature huts with little mounds of earth in them. But in the darker recesses we meet with human faces cut in the bark of trees, the outlines of which, with the beards, closely resemble those seen on Egyptian monuments. Frequent cuts are made on the trees along all the paths, and offerings of small pieces of manioc roots or ears of maize are placed on branches."

②　Ibid., p.555. 原文如下："If such men must perish by the advance of civilization, as certain races of animals do before others, it is a pity. God grant that ere this time comes they may receive that Gospel which is a solace for the soul in death!"

　　相比起立温斯敦以"黑暗大陆"所诉诸的宗教福音，施登莱更是全方位以"黑暗"描写非洲内陆，投射一因未经文明洗礼的荒蛮状态。施登莱因《我如何寻找立温斯敦》（*How I found Livingstone*）而声名大噪，接而获得各种探勘非洲的机会。施登莱替其第二、三部非洲传记取名为《穿越黑暗大陆》（*Through the Dark Continent*）与《在最黑暗的非洲》（*In the Darkest Africa*），以 Dark Continent 与 Darkest Africa 等"黑暗"意象，将"非洲"推入无边无际的黑暗中。此黑暗与光明、非洲与西方等二元架构，不免带有西方的本位主义，如露西·雅罗斯（Lucy Jarosz）认为非洲屡屡被视为"原始、兽性、爬行动物或女性实体。它们被西方欧洲男性以西方科学、基督教、文明、商业与殖民主义等驯服、启蒙、指导、开启与穿越。非洲的这些特征与那些被塑造为原始和野蛮的其他边疆与荒野类似"①。

　　文学作者更进一步透过叙事元素，深化与巩固非洲作为"黑暗大陆"的形象，使其成为文学隐喻，尤以康拉德（Joseph Conrad，1857—1924）《黑暗之心》（*Heart of Darkness*）最具代表性。康拉德将各地理探勘者的"黑暗大陆"形象提高到"黑暗之心"的层次，拓展了文学想象的深度。《黑暗之心》描写马罗（Marlow）探入非洲刚果河的过程，从开场到结束，都可见到"黑暗大陆"的投射，一直到结尾之处："一堆黑色的乌云挂在海面上。在灰蒙蒙的天空下，那通向世界尽头的宁静河道阴郁地流淌，

---

　　① Lucy Jarosz, "Constructing the Dark Continent: Metaphor as Geographic Representation of Africa," p.108.

似乎流向黑暗的最深处。"①康拉德将"黑暗"意象投射非洲丛林、人性内在与社会道德面，层层交叠，逐步揭开位于非洲的白人的阴暗面。

在殖民话语、地理学探勘与冒险精神的追寻中，立温斯敦、哈葛德与康拉德等作者的笔调下，对于"非洲"投射的特定印象，逐渐形塑了"黑暗大陆"的整体形象，反映了各书写者／形塑者的意识形态与美学成规。描述者按照自身的需要，修剪与编辑"非洲"的形象，删除或遮蔽个中可能构成矛盾的信息。当代学者布兰林格（Patrick Brantlinger，1941—）犀利指出：当西方探险家，传教士与科学家"用光淹没"时，非洲才变黑，需透过帝国主义意识形态的火炬照亮。②当西人探勘者与文学书写者创造出"黑暗大陆的神话"（myth of the dark continent），"非洲"被视为一黑暗的大陆，需要经由各种探索、传教、教育，才能去除黑暗，迎来曙光。

此一由西方论者塑造的"黑暗大陆"的神话，影响甚大，甚至传播到晚清中国。周桂笙（周树奎，1873—1936）评论哈葛德小说时指出"非洲大陆，本极黑暗"③。谢炘翻译凡尔纳的《飞行记》时提及："彼黑暗之世界，若何进行乎，惟以如何之方法，方

---

① Joseph Conrad, *Heart of Darkness* (Ontario: Broadview Press, 1999), p.158. 原文如下："The offing was barred by a black bank of clouds, and the tranquil waterway leading to the uttermost ends of the earth flowed sombre under an overcast sky — seemed to lead into the heart of an immense darkness."

② Patrick Brantlinger, "Victorians and Africans: The Genealogy of the Myth of the Dark Continent," *Critical Inquiry*, Vol.12, No.1 (Autumn, 1985), p.166.

③〔清〕周树奎，《神女再世奇缘著者解佳传略》，《新小说》第2卷第11期（1905年11月），页3。

得横过重云，殊踌躇耳"①。林纾翻译哈葛德的著作《蛮荒志异》时提及："彼盖见黑暗之境，非人所处，而此巫处之，至为骇怪。凡苏噜敝俗，往往令人不欢"②。从晚清中国论者的评论到译者的翻译，纷纷凸显非洲的"黑暗""黑暗之世界""黑暗之境"等形象。此一"黑暗大陆"，实是各方透过"在场成分"的介入，投射特定形象，潜藏了各方竞逐的意识形态与价值思考。

若就晚清中国译者而言，除接受与传播"黑暗大陆"的形象外，又因其不同于西方作者的意识形态、价值思考、思潮演进与社会发展等，而又衍生与蔓延更多形象的传承与变调，甚至各种译本演绎了属于晚清中国译者的声音——在"黑暗大陆"上注入自身的声音，如文人的抒情声调、启蒙意图与叙事欲望等。在各种探勘／冒险非洲文本的翻译中，译者嵌入自身的世界观、论域、旨趣与美学成规等，反映晚清文化界的规范、美学与视野，此乃是译者对于一急遽变化的时代的回应。在翻译的过程中，晚清译者不断地拼凑、错置各种其自身关怀的片段，进行创造性的翻译，动用其随手可得的资源，即兴发挥，导入自身的各种奇思幻想、意识形态与诗学美学等，遂使得晚清译著所出现的"黑暗大陆"，又出现多种变调。

（一）中西文化思潮的叠加

当晚清译者翻译西方人士撰写的非洲著作时，未必亦步亦趋于原著版本，反而是透过"翻译想象"的模式，折射属于自身脉

① 〔法〕萧尔斯勃内著，〔清〕谢炘译，《飞行记（上）》（上海：小说林社，1907），第9节，页44。

② 〔英〕哈葛德著，〔清〕林纾、曾宗巩译，《蛮荒志异（上）》（上海：商务印书馆，1906），页20。

络的文化思潮、意识形态与美学成规等。当他们面向探勘／冒险非洲的文本时，嵌入彼时交锋与交融的殖民论述与礼教传统，产生复杂的组合效应。就在 19、20 世纪之交人种论述甚嚣尘上的时刻，晚清人士翻译非洲文本时，层层调动中西脉络的华夏中心、礼教观念、颅相学、人种论、黑暗大陆与文明进化论等思潮，使其犹如经纬般，穿梭文本之中，形成另一种变调的"黑暗大陆"。此翻译想象，除了隐藏"天下中心"与"边陲蛮荒"的对比架构外，又内蕴新旧世界观的对比，反映了时人观看非洲的视角与殖民话语所形构的位阶差序。

（二）文学化的非洲场景

根据翻译研究，"诗学"（poetology）乃是重要的视角，受到早于源语文化即存在的文学观念、文学范式、创作手法与审美惯性等影响。在翻译改写中，译者透过文字、意象、典故与文学传统等，替译本注入中国诗学，牵动译本的转向，致使原本的"黑暗大陆"变为诗学化的非洲场景。这些来自不同世代与圈子的文人，如沪地、福建文艺圈的沈定年、邹弢与林纾等，面向非洲探勘／冒险记时，纷纷注入中国诗学，在非洲原著中置入自身的生命故事与诗学美感，浮现文人情谊与创作才情。探勘／冒险非洲的文本，在中译者的翻译想象下，变为文人逞才肆情的场景。无论是沈定年、邹弢、林纾或是谢炘等人的文人身份，都程度不一地调动译本的转向，遂使得"黑暗大陆"变为译者的诗学展演。

（三）译者位置与关怀旨趣

当晚清论者翻译以非洲为背景的传记与小说时，因为不同于原著的视域，必然出现程度不一的转调。译者抽换原著具体的地理学的对话群体，接驳／错置／衍生属于晚清人士脉络的论域，开启不同于原著的域外想象。译者引入晚清文化界诉诸的更广泛的"世界"视野，如器物文明、餐桌礼仪、地理景观与五大洲介绍等。在瓜分非洲／中国的时代际遇中，林纾透过哈葛德小说，开拓一条通往晚清中国文化政治语境的管道，强化更能符合晚清文化语境的保家卫国的战士形象，发出各种具有鼓舞与警惕意味的序跋。谢炘翻译凡尔纳小说时，投射人物的冒险精神与对科学文明的期许。凡此种种，都可见到晚清中国译者如何循着自身的旨趣，翻译各种以非洲为背景的著作。

就上述各种"黑暗大陆"的翻译变调而言，可见到晚清作者笔下的"非洲"形象，潜藏着丰富的议题，不只是对异国现实的复制，同时也反映注视者的文化处境与意识形态。从"异国形象学"而言，透过异国（客体，the object）反过来观察建构主体（the subject）以及其背后的文化整体的投射。晚清人士呈现的"非洲"形象，与其说是言说"非洲"，倒不如说是自我的文化象征性表现。出现于不同文体形式的"非洲"形象，固然掺杂着纪实与想象、现实与幻想等成分，却殊途同归，折射了时代的集体想象。言说他者，乃是叙说自我，从晚清中国人士的瓜分焦虑到自身的礼教传统与政治期许，反映了 19、20 世纪之交中国译者与作者的诉求。

相比起"黑暗大陆神话"的意识形态剖析，本书借着"黑暗大洲"的书名，更欲指向中文学界对于"非洲"仍处于"黑暗"的研究状态。对于晚清文学研究而言，"非洲"地区如一陌生的天地，要如何穿梭这一片"黑暗大陆"呢？就现有研究，研究近代中非关系的论者甚少触及文学材料，多集中于历史与社会学等，如艾周昌《中非关系史文选（1500—1918）》、李安山编《非洲华侨华人社会史资料选辑》涉及近代中非关系的档案、报道、回忆、访谈、书信与公函等。就文学研究而言，论者鲜少触及"非洲"主题。

以本书追踪的立温斯敦与施登莱的"非洲探勘记"为例，其乃是目前中文学界罕见的研究议题，即或是出现零星探讨，但仍多有局限（详见内文），也普遍未能掌控译本的发生模式，更无法进入文本内部，对照译著与原著的异同。即或是一般较为熟悉的凡尔纳与哈葛德小说，可是尚未关注凡尔纳以非洲为背景的《飞行记》与哈葛德以祖鲁战争为中心的《蛮荒志异》。笔者以战战兢兢的心态，试图促进学科领域的对话，透过多年的资料搜集与文献阅读，开启新的研究视野与论述议题。由于此一研究领域缺乏参照性的研究成果，犹如"穿梭黑暗大洲"，潜藏着各种挑战与困难，行文过程，也必然出现盲点与不足，有待各方指教。

四、理论思考：文本行旅、异国形象与翻译改写

本书在翻译理论的思考下，试图将"非洲探勘／冒险记"，置入"跨文化行旅"的架构，观察相关文本的接受与衍变。"行旅"并非指向普遍定义的休闲旅行，而是强调文本从此点到彼点的空间传播。于此行旅路线，译本从原著的既定认知框架，发展到另一有着不同价值认知的文化脉络时，必然与他方文化语境碰撞、排斥、分歧与交流等，造成语言文字、概念表述与情节片段的变调。

（一）跨文化行旅与异国形象

汤普森（John Thompson，1951—）早已指出"全球化"可追溯至 19 世纪中期，通讯网络与讯息交流的规模开始越来越全球化。[①] 新式印刷技术确实促进彼时出版市场的发展与跨国交流。在工业技术的带动下，各地出版品得以在全球化的国际市场中流通与传播，出现各种跨国流动的路线。文本的传播路线并非只是从西方到中国的一种模式，中间可能经历其他地区，折射更复杂的"跨文化行旅"，如本书第四章讨论法国凡尔纳《气球上的五星期》从法文原著发展到 Chapman 英译本 *Five Weeks in a Balloon*、井上勤日译本《亚非利加内地三十五日间空中旅行》，再到中译本《空中旅行记》（1903）与《飞行记》（1907）。从源语到目的语的过程中，相关著作经历不同的文化脉络，蕴藏各种饶具趣味的变调。

文本的"跨文化／语际"路线，必然在不同的文化与语系脉络下，展现新姿。若以刘禾提出的"跨语际实践"观察，可见文本的移动与流变，经历"词语、意义、话语以及表述的模式"的转变，以及文本在主方语言与客方语言的接触／冲突下，在主方语言中兴起、流通并获得合法性的过程。翻译不只是与政治斗争和意识形态斗争冲突着的利益无关的中立的事件，实际上，它恰恰成为这种斗争的场所。在那里，客方语言被迫遭遇主方语言，而且二者之间无法化约的差异将一决雌雄，权威被需求或是遭到挑战，歧义得以解决或是被创造出来，直到新的词语和意义在主

---

① John B. Thompson, *The Media and Modernity: A Social Theory of the Media* (Cambridge: Polity, 1995), p.4.

方语言内部浮出地表。① 循此观点，当文本辗转传播于不同的文化脉络，便与其他力量碰撞，开拓多重的向度。这些开拓，不仅仅表现于观念与词汇移植所产生的变调，更进一步延伸到文类形式、文学技法、观念视野与价值内涵的转变，开启纷然杂陈的视野、价值与文化的对话。

　　在跨文化行旅中，译本从客方语言走向主方语言的脉络时，尚内蕴着"自我"与"他者"的对应关系。德国学者狄泽林克（Hugo Dyserink，1927—2020）提及"比较文学形象学"的追求目标："首要追求是，认识不同形象的各种表现形式以及它们的生成和影响。另外，它还要为揭示这些文学形象在不同文化的相互接触时所起的作用做出贡献。"从其视角，可见形象学的研究重点并不是探讨"形象"的正确与否，而是研究"形象"的生成、发展和影响；或者说，重点在于研究文学或者非文学层面的"他形象"和"自我形象"的发展过程及其缘由。② "比较文学形象学"主要研究文学作品、文学史及文学评论中有关民族亦即国家的"他形象"（heteroimage）和"自我形象"（autoimage）。形象学的出发点是每个"自我群体"（we-group）不仅知道自我认同的话语，亦了解认知"他者"（the other）的话语，并以自我区别于他者。他者与自我"群体标记"是一种两极结构或曰正反结构，在形象的形成过程中，自我形象与他形象相互照应和相互作用。③

　　"异国"形象成为对他者的描述（representation），牵涉到作

---

① 参见刘禾著，宋伟杰等译，《跨语际实践——文学，民族文化与被译介的现代性（中国，1900—1937）》（北京：三联书店，2002），页 36—37。

② 〔德〕狄泽林克著，方维规译，《比较文学形象学》，《中国比较文学》2007 年第 3 期，页 160。

③ 同前注，页 153。

者所处的社会整体对异国的"总体认识"，反射"自我"的文化需要的意识形态和文化空间。在比较文学与翻译研究视野下拓展的"异国形象学"，乃以"跨"（学科、语言、文化）为特色，倡导者如亨利·巴柔（Daniel-Henri Pageaux，1939—）与马克·莫哈（Jean Marc Moura，1956—）等法国学者，他们提出建立起相关学科的研究、方法与视野等。由巴柔所提出，对学界影响重大的《从文化形象到集体想象物》《形象》等文章，便指出"形象学"不只是对异国现实的单纯复制式的描述：

> 形象是描述，是对一个作家、一个集体思想中的在场成分的描述。这些在场成分置换了一个缺席的原型（异国），替代了它，也置换了一种情感和思想的混合物，对这种混合物，必须了解其在感情和意识形态层面上的反映，了解其内在逻辑，也就是说想象所产生的偏离。比较文学意义上的形象，并非现实的复制品（或相似物）；它是按照注视者文化中的模式、程序而重组、重写的，这些模式和程式均先存于形象。①

巴柔指出面对"异国"形象时，得关注描绘者或是某一集体思想的"在场成分"，亦即这些描述者如何描述；描述者如何按照固有的文化模式、程序，进行重组与重写？

形象研究无法脱离社会历史时空而存在，马克·莫哈在《试论文学形象学的研究史及方法论》一文中，关注"描述者"所勾

---

① 〔法〕达尼埃尔 - 亨利·巴柔著，孟华译，《形象》，收入孟华主编，《比较文学形象学》（北京：北京大学出版社，2001），页 156—157。

勒的"形象"背后隐藏的"社会集体想象物"，强调形象模式有
其意识形态的支撑，任何身份和形象都是在特定的社会和历史空
间中逐渐形成与传播的。马克·莫哈论及"形象"源自一个宽泛
且复杂的总体："社会整体想象物"（imaginaire social）是"全社
会对一个集体、一个社会文化整体所做的阐释，是双极性（同一
性／相异性）的阐释"①。从巴柔到莫哈的论述，皆将文本的异国
形象置于更庞大的社会集体的网络中观察，凸显形象的生产与制
作过程，反映从"个体—群体—整体"中的"自我"与"他者"
形象的形塑。

（二）翻译改写

在文本跨文化行旅的过程里，翻译乃是形象呈现的途径和媒
介。在当代的文化研究论述中，翻译学研究早已脱离语言层面上
的指导原则，反而是在文化研究的脉络下，关注出发语与目的语
之间的转换以及个中所蕴藏的文化讯息，探讨跨语际传递中既成
的文学现象或文化现象。翻译学如同形象学，关注目标语的社会
民族文化自我身份和自我形象构建的功能。

翻译有助于创造集体身份，构建民族文化，反映他者形象形
塑，重塑特定历史文化语境下的形象生产与传播。如勒菲弗尔
（Andren Lefevere，1945—1996）考察各时期的圣经译本如何改
变欧洲大陆的自我形象，如马丁·路德（Martin Luther，1483—
1546）的德译本，不仅对德国语言和文学产生影响，甚至改变基

---

① 〔法〕让-马克·莫哈著，孟华译，《试论文学形象学的研究史与方法
论》，收入孟华主编，《比较文学形象学》，页24。

督教和西方文明。^① 因此，翻译研究有助于反映不同社会文化语境的译者如何透过翻译实践的模式，塑造、改变、传播和强化异域民族及其各种族群的文化形象与文化隐喻。对于"他者"与"自我"关系的探索，实也是探向译者主体自身身份构建的另一视角。

若就翻译理论而言，操纵派强调"翻译"受到各因素的开拓／制约，是对原文的一种改写（rewriting），如西奥·赫曼斯（Theo Hermans，1948— ）指出为某种目的"对原文实施一定程度的操控（manipulate）"^②，译者的历史、社会与文化语境，必然牵动译本的面貌，形塑一更能适合该文化语境的主导意识形态和诗学。勒菲弗尔提及翻译受到意识形态（ideology）、诗学形态（poetology）、赞助机构（patron）与论域（universe of discourse）等影响^③，对于原著进行调整，使其更符合改写者所处时期占统治地位的意识形态和诗学形态，进而达到被接受的目的。相关论者提及翻译学研究涉及意识形态、赞助机构、文化策略、国际环境、国家之间的关系等包含的社会、政治、经济与文化等因素。其中，尤为本书关注的是译者诗学的注入，如何使译本产生变化？译者如何在其所处的文化体系中使其译文符合其所处时期的诗学形态，以达到原著被接受的目的？^④

---

① Andre Lefevere, *Translating Literature: Practice and Theory in a Comparative Literature Context* (London: Routledge, 1992), pp.126-127.

② Theo Hermans, ed., *The Manipulation of Literature: Studies in Literary Translation* (London and Sydney: Croom Helm, 1985), p.11.

③ Andre Lefevere, *Translation, Rewriting and Manipulation of Literary Fame* (London and New York: Routledge, 1992), p.9.

④ Andre Lefevere, *Translation, Rewriting and the Manipulation of Literary Fame*, p.26.

　　译者对原著的理解及其翻译是一次"再创造"，而阅读译著的他国读者的阅读过程，同样是一次"再创造"。法国文学社会学家埃斯卡皮（Robert Escarpit, 1918—2000）将翻译转调视为"创造性的叛逆"（creative treason）："说翻译是创造性的，那是因为它赋予作品一个崭新的面貌，使之能与更广泛的读者进行一次崭新的文学交流；还因为它不仅延长了作品的生命，而且又赋予它第二次生命。可以说，全部古代及中世纪的文学在今天还有生命力，实际上都经过创造性的背叛。"①"翻译操纵""翻译创造"论等，都反映翻译学的研究重点从"原文为中心"转到以"译本为中心"。

　　"译介学"更进一步推进如此的研究模式，从跨文化、跨语言、跨民族的角度来考察、研究翻译，关注跨文化交流的实践。谢天振《译介学》指出"译介学"并非语言研究，而是文学研究或文化研究，"它关心的不是语言层面上出发语与目的语之间如何转换的问题，它关心的是原文在这种外语和本族语转换过程中信息的失落、变形、增添、扩伸等问题，它关心的是翻译（主要是文学翻译）作为人类一种跨文化交流的实践活动所具有的独特价值和意义"②。从"译本的作用"，侧重文化层面对翻译进行整体性的思考，扩大了译介学的理论视野和研究范围。

　　上述各种关于形象与翻译理论的思考，未必壁垒分明，却相互呼应，投射殊途同归的关怀视野，共同指出译本在跨文化行旅中的翻译创造／想象，以及在主、客方语言与内容的协商与调整过程中，译本又如何受到意识形态、文化规范、民族心理与美学

---

　　①　〔法〕罗·埃斯卡皮著，王美华、于沛译，《文学社会学》（合肥：安徽文艺出版社，1987），页137—138。

　　②　谢天振，《译介学》（上海：上海外语教育出版社，1999），页1。

成规的形塑，使得来源语进入目的语的过程，为适应特定的文化语境而出现翻译改写的情形。

（三）晚清的翻译实践

本书固然以理论作为思考的起点，可是并非理论导向，更重视晚清译者的文化脉络、文献材料与文本细读，具体而微地观察非洲文本翻译传播到晚清中国的途径、接受方式以及译本的转向。

从 19 世纪七八十年代立温斯敦与施登莱探勘非洲的人物传记，发展至 20 世纪初凡尔纳与哈葛德的冒险小说译本，有逐渐成熟化的趋势。早期译者较难同时掌控外语与中文文采，因而常出现口译与笔述者合作的翻译模式，扩大了译著与原著的差距，遂使得《黑蛮风土记》与《三洲游记》都出现路线错乱与迷失方向的问题，甚至改变了原著的主旨。随着翻译风潮与翻译理论的崛起，翻译模式趋向严谨，20 世纪初的翻译模式摆脱改头换面的译法，即或屡为人"诟病"的林纾译著，已然大幅度跃进，趋向严谨。虽然，林纾仍然无法摆脱口译者与笔述者的合作模式，可是其一系列非洲译著，大致可以呈现原著的架构与面貌。谢炘更是克服口述者与笔述者的距离，独自翻译《飞行记》，紧贴其所依据的日译本，一一呈现原著专业性较高的内容，已然告别早期方向迷失的问题，对于晚清小说界而言，无疑是"地理小说"范本。

针对晚清人士的翻译实践，学界陆续出现各种研究。早于明清的宗教文本翻译，便有翻译改写的现象，如李奭学（1956—）研究明末耶稣会的印刷文本，归纳各种译作行为的"动词"，如"授""述""口授""口译""口说""译述""演""译义""达辞"

及"撰述"等①，都凸显翻译改写的现象。发展到晚清译本，名目更多，如陈大康（1948—2024）提及晚清各种译著标为"译述""编译""译演""译意""译编""意译""译著""辑译"与"演译"等。②这些翻译改写的名目诸多，却殊途同归，透过改写模式，重塑一更能符合自身语境的译本内容。王宏志指出译者不容易为传统读者所接受的部分删改，尽量配合读者的阅读习惯和口味，"这时期的翻译风尚，仍是一种所谓'豪杰译作'式的意译或甚至'译述'"③。陈平原（1954—）提及域外小说乃是以"意译为主的时代风尚"，指出梁启超等人所述的英人语"译意不译词"，颇为时人信奉。④

　　针对晚清的"译述"模式，关诗佩指出"意译"一词无法全面概括晚清的翻译规范，因为它把一切重译、重述、撰述、译述、节述、伪译、豪杰译都包括在内，有些"译作"往往经过两三次重译或重述而成。⑤陈宏淑指出西方著作进入日本脉络时，先经历日本明治时期盛行的"翻案"译法。所谓"翻案小说"，乃是翻译加上改写，与许多中国学者所称的"豪杰译"异曲同工⑥，经

---

① 李奭学，《翻译的旅行与行旅的翻译：明末耶稣会与欧洲宗教文学的传播》，《道风：基督教文化评论》第 33 期（2010 年 7 月），页 53。

② 陈大康，《翻译小说在近代中国的普及》，《文艺理论研究》2012 年第 3 期，页 53—57。

③ 王宏志，《"暴力的行为"——晚清翻译外国小说的行为及模式》，《重释"信达雅"：二十世纪中国翻译研究》（上海：东方出版中心，1999），页 154。

④ 陈平原，《二十世纪中国小说史·第一卷（1897 年—1916 年）》（北京：北京大学出版社，1989），页 46。

⑤ 关诗佩，《现代性与记忆——五四对林纾文学翻译的追忆与遗忘》，收入陈平原编，《现代中国》第 11 辑（北京：北京大学出版社，2008），页 93。

⑥ 陈宏淑，《译者的操纵：从 Cuore 到〈馨儿就学记〉》，《编译论丛》第 3 卷第 1 期（2010 年 3 月），页 62。

由各种删减、增添与改写的过程后，进入中国，又再次经历大幅改写、增删情节等。

上述"译述""编译""译演""译意"与"译编"等，惯常以"意译"为代表的概念，确实反映晚清"不忠实"的翻译模式。可是，此一不忠实的翻译手法，从当今的翻译研究而言，却又潜藏着各种跟意识形态、文学美学与社会准则等相关的大有可为的研究视野。李欧梵（1942—）透过跨文化研究视角，提出一具有启发性的研究构想——"接枝学"：研究一棵外国的树如何在移植到中土后产生变化，其枝叶之间的分歧和接合（也就是莫莱悌〔Franco Moretti, 1950—〕所谓的"diversity"和"convergence"）。他援引莫莱悌理论，指出支柱虽然是类型，但方法绝对是从技巧的细节，也就是"device"作起，二者之间的互动和吊诡才是他的方法的原动力。① 晚清的翻译固然逸出原著甚多，可是却可能透过枝节的改变，推动文学类型的进展。如王德威（1954—）曾指出晚清翻译或许一无所获，但亦能学得崭新的东西，从而改变思维方法和叙事形式："译文拮据的文笔、怪诞的修辞、陌生的用语、不连贯的辩证，也许只是译者能力限制的表征，也许更指证与外来及本地语言、知识、符号系统间的差异及断裂。"②

若就 19 世纪七八十年代的探勘非洲的文学译本而言，因正处于文学翻译的起始阶段，比起上述各种晚清译本的改写幅度，更是有过之而无不及。译著对于原著进行大规模的变动，甚至连根拔起，抽离原著主干，面目全非，恐怕非一般"意译"模式所

---

① 李欧梵，《见林又见树：晚清小说翻译研究方法的初步探讨》，《东亚观念史集刊》第 12 期（2016 年 6 月），页 10。

② 王德威，《翻译"现代性"——论晚清小说的翻译》，《想象中国的方法：历史·小说·叙事》（北京：三联书店，1998），页 105—106。

能诠释。本书拓展可能的诠释模式，如提出"抽离主干"与"拼凑片段"等。"主干"乃是原著最核心的要素与形式，涉及作者所欲投射的主旨、价值、准则与诉求，一旦遭受根本性的抽离，必然会产生彻底性的变化。译者抽离原著的主干，使之变为更能符合自身视域的文本。

相对于"抽离主干"对于原著主旨中心的根本变动，"拼凑片段"则是从周围加入译者关怀的片段，如翻译的过程中，嵌入沪地文人的情谊、科学原理与诗词文采等。译者调动／剪接／并置各种其关注的片段，从渲染情感的诗词片段到传播新知的新闻内容，恰能反映八十年代译者共存的多层旨趣。

五、本书架构与论文出处

本书在文本"跨文化行旅"的研究架构下，观察非洲探勘／探险文本在翻译与传播过程中所经历的语言文字、概念表述与情节片段流变，进而探索其背后隐藏的意义与诉求。相关著作译为中文后，亦可能因不同因素而获得重版或再版的机会，衍生不同版本，隐藏着不同的文化讯息。本书经过漫长的时间，搜集各种文献资料，勾勒完整的跨文化行旅路线，且检视各译本的不同版本，探索与评估其特点与诉求，试图建立起近现代文化界对于非洲文本的接受视野，盼能推进研究进程。

在章节结构的安排上，本书第一至第五章探索各非洲探勘／冒险记，翻译传播到晚清文化界的历程，以及探索文人译者的译介想象模式。第六章则是在前五章的基础上，结合晚清报人、文人与译者等综合性的视角，观察晚清中国文人对于"非洲"形象的塑造，恰好形成一从接受、转换到创作的历程。

本书各章的基础为六篇论文，其中四篇完稿较早，通过期刊与专书的审查程序，刊登于学术期刊与学术专书。另两篇论文完稿较晚，其中一篇曾发表于学术会议，一篇为本书首次发表。为配合专书的完整性，各章已进行程度不一的调整与改写。以下为各篇论文出处：

（一）《晚清文化界对于 David Livingstone 与非洲探勘记的接受与传播》，收入李奭学、胡晓真编，《图书、知识建构与文化传播》，台北：汉学研究中心，2015，页 435—486。

（二）《地理学论域、译者情感与宗教理念的转向：晚清〈三洲游记〉对于施登莱〈穿越黑暗大陆〉之翻译改写》，《汉学研究》第 37 卷第 3 期，2019 年 9 月，页 131—169。

（三）《拆除主干，拼凑片段：论〈斐洲游记〉对于施登莱 *Through the Dark Continent* 的重构》，《中国文哲研究集刊》（台北）第 53 期，2018 年 9 月，页 1—46。

（四）《演述非洲，言说中国：晚清作者笔下的异域形象与自我投射》，《东亚观念史研究集刊》第 19 期，2021 年 9 月，页 301—360。

（五）《地理路线、文明阶梯与科学冒险：论凡尔纳〈气球上的五星期〉在晚清的接受与传播》，"文体和时空：2021 近现代文学与文化线上工作坊"，2021 年 8 月 29 日，马来亚大学中文系。

第一章

传教、旅行与研究：

立温斯敦非洲传记的翻译与传播

一、前言

　　1873 年 5 月，在非洲传教与探险数十年的立温斯敦 ① 被发现死于赞比亚（Zambia）伊拉拉（Ilala）房舍。仆人朱玛（Chuma）和苏喜（Susi）剖开其躯体，取出心脏，葬于名为普敦（Mpundu）的树下，再以布裹其遗体，长途跋涉，抬到港口，运至英国，葬于西敏寺（Westminster Abbey）。其墓碑铭刻："三十年来，他在中非洲孜孜不倦致力于教化土著族群、探索未发现的秘密、废除惨绝人寰的奴隶贸易" ②。随着 19 世纪的局势演变，文化全

---

　　① 关于 David Livingstone 的中文译名甚多，本章正文统一为"立温斯敦"，针对引文部分，一律遵循原著采用之译名。

　　② 关于立温斯敦过世由人运送至英国的概况与其墓志铭，可参见"西敏寺"官方网站：http://www.westminster-abbey.org/our-history/people/david-livingstone（2014 年 3 月 28 日检索）。其墓志铭以英文大写字母呈现："BROUGHT BY FAITHFUL HANDS OVER LAND AND SEA HERE RESTS DAVID LIVINGSTONE, MISSIONARY, TRAVELLER, PHILANTHROPIST, BORN MARCH 19. 1813 AT BLANTYRE, LANARKSHIRE, DIED MAY 1, 1873 AT CHITAMBO'S VILLAGE, ULALA. FOR 30 YEARS HIS LIFE WAS SPENT IN AN UNWEARIED EFFORT TO EVANGELIZE THE NATIVE RACES, TO EXPLORE THE UNDISCOVERED SECRETS, TO ABOLISH THE DESOLATING SLAVE TRADE, OF CENTRAL AFRICA, WHERE WITH HIS LAST WORDS HE WROTE, 'ALL I CAN ADD IN MY SOLITUDE, IS, MAY HEAVEN'S RICH BLESSING COME DOWN ON EVERY ONE, AMERICAN, ENGLISH, OR TURK, WHO WILL HELP TO HEAL THIS OPEN SORE OF THE WORLD.'"（宣教士、旅行家、慈善家大卫·立温斯敦，1813 年 3 月 19 日生于拉纳克郡的布兰泰尔，1873 年 5 月 1 日卒于乌拉拉的奇昌博村，由忠心仆人护送，横越陆地与大海，安息于此。三十年来，他在中非洲孜孜不倦致力于教化土著族群、探索未发现的秘密、废除惨绝人寰的奴隶贸易，并于此写下他的遗言："在我独自一人时，我唯一能多做的就是，祈祷天国丰盛的祝福，降临到每一个愿意帮助愈合这世界之烂疮的人身上，无论他们是美国人、英国人或土耳其人。"）

球性流动的路线逐渐延伸到中国版图，如哥伦布（Christopher Columbus，1451—1506）四百周年国际纪念会、万国博览会等，都可见到晚清中国文化界或主动或被动卷入世界知识分享的结构，共享某些纪念仪式与庆典。就在英美各界悼念立温斯敦时，1870 年代由美国教士丁韪良（William Alexander Parsons Martin，1827—1916）、英国教士艾约瑟（Joseph Edkins，1823—1905）和包尔腾（John Burdon，1826—1907）等人在中国主编的《中西闻见录》，所辟有的"各国近事"一栏，刊登了立温斯敦的讯息："兹查斯敦之死，在去年三月间。身后成殓，皆赖义仆黑奴，料理一切，复将其枢护送回英，陆行四阅月，始抵海岸。其时英国业已专派轮船，守候接灵，抵英后，令国会大臣，督理丧葬事宜，备极优渥，复奉恩命，葬于昭贤堂（堂名微斯珉斯得阿贝，英京最著之礼拜堂也）。此堂创于唐太宗时，相传千二百余年，历代增修展拓，国人尊为圣所。"[1] 报道中的翻译术语与讯息未必精准[2]，却颇能反映彼时中国文化界经由新兴的出版管道，接收发生于"非洲—英国"的消息：立温斯敦尸体的运送、葬礼仪式等，且随着一系列纪念性文章，开启晚清中国人对立温斯敦与其"非洲探勘记"的认识。

虽然，中国人士早有亲历或行经非洲的记录，如 1707 年，樊守义（1682—1735）随艾若瑟（Antonio Francesco Giuseppe

---

[1] 〔清〕丁韪良，《各国近事：英国近事》，《中西闻见录》第 23 期（1874 年 6 月），页 23b。

[2] 如"微斯珉斯得阿贝"的"阿贝"（Abbey）非专用语，不该音译，应译成"微斯珉斯得寺院"（又译为"威斯敏斯特教堂"——编者注），也是如今泛称的"西敏寺"。"相传千二百余年"亦有误，该寺建于公元 960 年，距离新闻发表的时间未满千年。

Provana，1662—1720）赴欧时路过好望角，著有《身见录》；从
1782—1795 年，谢清高（1765—1821）曾随国外船只到非洲，口
授《海录》，记述妙哩士（Maoritius）、峡山（CapePoint）、散爹
哩（St. Helena）等地。[①]19 世纪，中国人士到非洲的案例趋增，
如 1841 年回教徒马德新（1794—1874）到麦加朝圣，又到开罗
居住半年，著有《朝觐途记》，记载埃及金字塔与穆罕默德·尔
里（Muhammad Ali，1805—1867）的政治改革[②]；1859 年，郭连
城（1839—？）由海路直达苏伊士，再由苏伊士坐火车经开罗至
亚历山大，著有《西游笔略》，对开罗古迹多有描写[③]。不过，其
内容多止于沿海一带或埃及大城，较无内陆记载，正如彼时西方
世界对非洲的有限理解。王韬《探地记》指出"若洲之内地，从
未有人深入之者，故洲内风土人情，外人莫得而详也"，而立温
斯敦"直达东西两境海滨"[④]，准确评估了立温斯敦"探地"的意
义。立温斯敦曾穿越喀拉哈里沙漠（Kalahari），先后探入贝专
纳（Bechuanaland，今称博茨瓦纳，Botswana）、盖米湖（Lake
Ngami）、安哥拉（Angola）、坦噶尼诺（Tanganyika，今属坦桑尼

---

① 〔清〕谢清高口述，杨炳南笔受，冯承钧注释，《海录注》（台北：台湾
商务印书馆，1970），页 60。
② 《朝觐途记》："谜思尔，巨城也。时母罕默德·尔里为王。王大智大勇，
善治理，其治谜思尔，修墓树，蓄货值，各种技艺，由甫浪西国名习来。诸凡制
造，无求于他国。"〔清〕马德新著，马安礼译，《朝觐途记》，《中国宗教历史文
献集成》第 95 册（合肥：黄山书社，2005），页 361。
③ 《西游笔略》："加以罗城内，有最奇之古迹，状如冢，皆石为之，阔
下而锐上。其最大者，即其下之一隅量之，长约六十丈，高亦六十丈，内有古人
之棺，不知何代所建。"〔清〕郭连城，《西游笔略》（台北：文海出版社，1973），
页 131。
④ 〔清〕王韬，《探地记》，收入王锡祺编，《小方壶斋舆地丛钞》（台北：
广文书局，1962），第十二帙，页 11a、11b，总页 9953、9954。

亚）、尼亚萨兰（Nyasaland，今属马拉维，Malawi）及莫桑比克（Mozambique），奠定"探地"之里程碑。

相较晚清历史或文学研究者已陆续关注的米怜（W. C. Milne，1785—1822）、麦都思（Walter Medhurst，1796—1857）、马礼逊（Robert Morrison，1782—1834）、郭实腊（Charles Gutzlaff，1803—1851）、理雅各（Jame Legge，1815—1897）、裨治文（E. C. Bridgman，1801—1861）、林乐知（Young J. Allen，1836—1907）、傅兰雅（John Fryer，1839—1928）、李提摩太（Timothy Richard，1845—1919）等传教士，立温斯敦几乎乏人问津。立温斯敦曾因阅读郭实腊《中国的呼声》（*Appeal of China*）而深受鼓舞，有意至中国传教，却因鸦片战争的爆发，1840 年底改往非洲。[①] 立温斯敦与中国的因缘并不因此中断，反而透过新闻传播、出版业与传教士等渠道而又有所牵连。

立温斯敦的非洲记述共有两部：1857 年 *Missionary Travels and Researches in South Africa*，记录 1840 年至 1856 年横跨非洲东、西两岸的传教探勘历程。1865 年，他将备受责难的二度非洲探勘记出版为 *Narrative of an Expedition to the Zambesi and its Tributaries*。1874 年，就在立温斯敦过世后，旁人将他最后七年的日志整理为《立温斯敦在非洲中部的最后行旅》（*The Last Journals of David Livingstone in Central Africa*）。其传入中国的著作乃是 *Missionary Travels and Researches in South Africa*，它开启了非洲内陆的风土民情、部落体制等面貌，1879 年被译成中文，名为《黑蛮风土记》。迄今为止，此乃是中文学界唯一的立温斯

---

① David Livingstone, "Introduction," *Missionary Travels and Researches in South Africa* (New York: Harper, 1858), pp.7-8.

敦著作译本。遗憾的是，无论中西学术圈，鲜少论及此译本。

笔者有意重探该译本的发生语境与其反映的内涵，并且重塑 19、20 世纪之交中国文化界对于立温斯敦其人其事的接受与传播情形，填补学术空白。本章并非立温斯敦的专门研究 [1]，而是侧重于晚清中国文化界对于立温斯敦的接受、翻译与传播状况。在结构上，先从现有材料重探译本的发生概况，试图勾勒自 *Missionary Travels and Researches in South Africa* 到《黑蛮风土记》《泰西风土记》的翻译进程，当中涉及晚清幼童留美计划、新闻讯息全球化流动、中国报刊崛起等脉络背景；其次，就《黑蛮风土记》的翻译实践，分成数层面，先后探讨译本在译者的意识形态、诗学结构下的变动，当中包含彼时迅速传播的殖民论述与中国固有的礼教传统、文人逞才肆情的惯性与夸大渲染的文学笔调等而形成的"非洲"形象；最后，本章就新闻、议论、小说、传记等不同媒介与文体等材料，探及晚清人士因不同的位置而对立温斯敦投射的视野，反映特定的需求或期许。

---

[1]　关于立温斯敦的研究或传记，英文版已有不少，如 William Garden Blaikie, *The Personal Life of David Livingstone: Chiefly from His Unpublished Journals and Correspondence in the Possession of His Family* (New York: Harper, 1881); Thomas Hughes, *David Livingstone* (London: Macmillan,1891); Henry Walton, *Livingstone: Fifty Years After* (London: Hutchinson & Co, 1925); Jeanette Eaton, *David Livingstone: Foe of Darkness* (New York: W. Morrow, 1947); Rob Mackenzie, *David Livingstone: The Truth Behind the Legend* (Eastbourne: Kingsway Publications, 1993) 等。中文版传记则有：张文亮，《深入非洲三万里——李文斯顿传》（台北：校园书房，2003 ）。这些传记都未涉及中文界对于立温斯敦的接受视野。

二、译本的发生：从留美学生计划到
世界地理学的传播

立温斯敦虽因鸦片战争而与中国失之交臂，但其非洲探勘记却译入中国，隐藏着一可以反映彼时外交、教育与世界观等讯息的文化地图：19 世纪后半叶的中国留美学生计划、西方传教士的文化传播、晚清中国文人身份的转变、早期的意译模式与世界舆地丛书的编辑等。本节将借由各种材料的追踪，勾勒译本的发生语境与其反映的思潮。

从《黑蛮风土记》的目录页，可见作者栏的记录："英国立温斯敦著，南海史锦镛（瑞臣）译语，山阴沈定年（饱山）述文，武进陈以真（璞卿）校字。"晚清"译语者"未必精通中文，而"述文者"未必精通外语，如林纾经由曾宗巩（1870—? ）、魏易（1880—1930）、陈家麟等人口述后再以文言体翻译的西方小说便是一例。[①] 依译本的生产脉络，沈定年附于译本之《序》提供了宝贵的讯息：

> 戊寅夏，尊闻阁主人属史君瑞臣，译其语节取而选存之。史君以方言馆生游学伦敦以归，尽通西文义例，而自幼出洋，未尝习中学，因以文属余。余就其语择贯属者，析为条目，

---

① 如林纾与曾宗巩合译《埃及金塔剖尸记》（*Cleopatra*）、《斐洲烟水愁城录》（*Allan Quatermain*）、《蛮荒志异》（*Black Heart and White Heart, and other Stories*）、《三千年艳尸记》（*She*）、《钟乳髑髅》（*King Solomon's Mines*）等；与魏易合译《玉雪留痕》（*Mr. Meeson's Will*）、《埃斯兰情侠传》（*Eric Brighteyes*）、《橡湖仙影》（*Dawn*）、《红礁画桨录》（*Beatrice*）、《洪罕女郎传》（*Colonel Quaritch, V. C.*）；与陈家麟合译《玑司刺虎记》（*Jess*）、《古鬼遗金记》（*Benita*）、《铁匣头颅》（*The Witch's Head*）、《炸鬼记》（*Queen Sheba's Ring*）等。

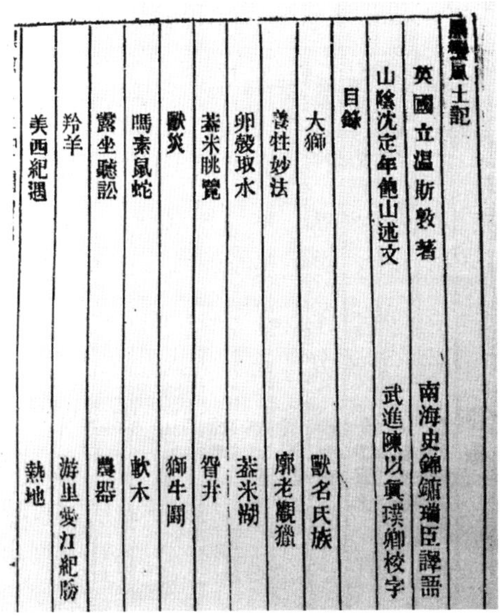
黑蠻風土記
英國立溫斯敦著 南海史錦鏞瑞臣譯語
山陰沈定年僊山述文 武進陳以眞璞卿校字
目錄
大獅 獸名氏族
養牲妙法 廓老觀獵
卵殼取水 荔米湖
荔米眺覽 智井
獸災 獅牛鬭
嗎素鼠蛇 軟木
露坐聽訟 農器
羚羊 游里娄江紀勝
美西紀遇 熱地

图 1-1
《黑蛮风土记》
1879 年版目录页

凡六十余则，而以原图并属于后。至其叙载实事，罗举名物，率皆平淡无奇，或随其语音翻为华字，不能索解，兼乏考据之功，则皆仍立温斯敦之原文，而不敢自矜淹洽，因涂附而失其本真，阅斯编者聊借以知海外之风气可也。岁在屠维单阏，秋八月既望。山阴沈定年识。[①]（《序》，2a）

上述引文虽反映近代留学生计划对译本的推动作用，不过，文中

① 〔清〕沈定年,《序》, 收入〔英〕立温斯敦著,〔清〕史锦镛译语，沈定年述文，陈以真校字,《黑蛮风土记》(出版地、出版单位不详，1879)，页 2a。原版未注明刊地与刊者，根据其序文“岁在屠维单阏”，可推算于 1879 年出版。本章所据乃是收藏于韩国首尔“奎章阁”的原版本（见图 1-1）。该书并非每页都可见到编码，本章所列页数乃是经由推算，具体出处以“条目”名称为准。为避免烦琐，凡引用此文本，一律在引文后括弧注明篇章与页数，不另标注。

多处有待斟酌。根据近代中国留学生资料，史锦镛（1858—？ ）并非留英，而是留美，属 1872 年第一批泰西肄业计划的三十位学生之一。此计划由广东香山人、毕业于耶鲁大学的容闳（1828—1912）倡议，获丁日昌（1823—1882）、曾国藩（1811—1872）、李鸿章（1823—1901）等人支持，成立"驻洋肄业局"，自 1872 年开始，分批派遣中国官费留学生，学习军政船政等洋务，前后进行十年。[①] 这批赴美学生几乎复制容闳的模式：先到麻省孟松学校（Monson Academy）就读，接着分发各大学。留学生背景大多是容闳的同乡或是地缘相近者[②]，1858 年出生香山的史锦镛即是其一。他年约十四岁，比起同批幼童略长，出国前对中学应有接触，而非序文所谓"自幼出洋，未尝习中学"。就孟松学校毕业簿，可见史锦镛的中文留言"独在异乡为异客，每逢佳节倍思亲"，与英文留言"圣经 你的指南"，落笔时间为"1875 年 10 月 29 日"，反映其掌控中英双语的能力。[③]1877 年，史锦镛因违

---

① 关于留学生计划的研究，可见 Edward J. M. Rhoads, *Stepping Forth into the World: The Chinese Educational Mission to the United States, 1872-81* (Hong Kong: Hong Kong University Press, 2011)；钱钢、胡劲草，《留美幼童：中国最早的官派留学生》（上海：文汇出版社，2004）；田正平主编，《留学生与中国教育近代化》（广州：广东教育出版社，1991）等。

② 关于幼童的地缘分析，可见 Edward J. M. Rhoads, "Recruitment," *Stepping Forth into the World: The Chinese Educational Mission to the United States, 1872-81*, pp.13-30。

③ 2002 年，钱钢赴美查获早年留美幼童的原始资料，其中之一便是发现孟松学校毕业留言册与收录各种剪报、资料的档案匣。钱钢、胡劲草，《留美幼童：中国最早的官派留学生》，页 96。

规而成为首位被遣返的留美生。[①]

虽然，史锦镛未必是近代留美计划的范例，不过却仍可见该计划促成中国留学生接触立温斯敦的契机。史锦镛长达五年的留美时间（1872—1877），恰是欧美媒体热切关注立温斯敦的时刻，无疑替 1879 年出版的中译本提供了一背景。19 世纪七十年代，深入非洲探勘的立温斯敦音讯杳然，谣言四起，甚至传出噩耗，消息来源甚至包括英国皇家地理学会与美国驻桑给巴尔（Zanzibar）大使馆。立温斯敦扑朔迷离的行踪直到 1871 年才拨云见日：由美国极具影响力的媒体《纽约先驱报》（*The New York Herald*）派遣的战地记者施登莱，于 10 月 23 日在乌齐齐（Ujiji）见到疾病缠身、骨瘦如柴的立温斯敦。该报以跨页形式大幅报道两人的相遇，借由传奇事迹的渲染，吸引大众目光。[②] 就在施登莱返回英美后，立温斯敦拒绝离开，继续在荆棘泥泞中探勘尼罗河（the Nile）源头，1873 年客死异乡，留下未竟之志，引发欧美各界对立温斯敦的广泛哀悼。

在文化讯息全球化的年代，此一在英美发酵的消息随后传到报业正蓬勃发展的中国。自 1815 年在马六甲创办的第一份中文报刊《察世俗每月统记传》以降，即可见各种以"世界"为名的中文报刊，如《各国消息》（1838）、《遐迩贯珍》（1853）、《六合丛谈》（1857）、《中西闻见录》（1872）等，大多由传教士主持，

---

① 根据 Edward J. M. Rhoads 对于幼童档案匣的研究，指出史锦镛因为欠债而遣返中国。Edward J. M. Rhoads, "The American Host Families," *Stepping Forth into the World: The Chinese Educational Mission to the United States, 1872-81*, p.64。

② 1872 年，*The New York Herald* 以跨页篇幅报道，证实该报记者施登莱寻得立温斯敦的消息，并强调了过程之困难，附上了立温斯敦失踪期间的行踪地图。"LIVINGSTONE: Herald Special from Central Africa Finding the Great Explorer," *The New York Herald* (1872.7.2), pp.1-3。

向中国读者介绍不同于传统"天下"观的新世界观，"在以'鼓励有志与才智之士'，'介绍世界历史及西洋知识，用以唤醒本人'宗旨下，纷纷辟出时事专栏、地理专栏、工商行情专页、杂记等栏目，报道国内外大事"。[①]《中西闻见录》辟有"各国近事"一栏，发表各国新闻，1872 年第 5 期报道立温斯敦"探寻尼禄河源数年未归，久无音问""去岁美国斯但利前往，将伊所绘图籍及家报寄回"的消息。1874 年，《中西闻见录》第 23 期报道立温斯敦的噩耗："兹查斯敦之死，在去年三月间。"[②]除传教士的推波助澜外，作为第一任驻外公使的郭嵩焘（1818—1891），出发英伦处理"马嘉理事件"的前一年，曾于"光绪三年九月二十一日"的日记提及："伦敦《特力格讷弗》新报局与美国纽约之《赫拉尔得》新报局遣人探阿非利加中土，起自阿非利加之东曰桑希巴尔，经西出钢戈江，即冈比亚江，计程约万余里，周历至三年之久。英人屡次游探不能入，至是始一览其全。"[③]曾于 1867 年至 1870 年游历欧洲并且旅居苏格兰（立温斯敦之故土）的王韬，撰文《探地记》，高度肯定立温斯敦在地理探勘上的重大贡献："其考求内地之功，非人所能及也"[④]。

从外国传教士到中国士大夫与知识分子，显示 1870 年代不同身份的人士对于立温斯敦的关注，创造了中译本诞生的氛围。1877 年，被遣返中国的史锦镛年约十九岁，正是大展宏图之时，

① 祝均宙，《中国近现代中文期刊概述：发展脉络及特色》，《上海图书馆馆藏近现代中文期刊总目》（上海：上海科技文献出版社，2004），页 1590。

② 〔清〕丁韪良，《各国近事：英国近事》，页 23。

③ 〔清〕郭嵩焘，《伦敦与巴黎日记》，收入钟叔河编，《走向世界丛书（第一辑）》（长沙：岳麓书社，1985），第 4 册，页 339。钟叔河在该段落修正郭的观点："钢戈江即刚果河，并非冈比亚河，郭记误。"

④ 〔清〕王韬，《探地记》，页 9954。

若就其返回途中的剪辫子、穿西服等行径来看，相当程度反映他对西方文化的接受。[①]1870 年代正值"申报馆"扩展势力之时，以"尊闻阁主人"为笔名的《申报》创办人美查（Ernest Major，1830—1908）聚合培养了一批才华洋溢的中国文人，如作为《申报》"总纂"的蒋其章（芷湘）以及"主笔"的钱征（昕伯）、何镛（桂笙）、沈定年（饱山）、蔡尔康（紫绂）等人。序文中的"尊闻阁"，指向以《申报》为大本营的团队，乃是一批崛起于上海文界"从传统文化人转变为新型文化人"的团体[②]，除编报办刊外，以文会友，创作竹枝词、应酬诗词等，编有《尊闻阁同人诗选》。核对沈定年《序》之"戊寅夏，尊闻阁主人属史君瑞臣"与文末"岁在屠维单阏，秋八月既望。山阴沈定年识"，可以推

---

①　根据钱钢的研究："史锦镛奇怪地消失了。直到在上海复旦大学查阅《李鸿章未刊函稿》时，我们才知道，就在给女生写信的第二年，史锦镛被清政府召回。原因不详。但肯定是'犯错误'了。在回国的半路上，史锦镛剪了辫子，改穿了西服，李鸿章说'情殊可恶'。"钱钢、胡劲草，《留美幼童：中国最早的官派留学生》，页 97。

②　此一转变的过程如熊月之所言："从传统文化人转变为新型文化人，是个缓慢的过程，在很多人身上看不出明显转变的环节。我们很难说某人是从哪一年开始就由传统文化人变成新型文化人了。而且，这个转变也是相对而言的，在很多人身上，其实是新旧一体，亦新亦旧，半新半旧，有新知识，新观念，也有旧习气，老传统。"熊月之，《略论晚清上海新型文化人的产生与汇聚》，《近代史研究》第 4 期（1997 年 4 月），页 264—265。

论：遭遭返中国的史锦镛来到印刷业与出版业发达的上海①，正逢西学扩张之时，急需精通外语之士，1878 年（戊寅）夏天，受尊闻阁主人委托翻译的任务。史锦镛虽通外语，叮是中文程度应不及土生土长的中国文人，因而"译语"后，又由沈定年"述文"与陈以真"校字"，完成时已是 1879 年（屠维单阏）的秋天。

作为述文与校字的沈定年与陈以真显然比起史锦镛更具深厚的中学能力。沈定年是《申报》的主笔之一，曾编以诗词为主的《侯鲭新录》，辑录各种阐释《易》《诗》《书》《礼》《春秋》等文章的《经艺新簹》，反映了其旧式文人的审美趣味与深厚的中学基础。陈以真则是校订过申报馆重印出版的古典书籍，如 1878 年仿聚珍版本排印的西泠野樵《绘芳园》之卷末有"武进陈真璞卿氏校订"字样②、《儒林外史》申报馆第二次排印的巾箱本（简称"申二本"）五十六回末有"武进陈以真璞卿氏校定"字样③。相比起"校字者"陈以真，"述文者"沈定年扮演更重要的角色，替译本写出洋洋洒洒的《序》。

沈《序》一开始便破解传统"以华夏而包蛮夷"的"天下

① 史锦镛返回中国后的行踪一直不明，各方研究者都难以查证。不过，笔者追踪 19 世纪八十年代的报刊，查得蛛丝马迹：史锦镛曾于《申报》1882 年 8 月 20—22 日一连三天发表《声明》，都提及"余本为他报馆主事并翻译，今因承友另有别就"，可见他曾于报馆任职。1883 年 4、5 月间，他发表《浙府辕门抄》及《浙省抚辕抄》，署名为"管理华务通事"，可见他担任华务通事。1888 年后，他多次跃上《英界公堂琐案》及《英界晚堂琐案》等系列报道，内容多提及他卷入与财物纷争有关的法律事件。统而观之，他返回中国后先到报馆任职，接而转为华务通事，而后又从事商业活动，卷入不少争议。

② 〔清〕西泠野樵，《绘芳录》，《晚清民国小说研究丛书》（长春：吉林文史出版社，1988），第 43 册，页 1051。

③ 李汉秋，《〈儒林外史〉的版本及其沿递》，《儒林外史汇校汇评》（上海：上海古籍出版社，2010），页 8。

观"，指出"泰西风俗，其人好游历，地面一周，知自东而西，可更极西而还反乎东？而地球乃有定形，四洲之名，历历可指矣"。沈定年抛开民族尊严，以不同于传统"天下观"的论述模式，彰显立温斯敦著作的优势："西人行事，虽万里之遥，千金之费，辄不惮烦劳，必试行之，而后心快意惬。且其著书立说，又必躬践其地，亲见其事，而后托楮墨以发为言；中土儒者足不出户庭，而矜言著述，事不经阅历，而臆造端倪，故说部之书，十九伪托。求其以空闲之岁月，作汗漫之游踪，归而记载，传信后世，古今以来，杳不多觏以视。此书之实而有征，奚啻霄壤。"（《序》, 2a）

当沈定年面对有别于中土"臆造端倪"的"实而有征"之著作时，以相当的自觉意识强调自己的翻译原则：遇到"不能索解，兼乏考据之功"时"则仍立温斯敦之原文，而不敢自矜淹洽，因涂附而失其本真"。早在严复（1854—1921）与鲁迅（1881—1936）提出"信达雅""硬译"原则之前，19世纪七十年代的译者实已触及翻译真实性／自觉性的议题。可是，翻译原则未必等同于实践结果，类似"不敢自矜淹洽，因涂附而失其本真"实更接近于彼时译者竞相出现的空泛宣言，尚难摆脱19世纪后半叶中国翻译作品普遍出现的"意译"模式。[①] 经由史锦镛的"译语"

---

①　关于晚清文学的"意译"概况，如陈平原指出晚清"意译为主的时代风尚"，大致提出：改用中国人名、地名；改变小说体例，割袭回数；删去无关紧要的闲文和不合国情的情节；大加增补，译出原作中没有的情节和议论。见陈平原，《中国现代小说的起点——清末民初小说研究》（北京：北京大学出版社，2005），页34、39—40。又如郭延礼提出近代"以意译和译述为主要翻译方式"，"误译、删节、改译、增添之处时见"。见郭延礼，《中国近代翻译文学的发展脉络及其主要特点》，《中国近代翻译文学概论》（武汉：湖北教育出版社，1998），页26。

到沈定年的"述文"、陈以真的"校字"，辗转几手，更大幅度逸出原本脉络。在简化的译本中，译者时而虚构想象，时而渲染情境，使得"实而有征"的非洲记述反而重蹈沈定年批判的"臆造端倪"，与"叙载实事，罗举名物，率皆平淡无奇"的风格迭有差异。

针对译本形式，译者"就其语择贯属者，析为条目，凡六十余则"，实为六十一则，乃是严重减缩的译本。1857 年出版的 *Missionary Travels and Researches in South Africa*，以约三十万字的长度，记述立温斯敦横跨非洲东西两岸（从大西洋到印度洋）的创举：自 1840 年从英国搭船到开普敦（Cape Town），1841 年 7 月抵达已在非洲传教二十余年的摩法（Robert Moffat）位于库鲁曼（Kuruman）的传教站，而后数年又辗转迁往玛波塔撒（Mabotsa）、卓奴（Chonuane）、廓老（Kolobeng）等地。1849 年，立温斯敦穿越喀拉哈里沙漠，发现盖米湖。1852 年，护送即将返英的妻小到开普敦后，返回内陆途中获知布尔人[*]（Boers）摧毁部落、烧毁房子，决定往北，更进一步探向非洲内陆。1853 年 5 月，抵达利尼扬蒂（Linyanti），又往西北探进，屡遭当地部落敲诈，又逢疟疾、痢疾、昏睡病之肆虐。1854 年 5 月，终于抵达葡属地——西岸首都冷罗按大[**]（Loanda）。稍停留后，众人又东行，沿着赞比西河（Zambesi）下游过程，发现维多利亚瀑布（Victoria Falls）。1856 年 5 月，抵达另一葡属地克利马内（Quelimane）。12 月，立温斯敦从克利马内港口登船，首次返回阔别十六年的英格兰与苏格兰（见图 1-2）。

---

[*] 布尔人，阿非利卡人的旧称，后文沿用此旧称。——编者注
[**] 后译为"罗安达"。——编者注

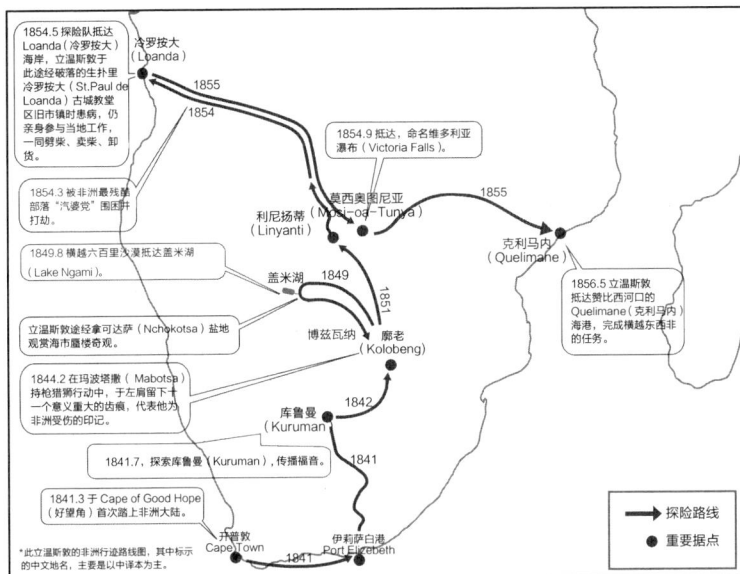

图 1-2　立温斯敦的非洲行迹路线图（1841—1856）

中译本远未能反映原著 1840—1856 年的路线。明显可见，译者不试图呈现连贯性的时空架构，而以跳跃的片段彰显非洲动植物、风土人物与礼教制度等。六十一则条目如下：

大狮、兽名氏族、养牲妙法、廓老观猎、卵壳取水、盖米湖、盖米眺览、皙井、兽灾、狮牛斗、吗素鼠蛇、软木、露坐听讼、农器、羚羊、游里爱江纪胜、美西纪遇、热地、凡咬礼乐、遇生的始末、弼伦风俗、赛摩佛、里倍湖、荒场水、海的地气、铁网、摩全、昆屯荒象、袁鼓、痴君、莫威、牝牛、开赛重布、败火枪、贩人陋俗、开撒纪游、党人违教、要索、虚克江、三毗、呣抱人、开生俗、西洋商、蛮篱、铁波威、怪丑、三瑞、架屋、按倍加之胜、英船试炮、岛城养疴、耕织之利、卡仁风土、半可酋长、盗食奴、葡萄、奴仆贱称、黑妇妆、海马掀舟、山巅监猎、野牛。①

上述条目以"大狮"为始、"野牛"为末，实为未完稿，主要译出立温斯敦自 1840 年前往非洲至 1854 年抵达西岸葡萄牙属地罗安达的历程，后面零星翻译原著往东岸的行程，秩序凌乱，基本上未能反映立温斯敦 1854—1856 年沿赞比西河下游往东岸克利马内之内容。

在六十一则的非洲记述外，中译本"以原图并属"，共有二十六幅。原著的正文共附有四十四张图，译者择取二十六张：

壳鲁遇狮、火扑兽阱图、逐兽入坑图、黑妇用鸵鸟卵壳取水河滨之图、取水负归见男子获兽互相喜幸之图、盖米湖携眷眺览图、湖上所见羚羊、狮搏牛图、狮牛相斗图、露坐听讼图、亚洲巴多革黑人农器图、埃及图、羚羊之大如牛者、美西守吏率土人火跳唱相接之状、牝犀负稚图、凡皮乐器异式、凡皮武弁帅兵作乐相迎图、生的所示螺壳三事、南港乘舟图、钩住木式、倍新酋长发罩式、按哥来木兜篝式、几士河滨负担式、按哥来架木作屋图、里按大女人织具式、海马

---

① 原文目录页没有列上"蛮篝"条目，可是内文却有此条目，应是目录页之缺漏，此处补上。另，目录页的"开撒纪游"与"铁波喊"条目在内文中标为"开撒记游"与"铁波威"。

掀舟。[①]

不同于文字篇幅的大量简化，译本对于图像选取的比例不低，盖因图像更具附会想象的空间。比起"译语"后再"述文"的多层障碍，图像更能让译者突破文字障碍，看图说故事，如透过"黑妇用鸵鸟卵壳取水河滨之图"加入妇人"负鸵鸟卵壳，徒步数十里，行汲于水"的场景描述；"盖米湖携眷眺览图"伪造"二黑人双桨荡""堤上则一黑人则置锅炉为食"的形象勾勒；"南港乘舟图"虚构"六桨相间，左右并举，而船首之篙则易而为桨"的行进原理；"钩住木式"则是渲染"衣服辄为所钩，戳穿而洞"的藤蔓景观。（《卵壳取水》，3b；《盖米湖眺览》，4a；《牝牛》，20b；《开撒记游》，25b）

此译本固然有各种省略缺失，可是恰逢 19 世纪中国对于历史地理学的特定需求而获得出版传播的机会。颓衰的时局激发士大夫对于"世界"的关注，相继介绍世界地理景观，经度、纬度、五大洲等西方地理学。记述非洲的《黑蛮风土记》也因而受到关注，如 1891 年，忧患时局的王锡祺（1855—1913）以"浸淫舆地之学辑书十余载"之力[②]，编《小方壶斋舆地丛钞》丛书，共十二帙六十四卷，收中外地理学著作共一千两百种。其中，《黑蛮风土记》收入丛书第十二帙第九卷，同卷收录多种非洲著述，如

---

① 《黑蛮风土记》共收 26 张插图，往后出版的《泰西风土记》去除其中 7 张，收 19 张图。另，译者的图像说明未必完全符合原著图片的说明，如"亚洲巴多革黑人农器图"有误，原著"A Batoka hoe"欲说明的是非洲 Batoka 部落的锄头。

② 〔清〕丁万宝，《跋》，收入王锡祺编，《小方壶斋舆地丛钞》，第十二帙，页 3a，总页 10295。

黑蠻風土記

英國立溫斯敦著

余早歲輒好游歷思欲窮地球五洲之勝而力每不逮曩歲乃游於阿非利洲之境洲據地球東半在歐羅巴東南而亞細亞之西南廣袤里數經緯線志海國者動詳言之不復贅詞其地人物大畧樸實少文蓋靈秀之鍾毓至殆將窮絶故遠不及諸洲而其在四大洲中山川形勢亦不少遜且拓地廣皆在萬五六千里有奇則其中人民之繁富都會之盛大物類之雖奇古蹟留遺舟車所至不勝磬紀惜其地之居中有大沙漠人迹罕至自來游此洲所至猶邊境也余以遠人深入其境風俗不知言語不通道路不辨於熙熙攘之中輒見怪怪奇奇之事往往觸險蹈危幾不自保至今追憶猶覺寒心如談虎者能令滿座變色然古人游記之作亦自不廢暇輒筆之於書拉雜成體格今復檢行篋出舊稿次第之得數十條自初至以及將歸蹤跡可考不能盡繪之以圖至川陸道里行止月日未遑具詳聊以誌風土備人物俾

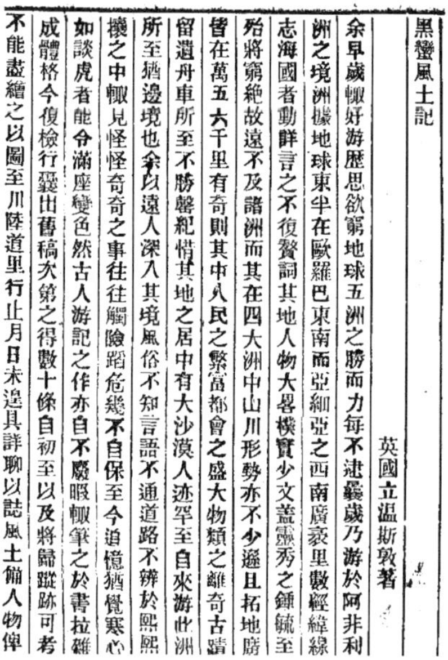

图 1-3

《黑蛮风土记》内文

（《小方壶斋舆地丛钞》版）

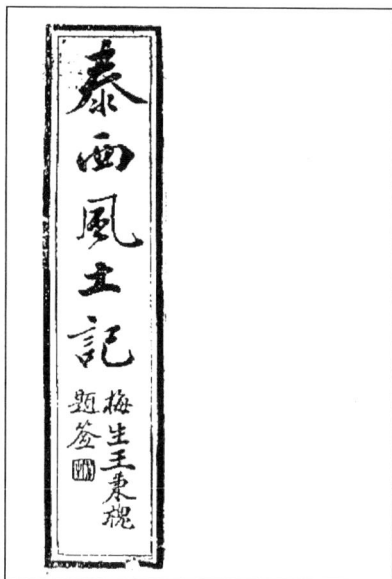

图 1-4

《泰西风土记》书名页

（北京国家图书馆藏本）

《阿利未加洲各国志》一卷，日本冈本监辅（1839—1904）《亚非理驾诸国记》与《埃及国记》各一卷、《地兰士华路考》一卷，英国韦廉臣（Alexander Williamson，1829—1890）《埃及纪略》一卷，美国丁韪良《新开地中河记》一卷，美国林乐知《阿比西尼亚国述略》，王韬《探地记》一卷。①《小方壶斋舆地丛钞》向来为人诟病的是其对于原本的增删补易、编辑调动等情形。辑入此系列的《黑蛮风土记》出现四大变动：一、去除作者与译者之名，未注明原书出处；二、取消原书的六十一条目，使得全文变为不分条目的排列；三、删除十九张图片；四、删除沈定年之序文（见图 1-3）。

19、20 世纪之交，上海时务书局以铅印方式重编印制，标题字样由清季画家"梅生王秉槐"题签。卷首附有沈定年之《序》，内文各段落以条目区分，共有六十一则内文与十九张图，基本上恢复 1879 年申报馆版本的面貌。不过，此译本将书名《黑蛮风土记》改为《泰西风土记》（见图 1-4），反映其对"黑蛮"字眼所蕴含的偏见有所反思，不过新书名也未必精准，观其内容，实为"阿非利加风土记"。从传播角度而言，上述几个版本中，申报版几乎不见踪迹，反而是删节调动而不利于研究的《小方壶斋舆地丛钞》版靠着"丛书"方式得以流传。

由上可见，《黑蛮风土记》译本反映了丰富的文化讯息，从留美学生计划的提倡、文人身份的转变、出版事业的蓬勃到世界历史地理学的风潮等。奠基于译本的脉络背景，本章以下将分成数面向，从译者的意识形态与诗学结构等面向，逐一探入分析。

---

① 〔清〕王锡祺，《小方壶斋舆地丛钞第十二帙目录》，《小方壶斋舆地丛钞》，第十二帙，页 1a，总页 9915。

三、非洲人体标签：中国礼教与西方殖民话语的交叠

就 *Missionary Travels and Researches in South Africa* 的中译本题名——"黑蛮风土记"，可预知内文的"异域"转向，隐藏着19世纪中国人观看非洲的视角。"翻译"涉及潜藏于语言背后的意识形态、文化规范、民族心理等元素，遂使来源语进入目的语的翻译过程，为适应特定社会语境而出现改写或操纵的情形。[①]循此，本节将观察译者如何基于各种中西交叠的意识形态而呈现特定的"非洲"形象。

就"翻译操纵论"或"翻译改写论"等论述，得知"意识形态"的差异扞格、折冲碰撞，可促成翻译实践的转向。[②]以此思

---

① 研究者对"源语"与"译语（或目的语）"已多有理论思考，如 Toury 指出译者若亦步亦趋于译语规范，会做出各种变动，以提高其在译语文化中的接受度；Gentzler 分析 Toury 的翻译理论架构时指出"目的语文化整体接受性"所构成的理论假说与"译本对应于源语文本的完整契合度"所构成的功能动态对应。见 Gideon Toury, *Descriptive Translation Studies and Beyond* (Amsterdam & Philadelphia: John Benjamins, 1995), p.56; Edwin Gentzler, *Contemporary Translation Theories* (London & New York: Routledge, 1993), p.128。

② 勒菲弗尔提出"翻译是对原文的一种改写"（theory of rewriting）："'改写'是一种人为操控的行为，虽然向权力核心靠拢，但从正面的角度来说，同时也可能是社会及文学演进的催化剂。'改写'能够引进崭新的观念、文体和文学形式，可以说翻译的进程等同于文学的革新发展，并反映出文化之间如何相互形塑。相反的，'改写'也可能控制、扭曲或遏止革新。在这样一个各个面向都受到越来越多人为因素干预的时代，透过研究文学中以'翻译'形式反映出来的'改写'之进程，我们得以提升自身对当代真实社会的认知。"Andre Lefevere, *Translation, Rewriting and the Manipulation of Literary Fame* (Shanghai: Shanghai Foreign Language Education Press, 2004), p. Ⅶ。勒菲弗尔在该专著中主要探及"翻译"如何受到意识形态（ideology）、诗学形态（poetology）、论域（universe of discourse）的制约／开拓；改写者对原著进行调整，以使其符合改写者所处时期占统治地位的意识形态和诗学形态，进而达到被接受的目的。

路观察《黑蛮风土记》，可以揣测，译者异于立温斯敦的位置，必然在某种程度上调动了源语文本的方向。从 1840—1856 年，立温斯敦以伦敦传教会（London Missionary Society）的教士身份探入非洲，即或其传教动机因探勘活动而屡遭教界质疑，他却在传记中信誓旦旦地陈述自己的传教意图。为克服传教不力的指责，他以相当篇幅诉及唯一受洗成功的教徒——贝文（Bakwain）部落酋长西霁（Sechele）面临的困境 ①，反映非洲居民改变信仰的艰辛，不无自我辩护之意涵。相形之下，译者不具有传主的焦虑，一再淡化立温斯敦有意标举的教士身份与传教意图，将西霁置入中国文人更关注的家世渊源、交游模式等脉络："暇则询其家世，知其太祖慕初居此地，能周历山水，晓识人物风俗"，"气宇不凡，姿容美好，尤善待人，与余极亲信"（《兽名氏族》，2a、2b）。完全不提西霁的受洗与困境。译著书名去除"Missionary"，以删刈遮掩或收敛隐晦的方式处理原著涉及宗教色彩的文句段落，如译及三毗（Cypriano）供奉圣安东尼之蜡像时，跳过圣安东尼照顾迷路羔羊之典故，将之变为博学多闻的古人："西洋之古人，声施后世，为人钦慕"，"能通天地格致之学，可传于世"（《三毗》，

---

① 原著第一章用诸多篇幅描写西霁如何勤奋学习语言、受洗成教徒、试图改变村人，可是却又因当地风俗而遭遇各种困境，如因拥有多位妻妾而无法彻底实践宗教道义的挣扎。相关记述可见第一章的小标题：Sechele's Questions - He Learns to Read - Novel mode for Converting his Tribe - Surprise at their Indifference - Polygamy - Baptism of Sechele -Opposition of the Natives（西霁的疑问—他的学习之路—革新部落风俗之道—意料之外的冷漠态度——夫多妻制—西霁的受洗—当地住民中的反对声浪）。

32b）①；又如"山巅监猎"一节，立温斯敦之从人捕象时以"神明的旨意"（The gods have said it），自我合理化捕象的行径。可是，译者将"神明旨意"变为"象乎象乎！尔命合尽于今日乎？吾已众擒尔，尔将焉逃"（《山巅监猎》，52b），象只被捕乃是命运所然，而非"神明的旨意"，淡化了原著的宗教色彩。

宗教并非沈定年的诉求，反而以兴腾于晚清知识圈的"新世界观"作为应对的方式，如译者对原著卷首《导言》的翻译模式乃是一例。立温斯敦原是叙述其祖父迁移苏格兰、父亲对教会的热衷，到自己在纺织厂工作进修、嗜好科学自然与旅行读物的童少年历程，接而开启长达 16 年（1840—1856）的非洲传教记。②此导言原可吻合中国追溯家门的传统，不过极可能因宗教色彩过于浓厚而遭删除，译者改而杜撰中国知识分子更为关注的新世界观：

> 余早岁辄好游历，思欲穷地球五洲之胜，而力每不逮。囊岁乃游于阿非利加洲之境。洲据地球东半，在欧罗巴东南，而亚细亚之西南。广衰里数，经纬线度，志海国者动详言之，

---

① 原文可见："They had also a few tracts containing the Lives of the Saints, and Cypriano had three small wax images of saints in his room. One of these was St. Anthony, who, had he endured the privations he did in his cell in looking after these lost sheep, would have lived to better purpose."（他们也有几本小册子，内容为圣徒生平事迹，三毗则在他的房间里放了三个圣徒小蜡像，其中一个是圣安东尼。这位圣徒如果能在这类似他过去深居隐修室时的贫困生活中好好照顾这些迷途羔羊，他的存在就更有意义了。）这涉及宗教脉络中的安东尼照顾迷路的羔羊的典故。David Livingstone, "Books and Images," *Missionary Travels and Researches in South Africa*, p.395.

② David Livingstone, "Introduction," *Missionary Travels and Researches in South Africa*, pp.1-8.

不复赘词。其地人物，大略朴实少文，盖灵秀之钟毓，至此殆将穷绝，故远不及诸洲。而其在四大洲中，山川形势亦不少逊，且拓地广长皆在万五六千里有奇，则其中人民之繁富、都会之盛大、物类之离奇、古迹之留遗、舟车所至，不胜罄纪。（1a）

译者杜撰立温斯敦"早岁辄好游历，思欲穷地球五洲之胜"之愿望，长篇阔论各大洲历史地理学，将立温斯敦以宗教为立基点的"诉说从头"，置入彼时中国"开眼看世界"的风潮，反映时人对新世界观的浮想联翩。[①]

耐人寻味的是，译者的"新世界观"并非一能与传统"天下""华夏"意识截然切割的价值意识，反而层层牵扯纠葛。就题名"黑蛮风土记"之"黑蛮"，明显可见不同于原著"South Africa"的中性之名，反映了一具有位阶差异的凝视，隐然回应传统士大夫将"异域"变为"鬼怪盛行、凶险可怕"的视野。[②] 译者透过各种方式夸大"发拳缩连、鬖夹颐，滋其黑丑"（《莫

---

① 关于晚清的新世界观已非传统的"天下观"所能概括，相关研究可见金观涛、刘青峰，《从"天下"、"万国"到"世界"——兼谈中国民族主义的起源》，《观念史研究：中国现代重要政治术语的形成》（香港：香港中文大学，2008），页40—53；罗志田，《天下与世界：清末人士关于人类社会认知的转变——侧重梁启超的观念》，《近代读书人的思想世界与治学取向》（北京：北京大学出版社，2009），页30—54；章清，《晚清"天下万国"与"普遍历史"理念的浮现及其意义》，《二十一世纪》第94期（2006年4月），页54—62；颜健富，《广览地球，发现中国——从"文学视角"观察晚清小说的"世界想象"》，《中国文哲研究集刊》（台北）第41期（2012年9月），页1—44，考察"万国""民族""天下""国家""世界"等关键词的使用、传播及其意义。

② 沈庆利，《现代中国异域小说之界定及发生发展概况》，《现代中国异域小说研究》（北京：北京大学出版社，2009），页9。

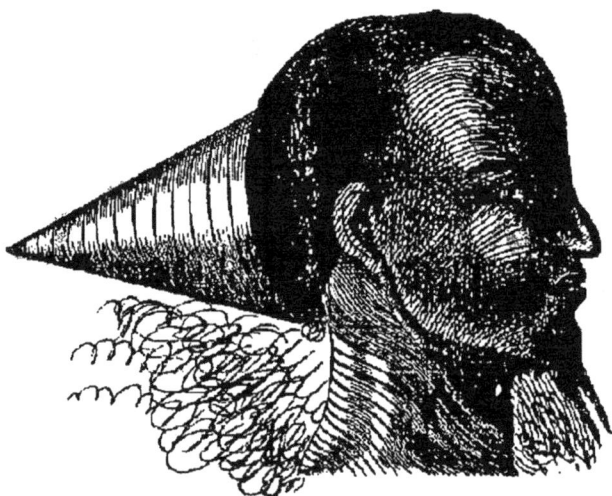

图 1-5　倍新酋长之发罩图

威》，19b）的非洲脸谱，又撷取附于原著的图像，名为"倍新酋长发罩式"（见图 1-5），径自看图说故事：

> 其装束亦颇奇异。最异者卷发成髻，而用树叶编成髻。罩式三角，平罩于枕角之后，而以绳洞穿其髻，使相联属。髻塞中外平横尖物，状殊恶。罩上以五色漆之，青红黄黑皆直桁，相间成文。其外圈围圆约六寸余，自受髻处至尖顶，凡八寸。怪异之形，惟酋长有是饰，而其下皆无之。科头拳发，蓬然如乱草而已。其须则挑出四旁，择最中百十茎，以蜡浇之，使坚硬挺直，再以余茎，卷粘于蜡上，黝然一挺柱。无美髯态度，而土人反以为贵者相。（《虚克江》，31a）

核对原文，即可见译者不同于立温斯敦对倍新酋长发罩的客观描述 [1]，而是加入了"颇奇异""最异者""无美髯态度"等主观评论，接而又导向礼教训诲："呜呼！礼文未具，无古制、无时妆束，动以意为之，多见其怪也。然须与发如是饰观，而被体之物反略，无制度，蔽以绒毯，犹为欧洲产，而由西洋商携之以入者也，其下则竟裸耳。"（《虚克江》，31a-31b）深化愚昧、落后、神秘的印象，彰显未经礼教熏陶的非洲人体标签。

沈定年即或具有较开阔的新世界观，可是与文化传统的链接

---

① David Livingstone, "Chief's mode of dressing his Hair," *Missionary Travels and Researches in South Africa*, p.393. 原文如下："he was a young man, with his woolly hair elaborated dressed: that behind was made up into a cone, about eight inches in diameter at the base, carefully swathed round with red and black thread."（他是个年轻人，卷曲的头发经过精心梳理，从后脑勺处扎起成圆锥状，圆锥底部直径约八吋，并用红色与黑色的线仔细绑住。）

并非一刀两断，他一再将非洲陋习简单地归咎于礼教缺失："上之政教，下之性情，皆无足观。又无圣人者兴于洲中，以自为徒，任其野俗暴戾，村陋少文，不得列于上国，良可惜也。"（《败火枪》，23b）且彰显"圣人"教化的重要性："然余一以忠信待之，使彼稍遂其欲，而仍不敢甚肆其欺。呜呼！虽狂獠之俗，亦安有不可化哉？而惜乎无人以治之也。"（《虚克江》，29a）在礼教传统的基调上，译本将立温斯敦的"教士"身份一变而为自身文化脉络的"圣人"形象，以凸显立温斯敦教化非洲的重要性。译文第三十七则"党人违教"即可见译者以自身的礼教传统强势介入原著，强调"排土"（Batoka）与"按仆"（Ambonda）族喧哗争斗、以乱犯上①，将茶壶风波渲染成外来者与在地者的冲突，让立温斯敦晓以大义："汝等既为我用，宁不知礼而狂悖嚷闹"，"我今用汝辈，即汝辈之主人，安有不听主人之理"？ "余曰：尔今衣何人之衣？食何人粟？徒不思本而与我强争主客乎"？（《党人违教》，27a）译本以自身的礼教传统渲染"不知礼而狂悖嚷闹"的人体标签，实有违于立温斯敦对待非洲的自觉意识：

> In our relations with this people we were simply strangers exercising no authority or control whatever. Our influence depended entirely on persuasion; and having taught them by kind conversation as well as by public instruction, I expected them to do what their own sense of right and wrong dictated. We never wished them to do right merely because it would be pleasing to

---

① David Livingstone, "Insubordination Suppressed," *Missionary Travels and Researches in South Africa*, p.375.

us, nor thought ourselves to blame when they did wrong.[1]

　　（对于当地人来说，我们只是外来客，无权对他们颐指气使。我们的影响力完全是依赖信仰；透过善意谈话与公开讲道的方式教导他们之后，我希望他们能依据自己心中的对错标准去行事。我们从不希望他们纯粹为了讨好我们才去做对的事情，也不认为我们要为他们做错的事负责。）

更复杂的是，译著呈现的人体标签无法简单视为传统"华夏"心理的折射而已，却又渗入西方的殖民论述，相互纠缠，暗度陈仓。鸦片战争以降的各种失利牵动晚清中国的取向危机（orientation crisis）[2]，西方以国势"强弱"为依据的论述渗入晚清文化界[3]，使得原本受到质疑的华夏中心论转向"文明与野蛮""进步与落后"的二元架构。当译者在"世界五大洲"架构上渗入"黑蛮""科头拳发，蓬然如乱草""其下则竟裸"等看似华夏视域的非洲人体标签时，实也融入殖民话语下的"强弱"标杆，遂使译本中的"天朝上国""天下共主"等指向现实中以国力军事占优势的西方列强。译者沿着如此基准，裁剪受"黑蛮"簇拥的传主形

---

　　[1]　David Livingstone, "Relations with the People," *Missionary Travels and Researches in South Africa*, p.21.

　　[2]　张灏指出："政治危机"乃是自殷周以来就作为政治秩序的宇宙王制（cosmological kingship）的解体；"取向危机"则是因传统价值取向、文化认同、精神意义三大方面的瓦解。见张灏，《转型时代中国乌托邦主义的兴起》，《新史学》第 14 卷第 2 期（2003 年 6 月），页 4。

　　[3]　刘禾曾指出：为合理化殖民扩张的行径，西方列强将种族和民族国家的范畴作为理解人类差异的准则，假借种族进化之名，从人种优劣发动殖民活动，树立欧洲的种族和文化优势，为西方征服东方提供"进化论"的理论依据。刘禾，《国民性理论质疑》，《语际书写——现代思想史写作批评纲要》（上海：三联书店，1999），页 68。

象，如译文第五则《卵壳取水》叙非洲人"里祖闻余名，窃心慕之，以为上国衣冠，忽焉莅止，私以得见颜色为幸，乃命仆人以车来迎。自廓老登程，不数昼夜，已至比丘乎之地"（《卵壳取水》，3a-3b）。事实上，探勘费由商人兼探险家奥斯维尔（William Cotton Oswell，1818—1893）赞助[1]，非因里祖"以为上国衣冠，忽焉莅止"而"命仆人以车来迎"。第十八则《美西纪遇》（Town of Ma-Sekeletu）描述"土人见余，知必由某大国来，相迎道左，即敬谨循礼"（《美西纪遇》，9a），但立温斯敦并非因"大国"身份而受款遇，而是因抵达友人西哥里都（Sekeletu）之领土所致[2]。第二十四则《里倍湖》写立温斯敦获当地妇人赠送之鸡遭窃，窃盗被"执送诸官"，"土人之媚余也，亦可谓无遗力矣"（《里倍湖》，14b-15a），实际上，原文无"执送诸官""土人之媚余也"等描述，却是由妇人直接出面指认窃盗。[3]

从"上国衣冠""大国""媚余"等译著衍生的译词，都出现一核心结构：当地人如众星拱月般围绕立温斯敦，使得传主形象潜藏着"天朝上国"的思维。不过，随着现实情势与强弱关系的变化，当译者将传主与非洲人的关系置入正受挑战的"天朝"架构时，"天朝"主人已非华夏，而是以军事称霸的列强。在位阶

---

[1] David Livingstone, "Departure from Kolobeng," *Missionary Travels and Researches in South Africa*, p.61. 奥斯维尔与立温斯敦、穆雷（Mungo Murray）于1849年6月1日自廓老（Kolobeng）出发，穿越喀拉哈里沙漠，经历磨难考验，始抵达里祖（Lechulatebe）处。

[2] David Livingstone, "Town of Ma-Sekeletu," *Missionary Travels and Researches in South Africa*, pp.244-245. 核对原著，始知译文"美西"乃是 town of Ma-Sekeletu 之音译，意指 mother of Sekeletu，乃是西哥里都的管辖之地。

[3] David Livingstone, "Theft," *Missionary Travels and Researches in South Africa*, pp.331-332.

差序下，译者为美化传主，不惜篡改原著。译文《莫威》原是记述抵达莫威村的立温斯敦感激居民殷勤招待，赠送剃刀一具、毡毯一床，却因赠品过于卑微而愧疚不已 [①]，译者却隐藏传主的愧疚，反而将赠品导入振振有词的教化论："剃刀盖导以整容之法，勿令发拳缩连鬈夹颐，滋其黑丑也。而毡毯则示以制造之巧，或其后有所仿织，而渐以兴利乎"（《莫威》，19b）；当立温斯敦进入煦部洲（Chihune）时多次被河热病（Riverfever）袭击，发烧晕眩，无法记录行程里数 [②]，译者却虚构"居民朴陋无文，亦事事简略，里数丈尺，辄不能知。游人过境即忘，亦无暇详求。故自某处至某处，里数不能记"（《贩人陋俗》，24a）。任何可能损毁或模糊立温斯敦形象的事迹或遭遇，在译文中均受到相当程度的调整。

译本潜藏着由礼教制度与殖民话语所形构的位阶差序，因而，当译及立温斯敦惨遭敲诈勒索的惨况时，译者以远超出原著的批判语调，谴责汽婆党（Chiboque）的行径。从译本第三十四至三十八则的《败火枪》《贩人陋俗》《开撒纪游》《党人违教》《要索》，随处可见高亢激烈的批判声调，甚至颠倒冲突场合：汽婆党持着火枪"围余于行帐中"，"有执火枪者五人当前道，若有冲锋陷阵之勇"。核对原著，恰好相反，汽婆党实无持火枪，因推测立温斯敦等人只有五把火枪，不足为惧，威胁敲诈。[③] 译者将

---

①　David Livingstone, "Interview with Katema," *Missionary Travels and Researches in South Africa*, p.344. 译者译为"莫威"，不妥，盖因莫威（Moene）乃是对酋长 Katema 的尊称，实指"主"（lord）之意，应译成"开的玛"。另，译文中的"毡毯"实为"披肩"（shawl）。

②　David Livingstone, "Fever," *Missionary Travels and Researches in South Africa*, pp.371-372.

③　David Livingstone, "Our Encampment Surrounded," *Missionary Travels and Researches in South Africa*, p.368.

汽婆党变为持火枪者后，杜撰其购买火枪与靠火枪而"雄视乡井"的背景，又在驳战中因"不知用处，乱击横施，甚至倒炸，不伤余党而自毙"，塑造汽婆党作为侵略者的暴力形象与"火攻之利，茫然不知宜，其自取残伤也"的愚昧行径。（《败火枪》，22a）若就原著脉络，立温斯敦固然厌倦于汽婆党三番两次的敲诈，可是重点在于反思外来贩奴商养成当地人贿赂、敲诈等行径的根本之因，如：

> They had been accustomed to get a slave or two from every slave-trader who passed them, and now that we disputed the right, they viewed the infringement on what they considered lawfully due with most virtuous indignation.
>
> （他们已经习惯向路过的每一名贩奴商索取一两个奴隶，如今我们说他们无权这么做，他们就认为这是对其合法权益的侵犯而勃然大怒。）
>
> The reason why the people have imbibed the idea so strongly that they have a right to demand payment for leave to pass through the country is probably this. They have seen no traders except those either engaged in purchasing slaves, or who have slaves in their employment. These slave-traders have always been very much at the mercy of the chiefs through whose country they have passed.[1]
>
> （或许这就是为什么他们会有如此根深蒂固的观念，认

---

[1] David Livingstone, "Way in which it was averted," "Continued Demands," *Missionary Travels and Researches in South Africa*, p.371, 379.

为他们有权向我们索取过路费。他们从未见过商人，除了那些从事奴隶贩卖的人，或雇佣奴隶者。而一直以来，这些贩奴商都会让他们途经之地的部落酋长予取予求。）

译著抽离原著的深层反思，反而以渲染虚构的手法，粘贴一则则贪鄙愚昧的人体标签："性情猥鄙""不良且不类""举止贪鄙猥亵极矣，犹于人前假礼貌之迹，申往来之谊，谓可以脱骗，上国之人多见其不知量也""无勇而又无谋，龌龊委琐，徒为他国憎厌，与人则重利寡义，兼乏礼容，颠倒反复，小人之行径也""其人貌狞恶，獐头鼠目""贱而丑"（《败火枪》，21b、23b、24a），"鬼蜮伎俩""黑肤腻皮，涂泥燥裂，余谛视之，状如鬼怪""素行未改，反复无常，鄙陋之习，终被耻笑也"（《要索》，28a、28b）。

译者逸出原文脉络，以固定的视角将非洲人体置入套话（stereotype）结构[1]，放大贱丑狞恶、獐头鼠目、贪鄙猥亵的形象，强化既定的愚昧、落后、神秘的标签。此人体标签展现了18世纪下半叶欧人为合理化贩奴行径，借由科学塑造的"黑人低人一等"神话："证明由于他们是劣等种族，所以命定要做优等种族的

---

[1]　套话是对一种文化的概括，它是这种文化标志的缩影（如陈腔滥调），是在一个社会和一个被简化了的文化表述之间建立起一致性关系的东西。参见〔法〕达尼埃尔 - 亨利·巴柔著，孟华译，《形象》，收入孟华主编，《比较文学形象学》（北京：北京大学出版社，2001），页160。

欧洲人的奴隶"①。在"优胜劣败"的"进化"视野下，译者撇开立温斯敦不谈"殖民"的原意，反倒是指出其器技不良、行师轻敌、无勇无谋、重利寡义等，"苟以君命率师入洲中略地"，"再以恩义结其人心，以礼法化其风俗"，"得其地而治之，又奚难焉"？（《败火枪》，23b）由此可见，译者将立温斯敦的非洲记述放入由殖民话语与礼教传统交叠的位置。

吊诡的是，当译者将"中国"抽离"天朝上国"的位置，根深蒂固的"天朝"心理却非直接裂变，又如幽魂般徘徊于译文的字里行间，形成纠葛暧昧的状态。译著多处闪烁着中国器物的光辉，如《盖米湖》以"先王之器"凸显非洲捕鱼法的落后②；《农器》以古中国的农具解释非洲部落居民的"农器"，有违于原著

---

①   S. U. Abramova, "Ideological, doctrinal, philosophical, religious and political aspects of the African slave trade," *The African Slave Trade from the Fifteenth to the the Nineteenth Century* (Paris: UNESCO, 1979), p.25. 其中，"Beginning of racism"一节（页23—25）论及荷兰医生坎柏（P.Camper）透过人类与猿面部骨骼比较测量的方式判定非洲人面部接近猿而不接近欧洲人。其追随者怀特（C. White）则利用不同人种的骨骼与猿类骨骼的区别，称欧洲人在体质与智力上都优于非洲人。

②   原著只以一句说明："They also spear the fish with javelins having a light handle, which readily floats on the surface."（他们也使用有着很容易漂浮于水面的轻柄的标枪刺鱼。）不带负面语气，可是译文却指出："湖之中亦间有取鱼以为食者，然先王网罟之制未传于其人，又其性率愚，无灵心智慧，以为诸器大都以枪刺水中，技熟者破鱼腹，随枪尖以上，亦不投饵钓之物，枪之制，盖以铁针入木柄而已，其粗陋类如此"，实不符原著的介绍语气。David Livingstone, "Fish in the Zouga," *Missionary Travels and Researches in South Africa*, p.86.

图 1-6　非洲木兜轿子

的古埃及农具的说明，将原著随文附上的古埃及农具图像①，强势变为"古中国"农器："余所见洲中有水之地甚少，故种植之利，不及他国，盖戽水甚劳也。黑人亦知制农器，大抵似中国乡村所常用者，舂米簸糠皆得便益，惟形式笨重而已。"（《农器》，7a）《蛮篅》描写非洲轿子"tipoia hammock"，原文只提及轿子的外形与乘坐方式，着墨不多②，译者就原著附上的图像——"按哥来木兜篅式"（见图 1-6），虚构各种原理，进而追溯到中国器物："篅异常式，闻中国山乡有此，虽崎岖之境，坐者抬者皆安适""昔

---

①　David Livingstone, "Egyptian Pestle and Mortar, Sieves and Kilt," *Missionary Travels and Researches in South Africa*, p.213. 文中使用 Sir G. Wilkinson 名为"古埃及人"（Ancient Egyptians）的图像（是一组农具操作的示范图），说明非洲 Makololo 与 Makalaka 族的农具特点。

②　David Livingstone, "Soldier-guide," *Missionary Travels and Researches in South Africa*, p.405.

中国夏禹治水有所谓四载者，此即其一，不知其制何时入洲中？
第余所乘，易竹筐为木兜，又若中国所用以送礼之格箱，去其上
数层，而存其底者"（《蛮篝》，37b）。译者在各细缝之处嵌入原
著所无的"中国"视角，替非洲文物勾勒"中国源头"论，使得
其原有意破解的"天下观""华夏"等意识，却又在翻译实践中
丝缕纠结，潜藏着优越的民族心理。

就上而论，当译者按照源语文化的模式、程序而重组非洲人
体标签时，不仅牵动了自身的文化传统，亦面临近代西方列强持
着军事优势而自我合理化的殖民论述，嵌入了彼时交锋／交融的
殖民论述与礼教传统，产生了复杂的组合效应，隐藏着 19 世纪
晚清文人观看非洲的视角与殖民话语所形构的位阶差序，加遽了
愚昧、落后、神秘的非洲"人体标签"，呼应了译著题名有意为
之的"黑蛮"形象。

四、文人化的非洲视野：
"研究"与"传教旅行"的选择

就立温斯敦的 *Missionary Travels and Researches in South
Africa* 而言，可见到作者有意彰显"传教旅行"（Missionary
Travels）与"研究"（Researches）两大框架。在翻译实践中，译
者因其自身的文学传统、诗学视角等因素而重组"传教""旅行"
与"研究"之框架，导入中国文人的核心命题。本节将剖绎考辨
个中的翻译转向。

关于"传教""旅行"与"研究"，在立温斯敦的生命历程中
并非不辩自明的协调体，而是经由长时间的困惑、挣扎与辩证而
逐渐取得平衡的。原著《导言》尤能彰显传主面临宗教、科学与

旅行的内在冲突，因嗜好科学、自然、旅行等被视为与宗教对立的读物，陷入情感嗜好与宗教信仰的价值分裂，进而引发深沉的愧疚感。[①] 往后他到非洲传教时一再冒险探勘，屡受教会人士的质疑。1857 年，当立温斯敦以"传教旅行"与"研究"概括自己的经历时，可视为其个人价值的宣示，以"传教旅行"强势回应教界的质疑："旅行"乃是为"宣教"，为探索福音据点而不断探入非洲内陆，且沿途称颂基督上帝，表达了矢志不渝的传教精神。

显然，译本忽略立温斯敦的夫子自道，撕裂"传教旅行"与"研究"的深沉联系，径自迎拒取舍，遂使原著的价值选择变调为晚清译者的核心命题。立温斯敦带着测量器物探入非洲内陆，记载、勾勒、描述非洲植物、经纬度、地理形势、动植物、病理学等，夹叙夹议，探讨非洲内陆的困境与寻找出路的可能，研究意味甚为浓厚。可是，对于中西学术初步接触的晚清文化圈而言，译者未能充分理解"研究"所含有的理性精神，对于"旅行"的兴趣更甚于"传教"与"研究"。译者删掉不合于自身礼教传统的宗教片段，亦淡化"研究"面向，摒除原著珍贵的非洲地图与路线图、经纬度数据与各地植物资料等。

当"传教"与"研究"视野受到压抑时，"旅行"更能切合深受游记传统浸润的中国文人。不过，译者对于"旅行"的接受亦有自身的视角，更偏向中国文人式的"游兴"感怀。以文中段落与段落的衔接方式为例，即能见到原著与译著的差别。就原著而言，立温斯敦每至一处，或标志日期，或勾勒经纬度、地形、河道、山谷等，构成一以地理学为主轴的非洲旅行结构。可

① David Livingstone, "Introduction," *Missionary Travels and Researches in South Africa*, pp.1-8.

是，译者取消客观数据或记载，在片段与片段之间嵌入"游兴"感怀："其地其枯燥亦复类是，由是以往所过，无足玩览，不复流连，迫直驱车而过之"（《瞀井》，5a）、"已而养疴，既愈心痛，经此巨创，足迹可止，然游兴终不能遏也"（《廓老观猎》，3a）、"余于此处小住，颇惬游志，寻至海汊处，将穷极其境，遍历洲中，以揽其胜"（《游里爱江纪胜》，7b）、"既而又涉水程欲至啤哥回左近处，以资游览"（《凡唛礼乐》，10a）、"余日与生的聚语，不忍遽别，惜无游处，将舍陆登舟，以游于他处"（《弼伦风俗》，12b）、"去鲁克河十有五里，有村曰苏爱河滨，人道其胜，绐余往游"（《摩全》，16b）、"停趾数日，乐而忘倦，从人不解事者，屡促余行，余意良不忍舍去也"（《开赛重布》，21b）、"居行帐一日，无甚游眺处，幸与三毗等叙语"（《唒抱人》，33a）。此以"游兴"为叙述推动力的方式，或是凸显传主方兴未艾的游兴，或是叙述游兴已尽而改往他方，反映了中国文人的审美旨趣。

在游兴旨趣下，各片段的起讫之处大多以文人情感为指南针，缺乏具体的路线联系[①]，遂使前后连贯的地理学路线变为起承转合的情感度数，实难勾勒立温斯敦自 1840 年抵达南非乃至 1856 年探入东西两岸的进程。译文的时空变得模糊不清，甚至出现谬误，如第四十九则《英船试炮》彻底迷失方向："复止一处，与前火扑观兽阱处不远。盖游踪无定，出向东行，折而西，则又至故处也，

---

① 原著清楚反映立温斯敦 1841 年抵达库鲁曼传教站，1843 年往东北 200 英里的玛保萨建立新传教站，1845 年带着妻儿搬到内陆 40 英里的卓奴，结识当地酋长西霉，又因水源问题而迁至更北的哥罗彭。1849 年，穿越喀拉哈里沙漠，在库汝曼北方 870 英里发现盖米湖。1852 年，由于担心妻儿安全，送他们到开普敦搭船返回英国。1853 年，立温斯敦带着土著深入西北探险，沿途碰到敲诈勒索、疟疾痢疾等威胁，1854 年 5 月抵达罗安达。可是，译著却抽离原著的时间架构。

于是又入壳罗之境矣。壳罗地本滨海，各国帆樯所聚，余至之日，有别定非尔船二艘，一曰博鲁大，一曰非罗密。"（《英船试炮》，40b）事实上，立温斯敦并非返回"故处"壳罗*（Cape Colony），却是进入西岸葡属西非首都冷罗按大，见到两艘分别名为 Pluto（"博鲁大"）与 Philomel（"非罗密"）的船舰。[1]"别定非尔"亦是误译，并非船名，而是邀请众人参观船舰的指挥官 Bedingfeld 之名。"壳罗"与"罗安达"**固然都属"滨海"，却天差地别！立温斯敦的"探地"意蕴即在于摆脱彼时西方人聚集的南岸"壳罗"，穿越沙漠、丛林、疾病、掳人族等层层障碍，抵达西岸"罗安达"，如此的"探地"意义显然不为译者所掌控！

可进而思索的是，对于"研究""传教"与"旅行"架构的压抑或凸显，主要是来自"译语者"还是"述文者"？沈定年的述文乃是奠基于史锦镛的译语版，而史锦镛是否能充分理解或忠实转述原著内容？就目前有限的资料，虽无法考据，却可推敲一二。以史锦镛对基督教与西学的接受度与不擅长中学等特质[2]，不太可能让译本从"研究""传教旅行"变为高度文人化的"游记"。沈定年具有中国传统文人的美学旨趣，博通经史、长于诗文，如其 1876 年主编《侯鲭新录》，体制形式如同《申报》系列的《瀛寰琐记》《四溟琐记》《寰宇琐记》等，主要刊登文人诗词、文史、戏曲等，偏向传统文人的美学。虽然，沈定年强调"或随其语音

---

*　又译为"开普殖民地"，存在于 1806 年至 1910 年期间。——编者注

[1]　David Livingstone, "They Visit Ships of War," *Missionary Travels and Researches in South Africa*, p.423.

**　即"冷罗按大"。——编者注

[2]　就留美学生档案可见，其遭遣返的原因之一是对西学的接受，甚至留有称颂"基督"的笔迹。史锦镛对于西学的接受，对于 19 世纪出使或留学西方的中国人仍是一禁忌，如驻外大臣郭嵩焘便因对西学的赞赏而备受批判。

翻为华字，不能索解，兼乏考据之功，则皆仍立温斯敦之原文，而不敢自矜淹洽，因涂附而失其本真"（《序》，2a）。可是，就译本呈现而言，翻译原则与实践结果显然背道而驰，变为反讽性的"自矜淹洽，因涂附而失其本真"，偏向于中国诗学的游记感怀。

根据翻译研究，"诗学"（poetology）乃是重要的视角，受到早于源语文化即存在的文学观念、文学范式、创作手法、审美惯性的影响。诗学视角彰显译者如何在其所处的文化体系中使其译文符合其所处时期的诗学形态，以达到原著被接受的目的。[①] 当沈定年替"平淡无奇"的原著注入中国诗学时，必然逸出原著的风格。原著更偏向于简洁记述，较少雕琢词藻或铺排意象，如立温斯敦强调自己"不具文学造诣"（No Claim to Literary Accomplishments）之因故：自幼因当棉花纺织工人而未曾接受正规教育，往后探入非洲时的忙碌生活又让他无暇进修，"我想我宁可再次穿越非洲大陆，也不愿再写一本书。旅行本身远比书写旅行容易得多"[②]。从不具文学造诣的作者到长于诗文的译述者，牵动了译本的转向，译著变为中国文人化的非洲景观。

在任意、断裂与跳跃性的非洲路线上，处处浮现中国诗学，如译文第六则《盖米湖》的"逍遥"意境。事实上，立温斯敦浏览盖米湖时，对河道有诸多反思，冀望开凿一条通往非洲内陆的河道，透过常规性的商业往来，终止扭曲人道的掳人贩卖之行

---

① Andre Lefevere, *Translation, Rewriting and the Manipulation of Literary Fame*, p.26.

② David Livingstone, "No Claim to Literary Accomplishments," *Missionary Travels and Researches in South Africa*, p.8. 原文如下："I think I would rather cross the African continent again than undertake to write another book. It is far easier to travel than to write about it."

图 1-7 "盖米湖"图片

径。^① 译者撇开原著的核心关注，以原著随文附上的"盖米湖"图片（见图 1-7），径自看图说故事。在诗学规范的转换下，译文凸显图像中的黑人双桨摇荡、置锅鑪为食的"意忻忻自得"之情境，将"盖米湖"描述为逍遥自在的空间场景："盖米湖之涯，望其水清冽，并满欲溢，卸车以行，自堤上观之，豁目醒心，为月余枯坐旅馆无所见闻以来第一快事"（《盖米湖》，4a）。又如第十六则《游里爱江纪胜》，译者以典雅的文字将原著中难于跨越的壮观瀑布——里爱江（Leeambye），变为"好景泥人"的中国山水画："夹岸山色，下映水光，佳木葱茏，油然青碧，天成图画，饱看不倦，亦不觉泛宅浮家之苦，舟又极稳，好景泥人。"译者

　　① David Livingstone, "Discovery of Lake Ngami," *Missionary Travels and Researches in South Africa*, p.76, 79.

又虚构众人游江途中登岛探勘 [①]，见到"内洞天也，四围山色，杂以树阴，浓浅相间，致足娱目。树多枣，果实芬芳之际，可待仙人之黄精，惜非其时，不得采食"（《游里爱江纪胜》，8a），俨然呼应"洞天福地"的文学传统，反映中国诗学对于异域的制约／形塑。

在诗学视角下，原著朴实无华的议论陈述变为诗文创作，甚至将非洲沙漠转为春意盎然的诗词场景。第十二则《软木》，乃是记录立温斯敦前往树迦（Zouga）时看到拿可达萨（Nchokotsa）盐地折射的海市蜃楼（mirage）场景：

At Nchokotsa we came upon the first of a great number of salt-pans, covered with an efflorescence of lime, probably the nitrate. A thick belt of mopane- trees (a 'Bauhinia') hides this salt-pan, which is twenty miles in circumference, entirely from the view of a person coming from the southeast; and, at the time the pan burst upon our view, the setting sun was casting a beautiful blue haze over the white incrustations, making the whole look exactly like a lake … The mirage on these salinas was marvelous. It is never, I believe, seen in perfection, except over such saline incrustations. Here not a particle of imagination was necessary for realizing the exact picture of large collections of water; the waves danced along above, and the shadows of the trees were vividly reflected beneath the surface in such an admirable manner, that the

---

① David Livingstone, "Beautiful Islands," *Missionary Travels and Researches in South Africa*, p.232.

loose cattle, whose thirst had not been slaked sufficiently by the very brackish water of Nchokotsa, with the horses, dogs, and even the Hottentots ran off toward the deceitful pools. A herd of zebras in the mirage looked so exactly like elephants that Oswell began to saddle a horse in order to hunt them.[1]

（在拿可达萨，我们看到了旅途所见大量盐田中的第一个，其表面覆盖着类似风化石灰的东西，很可能就是硝酸盐。盐田被一整片茂密的可乐豆树围绕着，周长二十哩，把东南方来人的视线完全遮住了。当盐田进入我们视野时，其洁白的表层在夕阳下泛着美丽的蓝色薄雾，整个盐田看起来就像是一座湖……盐沼上的海市蜃楼实在幻美绝伦。我相信，如果不是因为光投射在盐层上，不可能有如此绝美的景象。无须凭借任何想象力，任谁都会把眼前的风光，看成是一座巨大的水洼：波光潋滟，树影在水面上如此逼真地款款摇摆，以致拿可达萨的咸水从未能让它们充分解渴的散漫小牛、马群和犬只，甚至何腾托人，都前仆后继冲向这座并不存在的湖。连奥斯维尔都开始装上马鞍，准备狩猎海市蜃楼中映现的一群看起来简直就是大象的斑马。）

原著写出了非洲盐地折射的海市蜃楼场景以及众人的视觉谬误，显得逼真动人，乃是全书少见的能够反映写景功力的片段。译者却彻底撇开"海市蜃楼"的场景，变为诗词化的"春日和融图"："路之旁有田，时有飞虫集田中树，以食其叶，簌簌有声，春蚕

---

[1]　David Livingstone, "The Mirage," *Missionary Travels and Researches in South Africa*, pp.72-73.

食桑状。是时天气朗静，春日和融，百草发荣，具有生意，稍觉爽心悦目焉。"（《软木》，6b）为满足中国文人对于"春日和融，百草发荣"的殷切期待，译者在酷热的沙漠盐地培植"爽心悦目"的"春日和融图"，或许诗情画意，不过也显得矫情造作。

中国诗学结构牵动着译本的转向，更牵引出中国文人"逞才肆情"的文化惯性，甚至为渲染文人情怀而严重违反原著内涵。译著第三十九则《虚克江》尤为明显，以具有韵律节奏、意象美感的文句，对滔滔虚克江衍生中国式的良辰美景，虚构立温斯敦与导游伦开派受之子（Ionga Paza' son）的对话：

> 子游乐乎？余漫游海外，如此江之不舍昼夜，几无归宿处，幸子相从，与余同好，良辰美景不可失也。眼当与子痛饮沉醉，消腔中豪迈郁勃之气，政（放）歌震天地，拔笔留题传，一时佳话。百年之后，文物益盛，俾此邦之人，永知今日，有余二人偕游之迹可乎？（《虚克江》，页30a）

实际经历里，立温斯敦委请伦开派受之子当导游，但对方取得酬劳后趁机离去，遂使立温斯敦发出批判之语。[1] 就译著塑造人体标签的策略而言，此实可让译者渲染的片段反而出现美化笔调，反映文人逞才肆情的召唤更大于人体标签的诱惑。译者将两方的尖

---

[1] David Livingstone, "Deserted by Guides," *Missionary Travels and Researches in South Africa*, p.384.

锐摩擦、紧张对峙，变为中国文人游览山水时惯见的相互唱和。[①]
于是，原本不守信用的导游反而恪守职责，出现于他实为缺席的
虚克江场面，与立温斯敦"放歌震天地"。事实上，原著不乏立
温斯敦与当地人之友情的记载，可是译者却未如实译出[②]，却于此
良辰美景渲染文人的酬唱传统，将两人的脆弱情谊置于永恒时空
的坐标："百年之后，文物益盛，俾此邦之人永知今日，有余二人
偕游之迹可乎"。这是将中国文人酬唱的事迹，置入无限敞开的时
空，表现了有限与无限的对照，进而凸显宇宙人世的变迁流转，
显得深沉隽永，令人读来心向往之。从伦开派受之子的出场到离
去，译者一再美化人物形象，如"雅好奇异，闻有远人至，即来
相迎"；而他向立温斯敦索取螺壳以献给妻妾一事[③]，却变为"以
献我母，博堂上欢颜"，"贪而不违于礼，且事母孝，能承顺其志，
亦可谓雅人矣"，达到"可谓彬彬有礼，善为辞令"，"虽非上国衣
冠，而绝不似黑人野性"（《虚克江》，29b）的形象改造。

① 关于中国文人集体的游历活动之研究，可见毛文芳，《阅读与梦忆——
晚明旅游小品试论》，《中正中文学报年刊》第 3 期（2000 年 9 月），页 1—44；
巫仁恕，《清代士大夫的旅游活动与论述——以江南为讨论中心》，《"中研院"近
代史研究所集刊》第 50 期（2005 年 12 月），页 235—285；吴振汉，《明末山
人之社交网络和游历活动——以何白为个例之研究》，《汉学研究》第 27 卷 3 期
（2009 年 9 月），页 159—190。

② 如原著记述生的（Shinte）为立温斯敦系上珍贵的螺壳时说："There,
now you have a proof of my friendship"，可是译者却将友情的见证变调为宝物的夸
炫："相对幔中，各炫其物，评衡不能置，至词穷乃去。"（《遇生的始末》，10a ）
David Livingstone, "The last and greatest Proof of Shinte's Friendship," *Missionary
Travels and Researches in South Africa*, p.325。

③ David Livingstone, "Guides prepaid," *Missionary Travels and Researches in
South Africa*, p.383.

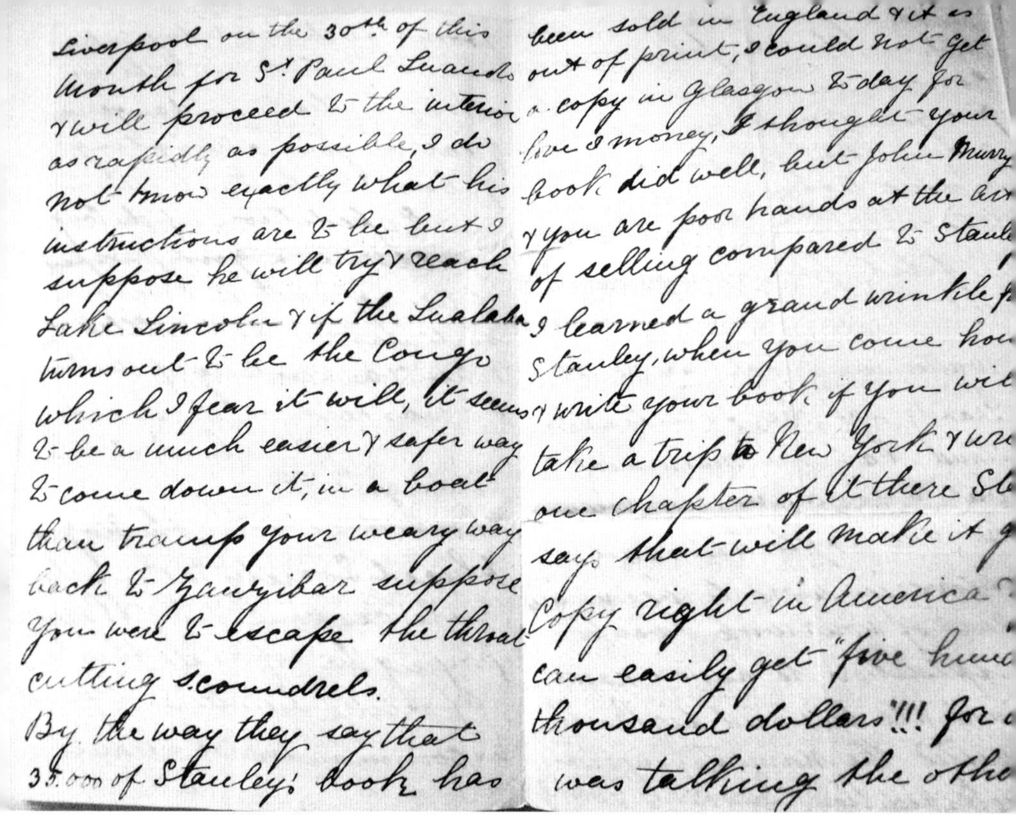

Liverpool on the 30th of this
Month for St Paul Luando
& will proceed to the interior
as rapidly as possible, I do
not know exactly what his
instructions are to be but I
suppose he will try & reach
Lake Lincoln & if the Lualaba
turns out to be the Congo
which I fear it will, it seems
to be a much easier & safer way
to come down it, in a boat
than tramp your weary way
back to Zanzibar suppose
you were to escape the throat
cutting scoundrels.
By the way they say that
35.000 of Stanley's book has

been sold in England & it is
out of print, I could not get
a copy in Glasgow to day for
love & money, I thought your
Book did well, but John Murray
& you are poor hands at the art
of selling compared to Stanley
I learned a grand wrinkle fr
Stanley, when you come hou
& write your book, if you wil
take a trip to New York & wr
one chapter of it there St
says that will make it g
Copy right in America
can easily get "five hund
thousand dollars"!!! for
was talking the othe

图 1-8　立温斯敦亲笔家书

作为一本诉诸 "Researches" 的非洲传记，立温斯敦有意压抑自己的情感，如初入非洲时与当地人的隔阂、妻小离开非洲时的不舍等，仅以数行文字轻轻地带过，避免内在情感的流露。此不意味着立温斯敦缺乏个人情感，恰好相反，他选择于私领域的书信中宣泄真切的情感。他写给家属的亲笔书信（见图 1-8），恰能反映其内在深切的忧患与期许。^①而译者背道而驰，渲染与张扬原著实有意节制的情感，将传主置入中国文人的情感模式，如游览古迹或荒芜之地时必定"发思古之幽情""今昔对比"，不免唏嘘感叹一番。译著第五十则描述立温斯敦游览生扑里冷罗按大

① 1841 年，立温斯敦刚探入库鲁曼，未完全适应，在《给父母与姐姐的信》（"Letter to: Parents & Sisters," 1841.9.29）中提及："I am never pleased with the progress I make, the natives do jumble their words so together & then they are so stupid at understanding if there is any blunder in my sentences. But I hope soon to overcome. I shall after returning live entirely amongst them & speak not a word of English, I must conquer. Yesterday a man came to carry medicine for his wife whom I had just been to see. I gave him instructions to let her have it immediately. Before I could say stop the fellow had it whisked into his own stomach."（我未曾满意我所取得的进展，当地人说话是那么含糊不清，也愚笨到无法察觉我在言词上的任何失误。我希望可以尽速克服当前的困境。回去后，我要在不使用任何英文的前提下，好好融入他们的生活，这我一定要做到。昨天，我刚诊断完一名妇女，她的丈夫来取药。我嘱咐他立刻让妻子服用药物。结果，在我还来不及阻止之前，那个男人就径自把药吞了）。1852 年，立温斯敦将妻小送到开普敦后安排他们上船返回英国，随后在写给儿子的信中《给罗伯·立温斯敦的信》（"Letter to: Robert M. Livingstone"，1852.5.18) 指出："You went away with Mamma to England and I hope Jesus has taken you safely all the way to England. I don't know yet but you must write me a letter and tell me. I am very sorry. I shall not see you again, you know I loved you very much. I like or love you still. Do you love me? Do you remember me sometimes?"（我祈求主耶稣保护你们母子在返回英格兰的路途上平安顺利。我不知道我的祈愿是否有效，请你务必写信告诉我。我感到十分愧疚。我可能不会再见到你了，但你知道我是非常爱你的。无论如何我都永远爱你。你呢？你会不时想起我吗？）关于立温斯敦的书信，可见"Livingstoneonline"网页，其就各地图书馆与档案室有关立温斯敦的信件电子化，且展示了立温斯敦手笔原件的扫描档。

分别见：https://www.livingstoneonline.org/in-his-own-words/catalogue?query=liv_000491&view_pid=liv%3A000491（检索日期：2020 年 10 月 13 日）；

https://www.livingstoneonline.org/in-his-own-words/catalogue?query=liv_000756&view_pid=liv%3A000756（检索日期：2020 年 10 月 13 日）。

（St. Paul de Loanda）古城，原著以 "state of decay" 轻描淡写 [1]，译者却发思古之幽情："素有城池，极闹市大镇之观"，"地运盛衰，桑田沧海"，"颓然圮败，荒寂之象，令人抚今追昔，有盛衰之思已"（《岛城养疴》，41b）。第四十四则以剪裁场景、虚构记忆的方式强化羁旅感伤的色彩，刻意让立温斯敦行经鲁意（Lui）与鲁威（Luare）泉水处时 "忆余前在美国曾经密昔昔卑地，其境有溪涧数带，旁拓荒地，草色芊绵，景象宛然在目，因慨然思，游踪无定，岁月迥殊，行自伤也"（《铁波威》，37b）。事实上，立温斯敦未曾赴美，只是以作为地理概念的 "密昔昔卑" 比较非洲泉水 [2]，译者却将之变为实际的昔往经历，渲染漂泊无依、岁月不定的感慨。

在 "逞才肆情" 的诗学视角下，译著彰显或发明各种符合中国文学传统的情感面向。译文第二十七则乃是中国哀悼传统的回响 [3]，描述立温斯敦行至摩全（Mozinkwa）家，"各道契慕"，游览 "蔬果草木种植皆得宜" 的花园，忽逢摩妻 "土色新封，知其死未久" 的坟墓，"其妻之贤且慧而艳，生时笃爱，伉俪无间，言故悼亡之情逾于寻常"（《摩全》，16b、17a）。核对原著，立温斯敦与摩全初见，摩妻非但未逝，反而殷勤招待客人，甚至嘱咐立温斯敦抵达西岸后带回西人之布。一直到立温斯敦从西岸返回时才发现摩妻已死，摩全则不知去向——按当地人习俗，丈夫在

---

[1]　David Livingstone, "The City of St. Paul de Loanda," *Missionary Travels and Researches in South Africa*, p.426.

[2]　David Livingstone, "Tala Mungongo," *Missionary Travels and Researches in South Africa*, p.407.

[3]　关于中国文学的哀悼传统，可见王立，《永恒的眷恋——悼祭文学的主题史研究》（上海：学林出版社，1999）；何维刚，《魏晋文人挽歌的文化考察——以〈文选〉所收录之陆机〈挽歌〉三首为考察中心》，2010 年 9 月。

爱妻死后抛弃家园，任由树木、花园、房舍毁坏。^①译者违反原文秩序，将摩妻的死亡提前，重构情境、对话与动作，揣测摩全将妻子埋在家园之理由："朝夕可以临视，宛转其侧"；又渲染鳏夫因思念亡妻而"悲不自胜，声泪俱下"的形象，虚构主客互动的场景："余乃慰之，至再嚎啕始止"（《摩全》，17a），深化摩全凄楚感人的哀悼情怀。

在"疾病"书写上，亦可见原著与译著的差异。原著以病理学视角描述疾病之成因与传播，如探讨疟疾、痢疾、昏睡病等肆虐因由，书名页甚至出现病虫图像（见图 1-9）。译著抽离研究视角，铺张渲染病主的凄风苦雨，呼应"病客无主人，艰哉求卧难""六十八衰翁，乘衰百疾攻""疟疠三秋孰可忍，寒热百日相交战"等文学传统习见的"病主"书写。^②译文第三十七则描写立温斯敦之病，原文只是轻描淡写"I was too ill"^③，译者则宣扬衰弱病体："余忽体倦，无复兴致，不事出游""天时水土欺我未已，常致疾病""余羸尪之体，素不禁感""病中不能食，则往往忍饥，

---

①　David Livingstone, "Mozinkwa's pleasant Home and Family," *Missionary Travels and Researches in South Africa*, p.338. 此外，立温斯敦在书中另一处记录了自己从西途返回时摩全之妻死亡的讯息："We did not find our friend Mozinkwa at his pleasant home on the Lokaloeje; his wife was dead, and he had removed elsewhere. He followed us some distance, but our reappearance seem to stir up his sorrows."（我们没有在摩全位于洛卡罗泽的舒适房子里找到他。他的妻子过世了，他也已搬到其他地方。他曾跟随我们一段距离，但看来我们的再度出现，激起了他心中的伤感之情。）David Livingstone, "Small Fish," *Missionary Travels and Researches in South Africa*, p.519.

②　三首诗分别出自孟郊《路病》、白居易《病中诗十五首·初病风》与杜甫《病后过王倚饮赠歌·疟疾》等。

③　David Livingstone, "Insubordination Suppressed," *Missionary Travels and Researches in South Africa*, p.375.

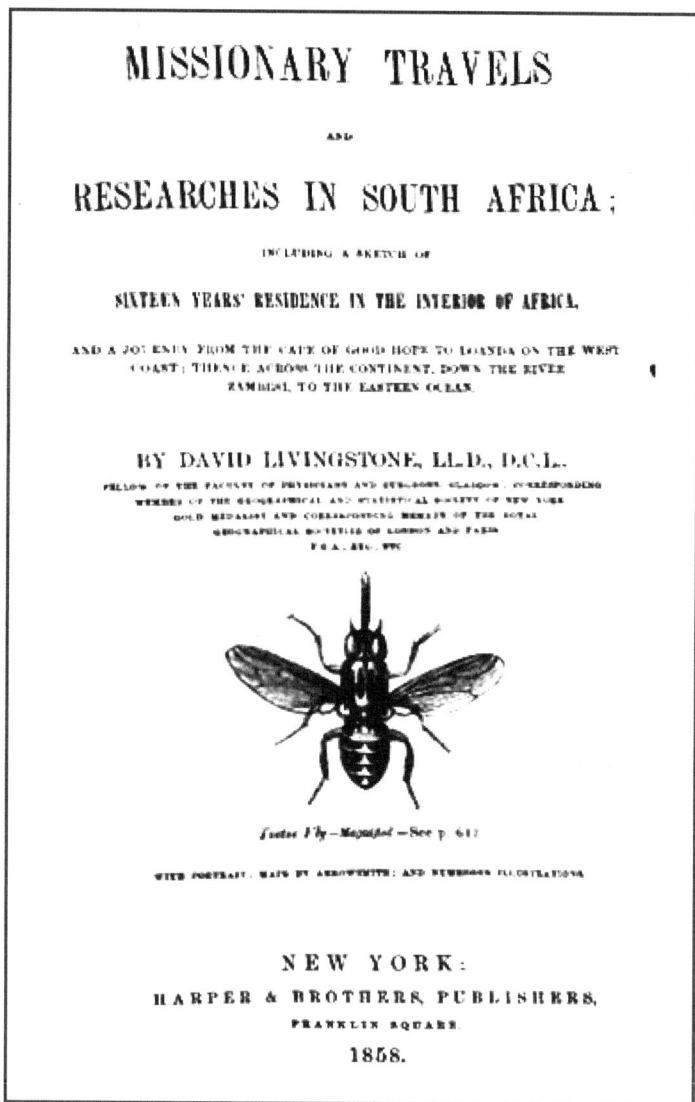

图 1-9　*Missionary Travels and Researches in South Africa* 书名页

无以调卫精神，内元愈弱"（《党人违教》，26a）。第五十则更透过主从对立，虚构病主孤苦无依的处境：就在立温斯敦"日渐尪瘠，顾影骨立，跋涉之苦，几不能耐"时，从人"见余病不起，心涣散矣。行李所携，凡糇粮之属，烦费无度"（《岛城养疴》，41b）。事实上，就在立温斯敦患病时，从人非但没有"心涣散矣""烦费无度"，反而寻得劈柴、卖柴、卸货等工作，勤快刻苦，手脚敏捷，日出而作，日入而息。[1] 译文忽略传主与从人沿途克服各种磨难与谣言而建立的情感[2]，径自透过主从的对立，凸显立温斯敦的"病主"形象。

就上所述，从原著到译著的转向，涉及深层结构的转变：原本反映立温斯敦个人价值辩证的"传教""旅行"与"研究"架构，在译著中导入了译者更为擅长与读者更感兴趣的游记脉络。译者对于"研究""传教"的淡化与"旅行"的变调，实忽略了立温斯敦有意公开宣示的价值理念：作为探入非洲传教的传教士，"旅行""研究"与"传教"并不相违背。译者有其核心关注——注入中国诗学视角，发挥文人逞才肆情的惯性，阐释发明各种情感姿态，如放歌酬唱、哀悼怀古等——遂使得一本具有研究意涵的非洲记述变为高度文人化的非洲游记。

---

[1]　David Livingstone, "Find Employment in Collecting Firewood and Unloading Coal," *Missionary Travels and Researches in South Africa*, pp.424-425.

[2]　在路途行进时，立温斯敦备受各种谣言的离间分化，如指他一旦抵达西岸后即将抛弃从人，从人性命危在旦夕。可见："Fears of the Makololo," *Missionary Travels and Researches in South Africa*, pp.420-421。

五、接受视野：晚清文化界对于立温斯敦的凸显

1860、1870 年代，正值英美各界关注立温斯敦行踪之时，无论是立温斯敦喧嚣尘上的失踪传闻或是施登莱不远千里寻觅立温斯敦的消息，都成为新闻媒体的聚焦点。在全球化的媒体传播下，晚清中国人士、来华传教士与 1870 年代的留美学生，借由新兴的报刊媒体与出版著作，传播立温斯敦，开启了晚清中国文化界对立温斯敦的接受。虽然，立温斯敦之声名无法与彼时广受传播的冒险家哥伦布匹比 ①，可是其探险非洲的事迹亦引发相当的关切。本节将追踪晚清文化界论及立温斯敦的观点，进而思考个中的偏重与策略，勾勒时人的接受视野。

1867—1871 年，潜入非洲探勘冒险的立温斯敦踪迹杳然，从被杀害、中弹到埋骨蛮荒等传言不绝于耳。② 战地记者施登莱在《纽约时报》（ *New York Times* ）的赞助下，前往非洲，终在 1871 年 10 月 23 日于乌齐齐（Ujiji）寻得须发斑白、身体羸弱的立温

---

① 关于"哥伦布"的传播，可见俞旦初，《哥伦布在近代中国的介绍和影响》，《近代史研究》1993 年第 1 期，页 117—129；颜健富，《杂混、猎奇与翻转——论何迥〈狮子血〉"支那哥伦波"的形塑》，《清华中文学报》（新竹）第 10 期（2013 年 12 月），页 57—116。

② 如 1867 年，《纽约时报》先后报道美国某领事馆发布"立温斯敦于非洲死亡""立温斯敦被谋杀"的消息、 *Timaru Herald* 报道立温斯敦探险队与当地部落交战时因枪伤而死；1870 年， *Sacramento Daily Union* 报道立温斯敦已死并由当地部落巫师下葬。分别见："Death of Dr. Livingstone," *New York Times* (1867.3.22); "The Report of the Murder of Dr. Livingstone," *New York Times* (1867.4.6); "The Fate of Dr. Livingstone," *Timaru Herald* (1867.3.25); "Dr. David Livingstone," *Sacramento Daily Union* (1870.2.12)。

斯敦，共处五个月，一直到隔年三月离开非洲。[①] 立温斯敦拒绝
返国，在泥泞荆棘的非洲丛林中步履蹒跚地探进，即或得靠从人
抬走，却矢志不移，一直到 1873 年 5 月，客死异乡。立温斯敦
的死亡讯息卷起舆论热潮，促成连锁效应，以致论者指出立温斯
敦的贡献并不随着死亡而告终。[②]

聚焦于晚清文化界，由丁韪良、艾约瑟和包尔腾等教士创办
的《中西闻见录》，辟有"各国近事"一栏，刊出立温斯敦失踪
乃至死亡的讯息。该刊物在立温斯敦传闻发酵的年代，亦加入传
播的行列，如 1872 年第 5 期报道施登莱前往非洲协寻立温斯敦
的消息："去岁美国斯但利前往，将伊所绘图籍及家报寄回。"1874
年第 23 期报道立温斯敦的噩耗："兹查斯敦之死，在去年三月间。"
虽然，刊物报道无法与西方媒体同步，可是相隔只有数月，反映
19 世纪后半叶的中国文化界在新兴媒体的推波助澜下接受西方讯
息的速度。更可观察的是，该报道有意切合中国读者的偏好，着
重立温斯敦葬礼仪式与身后评价：以"一匹夫而邀荣赐葬之地"，
乃是"国人尊为圣所，凡君主践祚之初，必于是行冠冕礼焉"，
"并垂不朽"[③]，"葬于诸名人兆域，一如中国赐葬之制，盖重其人，

---

① 关于施登莱寻找立温斯敦的事迹，可见施登莱出版于 1872 年的传
记 *How I Found Livingstone: Travels, Adventures and Discoveries in Central Africa
including Four Months Residence with Dr. Livingstone*，第十二章 "Intercourse with
Livingstone at Ujiji" 至第十五章 "the Final Fareware" 有详细的记述。

② William Garden Blaikie, *The Personal Life of David Livingstone*, p.461.
Blaikie 用一章的篇幅 "Posthumous Influence"（页 461—473）讨论立温斯敦死后的
影响，如促使英国议会强势通过废除奴隶案，逼迫中东国家签署停止奴隶买卖的
条约。

③ 〔清〕丁韪良，《各国近事：英国近事》，页 23a-b。

遂隆其礼也"①，跟中国人重视的隆丧厚葬、死后哀荣、永垂不朽等意识不无关系。此原属"各国近事"的新闻报道，却以中国史传论赞的笔调总结立温斯敦的一生："斯顿初不过一传教士，而通医者耳，在阿非里加多年，始则宣扬圣道，救济世人，继而设法禁止贩卖人口，终则不避艰险，探寻尼禄河源，以广地学，务期终竟厥功，至于百折不回，死而后已。是其所以得与昭贤之列者，亦以其躬备智仁勇三达德也"②，凸显传主兼具的传教士、医生、禁奴者、探勘家等多重身份，甚至以"智仁勇"之伦理期待，将立温斯敦概括为中国理想人物的形象。

除切合中国伦理外，彼时媒体对立温斯敦的禁奴贡献有目共睹。英国议会虽早于 1833 年 8 月 28 日通过废除奴隶制（Slavery Abolition Act 1833）法令，可是未能彻底彰显效果，立温斯敦之死促使英国国会更积极推动非洲的禁奴条约。由英美基督教传教士出版的《中西教会报》连续刊出《非洲传教救奴》《非洲禁止贩奴》《非洲求英护庇》《非洲掳人为奴》等文，响应禁奴条约。其中，《教化非洲》聚焦于立温斯敦的"救奴"贡献：拯救"或役为仆隶，或贩之于人为奴"之惨况，"告诸英人，求其立法，禁民相仇，又求教会多派教士，分往其地，相与化导，以革旧时恶习"。③立温斯敦作为"禁奴者"的形象恰好切合 19 世纪与 20 世纪之交中国人的忧患与期许，喧腾的美国排华事件④，遂使时人

---

① 〔清〕佚名，《教化非洲》，《中西教会报》第 3 卷第 27 期（1893），页 28a。

② 〔清〕丁韪良，《各国近事：英国近事》，23b。

③ 〔清〕佚名，《教化非洲》，页 28a。

④ 1882 年，美国国会通过第一个限制外来移民的排华法案，1902 年又将原设有时限的排华法案无限延长，引发华社的愤慨。关于"排华"事件可参见张庆松，《美国百年排华内幕》（上海：上海人民出版社，1998）。

普遍关注立温斯敦的"禁奴"事迹。1903 年，沈惟贤与高尚缙《万国演义》以通俗化的历史演义特别关注立温斯敦的禁奴事迹："（立恒士敦）查察非洲里人的苦况。回国之后，苦口演说，就造成一个无量功德，救得亿兆里人脱离了苦海。这个功德，就在劝禁贩奴的一事。"[1]

若回溯中国人对于立温斯敦的介绍，早于 1870 年代，王韬《探地记》探讨"李温斯敦"探勘非洲的意义，反映深沉的文化视野，乃是彼时较详尽介绍立温斯敦的文章。该文先指出探入非洲的荷、葡、英人大多聚居于"沿海之滨"，"若洲之内地，从未有人深入之者"，立温斯敦穿越"一望迷漫、苦无匀水"的沙漠，"沙漠相近处筑屋而居"，恰能揭开立温斯敦的"探地"意义。虽然，立温斯敦居所"迭遭荷兰人劫掠"，"出外遇狮伤其右臂"，却无阻于其探入非洲的决心，"过一湖名艾弥"，见非洲"内有多国"，如"最信鬼，亦最信药"的麦哥罗罗（Makololo），率领部落土著，将象牙运到西岸海滨，"售于英人，得价甚厚"，又沿"潺皮西江"（Zambesi），"游历洲之中土，直达东西两境海滨"，抵达东岸后，"火轮船自英来接立，欲暂返英京，乃命百人在海滨相待"。王韬之文确能掌控立温斯敦的事迹，但也明显可见扬长避短的论述策略，对于立温斯敦自 1840—1856 年的首次非洲之旅有详尽的描述，却对其往后充满挫折苦闷的探勘避重就轻，叙述语调从事迹描述转向事理议论："阿非利加一洲尽多膏腴沃壤，惜土人不知地利，于耕种之道茫然也，且其人多散居，生齿亦不繁。若有智者导之，则是洲生产之富不亚于他洲"，避开立

---

[1] 〔清〕沈惟贤、高尚缙，《万国演义》（上海：作新社，1903），卷 52，页 32。

温斯敦的改革成效。针对立温斯敦对于尼罗河之源的误判，王韬语多同情，试图缓颊："黑人多孱弱，不任驱使其考尼禄河源也"，"或谓其所寻之河源非尼禄河，乃根歌河水向西北流入于大西洋，然其考求内地之功，非人所能及也"①。

1879 年，《申报》尊闻阁主人嘱咐的翻译任务，促成百年来唯一一部立温斯敦著作的中译本——《黑蛮风土记》。此著作已如前述由史锦镛"译语"、沈定年"述文"，乃是译自立温斯敦的第一本非洲记述：*Missionary Travels and Researches in South Africa*。就译文之《序》，可见译者沈定年对立温斯敦"躬践其地，亲见其事"的客观笔调给予好评："每至一地，必制一图，绘其所见，民物风俗，而因自叙其游历之迹，自始迄末，凡书数十万言，印而行之，微特英人之慕阿洲者，咸乐购阅之。"（《序》，1b）可是，在中国的礼教传统、诗学结构与西方殖民论述的介入下，中译本局限了"征而有实"的非洲视野。原著的研究视角变为中国文人的情感模式，中国礼教传统取代宗教意识，立温斯敦的"教士"身份受到淡化。即或是可让译者渲染奇景的片段，如立温斯敦等人进入麦哥罗罗传教，播放神奇幻灯片（magic lantern），逼真的影像让居民逃之夭夭②，却不见于译著。关于原著与中译本的差异，梁启超《读西学书法》颇能一针见血："英人立温斯敦，居非洲内地二十年，谙其地利，习其人情·近年欧人剖分非洲，半用其言也。今彼之著述，译成华文者，有《黑蛮风土记》一书，

---

① 〔清〕王韬，《探地记》，《小方壶斋舆地丛钞》，第十二帙，页 11a-11b，总页 9953—9954。

② David Livingstone, "Magic Lantern," *Missionary Travels and Researches in South Africa*, p.322.

叙述琐屑、无关宏指，盖必尚有他书未译出者也。"① 虽然如此，中译本反映 19 世纪中国文人对于非洲记述的接受视野，仍然具有研究价值。

随着《黑蛮风土记》的辗转出版与各界人士对传主的评介，20 世纪初的文论、小说到画像等不同媒介，时而可见立温斯敦的身影。最显著的是各作者从立温斯敦身上摄取一可振衰起敝、力挽狂澜的形象，回应了彼时对于"冒险"精神的提倡。② 立温斯敦勇闯非洲的事迹恰能符合梁启超的期待视野："只身探险于亚非利加内地，越万里之撒哈拉沙漠，与瘴气战、与土蛮战、与猛兽战，数十年如一日，卒使全非开通，为白人殖民地，则英国之立温斯敦，Livingstone 其人也。"③ 梁启超将之描绘成开天辟地、勇往直前、无所畏惧的形象。1904 年，《新民丛报》刊出"大探险家立温斯敦：开辟亚非利加洲"照片，照片中的人物西装笔挺，眼神探向远方，手放军帽，流露正义凛然的神情（见图 1-10）。

就"冒险"脉络而言，时人将立温斯敦探入非洲的事迹与探勘新大陆的航海家哥伦布、绕行地球的麦哲伦（Fernando de Magallanes，1480—1521）、登陆澳洲的仮顿曲*（Captain James Cook，1728—1779）等人相提并论。梁启超《张博望班定远合传》将汉代出使西域的张骞（前 195—前 114）、班超（32—102）

① 〔清〕梁启超，《读西学书法》，江都于宝轩骈庄辑，《皇朝蓄艾文编》（台北：台湾学生书局，1965），页 23—35。

② 〔清〕梁启超以"中国之新民"的笔名于《新民丛报》倡导属"公德"之一的"冒险"精神："欧洲民族所以优强于中国者，原因非一，而其富于进取冒险之精神，殆其尤要者也。"〔清〕中国之新民，《新民说五：第七节、论进取冒险》，《新民丛报》第 5 号（1902 年 4 月），页 1，总页 1。

③ 同前注，页 2。

* 又译为"库克船长"。——编者注

图 1-10 "大探险家立温斯敦：开辟亚非利加洲"照片

置入西方探险家的系谱时指出："古今人物之与世界文明最有关系者何等乎，曰辟新地之豪杰是已。哥仑布士之开亚美利加也、侅顿曲之开澳大利亚也、立温斯敦之开阿非利加也，皆近世欧洲人种所以涨进之第一原因也。"[1]立温斯敦等人作为可促进"世界文明""人种所以涨进"的"豪杰"形象，引发读者的兴趣，并发信给《新民丛报》："（问）贵报第八号传记《张班传》第一页引哥仑布士、侅顿曲、立温斯敦辟新地事，以代表之。三人之时代事实，鄙意中绝无所谙，虽在他处见过影响语，尚茫茫难考。"报刊编辑的回应指出："（答）哥仑布士为寻得亚美利加洲之人，本报已登其遗像，稍读西史者，心中应无不有斯人，不必多述；侅顿曲，其官则'侅顿'（武员之末职也，又西人通称船主亦以此名），其名则'曲'也，觅得澳洲及檀香山后，为檀香山土蛮所杀；立温斯敦首游历亚非利加洲内地，其游记中国亦有节译本，乃十余年前上海书坊所印，名为《黑蛮风土记》者是也。"[2]在编辑与读者的答问中，立温斯敦探入非洲的事迹与哥伦布发现美洲、侅顿曲发现澳洲并列，显然巩固了其作为"发现"非洲者的印记。

随着"小说革命界"的改革呼吁，文学创作介入国家改革的进程，"小说"成为改革"民／国／道德／宗教／政治／风俗／学艺／人心／人格"的载具。[3]1905 年，晚清小说作者颐琐连载于《新小说》的长篇小说《黄绣球》描述："你看哥仑布不过一个

---

[1]〔清〕中国之新民（梁启超），《张博望班定远合传》，《新民丛报》第 8 号（1902 年 5 月），页 1。

[2]〔清〕饮冰（梁启超），《问答》，《新民丛报》第 26 号（1903 年 2 月），页 3。

[3]〔清〕梁启超，《论小说与群治之关系》，《新小说》第 1 期（1902 年 11 月），页 1。

穷人，单身万里，四度航海，才寻着一块新世界；玛志尼撑一只
小船，绕过地球，冒了万死，三年功夫才开通太平洋航路；立温
斯顿探险到亚非利加洲的内地，进了沙漠，蒙了瘴疠，同那土蛮
猛兽交斗，几十年不怕不怯，才能叫那非洲全境归他英国所辟。"[①]
当立温斯顿探险亚非利加的事迹进入新小说文体时，被提炼为具
有激励性的精神符码，旨在鼓舞小说人物探索家国出路。

　　1908 年,《学海》创刊号刊出王桐龄（1878—1953）的小说
《中央亚非利加之蛮地探险，英国大探险家李秉铎司徒雷之实地
探险谈》，则将场景聚焦于"李秉铎"1860 年代后半期的非洲探
勘与 1870 年代正是立温斯敦失踪、"司徒雷"冒险协寻的事迹，
彰显立温斯敦后期的非洲探索（此乃是《黑蛮风土记》所无涉猎
与王韬语焉不详的部分），指出立温斯敦的事迹比起埃及金字塔、
狮身人面像、尼罗河、土人更"不可思议"，预告全文的"猎奇"
色彩。在冒险犯难的结构中，小说呈现种种"不可思议"之事件，
如探勘"地理学上之新发现"的潭阁泥加湖，因"奔驰过度"而
"卧床不起"。1871 年，当欧洲各国纷纷谣传其殁时，施登莱带着
大队人马协寻，"路上绝粮""大伙丧气"，抵达温阳炎境时罹患
传染病，又遇邻境米兰博蛮人入侵，遍地烽火。在一连串的试炼
中，施登莱抵达无极崤，"两探险家之会见"。王桐龄以唏嘘慨叹
的笔调将立温斯敦的晚年窘境比拟为苏武（前 140—前 60）的海

---

①　〔清〕颐琐,《黄绣球》，收入王继权等编,《中国近代小说大系》（南
昌：江西人民出版社、百花洲文艺出版社，1988—1996），第 25 册，第 16 回，
页 311。同样的讯息也反映在《黄绣球》第 27 回（页 399）:"岂但是哥仑布，要
能把那一处做得同我们这里一样，简直是开通太平洋航路。为两半球凿成交通孔
道的麦哲伦！渐渐的一处一处做开去，都成了我们的殖民地，不更就是英国的立
温斯顿开通非洲全部的本领吗？"

上牧羊、报国无门，最终壮志未酬、客死异乡："出师未捷身先死，长使英雄泪满襟。"[①]

1909 年，由英国霍伟氏（Rev. H. Haweis M. A., 1838—1901）著、任保罗译、上海广学会出版的《李文司敦播道斐洲游记》（*Travels of Dr. Livingstone*）（见图 1-11、图 1-12），乃是第一部立温斯敦传记的中译本，以相对完整的架构呈现立温斯敦的面貌。传记译本共分九章，从第一章"初次播道斐洲"到最后一章"李文司敦末次游斐"，详述立温斯敦探入非洲的遭遇，乃是晚清各报道、译本、创作中最能完整反映立温斯敦事迹的著作。原著霍伟是牧师，"广学会"则属英美基督教会的出版机构，译者任保罗则属"广学会"的固定翻译班底。[②]从传记作者到出版社的属性，不难理解此书对于立温斯敦"播道斐洲"的定调："第一章、初次播道斐洲""第二章、初次播道斐洲续记""第三章、初次播道斐洲再续记""第六章、三次播道斐洲"，有意标榜立温斯敦的"播道者"身份。然而，立温斯敦 1840 年首次探入非洲时乃属"伦敦传教会"（London Missionary Society）的教士身份，而后两次却出现身份上的转变：1858 年第二次探入非洲时多出"英国领事"（British Consul）的官方身份、1865 年则在"皇家地理学会"（Royal Geographical Society）的赞助下探勘非洲尼罗河。[③]此传记始终将立温斯敦牢钉于"播道者"的位置，宣扬其

① 〔清〕王桐龄，《中央亚非利加之蛮地探险，英国大探险家李秉铎司徒雷之实地探险谈》，《学海（甲编）》第 1 号（1908 年 2 月），页 129。

② 任保罗曾译传教士林乐知《全地五大洲女俗通考十集》（1903）、罕忒（William Wilson Hunter，1840—1900）《大英治理印度新政考》（1904）等。

③ 关于立温斯敦的两次身份转换，"Her Majesty's Consul"与"The last Visit Home, 1864-1865"有详细的讨论，见 Tim Jeal, *Livingstone* (Harmondsworth: Penguin Books, 1985), 185-194, pp.277-290。

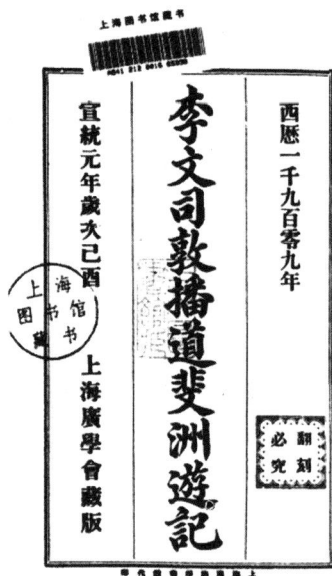

图 1-11
《李文司敦播道斐洲游记》
书名页

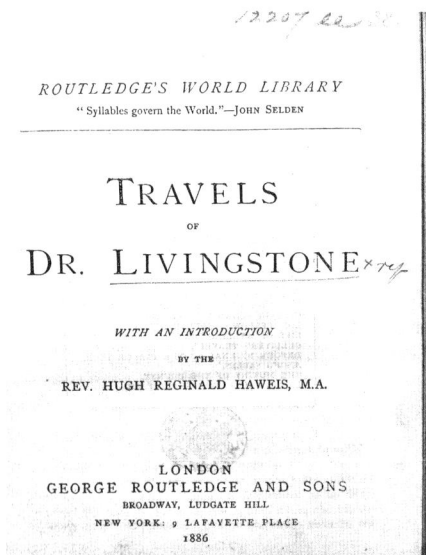

图 1-12
Travels of Dr. Livingstone
封面

根基于灵魂内里的传教信仰，穿越语言、文化、位阶等隔阂，获得土著的敬佩："我今得李氏不啻于我父之外又得一父矣""黑人之在黑暗中者，亦能蒙赎罪之恩而得救，皆李氏之所赐矣"[1]。

由上可见，从 1879 年沈定年《黑蛮风土记》对立温斯敦"非洲探勘记"的译述，发展到 1909 年《李文司敦播道斐洲游记》的传记译本，反映了立温斯敦其人其书在晚清中国的传播与接受概况。晚清人士透过议论、小说、传记等书写，或将立温斯敦置入基督、哥伦布、麦哲伦、伋顿曲等西方脉络，或列入苏武、张骞、班超等中国行列，恰可见不同的诉求如何引导不同的形象剪裁，呈现特定的期待视野。整体而言，晚清文化界对于立温斯敦的接受，从最初的消息报道发展到长篇阔论的说明，从议论文章的事迹说明发展到小说文体的叙事展演，反映了广化与深化的趋势。

六、结语

鸦片战争的爆发使得立温斯敦未能如米怜、麦都思、马礼逊、郭实腊、理雅各、裨治文、林乐知、傅兰雅、李提摩太等传教士般抵达中国传教。不过，其探勘非洲的足印随着全球化的传播版图而横跨各大洲，渗入晚清中国文化界。在报刊媒体、晚清中国人士、来华传教士、1870 年代留美学生的推波助澜下，开启了晚清中国文化界对立温斯敦的接受视野。稍遗憾的是，将近一个多世纪以降，此接受视野尚未受到注意，各种原始资料逐渐销声匿

---

① 〔清〕霍伟著，任保罗译，《李文司敦播道斐洲游记》（上海：上海广学会，1909），页 10、125。

迹。事实上，该译著折映各种文化讯息，饶具意义。循此，笔者进出各地图书馆与档案室，广搜博采，试图重现 19 世纪后半叶立温斯敦之著作进入晚清中国文化界的途径与方式，以及译本在翻译实践中的转向及个中可能投射的意涵。

诚如上述，该译本可以反映晚清 19 世纪后半叶的文化地图：从 1872 年的中国留美学生计划到中国报刊与出版社的发展，促成立温斯敦之非洲探勘记得以翻译出版的契机。参加 1872 年第一批泰西肄业计划的史锦镛，其留美期间，正是欧美热切关注立温斯敦的时刻。史遭遭返中国后，来到报业正蓬勃发展的上海，替申报馆口译立温斯敦备受称誉的第一部非洲著作，接而又由中学基础深厚的沈定年"述文"，恰能反映中国早期翻译西方著作时所采取的合作模式。从"译语"到"述文"，乃是过度简化的意译版，共有六十一则译文，远未能反映立温斯敦自 1840—1856 年探入非洲的路线。虽然，译本有各种省略缺失，却逢中国关注域外地理学之时刻，屡获出版传播的机会，包括申报馆的《黑蛮风土记》，《小方壶斋舆地丛钞》的《黑蛮风土记》与上海时务书局重编印制的《泰西风土记》。

固然，相比起"虚白斋主口译，邹翰飞（1850—1931）笔述"施登莱 *Through the Dark Continent* 的《三洲游记》的虚构幅度[①]，《黑蛮风土记》有一定的翻译依循，可是译本却在若干层面激烈调动原著的方向。虽然，述文者沈定年带着"实而有征"的翻译自觉，"不敢自矜淹洽，因涂附而失其本真"，可是就其翻译结果而言，更多时候"自矜淹洽，因涂附而失其本真"，造成翻译原

---

① 关于《三洲游记》的偏离，最明显者乃是译者径自加入虚构的人物，使得非洲历险记述被叙事化，可参照张治，《"引小说入游记"：〈三洲游记〉的移译与作伪》，《中国现代文学研究丛刊》2007 年第 1 期，页 150—162。

则与实践结果之间的矛盾。对于翻译研究而言，如此的鸿沟与断裂更能开启研究的视角，如论者所言："清末民初译者作为一个群体，经常被指对原著不忠实，又对西方文学及文化缺乏认识，这种结论其实都是基于新文学运动所建立起来的关于西方文学建制和文学翻译的种种想法，论者往往一举抹煞了翻译时期的社会背景和文化需求。"① "翻译"涉及潜藏于语言背后的意识形态、文化规范、民族心理等元素，遂使来源语进入目的语的翻译过程，为适应特定社会语境而出现改写或操纵的情形。译本的不忠实处反映了意识形态与诗学观的介入，彰显了彼时的社会语境与文化心理等。

1870年代翻译出版的《黑蛮风土记》，反映了晚清时期中西学术初步接触时的概况。译者不同于立温斯敦的位置，必然调动源语文本的方向。立温斯敦以伦敦传教会的教士身份探入非洲，面临教会人士的质疑挑战，在传记中更凸显了自身的传教意图。译者因不具有传主的焦虑，将立温斯敦有意标举的教士身份与传教意图，转为彼时中国知识分子有意诉求的新世界观，长篇阔论各大洲的历史地理学与器物发展等。更复杂的是，此新世界观又层层纠缠着传统礼教观与西方殖民论述，在"文明与野蛮""进步与落后"等位阶差序下，译著为美化作为强国子民的传主，特意渲染非洲人的贱丑狞恶、獐头鼠目、贪鄙猥亵等形象，强化既定的愚昧、落后、神秘的标签，形塑鲜明的非洲人体标签。

译者径自迎拒取舍，撕裂原著具有平衡作用的"传教旅行"与"研究"视角，又将"传教旅行"变为中国诗学视角下的"文

---

① 孔慧怡，《还以背景，还以公道——论清末民初英语侦探小说中译》，收入王宏志编，《翻译与创作：中国近代翻译小说论》（北京：北京大学出版社，2000），页106。

人游记"。具有文采与旧学背景的沈定年替译本注入中国文人的
韵律节奏、意象美感、文人旨趣等，在非洲场景虚拟山水景观、
春日和融图，叠入中国文人习见的酬唱、哀悼、怀古、病痛等文
学传统，阐释发明各种情感面向，让原本朴实无华的非洲记述变
为"逞才肆情"的文人游记，恰能反映中西文学、学术对于"理
性"与"情感（感性）"的不同认知与态度，遂使得立温斯敦颇
具传教与研究色彩的非洲记述转为中国文人的美感取向文本。

除观察译文的转向外，本章亦追踪晚清文化界对于立温斯
敦"其人其事"的讨论。透过各种议论、小说、传记等文章，可
见到晚清作者因不同的位置与诉求而对立温斯敦有特定的形象裁
剪与事迹彰显。相比起《中西闻见录》《中西教会报》《李文司敦
播道斐洲游记》等传教士著作有意宣扬的"宗教"精神，刊登于
《新民丛报》《新小说》《学海》等的文章则是刻意压抑立温斯敦
的教士身份，强调"发现新大陆""冒险拓荒""禁奴"等事迹，
标榜立温斯敦的冒险家、探勘家、医生、禁奴者、教化者等身份
形象。总而言之，本章重探各种史学与文学材料，试图透过《黑
蛮风土记》此一译本的发生语境、翻译实践乃至晚清作者的传播
概况，重塑 19 世纪末乃至 20 世纪初中国文化界对于立温斯敦的
接受视野。

第二章

从上海天主教会、文艺圈到域外游记：

论《三洲游记》对于施登莱
Through the Dark Continent 的翻译改写

一、前言

1878 年，施登莱将自身探勘尼罗河源头的数年历程，写成《穿越黑暗大陆》(Through the Dark Continent)，掀开外界乏人知晓的非洲内陆的面纱，备受各国瞩目。19、20 世纪之交的中国报刊，陆续刊登有关"施登莱"的新闻报道，从七十年代探入非洲寻找立温斯敦、考掘尼罗河源头，八十年代探入苏丹南部赤道拯救艾敏帕夏 (Emin Pasha，1840—1892)，九十年代获英女皇颁发勋章等。1904 年 5 月 10 日，当施登莱于英国伦敦逝世，上海字林洋行出版的英文报刊《字林西报》(The North-China Daily News)，报道其死讯时列举了上述各种为人津津乐道的事迹。一个多月后又报道其葬礼概况。[①]除"其人其事"的报道外，晚清中国人士亦陆续触及施登莱之著作。1882 年，来自粤省台山县农村的邝富灼 (1869—1931) 以华工身份赴美，曾于居住教会公所学习英语："西妇加凌敦氏 Carrington……授余英文及初等科学，当日所（习）之《生理学》《天路历程》《斐洲游记》等书，俱深入余脑中，至今不能忘。"[②]1883 年，位于中国上海的《益闻录》报馆，更进一步翻译连载施登莱之著作，自《益闻录》第 279 号（1883）至第 736 号（1888），断断续续翻译连载了《三洲游记》。1900 年，《汇报》馆出版其单行本时，改名为《斐洲游记》。

上述《三洲游记》《斐洲游记》版本都是施登莱的 Through

---

① 相关报道可见 "Sir Henry M. Stanley," The North-China Daily News (1904.5.12): 5; "Sir Henry's Funeral," The North-China Daily News (1904.6.21): 5。

② 〔清〕邝富灼，《六十年之回顾》，《良友画报》第 47 期（1930 年 5 月），页 12。

the Dark Continent 之译本。由于本章将核对译著内容与彼时发生的各种事件，故采用更能彰显原著作连载时间标志的《益闻录》版本。《三洲游记》由虚白斋主担任口述、邹弢笔述。口述者"虚白斋主"推估是号"虚白主人"的龚柴（？—1914，详见下文），他担任天主教司铎，曾主政《益闻录》。龚柴的传记资料不多，所幸1915年刊登于教会刊物《圣教杂志》的《古愚龚公小传》留下珍贵记载：龚柴精数国语言，"无论辣丁、法文，振笔直书数十万言，无劳思索。其藻思芊绵，洵所谓左右逢源矣"①。龚柴口述施登莱原著后，交由更擅长文学创作的同事邹弢笔述。邹弢，字翰飞，号瘦鹤词人，无锡人，擅长短句、骈体文、散文、小说体等，才情洋溢。②1881年，他从苏州来到上海，投入《益闻录》报务。邹弢虽以创作闻名，可是对于万国事务亦有高度兴趣，1885年完成的《三借庐笔谈》一书已收入介绍世界各大洲的《四洲》。若再观察他往后发表的《万国近政考略》，乃是一部具高度专业性的历史地理学著作。

本章探讨译本如何受到译者身份、报刊立场与宗教机构的牵动，进而出现各种变调。学者多已指出"翻译"在不同文化语境中，受到各因素的开拓／制约，为某种目的"对原文实施一定程度的操控（manipulate）"③、"对原文的一种改写（rewriting）"，受到意识形态（ideology）、诗学形态（poetology）、赞助机构

① 〔清〕海门放眼达观人，《古愚龚公小传》，《圣教杂志》第4卷第2期（1915年2月），页66。

② 关于邹弢的生平传记与资料，可见钱琬薇，《中国近代报人——邹弢其人其书》一章，有详细的爬梳，收入钱琬薇，《失落与缅怀——邹弢及其〈海上尘天影〉研究》（台北：政治大学中国文学研究所硕士论文，2007），页30—73。

③ Theo Hermans, ed., *The Manipulation of Literature: Studies in Literary Translation* (London and Sydney: Croom Helm, 1985), p.11.

（patron）与论域（universe of discourse）等影响。[①] 本章虽受翻译理论之启发，可是在论证过程中，未必凸显理论视野，而是更偏重译语/文化（target-language/culture）脉络，聚焦观察 19 世纪后半叶的晚清译者在"翻译"过程中如何根基于自身的语境脉络而"改写"原著。从"翻译改写"的角度切入，恰能观察《三洲游记》如何受到译者脉络的牵引而出现特定的改写路线。此一出自隶属于上海天主教机关报底下的翻译作品，受到晚清天主教义、新兴报馆机制、沪地文人交友圈与历史地理学的启发与牵制，回应了彼时社会、宗教、政治、文艺等议题。译者在原著的主轴上延展出一条条纵横交错的"歧路"，嵌入不同群体的问题意识与价值思考，演绎各种与自身生存情境休戚与共的议题，导入了属于自身脉络的需求/诉求。

　　在论文结构上，本章首先考掘《斐洲游记》的发生脉络，观察此一具有突破性题材的著作为何会出现于晚清报刊。同时，透过大量的原始资料，厘清译者身份与该译著随后衍生的多种版本。唯有解决这些看似最基本可是却最棘手的问题后，才能拓展各种延伸性研究。接而，本章探索刊登于上海天主教会机关报《益闻录》的《三洲游记》，如何在翻译过程中嵌入上海天主教脉络的路线，压抑/篡夺施登莱原著的基督新教内涵，改而宣扬天主教理念。第三，译者如何以沪地文艺圈为对象，注入上海文人的生平际遇与情感样态，使得原本一部诉诸于非洲探险记的著作，却浮现文人情谊的对话。最后，译者如何在施登莱原著的地理学对话中，悄然改变对话群体，导入晚清人士观看世界的视角，介绍

――――――――

① Andre Lefevere, *Translation, Rewriting and Manipulation of Literary Fame* (London and New York: Routledge, 1992), p.9.

各国风土民俗与人文地理等。

二、译本的发生：从《三洲游记》到《斐洲游记》

19 世纪的中国人重塑多元结构的世界观与体系，使其从过去的上下等级关系（interclass relation）转向国与国的对等关系（interstate relations）。自林则徐、徐继畲、魏源等人编写《四洲志》《瀛环志略》《海国图志》，到六十年代随着使外人员、商绅、学生的海外记载，介绍各国史地、文化、风土、建筑、法律、兵法与天文等，开启"世界"的橱窗。本节将讨论《斐洲游记》为何／如何出现于此脉络及其意义，并且厘清译本出版、译者身份与各版本差异，为随后数节的讨论奠下基石。

19 世纪后半叶，各种新兴媒体于上海诞生，如传教士办理的《六合丛谈》（1857 年创办）、《教会新报》（1868 年创办，1874 年改为《万国公报》）等，英商创办的《上海新报》（1861 年创办）、《申报》（1872 年创办）等，它们大量刊登新闻、西学、传教、贸易与论说等，呈现一国际视野，逐渐形塑一瞻望世界的窗口。来自不同地区的文人来到上海，投入此由新闻、出版社与印刷结为一炉的新兴媒体，"从事文艺产品生产和经营活动的文人，是中国第一代职业作家"[1]，反映了近现代文人的现代化转型。1857 年，王韬在上海墨海书馆投入伦敦传道会传教士伟烈亚力（Alexander Wylie，1815—1887）编辑的《六合丛谈》，接触各种人文科学、自然科学与宗教等知识。随后，各文人围绕着不同报馆，如《申

---

[1] 孟兆臣，《中国近代小报史》（北京：社会科学文献出版社，2005），页 19。

报》有文人何桂笙（1841—1894）、钱昕伯，《新报》有袁祖志，《益闻录》有邹弢等。这批文人／报人群体，固然擅长旧式文人的吟风赏月、舞文弄墨，可是处于华洋夹杂的城市，大量接触西洋资讯与现代文明，也撰文介绍中西体制，甚至透过传统诗词描写上海洋场，描绘外国洋房、火轮船、马车、花园、跑马、戏馆、拍照、自来火灯、东西洋女、自鸣钟与电线等。

　　文人除在纸上构筑域外文明，亦有机会体验海外生活，如王韬于1867年受香港英华书院院长理雅各之邀，从香港出发前往苏格兰，游逛欧洲数国。1883年，袁祖志随着上海轮船招商局总办唐廷枢（1832—1892），前往欧洲各国考察招商局业务十个月，考察了十一国。他们的海外游记接而又由新兴媒体刊登传播，如《申报》于1883—1884年陆续刊登袁祖志的海外见闻，隶属于《申报》的《点石斋画报》自127期（1887.10）到177期（1889.2）刊登王韬的《漫游随录》①，开拓了文人／报人群体透过媒体技术塑造新世界观的公共舆论与文化形态。若又加上彼时上海报刊刊登出使官员的海外游记，如《教会新报》第135卷（1871.5.20）至154卷（1871.9.23）连载斌椿（1804—1871）的《乘槎笔记》，《万国公报》第521期（1879.1.4）至522期（1879.1.11）刊登何如璋（1838—1892）《使东杂咏》，可见到新兴媒体所掀开的世界橱窗，已非传统游记格局所能概括，它展现各大洲的航行路线、方位、经纬、天候、风土、民俗与政经等，勾勒出崭新的世界体系。

　　在"面向世界"的思潮中，以往相对受到忽略的"非洲"，逐渐进入时人的眼帘。虽然，中国人的足迹尚难探入非洲内陆，

---

　　① 本章正文所论及杂志，为节篇幅，出版日期之年月日，部分仅于期数之后于括号内以阿拉伯字表示。

可是随着电讯传播的发展，欧美人士探勘非洲内陆的讯息，传播到中国。1866 年 7 月，大西洋电报缆线（The Atlantic Cable）竣工，原本轮船传送大西洋两岸讯息需费十日，大幅度缩短至十数小时①，掀起 19 世纪讯息全球化的浪潮。晚清中国文化界也卷入全球讯息流动的一环，开始报道各冒险者到非洲内陆探勘的活动，故必不会错过喧腾于七十年代的新闻事件：美国战地记者施登莱探入非洲，于乌齐齐一带寻得下落不明的英国传教士立温斯敦。这让施登莱在镁光灯聚焦下，成为最受瞩目的探险者。1874 年，施登莱又再次进入非洲探索尼罗河之源头，解决了过去数十年未能克服的地理谜团，凯旋而归。施登莱三番两次探勘非洲的消息，辗转传播到晚清中国，从使外人员到文化人士都对其有所叙述。②于此新闻焦点中，1883 年，《益闻录》连载施登莱的《穿越黑暗大陆》，呼应的是晚清报刊方兴未艾的海外游记热潮。

不同的是，《斐洲游记》涉及彼时中国人尚无法探入的非洲内陆③，揭开欧美地理学界正在探索的非洲内陆。《益闻录》为何

---

① Arthur Wilson, *The Living Rock: The Story of Metals since Earliest Times and Their Impact on Civilization* (Cambridge: Woodhead Publishing Limited, 1994), p.203.

② 如王韬《探地记》指出施登莱与立温斯敦相遇，"把臂欢然，恨相见晚"；郭嵩焘提及施登莱 1874 年到非洲探险，"起自阿非利加之东曰桑希巴尔，经西出钢戈江"。分别见：〔清〕王韬，《探地记》，收入〔清〕王锡祺编，《小方壶斋舆地丛钞》（台北：广文书局，1962），第十二帙，页 11b，总页 9954；〔清〕郭嵩焘，《伦敦与巴黎日记》，收入钟叔河编，《走向世界丛书（第一辑）》（长沙：岳麓书社，1985），第 4 册，页 339。

③ 晚清人士前往非洲者，大多停留于埃及沿海大城，如 1841 年回教徒马德新曾到麦加朝圣，于开罗居住半年。1859 年郭连城由海路直达苏伊士，再由苏伊士坐火车经开罗至亚历山大。1866 年，清廷派出斌椿使团出访欧美，途经北非，随团成员张德彝记录了非洲金字塔。

会翻译连载一部如此具有超前意识的"非洲""游记"？无论是
规模或影响力，《益闻录》远未及《教会新报》《上海新报》与
《申报》等。若是观察《益闻录》的编辑群体与方针，实有迹可
寻。1879 年 3 月 16 日，位于上海徐家汇的《益闻录》报馆正式
出版，原是半月刊，半年后"定每七日一次"，第 150 号后改为
每七日出版两次，视野开阔，开辟"五洲杂俎""时事汇登"与
"海外通讯"等专栏，提供欧、美、亚、非、澳洲之历史、地理、
科学、人文等时事讯息。① 从报刊的自我命名，即可察及编者以
"益闻"作为第一要务的自觉："读是书者，益于性命，益于邦家，
推之万事万理，无不于此大有赖焉，故是录之名以益闻者。"② 《益
闻录》由司铎李杕（1840—1911）担任主笔，集结一批对于历史、
地理学有高度专业力的编辑如龚柴、许彬与徐励等人，透过系统
性的分工，介绍世界各地地理学，如龚柴与徐励负责亚、欧两洲，
许彬则是负责非、美洲。③ 《益闻录》自创刊号便陆续刊载《地体
浑圆说》《地体浑圆难辨》与《地球形势说》等介绍地球与五大
洲分布的文章，第 6 号（1879.6.1）刊出《亚西亚洲（亚洲）总
论》，前 100 期系统介绍中国各省份，100 期后延伸到世界各国考
略与地图，如第 103 号（1881.6.4）刊登《朝鲜全图》、第 107 号

---

① 〔清〕佚名，《益闻录弁言》，《益闻录》第 1 号（1879 年 3 月 16 日），
页 1。该文未标出作者之名，作者应是《益闻录》创办人李杕。其于文中书写：
"故是录始以谕旨，示尊王也；终以地舆、天文、算数诸说，崇实学也；其间附
以道学论、时事论，暨一切新闻、传纪、文启、诗词等作，分为数种"。

② 同前注。

③ 〔清〕李杕，《序》，收入龚柴，《五洲图考》（上海：徐家汇印书馆，
1898），页 3a-b。《序》中提及："龚君古愚考亚、欧二洲，登诸报牍。内如干章为
徐君伯愚手笔，其劳亦不可没焉。厥后许君采白考非、墨、澳三洲事迹。既竣，
重行校正，次第付梓"。

（1881.7.2）《越南暹罗缅甸合图》、第 128 号（1881.11.26）《波斯阿剌伯合图》、第 154 号（1882.5.17）《欧罗巴全图》、第 305 号（1883.11.7）《北业墨里加全图》、第 314 号（1883.12.8）《南业墨里加全图》、第 369 号（1884.6.25）《亚斐利加全图》、第 381 号（1884.8.6）《亚斐利加中西北境合图》、第 425 号（1885.1.7）《澳削尼亚全图》，循序渐进，从中国探向亚洲、欧洲、美洲、非洲与澳洲，当中穿插主题性文章如第 262 号（1883.6.9）《天下高山题名》、第 264 号（1883.6.16）《天下大川题名》等。

相比起其他报刊，《益闻录》在"非洲"的报道路线上，走得更远，尤其是第 300 号（1883.10.20）后日益增加，如《亚斐利加洲总论》（第 369〔1884.6.25〕、373〔1884.7.9〕、375〔1884.7.16〕、377〔1884.7.23〕、379〔1884.7.30〕、381〔1884.8.6〕号）、《亚斐利加南境考略》（第 418 号〔1884.12.13〕）、《亚斐利加东境考略》（第 421 号〔1884.12.24〕）等。作为积极关注非洲的报刊，1883 年《益闻录》第 278 号刊登一篇具有序言作用的短文《三洲游记小引》（下称《小引》），预告报馆即将连载《三洲游记》：

> 本馆近得西文《三洲笔记》一书，芸窗拨冗，披阅一周，觉书中所载人物、风土之奇，莫名一状，因不揣固陋，译著是编，名曰"三洲游记"。[1]

刊登《小引》后，《益闻录》随即于下一期的第 279 号

---

① 〔清〕佚名，《三洲游记小引》，《益闻录》第 278 号（1883 年 8 月 4 日），页 353。

（1883.8.8）至第 736 号（1888.2.1）连载《三洲游记》（见图 2-1），替晚清的"世界"橱窗开启不同的风景。这恰能反映该报馆日益关注"非洲"的趋势。不过，《益闻录》连载该译著时，始终未提及原著与译者之名[①]，导致接而数年各种版本始终出处未明。一直要到 1900 年结集出版，改名《斐洲游记》时，才指出口述者是"虚白斋主"，笔述者"邹弢"。

　　口述者虚白斋主身份未明，过去一直悬而未解或存而不论。若就笔名追踪，历来"虚白斋主"的名号不少，若是根据《小引》所指出的"本馆近得西文《三洲笔记》一书，芸窗拨冗，披阅一周"，潜藏着报馆人士取得原著的口吻，则其应是报馆编辑。以此追踪，龚柴最有可能。龚柴号古愚，法文名为 Simon Kong，有"龚西满"之称，发表文章时大多以"龚古愚""龚西满"等为名号，曾任董家渡天主堂司铎，故又称"龚司铎"。他自《益闻录》创刊开始便成为刊物班底人物，著有《地球形势说》《地理形势考》《五洲方域考》《中国方域考》《缅甸考略》《阿富汗考略》与《东土耳其考略》等。龚柴发表《台湾小志》时，署名"虚白主人"[②]，与《斐洲游记》口述者"虚白斋主"只有一字之差。若观察译著内文，即可发现译著自行加入的越南简史、台湾地区景观、

---

　　① 《三洲游记》连载期间，作者栏大多是空白，《益闻录》第 280 号（1883 年 8 月 11 日）却出现"丁雪田"之落款（页 365），实是虚托译文中的人物之名。

　　② 龚柴的资料稀少，其生平传记可参考，〔清〕佚名，《教务要闻：追悼龚古愚司铎》，《善导报》第 12 期（1914 年 5 月），页 16；〔清〕海门放眼达观人，《古愚龚公小传》，《圣教杂志》第 4 卷第 2 期（1915 年 2 月），页 66—67。

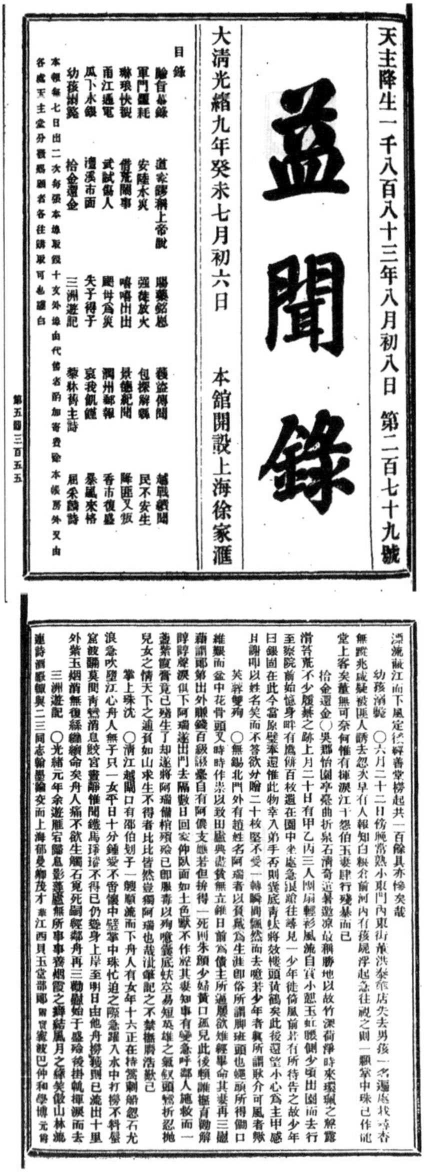

天主降生一千八百八十三年八月初八日 第二百七十九號

大清光緒九年癸未七月初六日

本館開設上海徐家滙

益聞錄

目錄

图 2-1
《益闻录》279 号之封面
（上）与《三洲游记》之
连载（下）

五大洲概念，都是龚柴熟悉的内容。① 龚柴是 19 世纪后半叶中国最具代表性的地理学者，王锡祺（1855—1913）编辑《小方壶斋舆地丛钞》时，第一帙前三册有超过六成的篇数抄录的是龚柴的文章②，即可见到他在同辈人心中的分量。

为何此一由龚柴口述的译稿会交给邹翰飞"笔述"呢？综观《益闻录》的编辑阵容，邹翰飞是不二人选。邹翰飞乃是上述的邹弢，号瘦鹤词人、酒丐，无锡人，1881 年自苏州来到上海，投入《益闻录》编务。③ 邹弢具有地理学背景，其编撰的《万国近政考略》，收录《天文考》《地舆考》《沿革考》《风俗考》《军政考》《教派考》《杂考》与《列国编年纪要》等内容。④ 他同时又

---

① 1883 年，龚柴替《地舆图考》作序时指出自己过去四年在《益闻报》馆的工作概况："辑著《地舆图考》，刊列报内，迄今四历寒暑，悉心探究，涉猎中外诸书。其山川形胜，风土人情，诸国疆域之宽窄、开国之远近、世代之沿革、物产之盛衰、人才之优劣，凡实有益于见闻而堪资印证者，略具于篇句，不尚艰深，词不求华藻，匪特腹馁所致，亦理所宜然也。"〔清〕龚柴，《叙》，《地舆图考》（上海：益闻馆，1883），页 5a。

② 《小方壶斋舆地丛钞》第一帙前三册分别收录 19、10、14 篇（卷）地理学文章，共 43 篇（卷），其中抄录龚柴的文篇分别是 7、8、12 篇（卷），共 27 篇（卷）。《小方壶斋》抄录龚柴的文章如下：第一册收《地球形势说》《地理形势号》《五洲方域考》《中国方域考》《中国形势考略》《中国历代都邑考》《中国物产考略》；第二册收《满洲考略》《盛京考略》《直隶考略》《江苏考略》《安徽考略》《江西考略》《浙江考略》《福建考略》；第三册收《湖北考略》《湖南考略》《河南考略》《山东考略》《山西考略》《陕西考略》《甘肃考略》《四川考略》《广东考略》《广西考略》《云南考略》《贵州考略》。

③ 在梁溪潇湘馆侍者《春江花史》卷一《陈玉卿》中载："辛巳秋余始来沪上，主益报馆笔政。"见〔清〕梁溪潇湘馆侍者辑，《春江花史》（上海：二石轩，1884），页 1—2。

④ 关于邹弢的生平传记与资料，可见钱婉薇《中国近代报人——邹弢其人其书》一章，有详细的爬梳。见钱婉薇，《失落与缅怀：邹弢及其〈海上尘天影〉研究》（台北：政治大学中国文学研究所硕士论文，2007），页 30—73。

擅长各种文类，从《断肠碑》（又名《海上尘天影》）到诗、词、骈文的创作，一如比他更早之前来到上海的王韬与袁祖志等前辈，展现了文人兼报人的跨文化视野。不同的是，邹弢始终未能如王韬与袁祖志般游逛海外，只能透过撰写文章，倾诉其对于海外世界的憧憬与向往，如同《小引》一文所指出的，译本为弥补"好游之士"无法远游之憾，透过"读此书"而"以目耕为身历"[①]。

作为彼时罕见的非洲材料，即或是《三洲游记》在翻译上未必忠实于原著，可是却因其题材上的突破与罕见性，而屡受关注，多次获得（再）抄录、整理与出版的机会，也使得该译著出现不同的版本。1891年，当王锡祺编辑"凡涉舆地，备极搜罗"[②]的《小方壶斋舆地丛钞》，其中第十二帙设立"非洲"主题，便收录了《三洲游记》（见图2-2）。虽然，王锡祺常因擅自删除原著内容而备受批评，可是若就《三洲游记》而言，却是相当节制的，尤其是有关客观描述非洲的部分，皆如实抄录，几无增减。不过，针对译著过于文人化的片段或是明显杜撰的部分，王锡祺虽未能核对施登莱原著，却有所察觉，做出以下调整：（1）删除《益闻录》译者自行加入的中国诗词与书信内容，如《益闻录》第281号饯别友人之诗词、第313号丁雪田写给中国亲友的家书、第350号多首客途诗词、第553号中国友人的墓碑图内容与悼文、

---

① 〔清〕佚名，《三洲游记小引》，页353a。
② 〔清〕王锡祺，《序》，《小方壶斋舆地丛钞》（台北：广文书局，1962），第一帙，页1a，总页1。

第 613 号与 618 号湖南岳州口技表演^①;(2)修正日期重叠的问题，如《益闻录》第 319 号"四月十二日，阴，风逆难行"，后接"十三日，午后，抵罢迦毛埠"，与后文又出现的"十三日"重叠，《小方壶斋》将上述的十二、十三日内容调为同一天，解决日期重叠的问题^②;(3) 调整部分中国时序，如将《益闻录》第 350 号"中秋日，晴，微有秋凉"改为"十五日，晴，微有秋凉"^③;（ 4 ）取消人物落款，如《益闻录》第 280 号，文末落款署名"番禺丁雪田记"、第 313 号丁雪田写一封给上海友人之信附上"丁廉、巴元爵同顿首"之落款^④，淡化《益闻录》版本的文人色彩与译者烙印。

1899 年，邹凌沅编《通学斋丛书》(见图 2-3)。"通学"乃是为彰显"中西学术融会贯通之意"，辑录于此系列的"通学"之书主要是彰显中西学术的译著，收录《格致答问类编》《列国编年纪要》《泰西河防》《欧州新志》与《天演论》等。该丛书第二十八、二十九册收录《三洲游记》，反映了编者扩大"中西"的

① 〔清〕虚白斋主口译，邹翰飞笔录，《续录三洲游记》，《益闻录》第 281 号（1883 年 8 月 15 日），页 371；第 313 号（1883 年 12 月 5 日），页 564；第 350 号（1884 年 4 月 19 日），页 178；第 553 号（1886 年 4 月 21 日），页 178；第 613 号（1886 年 11 月 17 日），页 533；第 618 号（1886 年 12 月 4 日），页 562。

② 〔清〕虚白斋主口译，邹翰飞笔录，《续录三洲游记》，《益闻录》第 319 号（1883 年 12 月 26 日），页 599；〔清〕王锡祺编，《三洲游记》，《小方壶斋舆地丛钞》，第十二帙，页 137a-b，总页 10205—10206。

③ 〔清〕虚白斋主口译，邹翰飞笔录，《续录三洲游记》，《益闻录》第 350 号，页 178。〔清〕王锡祺编，《三洲游记》，《小方壶斋舆地丛钞》，第十二帙，页 146b，总页 10224。

④ 〔清〕虚白斋主口译，邹翰飞笔录，《三洲游记》，《益闻录》第 280 号，页 365；第 313 号，页 564。

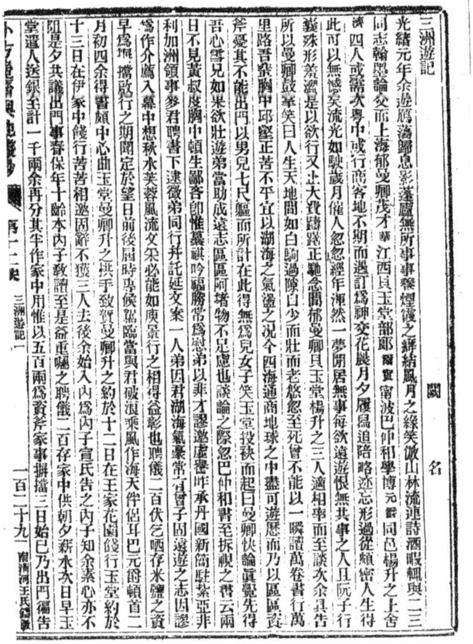

图 2-2

《小方壶斋舆地丛钞》收录《三洲游记》

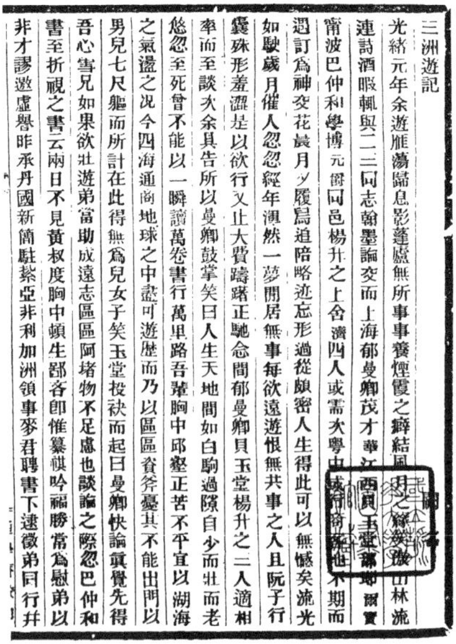

图 2-3

《通学斋丛书》收录《三洲游记》

图 2-4
《斐洲游记》内页书影（右），
内文标注作者为"施登莱"（下）

光緒庚子孟秋訂
斐洲遊記
上海申西書室藏板

斐洲遊記 卷一

光緒元年，遊雁宕歸息影蓬廬，無所事事，養煙霞之癖結風月之緣，笑傲山林，流連詩酒眼與一二同志翰墨論交，上海郁曼卿茂才華江西貝玉堂郎廟實竇波巴仲和學博子偶同邑楊升之上舍潘四人或需次學中，或行商客地不期而遇訂爲神交晤明風雨履蹇追隨略敍忘形過從略志，無憾流光如駛歲月催人忽忽經年渾然一夢聞居無事每欲遠遊憚無共羊。

正爬念間郁曼卿以玉堂楊升之三人適相率而至謀大事卽鼓掌歡笑曰人生天地間如白駒過隙自少而壯而老怱怱忽死豈不能以一瞬讀萬卷書行萬里者吾蒙胸中邱壑正苦不平王玉堂湖海之氣況今四海通商地球上盡可遊歷了兄嘉此何必以資斧爲憂耶玉堂投袂而起曰曼卿快論真失得苦心雪田兄果欲壯遊弟當助成遠志論談之際巴仲和書至拆視曰云。

雨已不見黃叔度胸中頓生瑞齊辰雖鶯祺吟溫勝常爲慰弟以菲才謬伏乞晒存啟行之期訂於望日前後屆時專候駕臨海天件也。

斐虚譽昨承丹國新簡赴斐加洲領事麥君聘弟下逮微弟同行並託延文案一人弟念君湖海氣豪常有曾子固遠遊之志因囑爲作介薦入幕中想秋水芙蓉風流文采必能如庚景行之相得益彰也聘儀二百，伏乞晒存啟行之期訂於望日前後屆時專候駕臨海天件也。

巴元爵頓首

余得書頗以拱手致賀曼卿升之約於十二日在王家花園餞行玉堂約於十三日在伊家中餞行苦苦相邀固辭不獲三人去後余遂諸內子宜氏內子亦是夕議出門小春保年十齡木內子教讀至是益重囑之曰儀二百存家中供朝夕薪水次早玉堂遣人送銀至計六百兩余再分其牛作家用以三百爲資斧攜擱家事三日姑已乃出門遍告威友順便辭行成友相約送行公邀能者紛紛不一有辭去者有不能辭去者次第頒受敷日之後諸事始得部署次日晨起巴仲和父有書至余卽往晤仲和言麥君歎

意图，将视野延伸到非洲版图。

邹凌沅遵循《小方壶斋》版本，删除诗文、修正日记矛盾，以凸显非洲地理学、降低文人色彩。虽然，《小方壶斋》与《通学斋》版本看似纠正了《益闻录》的谬误，可是两者都未能阅读或是核对施登莱原著，至多只是隔靴搔痒，未能大刀阔斧修正译著与原著的差异之处（详见第三、四节），也未能补充仍然处于谜团状态的出版讯息。

一直要到1900年，由《汇报》馆编辑，上海中西书室结集出版《斐洲游记》（见图2-4）时，才跨出更大一步。《汇报》馆乃是《益闻录》的原班人马。创刊于1879年的《益闻录》于1898年与《格致新报》合并，易名《格致益闻汇报》，每周刊出两期，自第100号后改为《汇报》。当《益闻录》原班人马出版该译本单行本时，更能掌控施登莱原著的脉络，明确指出其为施登莱著作，由虚白斋主口述，邹翰飞笔述，揭开其出处之谜。口述者虚白斋主特地替此一单行本写《序》：

> 《斐洲游记》，施登莱作也。施，英人，精地理，有远大志，但以游历天下为怀。光绪初叶，应伦敦地学会聘，携巨资，纠同志数人，招黑蛮二百余，多载枪械布帛，为御灾市食之谋，装束巳。自斐洲东境散齐巴发驾，直入中央，全贯腹地，皆欧人所未尝至，而他国亦未有往者。首尾二、三稔，危机频触，艰困备尝，与土人战者屡，为饥寒逼者亦屡，遂致同志亡其半，而黑蛮亦病毙颇稠。然其间风土人情，山川物产，施巳画图贴说，手录成编，比归付梨枣，呈之政府，散之各方，一时传遍欧洲，脍炙人口。自是西人之往斐者踵相接，商贾于以通，身车于以达，近巳析其地，化其民，声

教蒸蒸日上。溯厥由来，施之功多且伟也。某尝阅其记，见怪怪奇奇，良堪悦目，因逐渐口译，邹君翰飞，笔录而润色之，列入《益闻录》，阅一年始竟。编中有麦领事、巴仲和等，俱假借之词，盖恐直陈无饰，读者易于生厌，故为此演说之文，以新眼界。若夫所述事迹，则言言从实，未失庐山真面，世之作卧游计者，此亦一助也夫。光绪二十六年夏，徐汇虚白斋主谨识。①

相比起 1883 年为连载《三洲游记》而写的《小引》模糊提及 "本馆近得西文《三洲笔记》一书"，1900 年配合《斐洲游记》集子出版而写的《序》，更能反映原著的出处与内容，大致厘清了译著出处、译者身份与翻译策略等。首先，《序》文将原本的 "三洲" 题名改为 "斐洲"，更能符合施登莱原著聚焦描写 "非洲" 的实况，解除了 1883 年 "三洲" 题名的窘境；其次，《序》中明确指出原著作者是 "施登莱"、口译者是 "虚白斋主"，笔录者是 "邹翰飞"，不再以 "阙名" 处理，且附上施登莱肖像（见图 2-5），可见其对于原作者资料的掌控；第三，从评论的角度分析原著的梗概结构："首尾二、三稔，危机频触，艰困备尝，与土人战者屡，为饥寒逼者亦屡"；第四，谈及原著出版后的影响，如 "西人之往斐者踵相接""析其地，化其民，声教蒸蒸日上"，虽不乏西方传教士的 "教化" 视角，仍能反映大致实况；第五，指出译本的翻译策略与动机，如 "麦领事、巴仲和等，俱假借之词，盖恐直陈无饰，读者易于生厌，故为此演说之文，以新眼界"。

---

① 〔清〕虚白斋主，《斐洲游记·序》，虚白斋主口译，邹翰飞笔录，《斐洲游记》（上海：上海中西书室，1900），卷 1，页 1a-b。

图 2-5　施登莱肖像

　　从《小引》到《序》的演进，大致可以推敲：1883 年，"阅
一年始竟"的虚白斋主尚未能完全掌控原著，一直要等到 17 年
后，《汇报》馆结集成书时，才清楚道出原著梗概、作者身份、
著作内容与翻译动机等，替原本讯息不明的《三洲游记》奠定轮
廓。固然，《斐洲游记》比起《小方壶斋》与《通学斋》等版本
更能提供精准的讯息，且修订更接近于原著的题名，却因未能同
步修订 1883 年译本杜撰的内容——中国人物随着西方冒险家从
内地到香港，经越南、新加坡、锡兰[*]，再到非洲的经历，遂使得
"斐洲"题名与译文内容出现更大的鸿沟。站在后见之明的位置，
或可揣测：虚白斋主面向 1883 年翻译的《三洲游记》时，由于
其偏离原著太多，牵一发而动全身，较难修正内文，只能避重就
轻，更改题名后补上一篇序文，替 1883 年讯息不明的《小引》

　　　*　斯里兰卡的旧称。——编者注

补上出处资料，可是却未能修正正文的各种失误之处。同时，序文也出现若干基本讯息之失误，如指施登莱"应伦敦地学会聘"，实为受英国《每日电讯报》与美国《纽约先驱报》所聘。郭嵩焘出使日记指出："伦敦《特力格讷莆》新报局与美国纽约之《赫拉尔得》新报局遣人探阿非利加中土"①，乃是指《每日电讯报》与《纽约先驱报》派遣施登莱探访非洲，而非伦敦地理学会。

从上可见，1883 年《益闻录》因其编辑群属性，而翻译连载一部在地理学具有超前意识的《三洲游记》，反映了上海文人／报人在新兴媒体提倡海外游记的脉络上，更进一步开启"世界"橱窗的意图。短短十余年，该译著多次获得重新抄录出版的机会，可是却因编者未能确切核对原著而出现若干局限，且始终未能解开译者身份与原著出处之谜。一直到 1900 年，《汇报》馆结集出版《斐洲游记》时，察觉题目上的谬误，将《三洲游记》改为《斐洲游记》，并且解开悬搁多年的出处之谜。

三、上海天主教会：教义改写

19 世纪七八十年代的教会刊物虽普遍往综合性刊物方向发展，可是大致保留了礼拜仪式、教义问答与圣徒传等宗教宣扬性文章。不同于彼时更常见的基督教会报刊如《万国公报》《中西闻见录》等，隶属巴黎耶稣会下的上海天主教会的《益闻录》，乃是中国第一份天主教报刊，积极推广天主教义理。本节将讨论连载于教会报刊的《三洲游记》如何因应天主教会的诉求，而依违离合于施登莱原著所出现的宗教脉络，透过改写的方式，投入

① 〔清〕郭嵩焘，《伦敦与巴黎日记》，页 339。

特定的教义内容与价值关怀？八十年代正处于中法冲突之际，群众对于天主教义的批判，又如何牵动译者对于《三洲游记》的翻译方式？

19世纪中叶，随着天主教禁令的松绑，由法国神父主持管理的上海天主教会，于徐家汇与土山湾一带修建天主教堂，大小修院、徐汇公学、藏书楼、圣母院、博物院与天文台等，形成方圆十几里的天主教区。1864年，传教士在土山遗址创设孤儿工艺院（前身为创办于1855年的横塘育婴堂），收六至十岁孤儿，于院中开设工厂，设置木工部、五金部、中西鞋作、印刷所、图画间与照相间等部门。1869年土山湾印书馆已有"七十种作品的木板"；1874年有活字铅版印刷，发展正式的"印刷部"与"发行部"。[①]1878年12月16日，土山湾印书馆推出中文报刊《益闻录》试刊版，一直到1879年3月1日，总共刊出六期试刊本。1879年3月16日，《益闻录》正式发刊，封面最右侧标志天主纪年："天主降生一千八百七十九年三月十六日"，左边则是列出"大清光绪五年二月廿四日"（见图2-6）[②]，可见到其综合西方基督与中国纪年的传播方式，内容有谕旨、地舆、天文算数、时事、新闻、传记、文启与诗词等。

《益闻录》除透过一般管道发售外，亦经由"各处天主堂分发"[③]，乃是以教义教规为主的天主教机关刊物。作为《益闻录》主编的李杕，原名浩然，字问舆，后改问渔，受洗礼后取教名老

①　参考邹振环，《土山湾印书馆与上海印刷出版文化的发展》，《安徽大学学报（哲学社会科学版）》2010年第3期，页1—14。

②　《益闻录》第1号（1879年3月16日），封面页。

③　〔清〕编者，《告示》，《益闻录》第193号（1882年9月30日），页365b。

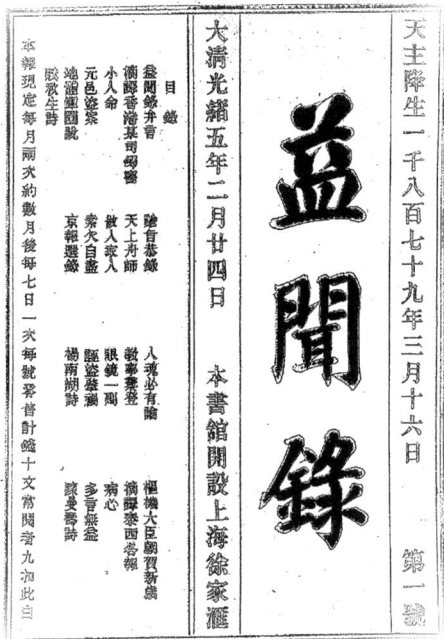

图 2-6
《益闻录》创刊号封面页

愣佐，别署大木斋主，具有神学博士学位。[1] 在李杕的主导下，《益闻录》刊登《论人魂必有》《人魂非气论》《魂体纯神论》《论魂在全身》《人魂不灭》《魂不销亡》与《魂不轮回》等具有思辨色彩的宗教义理文章，以条列、层递与辩证的方式，替天主教义

---

[1]　关于李杕的生平，可参见〔清〕佚名，《本馆李问渔司铎逝世》，《圣心报》第 25 卷 7 期（1911 年 7 月），页 212—213；张若谷，《古文家李问渔传》，《圣教杂志》第 27 卷 6 期（1938 年 6 月），页 420—422。

的终极关怀，开拓一哲学思考的向度。①

　　连载于《益闻录》的《三洲游记》，显然受到刊物属性的牵引，自行衍生宗教义理，回应《益闻录》的宗教关怀。关十详著加入的宗教内容，固然无法确切得知是出自笔述者或口述者，却可透过评估的方式，判断是出自龚柴的可能性更大于邹弢。就《三洲游记》于1883—1888年连载期间，龚柴早已完成神学训练，如1883年吴咏秋《题龚古愚司铎地舆图考调寄金缕曲》已称龚柴是"司铎"②，而邹弢要到1899年才"修身葆性灵（己亥受戒入教）"③，且仅止于"受戒入教"，无法跟龚柴"司铎"身份与神学专业相提并论。龚柴又称"龚司铎"④，具有严谨的神学训练背景，根据《古愚龚公小传》一文，可见到龚柴在神学与哲学领域所取

---

　　① 《益闻录》陆续刊登具有哲理思维的文章，认为"魂"有生、觉、灵、思等功能，如《人魂必有论》指出"魂"有生、觉、灵三种，使物能自动。人之魂即具有此三品而能在日常行动、生活外，学习思考与修养心性。见〔清〕佚名，《人魂必有论》，《益闻录》第1号（1879年3月16日），页2b-3a。《魂在全身论》指出魂之于身，"全在一身之内，又全在各体之中"，因此既可全在首，亦可全在心、耳鼻口目、四体百肢，故称一魂。魂之为体，则纯一不杂。见〔清〕佚名，《魂在全身论》，《益闻录》第16号（1879年9月21日），页92b-93a。《论人魂永生》从体用角度析论，认为造物有好生之德，且造物生魂，使其纯然无形，因而不受外界所干扰，是以真性自存，灵明无损。即使经过时间的洗礼，也可永存。〔清〕佚名，《论人魂永生》，《益闻录》第24号（1879年11月16日），页140a。

　　② 〔清〕吴咏秋，《题龚古愚司铎〈地舆图考〉调寄金缕曲》，《益闻录》第286号（1883年9月1日），页401b。

　　③ 〔清〕邹弢，《壬子秋感》，《三借庐集》，收入清代诗文集汇编编纂委员会编，《清代诗文集汇编》（上海：上海古籍出版社，2010），页55。

　　④ 各种称龚柴为"龚司铎"的文章如《近事·本国之部：龚司铎西满》，《圣教杂志》第3卷4期（1914年4月），页176—177。条吟，《贺龚古愚司铎寿辰》，《善导报》第12期（1914年5月），页66。〔清〕佚名，《教务要闻：追悼龚古愚司铎》，《善导报》第12期（1914年5月），页46。

得的成就：

> 公于弱冠时，即淡名利，慕真修，进耶稣会，缮灵修德。
> 维日孜孜，旋攻哲学及神律学，探奥抉微，多心得。七载毕
> 业，晋学位，登铎品，拥戴席。从游中有自西土来者，于
> 公哲学，初不免乎藐视，往往举难题相质。公条记剖解，语
> 语中肯，听者皆动容，众始心服，盖华铎之教授哲学者自公
> 始。[①]

龚柴出生年不详，可是根据上述引文，可见他二十岁进入耶稣会，
以七年时间修读神学与哲学，取得学位，晋级"司铎"一职，且
成为第一位教授哲学的华人司铎。由于其华人身份，讲授哲学与
神学，不免受到西人质疑，却每每能够"条记剖解""语语中肯"，
让众人心悦诚服。

　　从《益闻录》刊物所具有的宗教机关属性，到口述者龚柴的
司铎身份，都让译著在宗教教义上出现改写的现象，使得原著出
现的各种基督新教内容转为天主教义。就原著脉络而言，施登莱
原是无神论者，1871 年见到立温斯敦时深受对方鼓舞，受洗为基
督徒。数年后，当他再度探入非洲内陆，试图以基督教义驯化非
洲"野蛮性"（barbarian）[②]，如 1875 年进入乌干达传教，让当地
国王改教。译者显然没错过该情节，指出麦君抵达"伽罢加国"，
在"哥里副相"的引介下探入该地区传教，国王"恍然有悟，如

---

① 〔清〕海门放眼达观人，《古愚龚公小传》，页 66。
② Henry M. Stanley, *Through the Dark Continent* (London: George Newnes, 1899), p.63.

开茅塞，即欲留麦君驻扎其地，将教中至理宣告国中"①。翻译过程中，译者因掌控不足而出现技术上的失误，如"伽罢加国"（Kabaka）并非一国之名，而是 Buganda 国（乌干达前身）的"君王"。"哥里副相"（Katekirofu）并非"副相"，而是"总理大臣"。相比起翻译技术之失误，本章更关注译者如何因自身的宗教理念而改写原著内容。施登莱初次见到国王时便有意让对方改信基督教（make a convert of him）。②译者却循着自身的宗教需求，将人物变为"天主教"的代言者：

> 谓天地万物，不能自生，必有一主宰掌之，如天地之开辟、日月之光明、万物之生长、四时之运动，皆非自然所致。其所能使之然者，则主宰为之也。当天地开辟之始，造有二人，男曰亚当，女曰厄娃，是谓万民原祖，沿至于今，皆原祖所遗孳息。人生斯世，无非造物之恩。木本水源，当溯其始而钦崇之，此天主教敬奉天主之本意也。③

译者自行演绎一可以歌颂天主教义的情节，将"天地之开辟、日月之光明、万物之生长、四时之运动"之"造物之恩"归于"此天主教敬奉天主之本意也"，改变原著的宗教立场。《三洲游记》逸出施登莱原著的宗教脉络，恰能反映《益闻录》此一机关报如何根基于自身的宗教立场，凸显"天主"之"主宰之力"，甚至

---

① 〔清〕虚白斋主人口译，邹翰飞笔录，《续录三洲游记》，《益闻录》第 421 号（1884 年 12 月 24 日），页 606a。

② Henry M. Stanley, *Through the Dark Continent*, pp.91-92, 202.

③ 〔清〕虚白斋主人口译，邹翰飞笔录，《续录三洲游记》，《益闻录》第 421 号，页 606a。

打破早期西方传教士为消除中国民众心理障碍而刻意依附于儒家道理的阐释模式^①，以天主教义理为绝对的依归。

若将《三洲游记》与彼时另一本非洲探险记译本《黑蛮风土记》做一比较，更能反映译本如何因刊物立场而受到改写。1879 年，《申报》馆翻译出版立温斯敦的 *Missionary Travels and Researches in South Africa*，取名《黑蛮风土记》。由于译者身份与出版机构——沈定年与《申报馆》都非宗教性质，因而大幅度删除原著的宗教内容，导致立温斯敦有意交代的"传教"内容，一一遭到删除。^② 相对之下，施登莱原著的传教色彩远不如立温斯敦，可是却因为刊物《益闻录》与译者龚柴的天主教立场而径自插入天主教堂场景，如抵达西贡时"见天主堂一所，甚壮丽"，抵达新加坡时"有天主堂及耶稣堂各一座，居民约十万人，商贾之盛，为东邦所罕有"，抵达桑给巴尔时"有天主堂一所"。^③ 此一改写，反映了译著如何沿着赞助机构的需求而调动原著内容。^④ 译者巨细靡遗地描写天主教最显赫的圣殿——圣伯多禄大堂[*]（今

---

① 论者已指出《益闻录》的天主教立场："反客为主，不再附和，而是反过来用儒家理论证明天主教理论的真谛。这是根本上的转变。"孙潇，《天主教在华第一份中文期刊〈益闻录〉研究》（西安：西北大学传播学系硕士论文，2011），页 44。

② 相关研究，可参考本书第一章。

③ 〔清〕虚白斋主口译，邹翰飞笔录，《续录三洲游记》，《益闻录》第 318 号（1883 年 12 月 22 日），页 593b。

④ 就翻译理论而言，"赞助者"乃是指译者背后的团体、宗教、政党、社会阶层、朝廷、出版商或各种媒介等，基于自身的立场、喜好与利益，透过特定机制如教育机制、学院、评审制度、评论性刊物等，发挥影响力，"足以促进或窒碍文学的阅读、书写或重写的力量"。见 Andre Lefevere, *Translation, Rewriting and Manipulation of Literary Fame*, pp.13-15。

* 又译为"圣彼得大教堂"。——编者注

梵蒂冈教堂），从建筑外观、内部陈设、花园草地、石柱人像、大自鸣钟架、祭台、教皇陵寝到宫中大厅，长达一千两百多字，强调"水木之清华，宫室之裔丽，气象之辉煌，规模之严肃，虽穷日言之，亦难尽述"①。

即或是描写基督教堂，也是将之置入具有位阶差序的比较架构中，如众人游逛罢迦毛（Bagamoya）基督教堂，"渴甚而不能得茶"时，见到"天主堂一所"，由"蔼吉可亲"的天主教士奉上咖啡。译者自行增加"口渴—解渴"之情节，让人物从基督教堂转到天主教堂，得到舒缓。译者描写罢迦毛教区时，以徐家汇土山湾教区为楷模，写出"学徒百余人，分头习业，有学印书者，有木作雕刻者，有学铁工鞋匠者，别类分门，各勤乃事"，"公塾一所，生徒百余人，除读书外，并教以制造工艺、耕植等事"②，实是效仿土山湾孤儿院设立印刷馆与工艺厂学制，安排学生接受印书、雕刻、木工、铁工、工艺、油漆与绘画等实质商业用途之训练。③

除描写天主教堂场景外，译者更是一再嵌入天主教义，呼应《益闻录》有意传播的宗教义理。最明显的案例，莫不过于巴仲和命丧非洲的葬礼安排。丁雪田在葬礼中对于中国民俗有诸多反思，实是《益闻录》之《魂不用纸钱论》《魂不附纸马论》《魂不用衣饰论》与《魂不饮食论》等系列文章的回响：批判中国迷信

---

① 〔清〕虚白斋主口译，邹翰飞笔录，《续录三洲游记》，《益闻录》第 431 号（1885 年 1 月 28 日），页 47a。

② 〔清〕虚白斋主口译，邹翰飞笔录，《续录三洲游记》，《益闻录》第 319 号（1883 年 12 月 26 日），页 599a；《益闻录》第 321 号（1884 年 1 月 2 日），页 4b。

③ 〔法〕史式徽（Joseph de la. Serviere）编著，天主教上海教区史料译写组译，《江南传教史》（上海：上海译文出版社，1983），卷 2，页 293—294。

图 2-7　*Through the Dark Continent* 爱华德安葬之地

风俗，死后之魂不需人世间财帛。施登莱原著描写众人在一棵古老的洋槐树下掘四英尺深的坟墓，埋葬客死异乡的爱华德，在树干上刻十字架（见图 2-7），在落日余晖中，将尸体置放在十字架可投射的位置，让躯体永远安息。

在教堂追思礼会上，从施登莱到非洲旺瓦纳成员都陷入悲伤沉默的氛围。[①] 译者没忽略原著图文并茂的悼念场景，描写众人将巴仲和安葬于"阿洲乌齐齐西山之麓"，"建十字架于坟前"，可是却在追思礼中嵌入自身诉求，让人物陷入民俗信仰与现代价值的拉扯：

---

① Henry M. Stanley, *Through the Dark Continent*, pp.91-92.

　　余欲循俗礼，将所遗衣服烧毁，以供宴用，并欲自制纸帛焚之。麦君再三劝阻，谓人死为鬼，其魂不在天堂即在地狱，衣服金银将何从使用？况衣服纸帛既已成灰，安能复穿于身上、藏之囊中？且有形之体，无形之魂，两者相反。人生世间，永朝永夕，非衣食财帛，不克资生。死后则一切皆空，无求于世，岂有冥冥中必赖乎此哉？况冥帛不过一纸，安有人见为纸，而鬼反以为银钱之理？　①

作为中国人物的丁雪田意识到若按照中国仪式，应将"所遗衣服烧毁，以供宴用，并欲自制纸帛焚之"，可是代表西方价值的麦君却加以劝诫："人死为鬼，其魂不在天堂即在地狱，衣服金银将何从使用？"此凸显情感／理智、传统／西方的辩证，恰能反映《益闻录》有"魂不附纸马""魂不用衣饰""魂不饮食论"等既定立场。

　　若更进一步考量《三洲游记》连载期间的时局变化，可发现译者宣扬天主教的模式不只是违反施登莱原著内容，也与19世纪八十年代中法战争之际的民族话语扞格不入。《益闻录》自1879年正式创刊后不久，便逢中法争议期间，剑拔弩张。光绪十年（1884）七月六日，清廷正式向法国开战，两军相争，局势更是动荡。隶属法国巴黎耶稣会底下的《益闻录》一旦报道时事，立场尤显尴尬。晚清报刊大多同仇敌忾、语气激昂，《画报》更

---

　　① 〔清〕虚白斋主口译，邹翰飞笔录，《续录三洲游记》，《益闻录》第544号（1886年3月20日），页118b-119a。关于"宴用"，应是错别字，1900年《三洲游记》结集为《斐洲游记》时，改为"冥用"。〔清〕虚白斋主口译，邹翰飞笔录，《斐洲游记》，卷4，页22b。

以"中法之战"作为发刊主旨，挞伐法国人侵。① 袁祖志出版于
1884年的《谈瀛录》呼应民族时局，如《泰西不逮中土说》《中
西俗尚相反说》《火轮船不足恃说》《天主教穷源论》等高度立场
化的文章，谈论议题虽多，却都指向"泰西不逮中土"，尤其严
厉批判由法人管理主持的上海天主教会，"尊尚邪教，任其横行，
竭民脂膏，启造礼拜堂，以有用之钱，置之无用之地"，"彼废祭
享，灭人伦。乱闺闱，污名节。即此二端伤我古风，败我民俗，
有甚于洪水之横流，禽兽之食人者矣"。②

　　相形之下，《益闻录》因亲法属性而较难加入批判行列，除
连续性发出抗辩性文章如《天主教被诬辨》(《益闻录》第471、
473、475、479号) 外，只能鼓吹更具普世价值的论调，如《书
中法新约后》呼吁放弃战争，以议和为出路，"为两国人民庆"③。
可是，作为未来面的远景展望与现实面的严峻际遇有相当落差，
《益闻录》之诉求不免一厢情愿，屡受质疑，成为众矢之的。连
载于《益闻录》的《三洲游记》在动辄得咎的情况下，以折中的
笔调，强调中西融洽，缓和现实中的紧张局势。行程一开始，译
者便让麦君等人抵达新加坡时接受英国领事宴请，"供几席之珍
馐"，"酒至半"，法领事等"次第起立，持杯祝主人"，麦君"咏

---

　　① 《画报》创刊号指出："近以法越构衅，中朝决意用兵，敌忾之忱，薄海
同具。好事者绘为战捷之图，市井购观，恣为谈助。于以知风气使然，不仅新闻，
即画报亦从此可类推矣。"〔清〕尊闻阁主人，《点石斋画报缘启》，《点石斋画报》
甲集1期 (1884年5月)，页2。

　　② 〔清〕袁祖志，《泰西不逮中土说》《天主教穷源论》，载《涉洋管见》，
收入《谈瀛录》(上海：同文书局，1884)，卷2，页2a、6b-7a。

　　③ 〔清〕佚名，《书中法新约后》，《益闻录》第361号 (1884年5月28
日)，页242a。

西诗一首，众人同声对和"，丁雪田"进咏中国文词"[①]，宾主尽欢。
译者侃侃而谈法人为西贡带来的文明、规范、治理、器物与制度：
"考西贡方域，本安南境地。咸丰九年，法人割据滨海数百里。
明年，西二月十七日，树法国旗帜，以守四隅，而西贡遂为法有
矣。既据之后，竭力经营，成为通商巨埠。"[②] 人物游逛西贡途中，
见到"街衢宽大，市井喧阗，贸易场中，生涯繁盛"。抵达制造
局后，见到"煤火熊熊"的铁炉、"有制造铜帽者，有熔铸火枪
者"；参观"军械房"时见"大小钢炮数百尊，药弹千余箱"；
浏览法人慕敦掌管之公塾时，见到讲台设计"中设一台，教读者
居其上，两旁庋以长台，众学徒就台列坐"。《三洲游记》描写中
国人物随麦君浏览制造局、公塾，观览机器、钢铁、炮弹与学校
等，屡屡赞叹，透过一系列"见到"的叙述，凸显法人"超越寻
常，以其能实事求是""诚罕见也"的贡献。[③]

　　由上可见《三洲游记》因《益闻录》属性与译者的宗教信仰，
牵动其在中法战争此一敏感时刻中不同于一般中国人的视角，嵌
入"天主教"的声调。译者衍生各种原著所无的天主教教堂与教
会义理等片段，并且将原著的基督教信仰改为天主教义。不仅于
此，处于中法战争天主教屡受批判的浪潮中，译本透过"走向世
界"的架构搭起中国人与西洋人的桥梁，淡化现实中的冲突，凸
显法人治理西贡的贡献与天主教义理，反映了译著如何因天主教

---

① 〔清〕虚白斋主口译，邹翰飞笔录，《续录三洲游记》，《益闻录》第 294
号（1883 年 9 月 29 日），页 449a。

② 〔清〕虚白斋主口译，邹翰飞笔录，《续录三洲游记》，《益闻录》第 288
号（1883 年 9 月 8 日），页 413a。

③ 〔清〕虚白斋主口译，邹翰飞笔录，《续录三洲游记》，《益闻录》第 289
号（1883 年 9 月 12 日），页 418b。

会属性身份而出现的微妙变化。

四、沪地文艺圈：情谊展演

《三洲游记》所展现的诗学、情感与美学，显然可看到晚清中国译者的经营与投注。译者透过一套早于原著问世前便存在于目的语的表现技法与文学传统，将施登莱的非洲传记，变为一部凸显中国文人情谊的著作。本节将就各种资料的爬梳与对照，探讨译者如何在翻译的过程中渗入自身与友人的生平际遇，使得一部有关非洲的探勘传记浮现沪地文人的情谊对话。

核对译者的生命故事，即可发现《三洲游记》若隐若现地内嵌着笔述者邹弢与沪地文人的互动身影。如果说译本中的宗教义理主要来自口述者龚柴，那么译本中的情谊展演的部分，更可能出自笔述者邹弢。从译著人物对于海外旅行的期许到生离死别的哀悼，处处可见邹弢的影子。1850 年，生于无锡的邹弢"十八岁始来苏从师"[1]，从表叔钱乙生求学，期间认识俞达（？—1884），成为其生平第一知交："四海知音第一流，使君与我最相投。胥江五载同诗酒，山水清狂结伴游"[2]。1881 年，邹弢经历"十战棘围未题"的考场失意后，自苏州来到上海，"与申江黄式权秀才，同主益闻馆笔政，昏灯晨砚，相得益彰"[3]。1883 年，邹弢笔述

---

① 〔清〕邹弢，《读书之难》，《三借庐赘谭》，收入续修四库全书编纂委员会编，《续修四库全书》（上海：上海古籍出版社，1995），第 1263 册，卷 11，页 3a。

② 〔清〕邹弢，《哭慕真山人俞吟香五十首之十一首（并引）》，《三借庐集》，卷 3 诗，页 84b。

③ 〔清〕邹弢，《惨绿吟》，《三借庐赘谭》，卷 3，页 21b。

《三洲游记》期间，正逢文友袁祖志出访海外，1884 年，又逢挚友俞达"遽以风疾亡，为之叹息不已"①。从袁祖志的海外出访到俞达的骤然病逝，连锁性牵动《三洲游记》的翻译转向。邹弢透过翻译创作的方式，虚实交错地回应文友的最新动态。若是对照邹弢的现实际遇与译本中虚构的成分，可更清楚见到译者的情感回圈如何层层展开。

就原著脉络而言，1874 年，施登莱前往非洲探勘尼罗河时，携带由英国《每日电邮报》所推荐的熟悉水域的英国博克兄弟（Francis Pocock and Edward Pocock）。英人倍感荣誉，船只插上英国国旗，惕勉自己即或在最黑暗的时光也不要忘记自身的国籍。②此一人物组合彻底受到改写。译者将美国新闻记者施登莱改为即将到非洲驻扎的领事——麦西登，去除 Stanley 之"ley"，冠上中国"麦"姓，变为"麦西登"，且又更进一步调动身份："知中华文字""风雅宜人，情话缠绵"。原著的英国兄弟，在译著中变为"秋水芙蓉""相得益彰"的中国文人丁雪田与巴仲和。③随着人物的调动，情节也跟着变化，施登莱途中原本停留英国迎接博克兄弟，译本却变为麦君停留中国迎接丁雪田与巴仲和。凡此种种，都可见到译者将人物、地点"中国化"的倾向。译者接而变换叙事视角，将施登莱视角改为丁雪田，更进一步挣脱原著束缚，透过虚构人物的视角，大幅度渗入邹弢与沪地文友的情谊对话。

邹弢虽迟至 1881 年才到上海，可是早于 19 世纪七十年代处于苏州期间便以"潇湘馆侍者""梁溪瘦鹤词人"等笔名，投稿

---

① 〔清〕邹弢，《俞吟香》，《三借庐赘谭》，卷 4，页 3b-4a。
② Henry M. Stanley, *Through the Dark Continent*, p.49.
③ 〔清〕虚白斋主口译，邹翰飞笔录，《三洲游记》，《益闻录》第 279 号（1883 年 8 月 8 日），页 359a。

《申报》副刊《瀛环琐记》《四溟琐记》《寰宇琐记》，与多位沪地文友唱和。①邹弢自苏州来到上海，参与《益闻录》报务工作，更进一步拉近了他与沪地文友的关系。《益闻录》如同彼时的《申报》与《沪报》等，辟有诗文天地，创刊号《弁言》呼吁文人投稿："乞风雅文人，高明学士，或携锦绣诗章，或示圭璋典则，能使沁人肺腑，砭世膏肓者，概期赐惠登录，庶得增辉卷册。"②邹弢除透过诗文与文友唱和外③，日常生活亦有往来。1881年春，袁祖志于四马路（今福州路）胡家宅附近租赁房子，以"杨柳楼台"命名，它成为文人"诗酒流连"的聚集之地，"一时词坛健将如龙湫旧隐、藜床旧主、瘦鹤词人、缕馨仙史辈，诗酒流连，迄无虚日"④。号"瘦鹤词人"的邹弢属其中一员，撰文记录杨柳楼台的布置与文人聚集的盛况："辛巳春，钱塘袁翔甫大令祖志，于沪上北郊辟三弓地，高楼大道，跐地垂杨。对宇为西人花园，屋

①　邹弢自1870年代在《申报》有许多与文友唱和之诗文，如《宫闺联名谱题词即尘缕馨仙史正可》，《申报》第1410号（1876年11月27日），页3。《贺新凉·再赠赋秋生并柬存恕斋主人正和》，《申报》第1808号（1878年3月20日），页3。《满江红·再题陈卓轩珍砚斋图代徐佩之文作》，《申报》第1869号（1878年5月30日），页3。《怀龙湫旧隐兼寄缕馨仙史味梅馆主赋秋生仓山旧主饭颗山樵》，《申报》第2340号（1879年11月4日），页4。《李小宝词史诗询近况原韵奉答》，《申报》第2374号（1879年12月8日），页3。

②　〔清〕佚名，《益闻录弁言》，《益闻录》第1号（1879年3月16日），页1。

③　如《心禅居士自虞阳贻书来尚湖渔隐附诗寄怀即次原韵呈政》，《益闻录》第162号（1882年6月14日），页172b。《和花影词人赠湘兰韵录尘晒正并乞缕仙朵红赐刊》，《益闻录》第441号（1885年3月14日），页107a。各文友也写给邹弢，如俞钟诏，《寄怀瘦鹤词人》，《益闻录》第162号（1882年6月14日），页172b。慕真山人，《和瘦鹤词人留别原韵》，《益闻录》第123号（1881年10月22日），页252a等。

④　陈伯熙，《上海轶事大观》（上海：上海书店，2000），页123。

之后悉曲院。月夕花晨，笙歌四起，致足乐也。"① 袁祖志，字翔甫，号枚孙，别署仓山旧主、杨柳楼台主，浙江杭州人。邹弢虽与袁祖志相隔 23 岁，可是却因共具文人与报人身份，精通旧学又重视西学，对于万国事务饶感兴趣，又有旧文人冶游习性，两人超越年龄鸿沟，展现了 19 世纪八十年代沪地文人的情谊对话。袁祖志出版《海上吟》时，邹弢为之作序，称"翔甫大令仓山"乃是"诗裔福地宰官"，"餐林花而口齿含芳，割尺锦而云霞夺江山"②。袁祖志出访海外时于《申报》发表《海外怀人诗》献诗给邹弢："迟我卅年游海上，翰君拔帜遽登坛。裁红晕碧天然处，好句教人击节看。"③

1883 年，袁祖志获轮船招商局总办唐廷枢之邀，自光绪九年三月十二日（1883 年 4 月 18 日）搭上轮船出访时，一直到同年十二月二十二日（1884 年 1 月 19 日）归抵上海，"计时则十阅月，计程则九万八千余里"④。袁祖志的远行牵动邹弢当年八月于《益闻录》笔述的《三洲游记》方向。虽然，袁祖志记录海外行程与异域风光的《谈瀛录》要到 1884 年冬天才出版，可是其出访讯息与海外观察，早于出访海外期间便透过现代化的电邮方式，跨海传送到上海，刊载于《申报》。文人亲身体验世界之旅乃是张力十足的题材，更何况经由销售量最大的《申报》发表刊登。就在招商局启程三个月后的八月五日（1883 年 9 月 5 日），《申

① 〔清〕邹弢，《杨柳楼台》，《三借庐赘谭》，卷 7，页 1a。

② 〔清〕邹弢，《序》，收入〔清〕袁祖志，《海上吟》，《谈瀛录》，卷 6，页 1a。

③ 〔清〕袁祖志，《邹翰飞茂才弢》，载《海外吟卷下》，收入《谈瀛录》，卷 5，页 2a。

④ 〔清〕唐廷枢，《序》，收入〔清〕袁祖志，《谈瀛录》，页 1b。

报》以大篇幅版面刊登袁祖志自海外传来的异国记载，如《舟入锡兰岛》观察锡兰"一入锡兰境，民犹太古风，殊形疑佛子，异宝出蛟宫"①，《舟行南洋中三十余日苦热日甚感而有作》描述"洪波如鼎终朝沸，赤日行空似火添"②，《亚丁岛》记录"地灵閟不开，天心漠弗眷，不雨恒三年"③。

当邹弢眼见身边熟识的文友袁祖志出访时，心绪不免有所牵动。从《益闻录》第 278 号刊登《小引》后，第 279 号起（1883）至 736 号（1888）连载《三洲游记》，可见到邹弢透过翻译改写施登莱著作的方式，投射个人的缺憾与梦想。一生未曾出游的邹弢，在译本中虚构一可对应自我的人物——"每欲远游，恨无共事"的丁雪田，同时又透过创作所具有的"反转"功能，安排西人麦君邀约出访，一偿夙愿。现实中的邹弢虽然获得薛福成（1838—1894）的多方鼓舞，如肯定他对于洋务"颇有门径"，"劝令出洋"，可是终究"以亲老不能远游为虑"，致使薛感慨万千，指出邹"处境多困，遭际艰难"④。从此切入，愈可凸显译著《小引》指中国人士"欲游而不能游"的缺憾，这乃是邹弢心声的投射："其有家贫亲老，风烛惊心，琐屑米盐，上则牵于父母，下则

① 〔清〕仓山旧主，《舟入锡兰岛》，《申报》第 3704 号（1883 年 8 月 5 日），页 3。

② 〔清〕仓山旧主，《舟行南洋中三十余日苦热日甚感而有作》，《申报》第 3704 号（1883 年 8 月 5 日），页 3。

③ 〔清〕仓山旧主，《亚丁岛》，《申报》第 3704 号（1883 年 8 月 5 日），页 3。

④ 〔清〕薛福成，《薛叙》，《泰西各国新政考》（台北："中研院"近代史研究所藏，清光绪二十一年〔1895〕版本），页 1a。该书出版地不详，封面题为《泰西各国新政考》，内页题为《万国近政考略》。

累于妻孥"①。

借由译本内容与生命传记的对照，即可见到邹弢将自身的身世背景投射到译著人物身上，弥补自身无法出访的缺憾。几乎就在《申报》刊登袁祖志的海外记载的同一时段，邹弢也在《益闻录》编织着一可跟袁祖志海外之旅媲美的《三洲游记》，不无竞逐与致敬之意。无论是从人物组合、路线安排到行旅感慨，都可见到邹弢以袁祖志作为回应的潜在对象。施登莱原著描写了自身出席由《每日电讯报》与《纽约先驱报》所办的两场小型饯别会②，邹弢却因面临彼时袁祖志受到沪地文人赋诗送别的盛况③，必然夸张描写，扩大饯别次数，如"曼卿、升之约于十二日，在王家花园饯行"，"玉堂约于十三日，在伊家中饯行"，甚至疲于奔命，"有辞去者，有未能辞去者"④。若就人物组合而言，《三洲游记》中擅长文笔或语言的丁雪田与巴仲和，远不同于施登莱原著中擅长水性的博克兄弟，实反映了译者如何根基于自身的脉络而调动原著内容。丁、巴人物组合与其说是回应原著中的博克兄弟，倒不如说是回应上海轮船招商局出访时邀请的白辣与袁祖志此一组合。根据唐廷枢总办之记载，美人白辣"通数国语言文

① 〔清〕佚名，《三洲游记小引》，页 353a。

② Henry M. Stanley, *Through the Dark Continent*, p.6.

③ 如〔清〕齐学裘，《癸未三月中，浣仓山旧主翔甫仁兄世大人应聘出洋，壮游各国，诗以送之，即用其祝寿原韵》，《申报》第 3597 号（1883 年 4 月 20 日），页 3。〔清〕泳甫世瀛，《仓山旧主应唐景星观察之聘，将有泰西之行，赋此赠别，即请诸大吟坛正和》，《申报》第 3598 号（1883 年 4 月 21 日），页 4。〔清〕卧霞逸士，《仓山旧主翔翁明府乡大人，素擅诗才，久为沪邦所共仰，今应唐景星观察之聘，历海海邦，见有友人送行诗三章因步其韵录请诸大吟坛正之》，《申报》第 3603 号（1883 年 4 月 26 日），页 4。

④ 〔清〕虚白斋主口译，邹翰飞笔录，《续录三洲游记》，《益闻录》第 280 号（1883 年 8 月 11 日），页 364b。

字"，担任翻译工作。袁祖志则是"条分缕晰"，负责记载各地
"六事"——政令、民俗、疆土、武备、物产与制作。[①]邹弢译著
中的丁、巴组合亦可见到如此色彩：巴仲和"深通西语""均以
法语通词""言语旁通，中西涉猎"，丁雪田则因"风流文采"而
担任"文案"。

　　就行程感慨而言，以文笔见长的袁祖志寄给《申报》的海外
记录，或是吟咏雄情壮志或是抒发思乡情怀，充分挥洒文学才情，
如 1883 年 8 月 5 日《癸未，李春、唐景星观察招游欧洲，倚装
漫成，即呈诸大吟坛正之》写："掉头不顾九万里，男儿壮志当若
此。矧我苍茫独立身，牵裾挽袂无妻子。斯时不游更何期，招邀
情重尤难已。一诺甘轻海外行，几人默喻此中旨。"[②]连载于《益
闻录》的《三洲游记》，透过丁雪田视角吟咏多首"男儿志在四
方"之诗词："男儿堕地非凡庸，不甘雌伏穷蒿蓬，绝裾掉首出门
去，飘然天地飞冥鸿。冥鸿展翅入云际，俯视下方眼界空，旷览
八方小于笠，中邦一点苍烟中。"[③]译者透过文人创作所习见的高
度修辞与意象，诠释人物在茫茫天地之间的感受，拓深情感意识，
与其说是翻译施登莱原著，倒不如说是回应袁祖志诗词的内容。
袁祖志的出访，一路牵动着《三洲游记》的翻译转向。若就路线

----

　　① 根据唐廷枢替 1884 年出版的袁祖志《谈瀛录》作《序》时指出邀请袁
祖志之因："力有未逮，爰与本局管事美人白君竦及钱塘袁翔甫先生偕行。白君能
通数国语言文字，钩翰结格，入耳了然，重译而属诸袁君。袁君议区六事，首政
令，次民俗，次疆土，次武备，次物产，次制作，条分缕晰，眉目井井。"〔清〕
唐廷枢，《序》，收入〔清〕袁祖志，《谈瀛录》，页 1a。
　　② 〔清〕袁祖志，《癸未，李春、唐景星观察招游欧洲，倚装漫成，即呈
诸大吟坛正之》，《申报》第 3704 号（1883 年 8 月 5 日），页 11。
　　③ 〔清〕虚白斋主口译，邹翰飞笔录，《续录三洲游记》，《益闻录》第 352
号（1884 年 4 月 26 日），页 191a。

安排而言，可更清楚看到译者因回应袁祖志横跨欧亚的行程而偏离施登莱原著的路线。施登莱原著《前言》交代行程背景后，第一章则以 1884 年 9 月 21 日进入桑给巴尔为始。译著却安排人物横跨中国、西贡、新加坡、锡兰与亚丁等地，且加入欧亚路程说明：

> 若自上海开至法国马赛利埠，凡九站，上海至香港二千九百六十三里，今自香港开行，只八站程耳。行船之例，每至一处，先时悬出一粉漆牌，如上海至香港一站若干路，则牌上标出若干路程。既抵香港，则将前牌撤去，又易一牌，则云香港至西贡一站若干里，余皆类此。①

此一从上海到法国马赛驿埠的路线说明，无论就叙述语气或路线安排，都可跟袁祖志的"出洋路线"相映成趣。袁祖志《出洋须知》提及从上海、香港（"中土内洋"）到马赛的横跨欧亚之路线，沿途停留西贡、新加坡、锡兰、亚丁、苏伊士河、钵碎、拿波里与法国马赛码头，并且详细说明各码头距离。② 循此，《三洲游记》翻译原著的路线时，经由跳接的方式置入晚清人士连贯欧亚的路线，大大偏离了原著的路线。此一参照回应袁祖志的欧亚路线，不只是偏离施登莱路线，而且违反《三洲游记》此一译本接下来翻译连载的内容——人物由上海到西贡、新加坡、锡兰后进入非洲，实未进入欧洲。

---

① 〔清〕虚白斋主口译，邹翰飞笔录，《续录三洲游记》，《益闻录》第 284 号（1883 年 8 月 25 日），页 388b；第 286 号（1883 年 9 月 1 日），页 401a。

② 〔清〕袁祖志，《一程站须知》，载《出洋须知》，收入《谈瀛录》，卷 4，页 2a-2b。

　　《三洲游记》不只潜藏着邹弢与袁祖志的对话，尚植入他哀悼生平第一知己俞达的深沉情感。就在《三洲游记》连载的 1884 年夏天，邹弢接获俞达患病身亡的噩耗，便撰写《俞吟香》回顾两人交情："人谓得一知己，可以无憾。余幼作客，历馆胥门，几及十年，所交亦众，惟趋炎逐热，俱非同心，独吟香一人，可共患难"①。俞达，字吟香，号慕真山人，江苏常州人，著有《青楼梦》《醉红轩笔话》《吴门百艳图》与《吴中考古录》等。邹弢于《哭慕真山人俞吟香五十首之十一首（并引）》提及他与俞达的交情："君名达，居洞庭西山，余平生第一知己也。中年沦落苏台，穷愁多故，以疏财好友，家日窘而境日艰"，流露自身对于挚友死亡的深沉悼念。他透过《哭慕真山人俞吟香五十首》组诗抒发自身连绵不绝的哀悼之情，"肺腑论交正十年，平生遭际共相怜。疏狂落拓兼风雅，一样心情绮恨牵"②。此一情感亦延伸到《三洲游记》。1886 年 3 月，当邹弢翻译施登莱原著第五章英国博克兄弟的生离死别场合时，渗入现实中的自身际遇。博克兄弟随施登莱探入非洲途中，弟弟爱华德途中陷入热病，众人虽照护有加，却回天乏术。眼看弟弟咽下最后一口气，作为兄长的法兰克意识到弟弟"魂魄永远离开"，痛苦发抖，发出尖叫声。死亡场景配合上醒目的图片（见图 2-8）③，不只让译者关注到该段落，更触动情怀，演绎人物在非洲生离死别的情节。

　　《益闻录》第 541 号连载《三洲游记》之片段，可见译者安

　　① 〔清〕邹弢，《俞吟香》，载《三借庐笔谈》，收入《笔记小说大观（第二十八编）》（台北：新兴书局，1979），第 10 册，卷 4，页 3b。

　　② 〔清〕邹弢，《哭慕真山人俞吟香五十首之十一首（并引）》，《三借庐集》，卷 3 诗，页 84b。

　　③ Henry M. Stanley, *Through the Dark Continent*, pp.91-92.

图 2-8　*Through the Dark Continent* 死亡悼念之场景

排巴仲和如同原著的爱华德陷入疾病，"唇上焦黑，知不能起""始
而呕泻，继则满身赤热"，丁雪田如兄长法兰克般"日夕调护药
水手量"地照顾。[①]《益闻录》第 554 号之连载内容，交代巴仲和
回天乏术，"气急声渐，两目直瞪，须臾宛转而死"，丁雪田"不
能复语，痛倒大呼"[②]，接而又拟七百余字碑文纪念巴仲和："幼岁
多才，即识风丁之字，髫龄失怙，难酬高大之恩"，且将死者置
入中国悲苦文人的系谱，"言其际遇甚于阮籍、苏秦、刘蕡、赵
壹等人"，"中年忧戚，他国流离，抛家室于遥天，掠烟霞于大地，
身飘似叶，江湖之迹空留，命贱于毛，药石之灵莫乞"[③]。《益闻

---

①　〔清〕虚白斋主口译，邹翰飞笔录，《续录三洲游记》，《益闻录》第 541
号（1886 年 3 月 10 日），页 101a。

②　〔清〕虚白斋主口译，邹翰飞笔录，《续录三洲游记》，《益闻录》第 544
号（1886 年 3 月 20 日），页 118b。

③　同前注，页 119a。

录》第 553 号之连载内容，丁雪田感叹友人"饥寒迫我，盐米劳人，唐衢悲行路之难"之际遇，葬于他乡，"故园何处，难归瑶海之魂，短梦无常，漫下琼田之泪"①。一直发展到《益闻录》第676 号，丁雪田的悼念之情丝毫未减损，"余自仲和故后，终日伤心，不能道一字"，遇重阳节"携酒登高"，"深忆仲和凄然泪下"，连续以六首诗词唱出内心凄绝，登高返回后又"夜忆仲和不能成寐"，"听丁丁玉漏声"，让人"愁心捣碎"，传达"百转回肠没个人知道"之心境。②

从情节经营到文句气氛之烘托，邹弢将生离死别之情感发挥得淋漓尽致。对于擅长描写哀悼之文的中国文人而言，如此情深意切的描写，不让人意外。只是，《益闻录》连续多期连载《三洲游记》之内容，都围绕着丁雪田哀悼巴仲和的场面，反复出现原著所无的悼词，非比寻常，远超过作为"生离死别"的桥段安排，这寄寓了译者现实中无法自拔的哀悼情怀，形成多层次的对照。现实生活中的邹弢在《哭慕真山人俞吟香五十首之十一首（并引）》指出："聊成数绝，拉杂书来，不知是墨是泪也？"③《三洲游记》中的丁雪田悼念巴仲和也指出："拉杂书来，还不知是墨是泪？"④透过"拉杂书来""不知是墨是泪"等修辞，译本交织着邹弢现实中刻骨铭心的情谊，真实人生与译著书写相互交错，

① 〔清〕虚白斋主口译，邹翰飞笔录，《续录三洲游记》，《益闻录》第 553号（1886 年 4 月 21 日），页 173a。

② 〔清〕虚白斋主口译，邹翰飞笔录，《续录三洲游记》，《益闻录》第 635号（1887 年 2 月 12 日），页 58a-58b；第 640 号（1887 年 3 月 2 日），页 88b。

③ 〔清〕邹弢，《哭慕真山人俞吟香五十首之十一首（并引）》，《三借庐集》，卷 3 诗，页 84b。

④ 〔清〕虚白斋主口译，邹翰飞笔录，《续录三洲游记》，《益闻录》第 640号（1887 年 3 月 2 日），页 88b。

真耶？幻耶？丁雪田对于巴仲和的连串悼词，可视为《哭慕真山人俞吟香》的变形与回响。现实中的邹弢回顾自己与俞达"肺腑论交正十年，半生遭际共相怜"[1]，译本中的丁雪田则是指出自己与巴仲和"廿年白社订知音，患难相怜结契深"[2]。邹弢唏嘘"胥江一别，谁知后会无缘，回忆交情，肠寸寸断矣"[3]，丁雪田则是喟叹"以平生知己，而中道分殂，真人间第一恨事也"[4]。邹弢的现实经历与译本的人物际遇所交集出来的虚实文本，共同折射相知相惜的情谊与生离死别的憾恨，恰如其分地诠释了邹弢失去生平第一知己的心境。

在翻译改写中，译著嵌入上海文艺圈的脉络，反映了文人如何透过报刊展演自身的情谊。译者透过文字、意象、典故与文学传统，将施登莱原著置入中国文人的诗学创作中，寄寓一己的深沉情感，从回应文坛前辈袁祖志的海外之旅到悼念挚友俞达，浮现出译者与沪地文人之间的对话，牵动了译本的转向。

五、晚清地理学：域外想象

《益闻录》虽属天主教机关报，却高度关注地理学，积极刊登各种介绍世界历史地理学的报刊与书籍，从各国地理、经纬度、

---

① 〔清〕邹弢，《哭慕真山人俞吟香五十首之十一首（并引）》，《三借庐集》，卷3诗，页84b。

② 〔清〕虚白斋主口译，邹翰飞笔录，《续录三洲游记》，《益闻录》第635号（1887年2月12日），页58b。

③ 〔清〕邹弢，《哭慕真山人俞吟香五十首之十一首（并引）》，《三借庐集》，卷3诗，页84b。

④ 〔清〕虚白斋主口译，邹翰飞笔录，《续录三洲游记》，《益闻录》第635号（1887年2月12日），页59a。

政治体制到各国的风土民情与新闻动态等，反映了近现代"天下"到"世界"观的转变。1879 年，正式创刊的《益闻录》在传播宣扬宗教教义的基调上，开辟"五洲杂俎""时事汇登""海外通讯"等专栏，提供欧、美、亚等地之历史、地理、科学、人文等时事讯息，反映了开阔的视野。[①] 从表层而言，该报馆翻译连载施登莱的"非洲探险记"，原可以顺理成章地接受原著的地理学视野，可是，实际的翻译，却有着更复杂的途径。译者受到自身语境的影响，接驳／错置／衍生属于晚清人士脉络的域外想象，开启了不同于原著的"世界"橱窗。

从译者身份观之，无论是口述者龚柴或是笔述者邹弢，对于地理学都有专业的掌控。龚柴自《益闻录》创刊开始，便成为刊物班底人物，固定发表地理学文章，如《地球形势说》《缅甸考略》《阿富汗考略》与《东土耳其考略》等。1883 年，龚柴编辑出版《地舆图考》，收录地理学总论、中国与亚洲卷，随后又于此基础扩增美洲、非洲与欧洲卷，编成《五洲图考》，获评为"旁搜博采，考核精详，非学贯夫中西者，安得有此富赡"[②]？笔述者邹弢比龚柴稍晚加入《益闻录》，1881 年自苏州来到上海，投入《益闻报》编务，著《万国近政考略》，收录《天文考》《地舆考》《沿革考》《风俗考》《军政考》《教派考》与《列国编年纪要》等内容。1890 年，邹弢的无锡同乡——洋务大臣薛福成，出使英、法、意、比国途经上海时，邹弢"持全书来相质证"。薛见书中"考据确切，读而嘉之"，对照彼时谈时务者"非失之迂，即失之固"的歪风，愈加肯定邹弢"征之近闻"的作风，因而能够"与

---

① 《益闻录》刊登各种有关科学知识内容的文章，如地理学、物理学、工程记述、天文学等，其中地理学占超过一半。

② 〔清〕海门放眼达观人，《古愚龚公小传》，页 66。

耳食无凭者，相去霄壤"，且呼吁该书尽速出版，"嘱将书速付手民，以裨当世"①。19 世纪九十年代，邹弢创作出版的《海上尘天影》，将各种地理学知识转化为小说叙事的空间背景，安排人物游走美国、中国香港、日本、意大利、俄国等地，反映了其对于世界地理学知识的掌控与转化能力。

从口述者到笔述者，对于历史地理学，都有积极的关注与专业的掌控。当译者面向同样诉诸于地理学的原著时，显然受到自身地理学语境的牵引，改弦易调，逸出原著脉络。施登莱原著《穿越黑暗大陆》有特定的地理学主旨：揭开众说纷纭的"尼罗河源头"谜团。史毕克*（John Hanning Speke，1827—1864）、博顿**（Richard Francis Burton，1821—1890）与立温斯敦先后探入非洲内陆，探索尼罗河源头，却始终无法达成共识。立温斯敦临死前仍留在非洲，误将刚果河视为尼罗河源头，留下未竟之志。施登莱受到立温斯敦的感召，矢志完成其心愿：

> The work he had promised me to perform was only begun when death over took him! The effect which this news had upon me, after the first shock had passed away, was to fire me with a resolution to complete his work, to be, if God willed it, the next martyr to geographical science, or, if my life was to be spared, to clear up not only the secrets of the Great River throughout its course, but also all that remained still problematic and incomplete

---

① 〔清〕薛福成，《薛叙》，收入《泰西各国新政考》，页 1。
* 又译为"斯皮克"。——编者注
** 又译为"伯顿"。——编者注

of the discoveries of Burton and Speke, and Speke and Grant.[1]

（答应我进行的工作才刚开始，他就突然死了！在最初
的震惊消失后，此噩耗激发了我的决心，矢志完成他的工作，
并且，如果上帝愿意的话，成为地理科学的下一个烈士，或
者，若天假我以年，不仅要弄清大河整个河道的秘密，还要
弄清博顿与史毕克以及史毕克与格兰特的发现中仍然有问题
和不完整的部分。）

上述引文清楚可见施登莱如何在继承立温斯敦的任务上，揭开各
地理学前驱如博顿、史毕克与格兰特等人尚未能完整交代的尼罗
河源头问题。1874 年 9 月 21 日，他抵达桑给巴尔（Zanzibar），
经过长途跋涉，1875 年 2 月 27 日，终于抵达史毕克发现的维多
利亚湖（Lake Victoria），环绕湖畔周边各地，抵达其北部的黎彭
瀑布（Ripon Falls）与卡盖拉河（Kagera River），确认其通向尼
罗河，证实了史毕克有关维多利亚湖是尼罗河源头的观点。施登
莱原著频频探讨前辈之观点，开启探向尼罗河源头的地理学视角。

无论就译本的刊登场地、口述者与笔述者，对于地理学都有
高度的关注，可是却有不同于施登莱原著的位置。译本以釜底抽
薪的方式，抽换施登莱的地理学对话群体，开启属于晚清脉络的
"世界"橱窗，还置入了各种历史地理学与域外游记的内容。早
在《三洲游记》正式连载的前一期所刊登、具有序言作用的《小
引》便预告了译本的转向。《小引》抽离施登莱探勘尼罗河的线
索，以自身的位置为起点，强调"今值圣人之朝四海诸彝舟车悉
达，合地球之大，无不可以涉足"，因而得"乘风破浪，一赏海

---

① Henry M. Stanley, *Through the Dark Continent*, p.1.

外之奇，以拓其襟臆，舒展其耳目"。"今值"之修辞表现"当下"之感，回应 19 世纪以降新地理学在中国的传播趋势，传达"志在山水，不愿蜗居"之训诲，表现"欲极五洲万里之遥，一睹其山川人物"的决心。[①]译者循着自身的地理学论域，在随后的翻译连载时，嵌入各种彼时惯见的各大洲介绍：

> 地球之体，周围八万七千一百九十二里，直径二万七千六百九十二里。东半球由东北至西南，直路三万五千余里，分三大洲。一名亚细亚，其中最大之国为中华，次则俄罗斯，又次则印度天竺，今为英吉利属部。又有东土耳基，其余小国，未能备列。一名欧罗巴洲，其中列国，有英吉利、葡萄牙、法兰西、瑞典、西土耳基、西班牙、荷兰、德意志等国；一名阿非利加洲，有英吉利属国，另有众小国，类多黑人所居；在东半球之南，有澳大利国，地土甚广，长八千四百里，阔六千三百里，近中带之间，海洲罗列，各自成国；西半球一带，自为一洲，一名北亚美利加，一名南亚美利加，二地相连，自北至南，二万九千余里……在东、西两球之间，有太平洋、大西洋，大西洋东西一万零五百里，南北三万五千里，乃东海之最大者。[②]

译者以俯瞰性的视野，观及五大洲地理位置、经纬度与海洋分布等，彰显一笼统的地理学知识。若更仔细核对全文，可发现上述刊登于 1886 年 11 月《益闻录》引文乃是笔述者邹弢援引自身

---

① 〔清〕佚名，《三洲游记小引》，页 352b-353a。
② 〔清〕虚白斋主口译，邹翰飞笔录，《续录三洲游记》，《益闻录》第 533 号（1886 年 2 月 10 日），页 54a。

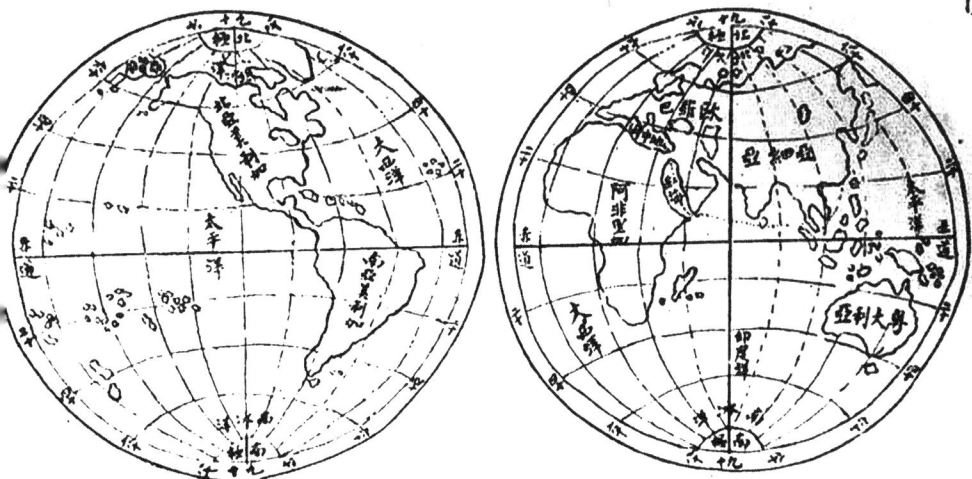

図 2-9 《航海述奇》书中之《地球图》

1885 年出版的《三借庐赘谭·四洲》一文①,先从东半球东北到西
南位置介绍亚、欧、非与澳洲,又从西半球介绍北美与南美洲,
再提及东西两球之间的太平洋与大西洋。邹弢的介绍模式又可
见晚清常出现的地理学论域,如张德彝(1847—1918)《地球图》
(见图 2-9)早已透过东半球与西半球图介绍五大洲以及各海洋之
分布:"所有陆地分为五大洲,在东半球者有亚细亚,有欧罗巴暨
阿非里加;在西半球者,一曰南亚美利加,一曰北亚美利加,二
洲之间中有胫地毗连。又有水程共分五洋,曰大东洋又名太平洋、
大西洋、印度洋、南冰洋、北冰洋。"②

　　若从题名而言,译者扩大施登莱《穿越黑暗大陆》的"非洲"
预设,题名"三洲",按 1883 年《小引》之解释:"三洲"乃是指

　　① 〔清〕邹弢,《四洲》,《三借庐赘谭》,卷 11,页 24b-25b。
　　② 张德彝,《航海述奇》,收入钟叔河编,《走向世界丛书(第一辑)》(长
沙:岳麓书社,1985),第 1 册,页 441。

"亚非利加、亚美利加及欧罗巴"[①]，即可反映译者横跨各洲之意图。译者安排人物行进非洲路线时，嵌入各种跟施登莱原著风马牛不相及的越南风土民情：

> 土人多面黄而黑，类闽粤产，亦有身躯短矮者，仿佛侏儒。衣以黑色为尚，束以红巾，缠粗布于首。男女俱不剃发，垂垂如漆，盘于颈中，齿牙亦染黑，以为美观。其有戴大帽者，皆功名中人，平人不能有也。俗尚佛教，寺庙触处皆是，所居房屋，半皆编箬为蓬，削竹为栋，惟宫殿庙署，则皆覆瓦。士大夫多识华文，亦用诗赋取士，设有乡会科试，如中国然。官场文件，除与法官交涉外，均用华字。是处天时和暖，而夏日则炎暑逼人，挥汗如雨……此该处风土人情之大略也。[②]

上述逸出施登莱原著的片段，乃是出自译者笔调，描写越南民众外观、宗教、房屋、制度、语言与气候等。观察上述片段，跟口述者龚柴《越南考略》（往后收录于《五洲图考》时易名为《越南》）一文有不少重叠，如"取士律用诗赋策论，亦设乡会科试""身躯矮短，有侏儒风""赋性犷悍，举止反复""所读书籍，与中国同，惟其音则天渊迥异"[③]。

在口述与笔述过程，译者屡屡"行空天马，如展足腾骧来域

---

① 〔清〕佚名，《三洲游记小引》，页 353a。
② 〔清〕虚白斋主口译，邹翰飞笔录，《续录三洲游记》，《益闻录》第 288 号，页 413a。
③ 〔清〕龚柴，《续录越南考略》，《益闻录》第 108 号（1881 年 7 月 9 日），页 2b。

外"，自行嵌入各国风土民情，且在一比较的视野下论及各种主
题。如谈及长寿者时指出："英属依郎省有命妇依利氏一百四十一
岁、高奴郡味利扬一百四十三岁、瑙威国德辣梗一百四十六岁、
苏灵当一百六十岁"；谈及宝石时提及："考宝石，产西藏、蒙古、
青海、印度、锡兰等处者为上，作殷红色，表里通明。产于美法
二国者，石质稍次，而嫩。其无上妙品，则产于缅甸山中，不可
多得"。除空间横向的比较外，亦出现时间纵向的描述，介绍各
国历史与器物发明，如"西历一千八百十九年"，英人拉弗勒发
展新加坡："始筑城垣于此，竭力招徕，遂成巨市"；"西历一千
八百三十八年"，美国雪加省绅富"捐资助建"芝加哥大学；"西
历一千三百八十八年"，日耳曼修士排克刀"究心化学，以硫磺
硝煤等物，入石臼捣之"；"一千七百六十四年"，华特用"火煮
沸水若干，则得汽若干，其汽所运之机"；"一千五百四十二年"，
意大利人"制一表，大如菽，嵌于手记中，上献诸王"。[①]

译著除屡屡出现口述者与笔述者关怀的地理学片段外，亦植
入不少晚清海外游记观看世界的视角。19世纪后半叶，中国人士
透过各渠道航向海外，如1866年斌椿与张德彝受总理衙门派赴
欧洲考察，1867年王韬跟随香港英华书院院长理雅各游逛欧洲，
1868年志刚（1818—? ）参与使节团出访欧美，1876年郭嵩焘
出使英国，1876年李圭（1842—1903）参加美国博览会等。这些
实际出游的人士，替原本广泛但稍嫌平面的地理学内容增加了立
体感，记录了各地文明体制、科学教育、市政建设与格致器物等。

① 〔清〕虚白斋主口译，邹翰飞笔录，《续录三洲游记》，《益闻录》第
291号（1883年9月26日），页431a；第363号（1884年6月4日），页256a；
第365号（1884年6月11日），页268b；第308号（1883年11月17日），页
532b；第421号，页606b。

若是比对译文与彼时各种游记，即可见到《三洲游记》塑造了一可与彼时游记相互参照的路线，包括欧亚路程说明、交通工具、西方器物、西餐礼仪、动物园与催眠表演等，掀开了海外世界的橱窗。

《三洲游记》将施登莱原著勾勒立温斯敦、史毕克与博顿探勘尼罗河源头的脉络，悄然改为晚清涉外人士观看世界的视角。施登莱原著图文并茂介绍英国船匠帮忙准备的爱丽斯小姐（Lady Alice，见图 2-10），分成易于搬运的五截，进入非洲后用以探勘湖水①，且论及前辈立温斯敦等人的汽船在非洲行进与搁浅的经历，以及彼时非洲各地区之汽轮等。

译者却将这些探勘湖水的交通工具，置入 19 世纪中国涉外人士记载轮船火车构成、机器发动原理与实际搭乘经验等脉络。译者让人物"考轮船创始之由"，侃侃而谈蒸汽机的发明经过，从英人纳各麦纳本铜工 * （Thomas Newcomen, 1664—1729）发明"汽机运轮"，"不甚灵动"，华特 ** （James von Breda Watt, 1736—1819）"精益求精"，终于让"汽之为用渐广"。富当 *** （Robert Fulton, 1765—1815）将汽机"施之于船，初造一小轮船"，"一刻可行十五里，逆风则行十里"，"轮船之用，绝胜常船，且海上

---

① Henry M. Stanley, *Through the Dark Continent,* p.3. 文中提及："It was to be 40 feet long, 6 feet beam, and 80 inches deep, of Spanish cedar 3/8 inch thick. When finished, it was to be separated into five sections, each of which should be 8 feet long."（它将是 40 英尺长、最宽处 6 英尺、80 英寸深，由 3/8 英寸厚的雪松制成。完成后，它将被分为五个部分，每个部分应为 8 英尺长。）由于过于沉重，耗费人力搬运，在非洲期间又请当地木匠改装。

* 又译为"纽科门"。——编者注
** 又译为"瓦特"。——编者注
*** 又译为"富尔顿"。——编者注

THE "LADY ALICE" IN SECTIONS.

图 2-10　分截的船只"爱丽斯小姐"

战攻,可以稳便",最后"大行于诸国"[①]。接而又插入施登莱原著未曾出现的火车,安排人物感受"电掣星流,瞬息已杳"速度,介绍车价"凡三等,上等者,坐地精洁宽厂(敞),每一间容四人。次等者,亦精洁,惟统坐一处,如排雁然。第三等,则局踏不堪矣"。从机械原理、交通发明到搭乘经验,都可见到译者根本性置换一对话群体,将施登莱探索尼罗河源头的视角转到属于晚清脉络的视角。

《三洲游记》描写西餐礼仪、餐具摆列、座位安排到出餐顺序,都可见到其如何釜底抽薪,置换地理学对话群。译者安排麦君等人出席西方餐宴时"按泰西风俗",并写出个中细节:男女并座如"男女并重,略不避嫌,凡有宴会等事,妇女亦得相与,在座执手以为敬,习俗成风"[②];入座顺序如"第一位主人之夫人,第二位主教忒愣塞,第三麦领事,第四法领事,第五巴仲和,第

① 〔清〕虚白斋主口译,邹翰飞笔录,《续录三洲游记》,《益闻录》第 308号(1883 年 11 月 17 日),页 532b。

② 〔清〕虚白斋主口译,邹翰飞笔录,《续录三洲游记》,《益闻录》第 291号(1883 年 9 月 26 日),页 431a。

六余坐，第七、第八乃西学士富粹及其夫人"；餐桌布置如"上铺布单，洁白如雪，长桌四围团设坐椅，铺以五彩绒裀"；餐具摆设如"置玻璃杯数具，白磁大盆二，白洋布小袱一，长柄纹银大汤勺一，小汤勺一，银叉一，纯钢解手小刀一"；出餐顺序如"第一馔为馒头汤"，"西洋馒头"乃是西洋主食，"大如牛腰，而长且甚坚硬，须以刀剖切之，嚼唉费力"，汤点则"有鸡羹鸭臛、鱼炙牛心之类"。馒头汤后则是正餐，有"牛肉、小羊、小猪、鸡鹅、鸭兔、鸽雏，无非薰炙"，"须以钢刀割而食之"[①]。凡此种种，都不出于张德彝对于西餐的描写范围[②]，恰可反映译者在翻译过程中吸取了自身同侪观看世界的视角。

译者拼凑、吸收与转化各种具体而翔实的参照材料，确实可以拓展笔下人物的足迹，可是因非亲身体验，不免继承个中盲点。以 19 世纪后半叶在西方出现的"催眠术"为例，晚清人士旅居海外时已然观赏与记录。1874 年负责护送第三批幼童赴美留学的祁兆熙（？—1891）《游美洲日记》叙述自己与容闳、陈兰生（1898—1969）等人观看"女巫幻法"的经验：场地陈设如

①　〔清〕虚白斋主口译，邹翰飞笔录，《续录三洲游记》，《益闻录》第 294 号，页 448b-449a。

②　张德彝对于西餐的介绍："先铺桌布，按位置汤匙一，大刀二，大叉三。舍利与克拉利高玻璃盅各一，厚玻璃杯一……以木盘铺白布，盛大面包，旁一牛耳刀……上汤时，按人数捧进瓷盘，及汤一盆、勺一把，置首座前。上菜亦然。菜盘左右放大刀叉各一，以便割分。旁厨与长方盘所置，与请客同……二仆进菜，一由男主右之女，递至女主左之男；一由女主右之男，递至男主左之女……凡晚餐，除汤鱼、青菜外，另备带骨肉数种，如大小牛肉、大小羊肉，鸡鸭、火鸡、铁雀、鹌鹑等，分时而进……看进毕，则上拌生菜，系一手持空盘，一手托青菜盆，按位请示。继上水晶糕、冰乳糕，听客自取。"〔清〕张德彝，《随使英俄记》，收入钟叔河编，《走向世界丛书（第一辑）》（长沙：岳麓书社，1985），第 7 册，页 627—629。

"中国戏馆，观者已济济矣"，舞台上一女子弹奏大洋琴，一女子以手势催眠观众，"用手一指"，可任意催眠观众做出各种动作，"如救火状，如洗衣状，如跑马状，如惊恐将死状"，甚至"抢枱上生菜一大颗食之"①。1880 年 7 月，《益闻录》刊登曾经沧海的海外通讯文章《美国舞戏记略》，比起祁兆熙的记载，有更多细节，如"四围列座，可容千余人"，舞台上女子透过剪纸与眼光凝视法催眠观众，"或耕田，或猎鸟，或如乘骑，或似驾舟"，且"能令人生平隐事，尽皆侃侃而言"，并且"催眠饮膳"，"舞者咸排座争啖之，似甚有味"。②译者将上述各种表演细节搬入《三洲游记》，让人物观赏催眠表演，其舞台、表演者、催眠内容等描写，都与上述记载如出一辙，且同时移植个中局限。19 世纪七八十年代的游记作者大多无法断定催眠术的表演性质，常以疑问句揣测，如祁兆熙《游美洲日记》之疑问："此何术？""闻西法有电气类，拍人，人即不知人事，此其是欤？"③曾经沧海《美国舞戏记略》结尾处亦以反问句作结："人谓此殆不免有妖术也，其信然乎？"④当《三洲游记》搬演催眠术表演时，也以一连串疑问句作结："不知何自而至，真莫名其妙也。其余变幻多端，大率类此，说者谓该女凭鬼致者，理或然欤？"⑤一直要到一二十年后，中国作者才

---

① 〔清〕祁兆熙，《游美洲日记》，收入钟叔河主编，《走向世界丛书（第一辑）》（长沙：岳麓书社，1985），第 2 册，页 235。

② 〔清〕曾经沧海，《美国舞戏记略》，《益闻录》第 56 号（1880 年 7 月 4日），页 153b。

③ 〔清〕祁兆熙，《游美洲日记》，页 235。

④ 〔清〕曾经沧海，《美国舞戏记略》，页 153b。

⑤ 〔清〕虚白斋主口译，邹翰飞笔录，《续录三洲游记》，《益闻录》第 623号（1886 年 12 月 22 日），页 593a。

能更清楚道破催眠术道理。①

固然，《益闻录》基于地理学关怀而翻译连载《三洲游记》，可是却因自身的立场与诉求而抽离原著脉络，导入晚清人士述说世界普遍地理的口吻，将原著的尼罗河探勘者的群体对话，变为晚清涉外人士观看世界的视角，介绍西方交通工具、器物与餐礼等知识话语，开启了海外世界的橱窗。

六、结语

作为《三洲游记》口述者与笔述者的龚柴与邹弢，在翻译改写的过程中，注入上海天主教会、沪地文艺圈与晚清地理学等脉络的价值关怀与问题视角，大幅度偏离施登莱原著脉络。译者根基于自身的立场，吸收、转化与汇聚不同来源的材料，衍生一条条纵横交错的翻译"歧路"，通往自身的脉络，如宗教信仰、文人互动圈与历史地理学等。这些看似天马行空的片段，固然可以视为翻译技术上的失误，可是个中却隐藏着更复杂的理念、想法与情感的拉锯、篡夺、转调等，乃是译者对于外在世界的回应，投射出特定的宗教理念、理想憧憬与新世界观。

在学界普遍未能注意与掌控《斐洲游记》的情况下，本章勾勒译本的出版脉络、译者身份与版本流变，比较译著与原著之异同并分析译者的翻译手法，试图厘清19世纪的晚清译者对于施登莱非洲传记的翻译与传播概况。如此研究取径，可以扩大目前

---

① 相关文章如〔清〕佚名，《格致——人力催眠术》，《知新报》第53期（1898年5月），页22ab;〔清〕佚名，《杂录——催眠术能疗酒癖》，《大陆报》第2卷第6期（1904年6月），页92;〔清〕佚名，《外国学事——催眠术》，《教育世界》第80期（1904年7月），页4。

学界相对着重于晚清作者有关欧、美、日之书写或翻译，提供另一可能，填补研究空白。

连载于天主教会机关下的《益闻录》的《三洲游记》，为呼应报刊立场，植入了天主教诲与义理，演绎了各种可以歌颂天主教义的情节。接受天主神学训练、担任司铎的口述者龚柴，经由翻译改写的方式，压抑了施登莱原著提及的基督教成分，安排人物游走各地天主教堂，详细介绍天主教最显赫的圣殿圣伯多禄大堂，且在非洲教区导入徐家汇土山湾教会的印刷馆与工艺厂学制。译者透过自行衍生的情节片段，呼应《益闻录》的宗教诉求，批判中国迷信风俗，恰能反映译者如何基于宗教信仰而出现的翻译转向。

除宗教教义转变外，译者导入沪地文人情谊的表述模式，反映了彼时文人如何围绕于新兴媒体表达文人交游的情景，拓展了一远不同于原著的面貌。就《三洲游记》所展现的诗学、情感与美学，更可能是来自笔述者邹弢。就在《申报》刊登袁祖志海外游记的同一时段，邹弢也在《益闻录》编织一可跟袁祖志海外之旅媲美的《三洲游记》。从路程说明、人物组合到行程感慨等，都可见到译者因回应文友的亚欧之旅而逐步偏离施登莱原著脉络。当邹弢翻译施登莱原著时，触动情怀，渗入现实中哀悼生平第一知己俞达的情感，让两位中国人物在非洲途中演绎译者自身的情感。从情节经营到文句气氛之烘托，都可见到译者透过文人化的诗词创作方式，寄寓一己的情怀。

同样关注地理学，译者却有不同于施登莱的步调、问题与想法，将原著寻找尼罗河源头的主轴，扩大为晚清人士更为关注的历史地理学论域，如同《小引》所称的"吾辈行空天马，如展足腾骧来域外"。原著的地理学对话群，变为晚清各涉外人士的视角，介绍西方交通、餐饮礼仪、催眠表演与园林游逛等内容，掀开了海外世界的橱窗。两位对于地理学有高度兴趣的译者导入自身关注的焦点，虚构中国文人随西方人物闯荡五湖四海的情节，衍生出原著所无的东亚、南洋、南亚等路线。在人物行进非洲途中，又频频穿插各地历史、地理、风土与民情等，使得施登莱原著的地理学对话群产生结构性的转变。

第三章

拆除主干，拼凑片段：

论《斐洲游记》对于
"中国人在路上"的形塑

一、前言

19 世纪后半叶，西方掀起探索非洲的热潮，各地理学家、传教士与记者等先后探入非洲，探勘彼时仍是谜团的尼罗河（The Nile）源头。由于各家各执一词，众说纷纭，尼罗河源头扑朔迷离，具体方位不得而知。[1]六十年代中期，立温斯敦第三度进入非洲，探索尼罗河源头，一度行踪不明，引发欧美各界关注。1869 年 10 月，正在西班牙马德里的战地记者施登莱接获《纽约先驱报》（New York Herald）负责人班尼特[*]（James Gordon Bennett，1795—1872）之电报，赶至巴黎与之会面，受命寻找失踪的老人："若他还活着，就尽可能得到他在探险中的消息。若他已死亡，就将所有可能证明他已死亡的证据带回来。"[2]经队友背叛、热病侵袭到战争失利，施登莱终于 1871 年 10 月抵达乌齐齐（Ujiji），寻得病体衰弱的立温斯敦。施登莱而后返回欧美，出版《我如何寻找立温斯敦》（How I Found Livingstone），一举成名。留在非洲的立温斯敦继续探索尼罗河，然一直到 1873 年过世，都无法解开谜团。1874 年，施登莱又再度前往非洲探索立温斯敦未能解决的问题，探索博顿、史毕克与立温斯敦假设的尼罗河源头，最终证实史毕克之观点，并于 1878 年写出《穿越黑暗大陆》

---

[1]　Henry M. Stanley, "Explanation (part II)," *Through the Dark Continent* (London: George Newnes, 1899), pp.7-21.

[*]　又译为"贝内特"。——编者注

[2]　Henry M. Stanley, "Introductory," *How I Found Livingstone: Travels, Adventures and Discoveries in Central Africa: Including an Account of Four Months' Residence with Dr. Livingstone* (London: Sampson Low, Marston, Low, and Searle, 1872), p.xvii.

（*Through the Dark Continent*）。

19 世纪七八十年代，随着新媒体的发展与传播，晚清中国文化界也卷入全球讯息流动的一环，开始报道立温斯敦与施登莱等人到非洲冒险与探勘的活动。不仅于活动报道，晚清作者亦翻译欧美人士的非洲传记，如第一章已讨论的《黑蛮风土记》、第二章已讨论的《三洲游记》（或《斐洲游记》）。这两部著作成为中国最早的非洲探险译本，勾勒了非洲内陆的历史地理与风土民俗。可惜往后百年，相关资料隐而不彰，致使研究者一般较易聚焦于晚清的欧、美、日书写，相对忽略彼时人士开拓"非洲"新天地的意图。

第二章为核对译著内容与现实中的事件，采用《益闻录》连载多年、更能彰显译著时间标志的《三洲游记》版本。本章继续讨论由虚白斋主口译、邹翰飞笔述的译本，主要探索翻译策略与表现形式，采用更能掌控原著脉络的《斐洲游记》版本。本章首先探讨《斐洲游记》如何"框建"符合晚清人视域的人物形象。译者在翻译过程中，虚构中国人物随着传主施登莱探勘非洲内陆，将本土的文化价值嵌入异域文本，形塑崭新的民族身份。接而，本章透过翻译研究的视角，提出"拆除主干，拼凑片段"的理论视野，试图推进学界普遍提出的"意译"模式①。由于《斐洲游记》远超出一般可以辨识来龙去脉的"意译"著作，本章试图提出另

---

① 论者早已指出 19、20 世纪之交译著普遍出现的"意译"特色，如"对内容的随意删改""直接介入译文以发表自己的评论""更改故事的叙述方式""译意不译辞""把西洋小说改变为章回小说"与"删去无关紧要的闲文和不合国情的情节"等。郭延礼，《中国近代翻译文学概论》（武汉：湖北教育出版社，1998），页 33—39；陈平原，《二十世纪中国小说史·第一卷（1897 年—1916 年）》（北京：北京大学出版社，1989），页 46。

一更有效的诠释架构，观察此一出现于19世纪八十年代的译著如何拆除原著主干，接而又拼凑不同脉络的片段。从"拆除主干"的视角，探讨译者如何重构叙述者的视角，演述施登莱的非洲风土：经由删除／保留原文的方式，拆除原著"寻找尼罗河"的主干；同时又透过保留地方风土民俗的方式，凸显"采风问俗"，造成主旨的变调；第三，从"拼凑片段"的角度观察译者如何调动各种知识资源与文学传统，进出中西古今，打破历时性与同时性的关系，牵动表述的惯性，反映译者对于抒情、知识与叙事的追求；最后，本章观察《斐洲游记》"拆除主干，拼凑片段"，层层错叠不同脉络的片段内容，以致百年以降的论者难以判断译本来源，蔚为特殊的接受视野。

二、虚构人物：民族身份的重塑

对于目标语脉络的译者而言，翻译改写除可以反映自我对于"他者"形象的投射外，亦具有"自我"形象塑造的功能作用，甚至可以构建自我的民族身份。本节将讨论《斐洲游记》如何透过翻译改写的模式，虚构中国人物随着西方传主前往非洲探勘与冒险的情节，向中文世界的读者构建一具有现代性的崭新的民族形象——中国人"在路上"（on the road）。

华登恩（Roberto Valdeon）研究翻译文学中的形象建构时，提出"自我框建"（self-framing）的概念。他以西班牙主要报纸 *El País* 提供给国际读者的英文版本，结合新闻与翻译等，提供一崭新的西班牙人的国际形象为据。这些英文翻译，透过社会长期共享、具象征意义且可有效构建社会的"组织性原则"，抹消西班牙人传统刻板的懒惰印象，框建符合现代世界的民族形象。[①]
关于译者如何透过文学翻译的方式框建特定的身份，论者实多有
研究，如韦努蒂（Lawrence Venuti）透过古典学学者琼斯、日本
小说的美国译者福勒与《圣经》翻译等，相当深刻地勾勒了各译
者构建异域文本的再现时，将异域文本铭刻（inscribe）到本土的
文化价值观，塑造了特定的文化身份。[②]

　　循此思考切入，正可观察晚清中国译者如何透过翻译非洲传
记的方式，自我框建中国人的形象。早于邹弢笔述《斐洲游记》
前，沈定年翻译立温斯敦《黑蛮风土记》时便强调"翻译"非洲
探勘文本的重要性，"泰西风俗，其人好游历"，可是"中土儒者
足不出户庭"，于是"作汗漫之游踪"，实呼应 19、20 世纪晚清
人士对于"面向世界"的广泛诉求。如魏源指出"旁咨风俗，广
览地球，是智士之旷识"，反对"株守一隅，自画封域，而不知
墙外之有天，舟外之有地"[③]；梁启超指出"十九世纪世界大风潮
之势力所簸荡、所冲击、所驱遣，使我不得不为国人焉，浸假使
将我不得不为世界人焉"[④]。从"广览地球"到"不得不为世界人"

---

① Roberto A. Valdeón, "The construction of national images through news translation: Self-framing in El País English Edition." In L.van Doorslaer, P. Flynn,& J. Leerssen (eds.), *Interconnecting Translation Studies and Imagology* (Amsterdam: John Benjamins, 2015), pp.219 -237.

② Lawrence Venuti, " The Formation of Cultural Identities," *The Scandal of Translation: Towards an Ethics of Difference* (London & New York: Routledge, 1998), pp.67-87.

③ 〔清〕魏源编，《海国图志》（台北：成文出版社，1967），卷 76，页 1889。

④ 〔清〕任公，《汗漫录》，载《清议报》，收入《中国近代期刊汇刊》（北京：中华书局，1991），第 3 册，原卷第 35 号（1900 年 2 月），页 2257（页 1a）。括弧内的页数乃是原刊页码，以下皆同。若是重印本与原刊页码同，则不另括弧。

等证词，反映"天下观"到"世界观"的转向，已非传统"华夷之辨"所能概括的新格局。①

19 世纪西人探入非洲内陆的探勘活动，无疑提供晚清中国译者一可重塑民族身份的参照契机。从 1821 年巴黎地理学会（Société de Géographie）、1830 年皇家地理学会（The Royal Geographical Society）、1845 年俄罗斯地理学会（The Russian Geographical Society）到 1888 年成立的国家地理学会（The National Geographic Society），促成了西方不同的探险队伍，带着精密的探测仪器，结合科学、地理、政治、宗教与殖民等动机，开启一场"发现非洲"乃至"瓜分非洲"的竞技。继立温斯敦《黑蛮风土记》后②，施登莱的著作得到晚清译者的青睐，并非偶然，这反映了译者文化语境的需求：透过探勘非洲的文本，缔结一可以反转现实的民族身份。

于此新旧世界观的嬗变过程中，中译本《斐洲游记》大幅度调动原著内容与秩序，透过虚构改写的方式，重塑中国人面向世界的形象。译者先调整西方原著传主"施登莱"，将其名字中国化，删除 Stanley 之"ley"，加入麦姓，易名为"麦西登"，"西登"则是"Stan"之音译，这乃是彼时常见的将西人中国化的译法。③接而，译者又更进一步逸出原著内容，安排此麦西登探入非洲前取道中国，迎接原著所无的中国角色——丁雪田与巴仲和，让中

---

① 金观涛、刘青峰，《从"天下"、"万国"到"世界"——晚清民族主义形成的中间环节》，《二十一世纪》第 94 期（2006 年 4 月），页 40—53。

② 关于立温斯敦的讨论，可参考本书第一章。

③ 如樽本照雄称此一译著"改成游记小说体裁，书中人名也都改成中国风人名"。〔日〕樽本照雄编，贺伟译，《新编增补清末民初小说目录》（济南：齐鲁书社，2002），页 158。

国人物卷入探勘非洲的活动，开启中国人探向世界的旅程。译者于开卷处，虚构怀着远游之志的人物丁雪田与一批中国文友群对话，凸显"面向世界"的价值取向：

> 闲居无事，每欲远游，恨无共事，正驰念间，郁曼卿贝玉堂杨升之三人，适相率而至，谈次，曼卿鼓掌笑曰，人生天地间，如白驹过隙，自少而壮而老，悠忽至死，曾不能以一瞬，读万卷书，行万里路，吾辈胸中丘壑，正苦不平，宜以湖海之，气荡之况今四海通商，地球上尽可游历，丁兄慕此，何必以资斧为忧耶，玉堂投袂而起曰，曼卿快论，真先得吾心，雪田兄果欲壮游，弟当助成远志……弟念君湖海气豪，常有曾子固远游之志，因谬为作介，荐入幕中。①

译者将原著施登莱的第一人称叙述视角，改为虚构人物丁雪田的视角。随着其视角移动，浮现出 19 世纪后半叶中国译者面向非洲的核心视野。显而易见，译本塑造的中国人物，乃是为反转晚清论者批评中国人"足不出户""眼界之短窄""无所见闻"之缺憾，倡导"读万卷书，行万里路"，"以湖海之气荡之，况今四海通商，地球上尽可游历"，"湖海气豪，常有曾子固远游之志"等精神。

　　20 世纪初中国文化界开启各种"冒险"精神的论述，如黄伯耀（1883—1965）《探险小说最足为中国现象社会增进勇敢之慧力》批判中国人"身伏闾里，胆慑重洋，日消磨精力于诗书腐

---

① 〔清〕虚白斋主口译，邹翰飞笔录，《斐洲游记》（上海：上海中西书室，1900），卷 1，页 1a-1b。

粕中，几不知天地环瀛有特辟之新世界""心坎之凝滞，眼界之短窄，又无所见闻"，因而呼吁中国人效法欧人的冒险精神："人生世上经眼地球，遍足大陆，振奋冒险之精神。因而流传探险之伟迹者，其惟欧美人士哉。"[1] 就时间进程而言，早于 19 世纪八十年代，虚白斋主与邹弢透过翻译改写的方式，将冒险精神作为中国民族改造的方式，可视之为 20 世纪初的"冒险"论述的先声。从译本出现的人物虚构到视角转换等情形，都反映了译者的诉求——重构一具有开放眼光与冒险精神的民族身份。

　　为配合此一叙述视角的转换，译者将原著的公元纪年改为光绪纪年，且以中国作为行程起点：丁雪田等人自光绪二年二月十六日从中国出发，"十九清早，始抵西贡"，"二十三日巳正，抵新加坡"，"四月初二日，风大顺，日可行三百里，晚刻舟抵散西巴尔泊焉"，后探入非洲内陆，光绪四年六月抵达乌齐齐，一直到同年十月"径赴任所"。[2] 就行程路线而言，施登莱从美国出发，途中停留英国，迎接英国助手，1884 年 9 月进入非洲散西巴尔（桑给巴尔）。相形之下，译者以中国为本位，改写人物路线，将施登莱停留英国改为停留中国，迎接中国助手。由于译者径自加入中国、西贡与新加坡等行程，导致接下来的时间错乱，甚至自相矛盾，如人物自光绪二年二月出发，到年底"冬冬腊鼓，岁已催残"[3]，理应发展到光绪三年正月，却是接到"光绪四年正月

---

　　① 〔清〕耀公（黄伯耀），《探险小说最足为中国现象社会增进勇敢之慧力》，《中外小说林》（香港：夏菲尔国际出版有限公司，2000），上册，原卷第 12 期（1907 年 9 月），页 3。

　　② 〔清〕虚白斋主口译，邹翰飞笔录，《斐洲游记》，卷 1，页 5b、8a、15a；卷 4，页 50b。

　　③ 同前注，卷 3，页 13b。

元旦"①。

译者虚构中国文人随西方人物闯荡五湖四海的情节，衍生出原著所无的东亚、南洋与南亚等路线，穿插了各地历史、地理、风土与民情等。②施登莱原著的地理学对话群变为晚清海外游记观看世界的视角，此乃是一结构性的转变。《斐洲游记》最先连载于《益闻录》时，乃以《三洲游记》为名，此名乃根据序文《小引》："三洲者，亚非利加、亚美利加及欧罗巴洲也。其中除人名、时日，举皆借托外，余俱实事求是，不尚子虚。"③《小引》解释"三洲"是非洲、美洲与欧洲，与聚焦于"非洲"的施登莱原著相去甚远，更能反映中译者试图透过改写施登莱原著的方式，展现面向世界的诉求。译著题名对于"三洲"的凸显，回应了19世纪六七十年代普遍跨越亚、欧、美路线的海外游记，如1868年，志刚随同蒲安臣（1820—1870）使节团，访美国、英国、法国、比利时、俄罗斯等欧美各国，写成《初使泰西记》。1876年，李圭参加美国费城世界博览会，经日本东渡太平洋到美国费城，又乘船到伦敦，游览英国、法国，最后经地中海、印度洋归国，后写成《环游地球新录》。1883年，袁祖志跟随唐廷枢考察团，从西贡开始，经过新加坡、锡兰、亚丁，意大利的拿坡里、罗马，进入欧陆巴黎、伦敦、柏林、荷兰、西班牙马德里，回程则途经美洲，甚至延伸到巴西，后写成《谈瀛录》。

译者受到同代人路线的启发，加入施登莱原著所无的欧、美两大洲，演绎中国人"在路上"的形象。"在路上"此一概念固

---

① 〔清〕虚白斋主口译，邹翰飞笔录，《斐洲游记》，卷3，页14a。

② 相关讨论，可参考本书第二章第五节"晚清地理学：域外想象"。

③ 〔清〕佚名，《三洲游记小引》，《益闻录》第278号（1883年8月4日），页353a。

然取自 20 世纪五十年代的敲打派（beat generation）[①]，可是绝非仅止于西方文学类比，却是近现代中国作者自我表述的策略，标榜自身的面貌与精神，可视为一整个群体的自我标签。[②] "在路上"不仅是地理上的"路上"，尚含括抽象的家国与民族探索，搭配"崎岖""黑暗"等意象，强化游走时内在的不安或是未来的期许，反映彼时中国人对自我境遇的探索。译者虚构中国人跟随西方传主前往非洲探勘冒险的片段，透过"在路上"的情节，框建中国民族的形象，形塑一积极面向世界的崭新身份，发出"我们是谁"的宣言，刻画民族印记，重构中国人的文化属性。

中国人物"面向世界"的形象，衍生出"冒险"精神的诉求。1900 年，当虚白斋主替《斐洲游记》结集出版写《序》时，便曾指施登莱探入非洲的崎岖路途，筚路蓝缕："自斐洲东境散齐巴

---

①　"在路上"（on the road）此一概念乃是参照 20 世纪五六十年代美国敲打派（beat generation）代表人物克鲁亚克（Jack Kerouac）的《在路上》所表征的一个世代群体的面貌，反映 20 世纪美国年轻人对于保守社会的反叛，提出任何人都能以任何方式上路，透过放纵不羁的方式，持续流动逃逸，与嬉皮、摇滚、药物、反战运动结合，标榜个人自由独立的精神。

②　19、20 世纪之交中国人因各种因素而"在路上"，游走各地，展现特定的面貌与精神，如 1924 年赵铁鸣的《在崎岖的路上》便如此提道："我想去航空，恨未生翼翅，我想去潜水，奈没有鳞鳍，啊！荆棘遍地，人间没有路哩！"1925 年女婴氏在同一平台上刊登《在路上》，呼应即便困难也依然要往前行的理念。女婴氏《在路上》："我们已在路上了，我们不过在路上，还要问伴：'我们为什么在路上？'后路既断绝，我们只有前进！回头都变成了火山，我们只有前进！此外，我们能怎样？此外，我们能怎样？"转至 1933 年，艾青也以"在路上"为题创作了首小诗，主要目的是欢迎罗曼·罗兰来中国："我们从不同的路。走上同一的交叉口；走吧，一起的走，真理在向我们招手。"见赵铁鸣，《在崎岖的路上》，《民国日报·觉悟》1924 年第 3 卷第 8 期，页 4；女婴氏，《在路上》，《民国日报·觉悟》1925 年第 7 卷第 27 期，页 5；艾青，《在路上》，《出版消息》1933 年第 15 期，页 6—8。

发驾，直入中央，全贯腹地，皆欧人所未尝至，而他国亦未有往者"①。人物沿途遇险犯难，经历试炼，遇见凶悍的动物与食人族，"危机频触。艰困备尝""与土人战者屡""为饥寒逼者亦屡""同志亡其半""黑蛮亦病毙颇稠"②。就翻译实践而言，《斐洲游记》勾勒非洲"行路难"的场景，如"山路险阻，忽遇一涧，上架石梁，阔仅咫尺，石梁下乱石巉岩，偶失足堕，凛凛便成菳粉"③，尸骨更是遍野，"路旁抛弃人头七颗，血色殷然，似系新死……大约亦行旅之人，为土人所害耳"，"一兵深入兽丛，为两狼所噬，比众人往救，已首离其颈矣"④，"其民枭悍异常，余等皆登山遥望，阅两下钟之久，战犹未息，但见碧血横流"⑤。非洲的危险天地，促成人物冒险犯难的场景，恰好可以驰骋民族精神，成为振衰起敝的空间所在。而人物探入蛮荒天地，经由历练与搏斗，克服各种困难，可塑造奋迅勇猛的身份标志。译者甚至虚构想象焕然一新的中国人物身份，以获得世界的尊重，如非洲地方村长对于丁雪田的接待："二十九日，至登鲍村，村长奇克，恂恂知礼，闻余等系亚细亚人，颇加敬佩。"⑥译者透过翻译改写的方式，以此一刻意虚构安排的情节，反转中国人的现实困境与积弱形象。

从上可见，晚清中国译者透过施登莱的非洲探勘记，虚构中国人物随西人探勘非洲的情节，且将原著的西人叙述视角，改为中国人的视角，重构中国人"在路上"的身影。译者将异域文本

① 〔清〕虚白斋主，《斐洲游记·序》，虚白斋主口译，邹翰飞笔录，《斐洲游记》，卷 1，页 1a。

② 同前注。

③ 〔清〕虚白斋主口译，邹翰飞笔录，《斐洲游记》，卷 3，页 1a。

④ 同前注，卷 2，页 2a-2b。

⑤ 同前注，页 8a。

⑥ 同前注，页 13b。

铭刻到本土的文化价值观，开拓中国人面向世界的姿态，创造了崭新的民族身份与自我形象。

三、拆除主干：从尼罗河探勘到风土记载

译者一旦以丁雪田视角为中心，必然流露中国人特有的视野、品位与惯性，远不同于施登莱观看非洲的视角。本节将讨论译者介入施登莱原著，透过虚构原著所无的中国人物，演述非洲风土民俗，使得整篇译著浮现中国人物的声音、渴望与审美等。

相比起直接翻译施登莱视角的非洲，译者为何改采虚构中国人物的视角，重新演述非洲内容？此牵引出中西语境对于非洲地理学迥然不同的核心关怀，而且叙述视角的转现，更能够展示中国人观看世界的视野。相对之下，施登莱原著的核心关注乃是彼时各探险团最津津乐道的话题——尼罗河的源头何在？各探险队伍穷尽毕生精力，缴交不同的答案，如博顿指出是坦噶尼喀湖（Lake Tanganyika）、史毕克提出是维多利亚湖（Lake Victoria）、巴克（Samuel Baker）宣称是艾伯特湖（Lake Albert）、立温斯敦推测是卢拉巴河*（Lualaba River）。莫衷一是的判断，导致尼罗河源头成为一道众人关注可是却无法解答的谜题。施登莱原著回应的是西方探勘者积累多时可是尚未能解决的地理学议题，个中盘根错节，脉络复杂，如他指出："我现在计划描述如何解决博顿与史毕克、史毕克与葛兰特（James Augustus Grant），与立温斯敦博士等人未能完成的探索工作。"[①] 施登莱自非洲东部海岸桑给

---

* 又译为"卢阿拉巴河"。——编者注

① Henry M. Stanley, *Through the Dark Continent*, chapter I, p.21.

巴尔探入，抵达东非湖区，游历维多利亚湖，证实了探险家史毕克的观点。接而又探勘艾伯特湖与坦噶尼喀湖，证实相关水域与尼罗河无关。最后，他向西探勘立温斯敦主张的卢拉巴河，查得该河属于刚果河，而非尼罗河，解决了过去争议不休的地理学议题。

晚清译者缺乏施登莱脉络的非洲地理根基，无法厘清错综复杂的尼罗河源头问题。"寻找尼罗河源头"此一议题，展现了欧美地理学家持之以恒的专业对话与学理判分，非晚清译者所能深入掌控。译者有意无意错失施登莱原著"完成由立温斯敦博士遗憾未完成的工作，尽可能解决中非地理问题"的主旨 ①，转向更具普遍视角的"风土民俗"。译者却将施登莱探勘尼罗河的身份，改为前往非洲接任领事一职，途中接触各地风土民俗，使得"寻找尼罗河源头"的原著主旨，转为更能呼应中国人旨趣的方向。

若是观察此一译著于 1883 年连载与 1900 年结集出版时所写的两篇序言，可清楚见到译者的意图。1883 年，《益闻录》翻译连载该文之前先写了一篇《小引》，提及"觉书中所载人物、风

---

① Henry M. Stanley, "Explanation," *Through the Dark Continent*, p.3: "The purpose of the enterprise," it said, "is to complete the work left unfinished by the lamented death of Dr. Livingstone; to solve, if possible, the remaining problems of the geography of Central Africa; and to investigate and report upon the haunts of the slave traders" ... "He will represent the two nations whose common interest in the regeneration of Africa was so well illustrated when the lost English explorer was rediscovered by the energetic American correspondent."（"这项事业的目的，"它写道，"是完成立温斯敦医生不幸逝世而未完成的工作，尽可能解决仍存在的关于中非地理的问题，并调查和报道奴隶贩子出没的那些地方"……"他将代表英美两国，这两国对非洲的复兴所展现的共同兴趣，在当年这位充满活力的美国通讯记者寻获那位失踪的英国探险家时，已得到充分的说明。"）

土之奇，莫名一状"①，1900 年，当虚白斋主替《斐洲游记》结集
出版写《序》时，更进一步凸显"采风问俗"之主旨："其间风土
人情，山川物产，施已画图贴说，手录成编，比归付梨枣，呈之
政府，散之各方，一时传遍欧洲，脍炙人口。"②无论是《三洲游
记》或《斐洲游记》之《小引》或《序》，都未提及尼罗河源头，
却强调"风土之奇，莫名一状""风土人情，山川物产""问俗采
风，以资治理"，绝口不提"寻找尼罗河"一事，反而彰显"风
土之奇"，强调众人"往亚斐洲内地"之因："问俗采风，以资治
理，并为后日通商地步。"③

在"采风问俗"的旨趣下，译者透过丁雪田视角，重新演述
原著内容，娓娓道出各地民俗、服饰、信仰、农耕与制度等。尼
罗河片段遭到删除，地方风土则受到保留，此消彼长，使得原本
统摄于"寻找尼罗河源头"主线下的"风土民俗"，反客为主，
变为译著主旨。译者所虚构的人物的视角，固然扩大了译著与原
著的鸿沟，可是却使译者更能自由自在地穿梭于原著脉络，撷取
符合自身旨趣的内容。若是按照《斐洲游记序》说法："恐直陈无
饰，读者易于生厌，故为此演说之文，以新眼界"④。译者因担心
直接翻译，过于枯燥，改由丁雪田"演说"非洲。此一"演说之
文"浮现了晚清叙述者的声音、审美与考量，以下分成几节阐述。

---

① 〔清〕佚名，《三洲游记小引》，页 353a。

② 〔清〕虚白斋主，《斐洲游记·序》，虚白斋主口译，邹翰飞笔录，《斐洲
游记》，卷 1，页 1a-b。

③ 〔清〕虚白斋主口译，邹翰飞笔录，《斐洲游记》，卷 1，页 16a。

④ 〔清〕虚白斋主，《斐洲游记·序》，虚白斋主口译，邹翰飞笔录，《斐洲
游记》，卷 1，页 1b。

（一）以中国读者为对象

译者虚构丁雪田此一人物的叙述视角时，经常隐藏着以中国读者为对象的预设，遇到其不熟悉的风土民俗，主动补述或阐述，让读者更能掌握原著的非洲内容。由于施登莱第一本非洲传记《我如何寻找立温斯敦》已详细描述桑给巴尔地理学背景，因而《穿越黑暗大陆》开场描写自己返回阔别 28 个月的桑给巴尔（见图 3-1）时，只是简单带过地理讯息①，较着重于眼前所见的场景，从"棕榈树与芒果树在热气蒸腾中摇曳"，汽船"经过桑给巴尔与大陆隔开的海峡"，感受到"闷热的阿拉伯海与起伏不定的努比亚山脉"，一一记录葱茏的桑给巴尔海岸如何被棕榈、芒果、香蕉、橘子、肉桂、菠萝等肥沃丰饶的大自然绿色围绕，以及穿白衣、戴红帽的划手。②作为中译本的译著，却担心读者不熟悉非洲地理，安排丁雪田介绍散西巴尔（桑吉巴，现称"桑给巴尔"）：

> 按散西巴尔，亦名桑吉巴，在亚斐利加东境，为弹丸小岛，得四万一千九百八十四方里。自印度锡兰南埠本德加城西南行，洋面约四十度有奇，计七千三百余里。其地天气炎酷，常如初夏，土地荒凉，人民稀少。惟桑给巴城设有商埠，滨海数十里，皆种树木，荫地参天，绿阴如幄，所产五谷甚丰饶，更盛产芭蕉，一望皆是。土人面黑如漆，亦有黄瘦如菊者，多衣白色长衣，莠水性。民间船只，如中国划子式，

①　Henry M. Stanley, *Through the Dark Continent*, chapter II, p.31.
②　Ibid., chapter I, p.22.

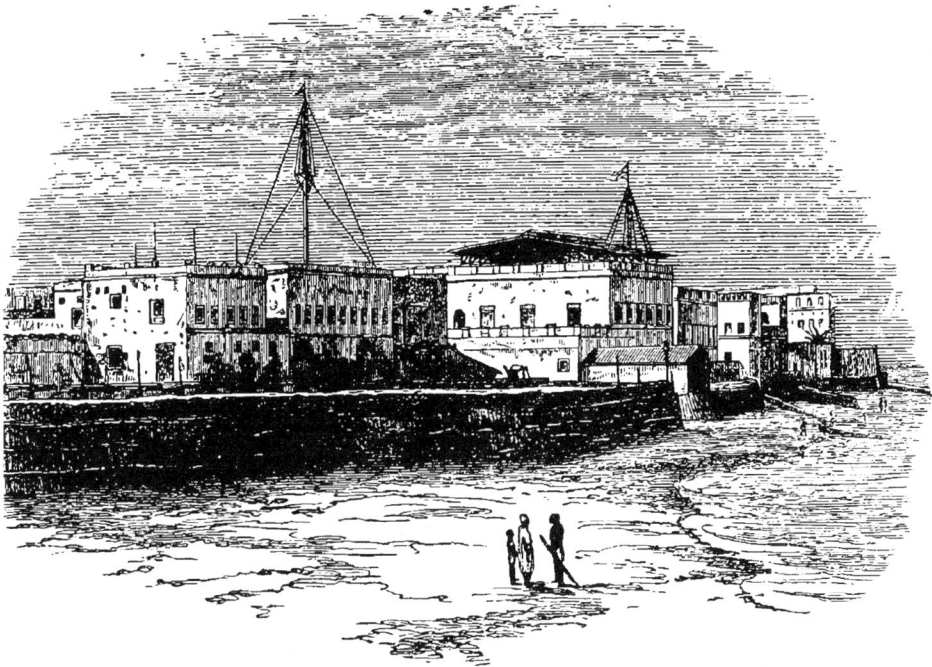

图 3-1　桑给巴尔（Zanzibar）港口图

江船多用双桨，舟子皆衣白衣，腰缠红巾，别有一般装束。[①]

译者径自嵌入自身的地理学关怀，包括地方命名、位置、海洋、距离与天气等，协助不熟悉非洲地理的晚清中国读者掌控当地背景。关于引文后半段，施登莱抵达桑给巴尔时，确实见到穿白衣、戴红帽的旺瓦纳（Wangwana）族划手与各种绿荫农作[②]，可是，译者却自行发挥，透过"民间船只如中国划子式"加强读者的印象，提高读者对于桑给巴尔的理解度。可以留意的是，此一由施登莱书写、译者翻译加工的片段，在报馆的剪裁与包装下，变为一篇介绍非洲风土民俗的地理学文章。1884 年 12 月，《益闻录》

---

①　〔清〕虚白斋主口译，邹翰飞笔录，《斐洲游记》，卷 1，页 15a-b。

②　Henry M. Stanley, *Through the Dark Continent*, chapter I, p.22.

421 号刊登《亚斐利加东境》，介绍桑给巴尔时，便是抄录上述引
文："（桑给巴尔）气候热而爽，物产颇丰饶，多种树木。盛产芭
蕉。荫地参天，绿阴如幄，土人面黑如漆，亦有黄瘦如菊，或作
紫铜色者。多善水性。民间船只概用双桨，舟子衣白衣，腰缠红
巾，别是一般装束"[1]。从气候、物产、绿荫、土人、船只到舟子
服装等，都如出一辙，成为彼时读者认识非洲风土民俗的窗口。

在"采风问俗"的主旨中，丁雪田视角一路介入施登莱原著，
"演说"风土民俗，如抵达乌苏库玛（Usukuma）时见到公地劳作
的场景：

> 村中有一公地，上竖木杆，系铜铃百余枚。每日晨刻，
> 社长派一人，将铃球力撼之，声震阖村，男妇皆起，至公地
> 操作。午后球又震，始回饮食，须明日复至矣，若逢雨雪，
> 则各在家中操作。[2]

此一片段乃是翻译施登莱 1875 年 2 月 24 日抵达乌斯茂（Usmau）
时记录的该区行者拥有球型铃铛，以摇铃提醒女人进行日常事
务。[3] 译者绕出原著脉络，从女人劳作变为男女劳作，自行加入
一连串的情境虚拟，如"午后球又震，始回饮食""若逢雨雪，
则各在家操作"，彰显当地的劳作场景。

译者对于非洲服饰装扮颇感兴趣，多处翻译。1874 年 12 月

---

① 〔清〕佚名，《亚斐利加东境考略》，《益闻录》第 421 号（1884 年 12 月
24 日），页 601—602。

② 〔清〕虚白斋主口译，邹翰飞笔录，《斐洲游记》，卷 2，页 18a。

③ Henry M. Stanley, *Through the Dark Continent*, chapter VI, p.110.

3日,施登莱来到黄米河[*](River Wami)的支流地昆地河(Mkundi River),发现与瓦社古哈(Waseguhha)、瓦沙卡拉(Wasagara)族共享同语言的瓦古卢族(Wa Nguru)在耳环、颈套、发饰等装扮上也有相近的品位。[1]对晚清中国读者而言,非洲族群的审美共感,恐怕不易理解,丁雪田视角恰好以中国的修辞美学改造当地服饰:

> 该处乡民,大半穿耳,耳上所戴碾石子,以为缨络,垂垂约三寸许,颈上则悬牛角铁,以为美饰,亦有悬金银珠者,面上多花点纹,川铁石刺成,斑点多者,以为美丽。其发并无梳栉,只分为数绺,卷纹而上,编成尖角如高髻然。发之端,系珠络数串,皆铁石为之。[2]

原著提及当地居民耳洞穿入葫芦或圆木,译著却变为"耳上所戴碾石子,以为缨络,垂垂约三寸许";脖子悬挂小山羊角、铜线与大蛋形珠子,变为"悬牛角铁,以为美饰,亦有悬金银珠者";脸上染了赭色,变为"面上多花点纹,川铁石刺成,斑点多者,以为美丽";长卷发辫系着铜吊坠与白、红色珠子装饰,变为"发之端,系珠络数串,皆铁石为之"。凡此种种,都可见到译者透过丁雪田视角替非洲人体加工,塑造一更符合中国美学的装扮与服饰。

---

* 又译为"瓦米河"。——编者注

[1] Henry M. Stanley, *Through the Dark Continent*, chapter V, p.72.

[2] 〔清〕虚白斋主口译,邹翰飞笔录,《斐洲游记》,卷1,页24b。

（二）看图说故事

比起施登莱的鸿篇巨著，译著只有九万余字，呈现不对等的翻译比例。作为一篇浓缩的译著，译者往往用不成比例的篇幅，安排丁雪田演述原著中附有图片的部分。由于译著由口述者与笔述者合力完成，至少对于擅长中文的笔述者而言，图片比起文字，更具吸睛作用，因而更易受到青睐。

施登莱于 1876 年 5 月 31 日，记载了乌克内维（Ukerewe），并附上一组当地居民的图片（见图 3-2），从谷仓、房子、凳子、木舟、渔网、勇士到女人乳房与脖铜环圈等。若就原著脉络而言，乌克内维只是施登莱等人途经之地，非重点所在，只是轻描淡写。可是，在图片引导下，译者却是重点处理了。关于聘娶，原著指出男方提供女方双亲十二只山羊和三把锄头。若家境贫穷，可提供矛、盾或箭，在亲家满意前，婚姻无法成立。[1] 原本是条件转让说（家境若贫，可用盾、箭代替山羊与锄头），译著却变为列举性条件："男女聘娶，无六礼之将，婿家只以羔羊十二头、铁锤二柄、大布数百，或数十匹，送于妇家，以为定婚之仪"[2]。关于丧葬，原著指出当地丧亲者将芭蕉叶捆在头上，脸上涂着粉碎的木炭和奶油的混合物。译著则透过"黑"与"恶臭味"等视觉与嗅觉意象，渲染该地民俗："首围蕉叶一张，叶枯复易，面则抹以灰煤，杂以油漆，遥望之，黑而有光，臭味作恶。"[3] 关于刑法惩罚，原著指出对窃贼、通奸者和杀人犯处以死刑，若其侥幸免于

---

[1]　Henry M. Stanley, *Through the Dark Continent*, chapter XI, p.200.
[2]　〔清〕虚白斋主口译，邹翰飞笔录，《斐洲游记》，卷 3，页 16b。
[3]　同前注。

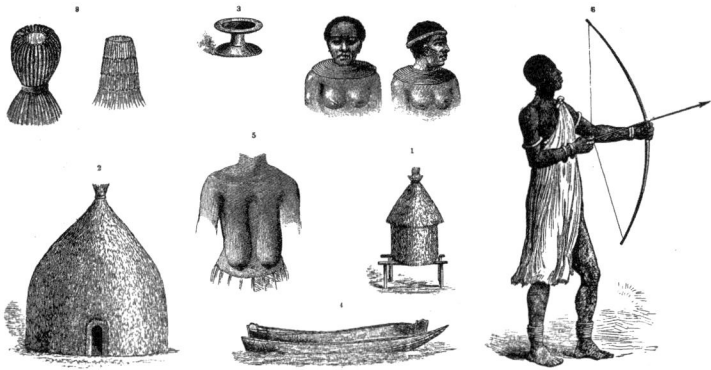

图 3-2 乌克内维（Ukerewe）居民生活组图

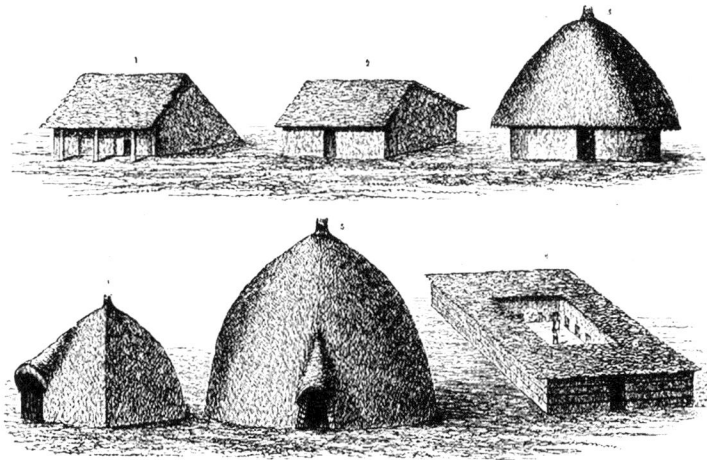

图 3-3 中非茅屋组图

死刑，也会沦为事主的奴隶。译著则写"偷盗、奸淫、杀人三案，皆以斩决定其罪，不问重轻。如犯案之人，肯终身为事主之奴，则可恩免杀戮，惟事主愿收，方准免死"①。关于服装配饰，当地居民所穿着的布料乃是由牛皮、羊皮、香蕉叶或粗草编织混合而成，女人喜欢穿戴铜线项链，译者甚至加入丁雪田的主观评语："以牛羊皮为之，外束芭蕉索，颈中悬钱环数枚，累累如贯珠，以为美饰。"②

施登莱原著多处图文并茂，如提及乌干达农民 Kopi 之家时附上当地茅居组图（见图 3-3）③，描述农民 Kopi 的个人家居。可是，此一中非茅屋图片，更加凸显当地一般人的房子与装备，而非 Kopi 个人家居而已。在图片引导下，译者也一一翻译个中内容，且做出调整，如将 Kopi 房子变为"各家大门""每村"等整体性的指涉，巨细靡遗地演述乌干达农民的家居样貌："入其宅，厅事一所，高大轩敞，作圆式如牛棚"，"中分前后两间，隔以了窗，窗以细木为之"，"厅后板屋一区，无窗户，为妇子家人偃息之所"，"床榻用木板支之，制殊粗陋"，"厨房建于厅后，家人妇子工作其中。所用器皿，皆瓦缶、藤篮、铁铲、梭席、竹筒等物。锅灶之式，亦异寻常"④。

施登莱原著提及施登莱见乌干达国王的片段，附有皇室大殿之图（见图 3-4）⑤。译者全力翻译该片段，安排丁雪田演述众人进入"覆以香茅，异常整洁"的内殿，见到"年约三十许，白衣

---

① 〔清〕虚白斋主口译，邹翰飞笔录，《斐洲游记》，卷 3，页 16b。
② 同前注。
③ Henry M. Stanley, *Through the Dark Continent*, chapter XV, p.303.
④ 〔清〕虚白斋主口译，邹翰飞笔录，《斐洲游记》，卷 4，页 4b。
⑤ Henry M. Stanley, *Through the Dark Continent*, chapter XV, p.309.

图 3-4　乌干达的皇室大殿

红袍、绣花肩帔，而赤足秃首、髡顶无发"[1] 的梅植国王，接而描述国王赏惩分明的面目：邻国使臣贡奉"肥牛一百头"时，王赏臣下各一头，"左右伏地谢恩，大呼多洋齐"；派遣宣伽讨伐叛变的地方将领时，宣伽当廷叩首应诺"吮王手掌数四，又呼多洋齐数十声"。[2] 皇殿有人掉落手枪而引起声响时，"王命杖五十"[3]；朝廷中出现咳声，"王注视之"，"咳者怀惭畏惧而退"。米郎国公使前来告知无法贡献，国王疾言厉色："朕不欲尔等之物，如望休兵，可将去年杀我使臣之贼，取其首级来。"[4]

---

① 〔清〕虚白斋主口译，邹翰飞笔录，《斐洲游记》，卷 4，页 5b。
② 同前注，页 6a-6b。
③ 同前注，页 6a。
④ 同前注。

（三）化繁为简、避重就轻

施登莱原著涉及不少特殊的地方用语与概念，译者要一一掌控，并非易事。针对不少概念或术语，原著前面解释后，后面不再赘述，译者若漏读特定章节，便会茫无头绪。丁雪田此一视角的介入，恰可化繁为简、避重就轻，以"不知来历""不知何解"，让读者误以为是丁雪田演述施登莱原著的内容，掩盖译者自身不知不解的窘境。以译著翻译原著第十五章乌干达民众信仰为例：

> 村口每有庙堂一座，谓系护宅之神，乡民云：此神仁恕慈祥，不贪供献，但能诚心感格，即一盂酒，一蛤肉，一茅之献，一钱之陈，亦得邀其默佑，降福消灾。问其何神？则不知来历。[1]

事实上，此一"不知来历"的"护宅之神"乃是原著所谓的Muzimu 守护灵。原著第十二章早已解释守护灵来历，并非"来历不明"：乌干达人普遍祭拜 Muzimu，战事开始前会携带各种与守护灵和解的符咒到朝廷，让君王以食指碰触符咒，确保战事顺利。[2] 译者显然漏读前文，译到第十五章时不知何解，以"不知来历"，避重就轻。此外，施登莱提及供奉 Muzimu 之祭品，主要是蜗牛壳、黏土揉成的球，特定数量的草药，杜松树（juniper）与被点缀上铁的大羚羊角[3]，译者将之改为中国读者更易理解的祭

---

① 〔清〕虚白斋主口译，邹翰飞笔录，《斐洲游记》，卷 4，页 4a-4b。
② Henry M. Stanley, *Through the Dark Continent*, chapter XIII, p.256.
③ Ibid., chapter XV, p.301.

品："一盂酒，一蛤肉，一茅之献，一钱之陈"。

　　译者不只翻译庶民信仰，对于原著交代的宫廷文化，亦多有触及，如彰显麦君与当地酋长、国王往来，演述原著第十五章施登莱等人进入乌干达宫殿之场景：

> 　　麦君与余坐王之右，马君坐王之左，相与略言泰西风俗政令，既而百官来见，皆匍匐而入。其相见之仪，或以口亲王手，或以鼻接王颊，以为亲密，或伏地呼曰："多洋齐！多洋齐！"不知作何解。[①]

　　译者碰到"多洋齐！多洋齐！"此一当地用语，毫无线索，只能"不知作何解"。施登莱早于传记第十四章解释"Twiyanzi"是土语的对音，表示"谢谢"[②]，因而后面描写"多洋齐"时不再解释。译者忽略前文，如堕五里雾，安排丁雪田以"不知作何解"敷衍带过。此外，译者未错过施登莱原著触及的非洲最诡异的风俗——人民百姓欢迎罗刚（Lukongeh）国王的方式：

> 　　有大员求见，王令入。少顷，果见一官，身披羊皮短服，首束红布，插雉尾簪花。趋入，向王拍掌一声，然后叩首。叩首已毕，立起向王曰："伐者、伐者、伐者桑害苏拉。"王喜甚，亦拍掌答礼，既而令大员近前。王嘘气其面，复以口中沫，唾大员手中。大员启奏数语，即以掌中沫揉搓，向两颊拭之，作洗脸状，然后拍掌三声而退。麦君见此情形，腹

---

① 〔清〕虚白斋主口译，邹翰飞笔录，《斐洲游记》，卷4，页5b。
② Henry M. Stanley, *Through the Dark Continent*, chapter VIII, p.144.

> 中窃笑，然不解"伐者"数语，暗询通事，知此系该国土语，
> 犹言"早辰、早辰，好早辰，好日子，王好否也"。[①]

丁雪田演述朝廷内臣觐见国王的方式：臣下行跪叩礼，拍手击掌，一边喊"伐者、伐者"。此一"伐者"乃是原文中的"Wache! Wache!"，而"伐者桑害苏拉"则是原文提及"Wache sug"与"Egsura"之缩写[②]，乃是"早安""日安"等问候语。国王往臣下掌心吹气与吐口水，臣下视为荣耀，将口水抹眼睛与脸上。译者以"腹中窃笑"描写麦西登的内心反应，颇为传神，不过却止于奇风异俗的表层，忽略了原著对于该怪诞文化的剖析：国王的唾液对当地民众而言是一种洗眼剂（collyrium），格外受到珍视。

译者调动叙述视角，安排丁雪田此一中国叙述人物演述施登莱原著内容时，可见到核心关怀的转变：从原著"寻找尼罗河源头"转向译著的"风土民俗"，反映了彼时中国人"面向非洲"时所诉诸的普遍视野。丁雪田此一叙述视角演述非洲风土民俗时，实是对于施登莱原著的介入／补充／选择／遮蔽，以塑造更能符合中国脉络的非洲内容。

四、拼凑片段：抒情、启蒙与叙事

译者除在原著脉络内透过删除／保留方式，造成上述"拆除主干"的主旨转变，又在原著脉络外，自行叠加各种可以表达自身诉求或需求的片段，扩大了译著与原著的鸿沟。译者对于

---

① 〔清〕虚白斋主口译，邹翰飞笔录，《斐洲游记》，卷 3，页 16a。

② Henry M. Stanley, *Through the Dark Continent*, chapter XI, p.198.

各种片段的拼凑，传达着某种作为 19 世纪后半叶文人的文化分
身，遂使得译著加入了 19 世纪中国后半叶的文人的色彩，往数
个方向发展：抒情、启蒙与叙事。若将此一翻译法置入"拼凑论"
（bricolage）的思维，可见到此一不忠实于原著的片段，实具有积
极的意义，反映了译者对于自我与世界的回应，表达了彼时文人
对于情感、知识与叙事的渴望。

　　根据李维·史特劳斯[*]（Claude Lévi-Strauss，1908—2009）
对于神话的研究，他指出处于神话阶段的作者犹如业余的"修
补匠"，无法像专业的建筑师般（类比文学成熟阶段的专业作
家）规划一套成熟的蓝图，只能像"勤杂工"——"用手头现成
工具摆弄修理的人"，拼凑既有文化中现成的故事、叙事残迹与
各种断简残篇。虽然如此，"修补匠"却不可小觑，在"零件却
不齐全"的"拼凑"中，"借助一套参差不齐的元素表列来表达
自己"。[①]中西文学研究者在李维·史特劳斯的"修补匠"理论架

---

　　*　又译为"列维–斯特劳斯"。——编者注

　　①　〔美〕李维·史特劳斯（Claude Lévi-Strauss）著，李幼蒸译，《具体性的
科学》,《野性的思维》（台北：联经出版事业公司，1990），页 23—24。李维·史
特劳斯在文中对于"修补匠"有形象性的描述："'修补匠'善于完成大批的、各
种各样的工作，但是与工程师不同，他并不使每种工作都依赖于获得按设计方案
去设想和提供的原料与工具：他的工具世界是封闭的，他的操作规则总是就手边
现有之物来进行的，这就是在每一有限时刻里的一套参差不齐的工具和材料，因
为这套东西所包含的内容与眼前的计划无关，另外与任何特殊的计划都没有关系，
但它是以往出现的一切情况的偶然结果，这些情况连同先前的构造与分解过程的
剩余内容，更新或丰富着工具的储备，或使其维持不变。"（页 24）

构下，指出"拼凑"对于文学发展的特质与意义。① 本章欲关注的并非晚清译者的拼凑如何促成文学范式的转移，却是在思考这些处于翻译起始点的译者，固然离专业模式仍有一大段距离，拼凑的是怎样的"既有文化中现成的故事、叙事残迹与各种断简残篇"？处于翻译起始阶段的译者，离规范仍有一大段距离，无法亦步亦趋地贴向原著，只能透过"拼凑"的方式，完成翻译实践。这些来自不同脉络的拼凑元素，隐藏着更深层结构的诉求，实可反映译者如何透过一套参差不齐、混乱驳杂且不无矛盾的元素，表达近现代文人对于抒情、启蒙与叙事的追求。

（一）情感抒发："有胜情而无胜具"

就 1883 年的《小引》一文，可见到译者的翻译因缘与动机：晚清中国人因各种羁绊而无法远游，待可摆脱时已垂垂老矣，"有

---

① 如莫瑞提（Franco Moretti）援引李维·史特劳斯的观点，指出在"标准的"文学时代中，一般会更讲究稳定的范式、形式策划与诗学艺术等。可是，在范式转移的时期中，恰好相反，文学上的"变化"并非事先策划，却如同"修补匠"般拼凑各种片段，经由"最不负责任且最自由的果实""最盲目的修辞实验"，反而成为文学改革的动力。史蒂方诺（Stefano Ercolino）则是援引莫瑞提的论点，指出"修补"总是以"离题"的形式出现，各种拼凑进来的片段如攻击主线情节的"边缘插曲"，扩大介面；李欧梵援引莫瑞提的论述，将"bricoleur"译为"泥砖匠"，指出泥砖匠"往往从微不足道的小节开始"，"这里堆堆，那里砌砌，却在不知不觉中引起小说形式的演变和发展"。分别见：Franco Moretti, *Modern Epic: The World-System from Goethe to García Márquez* (New York & London: Verso, 1996), p.19；Stefano Ercolino, "Length," *The Maximalist Novel: From Thomas Pynchon's Gravity's Rainbow to Roberto Bolaño's 2666* (New York: Bloomsbury Academic, 2015), p.21. 李欧梵，《帝制末的文学：重探晚清文学——在常熟理工学院"东吴讲堂"上的讲演》，《东吴学术》2011 年第 4 期，页 46。

胜情而无胜具，是欲游而仍不能游也"①，道出晚清中国人的困塞
窘况。当译者翻译施登莱传记时，却因自身的诗学规范，而替
"有胜情而无胜具"的"情"与"具"思辨做出另一番演绎，这
恰能反映近现代中国译者如何替非洲冒险记拼凑文人情感的片段。

19世纪后出现的几部"非洲探险记"，大多以科学理性视
角为诉求，如博顿、史毕克、葛兰特等人携带仪器、人力与物
资，进入非洲实地考察，经由仪器测量与地图绘制等方式，揭开
以往罕为外界所知的非洲内陆。可是，对于前辈的"科学研究"
（Scientific Research）视角②，施登莱仍有不满，早在《我如何寻找
立温斯敦》中便指出缺漏："关于非洲的地理、人种与非洲内陆相
关的资讯是不可或缺的，但却没有任何书籍提供前往非洲探险前
所需的资讯"③，接而又在《穿越黑暗大陆》中罗列各种数据与表
格，一一道出各地区人口、地理与生产，试图以更科学的方式呈
现非洲内陆。在填补技术管理与物资数量等空白的自觉意识上，
施登莱记载个中细节，详细厘清非洲内部的差异。

当虚白斋主与邹弢面对此一彰显人力、物资等实用讯息的
"非洲探险记"时，却因自身的位置而牵动书写旨趣，巨细靡遗
地交代众人馈赠的"程仪路菜"，如岳家宣子明送"洋蚨二十元，
火豚二，酱鸭四，鳝炙羹一瓶"；襟弟李东生送上"程仪洋十
元，路菜代仪洋四元"；母族表兄同。其余各亲友所馈，共洋一

---

① 〔清〕佚名，《三洲游记小引》，页353a。

② 此乃是借用立温斯敦非洲探险记 *Missionary Travels and Researches in South Africa* (New York: Harper, 1858) 之书名。

③ Henry M. Stanley, "Organization of the Expedition," *How I Found Livingstone: Travels, Adventures and Discoveries in Central Africa including four months residence with Dr. Livingstone*, p.22.

百十三元，路菜则火豚十九等，颇有一争高低的意味。译者一一写出"程仪路菜"，指称是"人情义理""不言而喻"。[①] 相比起原著开端处的各种表格与清单，译本却在卷首罗列饯别礼金，甚至逐一列出地点、时间、参与人、赠礼与谈话等，反映晚清译者对于文化传统的需求更大于冒险旅行的实际讯息，替《小引》中的"情""具"思辨，衍生另一层次的转调。原本，《小引》中"情"与"具"作为一组修辞，指出中国人的"情"与"具"向来失调，渴望"乘风破浪，一赏海外之奇"时，"上则牵于父母，下则累于妻孥"，一己之身因受到伦理束缚与日常羁绊而无法远游，待可摆脱时，已是"体弱身怯"，"有胜情而无胜具，是欲游而仍不能游也"[②]。在翻译层次上，译者衍生另一层次的"情""具"思辨，从原本的"情感（渴望）"与"身体"的对照，转而为"文人情感"与"科学视角"的对照。"科学研究"视角下的非洲探险记，更强调科学测量、技术管理、实务经验、客观讯息与理性分析等。可是，译者替译本注入属于自身脉络的情感意识，以"情"抑"具"，遂使得 19 世纪西方人士的"非洲探险记"所预设的科学研究视角转而到文人的情感脉络上。事实上，早于 1879 年，沈定年翻译《黑蛮风土记》时便指出中西游记的差异：

> 西人行事，虽万里之遥，千金之费，辄不惮烦劳，必试行之，而后心快意慊。且其著书立说，又必躬践其地，亲见其事，而后托楮墨以发为言。中土儒者足不出户庭，而矜言著述，事不经阅历，而臆造端倪，故说部之书，十九伪托。

---

① 〔清〕虚白斋主口译，邹翰飞笔录，《斐洲游记》，卷 1，页 2a-b。
② 〔清〕佚名，《三洲游记小引》，页 353a。

求其以空闲之岁月，作汗漫之游踪，归而记载，传信后世，古今以来，杳不多觏。以视此书之实而有征，奚啻霄壤。[①]

沈定年透过二分法指出西人"躬践其地，亲见其事"，中人却是"臆造端倪""十九伪托"。整段论述的核心与其说是文字表层所反映的中西游记的价值差异，倒不如说是隐藏在文字背后的翻译动机与实践结果的悖论。虽然，译者意识到中人游记的缺憾，承诺"实而有征"的翻译原则，却又重蹈自身批判的"臆造端倪""十九伪托"等中人著作现象，对照西方19世纪以技术管理、仪器测量与客观分析等作为诉求的"科学视角"，非洲传记导向中国文人的情感脉络，遂使得译本潜藏着从"具"到"情"的轨迹，陷入动机与结果分裂的循环圈。

在一充满悖论的翻译架构上，译者如修补匠般清点各种工具与材料，调动一系列抒发或渲染情感的诗词、笔记、日记、信件与墓碑文等，注入译者的主观与情感意识，冲击原著的科学研究倾向，从"具"转向"情"。译本详细记录人物千回百转的情感，浮现各种情感辩证，从雄心壮志、放眼四海到客途秋恨，悔不当初。译著透过日记、诗词、书信与碑文体的堆砌，层层挖掘人物的情感纹路，如登高望远、对月吟诗、羁旅客怀与客里思家等，浮现晚清中国文人面向世界时的内心志向，辐射旅人在茫茫天地

---

① 〔清〕沈定年，《序》，收入〔英〕立温斯敦著，〔清〕史锦镛译语，沈定年述文，陈以真校字，《黑蛮风土记》（出版地、出版单位不详，1879），页2a。原版未注明刊地与刊者，根据其序文"岁在屠维单阏"，可推算是1879年出版。本章所据乃是收藏于韩国首尔"奎章阁"的原版本。

中感悟而兴的情怀，正可视为一种抒情传统的回响。[1]

在中文学界，自陈世骧之降，各论者替"抒情传统"建立系谱，反映创作者与自然万物同情交感的感兴创作论，如郑毓瑜提及置身于抒情传统的创作者，"早已存在一套触物连类的认知体系，这经过反复习练、熟悉上手的时物系统，在如何读、如何用当中累积了可以表达与被理解的感发方式，适足以成为后来创作时自然发咏的基础"[2]。循此视角，恰可说明晚清译者面向不同的书写技艺时，屡屡召唤属于自身脉络、由无数代文人反复习练而积累的"感兴模式"。一本原本强调科学研究的非洲传记，遂叠入译者的抒情模式，原著的"具"被拉到属于中国抒情传统的"情"轴线。

译者将施登莱的视角转为丁雪田第一人称视角，彰显中国人物面向世界时跌宕起伏、波澜变化的情感。卷一随处可见到作为19世纪末的中国人面向世界时"琴剑遨游志自雄，浮槎万里去乘风"的雄心壮志，即或于锡兰遇"非逃即死，救亦无用"的海难事件，巴仲和高呼"游子豪情壮，乘轮遍八方"，丁雪田"茫茫四顾，天地皆空，心中欢畅已极"[3]。可是，随着离乡渐远，羁旅情怀愈浓，历经风霜，高亢激昂的情感转向伤感低沉，苏西辣一带遇村民袭击时"悔作出门之举，不觉相对欷歔，悽然泪下"[4]。愈到后半部，出现愈多撩动情感的节日，岁末年终时"冬冬腊鼓，

---

① 关于"抒情传统"乃是由20世纪七十年代陈世骧发表《中国的抒情传统》提出，而后不同地区的学者如高友工、颜昆阳、蔡英俊、吕正惠、柯庆明、张淑香、龚鹏程、郑毓瑜、萧驰、陈国球等人，都有不同的提法。

② 郑毓瑜，《诠释的界域——从〈诗大序〉再探"抒情传统"的建构》，《中国文哲研究集刊》（台北）第23期（2003年9月），页30。

③ 〔清〕虚白斋主口译，邹翰飞笔录，《斐洲游记》，卷1，页4a、5a-b。

④ 同前注，卷3，页11a。

岁已催残，游子飘零，故乡天上，一掬青衫之泪"，新年伊始时又是"叹萍蓬之泛泛，慨时序之匆匆"，任何风吹草动都可让人物哀肠百转。①

相比起原著对于技术管理的重视，译著有不同的诉求与旨趣，绕开实务经验与具体讯息，更重视感性经验，无论是相互酬唱或是哀悼送别，都能反映人物的情感状态。在"秋水芙蓉"般"相得益彰"的中国文人"丁雪田"与"巴仲和"的带领下，众人诗兴泉涌，如"曾为驻华翻译官"且"喜中华文字"英国驻非领事马君"当筵索句不能无诗"，即或是对"中华文字，不甚明晰"的色勒亦可"挽余代作七古一章"。"登高望远"时必然"以飘零之客，作汗漫之游，吟大海之蛟龙"，"中秋佳节"时又是"客怀缱绻，催诗兴到"。从中国文人、海外官员到非洲从员，都卷入"临风酾酒，对月吟诗"的行列。②

译者透过声调韵律、文字形式与意象符码等经营，层层开拓人物的情感纹路与内心世界，如"望月怀远"的场景中，译者将游子置入茫茫的宇宙场景中，挑动游子情怀：

> 戊亥之交，镜月东上，余同仲和升舱玩月。但见遥天无云，碧宇澄净，团圆宝相，如夜光珠一颗，从东山推起，捧将上来。霎时海中光明不定，如万道金蛇，浴波喷浪。茫茫四顾，天地皆空，心中欢畅已极，因口占云："万里长风路，扁舟入大荒。天浮银界阔，水浸玉盘凉。回首家乡远，同心形迹忘。海波渺何极，诗思正沧沧。"仲和亦次韵和之云：

---

① 〔清〕虚白斋主口译，邹翰飞笔录，《斐洲游记》，卷3，页13b-14a。

② 同前注，卷1，页1b、19a；卷2，17b；卷3，页2a；卷2，页17b、17a。

"游子豪情壮，乘轮遍八方。那知金镜月，遥想玉闺凉。客路何堪计，乡心不可忘。海天凭眺处，啸语激瀛沧。"[1]

译著安排丁雪田与巴仲和行进水路时，插入中国的诗词片段，让两位中国文人"升舱玩月"，透过大角度仰望天地的场景，将个人放置到浩瀚无垠的天地中发现自我，彰显内心转向的情感意识。个体自我在浩瀚天地中，愈能凸显"茫茫四顾，天地皆空"的空间感受，牵动"遥想玉闺凉""乡心不可忘"的思乡情怀之余，又浮现"万里长风路""游子豪情壮"的壮志情怀。译本以诗词为媒介，塑造可让主体与宇宙融合为一的自然天地，抒发情感，无论是人事迁移或是季节变动，都流露中国人物的价值思考与文化关怀。如陈国球指出："中国文化思想每每究义于心与物、人与我的互动。'情，动乎遇者也'；当个我与外界相触动所产生之经验，经历反复内省，而赋予某种生活或者生命价值时，其感受以一定形式之媒介（例如文字、音声、色彩、线条、姿势）呈现，那就是'抒情'……创作或者诠释文学而用心于'抒情'，并不是说眼里只有风云月露，反而是现实世界与浩瀚心灵的深层对话。"[2]

译著在日记、诗词架构上又拼凑书信内容，反映中国文人面向"远游"此一议题时的伦理牵挂。为弥补因远游而引发的伦理冲突，屡屡强调收信与寄信之行径，如西贡途中"作书致内子，拟至西贡发寄""至新加坡，再当削笺投报"[3]。固然，施登莱

---

① 〔清〕虚白斋主口译，邹翰飞笔录，《斐洲游记》，卷 1，页 5a-b。

② 陈国球，《序言》，《抒情·人物·地方》（成都：四川人民出版社，2021），页 Ⅲ。

③ 〔清〕虚白斋主口译，邹翰飞笔录，《斐洲游记》，卷 1，页 5b。

原著亦记录收发信行径，可是大多止于行为之叙述，中译本却是
透过书信内容，详细记载家乡的人事变化，从兄嫂嫌隙、春保相
亲、春甥升学、友人升官到田园变卖与祖屋处理等，颇能反映译
者因自身的伦理焦虑而牵动的译本转向："家政赖卿主持，诸事务
祈留心，与令兄子明及玉堂升之曼卿诸通家，商而后行，想无贻
误"[①]，"春保读书若何，趁此少年，务须用心督勉……巴仲和家近
况，未知若何？寡妇孤儿，茕然无靠，倘有需用之处，总须稍予
通融"[②]。以上两段引文分别是丁雪田于印度洋遭遇海难，与巴仲
和患病身亡后执笔写信的家书内容，可见人物即或在生离死别时
也不忘写信对家人谆谆教诲，愈是絮絮叨叨，琐碎平淡，愈能反
映丁雪田作为人夫、人父、人友的形象，弥补因远游而导致的伦
理缺憾。

　　从上所言，显见19世纪译者面向"非洲冒险记"此一具有
崭新视野的作品时，拼凑日记、诗词、书信内容，层层挖掘人物
的情感意识，遮蔽原著有意诉诸的理性、客观、科学、技术等视
角。译者彰显人物的内心图景，从游子情怀、吟诗赏月、登高望
远到伦理道德等，情感万千，在后起的世界空间体系上凸显人物
的情感意识，遂使得原著的科学研究转向译著的情感脉络。

（二）知识启蒙："披览一过，亦堪长聪明，资学问"

　　《斐洲游记》逸出施登莱原著的科学研究视角，以"情"抑
"具"，可是并未全然向情感脉络靠拢，却又置入各种知识启蒙的
片段，拼贴各种新知，回应连载该文的报刊《益闻录》之"益闻"

---

① 〔清〕虚白斋主口译，邹翰飞笔录，《斐洲游记》，卷1，页17a。
② 同前注，卷4，页49b-50a。

主旨。本节将讨论译者翻译非洲探勘记时，如何不仅仅满足于抒发情感，更发挥知识传播的期许，拼凑各国时事、新闻、历史、地理、制度等片段，传达时代新知。

1873 年，《小引》指出《三洲游记》"茶余酒畔，披览一过，亦堪长聪明，资学问"①，反映译者借由翻译助长读者知识的期待视野。译者调动不同脉络的知识片段，嵌入学校、轮船、照相机、医院、人种、军事与餐饮等，恰好跟抒情感怀的片段形成一强烈对比。对于这一代文人而言，召唤抒情传统而得到的审美需求，尚不足以回应急遽转变的外在世界，因而得拼凑各种知识片段，传达新知，才能满足自身的诉求。译者在诗词之外，采用彼时正在形塑的新文体——谭嗣同（1865—1898）往后称之为"报章体"、梁启超称"新文体"（或"时务体"）②，具体定义未必一致，内容不再遵循《易》《诗》《书》《礼》与《春秋》等传统经典。此一新崛起的文体更重视各大洲历史、地理、数学、天文学、机械学等内容，介绍时事新知，承载公共性议题，讯息功能更大于美文赏析，夹叙夹议，建立起公共言说的书写特色。

在"长聪明，资学问"的诉求下，虚白斋主与邹弢以办报之便，拼凑各种刊登于《益闻录》的文章。从卷一到卷四，《斐

---

① 〔清〕佚名，《三洲游记小引》，页 353a。
② 〔清〕谭嗣同《论报章文体》提出"报章体"包罗万象，"其体裁之博硕，纲领之汇萃"，从"胪列古今中外之言与事"的纪体、"缕悉其名与器"的志体、"发挥引申其是非得失"的论说体到"宣撰述之致用"的叙例体等。〔清〕谭嗣同，《谭嗣同全集》（北京：三联书店，1954），页 118—119。梁启超称"时务体"："务为平易畅达，时杂以俚语韵语及外国语法，纵笔所至不检束，学者竞效之，号新文体。老辈则痛恨，诋为野狐。然其文条理明晰，笔锋常带情感，对于读者，别有一种魔力焉。"〔清〕梁启超，《清代学术概论》（北京：东方出版社，1996），页 77。

洲游记》嵌入犹如《谈瀛录》的知识谈话，涉及美国最多，实跟《益闻录》刊登一系列"美国"的通讯文章有关。其中，以"曾经沧海"为笔名的通讯者之文章大量被截入《斐洲游记》，如《游美国纽约大医院记》（第 47 号〔1880.5.2〕）、《游美国大花园记》（第 55 号〔1880.6.27〕）、《美国舞戏记略》（第 56 号〔1880.7.4〕）、《游美国哑人院》（第 62 号〔1880.8.14〕）、《游雪加古大学院记》（第 83 号〔1881.1.5〕）、《游格林炮厂记》（第 86 号〔1881.2.5〕）等，开拓译本的美洲视野。曾经沧海身份不详，极有可能是 19 世纪七八十年代的访美成员，其《游美国哑人院》截入《斐洲游记》后，变为麦君谈及自身游逛"美国哑人院"的内容。译文写丁雪田随麦君及土兵"携随身行李，洋枪药弹，里粮入林"[①]后，天外飞来一笔，拼凑美国哑人院的介绍：

> 按西国立法，凡有贫病残废之人，均设公院安置。其经费公董量力捐助，或国家颁赐，或于税项下抽提，法至良，意至美也。哑人院在华盛顿京城，宽广约三里，规模宏厂。四围以矮松编篱，大门乃白石筑成，精致光洁，罕有其伦。门内左右，各峙石像一，盖系法国人音〔首〕创哑人院，教哑人者。院内大小房屋一百八十余间，厅事五座，教堂一，余俱哑人卧坐之房。此外若书房、大菜房、洗浴所、憩息所，无一不备。……院中哑人，每日课程，午前学习手法，午后默诵经书，傍晚男子习手艺工作，女子习针刺缝纫，皆各就其性之所近者，以教导之。……师傅正副各一人，教习手艺，师傅十六人，女教师二人，总教习一人，总管一人。若哑者

---

① 〔清〕虚白斋主口译，邹翰飞笔录，《斐洲游记》，卷 4，页 35b。

家本殷实，则入院时上等者，须捐助英银一百磅，中等五十
磅，下等二十磅，制度规模有条不紊。院之左花园一区，奇
石玲珑，树木繁茂，颇足观瞻。[①]

全文抄录《游美国哑人院》一文，除零星删除文字段落外，个中
差异便是修辞细节，如"奇石突兀"变为"奇石玲珑"，"树木萧
森"变为"树木繁茂"。译本借由麦君之口，介绍华盛顿聋哑学
校的组织架构与运作模式，从学校的坐落地点、规模摆设、外观
景致、创始者、课程教法、师生人数、入院方式到毕业出路等，
描述井然有序，反映了西方的教育制度与社会福利。

　　由于译者兼任《益闻录》编者，向报刊借取资源，共享时事
新知、海外通讯与公共议题时，较无顾忌，甚至移植调动一整组
文章。1881年，《益闻录》第83号刊登一系列介绍英美教育、工
程、科技与器物的文章：《游雪加古大学院记》《估计巨工》《照
影愈奇》《英铸大炮》。[②]在译者的移花接木下，此系列文章，摇
身一变为麦君九月七日游历非洲时因"无美景可观，乃回行帐，
与仲和等畅谈海外事"的内容："麦君言曾至美国游历雪加古学
院""该处又有照影之法""麦君又谈及泰西兵制，及近日器械枪
炮之用"[③]。译者看似遗漏介绍英法"海底隧道"的《估计巨工》，
事实不然，只是将其移到另一谈论"泰西之法"的场合，由色勒

---

　　① 〔清〕虚白斋主口译，邹翰飞笔录，《斐洲游记》，卷4，页36b-37a。关
于原文对照详参〔清〕曾经沧海，《游美国哑人院》，《益闻录》第62号（1880年
8月14日），页190a-190b。
　　② 〔清〕曾经沧海，《游雪加古大学院记》《估计巨工》《照影愈奇》《英铸
大炮》，《益闻录》第83号（1881年1月8日），页11a-11b。
　　③ 〔清〕虚白斋主口译，邹翰飞笔录，《斐洲游记》，卷2，页22a-b。

道出"凿险缒幽，飞轮越海者，莫如法国之路，法国加来城至英国度佛来城，相隔一海，广七十余里"的海底隧道。[①] 就雪加古大学制度、照影之法、泰西大炮、海底隧道等阐述，提供了不同于中国器物制度的经验模式与知识学理，颇可开启晚清读者的视野。

为避免这些片段过于支离破碎，译者透过人物对白、回忆与自述等方式，串联《益闻录》的新闻报道与通讯录内容。无论病榻期间、百无聊赖或辗转难眠时，人物都可侃侃而谈，如"有与船主及西登畅谈行海事"，"麦君回舟卧后，与仲和以西语谈时事，并论电学"，"风尚未息，不得启行，又相与谈海外事"，"仲和疾，并与余谈天"，"初七日晨起无事，与麦君闲话"，"晚同色勒、麦君谈地理"，"晚又与色勒谈天，色勒言平生曾两至纽约"，"十九日，行至一山下，支帐宿，夜深无事，与麦君、色勒闲谈，各道所见"。[②]

译者又以主线搭配旁线的对话录，串联各种知识言说，正可避免由一人说到底的情形。如麦君叙说美国器物制度时，安排武员兼仆人康庇介绍纽约医院："纽约城有大医院一所，凡五进，规模宏敞。遇有异症获痊者，必将其病处装成模样，与生人无异，藏玻璃柜中，供人观看，骤见之，几莫辨真伪。"[③] 关于纽约医院的介绍，除零星删除数行文字外，几乎全文照抄《益闻录》第47号《游美国纽约大医院记》。原文介绍五个区域：前两进乃是玻璃柜陈列的病理样本区与体躯干、手足、脏、肺、肝、肠等，第

① 〔清〕虚白斋主口译，邹翰飞笔录，《斐洲游记》，卷4，页33a。

② 分别见:〔清〕虚白斋主口译，邹翰飞笔录，《斐洲游记》，卷1，页5b、12a、14b；卷3，页12a；卷4，页14a、19a、30b、26b。

③ 同前注，卷4，页28b。

三进则是以药水保留尸体区，第四进则是以实例展示胚胎成形的历程，第五进装了包括中国人头颅的人身枯骨。[①]《斐洲游记》误删"第四进"字样，遂使得译著第三进同时涵盖原义的第三进（药水保存尸体）与第四进（胚胎成形过程）。译者虽略有删除，大致可看到原文对于纽约医院的介绍，从病理、身躯、胚胎到头颅等展示，标示一套涉及剖切、保留、标签等新处理方式的医疗体系，恰可反映 19 世纪西方医学兴起的医疗视野。

关于施登莱原著最核心的"非洲"路线，根据笔者层层的追踪与核对，可发现译者拼凑了《益闻录》介绍非洲的文章，尤其是 1884 年《益闻录》第 369、373、375、377、379、381 号之《亚斐利加洲总论》，更是成为主要依据。虽然，《益闻录》未标上作者之名，可是根据 1899 年《五洲图考》之序文，《益闻录》有关"非洲"之文章出自许彬。[②]许彬，字采白，乃是《益闻录》主将之一，在《益闻录》编了一系列有关非洲的文章如《亚斐利加洲总论》《撒哈拉》《苏丹》《亚斐利加州西境》《亚斐利加洲南境》与《亚斐利加洲东境》等。相比起 19 世纪晚清中国作者普遍对于"非洲"投射的刻板印象，《亚斐利加洲总论》以俯瞰式视角，浏览非洲历史地理、族群习俗、风俗文物、动物植物等。译者借由该文描述非洲族群时，稍稍得以脱离将"非洲"刻板化的窠臼：

> 半皆彬彬美丽，秀色可餐，其面色黄黑者，十之二三。

[①] 〔清〕曾经沧海，《游美国纽约大医院记》，《益闻录》第 47 号（1880 年 5 月 2 日），页 99b。

[②] 〔清〕李杕，《序》，收入龚柴，《五洲图考》（上海：徐家汇印书馆，1898），页 3a-b。

男子全身裸赤，自顶至踵，惟腰间前后，掩小白布一方，束
以五色带，阔约三四寸，垂垂然拖下二尺许。带上系玉石等
物，亦有金银者。手各有钏，颈各有圈，脚各有镯，皆以金
银铜为之。头上之发，尽行剃去，惟额上蓄留几许短发，垂
下，覆及眼角。①

在"野族"形象普遍笼罩的时代，上述片段已能区分不同地区的
居民形象，如南方黑人的居民的发型、服装与饰品。从头发"尽
行剃去，惟额上蓄留几许短发"，全身"惟腰间前后，掩小白布
一方，束以五色带，阔约三四寸"到"手各有钏，颈各有圈，脚
各有镯，皆以金银铜为之"，显得"彬彬美丽，秀色可餐"。此外，
译本安排人物游"西北郊小山之麓"②的场景，乃是拼凑《续录亚
斐利加洲总论》一文，只是将"亚斐利加洲"改为"西北郊小山
之麓"，以全文照抄的方式详尽介绍非洲鸟禽，如囊鹤"嘴阔约
二寸许，能于空中迅啄飞鸟"；白鹄鸟"身大逾鹤，下喙垂下寸
许，类巨囊，可贮食物，性喜食鱼，或伺于河畔"。③

《斐洲游记》拼凑一系列海外场景如"华盛顿哑人院""纽约
医院""罗马教堂""非洲服饰"与"非洲鸟禽"等，从欧美器物
发明到非洲部落族群与园囿动植物等，恰能反映19世纪各种海
外知识在中国报刊的传播与累积成果。各种知识言说，扩大了译
本构面，形成离题且多元的视野。无论叙述语调或文字风格，都
远超出传统圣贤的教诲纲目，更侧重现代知识与公共事务，讲究
实证依据与科学基础，投射出"长聪明，资学问"的诉求。

---

① 〔清〕虚白斋主口译，邹翰飞笔录，《斐洲游记》，卷2，页9a。
② 同前注，卷1，页24b。
③ 同前注，页25a。

（三）叙事想象：“怪怪奇奇，良堪悦目”

施登莱《穿越黑暗大陆》记录自身从非洲东海岸探入非洲探勘尼罗河源头的过程，揭开其在非洲内陆的所见所闻，如部落的战争、狮子吼叫与风土民俗等，具有相当的叙事色彩。收录于《斐洲游记》的《序》文，颇能反映译者对于施登莱传记的凸显："某尝阅其记，见怪怪奇奇，良堪悦目"①。此一"怪怪奇奇"的非洲见闻，颇能激发译者的叙事欲望，在上述抒情与启蒙的基础上，又更进一步发挥虚实交错的叙事想象。译者甚至调动自身的叙事传统，套入中国"说部"②常见的场景、情节与形象等，使得原著的地理学路线充斥着各种具有叙事张力的情节故事，恰与译文中有意彰显的现代知识片段相互拉扯，道出知识真理与叙述欲望之间牵扯不清的关系，反映了驳杂与复杂的价值方案。

相比起口述者虚白斋主，深受传统说部浸润的笔述者邹弢，更可能是叙事加工者。邹弢一生创作小说不辍，早于居住苏州期间的 1878 年，便著有笔记小说《浇愁集》，一直到移居上海数十年后的 1912 年，出版仿聊斋文体的《潇湘馆笔记》，留下多种杂记逸事类作品。研究者已指出邹弢《蕴香国》受《泡中富贵》启

---

① 〔清〕虚白斋主，《斐洲游记·序》，虚白斋主口译，邹翰飞笔录，《斐洲游记》，卷 1，页 1a。

② 根据谭帆对于"说部"概念的梳理，指出古代"说部"并非单一的文体概念，而是一种著述体例，是由"说"之诸种义项衍生出来的众多文章、文体与文类的汇聚，大体上可分为论说体与叙事体。随着小说文体的独立与地位的提升，叙事体一家独大，清末民初以来，"说部"最终成为"小说"之部。本章对于"说部"的定义，乃是采取清末各家更偏重于"叙事体"的用法。参见谭帆，《"说部"考》，《中国古代小说文体文法术语考释》（上海：上海古籍出版社，2013），页 227。

发、《乌衣公子》有《南柯太守》之影、《俞生逸事》可与《娇红记》对照、《亭亭》对应《夜谭随录》。[①] 邹弢对于传统说部如数家珍，在《浇愁集》序中逐一点评：《豆棚评话》"老髯说鬼""干宝《搜神》""方叔之诙谐"，《洞冥》亦是寓言，《庄》《骚》"半多托兴""述异而志《齐谐》"等。[②]

　　从此切入，不难理解，译者面对施登莱"怪怪奇奇"的片段时调动传统说部常见的场景、人物、主题与套式，如众人从"迦古罗山"（Nguru）进入树林时差点全军覆没一节，乃是翻译的施登莱1月10日越过黄米河（Wami River）后进入树林时，因缺乏粮食而危在旦夕，枪声突然响起，先前被派到其他村庄寻找粮食的队伍及时赶回，解救众人一节。[③] 当译者面向此一入林遇险得救的叙事时，调度了《水浒传》山冈松林的符码：盗贼原本见麦君百余人，乔装路人，卸下众人心防后，另一同伙人前来贩水。麦君见路人饮水无异后，"将筒中水尽购之"，"腹中皆绞痛异常，倒地乱滚"。就在全体几乎惨遭歼灭时，到其他地区补给的救援队伍赶至，"燃枪击之"，取出"药入丹田奏功甚速"的"解痛药酒"。[④] 此由绿林、盗贼、下毒与解毒组成的片段，与《水浒传》蒙汗药味充斥的江湖场景如出一辙，有困境、计谋、周旋、解决等情节，使得不明就里的晚清论者，误以为它是施登莱所著，因而将之与《水浒传》做一生动的类比："《水浒》记智取生辰纲一事，自是耐庵虚构，而阅《三洲游记》，阿非利加野人，竟有真

---

　　① 萧相恺，《序》，〔清〕邹弢著，王海洋校点，《浇愁集》（合肥：黄山书社，2009），页4。

　　② 同前注，页2。

　　③ Henry M. Stanley, *Through the Dark Continent*, chapter V, p.87.

　　④ 〔清〕虚白斋主口译，邹翰飞笔录，《斐洲游记》，卷2，页1a-2a。

用此智而行劫者，岂黔种中亦有智多星欤？"[1]

当译者透过各种知识片段开启世界的想象，同时又借由叙事手段展现想象的世界，便在新旧体系中转换自如。不同于往后五四时期"传统"与"现代"刻意对立化的二分法策略，晚清作者更能新旧杂陈、兼容并蓄，在现代非洲地理路线上召唤绿林大盗、毒药昏迷等传统说部情节。文学传统的符码一再出现，如译者安排众人于"重阳日"进入高山时召唤桃花源之村庄："编树成村，鸡犬桑麻，颇有桃源气象"，"稻粱果谷，物产丰饶"，"争邀至家，设酒杀鸡作食，一时村中妇孺，纷至沓来，观看异邦人物"，"居民衣服，均以粗麻为之，外衣垂垂至膝"[2]。从村庄、农作、民风与服装等，都可见译者利用陶渊明笔下的渔夫闯入桃花源之际遇，虚构麦君等人进入非洲所受到的款待。

《斐洲游记》对于原著战争场面的选择性翻译与创作，更可反映译者对于"怪怪奇奇，良堪悦目"[3]的喜好。施登莱多次投入非洲战役，五味杂陈。早在1871年，他首次进入非洲途中逢阿拉伯人与米兰博（Mirambo）纷争，遍地烽火。他为分享荣耀而投入战役，不料战局旷日废时，又遇热病袭击，损失惨重。施登莱在《我如何寻找立温斯敦》中自省因介入战争而引发的惨重损失与路程延宕，更察觉战友的背叛，悔不当初。[4]1875年，他在第二度进入非洲途中探访梅植（Mtesa）国王，正逢国王讨伐未

---

[1] 〔清〕佚名，《评林》，《小说林》第9期（1908年2月），页14a。

[2] 〔清〕虚白斋主口译，邹翰飞笔录，《斐洲游记》，卷3，页1b。

[3] 〔清〕虚白斋主，《斐洲游记·序》，虚白斋主口译，邹翰飞笔录，《斐洲游记》，卷1，页1a。

[4] Henry M. Stanley, "Life in Unyanyembe," *How I Found Livingstone*, pp.258-309.

缴纳献金贡品的乌乌马（Uvuma）族，再次投入战场："我很高兴此刻我在这里，希望能在战争中发挥我的影响力"①。在十六章的传记中，施登莱以将近五分之一（第十二到十五章）篇幅描写梅植国王的战争，包括国王如何继位、各族群恩怨、地方派系管理与进贡制度等。晚清译者——撇开原著的战争脉络，只针对"怪怪奇奇"部分加以发挥，且调动中国战争书写中屡见的"忠""恶"对峙，让原本未缴交贡品的敌国变为"失德不道""盗贼蜂起，屡到吾国行劫"，屡劝不听，梅植国王不得不出师。辅佐国王的麦西登"多才多艺，晓畅戎机"，从分析战情到整兵练将，在在呼应中国战争演义中屡见的忠心耿耿、运筹帷幄的军师形象。②

　　在翻译改写中，译者触及各种有违于中国伦理的片段，予以改写。原著提及梅植国王欲烧死威乌马（Wavuma）酋长，替先王苏纳（Suna）复仇，施登莱严厉指出先王将会为他的叛离行为在灵界哭泣，且以自身去留要挟。③此一有违于君臣伦理的僭越行为，在译著中受到调整，变为麦君苦劝国王，再君臣共计，以智取胜对手。译者着墨于以幽灵计谋智退对手的片段：

　　　　（麦君）借兵士二千，令于深山伐取大木。不一日，木至，乃督工克日潜造巨舟一艘。高七丈、长五十丈，上插五色旗帜，器械鲜明，伏七十人于舟中。麦君下令，命乘黑暗中荡去。既至该处，各人在舟上面涂五色，以十人击金鼓，五十人荡舟，十人大呼"愿降否？愿和否？"六字，俟其允许愿和，然后尽力荡回，须飞行神速，以疑其心。令毕，众

　①　Henry M. Stanley, *Through the Dark Continent*, chapter XII, p.245。

　②　〔清〕虚白斋主口译，邹翰飞笔录，《斐洲游记》，卷4，页2a。

　③　Henry M. Stanley, *Through the Dark Continent*, chapter XIII, p.264.

图 3-5　战争中的浮堡船舰

皆依计去。天甫明，巨舟已疾驶回，进帐缴令，谓舟近彼岸。彼从未见此巨舟，惊疑不定，始亦火箭、火枪并至，见舟无所损。又见余等面目五色，击鼓大呼，疑为河神，因报入敌帐。有一大员出，见余舟，亦甚骇，又见余等言，竟允议和。余等始疾驶而回，敌人见此情形，益以为神灵默佑。王与麦君皆大喜，命急将巨舟沉于河，勿为敌人所见，诸将得令而去。[1]

在原著图片的引导下（见图 3-5）[2]，译著写出麦君利用部落的迷信心理，伐木造出刀枪不入的浮堡，假貌河神，震慑敌方。敌军因屡攻不下，误将"面目五色，击鼓大呼"的浮堡当成河神，从"惊疑不定""甚骇"发展到"竟允议和"。此一翻译桥段大幅度简化原著内容，略去海上漂流浮堡之构造、双方阵营布置、军装

---

① 〔清〕虚白斋主口译，邹翰飞笔录，《斐洲游记》，卷 4，页 3b。
② Henry M. Stanley, *Through the Dark Continent*, chapter XIII, p.265.

武器等，恰能反映译者所凸显的"怪怪奇奇"部分：透过场景、声音、冲突、节奏等，有声有色地搬演河神鬼魅，彰显叙事效果。

当译者展开叙事笔调，召唤中国传统小说体的修辞、意象与文体模式时，甚至可见《世说新语》般的言谈逸事与人物品评，展现人物风貌与事件奥妙，言简意赅又妙趣横生。以"借船渡河"为例，乃是对应施登莱 1875 年 5 月向罗刚国王借舟之片段，实涉及暗潮汹涌的非洲政治：施登莱因独木舟不足，拟放弃水路，改从瓦马（Rwoma）国穿越陆路到乌干达。可是，瓦马国王与敌视白人的米兰博（Mirambo）结盟，拒绝施登莱之请求。施登莱对于陆路与水路都有不少评估，如分析政治局势，罗刚国王取得政权经过，瓦达杜卢（Wataturu）与瓦格拉维（Wakerewe）族的差别等。经过各种思量后，施登莱决定向罗刚国王借船，以水路前进。[1] 译著舍弃原著长篇阔论的分析，聚焦于具有叙事张力的片段，凸显原著中具有"伟大治疗者"（great medicine man）之称的罗刚国王恳求施登莱传授如何把人变成狮豹、造风造雨术、提高女性受孕率与男性性能力等欧洲秘诀。译者放大了麦君与罗刚国王的对话片段：

> 王席地，居中而坐，见后，令麦君旁坐。容色谦冲，问泰西风俗，并各种西法。麦君约略指陈。王甚喜，又问贵国王有何灵能，可以变雨为晴，变人为兽，幻作狮、象、虎、狼等物，又能使荒胎之妇，喜庆弄璋？此中道理神奇，当别有妙法？麦君谓："化行功用，为大造所操，人力区区，断难几及。外臣聪明有限，实不能知。"王顾左右，指麦君曰：

[1] Henry M. Stanley, *Through the Dark Continent*, chapter XI, pp.193-196.

> "彼远人衷教，恐朕不肯假身也！然馈物远临，诚意殷渥，卿等当善体其情，借渠数艘，以慰远人之望。"①

上述引文可见叙事多所转折，处处机锋。国王偏好阴阳术，向麦君讨教"变雨为晴，变人为兽，幻作狮、象、虎、狼"的神秘术数，明显与麦君的科学、宗教立场背道而驰。麦君以"聪明有限，实不能知"，试图脱困。国王穷追不舍，责难"远人衷教"，在激化与冲突中，最终考量到对方诚意殷切而又回心转意。如此的言谈逸事展现了个人风貌与事件奥妙，在激化与缓和的张力中，国王看似咄咄逼人实又通情达意，率真耿直的个性跃然纸上。

由上可见，译者透过叙事想象，替施登莱原著添加了枝节，拼凑了各种具有张力、冲突或转折的叙事片段。若就"片段拼凑"而言，以理性科学笔调为主的知识叙述，完全迥异于情感表达的抒情片段；而天马行空的叙事想象，又对立于科学描述的知识叙述。各种片段愈是天差地别或矛盾对立，愈能展现彼时文人对于新旧体系并存不悖的诉求／追求。晚清译者不同于往后五四论者刻意将"现代"与"传统"二分化的策略，新旧杂陈、兼容并蓄，反映了其对于抒情、知识与叙事的期许。

五、接受视野：译本？实录？

在"采风问俗"的架构下，译者删除各种"寻找尼罗河"的蛛丝马迹，却一一串联起非洲各地的风土人情，确立"采风问俗"的新主旨。译者又撷取新旧中西资源，层层拼凑各种有关抒情、

---

① 〔清〕虚白斋主口译，邹翰飞笔录，《斐洲游记》，卷3，页15b-16a。

启蒙与叙事的片段。此"拆除—拼凑"的翻译法让后人无法辨识原貌，迄今尚未有任何论者确切提出《斐洲游记》出处。本节将指出各论者如何因译著的翻译策略而出现特定的接受视野。

从 1883 年《三洲游记》在《益闻录》连载刊登，到 1900 年易名《斐洲游记》结集出版，虽各附有具导言作用的《小引》与《序》，却如前所述，遮蔽了施登莱"寻找尼罗河源头"之主旨，凸显了"采风问俗"的色彩，同时未能确切指出译著的出处。这两篇导言都错失了可帮译著"正名"的契机，也奠定了往后论者的接受眼光，大致往"采风问俗"的方向发展。1902 年，顾燮光（1875—1949）替徐维则《东西学书录》补辑《增版东西学书录》时加上《斐洲游记》条目：

> 《斐洲游记》四卷，上海中西书室排印本。〔英〕施登莱著，汇报馆译，述洲内地方物产、民情甚详，附图若干幅，坊间删改其书，名"三洲游记"，殊嫌割裂。（顾补）[①]

顾燮光接触的是 1900 年汇报馆出版的《斐洲游记》版本，他指出译著由英人施登莱所著，乃是受到《斐洲游记》之《序》中提及的"施，英人"所影响。施登莱实是美籍。论者指出"述洲内地方物产、民情甚详"，未能道出原著"寻找尼罗河"之主旨，显然是接受了译本"采风问俗"的翻译视野。顾虽道出译著有缺失，如"坊间删改其书""殊嫌割裂"，不过却因未能掌控译著的确切出处而只能常理性指出译本出现的删改概况。往后大多论者

---

①〔清〕徐维则辑，顾燮光补，《游记第二十八》，载《增版东西学书录》，收入〔清〕王韬、顾燮光等编，《近代译书目》（北京：北京图书馆出版社，2003），页 267。

沿着此一论述规范评论《斐洲游记》，如谢国桢（1901—1982）《续修四库全书提要》指出：

> 《斐洲游记》四卷，上海中西书室本，英国施登莱（Stanley）撰，虚白斋主口译，邹翰飞笔述……是本节译《寻见李文司敦记》之文，惟杜撰人物事实，改施登莱为麦领事，假定游记出华人手笔。原书面目全失，自有译本以来，窜改原书之甚，莫有逾于是本者也。①

《续修四库全书提要》比起《增版东西学书录》更进一步指出《斐洲游记》译自《寻见李文司敦记》，其乃是施登莱第一次到非洲寻找立温斯敦的著作 How I Found Livingstone。事实上，此观点有误，《斐洲游记》实译自施登莱的第二本著作《穿越黑暗大陆》。固然，类似"杜撰人物事实""改施登莱为麦领事""假定游记出华人手笔"等批评并非无的放矢，可是因核对出处时出现失误，必然放大其与原著的鸿沟，无法精准评估个中异同，导致不尽公允的激烈批判："自有译本以来，窜乱原书之甚，莫有逾于是本者也。"若是核对《斐洲游记》与《穿越黑暗大陆》，可发现译本并非一味"杜撰人物事实"，却也有诸多相应之处（详见本章第三节）。

相对于文学评论界对于《斐洲游记》不忠实于原著的批评，历史学者对于《斐洲游记》的接受视野恰好形成一强烈对比。长期研究非洲资料的艾周昌《〈三洲游记〉初析——到东非内陆旅

---

① 〔日〕桥川时雄等主编，王云五等重编，《续修四库全书提要》（台北：台湾商务印书馆，1972），第 8 册，页 2808。

游的第一个中国人的纪实》将《斐洲游记》视为一珍贵的记录：
"《三洲游记》给人们提供了当时东非的政治、经济、文化、风俗
习惯等等方面的第一手资料，对英、德占领前的坦桑尼亚、乌干
达等国作了生动真实的描写。"① 如此评论显然误将译著视为实录，
忽略了《增版东西学书录》《续修四库全书提要》早已指出该著
作的翻译属性。一旦，论者将译本内容当真，必然引发各种误判，
如将译著虚构的人物丁廉视为真实的作者，"1877 年以丹麦驻阿
非利加领事麦西登文案身份，随游东非内陆"②。艾甚至将虚构人
物"丁廉"当真，并勾勒其出身背景，如"广东番禺人""少识
西文""名医理"，实是混淆了第一人称叙述与作者真实身份，以
译著虚构的人物身世反证作者身世："（领事）知余明医理，令为
士兵医治"，"余与麦领事仲和等渐摩日久，稍识西文，遂同麦领
事缮写文书"，"番禺丁雪田"。③ 艾将丁廉当成真实出访非洲的中
国人物，将此一往后不受到任何关注的"人物"与因探访非洲而
扬名万里的立温斯敦相比：

> 利文斯顿第一次探险回国后，皇家地理学会授予他金质
> 勋章，牛津大学和剑桥大学分别授予哲学博士学位，《南非
> 传教旅行与考察》一书风靡全国。他死后，遗体和遗物运回
> 英国，葬于伦敦威斯敏斯特教堂。研究他的生平的著作，不
> 断出版发行。丁廉等人到非洲旅行，几乎在我们国内没有引

---

① 艾周昌，《〈三洲游记〉初析——到东非内陆旅游的第一个中国人的纪
实》，《历史教学问题》1989 年第 4 期，页 59。

② 同前注，页 58。

③ 〔清〕虚白斋主口译，邹翰飞笔录，《斐洲游记》，卷 1，页 20a；卷 4，
页 22a。

起注意，只有上海的一家报纸，说他们在非洲为野人所食，死于非命。巴仲和死于乌季季，在当时的中国，谁会想到为一个小知识分子归葬家乡奔走哩，甚至《宁波县志》也未替这位第一批进入东非内陆的中国旅行家书上一笔，而那些做官的、节烈妇女是非要大书特书，立牌坊不可的。[①]

上述感慨喟叹的引文，恰可见到论者深感不平而试图开棺重审的意图，可是却混淆了现实与虚构的界线，将虚构的内容当真，变为替一位不曾存在的人物争取历史地位。关于上海报馆报道丁廉等人在非洲"死于非命"，乃是取自译文虚构的情节：中国新闻报馆谣传丁雪田等人"行抵阿洲迦尼地方，突遇野狮数十头，从林中跃出，将从者五十名，啮毙"，"报纸之不足信，于是可见一斑矣"[②]。论者陷入迷雾，最主要的症结乃是将《斐洲游记》虚实交错的翻译创作笔调当成是一真实有据的传记。

艾周昌之研究直接影响了往后研究中非关系史的学者，他们纷纷以"实录"看待《斐洲游记》，如李安山《20 世纪中国的非洲研究》指出："除了关于埃及的一些译著之外，最早在中国出版的关于非洲的书籍很可能是英国人施登莱所著的《斐洲游记》（1900）"[③]。彭坤元《清代人眼中的非洲》指出，"丁廉撰写的《三洲游记》（1878）是从微观角度记述作者亲身游历东非内陆的所见所闻"，并高度肯定其史料价值："对苏库马地区农村的公社制

---

① 艾周昌，《〈三洲游记〉初析——到东非内陆旅游的第一个中国人的纪实》，页 61。

② 〔清〕虚白斋主口译，邹翰飞笔录，《斐洲游记》，卷 4，页 22a。

③ 李安山，《20 世纪中国的非洲研究》，《国际政治研究》2006 年第 4 期，页 110。

度，对木坞发生的部落之间的战争，对卡拉圭王宫和宫廷礼仪，对基塔拉酋长的相貌和穿着打扮，以及对卡拉圭国王嗜酒和酒后的醉态，都有十分生动、细致的描写。"①事实上，上述内容出自译者的"片段拼凑"：关于苏库马地区农村的公社制度乃是取自施登莱的《穿越黑暗大陆》提及的 Usmau 地区的现象，而"卡拉圭王宫和宫廷礼仪""卡拉圭国王嗜酒和酒后的醉态"则是拼凑《益闻录》第 62 号到 64 号的《野族纪闻》一文，渲染晚清人士中的"野族"形象。②译者拼凑不同脉络的文章，无疑让后人难以辨识其原貌，若非长时间追踪，恐怕无法厘清个中虚实交错的成分。不过，彭坤元却在误判中意外贴近施登莱原著"寻找尼罗河"的主旨：

> 从桑吉巴岛启程，越海至巴加莫约，由此往西，沿着历史上形成的贩运象牙和奴隶的商道，途经戈戈人居住区、多多马，转向西此，走过辛吉达和苏库马人地区，之后乘船沿维多利亚湖西岸北上，进入布尼奥罗和布干达境内，最后折向南穿过米兰博国王统辖地区，抵达坦噶尼喀湖东岸的乌及及（乌齐齐）。整个行程两千多公里，历时一年半。这条路线止于布干达的这一段很可能是英国探险家斯皮克 1860—1862 年考察尼罗河源头时走过的。③

彭坤元靠着地理路线推论该条路线乃是 19 世纪六十年代初史毕

---

① 　彭坤元，《清代人眼中的非洲》，《西亚非洲》2000 年第 1 期，页 61。

② 　〔清〕佚名，《野族纪闻》，《益闻录》第 62 号，页 190；第 63 号（1880 年 8 月 21 日），页 196；第 64 号（1880 年 8 月 28 日），页 202—203。

③ 　彭坤元，《清代人眼中的非洲》，页 61。

克考察尼罗河的路线，彰显了《斐洲游记》有意遮蔽的原著主旨，让"寻找尼罗河"又浮上水面。论者确实在某种程度判断出相关路线是探索尼罗河之路线，可是离原著出处仍有一段距离：他误以为是中国人沿着史毕克寻找尼罗河的路线所写出来的实录，实是翻译施登莱寻找尼罗河的传记。

当代年轻学者张治《〈三洲游记〉小考》已能纠正前辈的若干偏失，如指出艾周昌的"实录"偏误，且又在《续修四库全书提要》所提的"译著"观点上更进一步指出该著作乃是"通过多种间接资料组合嫁接，把西人的旅行文章移植在华人身上"[1]，"反映出六十年代以后参与报刊笔务的中国文人一面对于西学怀有兴趣，一面却又保持着传统文学的写作爱好，使得此时期的报刊文章呈现出文学性与新闻性的两个维度"[2]，更进一步深化了研究视野。只是，论者受限于《续修四库全书提要》提出的译著出处，导致一根本性的失误：

> 斯坦利曾经把如何发现列文斯敦的探险过程写成一书，名为 How I Found Livingstone，即《续修四库提要》中所说的《寻见李文司敦记》，凡 16 章，附多幅地图……还有书中人名也有相似者，斯坦利所雇佣的翻译名叫 Selim，而《三洲游记》中所请的"通事"亦名色勒。[3]

---

① 张治，《〈三洲游记〉小考》，《蜗耕集》（杭州：浙江大学出版社，2012），页40。
② 张治，《"引小说入游记"，〈三洲游记〉的移译与作伪》，《中国现代文学研究丛刊》2007年第1期，页150。
③ 张治，《〈三洲游记〉小考》，《蜗耕集》，页40。

由于未能核对正确的版本，论者重蹈覆辙，将《斐洲游记》视为施登莱第一本非洲传记的译本。这样除难厘清原著与译者的异同外，也无法深入论述，当中不免穿凿附会，如将译本的色勒视为施登莱第一本传记中的 Selim，而"色勒"实为译者虚构的人物。孙潇《〈益闻录〉编辑传播策略探析》援引张治观点，指出："该文改编自亨利·斯坦利（Henry Morton Stanley，1841—1904）发现大卫·列文斯敦（David Livingstone，1813—1873）的探险过程，书名为 *How I Found Livingstone*"①。这些观点实受到《续修四库全书提要》的影响，轻易将《斐洲游记》导引以寻找立温斯敦为主旨的《我如何寻找立温斯敦》，而非以寻找尼罗河源头为主旨的《穿越黑暗大陆》，蔚为特殊的接受视野。

　　由上可见，《斐洲游记》"拆除主干"与"拼凑片段"的翻译方式，导致往后论者或是混淆"翻译"与"实录"的界线，或是误解译本出处，让百年以降的接受者处于迷雾之中。虽然如此，相关评论仍有其必要，在普遍不重视"非洲"的评论语境中，这些研究无疑唤起了学界的注意，虽然有所局限，却已能在"误读"中推进论点。本章便是奠基于如此曲折的接受视野，透过各种资料的解读与探究，试图将《斐洲游记》研究推到另一里程碑。

六、结语

　　施登莱《穿越黑暗大陆》考掘尼罗河的确切源头，核对史毕克、博顿、巴克、立温斯敦等前驱者提出的维多利亚湖、艾伯特

---

①　孙潇、卫玲，《〈益闻录〉编辑传播策略探析》，《西北大学学报（哲学社会科学版）》第 40 卷第 6 期（2010 年 11 月），页 62。

湖、坦噶尼喀湖与卢拉巴河等，涉及高度专业的学理判断与错综复杂的地理问题，恐非晚清读者或译者所能掌控。在翻译的过程中，译者虚构中国人物丁雪田的视角，重新演述施登莱的原著内容，删除作为原著主干的"寻找尼罗河源头"，彰显施登莱在探索尼罗河过程中所记载的风土民情、社会形态、集市交易、非洲人体、庶民生活与宫廷文化等，遂使得译著主旨产生变化，变为更能符合自身视域的"采风问俗"。

除"删除主干"导致主旨转变外，译者亦透过"拼凑片段"的方式，将自身的需求或诉求，导入译著。译者如"修补匠"般调动／剪接／并置其触手可及的资源——从渲染情感的诗词片段、传播新知的新闻内容，到搬演叙事想象的小说书写——改写原著内涵，恰能反映 19 世纪八十年代译者共存的多层旨趣。首先，《斐洲游记》叠入日记、诗词与书信等内容，彰显晚清中国文人面向世界时的内心图景，将原著有意诉诸的理性、客观、科学与技术等视角，导入中国文人更关注的情感纹路，如游子思乡、吟诗赏月与登高望远等情怀；其次，译著拼凑以议论说明为主的报刊文章，在翻译创作中揭开海外见闻、器物发明、部落族群等，讲究实证依据与科学基础，侧重现代知识与公共内容；第三，译者以虚实交错的叙事想象，绕出报刊文章的新闻视角与理性口吻，透过场景、人物、言行、形象等方式搬演各种情节，使得想象与证实、叙事与现实等层层纠葛，混乱驳杂，不无矛盾。这种将诗词、新闻、史地、翻译与小说等参差不齐的元素混为一炉的翻译创作，恰能表达译者对于抒情、知识与叙事的追求。

固然，《斐洲游记》不忠实于原著，可是其意义远超过作为一译本的范畴。一译本犹如一价值世界的折射，译者重编与改写施登莱原著，拆除主干、拼凑片段，按照自身的视域，选择性保留／删除原著内容，缠绕各种质素与内涵，在无限广袤的天地中纵横蔓延，时而返回古代灵魂摄取养分，时而面向当代西学汲取资源，延展出一条条交错的轨道，折射出新旧／中西／古今等相叠映的视野。译者的翻译实践，实是对于变动世界的应答。

第四章

穿越非洲的心脏：

论《飞行记》的地理路线、文明阶梯论与科学冒险 ①

① 本章受李欧梵先生系列演讲的启发，如 "Flying into the Future: Fantasies of Modernity in Late Qing Literature"（爱丁堡大学，2015 年 6 月）、《晚清文学和文化研究的新课题》（台湾清华大学，2012 年 10 月），得以关注晚清的"飞行"译介与想象。

一、前言

19、20 世纪之交，凡尔纳（Jules Verne，1828—1905）的法国小说译成各种语言，辗转传播于各地，从法到美、英，接而又到日、中，形成文本跨语际与文化流动的现象。在晚清文艺界积极推动冒险、地理与科幻小说的脉络下，凡尔纳小说如《十五小豪杰》（1903）、《铁世界》（1903）、《月界旅行》（1903）、《地底旅行》（1903）、《空中旅行记》（1903）、《环游月球》（1904）、《无名之英雄》（1904）、《秘密海岛》（1905）、《海底漫游记》（1906）、《地心旅行》（1906）、《寰球旅行记》（1906）、《飞行记》（1907）等作品，涌入中国，同一小说甚至出现不同的译本，在在说明凡尔纳小说受到欢迎的程度。"凡尔纳"乃是后代统一的译名，就晚清而言，译名众多，尚未规范化，有朱力士房、萧鲁士、焦士威尔奴、焦士威奴、裘尔俾奴、焦奴士威尔、房朱力士、迦尔威尼、威男、培伦等①，译名诸多，也反映其著作受到各方的青睐。

研究凡尔纳译本有不同的切入法，本章从过去较少受到中文学界关注的"非洲"主题，切入探讨凡尔纳的第一部长篇著作《气球上的五星期》（*Cinq semaines en ballon*），如何在跨语际传播的过程中，展现特定的接受视野，以及相关书写对于中国的书写造成的启发与影响。该小说共有四十四章，描写贝尔逊博士（Samuel Fergusson）带友人开匿奇（Dick Kennedy）与仆人约

---

① 薛绍徽翻译为"朱力士房"，卢籍东译为"萧鲁士"，梁启超译为"焦士威尔奴"，奚若译为"焦士威奴"，叔子译为"裘尔俾奴"，包天笑译《一捻红》标为"房朱力士"与译《铁世界》标为"迦尔威尼"，鲁迅译《地底旅行》标为"威男"与译《月界旅行》标为"培伦"等。

安（Joe），自英国搭"决心号"轮船到非洲东岸的英属地桑给巴尔（Zanzibar）后，升起维多利亚号气球，以五星期的时间，横越非洲腹地，最终抵达非洲西岸的法属地塞内加尔（Senegal）。随着该小说于商业市场的成功，得到热烈回响，凡尔纳陆续写出《地心游记》（1864）、《格兰特船长的儿女》（1868）、《海底两万里》（1870）、《八十天环游地球》（1873）、《神秘岛》（1875）、《十五岁的船长》（1878）、《蓓根的五亿法郎》（1879）与《机器岛》（1895）等，奠定其"冒险小说"与"科幻小说"的书写地位。

就中文翻译进程而言，凡尔纳的第一部小说《气球上的五星期》，比起他的其他小说，更晚进入中国文坛。早于1900年，经世文出版社便出版逸儒（陈寿彭，1855—1912）译、秀玉（薛绍徽，1866—1911）笔记的《八十日环游记》。1902年，《新小说》第1—18号连载南海卢籍东意译、东越红溪生润文的《海底旅行》。1902年，梁启超翻译连载于《新民丛报》第2—13号的《十五小豪杰》。1903年，包天笑（1876—1973）翻译由文明书局出版的《铁世界》、鲁迅翻译由东京进化社版出版的《月界旅行》。同年4月27日与5月27日，《江苏》杂志第1、2期刊载没有译者署名的《空中旅行记》，乃是翻译的《气球上的五星期》，只连载两回合，远未能揭开原著全貌。一直要到1907年，《小说林》社出版常州人谢炘翻译的《飞行记》，共三十五回，基本上已能反映原著的整体架构与内容。

若是聚焦于本书的"非洲"主题，早于19世纪后半叶，中国已出现数部非洲传记，如翻译立温斯敦的《黑蛮风土记》与翻译施登莱的《三洲游记》，但偏离原著甚多。循此角度，愈可发现《飞行记》的意义，《飞行记》是第一部能够完整翻译非洲历史地理学题材的著作。根据《小说林》刊物第5期刊登的广告

《新书·绍介》，出版社便带着高度的自觉意识指出该著作的亮点：

> 《飞行记》：本社发行。一名《非洲内地飞行记》，英萧
> 斯勃内原著。是书虽小说，而于非洲内地山水道里，土人蛮
> 族风俗习惯，无一非征实者。前后三十五日，濒于死者数次。
> 一冒险小说，亦一地理小说也。[①]

该广告在"冒险小说"与"地理小说"的基调上，强调"非洲内
地山水道里，土人蛮族风俗习惯，无一非征实者"。广告言辞虽
有夸大之嫌，如"无一非征实"，恐怕忽略了小说叙事具有的虚
构特质，不过，无论就其标举的"地理小说"或"冒险小说"标
签，都符合晚清新小说界呼吁的书写类型。就"地理小说"而言，
凡尔纳原著几乎搜集过去数百年的非洲探勘史，甚至掌控彼时西
方地理学界正在孜孜探索的地理谜团，以深入浅出的方式，呈现
由北到南或是从东到西的探勘路线；就"冒险小说"而言，该小
说以气球飞行，沿途遇到暴风雨、人鸟大战，且又安排人物沿途
降下陆路沼泽，从空中惊险记牵引出海上漂流记。

　　若是着眼于凡尔纳著作译入中国的路线，大体有两种模式：
第一种直接从法文原版本翻译到中文，如陈寿彭口译、薛绍徽笔
述的《八十日环游记》。可是，晚清能够掌控法文的译者仍不多，
更多是透过日译本译为中文，如梁启超依据日本翻译家森田思
轩（1861—1897）的译作《十五少年》再翻译为《十五小豪杰》、
鲁迅根据井上勤译本翻译《月界旅行》。此一从日译本译到中文

---

①〔清〕徐念慈，《小说管窥录》，收入《晚清文学丛钞·小说戏曲研究卷》
（台北：新文丰出版公司，1989），页519。原载于《小说林》第1卷第5期广告
页。

的路线，实更为复杂，盖因日译本未必直接翻译自法文，时而依据英译本之内容。从源语（original language）到目的语（target language）的过程中，经历法文—英文—日文—中文的翻译过程，错综复杂，即或是同一种语系，也可能出现不同的翻译版本。本章欲讨论的《气球上的五星期》，便是经历上述的路线，从法文版演变到中文版《飞行记》的过程，其间出现多种语言的变化，唯有步步追踪，逆反推回，才能精准勾勒从原著到中译本的转变过程。

在论文结构上，本章先从原著法文版到中文版的翻译路线，考察与梳理各版本的演变，试图替文本跨文化流变的论述架构，填补具体且完整的讯息。厘清相关问题后，才能跳脱各种翻译问题都笼统归咎于晚清译者的论述模式，更能客观评估晚清中译者的接受视野。本章从"地理小说"与"冒险小说"的角度切入，观察该小说翻译为中文后，对于晚清小说界的启发与意义。此外，本章讨论《气球上的五星期》发展到中译本《飞行记》所出现的转向：译者如何在翻译过程中，导入自身的意识形态、文化视野与美学意识？

二、话说从头：从凡尔纳《气球上的五星期》到中译本《飞行记》

凡尔纳《气球上的五星期》出版后，引发英、美出版社的高度关注，出版发行了不同的版本，接而又推广到英美之外的国家。该著作传播到中国的路线尤为复杂，涉及法、英、日、中文，反映了文本跨国际与语际的传播路线。本节将试图探索悬而未解的版本问题，唯有厘清环环相扣的版本问题，才能更精准分析与评估中译本的翻译问题。

19 世纪五十年代，怀着文艺梦的凡尔纳，试图开创"科幻小说"（Roman de la Science）的新类型写法，"这来自于爱伦·坡的思想，只不过快乐更多些，幻觉少些，科学和想象完全和谐地结合在一起"[①]。此一新类型写法，将科学知识运用到文学书写中，恰好可以符合彼时知名出版商赫泽尔（Pierre-Jules Hetzel）《教育与娱乐杂志》的旨趣。1862 年，凡尔纳将自己创作的第一部长篇小说《空中旅行》（Voyage en l'air），交给赫泽尔，接而应对方要求修改，后于 1863 年 1 月出版。小说题目改为《气球上的五星期》（*Cinq semaines en ballon*），副标题为"三名英国人前往非洲的发现之旅"（Voyage de découvertes en Afrique par trois Anglais）。

该小说以英国为起点，描写几位来自伦敦与苏格兰的人物搭轮船到非洲，接而在非洲东岸升起气球，穿越中部，抵达西部。凡尔纳未曾实际游历非洲，可是却常到图书馆搜集阅读科学和历史读物，誊抄与记录各种逸事趣闻，阅读地理学的最新发现，是位"喜爱地图，喜爱环游世界的旅行家"[②]。他借着彼时流传的非洲传记与地图，积累了深厚的非洲历史地理学知识，遂能完成一部深入非洲腹地的小说。小说出版后获得热烈回响。1865 年 12 月 5 日，出版社发行附上里乌（Edouard Riou，1833—1900）与蒙托（Henri de Montaut，1825—1890）绘制 51 张图的插图本，1867 年又扩充为 78 张插图本。小说封面可见到凡尔纳、两位插画家与出版社（赫泽尔）之名（见图 4-1），出版地是巴黎，出版

[①]〔法〕迪马（Olivier Dumas）著，蔡锦秀、章晖译，《凡尔纳带着我们旅行——凡尔纳评传》（桂林：广西师范大学出版社，2003），页 84。

[②]　Arthur B. Evans, *Jules Verne Rediscovered: Didacticism and the Scientific Novel* (New York: Greenwood Press, 1988), p.59.

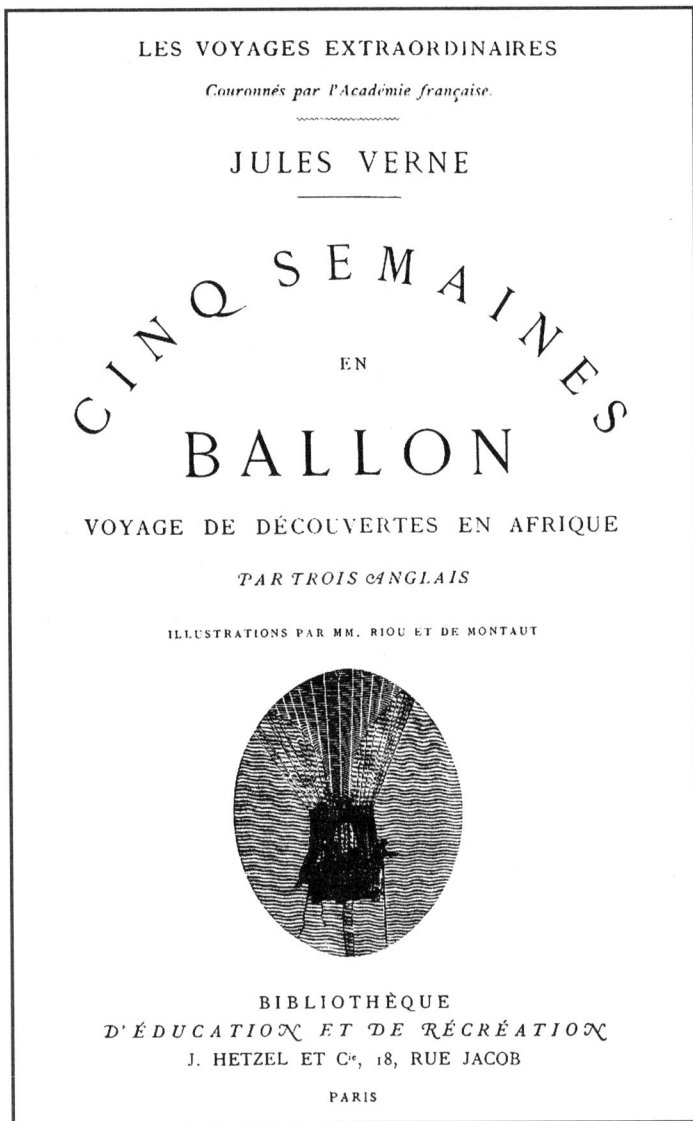

图 4-1 《气球上的五星期》1867 年版本

讯息完整。

凡尔纳的小说原著以位于滑铁卢广场十三号的伦敦的皇家地理学会（Royal Geographical Society）会议为始，颇能反映 19 世纪该会掀起的非洲探勘热潮——先后赞助史毕克、立温斯敦、博顿等人前往非洲，陆续揭开非洲内陆的面貌。凡尔纳写出 1862 年 1 月 14 日的会议：

> 英国一直领先于世界各国（因为大家已注意到，国家的前进总是有前有后），这完全是英国旅行家在地理探险中的大无畏精神所至（全场发出赞同声）。弗格森·弗格森博士，就是英国光荣儿女中的一位。他是不会辜负祖国的重托的（四处响起附和声：不会的！不会的！）。这次尝试假如成功（会成功的！），就能把我们在非洲地图学方面零散的基本知识补充完整，使之成为一体。不过如果失败了（决不会！决不会！），至少也将作为人类最大胆的设想之一而永存（全场狂热顿足）！ ①

---

① 　本章有关凡尔纳法文原本 *Cinq semaines en ballon* 的翻译，取自李元华翻译，《气球上的五星期》（西宁：青海人民出版社，1997）。下文不另标注。原文见 Jules Verne, *Cinq semaines en ballon* (Paris: Hetzel, 1863), p.3。原文如下："L'Angleterre a toujours marché à la tête des nations (car, on l'a remarqué, les nations marchent universellement à la tête les unes des autres), par l'intrépidité de ses voyageurs dans la voie des découvertes géographiques. (*Assentiments nombreux.*) Le docteur Samuel Fergusson, l'un de ses glorieux enfants, ne faillira pas à son origine. (*De toutes parts :* Non ! non !) Cette tentative, si elle réussit (*elle réussira !*), reliera, en les complétant, les notions éparses de la cartologie africaine (véhémente approbation), et si elle échoue (*jamais ! jamais !*), elle restera du moins comme l'une des plus audacieuses conceptions du génie humain ! (*Trépignements frénétiques.*) "

此一帝国主义的扩张，借由宏伟的修饰语、激动的语气与鸟瞰的全景等，揭橥一系列场面磅礴的全场景，反映了大英帝国积极探索与殖民世界各国的风潮。作者刻意以一系列括弧，造成停顿的阅读效果，反映观众的掌声、附和声、勉励声，塑造万众一心的气氛，强化英国处于世界中心的君临天下／鸟瞰式的效果。在"欢声雷动"中，男主角弗格森·弗格森博士（后文一律采《飞行记》的译法"贝尔逊"）的非洲探勘计划，获得皇家地理学会的支持。

科学冒险与地理学旨趣，无疑符合 19 世纪帝国扩张与知识革命的话语。19 世纪工业文明的崛起，掀起科学发明、技术革命的浪潮，往外扩展，又推动了世界地理学的新貌。凡尔纳以伦敦的"皇家地理学会"会议为开端，触及彼时地理学界最热门的科学想象（气球飞行）与地理学谜题（如尼罗河源头），引发关注，短短数年，涌现多种英译本：1869 年由纽约 Appleton 出版社出版威廉·拉克兰（William Lackland）翻译的 *Five Weeks in a Balloon*、1870 年伦敦 Chapman and Hall 版本、1875 年伦敦 Ward, Lock & Tyler 出版社版本、1876 年伦敦 Routledge 出版社版本、1877 年伦敦 Goubaud 出版社版本。

上述五种译本，有四种出版于伦敦，可见英国出版社的高度兴趣。各英译本水平良莠不齐，对于凡尔纳小说英译本有深入研究的伊万斯（Arthur Evans）指出凡尔纳小说英译本普遍出现的情况："（出版社）急着将畅销（与有利润的）故事推到市场上，英国与美国译者重复地冲淡或是浓缩原著的科学成分与长篇阔论的片段（经常是原著的百分之二十到四十），他们犯下成千的基本翻译失误，那些失误实是法国高中生便可以轻易执行的。"①

　　就《气球上的五星期》而言，英译本出现程度不一的翻译问题。Appleton 版本相对趋近于原著，保留原著四十四回与各章回名目，变动幅度较小。其他版本或是删除若干回名，或是浓缩各回合，显得更精简。在各英译本中，Chapman 出版社的变动最大。由于译本未列英译者名字，英文学界普遍以 Chapman 版本称之。小说题名 *Five Weeks in a Balloon*，副标题设为"中非探索与发现之旅"（*A Voyage of Exploration and Discovery in Central Africa*）。英译本特别标注凡尔纳的国籍：From the French of Jules Verne（来自法国的凡尔纳），并将前十回浓缩为三回，大量简化人物出发非洲前的行程筹备，且浓缩气球原理与非洲地理学等稍显枯燥的内容，使得四十四回合版的原著小说变为三十七回。译本封面也出现插图者之名，可是只剩下里乌，漏掉蒙托。（见图 4-2）

　　相对于 1867 年法文版本的 78 张插图，Chapman 英译本只取64 张图，主要是因译本浓缩，导致诸多没列入翻译范围的片段所附的插图，连带被删除。若是扣除掉其浓缩的回合，英译本所保留的大多插图，如大象勾动气球、火山爆发、狮子吼叫与湖水漂流记等，颇有画龙点睛之效，凸显了小说的冒险情节，反映了以图片吸引读者的商业运作模式。值得一提的是，英译本封面采法文原著第十一章的"桑给巴尔"的插图（见图 4-3），乃是对于各探险家的回应与致敬！桑给巴尔是彼时各探险家探索东非最重要的起点，立温斯敦、施登莱等人都于该地登岸，聘雇土人、组织行程。凡尔纳笔下的小说人物正是从欧洲搭船抵达非洲，以桑给

　　① 　Arthur B. Evans, "Jules Verne's English Translations," *Science Fiction Studies*, Vol. 32, No. 1 (2005.3): 80.

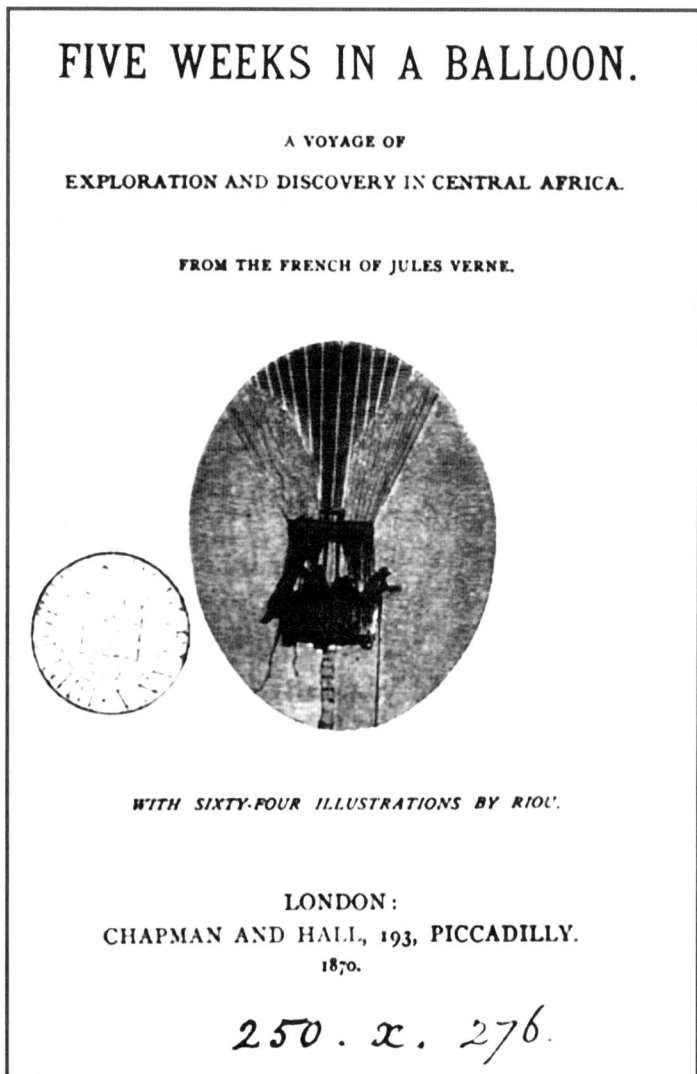

图 4-2　Chapman 英译本内页图片

图 4-3　法文原版本 *Cinq semaines en ballon* 之插图

巴尔作为气球飞行的起点。

就翻译内容而言，Chapman 英译本完全删除凡尔纳原著第一章围绕着皇家地理学会演讲场景的内容。虽然，皇家地理学会的演讲有鼓舞人心的效果，可是对于小说叙事而言，整整一章，围绕着演讲，显得枯燥冗长，因而英译本仅以三言两语道出探勘非洲的艰辛与困难：

> 横越非洲大陆的伟大构想的创始者，一直存在着争议，以一种可克服诸多且致命阻碍的方式。①

英译本放下法文原著对于非洲地理学的着迷情怀，交代探勘非洲的困难后，便介绍勇于挑战的主人翁 Samuel Fergusson。该译本大幅度浓缩原著的前十回，随着原著第十一回安排气球升空，开始出现各种冒险犯难、高潮迭起的情节，从空中惊险记、海上漂流记到陆路冒险，Chapman 译本不再删除任何回合，逐一翻译，明显重视小说趣味，反映了其迎合行销市场的翻译策略。

在文化全球化传播的脉络下，正值明治维新期间的日本，便积极翻译西方著作，鼓吹可以激励国民精神的作品，凡尔纳涉及冒险、科学与地理学的作品，切合其需求，受到青睐。尤其是自 1853 年，美国与欧洲各列强长驱直入，迫使日本"开国"，签订不平等条约，日本发起倒幕运动与展开明治维新，"洋学"在日本传播开来，欧洲的"文明"观念传入日本，于是日本展开自强

---

① Jules Verne, *Five Weeks in a Balloon: A Voyage of Exploration and Discovery in Central Africa* (London: Chapman and Hall, 1870), p.1. 原文如下："There have been disputes as to the originator of the great idea of traversing the African continent, in a manner to be independent of its multitudinous and deadly obstructions."

运动，甚至发动起脱亚入欧的诉求。凡尔纳的小说不仅仅有阅读的乐趣，还是可以鼓舞精神、强大日本的方式。从 1878 年，川岛忠之助（1853—1938）翻译《新说八十日间世界一周》（前编、后编），开启凡尔纳日译本系列的翻译热潮。[①] 柳田泉（1894—1969）指出凡尔纳小说在明治时代的作用："凡尔纳的科学小说始终贯穿着科学发明与发现，即使是普通的冒险、探险故事，也伴随着对科学的关注。明治初期，面对西方物质文明与科学文明无比惊异的人们，在凡尔纳的作品里，深切感受到科学的无比威力，甚而产生了科学万能的观念。"[②] 凡尔纳小说的翻译，无疑激发了日本文坛对于科学冒险小说的关注，其冒险经历、科学发明，都启迪了日本人士有关"科学万能"的想象，塑造了"新日本未来记"的坚定信仰。

在凡尔纳的热潮下，明治十六年（1883），井上勤翻译《亚非利加内地三十五日间空中旅行》，由绘入自由出版社出版，原著乃是凡尔纳的《气球上的五星期》。附于书本末端的出版页，出版人栏位标志"东京府平民宏虎童"，译者栏则标志"德岛县士族井上勤"。出身于德岛城的井上勤被标为"士族"，其父是名医，七岁从西人学习英语，擅长英、德语，翻译诸多外国文学，如《一千零一夜》《鲁滨孙漂流记》《环游月球》等。对于晚清人士而言，"井上勤"不会是陌生的名字，其翻译的科幻与冒险小

---

① 相关翻译如：明治十一年，川岛忠之助翻译《新说八十日间世界一周》。明治十三年，井上勤译《九十七时二十分间月世界旅行》、铃木梅太郎译《二万里海底旅行》。明治十四年，织田信义译《地中纪行》、井上勤译《北极一周》。明治十六年，井上勤译《亚非利加内地三十五日间空中旅行》。明治十七年，井上勤译《月世界一周》《六万英里海底纪行》《英国太政大臣难船日记》。

② 〔日〕柳田泉，《明治初期翻译文学の研究》（东京：春秋社，1961），页 183—184。

说，都曾受到中国文人的关注，且根据其日译本翻译为中文。[①]
若就《亚非利加内地三十五日间空中旅行》而言，无论在封面、
内页或页尾，都未列出其所依据的版本与出版社之名，作者栏仅
注明"（英）ジュールス・ベルネ（Jules Verne 的译音）"，显然是
将凡尔纳的"法"籍身份误植为"英"籍。此一失误，很可能是
将英译本的英国出版社误为作者国籍。

　　较棘手的是，早在井上勤翻译前，欧美出版市场已至少流传
六种《气球上的五星期》英译本，到底井上勤依据何种版本？根
据笔者的核对，井上勤采用变动幅度最大的英国 Chapman 三十七
回版英译本。若就题名而言，日本译著《亚非利加内地三十五日
间空中旅行》，将"五星期"变为"三十五天"，"气球"改为"空
中旅行"。日译本维持 Chapman 英译本前十回浓缩三回的篇幅，
大量删除过长的科学原理与地理学论述。其中，第一回"学士刚
胆气空中旅行"乃是依循 Chapman 第一回，直接浓缩法文原著的
前五回合，省略"皇家地理学会"的演讲场景与贝尔逊阐述的非
洲计划。三十五回的日译本比起英译本少了两回合：英译本第三
十二与三十三章合并为日译本第三十二回，英译本第三十六、三
十七章合并为日译本第三十五回。日译本分为七卷：第一卷收第
一至四回，第二卷收第五至八回，第三卷收第九至十一回，第四
卷收第十二至十六回，第五卷收第十七至二十二回，第六卷收第
二十三至二十七回，第七卷收第二十八至三十五回。明治十九年
（1886），春阳堂出版社推出井上勤译本的合订本，题名浓缩为

---

　　① 鲁迅于日留学期间便曾根据井上勤翻译自法国小说家凡尔纳《月界旅
行》的日译本将其翻译成中文，"《月界旅行》原书，为日本井上勤氏译本，凡二
十八章，例若杂记"。鲁迅，《月界旅行·辨言》，《鲁迅全集》（北京：人民文学出
版社，2005），卷 10，页 164。

图 4-4　井上勤日译本封面

《三十五日间空中旅行》。

井上勤日译本大致循着 Chapman 版本，保留部分英译本的插图，使其从 64 张图变为 18 张，未列插图者之名，无论里乌或是蒙托，都隐匿不见，出版讯息明显有缺（见图 4-4）。

相对于法文原著以"帝国凝视"的宏大会议场景为开端，英译本则为销售市场而大幅度浓缩原著第一回合，日译本则又出现调动，在英译本言简意赅的背景介绍上嵌入"文明"与"野蛮"的架构：

俗话有言"有志者事竟成"，说起来由于五大洲之一的非洲大陆是凶暴的人类的巢穴，自古以来到非洲探险的欧洲人的肉皆被野蛮人当作晚餐的下酒菜，无人能一探非洲内陆便成了在虚无的沙漠啼哭徘徊的旅魂，无法回到故国，才使

> 得从古至今无人能知晓非洲内陆的实况，偶有人谈及此地，
> 所言皆为臆测的无稽之谈，全不足为信。①

从法文原著发展到日译本，小说的开场模式出现巨大转向，从演讲"我们"到非洲探险的计划，发展到日译本隐藏日译者语气，叙述"他们"（欧洲人）到非洲探险的危险性，且加入"有志者事竟成"的格言，彰显探险人物的意志。日译本带着一个亚洲人观察欧洲人探索非洲的视角，凸显非洲是"凶暴的人类的巢穴"，欧人探入其中，面临被当成晚餐佳肴的危险。译者在开卷处迫不及待地演绎野蛮的非洲形象，反映了译者对于欧洲殖民话语下的文明追求（详后论）。

　　彼时在日留学或工作的中国人士，见证了凡尔纳在日本掀起的热潮，很快便将之引入中国。虽然，晚清译者如陈寿彭与薛绍徽亦可从凡尔纳法文版直接翻译到中文，可是却属于少数，较多是根据日文转译而来的。②维新运动失利后逃亡日本的梁启超，面临着落败的局势，向往与渴望文明新知的输入。1902 年，他便

---

①　〔英〕ジュールス・ベルネ著，〔日〕井上勤译，《亚非利加内地三十五日间空中旅行》（东京：绘入自由出版社，1883），第 1 回，卷 1，页 1。原文如下：「精神一たび到らば何事か成らざらん、抑々五大洲の一なる亞非利加は暴悪なる人類の巢穴にして、古より歐羅巴人の該内地に旅行する者皆な其肉を野蠻人が晩餐の下物に供へ、其實況を探るに至らずして、空しく沙漠の鬼となり旅魂愀々中天に迷ひ、故国に歸着せしとなければ、古より今に至るまで誰とて亞非利加内地の實況を知る者なく、偶々之を語る人あるも皆な臆測の虚説にして信を措に足るものなし去る。」

②　如《地底旅行》一书，转译自三木爱华所译的《拍案惊奇 地底旅行》，《海底旅行》转译自大平三次所译《五大洲中海底旅行》，《环球旅行记》译自川岛忠之助的《新说八十日间世界一周》，《十五小豪杰》转译自森田思轩的《十五少年》。

在自己创办的《新民丛报》上，依据森田思轩的日译本《十五少年》，翻译连载凡尔纳的《十五小豪杰》，描写十五位少年漂流到荒岛、顽强奋斗两年的经历，凸显"西方少年的奋斗精神，使中国学生深感激励斗志"的主旨："学生放假时，不作别的游戏，却起航海思想。此可见泰西少年活泼进取气概"[①]。1903 年，在日本留学的鲁迅，依据井上勤日译本翻译《月界旅行》，接而根据三木爱华与高须墨浦（1859—1909）译本翻译《地底旅行》。鲁迅指出凡尔纳的著作"学术既覃，理想复富，默揣世界将来之进步，独抒奇想，托之说部"[②]。从梁启超到鲁迅，都试图以小说翻译的途径，推广新知与启蒙国人。

　　晚清先后出现两种《气球上的五星期》的中译本，都是依据的井上勤《亚非利加内地三十五日间空中旅行》。1903 年 4 月 27 日和 5 月 27 日，《江苏》杂志第 1、2 期曾翻译刊载《空中旅行记》（见图 4-5），刊出两回合后便无疾而终。《江苏》杂志乃是晚清留日学生江苏同乡会所创办，内容涉及社说、翻译、政论、小说记事等。译者身份不详，可推估为彼时留日的江苏同乡会同学。小说只标上"英国萧苏士原著"，重蹈日译本的失误，将英国当为凡尔纳的国籍。小说去除日译本的前半题名"亚非利加内地三十五日"，仅取其后半的"空中旅行"，再加上中国记载行旅惯用的"记"，如彼时非洲传记的翻译题名《黑蛮风土记》《斐洲游记》与《三洲游记》等命名方式。

　　小说两回合乃是对应井上勤的前两回合，第一回"纵高谈天开异想，设奇计地探非洲"；第二回合"制双球决心临绝域，排

---

　　① 〔法〕威尔奴著，少年中国之少年译，《十五小豪杰》，《新民丛报》第 4 号（1902 年 3 月），页 8。

　　② 鲁迅，《月界旅行·辨言》，《鲁迅全集》，卷 10，页 163。

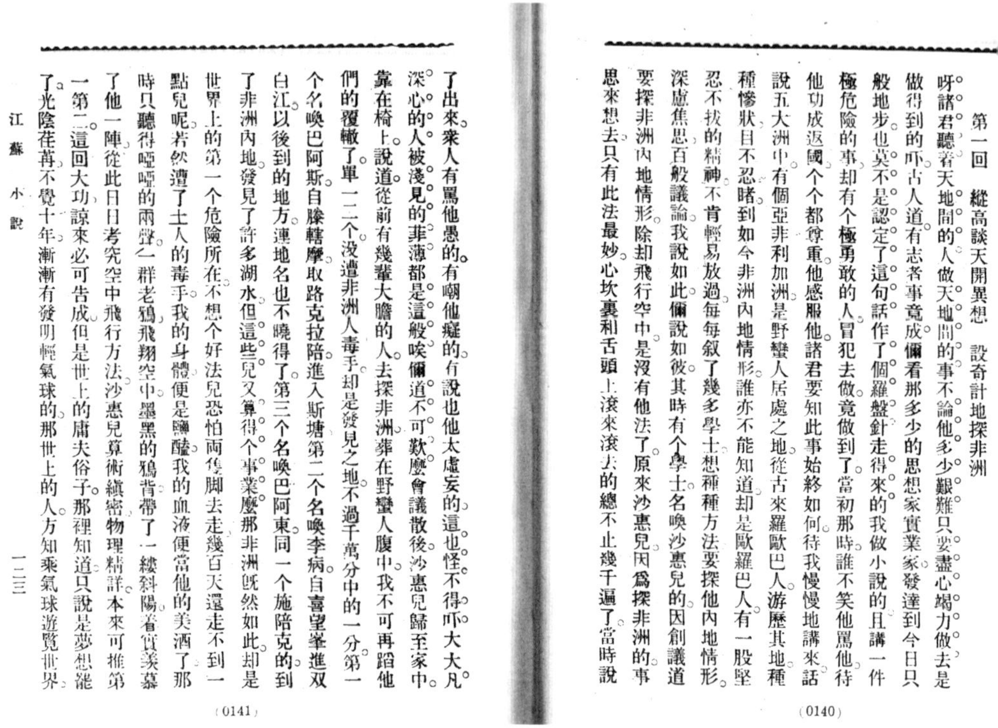

第一回　縱高談天開異想　設奇計地探非洲

呀諸君聽着天地間的人做天地間的事不論他多少艱難只要盡心竭力做去是做得到的吓。古人道有志者事竟成。儞看那多少的思想家實業家。發達到今日只般地步。也莫不是認定了這句話作了個羅盤針走得來的。我做小說的且講一件極危險的事。却有个極勇敢的人。冒犯去做。竟做到了。當初那時。誰不笑他罵他。待他功成返國。个个都尊重他感服他。諸君要知此事始終如何。待我慢慢地講來。話說五大洲中。有個亞非利加洲。是野蠻人居處之地。從古來羅歐巴人。游歷其地。種種慘狀。目不忍睹。到如今非洲內地情形。誰亦不能知道。却是歐羅巴人。有一股堅忍不拔的精神。不肯輕易放過。每每敘了幾多學士。想種種方法。要探他內地情形。深慮焦思。百般議論。我說如此。儞說如彼。其時有个學士。名喚沙惠兒的。因創議道要探非洲內地情形。除却飛行空中。是沒有他法了。原來沙惠兒因爲探非洲的事思來想去。只有此法最妙。心坎裏利舌頭上滾來滾去的總不止幾千遍了。當時說

(0140)

了出來。衆人有罵他愚的。有嘲他癡的。有說也他太虛妄的。這也怪不得吓。大大凡深心的人。被淺見的菲薄。都是這般唉儞道不可歎麼。會議散後。沙惠兒歸至家中。靠在椅上。說道。從前有幾輩大膽的人。去探非洲。葬在野蠻人腹中。我不可再蹈他們的覆轍了。單一二个沒遭非洲人毒手。却是發見之地。不過千萬分中的一分。第一个名喚巴阿斯。自滕轄摩取路克拉陪進入斯塘。第二个名喚李病。自喜望峯進双白江。以後到的地方。連地名也不曉得了。第三个名喚巴阿東。同一个施陪克的到了非洲內地。發見了許多湖水。但這些兒又算得个事業麼。那非洲既然如此。却是世界上的第一个危險所在。不想个好法兒。恐怕兩隻脚去走幾百天還走不到一點兒呢。若然遭了土人的毒手。我的身體便是醯醢。我的血液便當他的美酒了。那時只聽得啞啞的兩聲。一群老鴉飛翔空中。墨黑的鴉背帶了一縷斜陽。着實羨慕了他一陣。從此日日考究空中飛行方法。沙惠兒算術縝密。物理精詳。本來可推第一第二。這回大功諒來必可告成。但是世上的庸夫俗子。那裡知道。只說是夢想罷了。光陰荏苒。不覺十年。漸漸有發明輕氣球的。那世上的人。方知乘氣球遊覽世界。

江蘇小說　一二三

(0141)

图 4-5 《江苏》杂志第 1、2 期曾翻译刊载《空中旅行记》

众意援手遇知音”则是说明气球设计，各标榜“冒险”与“科学”精神。若是仔细核对中、日译本，即可发现译者在翻译的过程中，演绎起自身的理念：

> 呀！诸君听着天地间的人做天地间的事，不论他多少艰难，只要尽心竭力做去，是做得到的吓。古人道，有志者事竟成，你看那多少的思想家、实业家，发达到今日只般地步，也莫不是认定了这句话，作了个罗盘针，走得来的。我做小说的，且讲一件极危险的事，却有个极勇敢的人，冒犯去做，竟做到了。当初那时，谁不笑他骂他，待他功成返国，个个都尊重他、感服他。诸君要知此事始终如何，待我慢慢地

讲来。①

《江苏》版本在开卷处围绕着日译本的"有志者事竟成",阐述不畏惧困难、往外探险而做出一番大事业的精神。译者采取白话文形式,以"我"作为第一人称,滔滔不绝地演绎该句格言,阐发一己心得,不免流于训诫式的教诲。译者采说书人语气,如"诸君听着天地间的人做天地间的事","我做小说的,且讲一件极危险的事","诸君要知此事始终如何,待我慢慢地讲来",稍嫌突兀,离专业翻译仍有不小距离,两回后无以为继,不让人感到意外。

　　一直要到1907年,《小说林》社出版谢炘翻译的《飞行记》(见图4-6),才正式完成《气球上的五星期》的翻译。比起1863年的法文原著,《气球上的五星期》足足以43年的时间,经历不同地区的出版社、译者与语系等,正式完成跨国际与语际的翻译之旅。该译本著者栏写"萧尔斯勃内",乃是凡尔纳的译音,页尾出版栏标上"小说林社总发行所,丁未年五月出版发行"。观察20世纪初的出版社,《小说林》社可谓是积极推动各种实务知识的小说社,甚至创办宏文馆,出版各种对于"家庭、社会、国家深有裨益之书"②。《小说林》社出版多部凡尔纳的小说集,如《秘密海岛》《八十日环游记》,高度评价相关著作,将西方小说翻译视为改革社会、提升国民的环节。

　　《飞行记》译者栏标上"常州谢炘",迄今为止,尚未有任何

---

　　① 〔法〕萧鲁士原著,译者佚名,《空中旅行记》,《江苏》第1期(1903年4月),页122。

　　② 小说林社,《仅告小说林社创设宏文馆之趣意》,收入碧荷馆主人,《黄金世界》(上海:小说林社,1907),页1(卷尾广告)。

图 4-6 《小说林》社出版的《飞行记》

论者能够提出谢炘的身份。根据《江苏学会法政讲习所开会纪事》，可见到"常州府"的"谢炘"曾报名参加江苏学会办理的讲习会，反映了其对于法政的兴趣。① 除此之外，较难见到"谢炘"的资料。若是观察《飞行记》的翻译成果，堪称成熟，大概可判断他是一位具有翻译素养的译者。从《小说林》的译者名单追踪，可见到另一位来自江苏常州的译者"谢慎冰"。《小说林》社出版《飞行记》的前一年，曾出版谢慎冰透过黑岩泪香（1862—1920）日译本翻译的美国侦探小说《银行贼》。同是江苏常州人，

---

① 〔清〕佚名，《江苏学会法政讲习所开会纪事》，《申报》第 11994 号（1906 年 9 月 9 日），版 4。

又透过日译本翻译欧美文学，且属于同一时段交由《小说林》社出版，说明两人有相似之处。若是再根据名字对应性，可见谢"炘"与谢"慎冰"有所呼应。根据《大广益会·玉篇》的解释："炘"同"焮"，有"炙也、热也"之义①，"炘"乃可呼应"慎冰"。综观上述各种条件，笔者推估"谢炘"乃是"谢慎冰"。

谢慎冰，本名谢仁冰（1880—1952），又名冰。谢仁冰自取的两个笔名——"慎冰""炘"，恰好都跟本名"冰"形成一反训，以"慎冰""炘"自勉。若是再观察谢仁冰的身份，即可见到其翻译的素养。谢仁冰是商务印书馆创办人张元济（1867—1959）的外甥，具有深厚的旧学基础，十四岁应童子试中秀才，后又中举人。在知识转型期间，谢仁冰没走向科举之路，根据刊登于1926年《复旦周刊》的《谢仁冰先生》一文，可知他转向新式教育，进入以训练翻译人才为名的震旦大学。可是，随着震旦的解散，他"即赴京译学馆肄业"，随后"在教育部服务，历任该部秘书、佥事、参事、科长、万国教育会出席代表，以及都中各大学国文教授等职"②。

就彼时的文化圈，常州武进文人交同乡友好，围绕于张元济主持的商务印书馆，建立地方文化圈，几乎囊括各重要位置。③1901年，谢仁冰与同乡庄俞与严练如、胡君复等人在上海设立以译书报为主旨的"人演社"。1905年，他透过同乡蒋维乔

---

① 〔南朝·梁〕顾野王，《大广益会·玉篇》，卷21，火部第323，收入王云五主编，《丛书集成简编（343—346）》（台北：商务印书馆，1966），页481。关于"炘"与"慎冰"字义上的联系，乃是由香港城市大学崔文东教授提供线索，特此感谢。

② 佚名，《谢仁冰先生》，《复旦周刊》第1期（1926年9月22日），页2。

③ 张汉波，《"小说林"与晚清小说杂志的转型》（上海：华东师范大学中国语言文学研究所博士论文，2013），页134。

（1873—1958）将《银行之贼》交给《小说林》社出版。根据《蒋维乔日记》，可见到曾朴与丁芝孙创办的《小说林》社，曾委托他代聘英义翻译[1]，蒋维乔于"甲辰年十月初四日"条目中记录："寄仁冰译《银行之贼》小说与芝孙。"[2] 谢仁冰依据黑岩泪香日译本《银行奇谈 魔术の贼》翻译了美国 Harry Rockwood 的小说《银行之贼》。

1907 年，《小说林》社出版的《飞行记》版本，已是成熟与完整的译本。在题名上，谢炘《飞行记》比起《江苏》版《空中旅行记》，更为精简，且摆脱了《江苏》版本的说书人语气，更贴近日译本。《飞行记》的开卷之处，紧贴井上勤日译本的脉络，反映欧洲人进入非洲野蛮之巢穴的脉络：

> 亚非利加洲野蛮之巢穴也。欧罗巴人入其内地，率为野蛮所贼害，无一生还者，以故彼中之状况，不可得闻，即有一二记载，亦皆臆测之虚说耳，虽然，以富于进取性质之欧人，讵遂以其危险而惮之。诸科之学士，乃因是立会著书，探究种种避险之法。而竞争之中，遂有奇人出现，成此伟大之业。[3]

《飞行记》的行文远比《空中旅行记》简洁沉稳，不见刻意的渲

---

① 〔清〕蒋维乔，《鹪居日记》，甲辰年七月十六日（1904 年 8 月 26 日）之条目，《蒋维乔日记》（北京：中华书局，2014），第 1 册，页 458。

② 该条日记云："寄仁冰译《银行之贼》小说与芝孙。"详见〔清〕蒋维乔，《鹪居日记》，甲辰年十月初四日（1904 年 11 月 10 日）之条目，《蒋维乔日记》，第 1 册，页 478—479。

③ 〔法〕萧尔斯勃内著，〔清〕谢炘译，《飞行记（上）》（上海：小说林社，1907），第 1 节，页 1。

染或夸大。若是核对日译本，可见到谢炘因使用文言语气，更为精简，几乎只用一半文字即可表达日译本的原意，如"亚非利加洲野蛮之巢穴也。欧罗巴人入其内地，率为野蛮所贼害"短短几句，即可概括日译本以大半段落表述非洲乃是"危险""野蛮"之地的内容。

《飞行记》保留三十五节，未做章节变动，只是取消回目名称。日译本第一回"学士刚胆气空中旅行"，中译本却改为"第一节"；日译本第三十五回"旅客果断毁乘舆，气球毕程归无常"，中译本改为"第三十五节"。虽然取消回目，但内容差异不大，仅出现不同的段落结束点。中译本第二节的最后一句"二月十日，贝尔逊择一空旷地试球，抑扬靡不如意，世人益信贝矣"[①]，乃是日文版第三回的开首段；中文版第十八节的最后一句"明日土曜日也"[②]，乃是日文版第十九回的开首段。相比起四十五回版本的法文版，省略为三十七回版本的英译本，再省略为三十五回的日译本，中译本的调动仅属于枝微末节。相比起英译本对于法文版的翻译、日译本对于英译本的翻译以及《江苏》版本对于日译本的翻译，谢炘《飞行记》可谓是最忠实的版本。

综上而观，从凡尔纳原著 *Cinq semaines en ballon*—Chapman（1863）英译本 *Five Weeks in a Balloon*（1870）—井上勤日译本《亚非利加内地三十五日间空中旅行》（1883）—《江苏》中译本《空中旅行记》（1903）与谢炘中译本《飞行记》（1907）的翻译过程，由法国、英国、日本到中国，经历了 43 年的时间，终于完成文本跨文化行旅。从法原著发展到中译本，各译本在不同阶

---

① 〔法〕萧尔斯勃内著，〔清〕谢炘译，《飞行记（上）》，第 2 节，页 8。
② 同前注，第 18 节，页 8。

段经历程度不一的变调，且反映各自相对看重的主题。本章接而分成数节，从地理学、科学冒险与文明与野蛮等角度，开展讨论。

三、地理学路线：穿越非洲的心脏

虽然早于 19 世纪七八十年代，中国已出现数部有关非洲传记的译著，如《黑蛮风土记》与《三洲游记》，却因大规模简化地理学片段与注入文人诗词，未能完全彰显原著的地理路线。在 20 世纪初晚清小说界对于"地理小说"的提倡中，由《小说林》出版的《飞行记》，大致可以反映原著面貌，成为第一部大幅度摊开非洲内陆地理路线的中文译著。本节将探讨与评估《飞行记》作为"地理小说"的翻译意义。

《飞行记》比起《黑蛮风土记》与《三洲游记》，大幅度降低文人的诗学与文采，更忠于其所依据的版本，恰可反映 19 世纪七八十年代到 20 世纪初译著水平的进展。早期沈定年、邹弢等人在口述者的协助下笔述《黑蛮风土记》《三洲游记》，都因过度发挥文辞，导入原著所无的诗词与情节，将译本变为了"逞才肆情"的文本。不同于几位前辈，谢炘改变了以文辞为率的翻译模式。谢炘具有更扎实的翻译素养，不需由旁人协助，他独自翻译《飞行记》，克服了口述者与笔述者之间的鸿沟，更能完整呈现原著面貌。相比起内文迷失方向的《黑蛮风土记》与《三洲游记》，《飞行记》达到此前数部译著尚未能达到的高度，揭开了凡尔纳原著有意彰显的非洲路线。

在晚清小说界提倡"地理小说"的呼声中，凡尔纳《气球上的五星期》进入彼时人士的眼帘，不让人意外。出版《飞行记》的《小说林》社，积极推动地理、冒险等中国文学传统较为缺乏的类别，从出版社的宣言——《谨告小说林社最近之趣意》，即可见其欲提倡的书写类型："地理小说（北亚荒寒，南非沙漠，《广舆》所略，为广见闻）、冒险小说（伟大国民，冒险精神，鲁敏孙欤，仅朴顿欤，雁行鼎足）"①。不仅仅是《小说林》，各家小说出版社亦参与其中，提倡或思考地理小说，如陆君亮替《月月小说》写发刊词提及"白话小说分数家"，其中"好言险要，则为地理家之小说"②。1907 年，《广东戒烟新小说》刊登计伯《绪论：论二十世纪系小说发达的时代》，提及因现实世界无法"穷北亚之荒寒，道南非之沙汉"，而需"著地理小说"。"地理小说"可以"开辟其荒凉之域"，如同科学小说可以"抽绎其哲妙之理"、国民小说可以"澎涨其爱种之心"、冒险小说可以"追深其独行之猛"③，各具功能妙用。

就晚清各翻译与创作小说中，最常被贴上"地理小说"标签的是凡尔纳的小说。《小说林》社宣传包天笑翻译凡尔纳的《秘密使者》时，将之标为"地理小说"。包天笑附于该书的《译余赘言》，提及地理小说比起"地理书"的趣味："西伯利亚之地理书，非枯涩无味即繁冗生厌，今此书于小说之中详述西伯利亚风土人情山川景物，使读此书者如游历一周，则亦不无小补。故译者于此恒以笔墨渲染之,使读者精神一振焉。"④ 此外,凡尔纳《环

---

① 〔清〕小说林社，《谨告小说林社最近之趣意》，《车中美人：艳情小说》（上海：小说林社，1905），页 2、6。

② 〔清〕陆君亮，《〈月月小说〉发刊辞》，《月月小说》第 1 年第 3 号（1906年 12 月），页 8。

③ 〔清〕计伯，《绪论：论二十世纪系小说发达的时代》，《广东戒烟新小说》第 7 期（1907 年 12 月 1 日），页 2—4。

④ 〔法〕迦尔威尼著，〔清〕天笑生译，《译余赘言》，《秘密使者》（上海：小说林社，1907），页 1。

游地球旅行记》出版时，出现长篇阔论的广告文："看，看，看！
政治小说、地理小说、游记小说、冒险小说、侦探小说、科学
小说、社会小说、言情小说。看有趣、有味、有益唯一新奇小说
《环游地球旅行记》足本全书出现⋯⋯是编面目虽仅仅为小说家
言，而卷中所述如山川风土、名都胜迹、各埠商业、环球形势、
各国政治等，无不言之甚详，号为小说，实含有天文、地理、航
海、测绘，以及农工商业等专门学数十种。"① 《小说林》出版社多
次于小说广告时投射"地理小说"可以涵盖的空间版图：从"北
亚荒寒"到"南非沙漠"，反映宽广的地理想象。《飞行记》出版
时，《小说林》社便为其贴上"地理小说"与"冒险小说"的标
签。

凡尔纳《气球上的五星期》叙述主人翁以五星期的时间，由
位于非洲东南岸的桑给巴尔，穿越非洲腹地，抵达位于非洲西岸
的塞内加尔。该著作以精准的经纬度勾勒所经地区，道出非洲地
理学。1894 年，凡尔纳接受美国杂志 *McClure's Magazine* 访问时，
揭开《气球上的五星期》的写作意图：

> 我的《气球上的五星期》并非关于乘坐气球的故事，而
> 是关于非洲。我总是对地理和旅行深感兴趣，也想要对非洲
> 进行浪漫的描述。现在，唯有气球能让我的旅行家穿越非洲，
> 而这就是我写气球的缘故。⋯⋯可以说，在我下笔的时候，

---

① 转引自陈大康，《晚清〈新闻报〉与小说相关编年（1906—1907）》，《明
清小说研究》2008 年第 1 期，页 178。原文载于《新闻报》丙午年四月十五日
（1906 年 5 月 8 日）。

我并不相信自己会有机会驾驭气球，现在也不相信。[①]

相对于该小说广被宣传的"气球飞行"，凡尔纳更注重"非洲地理"。他调动各种关于非洲的地理学报告与探险者传记，甚至介入彼时尚在探索的地理学谜团，安排人物探勘尼罗河源头的具体方位，反映对"地理和旅行的痴迷"，"想给非洲一个浪漫的描述"的书写动机。不同于哈葛德将"非洲"视为一上演传奇与冒险故事的空间背景，凡尔纳将"非洲地理学"推到舞台前沿，浏览过去数百年西方探险者探索的非洲路线。

　　早于19世纪五十年代，凡尔纳经常到法国国家图书馆抄录资料，掌控各种科学与地理学的最新动态。他提及自己写作的知识来源："每天由始至终阅读十五份不同的报纸，一直是同样的报纸"，"我发现什么有用的东西，就摘录下来。后来，我阅读杂志，如《蓝色杂志》(*Revue Bleue*)、《粉红杂志》(*Revue Rose*)、《两个世界杂志》(*Revue des Deux Mondes*)、《宇宙》(*Cosmos*)、加斯东·蒂桑迪耶《自然》(*La Nature*)和弗拉马里翁的《天文学》(*Astronomie*)等。我也翻阅学术团体的简报，尤其是'地理学会'的那些简报，因为你们会发现，地理既是我的爱好也是我的研究课题"，"我反复阅览《周游世界》(*Le Tour du Monde*)汇编，里面搜集了一系列游记。迄今为止，我搜集各种各样的摘要，至少

---

　　① R. H. Sherard, "Jules Verne at Home," *McClure's Magazine*, Vol. 2, No.2 (1894.1), 120. 原文如下："I wrote *Five Weeks in a Balloon* not as a story about ballooning, but as a story about Africa. I always was greatly interested in geography and travel, and I wanted to give a romantic description of Africa. Now, there was no means of taking my travelers through Africa otherwise than in a balloon, and that is why a balloon was introduced...I may say that at the time I wrote the novel, as now, I had no faith in the possibility of ever steering balloons."

还有两万条摘录尚未派上用场"①。

写于六十年代的《气球上的五星期》，透过虚实交错的想象，连接各探险者通往非洲内陆的数条路线。与其说该小说是有关气球飞行的冒险小说，倒不如说是有关非洲地理学的小说。作者充分掌控了现实中各探险家的最新发现与局限：

> 巴尔特博士沿着德纳姆和克拉珀顿开辟的道路一直到了苏丹；立温斯敦博士从好望角到赞比西亚盆地反复进行了不屈不挠的调查；博顿上尉和史毕克上尉发现了内陆大湖；他们为现代文明打通了三条道路。三条道路的交叉点可谓是非洲的心脏。但至今还没有一位旅行家能涉足该地区。我们的全部力量正应该使在那儿。②

上述片段点出该书最重要的主旨：如何穿越非洲的心脏？固然，地理学家已为"现代文明"打通"三条道路"，可是都无法跨越三条路线的交叉点——"非洲的心脏"，各方人马只能折返原点。著有五卷本巨著《中北非游记和发现》的德国地理学家巴尔特循着前辈的路线，从非洲北部探入，抵达苏丹。英国传教士立温斯

---

① R. H. Sherard, "Jules Verne at Home," *McClure's Magazine*, Vol. 2, No.2 (1894.1), pp.120-121.

② Jules Verne, *Cinq semaines en ballon*, p.9. 原 文 如 下："Le docteur Barth, en suivant jusqu'au Soudan la route tracée par Denham et Clapperton ; le docteur Livingstone, en multipliant ses intrépides investigations depuis le cap de Bonne-Espérance jusqu'au bassin du Zambezi ; les capitaines Burton et Speke, par la découverte des Grands Lacs intérieurs, ont ouvert trois chemins à la civilisation moderne ; leur point d'intersection, où nul voyageur n'a encore pu parvenir, est le cœur même de l'Afrique. C'est là que doivent tendre tous les efforts."

敦从非洲南部好望角，步步探入赞比亚。曾翻译《天方夜谭》的英国探险家博顿上尉偕同下属史毕克，从非洲西南方探入非洲内陆的大湖区。他们从不同方向探入非洲内陆，但都无法穿越"非洲的心脏"。

对于前十回合多有删除与浓缩的 Chapman 英译本，虽未删除上述最关键的环节——指出三位地理学家从不同方向探入非洲的路线——可是却将原本属于第二回的内容浓缩到译本第一回，并且将引文的最后三行浓缩为一句："…he felt that Africa was still a mystery. Man's physical strength, devotion, and courage seemed not enough for the giant task." [1]（……他感到非洲仍是一个谜。人的体力、投入度与勇气，似乎不足以完成这项艰巨的任务。）经由浓缩后，译本错失关键句："三条道路的交叉点可谓是非洲的心脏"。若是核对彼时最接近原著的 Appleton 英译本，可见到其于第二回完整呈现 Chapman 版本错失的文句："Their point of intersection, which no traveller has yet been able to reach, is the very heart of Africa, and it is thither that all efforts should now be directed." [2]（它们的交汇点就是非洲的心脏所在之处，至今还没有任何旅行家能够抵达，我们现在应该尽一切努力，往那里前进。）

Chapman 对于原著的浓缩，多少牵制了日译本与中译本的面貌，使其都错失了"非洲的心脏"。此外，井上勤出现判断失误，混淆了人名与地名，原本应是巴尔特循着前辈德纳姆和克拉珀顿的路线抵达苏丹，却变为是バーズ（巴尔特）从"デンハム"（德纳姆）到"クラベルトン"（克拉珀顿）的地理方位，进入"ス

①　Jules Verne, *Five Weeks in a Balloon*, p.2.

②　William Lucknow, *Five Weeks in a Ballon* (New York: Appleton& Co., 1869), p.18.

ーダン"（苏丹）[①]，这反映了亚洲译者对于非洲地理路线的隔阂。当谢炘依循日译本翻译该片段时，必然受制于日译本视野，实属非战之罪。撇开该失误，谢炘几乎把握了日译本的内容：

> 以为非洲之探险，始于巴士氏，氏自顿哈姆，取道克拉贝顿，遂入斯唐；次之为立温斯顿自喜望峰深入桑贝希江，更进一不知名之地；又次为巴顿及斯贝克两氏，曾入内地，发见湖水甚多。吾欧人固以善冒险，名闻世界，顾自数子后，无赓续之者，不可谓非一遗憾也，且此数子者，其所得仅千万分之一，讵足以自豪，非洲纵险恶地……[②]

在跨文化的行旅中，各版本因各种原因而导致讯息逐渐减少，导致错失核心概念，可是基本上仍能呈现原著提及的三条通往非洲内陆的路线。虽然出现局部遗漏或混淆的现象，并不妨碍各译著对于原著的非洲路线的整体呈现。仔细核对全文，谢炘翻译的《飞行记》，大大超越了此前各种非洲传记的翻译成果。

19 世纪六十年代，凡尔纳早已透过虚实交错的叙事想象，探向现实中各探险家的不足之处，安排人物乘着气球，横跨先前各地理学家所无法横跨的"非洲心脏"。长期出版凡尔纳小说的知名出版商赫泽尔，于 1866 年替凡尔纳《哈特拉斯船长历险记》（*The Voyages and Adventures of Captain Hatteras*）写序时，预告凡尔纳未来一系列科学冒险小说系列，将会结集为《在已知和未知的世界中的奇异旅行》（*Voyages Extraordinaires dans les Mondes*

---

① 〔英〕ジュールス・ベルネ著，〔日〕井上勤译，《亚非利加内地三十五日间空中旅行》，第 1 回，卷 1，页 3。

② 〔法〕萧尔斯勃内著，〔清〕谢炘译，《飞行记（上）》，第 1 节，页 1—2。

Connus et Inconnus）:"to outline all the geographical, geological, physical, and astronomical knowledge amassed by modern science and to recount, in an entertaining and picturesque format ... the history of the universe." [1]（概述现代科学累积的所有地理、地质、物理和天文知识，并以生动有趣的方式叙述……宇宙的历史。）此一由林泽尔预想的总集名称——"在已知和未知的世界中的奇异旅行"，稍稍变动，便能道出《气球上的五星期》的路线安排——"从已知到未知又到已知的奇异旅行":

"已知世界":赤道以南
- （博顿与斯皮克〔史毕克〕等人从非洲东南部的英属地桑给巴尔出发）

"未知世界":非洲心脏
- （从南纬 2° 到北纬 9°）

"已知世界":赤道以北
- （巴尔特、德纳姆、克拉珀顿，非洲西北部的法属地塞内加尔）

　　凡尔纳《气球上的五星期》法文版内页附上非洲路线的插图，反映上述从"已知"到"未知"又到"已知"的路线（见图 4-7）。路线的起讫点是 19 世纪后半叶"瓜分非洲"的两大殖民力量:英国势力主要在非洲南部，从南非、博茨瓦纳、津巴布韦和赞比亚到东非肯尼亚。法国势力集中于大西洋沿岸向内陆扩展，从塞内加尔、马里、尼日尔到乍得，建立横跨尼罗河和尼日尔河之间的殖民地。小说人物自 4 月 15 日自英属地桑给巴尔出发，经由

① Arthur B. Evans, *Jules Verne Rediscovered: Didacticism and the Scientific novel*, pp.29-30.

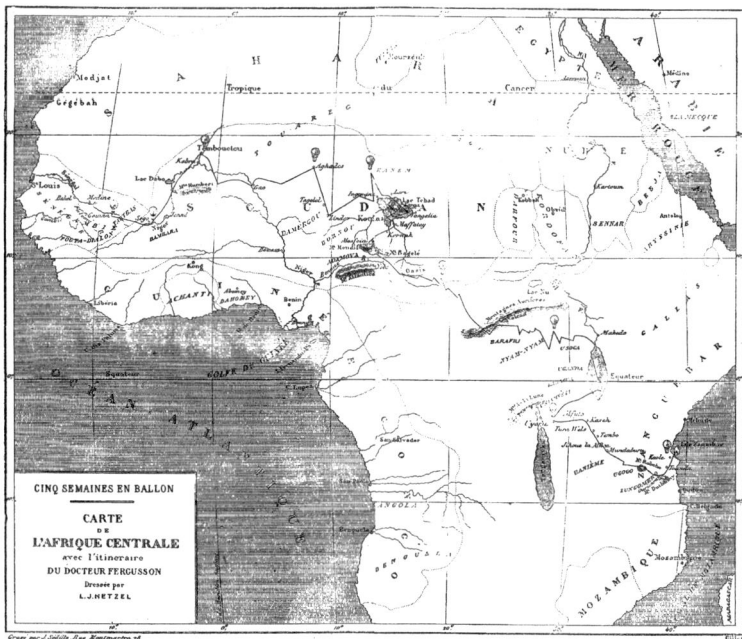

图 4-7　法文版《气球上的五星期》中的非洲路线插图

25 日的飞行后，于 5 月 12 日，"我勇猛之维多利亚"抵达法国属地达西匿轧鲁河（塞内加尔河）。[①] 此一气球飞行，始于英国占据地，终于法国占据地，实也是殖民主义意识形态的象征空间——景观不只是纯粹自然的物质空间，却是嵌入近现代殖民话语、科学技术与权力控制的空间。

　　此小说的翻译，无疑扩大了"地理小说"的内容，概括了 19 世纪五六十年代各探险队伍由西南到东北的路线，揭开了非洲的内陆。小说主要连接博顿与史毕克 1857 年的尼罗河源头探索路

----

① 〔法〕萧尔斯勃内著，〔清〕谢炘译，《飞行记（下）》，第 24 节，页 31。

线与巴尔特于 1849 年至 1855 年的非洲北部探索路线，将过去仍无人可越过的非洲腹地串联起来。1857 年，博顿中尉和史毕克中尉受伦敦皇家地理学会派遣考察非洲大湖，厘清尼罗河源头的具体位置。《飞行记》的翻译，恰好回应本书讨论的另两部非洲传记——《黑蛮风土记》与《三洲游记》所试图厘清的尼罗河源头问题，使得 19、20 世纪之交的非洲译著，围绕着尼罗河而展开，开启了小说叙事与历史现实更多虚实交错的对话。小说人物乘着气球的叙事，是在回应六十年代各地理学家争议不休的尼罗河源头问题。

凡尔纳意识到现实中的探险家由南往北探索时，没能跨越南纬 2 度线，于是气球飞行变成是一可以解决的模式：人物搭着气球，飞过各探险家无法穿越的界线，演绎处于空白状态的"非洲心脏"。他透过科学测量，将南纬 2° 到北纬 9° 之间的经历之地，一一置入纬度之间，如"南纬二度四十分，距赤道百六十英里，过数村落，见野蛮人民"①。从南纬转入北纬，"九时稍近西岸，滨湖地味荒芜，深林郁生，至在北纬二度四十分之岸，则成一大广角形"②，"球再落于砂漠，在东经十九度三十五分，北纬六度五十一分，距欺耶独湖五百英里，亚非利加西岸四百英里，而其地于海面同高，二人惊醒，知有变，急起，共至舆外"③。作为地理小说的翻译，《飞行记》展现了新的空间测量，如北纬、南纬、东经、西经等标志，勾勒了南纬 2° 到北纬 9° 的"未知地带"。

此一由经纬度支撑的坐标，已非中国传统的神秘飞行法，却是将一未知的空间，纳入科学测量的经纬单位。《飞行记》循着

---

① 〔法〕萧尔斯勃内著，〔清〕谢炘译，《飞行记（上）》，第 11 节，页 52。
② 同前注，页 55。
③ 〔法〕萧尔斯勃内著，〔清〕谢炘译，《飞行记（下）》，第 19 节，页 9。

经纬度坐标，呈现从"已知"到"未知"又到"已知"的叙事路线。穿越未知的非洲心脏后，凡尔纳接上德国地理学家巴尔特于1849 年至1855 年探索非洲北半部的路线。巴尔特从非洲北岸突尼斯登陆，往东的黎波里前进，往南到利比亚的加特省，又到尼日尔北部的阿加德兹与尼日利亚北部的卡诺，1851 年 3 月抵达乍得湖。1852 年 11 月，同伴奥韦尔韦格逝世，他则向西深入，穿越尼日尔河，到达位于马里的古城丁巴都。巴尔特面临各种苦难、煎熬与威胁，1855 年 9 月，他成为唯一返回欧洲的劫后余生者，"归欧洲者仅巴氏一人耳"，其探险同伴客死异乡，"利欺雅德逊卒于寻达亚"，"渥巴乌淮古抵马拉奇而亦道亡"[①]。

固然，中译本依循日译本，将空间场景纳入科学测量的经纬单位，整体上有相当的忠实度。可是，晚清译者一旦碰到沧桑变化的古城片段时，便会触发文人情怀，注入自身的诗学，使得科学路线又产生某种程度的转调。小说人物循着巴尔特的足迹，探索赤道以北的非洲路线，抵达古城丁巴都（Timbuctoo）时，格外触动中译者的心绪，便悄然渗入中国文人惯有的情怀，导致译本出现情感基调的转向。法文原著第三十九章描述众人抵达古都丁巴都，看到硕果仅存的三座清真寺庙，浏览街道巷弄，发现曾经显赫的古城已然失去昔往辉光："Le cheik est un simple trafiquant, et sa demeure royale un comptoir."（这里的酋长只是个普通的商人，所以，他的官邸不过是个商行罢了。）叙事者接着追忆丁巴都的历史，16 世纪时因艾哈迈德·巴巴设立藏书室而成为 "centre de civilisation"（文明中心），如今变为 "entrepôt de commerce de

---

① 〔法〕萧尔斯勃内著，〔清〕谢炘译，《飞行记（下）》，第 30 节，页 57。

l'Afrique centrale"（中非的贸易货栈）。①

针对丁巴都片段，英、日、译本出现程度不一的改写。英译本为让冒险情节更为紧凑，删除了上述街景描写，但大致可以呈现原著面貌，道出古今对照的丁巴都："The sheik is now but a tradesman, and the royal palace a shop."（酋长现在不过是个商人，皇宫不过是个商店。）曾设有藏书室的 "centre of civilization"（文明中心）已变为 "a depot or the trade of central Africa"（中非的仓库）。② 日译本则是出现一些变动，将法文版、英译本中的"文明中心"变为"文学最も隆盛"（文学最盛行）的文学中心，法文版的"中非贸易货"、英译本的"中非仓库"，微调为"中央阿非利加の一市场"（中非市场）。此外，井上勤加入个人的感慨语气："荣枯盛衰の速やかなる实に叹ず可き哉"③（荣枯盛衰之迅速，令人不胜感慨），并且将"一千六百卷"的藏书变为"一万六百卷"，这可能属无心之失。日译本数处出现数字失误，如法、英文版小说人物自称是"第十五、十六个欧洲人抵达丁巴都"，日译本译为"第五位或第六位欧洲人抵达丁巴都"，漏掉"十"，④ 却大致遵循原著方向，透过人数凸显闯入丁巴都的困难度。

相形之下，中译本翻译沧桑古城时，出现较大的变化：多少人抵达丁巴都，无关宏旨，因而直接删除人数。译者循着自身的文化语境，提高文人感慨：

---

① Jules Verne, *Cinq semaines en ballon*, p.415.

② Jules Verne, *Five Weeks in a Balloon*, p.333.

③ 〔英〕ジュールス・ベルネ著，〔日〕井上勤译，《亚非利加内地三十五日间空中旅行》，第 32 回，卷 7，页 50。

④ 同前注，第 30 回，卷 7，页 35。

昔时数多之殿堂，只存其三，并石碑亦无之，而王则变为商人，王宫又不过一商店，荣枯盛衰，变易靡常，沧桑之感，不禁重欤。开匣奇曰："市街之墙壁，胡如将倾倒者。"贝尔逊曰："彼墙壁一千八百二十六年，为法兰西人所毁坏，今尚有三分一之大。"十一世纪初，四方皆属之，其后兴废不常，时属苏亚来古人，时归逊拉浑人，最后经摩洛哥所领，遂入甫罗人之手，十六世纪，文学最隆，有亚美德巴之学者，万六百卷写本之图书馆，今则悉为灰烬矣。[1]

虽然，谢炘在诸多片段都相当节制，沉稳简洁，可是翻译到上述具有"旧时王谢堂前燕，飞入寻常百姓家"意味的丁巴都场景，却无法克制地加入了中国文人的情感与诗学。译者承接井上勤的感慨，更进一步发挥："荣枯盛衰，变易靡常。沧桑之感，不禁重欤"，又循着日译本的"失误"，称丁巴都为"文学最隆""万六百卷写本之图书馆"。中译者显然意犹未尽，删除了前面各版本指出的"中非贸易栈"（法文版）、"中非仓库"（英译本）、"中非市场"（日译本）的场景，又自行发挥，加入"今则悉为灰烬矣"。于是，曾经反映文学之隆的图书馆灰飞烟灭，一切繁华成为过眼云烟，愈发凸显"荣枯盛衰，变易靡常"的感慨。原本日译本属于无心之过的数字失误，在中译本的承接中，加剧想象的空间：相比起一千六百卷，一万六百卷的藏书在熊熊大火中燃烧成灰，更能道出"沧桑之感，不禁重欤"。译者抚今追昔，演绎丁巴都片段，投射了中国文人的情怀。

凡尔纳《气球上的五星期》以"地理小说"形式，转化艰涩

---

[1] 〔法〕萧尔斯勃内著，〔清〕谢炘译，《飞行记（下）》，第32节，页64—65。

枯燥的地理学知识与讯息，传达了各西方探险家正在探讨或解决的地理议题。小说一一串联起巴尔特、立温斯敦、博顿与史毕克等非洲探勘者的系谱，频频回顾、想象与勾勒各探勘者的足迹，从已知到未知又到已知，完成从桑给巴尔到塞内加尔的路线，它对于晚清小说界而言无疑是"地理小说"的范本。虽然，中译本大致依循其所依据的版本，可是翻译到沧桑古城时，却加入文人感慨，使得原著中由科学测量经纬度支撑的地理路线，注入了中国文人的情怀，产生了变化。

四、文明阶梯论：文明、半开化与野蛮

在资本主义、工业革命与社会发展的背景下，19世纪的欧洲在对外扩张过程中，构建了一套"文明"话语，从种族差异或不同地区，按照等级排列"文明、野蛮、蒙昧"或"文明、半开化、野蛮"等"文明阶梯"（ladder of civilization）[1]，反映了欧洲人立基于自我中心的世界表述。写于19世纪六十年代初的《气球上的五星期》必然也反映此一话语。它安排三位人物搭着先进的科技交通，居高临下，俯视蛮荒原始的非洲形象，屡屡投射"文明进化"的主题，强调欧洲文明与白人的优越感。本节将聚焦讨论晚清译者如何透过日译本接受与转化凡尔纳小说所呈现的"文明"与"野蛮"视野。

---

[1]　关于西方19世纪欧洲拓展的"文明阶梯"论，可见刘文明，《19世纪欧洲"文明"话语与晚清"文明"观的嬗变》，《首都师范大学学报（社会科学版）》2011年第6期，页16—25。

（一）文明进化？文明中心？文明毁灭？

在文明进化的话语下，19 世纪五十年代，正值演化论述喧腾发展之时：斯宾塞（Herbert Spencer，1820—1903）1857 年的《进步：法则与原因》（*Progress: Its Law and Cause*）从演化论*（evolution）观研究社会变迁（social change）的思考。1858 年达尔文（Charles Robert Darwin，1809—1882）与华莱士（A.R. Wallace，1823—1913）共同发表论文《从原始形态探究变异体不确定地分异倾向》（"On the Tendency of Varieties to Depart Indefinitely from the Original Type"）。1859 年，达尔文正式发表他自三十年代便苦思经营的演化论述——《通过自然选择的物种起源，或在生存竞争中优势种类的保存》（*On the Origin of Species by Means of Natural Selection, or the Preservation of Favoured Races in the Struggle for Life*，或简称《物种起源》），挑战神学论，引发各界震撼。这些相互激荡的思考，展现了"物竞天择，适者生存"的理论原理，为物质、生物及社会世界发展提供一科学阐释的视角。

写于六十年代初的《气球上的五星期》，回应彼时广泛传播的"进化论"。凡尔纳勾勒宏观的演化叙述，一一铺叙与归纳世界五大洲过去与未来的文明发展蓝图：亚洲最先崛起，随着欧洲的崛起，亚洲从荣景步向衰落。同理，欧洲因过度发展而衰竭，接而被美洲取代，待美洲发展到极限后，非洲绝对是发展重镇：

　　非洲就将把几个世纪来在它的怀抱中孕育的财富奉送给

＊　又译为"进化论"。——编者注

新的种族。至于这种对外地人有害的气候，将会通过土地轮作和排水的办法得到改善。这些散乱的水流也将汇集到一条河里，形成一条航运交通干线。而我们现在漫游的这个比其他地方肥沃、富裕、更有生气的地区将会变成某个伟大的王国。到那一天，这儿将产生比蒸汽、电更令人敬佩的发明。①

原著安排人物以对话的方式，演述美洲发展衰竭后，非洲取而代之。非洲的天气气候、土地耕作、排水系统、水流交通将获得改善，土地变为肥沃富饶，甚至产生"比蒸汽、电更令人敬佩的发明"。凡尔纳循着各大洲的进化发展，又更进一步推演非洲发展到极致后的世界将何去何从。该小说投射了文明发展过度后地球灭亡的景象：

> 那或许是个更令人烦恼的时代，比工业为了自己的需要而吞噬一切的年代更叫人厌倦！人类发明了机器，但自己终将被机器毁灭！我一直在想，世界的末日就是某个烧到30

---

① Juless Verne, *Cinq semaines en ballon*, chapter16, p.88. 原文如下："Alors l'Afrique offrira aux races nouvelles les trésors accumulés depuis des siècles dans son sein. Ces climats fatals aux étrangers s'épureront par les assolements et les drainages ; ces eaux éparses se réuniront dans un lit commun pour former une artère navigable. Et ce pays sur lequel nous planons, plus fertile, plus riche, plus vital que les autres, deviendra quelque grand royaume, où se produiront des découvertes plus étonnantes encore que la vapeur et l'électricité."

亿大气压的大锅炉把我们这个星球炸飞的那一天！ ①

对于 19 世纪的欧洲作者而言，因文明过度而投射"世界末日"的危机，是在表现对地球破灭、宇宙消失的忧患，警惕文明终究会被文明反扑的下场。

处于"进化论"理论圈的英国译著——Chapman 英译本第九回"Future of Africa Continent"一节，不让人意外地精准翻译了上述的各大洲演化史，铺展了亚、欧、美洲崛起与衰落的过程。待非洲文明过度发展后地球毁灭 ②，英译本只是稍微调整了量词："我常常想象世界的最后一天，会是某个聪明的家伙制造出一个巨大锅炉的时候，其压力每平方英吋数百万，而会爆炸并把地球炸成原子。"③ 原文"烧到 30 亿大气压的大锅"变为"压力达到数百万平方英吋"，表述策略有变动，却呼应地球爆炸的内容，差异不大。

凡尔纳小说中的文明进化论与世界毁灭论的片段，进入井上勤日译本时，出现釜底抽薪的变调。井上勤抽离各大洲过度发展而衰竭的方向，改以"欧洲"为中心，铺叙欧人先后携带科技文

---

① Juless Verne, *Cinq semaines en ballon*, chapter16, p.88. 原文如下："cela sera peut-être une fort ennuyeuse époque que celle où l'industrie absorbera tout à son profit ! À force d'inventer des machines, les hommes se feront dévorer par elles ! Je me suis toujours figuré que le dernier jour du monde sera celui où quelque immense chaudière chauffée à trois milliards d'atmosphères fera sauter notre globe!"

② Jules Verne, *Five Weeks in a Balloon*, p.92.

③ Jules Verne, *Five Weeks in a Balloon*, p.93. 英文译本描述如下："I often imagine that the last day of the world will be when some clever fellow makes a great boiler with a pressure of millions to the square inch, which will burst and blow the globe to atoms."

明探入美洲与非洲，扩大殖民发展圈。原本的"文明进化论"顿然变为以欧人为主的"文明中心论"，更进一步巩固欧洲作为殖民共主的姿态。取代亚洲的欧洲成为日不落帝国，将野蛮的美洲发展为独立的文明国后，又进入非洲，改善非洲的天气、排水与河流交通，投射非洲的未来远景："電氣或は蒸溌の如き發明より猶ほ一層驚く可き巨大の發明を出すの國となるも決して知るべからざるなり。"①（说不定会成为发明出比电力或是蒸汽机等更惊人的旷世发明的国家。）

　　井上勤违反原著与英译本的叙述，径自将非洲的发展归功于欧人，实反映了日译者的特定位置。"文明开化""富国强兵"与"殖产兴业"乃是明治维新时期的三大政策。知识分子推动与宣扬"文明开化"的论述，如1873年加藤祐一《文明开化》、1875年福泽谕吉（1835—1901）《文明论概略》，都展现了文明追求的诉求，福泽谕吉更是承接"文明阶梯"的话语："现代世界的文明情况，要以欧洲各国和美国为最文明的国家，土耳其、中国、日本等亚洲国家为半开化的国家，而非洲和澳洲的国家算是野蛮的国家"②，指出日本正处于"半开化"的位置中，欲急起直追，挤入与欧洲同位阶的文明国。1885年3月，福泽谕吉又于《时事新报》发表《脱亚论》，主张日本脱离中国儒家路线，"与西洋文明国共进退"③，效法欧洲，全盘西化。

---

　　① 〔英〕ジュールス・ベルネ著，〔日〕井上勤译，《亚非利加内地三十五日间空中旅行》，第9回，卷3，页9。

　　② 〔日〕福泽谕吉著，北京编译社译，《文明论概略》（北京：商务印书馆，1995），页9。

　　③ 〔日〕福泽谕吉，《脱亚论》，《时事新报》第917号（1885年3月16日），页1。

19世纪八十年代翻译凡尔纳小说的井上勤，以欧洲为主轴的"文明中心论"，取代法文与英文版本的"文明进化论"，实是回应自身的时代思潮。在文明阶梯论中，"欧洲"乃是比日本高阶的文明开化国，非洲则是比日本低阶的"野蛮"国，隔着巨大的文明鸿沟，较难展现非洲取代欧洲的进化路线。他改写原著的文明进化论，投射欧人到非洲发展文明技术的内容。不仅于此，对于正追求"文明开化"的译者而言，文明过度而导致地球毁灭的内容，亦跟自身的社会氛围背道而驰，于是铺叙欧人将非洲发展得欣欣向荣后，一笔勾销地球毁灭的片段。

日译本的变调，必然连锁性地牵动中译本的内容。依循日译本的中译本，演绎以欧洲为主的"文明中心论"，并且也错失了因文明过度而导致地球毁灭的片段。谢炘《飞行记》几乎贴紧井上勤版本，翻译欧人将文明带到美洲与非洲的贡献，巩固以欧人为主的"文明中心论"：

> 若不见亚细亚洲，非世界创造祖乎？胡以二千年来，欧洲日益开化，亚洲日益穷蹙？土地减物产之力，人民失劳动之智，至不得保其生计者，是何故欤？又不见亚美利加洲，荒凉寂寞，自昔无人居住者，胡自吾欧人发见后，耕之耘之，开林平山，遂成今日一巨大之开明独立国乎？即以非洲论，自欧人至此，气候亦渐次变化，易寒冷为温和，而耕作水利之事，且益扩张，欧人栖息于其间者，亦以为乐。由是以观，则此国土地富饶，人民伙多，异日必有巨大之发明，过于电气及蒸气者出，事未可知也。①

---

① 〔法〕萧尔斯勃内著，〔清〕谢炘译，《飞行记（上）》，第9节，页41。

在"文明中心论"的主调下，中译本先是呈现欧洲发现美洲，将其发展为"巨大之开明独立国"，又前往非洲，将该地发展为"土地富饶"。中译者将日译本有关欧人"侵入非洲"的片段，变为更温和的叙述："自欧人至此"，接而斩钉截铁地叙述欧人"造化天下"的文明贡献，使得非洲"异日必有巨大之发明，过于电气及蒸气者出"。

　　日、中译本对于欧人的歌颂，反映其对于文明发展的期许，拓展不同于原著的内涵。固然，晚清译者被动依循日译本，可是，若观察晚清的时论与创作，却可发现彼时一系列论述与创作，皆可与日译本的改写方向遥相呼应。对于 19 世纪后半叶的中国作者而言，"文明过度"并非迫切性的议题，在种与种、国与国的竞争中，文明不足才是灭亡关键。如严复翻译《进化论》指出："进者存而传焉，不进者病而亡焉"，"负者日退，而进者日昌"[①]。梁启超《文野三界之别》结合福泽谕吉"文明阶段论"、《春秋》三世说与西方进化论，投射属于晚清中国文人的文明追求视野："泰西学者，分世界人类为三级，一曰蛮野之人，二曰半开之人，三曰文明之人。其在春秋之义，则谓之据乱世、升平世、太平世。皆有阶级，顺序而升。此进化之公理，而世界人民所公认也。"梁启超划分"文野"三阶段，呼吁："国民试一反观，吾中国于此三者之中居何等乎？可以瞿然而兴矣！"[②]对处于"半开（化）"阶段的中国人而言，如何自我警戒不沦于"蛮野"，而又能向上晋升为"文明之人"，即可"瞿然而兴"。

---

①〔清〕严复，《天演论·导言十五》，收入王栻主编，《严复集》（北京：中华书局，1986），第 5 册，页 1351、1352。

②〔清〕梁启超，《饮冰室自由书：文野三界之别》，《清议报》第 27 期（1899 年 9 月 15 日），页 1—3。

若就文学翻译与创作而言，晚清各作者触及"地球灭亡"的主题时，往往透过翻译改写、文学想象的方式，铺陈因文明不足而导致地球破灭的内容。1902 年《新小说》刊出梁启超翻译的《世界末日记》、1903 年《科学世界》刊出王本祥翻译的《蝴蝶书生漫游记》、1908 年《月月小说》刊登吴趼人创作的《光绪万年》，都涉及"世界末日"的主题。可是，作者于翻译或创作的过程中，将此一主题"在地化"为中国脉络的政治忧患，晚清中国面临的并非文明过度的焦虑，而是因进化不足而在汰演变化遭受淘汰的"末日"危机。[①] 从日译本与中译本巩固与强化以欧洲为主的"文明中心论"，删除地球毁灭的片段，反映了其对"文明进化"的期许。

（二）野蛮？黑种？体态丑？

欧洲殖民者构建文明话语，以自身的文明标准衡量其他地区或种族，将"白种"与他种列入"文明阶梯论"时，便出现价值高低的排序，确立起"文明—野蛮"的对立关系，透过他者形象，确立起白种的优越感。凡尔纳小说实也继承了此一话语，屡屡在小说形塑二元化的"白人与黑人"的形象。艾伯格（Peter Aberger）分析凡尔纳的小说时，提出一敏锐的观察："关于非洲人嗜杀成性和仪式性杀人与残暴行为的记述，与关于奴隶悲惨状况的描述一样，皆鲜明而令人反感。凡尔纳的意图十分明显：这种野蛮行径可以合理化白人将其文明带给非洲的干预行为，即便

---

① 笔者此前已专文讨论过关于晚清小说的世界末日的转调，此不再赘论。另文讨论，参见颜健富，《"世界"想象：广览地球，发现中国》，《从"身体"到"世界"：晚清小说的新概念地图》（台北：台湾大学出版中心，2014），页 48—50。

是透过武力。因此，凡尔纳对非洲黑人人性的界定，纯粹是以其与白人文明的关系为本的。"① 凡尔纳力倡解放黑奴，乃是基于西方的人道主义精神，而非因持着黑种与白种平等之理念。凡尔纳未将人道主义的同情延伸到现实中的黑人身上，黑人不过是抽象的人道价值，因而将黑人塑造为嗜杀成性、仪式性杀人的"野蛮"形象，进而合理化白人以"文明"之名殖民非洲的手段。

　　当晚清译者面向"黑人野蛮"与"白人文明"的题材时，普遍因为其自身的位置，而使得译本产生变调。早在谢炘翻译《飞行记》前，晚清译者如第一代官派留美学生史锦镛、沪地文人邹弢、上海天主教会司铎龚柴、福建举人林纾等不同背景的人士，翻译立温斯敦、施登莱与哈葛德等人著作时，屡屡美化白种与丑化黑种，使得黑种与白种出现更悬殊的距离。谢炘踵随前辈的笔调，有意无意地抬高欧洲白人与贬低黑人位阶，使得一篇高空俯瞰非洲的主题，经由译者的翻译，再次将"地面化"的芸芸众生，推入意识形态的深渊，形成地面下的再地面下——"野蛮人居处""野蛮的巢穴"。无论是《江苏》版本的《空中旅行记》或是《小说林》社的《飞行记》的开头之处，都更进一步推演井上勤日译本开卷所写的"暴悪なる人類の巢穴"，将"非洲"演绎为"野蛮之巢穴""野蛮人居处之地""野蛮""贼害""危险"种

---

　　① Peter Aberger, "The Portrayal of Blacks in Jules Verne's Voyages extraordinaires," *The French Review*, Vol. 53, No. 2 (1979.12): 201-202. 英文内文如下："These accounts of the Africans'obsessive bloodthirst and of ritual slayings and cruelty are as vivid and repulsive as the descriptions of the sufferings of the slaves. Verne's intention is quite clear: such barbarism and savagery justify the intervention of the white man, even his use of force, in bringing his civilization to Africa. Thus, it is only in relation to white civilization that Verne defines the humanity of black Africans."

种惨状，"目不忍睹"等[①]，将"非洲"置入野蛮的位置。

若是观察《小说林》社推出《飞行记》时，为促销此书，推出广告文词："土人蛮族、风俗习惯"，显然是以"蛮民"定调该书，呼应晚清各译者对于非洲"土人"的观察视角。中译者面向"文明"主题时，不仅仅是调动欧洲殖民主义有关"文明—野蛮"的文明阶梯论，也召唤中国古代的"文明"概念："具有与茹毛饮血、'榛狂之俗'、蛮野、洪荒、草昧、夷狄、戎番等相对的意义"[②]。此一叠合了中西思潮与传统的概念，更加激化译著的土人形象，《飞行记》由始至终，反复出现"蛮民""蛮族""蛮俗"等字眼。单是"蛮民"一词，便出现 59 次，如"下界蛮民既惊走""尝言尼罗河上流有猛恶凶狞之蛮民，此行当或见之""亚非利加之蛮民，则斩敌头悬于树，以示战胜荣""蛮民见球中火光，疑为彗星，狂叫""吾昔闻蛮民多啖生肉，未尝不怖之""我侪来于开化之国欤，约安曰，然，已不见一介无智之蛮民矣""岛上有最猛恶呼为皮奇渥马士之蛮民，性狰狞，喜杀伐""见人骨累累，蛮民于屋之四角，或唱或跃，和以大鼓""蛮民猛恶暴狞，旅客之殒命于其手者，不知几十人矣""轻气渐减，仍近及地，蛮民呐喊而进"。[③] 凡此种种，无不强化广告文辞所提的"土人蛮族、风俗习惯"，渲染非洲居民凶猛愚昧的印象。

---

① 〔法〕萧鲁士著，译者佚名，《空中旅行记》，页 122、123；〔法〕萧尔斯勃内著，〔清〕谢炘译，《飞行记（上）》，第 1 节，页 1。

② 黄兴涛，《晚清民初现代"文明"和"文化"概念的形成及其历史实践》，《近代史研究》2006 年第 6 期，页 4。

③ 〔法〕萧尔斯勃内著，〔清〕谢炘译，《飞行记（上）》，第 8 节，页 31；第 12 节，页 59；第 13 节，页 64；第 15 节，页 71。《飞行记（下）》，第 21 节，页 16；第 22 节，页 20；第 25 节，页 35；第 28 节，页 48；第 33 节，页 69；第 35 节，页 78。

当中译者贬低非洲蛮民的位置时，却相对美化或丰富白人的面貌。就小说译本中的人物而言，谢炘《飞行记》重塑主人翁贝尔逊的形象：

> 贝尔逊者，英伦人，丰姿皙白，躯干雄伟，眉秀而鼻隆，望之威风凛然，性勇敢，每作事，不为艰难所困，膂力绝伦，日行百里无倦容，尤喜探索世界上奇秘之事，尝独居深念。[①]

核对井上勤日译本，即可发现日文版中并无外观容貌的描写，只提及"大胆なる一学士あり其名を沙梦见児边児月孙"[②]（大胆的学士沙梦见儿边儿月孙），中译本加入"丰姿皙白""躯干雄伟""眉秀而鼻隆"，凸显冒险主人翁"望之威风凛然，性勇敢"的特质。

相对于译者对白人形象的美化，非洲黑种则是受到丑化。以加拉古怀（Karagwah）一带的女人形貌为例，即可见译者的负面笔调。凡尔纳原著带着肯定的语气，叙说该地以胖为美的妇人体态：

> 这里的人都长得相当漂亮。看到气球飞来，他们那棕黄色的脸上露出了非常惊讶的表情。一些奇胖无比的女人在田间地头上困难地行走着。博士告诉伙伴们，这种胖是每天坚

---

①〔法〕萧尔斯勃内著，〔清〕谢炘译，《飞行记（上）》，第 1 节，页 1。

②〔英〕ジュールス・ベルネ著，〔日〕井上勤译，《亚非利加内地三十五日间空中旅行》，第 1 回，卷 1，页 2。

持吃凝乳的缘故。①

从 Chapman 英译本到日译本，都可见到各译本遵循此一方向，以正面或中性的笔调描写当地女人的体态。英译本第十一回翻译该片段，描写三位主人翁乘气球见到加拉古怀人，语气稍改变，变为"绝不难看"（by no means bad looking），指出"形体肥胖——当地受到高度评价的肥胖体格，乃是受到当地奶酪之影响"（all this embonpoint—highly valued—was produced by a compulsory regimen of curdled milk）。② 日文译本第十一回翻译三位人物看到"カラグア"（Karagwah）的肥胖的妇人，虽然漏掉法文与英文版有关强迫性饮食乳酪法所刻意造成的肥胖体态，却写出妇人"丑恶ならず"③，"ならず"乃是日文中的"否定"之意——"不丑"，恰能对应英文版的"by no mean bad looking"。

前面几种译本描写当地妇人的体态，虽有所变化，从"漂亮"发展到"不难看""不丑陋"，基本上都属于正面或中性描述。可是，进入中译本后，谢炘却循着自身对于非洲人的既定印象，抽离各版本有关否定"丑陋"的副词——英文"by no means"与日文"ならず"，直接逆转为"丑陋"的肯定句，将"体态美"变为"体态丑"：

---

① Juless Verne, *Cinq semaines en ballon*, XVIII, p.195. 原文如下："On apercevait facilement les figures ébahies d'une race assez belle, au teint jaune brun. Des femmes d'une corpulence invraisemblable se traînaient dans les plantations, et le docteur étonna bien ses compagnons en leur apprenant que cet embonpoint, très-apprécié, s'obtenait par un régime obligatoire de lait caillé."

② Jules Verne, *Five Weeks in a Balloon*, XI, pp.119-120.

③ 〔英〕ジュールス・ベルネ著，井上勤译，《亚非利加内地三十五日间空中旅行》，第 11 回，卷 3，页 44。

贝大悦，执望远镜四望，忽见彼一隅有小国，童童不毛，仅山间有耕地，而岗峦起伏，其形殊高。至近湖边稍平坦，田则悉莳以麦，无植禾者，芭蕉丛生，颇繁茂。土人用以造一种之粗酒，人居于小屋，屋外蔷薇蔽之，约有五十余轩，是即加拉古怀之首都。其人民容貌丑恶，肌肤稍黄，带茶褐色，妇人又极肥满。①

中文著作删除肥胖受人尊重之意，投射自身的意识形态，描写"容貌丑恶""妇人又极肥满"。此一"又极肥满"搭配上"容貌丑恶"，完全逆转了前面各版本的语气，使得原著中受到称许的女性形象完全负面化。

从上所论，可见日、中译者的位置，左右了他们对于凡尔纳小说的接受方式：在"文明进化"与"文明—野蛮"的议题上，出现微妙的转调，使得原著的"文明进化"变为以欧洲为中心的"文明中心论"，并且删除文明过度而导致地球破灭的片段，丑化了非洲人物的形象。

五、科学冒险：非洲飞行记

19世纪初，凡尔纳各小说翻译传播到中国，对于"冒险小说"类型的形塑，具有推动的作用。不同于传统的神魔小说，晚清作者结合"冒险"与"科学"，摆脱文学传统的神魔想象，展现了不同的叙事阐释的模式。《飞行记》对于中国传统所缺乏的书写

---

① 〔法〕萧尔斯勃内著，〔清〕谢炘译，《飞行记（上）》，第11节，页52—53。

类型，提供了更多参照，从空中飞行到海上漂流，开启了科学冒险的想象。

相对于凡尔纳对非洲地理学的重视，《气球上的五星期》进入英译本脉络时，可见到冒险成分有逐渐被放大的趋势。Chapman 英译本变为三十七回，大幅度缩减前十回的非洲地理学、探险背景与行程准备的内容，略嫌枯燥，可是自第十一回合开始描写气球飞上非洲空中，人物沿途遭遇困难与挑战，与大象、狮子、鸟群与土人搏斗的历程，又经历狂风暴雨、干燥沙漠与热带树林等环环相扣的冒险情节，高潮迭起。Chapman 英译本不再删除任何回合，逐章翻译，恰能反映该译本对于"冒险"情节的重视，且奠定了随后的日、中译本的面貌。

日译本《亚非利加内地三十五日间空中旅行》虽仅保留 18 张插图，可是自行设计封面，将同属圆形状的地球与气球巧妙融合为一，以经纬线穿梭，传达了地理学、科学与冒险精神的旨趣。经纬度反映科学化的测量，五大洲投射地理学路线，气球飞行表征冒险精神。地球图左边是欧洲，右边是非洲，道出人物自英国搭船，横跨各大洲，于非洲东岸升起气球的路线。此一诉求"科学冒险"的图像，增加了文化冲突的视觉效果：图片上方安排地球／气球，下方则是非洲原始山林，形成一位阶差序：人物乘着科技气球，高空俯瞰下方的原野世界，投射文明与原始的对照。气球上方出现一凶神恶煞的土人攫夺气球的模样，表达该冒险行旅受到非洲土人的威胁。日译本分成七卷，每卷封面都出现该图像，一再强化"文明与野蛮"的讯息。

从图像的重构与配置，可见到日译者对于"冒险"精神的侧重，如将出现于英译本第十章的大象拖曳气球的图片，置入第一卷内页，以栩栩如生的惊险画面，引发读者的兴味。译者数次在卷末结束后附上译者识语，向读者暗示或明示即将到来的"冒险"内容。译者意识到第一卷（第一回到第四回），主要交代行程筹备与非洲地理学，担心读者感到枯燥沉闷，于卷末向读者预告第二卷的冒险内容：

> 译者曰：此第一卷为空中旅行的开端，尚不够惊奇，从第二篇开始内文将渐渐进入非洲居民野蛮的实况，及猛兽、沙漠的种种样貌，三位旅行者会经历种种令人惊奇、恐惧、高兴与悲伤交错的艰苦经历而渐入佳境，希望读者不要看完第一卷就对全书意趣下定论。[①]

由于第二卷（第四回至第八回）主要是铺述气球刚开始飞行的情节，尚未真正进入冲突阶段。于是卷末又附上译者识语，预告第三卷（第九至第十一回）的内容：

> 译者曰：于此篇，旅行者们已经开始经历了一些奇妙之事，然而还不算真正进入了佳境，下篇开始将描写种种他们所遭遇的困难情境，进入前人（欧洲人）从未踏入的非洲内陆之佳境。究竟被他们热气球的锚载着，拉到高空的传教士

---

① 〔英〕ジュールス・ベルネ著，〔日〕井上勤译，《亚非利加内地三十五日间空中旅行》，卷 1，页 60。原文如下：「譯者云く、此の第一巻は空中旅行の發途にして、未だ奇とし妙とするに足らず、第二編より漸次亜非利加州民が野蠻の實況より、猛獸沙漠の有様に説入り、驚くべく、怖るべく、喜ぶべく、悲むべく種々の艱難辛苦を嘗めて、該三人の旅行者が稍や佳境に入らんとす、讀者該第一巻を見て全体の眞味を評すると勿れ。」

之后怎么样了呢？欲知后事如何，且待下回分解。[①]

从上述附于卷末的识语，都可见到译者对于冒险内容的侧重，并且指出第一卷的内容有所不足，叮咛读者勿先入为主，并预告接下来各卷的冒险内容，甚至调动中国章回小说的美学形式："欲知后事如何，且待下回分解"，吊足读者的胃口。译者为凸显冒险内容而采取介入的方式，无疑是对凡尔纳更重于地理学的书写初衷的忽略，而回应 Chapman 英译本对于冒险内容的重视。

在明治维新提倡科学小说的风潮中，日译本不仅仅重视冒险内容，且投射"科学"的诉求。就《亚非利加内地三十五日间空中旅行》所收录的唯一一篇《序》文，颇能说明此点。荷香逸人替该译本写序介时，刻意对照中国传统小说的书写模式，指出唐代中国段成式（800—863）所著"荒诞无稽"的《酉阳杂俎》，叙写"擅长妖术"的黄飞，一天便可飞抵蜀国，不足采信。不同于《酉阳杂俎》，井上勤所译之书开展新格局：

> 或许现在我国国民就如同本书《卅五日间空中旅行》一样，至今仍将理解学术之奥妙、探得机械之学问的欧洲文明人及开明的实况，视为难登大雅之堂的事物，或将此书与黄飞之故事一般的怪谈相提并论，轻视此书之思考，不去翻阅了解事实上欧洲人思考运作有多精妙，才有技巧用这种方法

---

① 〔英〕ジュールス・ベルネ著，〔日〕井上勤译，《亚非利加内地三十五日间空中旅行》，卷 2，页 61。原文如下：「譯者曰く、此の篇已に旅行者が少しく奇怪の事を始めたり、然れども未だ佳境に入しと謂ふべからず、次編に至らば種々の艱難に遭遇するの有様に説き入り、從來人の探り得ざる亜非利加内地の佳境に入らんとす、畢竟彼の錨に乗られ、空中遙に引上られたる教導者の成行如何ならん、次編に説出るを聴ねかし。」

写书，妄自以为此书是不足为信的怪谈，并一概排斥也说不定。即是如此，人们就像是二十年以前未获启蒙者一般，无法一道讨论今日开明之事。最近我的朋友井上春泉翻译了此书，我看了之后震惊于开明学术之神妙无比，立刻拍案叫绝与他说：未来开明学术必定能使我等到众星世界去旅行，于是在卷首记下这些话。[①]

上述《序》文强调《三十五日间空中旅行》有科学原理的支撑，不同于中国小说的飞行谬论，反映了"学术之奥妙""机械之学问"，且重视科学冒险的"现代开明知识"，投射了"未来人类必定能到众星世界去旅行"的期待。

在鼓吹科学冒险的书写中，晚清译者结合自身的语境，更进一步发挥与阐述"冒险"精神的重要性，将原本"科学冒险"的主题提升到一可以改造国民的"冒险"精神。晚清各小说刊物与出版社从不同角度宣扬"冒险小说"的重要性，如 1902 年《新小说》称冒险小说"如《鲁敏逊漂流记》之流，以激厉（励）国

① 〔日〕荷香逸人，《序》，收入〔英〕ジュールス・ベルネ著，〔日〕井上勤译，《亚非利加内地三十五日间空中旅行》，卷 1，《序》文未标志页码，置入卷本最前端，共有两页。原文如下：「故ニ此ノ卅五日間空中旅行ノ如キモ、今日我邦人ニシテ、未ダ學術ノ妙奧ヲ識リ、機械ノ秘薀ヲ探リ、得タル歐州人カ開明ノ實況ヲ親知セザルノ徒、或ハ之ヲ以テ亦タ黃飛ノ怪談ト均シク、思考ヲ下シ輕侮シテ、其ノ方法ノ巧ミナル其ノ運轉ノ妙ヲ得タル事實ヲ繙閱了解セス、妄リニ怪談作說信ズルニ足ラズト云ヘルノ、一語ヲ以テ之ヲ擯斥スルモ亦タ知ル可ラズ然リト雖ドモ斯ノ如キ、人ハ即ハチ二十年以前未開ノ人ニシテ、共ニ今日開明ノ事ヲ語ルノ人ニ非ザルナリ、吾友井上春泉君近頃此書ヲ譯シ、予ニ示ス、予一讀開明學術ノ妙力洪大ナルニ驚ロキ、忽マチ案ヲ拍テ、曰ク開明學術ノ力他日竟ニ我等ヲシテ、必ラズ眾星世界ニ旅行セシムヘシト、乃チ卷首ニ一言ヲ記スト云爾。」

民远游冒险精神"[①]；商务印书馆于《申报》刊登《鲁滨孙漂流记》广告时指出"振冒险之精神，勖争存之道力，直不啻探险家之教科书，不当仅作小说读"[②]。无论是两回版的《空中旅行记》或是三十三回合的《飞行记》，都不遗余力地推崇"冒险"精神。稍可惜的是，这两种版本，都抽离日译本刊出的18张插图，而变为纯文字版，错失视觉图像所能传达的冒险效果。《小说林》社出版的《飞行记》单行本，仅附一张偏向于中国传统典雅气息的花朵封面图，与译者内容风马牛不相及，较难传达原著意义。

1902年，《江苏》翻译凡尔纳《气球上的五星期》的译著——《空中旅行记》，虽只翻译了两回，却可看到译者对于非洲冒险的期许："这个问题，却是有理，但我所谓困难的只怕没有冒险精神，若有冒险精神，任凭怎么样困难，总是觉得容易的。"[③]若是根据法文原著、英译本与日译本而言，都提及探险非洲的难度太高，因而"有志者"未必能"事成"，欧洲探险家虽想一探究竟，终究不敌沙漠艰苦，客死异乡，因而没人知道非洲的真实面貌。可是，《江苏》版本的译者以"冒险"精神作为关键："任凭怎么样困难，总是觉得容易的"，"只怕没有冒险精神"等，改写"有志者"未必能"事成"，顿然让"有志者事竟成"成为颠扑不破的道理，凸显冒险者人定胜天的心志与毅力。

相比起《江苏》版的两回版本，1907年完整版的《飞行记》，更大幅度阐释"冒险"精神：由始终穿插着各种关于冒险的赞叹，

---

① 〔清〕新小说报社，《中国唯一之文学报〈新小说〉》，《新民丛报》第14号（1902年8月），无页码。

② 〔清〕佚名，《商务印书馆最新小说四种出版》广告，《申报》第11805号（1906年3月2日），版5。

③ 〔法〕萧鲁士著，译者佚名，《空中旅行记》，第2回，页6。

展现人物克服万难、迎接挑战的冒险、探险精神。谢炘在翻译的过程中，屡屡出现"冒险"与"探险"的字样，反复灌输"冒险"或"探险"精神："有壮士萧鲁士贝尔逊者，夙有探险非洲志，近发明一大轻气球，思乘之"，"奔纳德拍手曰，好男子，顾恃血液精神者，仍君所谓冒险之结果也"，"气球之神速若是，当可早葳吾等探险事耳"，"贝尔逊默思，百计将尽，惟有冒险升球，幸得顺风，性命尚能无恙"，"开匿奇曰，氏卒后，探险者尚有其人否耶？贝尔逊曰，有之"，"开匿奇曰，吾非如君之冒险而跳，乃步行而至亚非利加海岸，若以行论，吾固不弱他人也"[①]。《飞行记》所标举的"冒险""探险"精神，乃是呼应19、20世纪之交文化界的价值诉求，如梁启超《新民说》将"冒险"精神提升到"公德"的结构之一："欧洲民族所以优强于中国者，原因非一，而其富于进取冒险之精神，殆其尤要者也"[②]。

译者不仅仅在"冒险"字义上推演概念，更进一步探入叙事层次，透过人物形象的改写方式，展演"冒险"精神。三位主要人物在各版本的名字如下表所示：

角色	法文原本与英译本	日译本	中译本《空中旅行记》	中译本《飞行记》
主人翁	Samuel Fergusson	边儿月孙氏	沙惠儿	贝尔逊
仆人	Joe	ジョーエ	局爰	约安
友人	Dick Kennedy	ケテジー	李溪崖	开匿奇

---

① 〔法〕萧尔斯勃内著，〔清〕谢炘译，《飞行记（上）》，第1节，页3；第3节，页10；第7节，页29。《飞行记（下）》，第19节，页9；第31节，页62；第34节，页73。

② 〔清〕中国之新民（梁启超），《新民说五：第七节、论进取冒险》，《新民丛报》第5号（1902年4月），页1，总页1。

就小说人物而言，"开匣奇"有较大的变化。在凡尔纳的版本中，他长得像苏格兰作家笔下的人物"知古"，与贝尔逊在印度结识，结为莫逆之交。开匣奇一开始因担心气球安全问题，劝谏贝尔逊放弃冒险计划，不过眼见友人一意孤行，转为鼎力相助。针对人物的态度转折，英译本基本无误。日译本出现较大失误，将长得酷似苏格兰小说角色（知古）的开匣奇，误判为两人。于是，知古（ジック）、开匣奇（ケテジー）与贝尔逊（边儿月孙氏），变为结为莫逆之交的三人。[①] ジック激烈劝谏边儿月孙氏后隐匿不见。ケテジー较为温和，分析个中危险，却协助筹备工作，最后一道前往非洲冒险。依循日译本的中译本，必然重蹈"覆辙"，将开匣奇一分为二，更进一步提炼冒险人物的形象，将原本各种质疑的声音推到知古身上，开匣奇对于飞行非洲的计划"不觉叹服"[②]，变为戮力以赴、休戚与共的道义之交。《飞行记》舍弃开匣奇一开始质疑气球飞行的形象，使其由始至终都尽心尽力协助贝尔逊筹备冒险之旅，这恰能反映译者不容任何对于气球探险非洲的质疑或犹豫声音。

在各种冒险译著中，凡尔纳《气球上的五星期》无疑是涵盖面最广的一篇，包括空中飞行、海上漂流与陆地探险等，且能结合历史地理学、科学发明与各种遇险犯难的情节。人物搭乘气球，穿越非洲内陆与海域，标志"科学"结合"冒险"的新模范，逸出荷香逸人所提的"荒诞无稽的飞行怪谈"，更能符合知识原理的规范。无论是偏向科学解释的气球原理或是彰显人物冒险精神的情节，都有不同于神魔、志怪小说的书写成规，如强调科学解

① 〔英〕ジュールス・ベルネ著，〔日〕井上勤译，《亚非利加内地三十五日间空中旅行》，第1回，卷1，页6—7。

② 〔法〕萧尔斯勃内著，〔清〕谢炘译，《飞行记（上）》，第2节，页7。

释、地图经纬与器物发明等。此气球飞行法，以氧气作为飞行原理，凸显气球材质、承载重量与空气物理等，构筑一具有现代视野的飞行模式：

> 贝尔逊以为此次旅行之结果，全恃乎球体之良否。若球体不过巨，中贮较空气轻十四倍半之轻气，则可以上下左右而无碍。又精密测算之，知空气每四万四千八百四十七立方尺，重四千磅，而轻气止抵二百七十六磅，尚有三万七千二百四十磅之差。倘球中满贮气四万四千八百四十七尺，球遂无隙处，经过空气稠密之所，将膨胀者破裂，故寻常之气球必贮气三分之二。……空气之浓薄，常与高低为比例，而旅行之方向，亦随空气流动而差，故欲升气球于目地所在之地，必发见空气流动之方向，孰适于此而后可。①

《飞行记》对于气球原理的描述，几无删除，从气球构造到运转原理，都依据日译本，如实呈现。即或是两回合版本的《空中旅行记》，也于第二回合用大多篇幅翻译轻气原理的气球飞行法，反映彼时译者对于科学成分的重视。此一"轻气球"乃是后来的"氢气球"，日译本以"水素瓦斯"翻译，晚清译者翻译为"轻气"，乃是受到此前"轻气"文章的影响。早在《飞行记》译本出现前的 1855 年，英国医生合信（Benjamin Hobson）编《博物新编》提及"轻气球，以绸缎为之，大如厦屋，饰以胶漆，用大

---

① 〔法〕萧尔斯勃内著，〔清〕谢炘译，《飞行记（上）》，第 2 节，页 5；第 3 节，页 9。

绳结纲，缠罩其外"①。

　　凡尔纳有关空中飞行的小说，对于缺乏"冒险"小说类型的晚清中国文坛而言，饶具意义。虽然，中国传统小说不乏历险书写，如《西游记》《女仙外史》《封神演义》等小说，结合神话传说、神秘舆地与超自然力量，人物随时可以腾云驾雾、飞天遁地，"呼风唤雨，偷天换日，上达九霄云外，下及幽冥黄泉，远至遐方异域，近限咫尺方寸，变幻莫测，出人意表"②；可是，此一结合玄幻、神魔、灵怪与妖术的写法，置于晚清的新概念地图，显得突兀。③时人更讲究科学原理，透过轻气内外的轻重与空气之浓薄，气球得以上下起降与往前推进。当"暴风大作，电光更陆续发"时，"增灶中火力"，靠着膨胀原理，让气球往上升起，"越过暴风雨界"，传达"人定可以胜天耳"的精神。④

　　凡尔纳小说呈现的科学飞行的情节，替晚清小说开启一可参照的视野。1904 年，荒江钓叟著《月球殖民地小说》描写龙孟华搭乘可以飞行各大洲的气球，透过操作"机轮"，让气球可以自由升降，"吩咐机轮开到那里，将气球缓缓落下，约莫离着洋面还有百十余丈，觉得一股热气，从下面冲上，低头一看，忙叫

---

① 〔英〕合信氏（Benjamin Hobson），《轻气球》，《博物新编》（上海：墨海书馆，1855），初集，页 9b。

② 胡胜，《神魔小说的生成》，《明清神魔小说研究》（北京：中国社会科学出版社，2004），页 22。

③ 相关论述可见颜健富，"世界"想象：广览地球，发现中国，《从"身体"到"世界"：晚清小说的新概念地图》，页 38。该文提及："晚清作者群采用新工具、假设、叙事，将传统飞天遁地的玄幻／神魔飞跃法置入由器物、冒险、地理结合的脉络，以不同的视野重观约定的世界。文学传统的隐身遁形、腾云驾雾、飞天遁地变成空中飞车与海底猎艇等器物航行，神秘舆地变成五大洲划分的地理路线，玄幻神魔的超自然能力变成科学冒险精神。"

④ 〔法〕萧尔斯勃内著，〔清〕谢炘译，《飞行记（上）》，第 9 节，页 45。

机轮向上直升"①。小说撤除神秘的飞行法，透过机轮的调整，便可"缓缓落下"，又可"从下面冲上"。人物靠着气球飞行，从美、英、非、印，又到好望角与锡兰等地。气球降下时，居高临下，可看到地面景象，如第七回写气球飞抵纽约，众人推窗望出："纽约的都市好比是画图一幅，中间四五十处楼房，红红绿绿的，好比那地上的蚁穴，树上的蜂窠。那纵横的铁路，好比那手掌上的螺纹。"（见图 4-8）第九回写气球飞抵英国伦敦，"只见下面的电汽车、马车、东洋车一齐停在一段地方。一个个仰面相看，齐声喝采"②。

1909 年，《小说时报》创刊号刊登江苏武进作者高阳氏不才子（许指严）的《电世界》。小说描写正当电王逐渐发展一完美世界时，却感慨地球拥挤、人满为患，决定离开地球。电王发明了前往其他星球的电球："只晓得电气可以行动，空气借他养身，人坐在里面，便如地球上一般。只因离了地球，空气改变，人的肉体便不得活，所以电王穷思力索了二年功力，造成这件东西。"③当晚清小说作者如法炮制，搬演气球飞行的情节，却因底蕴不足而未必能如凡尔纳信手拈来，只能让叙事者隐约其词："在下才疏学浅，又没有当面问过电王，所以说不出了。"④对于科学原理的隔阂，一点也无碍于晚清作者追求科学冒险的主题，甚至异想天开，在北极公园办钱别大会，三百多万人万头攒动，伸头仰望升

---

① 〔清〕荒江钓叟，《月球殖民地小说》，《绣像小说》第 30 期（1904 年 7 月），第 12 回，页 3。

② 〔清〕荒江钓叟，《月球殖民地小说》，《绣像小说》第 27 期（1904 年 6 月），第 7 回，页 2；第 28 期（1904 年 6 月），第 9 回，页 1a。

③ 〔清〕高阳氏不才子（许指严），《电世界》，《小说时报》（上海：小说时报社，1909）第 1 期（1909 年 9 月），第 16 回，页 55。

④ 同前注。

图 4-8 《月球殖民地小说》插图

图 4-9 《电世界》插图

到春明塔高度的气球：电王正透过传音筒向三百多万人演讲，谆谆告诫国民，这成为晚清小说中最波澜壮阔的告别场景（见图4-9）。

凡尔纳《气球上的五星期》安排人物搭乘气球，遭遇鸟群攻击，空中上演人鸟大战，将冒险情节发挥到淋漓尽致。人物透过望远镜，看到来势汹汹的大鸟"如风飞来"，"噭然而鸣，声甚恶"。飞鸟"体长四尺，翼长二十尺"，攻击力十足，穷追不舍，众人以枪炮回击，"仅伤其二"。飞鸟迅速飞上球顶，张喙磨爪，"啮盖绢，势将裂"①，使得气球盖绢破碎、乘舆折断，差点坠湖。人物遭遇空中凶禽的情节，亦出现于晚清小说。吴趼人《新石头记》描写宝玉进入结合现代文明与传统道德的"文明境界"，随着老少年乘搭飞车，升向空中，听得"颠扑的声音"，透过助明镜看到"一个翅膀，怕就有四个车大"的大鸟。巨鸟的翅膀丰厚，刀枪不入，直扑飞车，脚爪勾着飞车上架，张开大口，几乎便"要啄下来"。千钧一发之际，众人灵机一动，枪弹对准大鸟之口与眼，使得大鸟"脚爪一松"，"猎车荡漾不定，全车欹侧"②，可见人鸟之战的惨烈程度。从飞车升空、大鸟恶声、望远镜见到飞鸟，到实际的人鸟大战，共构成"科学冒险"的主题。

从凡尔纳小说发展到中译本《飞行记》，反映"冒险"情节逐渐被放大的趋势，改写了凡尔纳更重视非洲地理学的书写初衷。英、日、中译本透过浓缩情节、译者识语与概念介绍等方式，推

---

① 〔法〕萧尔斯勃内著，〔清〕谢炘译，《飞行记（下）》，第25节，页36、37。

② 〔清〕吴趼人，《新石头记》，收入王继权等编，《中国近代小说大系》（南昌：江西人民出版社，1988），第35册，第26回，页311—312；第27回，页313。

动"冒险"精神，又结合气球飞行的科学原理，从机器操作到空气稀薄等铺述，缔结"科学冒险"的主题，对晚清小说颇有启发，开拓了不同于传统的神秘飞行法。

六、结语

翻译并非一中性的转介，经常会因译者的意识形态、美学成规等因素，而出现微妙的变调。本章以凡尔纳的《气球上的五星期》为对象，追踪各译本的跨文化行旅，从法国原著到 Chapman 英译本 *Five Weeks in a Balloon*、井上勤日译本《亚非利加内地三十五日间空中旅行》，以及中译本《空中旅行记》（1903）与《飞行记》（1907），探索与评估各译本的诉求与讯息。

虽然早在《飞行记》出现前，晚清便出现《黑蛮风土记》与《三洲游记》等以地理学为取向的译著，可是译者大规模简化地理学成分，未能彰显原著面貌。《飞行记》以"地理小说"形式，转化艰涩枯燥的地理学知识与讯息，从已知到未知又到已知的路线，回应现实中各西方探险家正在探讨的地理议题，回顾过去数百年各探勘者的足迹。《飞行记》翻译完成度甚高，成为第一部大幅度摊开非洲内陆地理路线的中文译著，开启了"地理小说"的新范式。

在跨文化行旅的传播过程中，从《气球上的五星期》到《飞行记》，跨度尤大，内蕴着诗学与意识形态的转向。就诗学而言，中译者在翻译沧桑变化的古城时，注入文人感慨，使得地理学小说注入了属于中国脉络的文艺美学。就意识形态而言，译者在"文明进化论""文明与野蛮""黑种与白种"等主轴上都出现微妙的转调，在巩固以欧洲为主轴的"文明中心论"时，亦将"黑种"蛮荒化，呼应了晚清非洲译著一再出现的非洲"人体标签"。

凡尔纳小说《气球上的五星期》启发了晚清小说界正积极推动的"冒险小说"。从法文版原著发展为英译本、日译本与中译本的过程，都可见到不同阶段的译者，透过情节浓缩、译者识语与概念展演等方式，放大或渲染"冒险"情节。该小说结合"科学"与"冒险"，展现不同于中国神魔想象的叙事模式，也开拓了晚清小说的相关书写，如安排人物搭乘气球飞行各大洲、塑造空中人鸟对战的冒险情节，共构成"科学冒险"的主题。

第五章

编"野人"之史：

论林纾翻译哈葛德《蛮荒志异》

一、前言

　　林纾翻译哈葛德的系列小说，在清末民初掀起热潮，使得哈葛德声名远播，在中国文坛获得远比英国更热烈的回响，其肖像甚至跃登《月月小说》创刊号与《礼拜六》等杂志（见图 5-1）。当代学界正孜孜矻矻地叩问为何通俗作家或是三流作家哈葛德比起西方享有盛誉的文学作家如伏尔泰（François-Marie Arouet，1694—1778）、雨果（Victor Marie Hugo，1802—1885）与莎士比亚（William Shakespeare，1564—1616）等更受欢迎？[①] 若是观察商务印书馆的出版广告，或可见到端倪。广告文诉诸审美共通性，强调哈葛德小说具有"英雄、儿女、鬼神"等中国读者熟悉的内容，同时又涉及祖鲁族群的命运，"令人怵然于种族之感"，加上林纾"文笔之优美曲致"[②]，某种程度回应了学界的叩问。

　　在各种评论中，最引起笔者注意的是 20 世纪初，清末民初重要的文化人士周树奎刊登于《新小说》的《神女再世奇缘著者

---

　　① 李欧梵指出："哈葛德的非洲蛮荒世界可能满足一种'猎奇'的心理，正因为它'新奇'，所以有趣，而小说中又包含了怪诞和诡异的世界，更引人入胜。"李欧梵，《林纾与哈葛德——翻译的文化政治》，《东岳论丛》第 34 卷第 10 期（2013 年 10 月），页 51。陈平原指出晚清西方流行的通俗畅销书作家受欢迎，而不是先锋人物所谈到的福禄特尔（伏尔泰）、嚣俄（雨果）、狭斯丕尔（莎士比亚），乃是因为"中国读者旧的审美趣味——善于鉴赏情节而不是心理描写或氛围渲染"。陈平原，《二十世纪中国小说理论资料》（北京：北京大学出版社，1997），卷 1，页 10。

　　② 作为出版一系列哈葛德小说译集的商务印书馆，便在宣传译本的广告文中提及："吾国人于小说界含有三大性质：一英雄、一儿女、一鬼神。是书为闽县林琴南先生所译，兼擅其胜。殆合《水浒》《红楼》《西游》为一手。而言外微指，尤令人怵然于种族之感。至文笔之优美曲致，更不待言。"商务印书馆，《新出小说埃及金塔剖尸记》广告，《申报》第 11596 号（1905 年 7 月 30 日），页 5。

图 5-1 《礼拜六》刊登英国大小说家哈葛德肖像①

解佳传略》。该文逐一介绍哈葛德的成长背景、著作内容与创作特色,成为较早全面评介哈葛德的中文评论。周桂笙*勾勒哈葛德的发迹史时,已然注意到哈葛德书写"非洲"的特点:"非洲大陆,本极黑暗,是以诸凡欧美之理想著作之家,鲜有涉猎及之者。而解氏著书,则专于此处着想,每能道人所不能道,知人所不及知,故能生面别开,自成一家。盖居此多年,考据精确,一切微妙甚深之处,凡其思想所届,见地所及,莫不淋漓尽致,详哉言之。而文笔纵横,尤足以自达其意,圆转自如,用能丝丝入扣,令读其书者,有亲历其境之妙,此其所以难能而可贵也。其写非

①〔清〕佚名,《英吉利大小说家哈葛德（H. Rider Haggard）》,《礼拜六》第 38 期（1915 年 2 月）,页 5。

* 周桂笙,原名周树奎。——编者注

洲野人，种种倔强之性，真如吴道子画鬼趣图，惟妙惟肖。"[①]

周桂笙敏锐地指出哈葛德小说拓展众人鲜少涉猎的"非洲"书写，主要是他"居此多年"的实际经验，又加上"考据精确"，遂能"道人所不能道，知人所不及"，将"非洲野人"之"倔强之性"，写得"丝丝入扣"与"维妙维肖"。在王寿昌（1864—1926）、魏易、陈家麟与曾宗巩等口译者的协助与合作下，林纾翻译了23部哈葛德著作，如《鬼山狼侠传》（*Nada The Lily*，1892）、《蛮荒志异》（*Black Heart and White Heart*，1900）、《钟乳髑髅》（*King Solomon's Mines*，1885）、《天女离魂记》（*She*，1886—1887）、《斐洲烟水愁城录》（*Allan Quatermain*，1887）、《埃及金塔剖尸记》（*Cleopatra*，1889）、《三千年艳尸记》（*Montezuma's Daughter*，1893）等，大多以"非洲"为题材，使得林纾成为清末民初最常翻译"非洲"书写的译者。

哈葛德诸多小说，安排白人探入非洲，如本书前面各章论文讨论立温斯敦、施登莱与凡尔纳等人以非洲为背景的传记或小说，都不脱离西人探勘／探险非洲的结构。值得注意的是，在这批作品的主流写法中，哈葛德尝试不同的写法，采用过去西方文学较少出现的黑人视角，叙说非洲故事，恰能彰显周桂笙所谓的"非洲野人"之"倔强之性"。民国初年，民哀（1894—1938）《花萼楼随笔》颇具慧眼，标举数部以黑人为导向的小说："哈葛德所著之《鬼山狼侠传》《烟水愁城录》及《蛮荒志异》，皆叙非洲苏鲁国逸事，合地理、历史、言情于一炉，而传以色采，读者动目变色，呼吸为窒，几若此身已入热毒之域。观其得所为之，欣然亦

---

① 〔清〕周树奎，《神女再世奇缘著者解佳传略》，《新小说》第2卷第11期（1905年11月），页3，总页127。

若此，身之去苦而就甘也。"①

　　就民哀所指出的数部小说，《鬼山狼侠传》乃是以祖鲁开朝者查革（Chaka）为起点，透过虚构的人物洛巴革（Umslopogagaas）的传奇故事，呼唤祖鲁已然消失的"尚武之风"。"洛巴革"此一人物又延伸到《斐洲烟水愁城录》，协助白人探入非洲，寻找失落的古文明。论者提出两篇小说的对读关系，更着力于贯串两篇小说的"洛巴革"此一角色。可是，若仔细推敲，《斐洲烟水愁城录》未必延续《鬼山狼侠传》搬演祖鲁族群的基调，如林纾一针见血地指出"书中语语写洛巴革之勇，实则语语自描白种人之智。书与《鬼山狼侠传》似联非联"②，彰显两者的差异。事实上，更能与《鬼山狼侠传》形成对读关系的是备受忽略的《蛮荒志异》，该书以断送祖鲁王朝的西帝威尧（Cetywayo）为时代背景，铺写民间英雄那豪力挽狂澜，对抗白人。从《鬼山狼侠传》发展到《蛮荒志异》，皆以黑人作为叙事视角或是提供故事来源的方式，铺展祖鲁王朝的兴衰史，已然脱离"白人英雄"的主题。

　　《蛮荒志异》于丙午年（1906）年二月，由上海商务印书馆出版，标"神怪小说"，署"英国哈葛德原著，闽县林纾、长乐曾宗巩同译"，收入《小说丛书》第十三编（见图5-2）。林纾替小说集作序时，笔锋低调许多，远不如《鬼山狼侠传》《斐洲烟水愁城录》的热情洋溢。相比起一年前林纾翻译的《鬼山狼侠传》，《蛮荒志异》无论就篇幅结构、故事情节、人物形象与场景铺陈等，都显得简略，加上又以末代王朝为背景，相对于祖鲁开

---

　　① 〔清〕民哀，《花萼楼随笔：小说丛话》，《小说新报》第6年第9期（1920年9月），页4。
　　② 〔清〕林纾，《〈斐洲烟水愁城录〉序》，收入〔英〕哈葛德著，〔清〕林纾、曾宗巩译，《斐洲烟水愁城录》（上海：商务印书馆，1915），页1。

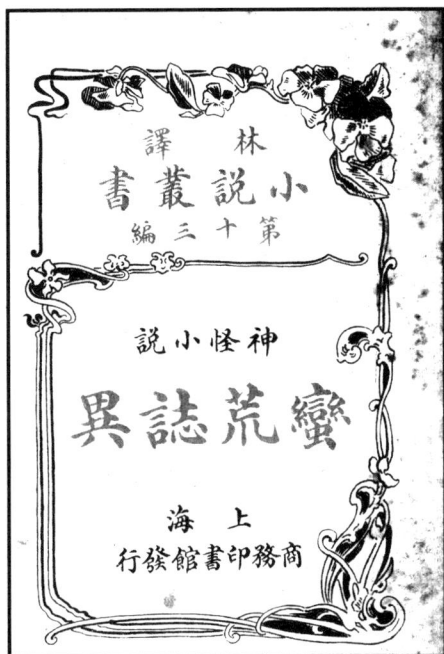

图 5-2　1906 年出版之《蛮荒志异》封面

朝的气象恢宏，气势便有高低之别。虽然如此，《蛮荒志异》的文本潜能，远高于其受到的待遇或评价。此小说以 1879 年的祖鲁战争为背景——非洲小国对抗殖民列强——内蕴着诸多新旧不可分割的元素，除英雄、男女、神怪之外，又有地理、历史、种族等元素。此一"神怪小说"交织着若干可与晚清政治语境相契合的主题，如民族英雄、革命爱情等，甚至出现承载族群命运的树林场景。

　　在结构上，本章首先从战争切入，探索看似没有任何交集的哈葛德与林纾，如何在时代的战火下，产生生命的共振，反复叩问族群命运，勾勒动人的生命印记；第二，本章探讨林纾面向哈葛德以查革为背景的《鬼山狼侠传》与以西帝威尧为背景的《蛮荒志异》，透过翻译改写的模式，演绎小说中的"英雄"形象，表现自身的政治与文化理念；第三，本章分析《蛮荒志异》既展现"神怪"与"男女"等通俗主题，又内蕴着通俗文学现代化的视野；最后，在上述历史际遇、政治理念与文学审美的共感上，本章观察林纾如何受到自身文化脉络与意识形态的牵制，将哈葛德有意形塑的"黑种白心"属性，转接到晚清人士投射的非洲"人体标签"上。

二、生命共振：英布战争、祖鲁战争与甲午战争

1899—1902 年，第二次英布战争 *（Second Boer War）如火如荼展开，激发不同地区人士的关注，且开启各种有关族群生死存亡的思考议题。本节将探讨英布战争如何牵动两位在现实生活中没有实际交集的作者——英国哈葛德与中国林纾——在战争风云与文学想象之间，反映某种可以对话的生命共振？

1899 年 10 月，非洲布尔人不堪殖民势力的入侵，向大英帝国的军队宣战，史称"第二次英布战争"。布尔军队规模虽远不如大英帝国的三万大军，可是采民兵制补充兵员，军纪严整，切断英军后勤和补给路线，俘虏英国中将，让各界啧啧称奇。英军拉长战线，靠着庞大的军事力量，费时两年七个月，才解除危机。1902 年 5 月 31 日，双方签订和约，英国并吞德兰士瓦（Transvaal）和奥兰治自由邦（The Orange），1910 年又结合 Natal

---

* 又译为"第二次布尔战争"。——编者注

（纳塔尔）与 Cape（开普敦）等区域，形成南非联盟（Union of South Africa）。

正当布尔军与英军浴血奋战时，相距万里以外的中国，遭遇各种军事颓势，从 1895 年的甲午之战，到 20 世纪初的八国联军，有志之士必然心有戚戚焉！在"瓜分中国"的危机感下，发生于 19 世纪与 20 世纪初之交的英布战争，格外能够拨动论者的情绪。虽然，布尔人以失利告终，可是抗战过程中的韧性与斗志，深深鼓舞了中国人士，如陈天华（1875—1905）《猛回头》所写：

> 近数年有一段故事，列位听了，就不要惧怕那洋人：南阿非利加洲有一个小小的民主国，名叫杜兰斯。那国的地方，也有中国数府大，只是人口仅有四五十万，不及中国一县。这国的金矿很多，世界第一个强国英吉利惯灭人国的，怎么不起了贪心，想要把这国归他管辖。那里晓得杜国人人都是顶天立地的大国民，不甘做他人的奴隶，遂与英国开战。这英国灭过多少的大国，那里有杜国在眼里，不意杜国越战越猛，锋不可当，英国大惊，调各属地的大兵三十万，浩浩荡荡，向杜国进发。可怜杜国通国可当兵的，不过四五万人，尽数调集，分头迎敌，足足战了三年，丝毫都没有退让：英国晓得万不能灭他，遂与杜国讲和退兵。①

文中的"杜兰斯"乃是德兰士瓦。陈天华犀利指出英殖民者因觊觎杜兰斯金矿而发动攻击。1884 年，德兰士瓦一带发现金矿，随

---

① 〔清〕陈天华，《猛回头》，收入刘晴波、彭国兴编校，《陈天华集》（长沙：湖南人民出版社，1982），页 49—50。

后建立约翰内斯堡。金矿开采固然能让经济飞速发展，却也导致列强武力入侵。德兰士瓦不甘罢休，全面应战。陈天华以通俗故事的形式，演绎德兰士瓦的国家抗争：

> 杀国仇，保同族，效命疆场。杜兰斯，不及我，一府之大，与英国，战三年，未折锋芒。何况我，四万万，齐心决死，任凭他，什么国，也不敢当。看近来，怕洋人，到了极步，这是我，毫未曾，较短比长。天下事，怕的是，不肯去做，断没有，做不到，有志莫偿。这杜国，岂非是，确凭确证，难道我，不如他，甘做庸常。①

陈天华透过短句诗词，层层堆叠情绪，将"杜兰斯"此一过去对于中国人而言较为陌生的内陆地区，变为具有煽动性的名词，激励与鼓舞中国人。杜兰斯虽然不及中国"一府之大"，可是却与英国奋战三年，表现"齐心决死"的高昂斗志，让中人意识到"这是我，毫未曾"之事，"难道我，不如他，甘做庸常"，希望可以激发杜兰斯以小抗大的精神。小国"杜兰斯"若可激烈奋战，作为泱泱大国的中国何尝不可呢？关键在于坚定的勇气与决心！

梁启超亦如同陈天华，高度关注与赞扬德兰士瓦人以数万人之兵勇，力抗英国五十万大军，"以弱小之国而能争自存，亦足愧世之役于强大而不能自主者矣"，试图激励中国人在"猛虎在门，仇敌比邻"之际，应学德兰士瓦人为争自主，争自存，敢于面对强敌，"视死如归"。他看出此一战役对于中国产生的影响，

---

① 〔清〕陈天华，《猛回头》，页48—49。

"今事之关系于我中国者，若丘山之重"①，分析英、德、俄、法"瓜分中国"时，既有勾结的一面，又有利益冲突的一面，英布战争可能延缓俄国对中国东北地区的占领，但也可能加速中国的瓜分之局。

此一牵动晚清人士心弦的战役，亦牵动彼时已从非洲返回英国的哈葛德。1875年，年仅19岁的哈葛德来到非洲，担任英属地纳塔尔（Natal）总督亨利·鲍尔爵士（Sir Henry Bulwer）的秘书助理（assistant to the secretary）。1876年，调到由谢普斯顿爵士（Sir Theophilus Shepstone，1817—1893）带领、准备吞并德兰士瓦而设的特别委员会。1877年4月，英国正式吞并由荷兰在地后裔布尔人（Boer）掌控的德兰士瓦。不久，德兰士瓦首都的高等法庭书记官长过世，年仅21岁的哈葛德被委任为代理，一年后正式聘为高等法院书记官长。② 从1879年到1881年之间，英国卷入两次规模较大的战争，一是1879发生于祖鲁地的祖鲁战争（Zulu War），一是1880—1881年发生于德兰士瓦的英布第一次大战（First Boer War），哈葛德正逢其时，在该地目睹战火。

不同于中国人被瓜分的焦虑，哈葛德因实际的生活体验与高等法院的行政经历，对于英国入侵非洲一事，有更多情感与认同的拉扯。周桂笙早在上一世纪指出：哈葛德于非洲工作期间，"值非洲薄阿人，与英属初次以干戈相见"，"解氏所居之处，亦终日

---

① 〔清〕哀时客（梁启超），《论美菲英杜之战事关系于中国》，《清议报》第32期（1899年12月），页1a-1b。

② Henry Rider Haggard, *The Days of My Life* (Moscow: Original, 2018), chapter 3 & 4, pp.66-120. 哈葛德的传记 *The Days of My Life* 第三章记载他在 Natal 的经历，第四章记载他在 Transvaal 的经历。

炮声不绝于耳”[①]。哈葛德未必认同英政府的政策，“谏阻不听，乃袖起，快快去职”。1882 年去职返英的哈葛德，“蛰居无聊，闭户著书”，著成第一部著作 *Cetywayo and His White Neighbours*，对于“南非之事，颇能自伸意见”[②]。周桂笙对该书虽着墨不多，却已然指出哈葛德透过该书讨论各种关于南非的事务，发表之意见颇有见地。

哈葛德感慨英国同胞对南非事务冷漠以对，甚至夹杂着厌恶和烦躁：“这种感觉的根源在于该国最近因海角，祖鲁兰和德兰士瓦地区的局部问题而卷入的许多麻烦和开支”[③]。他梳理 19 世纪七十年代祖鲁的西帝威尧王朝、英殖民地纳塔尔、布尔人、德兰士瓦与英国政府之间的纠葛，触角甚广，涉及西帝威尧以及周边邻国的历史、地理、文化与政权更迭等，同时追溯到祖鲁开朝者查革以及祖鲁的历史与政权演变，填补了英国大众对于该地区的认识空白。哈葛德检讨与反思英国对非政策，犀利指出英政府在选举期间操弄议题，特意将“吞并德兰士瓦”（Transvaal Annexation）作为战争用语，“从而鼓舞了布尔叛乱，彻底颠覆了我们以前的政策”。他批判英国政府短视，造成了南非的困境：“我们对各国人民采取的摇摆不定的政策，把每一个犹豫不决的步骤视为恐惧和统治失败的标志，加上先前的推迟和忽视，确实造成我们在南非的麻烦。”[④]

若是直接将哈葛德与英国殖民者联系，论证其帝国意识，恐

---

① 〔清〕周树奎，《神女再世奇缘著者解佳传略》，页 1—2，总页 125—126。

② 同前注，页 2，总页 126。

③ Henry Rider Haggard, " Introduction," *Cetywayo and His White Neighbours* (London: Trubner& Co., Ludgate Hill, 1882), p. Ⅷ.

④ Ibid., p. Ⅸ.

怕忽略了他在英国政府与祖鲁文化之间的认同矛盾。唯有理解此点，才更能理解哈葛德小说为何屡屡以“祖鲁”为中心，串联祖鲁、纳塔尔、德兰士瓦与英国的关系圈，并且以负疚者的口吻，演绎 1892 年 *Nada The Lily*（《鬼山狼侠传》）与 1899 年的 *Black Heart and White Heart*（《蛮荒志异》），从祖鲁开创者查革到逐渐灭朝的西帝威尧。哈葛德固然无法自外于白人文化的优越感，可是对于非洲族群与土地，尤其是代表本土政权的祖鲁族，语多同情。

第二次布尔战争爆发时，哈葛德以 1879 年英国军队入侵祖鲁的历史为背景，替奋力一搏的非洲祖鲁王朝写出一首牧歌，如该小说设定的副标——“A Zulu Idyll”（一首祖鲁牧歌），铺写在地者与外来帝国的对抗。他召唤非洲古老传说的辉光，向祖鲁英雄致敬，这恐怕是他所有作品中最激烈反思“黑种”与“白种”的著作。此一“牧歌”，反映哈葛德对于祖鲁的怜悯与同情。祖鲁军队虽然奋战不懈，可是最终仍不敌英军，西帝威尧国王遭放逐到开普敦，而后虽被复位，然大势已去。1884 年，西帝威尧遭袭击过世，由十五岁的儿子迪尼祖鲁（Dinuzulu）继位。1887年，英国正式吞并祖鲁。英国虽然连败祖鲁军与布尔军，可是各地冲突不断，英军亦陆续传出死伤。因而，当哈葛德将该书献给祖鲁时，也同时献给在布拉瓦约（Bulawayo，津巴布韦第二大城）战争围困中死于发烧和饥饿的白人小孩 Nada Burnham：“她的父亲‘束手无策’，在父亲穿越英戈博军团的途中，她于 1896 年 5月 19 日在布卢瓦约（Buluwayo）的战争苦难中丧生。”[①] 孩童之父——美国侦察兵少将罗素·伯纳姆（Frederick Russell Burnham，

---

① Henry Rider Haggard, " To the Memory of the Child Nada Burham," *Black Heart and White Heart* (Glasgow: Good Press, 2019), p.4.

图 5-3　林纾图像，摄于七十一岁[1]

1861—1947）因嗜好哈葛德的 *Nada the Lily*，而以 Nada 命名小孩。祖鲁语 Nada 乃是英文 "lily"、中文 "百合" 之意。从祖鲁战士到英美战士家属的牺牲，使得哈葛德的小说不断周旋于祖鲁、德兰士瓦与英国之间的认同链条，随着议题、事件与场景而有所变动。

哈葛德以祖鲁兴亡为背景且反思英人殖民主义的小说，尤能切合 19、20 世纪之交的中国局势。晚清中国先后遭遇甲午战争、庚子事变、辛丑条约等，激发急切的救亡声调。哈葛德小说内蕴的族群冲突与焦虑感，颇能被林纾（见图 5-3）探及。他透过错

① 《最近逝世之中国文学家：林纾〔照片〕》,《小说月报》, 第 15 卷第 11 期（1924 年 11 月）, 页 9。

置重叠的方式，将非洲战场题材的启示，移植到晚清中国，反复叙说民族忧患，探索国家出路，使之成为民族"忧患书"。如果说哈葛德从 1899 年的英布战争导向 1879 年的祖鲁之战，那么林纾在"翻演"哈葛德的忧患书时，导向另一条连接到中国文化脉络的通道。1852 年，福建闽县的林纾，出身于旧式教育体系，却在时代风云中，卷入新思潮的传播。1894 年，中日甲午海战惨败，使已然进入中年阶段的林纾面向家国存亡的公共议题，发出悲愤之感，发挥改革情志。

中年人士的哀痛感不是一次性轰轰烈烈的火山爆发、熔浆喷发，却是细水长流、断断续续又余音袅袅，尤其是乙未割台一事。论者早已提及林纾与台湾的关系，他曾数次来台探访父亲、兄弟与亲戚，接而又面临各种生离死别，台湾成为其伤心地。[①] 从台湾的沦陷割据到亲友的生离死别，无不让他感慨万分。1895 年，他替福州周莘仲（1843—1892）《广文集遗稿诗》作序时指出："嗟夫，宿寇门庭，台湾今非我有矣，诗中所指玉山、金穴，一一悉以资敌……余校阅先生遗诗，感时之泪，坠落如溅"[②]，表达憾恨。这种哀痛持续多年，26 年之后的 1921 年，已进入老年阶段的林纾，跋台人王松（1866—1930）《沧海遗民剩稿》时仍然念兹在兹："台湾既割让，视淡水当日游迹，犹同隔世。"[③]

---

① 许俊雅，《林纾及其作品在台湾考辨》，《中正汉学研究》（嘉义）第 19 期（2012 年 6 月），页 251—280。

② 〔清〕林纾，《周莘仲广文集遗稿诗·引》，收入汪毅夫，《台湾近代文学丛稿》（福州：海峡文艺出版社，1990），页 53。

③ 〔清〕林纾，《林跋》，收入王松，《沧海遗民剩稿》（南投：台湾省文献委员会，1994），页 51。

林纾从中年走向晚年，恐怕不只是爱国人士见到土地沦胥的一时悲愤，却是牵动了更深沉的情怀，包括家族创伤与国家际遇的忧患意识。翻译哈葛德的非洲题材，成为林纾生命剧场的展演。虽然，林纾先因翻译《巴黎茶花女遗事》成名，可是他很快便注意到哈葛德的冒险小说，如李欧梵指出："他（林纾）最初接触哈氏作品的时候，可能较欣赏言情作品，如《迦因小传》（*Joan Haste*）和《橡湖仙影》（*Dawn*），但还是被哈氏另外一个小说世界所吸引，所译的哈葛德小说以探险和荒诞神奇的作品为主"[1]。在这些"探险"和"荒诞神奇"的作品中，埋藏着各种祖鲁的传奇故事。林纾陆陆续续替哈葛德小说集写出序跋，接驳自身的家国危机与身世哀感。即或再光怪陆离的探险小说或神怪小说，他都可读出弦外之音，发出各种媲美"小说界革命"的宣言，激励国人力挽狂澜、振衰起敝。翻译小说非但不是"小道"，反而可以"振作志气，爱国保种"[2]。林纾的"非洲"翻译，乃是一个潜藏着通往晚清中国政治、文化与美学的管道，祖鲁兴亡与晚清存亡交错互织，恰好反映了19、20世纪之交的瓜分非洲／瓜分中国的际遇。

祖鲁王朝兴衰的题材，显然牵动林纾的心绪。从原著到译著的作者身份，都处于战争的回圈。在天翻地覆的战争风云中，隐藏着一共同的结构：非洲祖鲁／晚清中国如何受到列强的侵袭？若从林纾与友人涛园居士（沈瑜庆，1858—1918）的辩论，更能见到林纾对于哈葛德的接受视角。对于林纾而言，哈葛德乃是"英之孤愤人"，"恶白种之霸驳，伪为王道愚世，凡所诩勇略，

---

① 李欧梵，《林纾与哈葛德——翻译的文化政治》，页50。

② 〔清〕林纾，《〈黑奴吁天录〉跋》，收入《林纾译著经典：珍藏版·三》（上海：上海辞书出版社，2013），页136。

均托诸炮火之厉烈，以矜武能，殊非真勇者也。故哈氏之书，全取斐洲冰洲之勇士，状彼骁烈，以抒其郁伊不平之概"①。林纾颇能接收哈葛德的写作位置与心境，可谓为其知音。涛园居士持着迥然不同的视角，犀利指出哈葛德展演非洲古事，并非"抒其郁伊不平之概"，反而是源于"嗜古"的文化审美，犹如"富贵故家，必多嗜古物"，"乐取野蛮时代之轶事，用娱其心"，因而反驳林纾的说法："然则哈氏之书，讵尽关孤愤哉？"②

　　涛园居士固然揭穿哈葛德往后屡为论者诟病的白人优越感，可是，相关言论不免二分，他简化了哈葛德的经历背景与情感拉扯，将之笼统归为"嗜古"心理。哈葛德曾经居住于与祖鲁毗邻的纳塔尔与德兰士瓦，对于"祖鲁"所持的态度，绝非只是富国子民对于"野蛮时代之轶事"的展演。他的第一部评论性著作 *Cetywayo and His White Neighbours*，反映了其对于祖鲁与周边地带的深度认识与严肃态度。1906 年，他出版 *The Days of My Life*（《我生命中的岁月》）时，便提到其对祖鲁书写所投入的大量心力与决心，甚至广搜博取、爬罗剔抉各种祖鲁蓝皮书（Bluebook）。③奠基于此，他扎实评论一系列有关祖鲁与周边地区的议题，绝非论者想当然耳的"嗜古"心理。

　　林纾以"民族孤愤"的角度解读哈葛德，恐怕也是个人的心理投射。面临"白种之霸驳"，林纾何尝不也借着翻译书写透露一己的苦闷与抱负？他透过一系列哈葛德小说翻译以及各种序跋书写，不也是在回应"抒其郁伊不平之概"？若是将《蛮荒志异》

---

　　① 〔清〕涛园居士，《〈埃司兰情侠传〉叙》，收入阿英编，《晚清文学丛钞·小说戏曲研究卷》（台北：新文丰出版公司，1989），页 282—283。

　　② 同前注，页 283。

　　③ Henry Rider Haggard, *The Days of My Life*, chapter 9, p.243.

的口译者曾宗巩也列入讨论范围，更能道出译者如何透过翻译途径，诠释自身的悲愤之感。曾宗巩出身于天津水师学堂驾驶班，1894 年的甲午海战中，登上扬威军舰，出海对抗日军。开战不久，扬威舰中弹，又遭遇清廷船舰碰撞，沉没海中。[①] 甲午战争的失利，对曾宗巩产生巨大冲击，他未返回海军队，却到京师大学堂译书局工作，走上以翻译西书启蒙民众的路线。他与林纾合作翻译哈葛德的小说，《埃及金塔剖尸记》《斐洲烟水愁城录》《蛮荒志异》《雾中人》《钟乳髑髅》与《三千年艳尸记》等名著陆续出现。

　　从"炮声不绝"的哈葛德，再到现场目睹船舰沉下的曾宗巩，对于战争，必然心有戚戚焉！从哈葛德、口译者曾宗巩，再到笔述者林纾，都有着生命的共振：战争如一阴影投射下来，成为一磨灭不去的烙印。林纾与曾宗巩栖栖惶惶地将哈葛德的小说导入自身的脉络，在哈葛德的文本中，开启了一条探向中国的路径，从黑种际遇探及黄种命运，探测中国的末路／未来。林纾翻译哈葛德小说，不仅止于鲁迅所谓的"才子＋佳人的书""伦敦小姐之缠绵和菲（非）洲野蛮之古怪"[②]，在通俗的情节上，却隐藏着共通的政治际遇。翻译"非洲"，成为林纾个人身世与家国际遇的多重展演。1906 年，他翻译哈葛德《雾中人》写《序》："余老矣，无智无勇，而又无学，不能肆力复我国仇，日苟其爱国之泪，

---

　　① 〔清〕池仲佑《林镇军少谷事略》记载：光绪二十年甲午八月，"中日衅起，各舰血战于大东沟"，"时'济远'横驶，碰及'扬威'，'扬威'益受伤，渐不能支。公（林少谷）犹督率舰员曾宗巩、曾瑞祺等，放炮击敌；而首尾各炮，已不能动。敌炮纷至，舰渐沉没"。原载池仲佑，《海军实纪》附《战役死难群公史略》，今收入张侠等编，《清末海军史料》（北京：海洋出版社，1982），页 358。
　　② 详参鲁迅，《上海文艺之一瞥》《祝中俄文字之交》，收入《鲁迅全集》（北京：人民文学出版社，2005），卷 4，页 301、472。

告之学生。又不已，则肆其日力，以译小说，其于白人蚕食斐洲，累累见之译笔，非好语野蛮也，须知白人可以并吞斐洲，即可以并吞中亚。……敬告诸读吾书者之青年挚爱学生，当知畏庐居士之播此书，非羡黎恩那之得超瑛尼，正欲吾中国严防行劫及灭种者之盗也。"[1] 从"白人可以并吞非洲，即可以并吞中亚"，林纾已清楚点明其焦虑所在，欲透过小说翻译、阐释与论辩，唤醒民众，严防列强行劫中国。

郝岚提出林纾透过哈葛德的通俗小说，提炼"政治"启示："通俗小说家哈葛德在林纾笔下便不再单纯是一个消闲作品的生产者，而成为一个文化符号，一种新思想的表征。林纾试图在通俗小说的虚构故事与中国传统思想间寻求一种关联，这种关联便是从冒险、神怪、传奇等庸俗的纯消遣性情节中，提炼出更高一级的'政治'意味，借此以建立和巩固西方的榜样地位。"[2] 林纾从哈葛德小说得到许多启示，提出一条不同于中庸之道的道路，呼唤野性的力量，从"尚武精神"到"盗侠气概"，欲以此打破中国传统文化的中庸之道。

就在鲁迅发表《破恶声论》《摩罗诗人》《文化偏至论》《论科学史教篇》的 20 世纪初，林纾也正在开拓可以改造民族文化心理的行为准则。这位比起鲁迅早了整整一个世代的人士，虽然未必如鲁迅冲撞中国伦理的"恶声"，却孜孜矻矻地反思中国传统伦理，提出"盗""贼"等方案，在儒家范畴外开拓可能的参照系。他不仅仅以个人特有的方式，回应晚清"小说界革命"运

---

① 〔清〕林纾，《〈雾中人〉序》，收入〔英〕哈葛德著，〔清〕林纾、曾宗巩译，《雾中人》（上海：商务印书馆，1906），页 1—3。

② 郝岚，《林纾对哈葛德冒险与神怪小说的解读》，《东方论坛》2004 年第1 期，页 76。

动，甚至重思传统的价值教诲，如《鲁滨孙漂流记·序》指出
"以中庸立人之极"的准则徒然导向"庸人之庸耳"，鲁滨孙因
"不为中人之中，庸人之庸"，才能"功既成矣"。[1] 他在《英孝子
火山报仇录》标举看似极端的西方"贼性"，实可振柔，"盗侠气
概，吾民苟用以御外侮，则于社会又未尝无益"[2]。他揭示欧洲以
文明之名行殖民之实的手段，"学盗之所学，不为盗而但备盗"[3]，
力图改造民族文化心理，开拓新伦理规范。

在时代战火下，从哈葛德到林纾，实都心有戚戚焉，格外能
反映 19 世纪末属于世界圈的战争，对于不同地区的文艺作者所
引发的连串效应。哈葛德以非洲祖鲁兴亡为背景的小说，恰能切
合中国所面临的亡国灭种的政治语境。林纾翻译哈葛德小说时，
悄然导入一条通向中国语境脉络的管道，提出了各种可以振衰起
敝、力挽狂澜的方案。

三、编"野人"之史：从《鬼山狼侠传》到 《蛮荒志异》

在战火之下，无论是哈葛德或是林纾，都反复叩问特定族群
的命运。从 *Nada the Lily* 到 *Black Heart and White Heart*，都透过
黑人视角，描写祖鲁族群，试图替已然消失的祖鲁王朝留下记录。
林纾翻译哈葛德时，寄寓自身的政治与文化抱负，为中国族群寻

---

① 〔清〕林纾，《〈鲁滨孙漂流记〉序》，收入阿英编，《晚清文学丛钞·小
说戏曲研究卷》，页 221。
② 〔清〕林纾，《〈鬼山狼侠传〉序》，收入〔英〕哈葛德著，〔清〕林纾、
曾宗巩译，《鬼山狼侠传（上）》（上海：商务印书馆，1914），页 1。
③ 〔清〕林纾，《〈雾中人〉序》，收入〔英〕哈葛德著，〔清〕林纾、曾宗
巩译，《雾中人》，页 2。

找出路。此使得原著到译著的跨文化翻译中，隐藏着尚未为学界留意的精彩对话。哈葛德原序对于祖鲁英雄的记载视角，实有一番辨析与反思。在跨文化翻译过程中，林纾却将之置入中国的文化语境，使得原序中的祖鲁英雄记载方式与小说正文的实践方式，都出现某种程度的变调。

1892 年，哈葛德写 *Nada the Lily* 时（见图 5-4），附上一篇《献言》（"Dedication"）与一篇《序言》（"Preface"）。哈葛德将《献言》献给有 "Father""Sompseu" 之称、也曾是自己上司的英国官员谢普斯顿。19 世纪七十年代，谢普斯顿曾率领（并吞）德兰士瓦的特别委员会，八十年代则是替英政府接管分崩离析的祖鲁地，对英国人而言，有不可磨灭的功勋。不过，《献言》涉及特殊的语境，非一般中文读者所能轻易掌控，因而未被译为中文。林纾聚焦于翻译另一篇交代创作动机的《序言》，乃是当今研究哈葛德最重要的文献之一。其内容提及 17 年前的 1875 年，哈葛德初抵非洲，查革的风华时代早已一去不返，内忧外患，王朝走向衰微。他访问耆老、搜集资料，遂能掌控祖鲁的兴衰过程：

> 此书为余前十七年，在南亚斐利加时之著作，吾年尚稚，客中侍数长德之后，均年五十以外，寄居苏噜，习其土著如朋俦，因得询其历史，审是中壮士风概，与其古俗。闻所创闻，传诸人口，万众一辞。顾彼国亡人殒，后来亦无倔起之人。今残黎寥寥，恐过此以往，亦无能言者矣。方吾辈来时，苏噜尚为影国。今则声影皆寂。[①]

[①] 〔清〕林纾，《〈鬼山狼侠传〉原序》，收入〔英〕哈葛德著，〔清〕林纾、曾宗巩译，《鬼山狼侠传（上）》，页 1。

The English Library

Nada the Lily

BY

H. RIDER HAGGARD

AUTHOR OF

"KING SOLOMON'S MINES," "SHE," "ERIC BRIGHTEYES"
"ALLAN QUARTERMAIN," "ALLAN'S WIFE," ETC.

LEIPZIG

HEINEMANN AND BALESTIER
(Ltd. London)

PARIS

HACHETTE ET CIE

The Volumes of the English Library are published by arrangement with the Authors, and enjoy Copyright in all Continental countries, but may not be introduced into Great Britain, Ireland, or the British Colonies

COMPLETE IN ONE VOLUME

图 5-4　哈葛德 *Nada the Lily* 封面

序文洋洋洒洒，指出祖鲁从"尚为影国"（the Zulus were still a nation）变为"声影皆寂"（that nation has been destroyed）的感慨。[1]可是，该序文由于有其他关注点，未多交代祖鲁走向衰亡的历程。若是进一步追踪本章欲聚焦探讨的、以西帝威尧时代为主的《蛮荒志异》，恰可填补中间的空白，反映1818年查革开创王朝到1887年祖鲁王朝灭亡的经历。查革因推动军事、政治改革，征服了周边部落，解决了土地纠纷。正当势力壮大时，却面临内斗，惨遭同父异母的兄弟乌兰加纳（Umhlangana）、丁冈（Dingaan）与仆人摩波（Mopo）合谋戕害。丁冈继位后，与荷兰人后裔布尔人滋生各种领土纠纷，迭有冲突，1838年战于恩康姆河，军队大败，血染河水，史称"血河之战"。姆潘德（Mpande）随后取代被刺杀的丁冈，将部分领土割让给布尔人。1872年，姆潘德年老逝世，西帝威尧继位，而这正是哈葛德来到非洲的期间。在"瓜分非洲"（scramble for Africa）的扩张发展中，英国正渗入非洲内陆，1877年并吞德兰士瓦后，1879年发动祖鲁战争，冲击在地土著祖鲁族群的政权。1880年，英军发动第一次布尔战争（First Boer War），试图消灭布尔人在南非的势力。在英国的扩权下，祖鲁与布尔人的势力虽逐渐消退，可是在哈葛德抵达非洲的1875年，"尚为影国"。随着1879年祖鲁战争的失利，西帝威尧俯首称臣，祖鲁地局势由英人幕后主导，一直到1887年，祖鲁被英国吞并，沦为"声影皆寂"。

目睹祖鲁政权的崩解，哈葛德语多同情，希望透过通俗小说的形式，记录曾经风起云涌的祖鲁王，尤其是不同于西方英雄的

---

[1]　Henry Rider Haggard, *Nada the Lily* (London: Longmans, Green, and Co., 1892), p. IX.

祖鲁楷模："西方自荷马史诗、中古武士传奇、冰岛神话（Icelandic Saga，林译第一本哈氏小说《埃司兰情侠传》的故事背景），皆是描写同一类的'暴力'英雄，只不过这个英雄典型到了维多利亚时代早已过时了，在十九世纪末的英国本土可谓'英雄无用武之地'。于是哈葛德需要把他搬到蛮荒的非洲大陆去，在 Zulu 人身上，他发现了这种豪侠的勇气"①。哈葛德对于现代文明有着不满，如《斐洲愁城烟水录》（*Allan Quatermain*）反思与批判现代文明时，指出"文明"只是"野蛮"的镀金，文明一旦离开野蛮的土壤，便会如大树离开土壤般，迟早干枯，犹如埃及文明、希腊文明、罗马文明及世界不计其数的古文明般陨落。②

对照于本书前一章的讨论，凡尔纳小说透过"非洲"场景处理文明过度而导致世界末日的主题，哈葛德则是在非洲土壤寻找消失的古文明，相当程度反映其对于现代文明的批判。如李欧梵指出："他（哈葛德）在非洲蛮荒地穴下'发掘'出另一类源自上古的白人民族，虽然貌似英国人的白人，但血缘却来自上古的埃及。蛮荒和远古……相信西方文明源自非洲，而古希腊和古罗马的遗迹也在非洲，古埃及更不必提，换句话说，这些古文化遗产反而保存在蛮荒的非洲，而不是在欧洲。这也代表了一个悖论：假如（像佛洛德在《文明与其不满》*所说）文明的背后是野蛮，那么野蛮的穴底下更存有文明……哈氏的浪漫传奇小说代表了一

---

① 李欧梵，《林纾与哈葛德——翻译的文化政治》，页 64。

② Henry Rider Haggard, "Introduction," *Allan Quatermain* (New York: Harper, 1887), p.13. 原文如下："Out of the soil of barbarism it has grown like a tree, and, as I believe, into the soil like a tree it will once more, sooner or later, fall again, as the Egyptian civilization fell, as the Hellenic civilization fell, and as the Roman civilization and many others of which the world has now lost count, fell also."

* 即弗洛伊德《文明及其不满》。——编者注

种对维多利亚时代逐渐工业化和世俗化的社会的'反动'，也暗含对于现代文明的不满。"①

　　哈葛德试图以小说叙事的方式，替灰飞烟灭的祖鲁辉煌，留下印记，"传达一些让国王及臣民充满生气的卓越精神的想法"，却也清楚意识到辉煌的祖鲁英雄史，伴随着血腥的大屠杀、暴行等不容于法治社会的行为，恰与现代文明形成一冲突。要如何恰如其分地掌控个中分际呢？他在 *Nada the Lily* 序文中提出写作的难度：

　　　　此外，作者的目标（The author's aim）是以叙事的形式，让人们对赋予那些国王及其臣民生命力的卓越精神有所了解，并以通俗易懂的方式，让人们认识历史事件……这样的任务显然困难重重，因为负责这项任务的人必须暂时忘掉自己的文明，用活在旧社会制度下的祖鲁人的头脑和声音来思考和说话。在这由黑榴石和鱼雷构成的文明时代，关于祖鲁暴君们所犯一切恐怖事件的故事都不能发表，其细节因而都被隐瞒了。但还是有不少留了下来，而如果有人认为，任何人——特约通讯记者除外——都不应该书写大屠杀和战斗，或认为世界上最残酷的暴政所造成的人类苦难不应该成为传

---

① 李欧梵，《林纾与哈葛德——翻译的文化政治》，页64、65。

奇小说的基础，那么他大可不必阅读这本书。[①]

哈葛德试图透通俗易懂的叙事形式，传达祖鲁国王与臣民的形象，可是却面临棘手问题，主要是得抽离自身的文明身份与思考模式，以祖鲁人视角叙说故事。此一潜伏着文明（作者身份）与野蛮对象（祖鲁）的鸿沟，引发写作伦理的紧张：关于祖鲁国王的残暴虐行与大屠杀等事迹，是否适宜构成传奇小说的内容？他一方面高分贝警诫卫道人士不宜读该小说，可是一方面又陷入自我的检查，如祖鲁暴君犯下的罪孽不可发表，因而潜藏了许多细节。

　　哈葛德提出的种种写作问题，如"到底什么可写""什么不可写"等，实都反映其以英国读者作为对话的对象，试图以文化差异的视角，替小说中各种原本"不能发表"的"恐怖之事"，做出迂回的辩解，并且彰显书写祖鲁议题的"不得不"的态度。当林纾翻译哈葛德的序文时，未必忠实于原文，而是衍生了弦外之音。微妙的是，他的翻译出格之处，却意外回应了哈葛德提出的写作难题。林纾面临的并非白人身份探向黑人题材的文化冲突，

---

　　① 哈葛德原序提及："The author's aim, moreover, has been to convey, in a narrative form, some idea of the remarkable spirit which animated these kings and their subjects, and to make accessible, in a popular shape, incidents of history… It will be obvious that such a task has presented difficulties, since he who undertakes it must for a time forget his civilization, and think with the mind and speak with the voice of a Zulu of the old regime. All the horrors perpetrated by the Zulu tyrants cannot be published in this polite age of melanite and torpedoes; their details have, therefore, been suppressed. Still much remains, and those who think it wrong that massacre and fighting should be written of,—except by special correspondents,—or that the sufferings of mankind beneath one of the world's most cruel tyrannies should form the groundwork of romance, may be invited to leave this book unread." 参见 Henry Rider Haggard, *Nada the Lily*, pp. IX - X.

却是晚清中国人观看祖鲁命运时试图以异域火炬照亮中国前途的主旨。他重构原序内容，返回自身的史学传统，提出新命题——相对于"正史"的"外史"视角：

> 著书者之宗旨，则遵小说经涂，必曲绘查革之事实，虽纤细必举，使有位者生其尚武之精神，尤不能不少加点染，令观者爽目，代亚斐利加之外史。然吾书所言，半多轶事，为他书所无，非纯史之家。仓卒中亦不详斐洲之事。故吾书必历历言之，以备阅者简择。第著笔至难耳。凡为外史家言，当舍文化。但言其榛狂之状，残杀尚勇之风，存国故实，张为古音，以发幽响。①

引文中的"著书者之宗旨"乃是翻译上述的"The author's aim"，可是林纾接下来的翻译，几乎逸出原文脉络，与其说是"翻译"，倒不如说是"回应"哈葛德的问题。他指出以"非纯史之家"的"外史家"视角，即可涵盖史事、逸事、故实（典故），"但言其榛狂状，残杀尚勇之风"，以"小说经涂"的方式，描写查革事实，"虽纤细必举"，对于"尚武之精神"更是"不能不少加点染"。他以"外史家"视角，撇开"白人作者"面向"黑人故事"的"文化冲突"，更能荤素不拘，扩大写作伦理的边界，涵盖各种祖鲁题材。

　　林纾巧妙使用"外史"视角，具有吊诡的意义：一方面相对于正史的边缘位置，可以不受约束，具有道听途说、穿凿附会的

---

① 〔清〕林纾，《〈鬼山狼侠传〉原序》，收入〔英〕哈葛德著，〔清〕林纾、曾宗巩译，《鬼山狼侠传（上）》，页2。

空间。可是，一方面又追寻正史的功能，仿《左传》中有"君子曰"，《史记》中有"太史公曰"的形式，"抒发了史家的情感与观点"，有"对世道人心的庄重关注和深沉忧思"①。他不仅仅是为克服哈葛德文明身份与野蛮题材的冲突感，更是将祖鲁杀戮血性的题材，变为激励性的活水源泉，传达史识。哈葛德小说原序开首之句指出该书的写作缘起："这部传奇小说的作者是在某个目的驱使下写作的，其出发点不仅仅是为了写一个关于野蛮人生活的荒诞故事。"②林纾却改成："余手著此书，固挟勇敢之心，编野人之史"③。译者以自行杜撰的文句偷渡中国人的声音，替小说内容找到"勇敢之心"的道德包装，且肯定编"野人之史"的意义："存国故实，张为古音，以发幽响"，不但净化了哈葛德感到疑虑的血腥题材，甚至将其抬高到一可以训诲勉励后人的教诲语气。哈葛德战战兢兢的"不得不"的写作困境，到林纾笔下，变为言之凿凿的"理当如此"。

---

① 程章灿提及："一些写鬼名家则干脆自居为史家，这当然不是正史，只能算野史……所谓'里乘'，就是'乡里的史乘'，颇有将乡里民间豆棚瓜架的传闻升格为一种史传体著述的意思。一方面，他们自称'异''外''素'，甘居边缘的位置，以区别于正史；另一方面，他们又标榜为'史'，坚持其根本立场与旨在鉴往知来的史书没有两样。《左传》中有'君子曰'，《史记》中有'太史公曰'，抒发了史家的情感与观点。上述诸家书中的'外史氏曰''异史氏曰''素史氏曰''里乘子曰'，以及清杨凤辉《南皋笔记》中的'南皋居士'，其形式无疑来自《左传》《史记》，而作者议论中所透露的对世道人心的庄重关注和深沉忧思，也是与左、马这两位伟大的历史学家一脉相承的。"程章灿，《鬼话连篇》（新北市：华艺学术出版社，2014），页69—70。

② 原文提及："The writer of this romance has been encouraged to his task by a purpose somewhat beyond that of setting out a wild tale of savage life." Henry Rider Haggard, *Nada the Lily*, p. Ⅸ.

③ 〔清〕林纾，《〈鬼山狼侠传〉原序》，收入〔英〕哈葛德著，〔清〕林纾、曾宗巩译，《鬼山狼侠传（上）》，页1。

林纾从哈葛德笔下的祖鲁题材，开拓了一条接到晚清中国政治文化语境的通道，替水深火热的中国注入了活水泉源。林纾急于扩大写作伦理的边界，将各种血腥的题材转化为救国保种的力量。20 世纪二十年代，当哈葛德小说热潮消退，林纾的序跋仍能打动人心。包罗多（1891、1892—1961）在《申报》上发表《从鬼山狼侠传谈起》，提及哈葛德在"在中国文坛上的评价，不过是一位三四流的作家"，可是"宣传使我大受感动"。此一"宣传"乃是指林纾替哈葛德小说所写的序跋。他逐一摘录《鬼山狼侠传》《雾中人》《斐洲烟水愁城录》《洪罕女郎传》与《撒克逊劫后英雄略》序跋中的精彩文句："对于贼性竟肯明目张胆的主张，在古文家的笔下写出来。真使我对于林先生发生无限的敬意。"[1]

一般论者会将林纾译于 1905 年的《鬼山狼侠传》与《斐洲烟水愁城录》对读，主要是因为洛巴革贯穿两篇小说。不过，本章提出另一可能的延续版：普遍受到学界忽略的《蛮荒志异》（见图 5-5），与之有更紧密的联系，二者均贯穿着晚清人士高度关注的议题——白种人的侵袭。哈葛德反复探索祖鲁式微之因，指出因白种人"蟠据"祖鲁之地、"蠹蚀其根"，导致祖鲁人"糜烂无余"，连最可贵的"尚武之精神"，也"凛凛莫之过"，感慨不已。[2] 身为白种人的哈葛德，带着负疚感，反思白人的罪恶，早在《鬼山狼侠传》便埋下伏笔："白种之人，骎骎而盛。后此黑种人遂没然而亡。曲中之意，盖言男女善恶，及强弱国争斗之终始。

---

① 〔清〕包罗多，《从鬼山狼侠传谈起》，《申报》第 19814 号（1928 年 5 月 15 日），页 29。

② 〔清〕林纾，《〈鬼山狼侠传〉序》，收入〔英〕哈葛德著，〔清〕林纾、曾宗巩译，《鬼山狼侠传（上）》，页 1。

EACH VOLUME SOLD SEPARATELY.

COLLECTION

OF

BRITISH AUTHORS

TAUCHNITZ EDITION.

VOL. 3440.

BLACK HEART AND WHITE HEART AND ELISSA.

BY

H. RIDER HAGGARD.

IN ONE VOLUME.

LEIPZIG: BERNHARD TAUCHNITZ.

PARIS: LIBRAIRIE C. REINWALD, 15, RUE DES SAINTS-PÈRES.

PARIS: THE GALIGNANI LIBRARY, 224, RUE DE RIVOLI,
AND AT NICE, 8, AVENUE MASSÉNA.

*This Collection
is published with copyright for Continental circulation, but
all purchasers are earnestly requested not to introduce the
volumes into England or into any British Colony.*

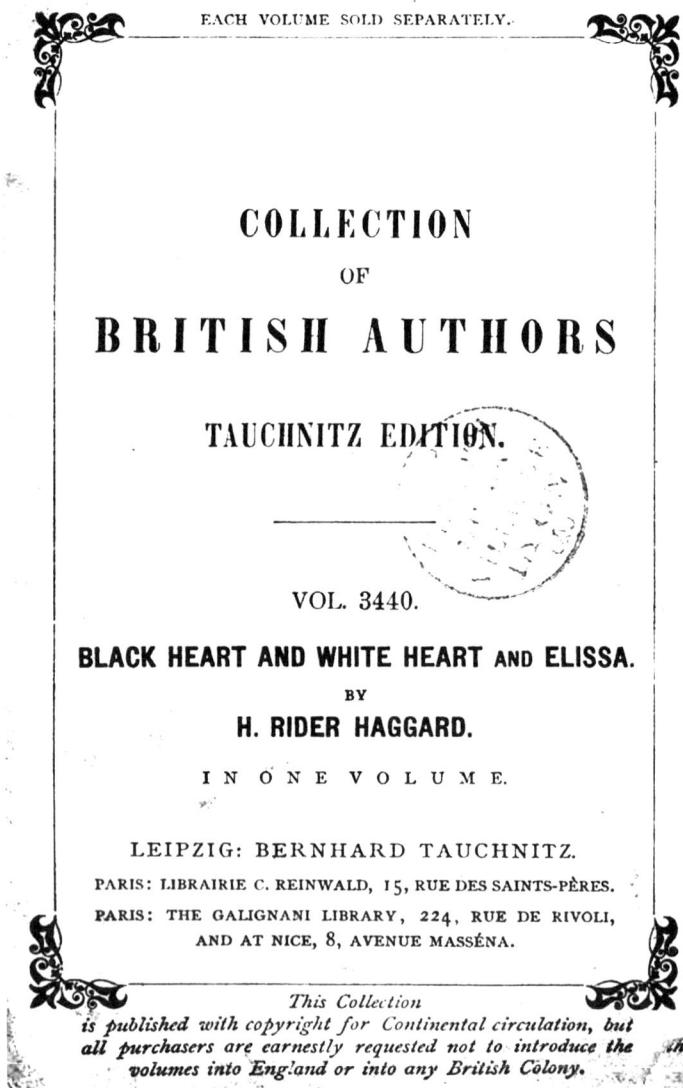

图 5-5　哈葛德 *Black Heart and White Heart* 封面

且告苏噜人，以将来必有小手，将复其仇。"①小说指出白种人将会灭亡黑种人，有朝一日，"会有小手"，报一箭之仇。不熟悉非洲背景者，较难解读林纾译文与序跋多次出现的"小手"，它并非人之肢体，而是地名"Place of the Little Hand"，乃是伊森倭那（Isandhlwana）的别名。哈葛德处于历史后见之明的位置，所预告的未来祖鲁人的反扑报仇，恰好在《蛮荒志异》得到回响。哈葛德以西帝威尧的时代为背景，巧妙地运用1879年正月英军入侵祖鲁、在伊森倭那引爆"祖鲁战争"的背景，安排祖鲁军队于战争初期的"小手"一役，击溃实力强大的英军。

　　若是核对祖鲁历史，可知祖鲁军队在1879年1月的伊森倭那战役，旗开得胜。可是，两方实力有别，随着英军加强战力，祖鲁于该年7月俯首称臣，西帝威尧成为俘虏。哈葛德避开祖鲁军队的不堪下场，停格于伊森倭那战役，塑造祖鲁战队凌驾英军的印象。一直到小说结束，作者以轻描淡写的语气交代后事："今日为英人新地政府所属之大酋，生儿且无数。传此事者，无他人，盖得诸其妻娜妮之口"②，委婉道出祖鲁王朝的旁落，那豪已成"英人新地政府所属之大酋"。哈葛德以怜悯代替嘲讽，呼应小说原著所提"给祖鲁人的牧歌"。此一牧歌，实也是"墓歌"，哈葛德带着无限的怜悯，替祖鲁王朝写下最后一首的牧歌／墓歌。

　　对于林纾而言，祖鲁以弱敌强，无疑具有激励的作用。从

---

① 〔英〕哈葛德著，〔清〕林纾、曾宗巩译，《鬼山狼侠传（下）》，页3。

② 〔英〕哈葛德著，〔清〕林纾、曾宗巩译，《蛮荒志异（上）》（上海：商务印书馆，1906），页55。哈葛德原文乃是写："To-day Nahoon is one of the Indunas of the English Government in Zululand, and there are children about his kraal. It was from the lips of none other than Nanea his wife that the teller of this tale heard its substance."（今天，那豪是祖鲁兰英国人政府的酋长之一，他的村社附近有很多小孩。说这个故事的人正是从他的妻子娜妮之口听到故事的内容。）

《鬼山狼侠传》的洛巴革到《蛮荒志异》的那豪，替正史中步向
衰亡的祖鲁王朝，扛起祖鲁精神，颇有礼失求诸野之意味。《鬼
山狼侠传》高度肯定狼侠洛巴革："明知不驯于法，足以兆乱，然
横刀盘马，气概凛烈，读之未有不动色者。"① 《斐洲烟水愁城录》
赞扬洛巴革："洛巴革卓立小坡之上，拄斧四盼，状甚英伟，作勇
士，恒状无有怔怯，然额筋亦竦动不已"，连白人亨利也称许他
为"第一勇士"，"顾余所交几遍欧洲，竟无一人能类彼者"。② 《钟
乳髑髅》则是赞叹非洲少年勇士安布巴："下裳胸前有狮爪之标
识，气概凛然。余在斐洲久觉勇健无如此少年者，高可六尺，有
三横径称之，色亦非黑，惟上下微有战瘢。"③ 《蛮荒志异》替步向
衰亡的祖鲁王朝，塑造慷慨激昂、奋战不懈的战士英雄：

> 　　健硕之壮士，凛凛然入。年在三十五六之间，被甲作武
> 士装，盖为荣西于营弁。发际巨圈，为獭皮所制。臂上及踵，
> 均旄牛之尾。左手执跳舞小盾，盾黑色。右徒手，以面王不
> 敢以兵械进也。其人貌绝威武，见者莫省其所自来。美目海
> 口，高在六尺以外，身虽顾硕，见者颇不为异。正以胸膊皆
> 广，上下平停，虽高亦不骇人。凡苏噜贵人，足趺恒小，而
> 此武士，足趺独博大，与贵族异。简言之，其人盖自生番中，
> 雅而有文，甚硕且武者也。④

　　① 〔清〕林纾，《〈鬼山狼侠传〉序》，收入〔英〕哈葛德著，〔清〕林纾、
曾宗巩译，《鬼山狼侠传（上）》，页2。
　　② 〔英〕哈葛德著，〔清〕林纾、曾宗巩译，《斐洲烟水愁城录（上）》，页
70；〔英〕哈葛德著，〔清〕林纾、曾宗巩译，《斐洲烟水愁城录（下）》，页71。
　　③ 〔英〕哈葛德著，〔清〕林纾、曾宗巩译，《钟乳髑髅（上）》（上海：商
务印书馆，1915），页28。
　　④ 〔英〕哈葛德著，〔清〕林纾、曾宗巩译，《蛮荒志异（上）》，页8。

林纾栩栩如生翻译那豪的英勇形象，从其发型、手臂、身高与武器等，都呈现战士的楷模，以"其人盖自生番中，雅而有文，甚硕且武者也"，归纳那豪的整体形象。对照原著的"a savage gentleman of birth"①（天生的蛮族绅士），林纾以"生番中，雅而有文"翻译，别有一番神韵，使其不流于一介莽夫的形象。

　　当林纾翻译那豪步上战场、对抗白人赫登的片段时，一转"雅而有文"的形象，渲染其血性的精神。那豪之父与女友因为白人赫登设局陷害，坠入瀑布，未知去向。祖鲁战争爆发时，他自动请缨，加入军队，步入战场，旁若无人，"弹经铁甲，那豪竟若无觉"，"力寻其仇"②，变为是"国仇家恨"。林纾在翻译的过程中，透过各种修辞，渲染那豪追逐赫登的过程，塑造了一疾恶如仇的血性英雄的形象。哈葛德原著描写那豪的眼神："his wild and glowering eyes fixed on the white man's face and his breath coming in short gasps."③（他急促地呼吸着，野性、阴鸷的双眼盯着那白人的脸。）林纾译为"二目狞如野兽，直注赫登，鼾声如牛喘"④，文句虽然变得简短，可是更生动呈现那豪在国仇家恨下的怒火。中译本循此角度，形容那豪"如猎狗之追骇鹿"般⑤，紧追不舍。此一猎狗追"骇鹿"的描写，有所渲染，原著是"running as a hound runs when the buck is at view"⑥（如猎犬看到雄鹿时那样奔跑）。原著描写沉默的那豪让赫登备感恐怖："his silence seemed

---

① Henry Rider Haggard, *Black Heart and White Heart*, p.15.
② 〔英〕哈葛德著，〔清〕林纾、曾宗巩译，《蛮荒志异（上）》，页 52。
③ Henry Rider Haggard, *Black Heart and White Heart*, p.70.
④ 〔英〕哈葛德著，〔清〕林纾、曾宗巩译，《蛮荒志异（上）》，页 54。
⑤ 同前注，页 52。
⑥ Henry Rider Haggard, *Black Heart and White Heart*, p.68.

more fateful and more crushing than any speech; no spoken accusation would have been so terrible in Hadden's ear." [1]（他的沉默似乎比任何言语都更加致命、更加令人受不了；任何诉诸言语的控诉，在赫登听来也都不会如此可怕。）林纾再次展现文字功力，以简短的文句翻译："静中狞状，较骂詈尤凶顽可怖" [2]。此一系列"目狞如野兽""猎狗追骇鹿""狞状""凶顽可怖"等形容，呼应林纾一再呼吁振柔去奴的"贼性"主张："赋性至厉，然用以振作积弱之社会，颇足鼓动其死气" [3]，实可呼应他对于中国国民性的针砭与期许。

林纾渲染那豪如"猎狗"般追逐"骇鹿"的英勇形象时，同时放大赫登落荒而逃的狼狈形象。哈葛德平铺直叙两人重逢的场景："he knew Nahoon again, and terror took hold of him." [4]（他再次认出了那豪，恐怖攫住了他。）林纾翻译为"大惊若狂"，呼应人物的"骇鹿"形象。当赫登逃出战场，听到鸟声鸣叫、牛群放牧，感到片刻宁静："the contrast between the dreadful scene of blood and turmoil that he had left, and the peaceful face of Nature over which he was passing, came home to his brain vividly." [5]（他已逃离的血腥与混乱的可怕场面，与他正走过的大自然宁静祥和的面貌，在他脑海里形成了鲜明的对比。）林纾持续剪裁"骇鹿"的形象："赫登心大骇异然，以此清寂之境，较之纷乱场中，沸血复少止。" [6] 此

---

[1]　Henry Rider Haggard, *Black Heart and White Heart*, p.70.

[2]　〔英〕哈葛德著，〔清〕林纾、曾宗巩译，《蛮荒志异（上）》，页 54。

[3]　〔清〕林纾，《〈鬼山狼侠传〉序》，收入〔英〕哈葛德著，〔清〕林纾、曾宗巩译，《鬼山狼侠传（上）》，页 2。

[4]　Henry Rider Haggard, *Black Heart and White Heart*, p.67.

[5]　Ibid., p.68.

[6]　〔英〕哈葛德著，〔清〕林纾、曾宗巩译，《蛮荒志异（上）》，页 52。

外，原著描写赫登逃到洪水泛滥的溪水处："Hadden looked at the stream; it was in flood"（哈登看向溪流；它高涨着），译著却翻译为"赫登大震，思欲绝溪而渡"[①]。仔细观察上述各案例，原文实无"大惊""大震""大骇"等字眼，都是林纾自行加入，夸大赫登面向那豪的受创与惊恐程度。

　　林纾以中西接力的方式，生动传达祖鲁战士的形象，又加上序跋对于各英雄的高度赞美，某种程度开拓／局限了清末民初读者的视角。1928 年 4 月 5 日，《申报》刊登黄震遐（1910—1974）《非洲的苏鲁民族》，将哈葛德小说人物视为真实的民族英雄，感佩起祖鲁骁勇善战的小说人物："《鬼山狼侠传》*Nada The Lily*、《雾中人》*The People of The Mist* 和《斐洲烟水愁城录》*Allan Quatermain* 里我们都可以看得到一个英雄的民族，是如何的可敬可爱。内尤以《鬼山狼侠传》一书为最佳，读了它，仿佛可以看到当时真实的情形一般。照普通计算起来，查革所杀的人是二百万，但据南非黑人故老相传，为数还要多上数倍。这种骇人听闻的大杀戮，虽然在历史上未曾记载，但我们是应该晓得的。"[②] 当小说与历史的界线混淆，论者以假乱真的观点，便不足为奇。

　　哈葛德透过小说叙事替一去不返的祖鲁王朝与祖鲁英雄留下辉煌的印记，激发林纾的共鸣。林纾返回自身的史学脉络，赋予文本"外史"的框架，回应哈葛德所面临的写作伦理，将祖鲁英雄的血腥行为，合理化为保家卫国、张扬古音的伦理行为。在翻译的过程中，他开拓了一条通往晚清中国文化政治语境的管道，透过修辞与形象的渲染方式，强化了更能符合晚清文化语境的保

---

① 〔英〕哈葛德著，〔清〕林纾、曾宗巩译，《蛮荒志异（上）》，页 54。

② 〔清〕黄震遐，《非洲的苏鲁民族》，《申报》第 19774 号（1928 年 4 月 5 日），页 27。

家卫国的战士形象。

四、神怪小说：通俗文学的现代化

上两节讨论哈葛德与林纾在战火下的生命共振以及对于祖鲁英雄的发扬光大，本节亦更进一步从文学审美的角度，观察哈葛德与林纾之间如何潜藏着一条可以相互连接的美学通道，致使林纾顺理成章地接受哈葛德的小说著作。非洲传奇所流露的巫术鬼怪与浪漫爱情，对拥有志怪传奇的中国文人而言，自有其共享的审美品位与文学旨趣。不容小觑的是，在非洲路线与南荒信巫、革命与爱情题材之间，此一"神怪小说"蕴藏着通俗文学现代化的视野。①

相比起《黑蛮风土记》《三洲游记》与《飞行记》等勾勒非洲历史、地理方位与风土民俗的作品，林纾翻译的哈葛德系列小说，有着根本性的差异。哈葛德意不在于呈现非洲历史地理学，

---

① 关于"通俗文学现代化""通俗文学的现代性"，乃是借用范伯群与陈建华讨论民初通俗文学的核心概念。范伯群认为："在民初十年中，通俗文学就以'百花纷呈'的姿态屹立于'俗众'之阅读兴趣之中。以后，它们各个主要门类都沿着自己的轨迹向前发展，社会、言情、武侠、侦探都各有千秋，互有建树。在向前发展的过程中，它们自己也有一个沿着民族化的道路实现自身的现代化问题。"见范伯群，《绪论》，《中国近现代通俗文学史》（南京：江苏教育出版社，1999），页33。又，陈建华《从革命到共和：清末至民国时期文学、电影与文化的转型》多处提及"通俗文学的现代性"，如《中国电影批评的先驱——周瘦鹃〈影戏话〉读解》与《格里菲斯与中国电影的兴起——1920年代通俗文学与电影的整合及其文化政治》都提及鸳鸯蝴蝶派大家周瘦鹃如何透过由观影经验"翻译"成文字所写成的"影戏小说"，以及影戏评述《影戏话》跨足文学与电影等现代媒介，体现鸳鸯蝴蝶派通俗小说的现代性。陈建华，《从革命到共和：清末至民国时期文学、电影与文化的转型》（桂林：广西师范大学出版社，2009）。

却将之转化为由祖鲁文化、传说、爱情与神鬼组成迷魅树林，反
映愈加成熟的叙事场景。《蛮荒志异》描写居住于英属地纳塔尔
的英人赫登以牛车运货到德兰士瓦的边区小镇阿忒（Utrecht），
因货运纠纷而殴伤店员，逃到不受英人管辖的祖鲁地区，进入魅
影幢幢的伊森倭那树林狩猎。赫登虽被树林女巫预言凶兆，可是
未能戡破天机，一步步陷入命运死角。他逆行倒施，从陷害护卫
他的那豪，到觊觎那豪女友娜妮，欲横刀夺爱，可是功亏一篑。
娜妮落入瀑布，生死未卜。深受打击的那豪，加入军队。祖鲁战
争爆发时，那豪与赫登在战场相逢，国仇家恨，一并爆发。那豪
在伊森倭那巫林中追逐赫登，中弹受伤，娜妮适时出现，两人合
力铲除赫登，有情人终成眷属。

　　此一看似通俗的情节，却张力十足。从空间场景而言，赫登
从纳塔尔至德兰士瓦之阿忒，至祖鲁之伊森倭那，至纳塔尔，至
伊森倭那，加入大量的鬼魅传说、离奇巫术，演绎魅影幢幢的
"死人宅"（home of the dead）、厄运池（the doom pool）与死魂灵
（the ghost of the dead）等，使得非洲树林变为一朦胧恍惚、魍魉
魑魅与古老神秘的空间场景，如："何声发也？那豪伏而听之，声
来无方，林中已四集，乃不测其远近。其响绝异，似有人牵引相
号呼，听之乃不能辨其为人为鬼。那豪大骇而颤曰：'此伊森确甫
也。伊森确甫者，鬼而无舌，但能作婴儿啼。'"① 树林鬼哭神号、
凄厉悲惨，却又不知其来源，加剧了阴森恐怖、魅影幢幢的氛围。

　　非洲丛林内回荡着离奇的神巫预言、曲折的浪漫故事、恐怖
的鬼魅传奇等，更能接通彼时中国作者的审美管道。哈葛德一系
列以非洲南部神话为背景的小说，轻易通向中国传统的鬼魅传说，

---

① 〔英〕哈葛德著，〔清〕林纾、曾宗巩译，《蛮荒志异（上）》，页23。

与"志异"传统接轨。因此，非洲神灵鬼怪，非但不显得荒诞不经，反而是中国读者相当熟悉的"神怪"模式。彼时各种宣传广告或报刊评论，都着力于凸显哈葛德小说契合中国读者的美学特质。商务印书馆出版《蛮荒志异》时，便标上"神怪小说"，广告文辞提及：

> 《蛮荒志异》此书仍英国哈葛德原著，闽县林君琴南所译。书分上下两卷，上卷叙近时斐洲黑人所擅之巫术，虽云怪诞亦间有奇验。兼写黑人男女之爱情，白人凶狡之技俩。[1]

"神怪"乃是中国小说的普遍主题，如1914年，《中华小说界》刊登《小说丛话》提及："英雄儿女之外，当推神怪为小说之第三原素，盖人莫不有好奇之性。他种奇异之事，其奇异皆为限界的。惟神怪则为超绝的，而餍人好奇之性，则超绝的恒胜于限界的故也。"神怪小说因为没有界线，可以"超绝"，更能满足读者的好奇心。该文更进一步谈到"神怪小说"的美学风格："此种小说之美恶，与他种小说，恰成一反比例。他种小说，愈近情理愈妙。此种小说，则愈远于情理愈妙，盖愈远于情理，则愈恢奇，愈恢奇则愈善。"[2]

林纾固然积极翻译西书、撰写序跋，面向新思潮，可是他不刻意标榜新文化主张，反而可以周旋于罗曼史与鬼魅巫术，使新旧互为表里。他翻译哈葛德的小说 *Black Heart and White Heart*，

---

① 〔清〕商务印书馆刊登，《蛮荒志异》广告，《申报》第11916号（1906年6月21日），页5。
② 〔清〕成，《小说丛话》，《中华小说界》第1年第5期（1914年5月），页27。

将题名改为《蛮荒志异》。“志异”乃是中国的叙事传统，“说鬼说狐，侈陈怪异”的书写，更是在晚清文坛蔚为风潮，仿聊斋体此起彼落，“用传奇法，而以志怪，变幻之状，如在目前，又或易调改弦，别叙畸人异行，出于幻域，顿入人间”①。处于神鬼狐魅书写普遍流传的时代，林纾不需艰难的美学适应，即可透过相互连接的美学管道，通向哈葛德的文学创作。从林纾的创作观察，即可见其《畏庐漫录》对于人鬼神仙与花妖狐怪有无限绮想，如《钏声》《柯红豆》《薛五小姐》等，着墨于书生与鬼女情缘，成绩虽有限，“绝无他所译的狄更司诸人的小说的气氛”②，可是却颇能说明他与哈葛德小说共享的美学品位。

当林纾替《蛮荒志异》写《跋》时，正逢长安大雪，“临窗校勘，指为之僵”，于此一冷冽的天气中，温酒一壶，校勘译著，分析起《蛮荒志异》的特质：“描写蛮俗，亦自有其耸目者”。他将哈葛德小说中的“蛮俗”连接中国文学传统：“留仙之《志异》，志狐鬼也；葛书之《志异》，则多志巫术。南荒信巫，其说或不为讹谬也。”③蒲松龄“志狐鬼”的《聊斋志异》、葛洪“志巫术”的《神仙传》与哈葛德的非洲“志异”，都被置入中国“南荒信巫”的回圈，几乎可以无缝接轨，进行跨地／时的文学行旅。此又如他于《鬼山狼侠传序》勾连中西传统：“宋孟珙《蒙鞑备录》曰：凡占吉凶，每用羊胛骨。而是书（《鬼山狼侠传》）中言神巫

---

① 鲁迅，《中国小说史略·清之拟晋唐小说及其支流》，《鲁迅全集》，卷9，页216。

② 郑振铎，《林琴南先生》，收入钱钟书等著，《林纾的翻译》（北京：商务印书馆，1981），页5。

③ 〔清〕林纾，《〈蛮荒志异〉跋》，收入〔英〕哈葛德著，〔清〕林纾、曾宗巩译，《蛮荒志异（上）》，页1。

占卜，则亦用牛骨也。"[①] 彼时论者评论哈葛德小说时，多可见到中西连贯的趋势，如寂寞徐生《小说丛谈（八）》指出："《三千年艳尸记》《金塔剖尸记》《天方夜谭》《鬼山狼侠传》等，言神怪有吴道子给地狱之妙，不可谓非名著也。"[②]

　　林纾在翻译过程中，透过修辞，进行了一场关于"神怪小说"的美学接力，激化了人物的神秘形象。在林纾的审美重构下，伴随着鬼魂、骷髅与毒蛇出现的女巫，更是似真若幻。哈葛德原著以 the Bee 指称女巫，她可以占卜吉凶，预知未来。林纾翻译时，以"壺蠭""母蠭"等古字，翻译 Bee，添加了神秘与原始的意象。掌控鬼魂的女巫"具鬼识，能预言"，可任意变形，"大似母蛛张网取虫"，又有"吸人灵魂"的习性，"常常欲探取而验之，得智慧无数"。[③] 相对于原著以平铺直叙的语句形容女巫容貌："She was still a finely-shaped woman"[④]（她还是个姿容姣好的女人），林纾译为"忽变为绝美之容"，以"忽变"加剧诡谲可怖的形象，展现了女巫从狰狞转向美貌的动态感。同时又配合各种细微的动词，如将女巫的"unpleasant laugh"[⑤]（令人不舒服的笑容）译为"狞笑"，让平铺直叙的语句瞬间立体生动："巫忽作狞笑曰：汝问我，今乃不令我卜乎？"论者已提及林纾的文字功力，

---

　　① 〔清〕林纾，《〈鬼山狼侠传〉序》，收入〔英〕哈葛德著，〔清〕林纾、曾宗巩译，《鬼山狼侠传（上）》，页 1。

　　② 〔清〕寂寞徐生，《小说丛谈（八）》，《申报》第 17273 号（1921 年 3 月 27 日），页 14。

　　③ 〔英〕哈葛德著，〔清〕林纾、曾宗巩译，《蛮荒志异（上）》，页 13、14。

　　④ Henry Rider Haggard, *Black Heart and White Heart*, p.23.

　　⑤ Ibid., p.22.

经常可以"超渡"原著的文字 ①，往往调动不多，却能把握关键词汇，发挥美学效果。

翻译过程中，林纾挪用中国的美学形式，替哈葛德小说加工与修润。若是观察晚清仿聊斋体，其普遍带有仿司马迁《史记》"太史公曰"的论赞笔调——"异史氏曰"，以仿史笔的方式，反映自身的见识与胸怀。林纾翻译哈葛德小说时，以仿史传之笔，嵌入叙述者／翻译人的评论。林纾翻译赫登被女巫预言未来吉凶的片段时，介入叙事："外史氏曰：设此女巫诚告以休咎者，则赫登或能立悟其非，乃此巫忽幻为奇谲之言，似狎似玩，宜赫登之不见信。"② 又如赫登说服酋长马波达陷害那豪时，加入评点："外史氏曰：黠哉赫登，所云马波达难信者，已乃果然。"③ 译者加入"外史氏"的角色，实是转接了明清小说的评点形式，发挥眉批或旁批等效果，提醒读者相关情节、对白与人物设计的奥妙。

林纾翻译过程中，常加入中国人熟悉的典故与概念，使得读者更易于通到非洲的神怪传奇。如他将原文的 **"the love of her**

---

① 如钱钟书、李欧梵、韦利（Arthur David Waley）指出，经由林纾的翻译，狄更斯变为更优秀的作家，原著中过于详细的、多的描述与丰富的辞藻都可变为更简洁与清晰，却仍保留原著的幽默感，见 Arthur Waley, "Notes on Translation," *Secret History of the Mongols* (London: George Allen & Unwin Ltd., 1963), p. 190。钱钟书指出林纾的译著比哈葛德更为轻快明爽，翻译者运用"归宿语言"的本领超过原作者运用"出发语言"的本领，见《林纾的翻译》，收于薛绥之、张俊才编，《林纾研究资料》（福州：福建人民出版社，1983），页 317。李欧梵提出"二流"英文与"高调"古文的对比，透过各种举例与分析，指出哈葛德的普通文字如何被林纾"去其糟杂，换来精简生动的效果"，见李欧梵，《林纾与哈葛德——翻译的文化政治》，页 58。

② 〔英〕哈葛德著，〔清〕林纾、曾宗巩译，《蛮荒志异（上）》，页 18。

③ 同前注，页 40。

eats out my heart" ①（她的爱食尽了我的心），译为"吾以爱情之故，蚀其义心"②。此将 heart（心）变成"义心"的译法，回应中国的"忠义"概念，强化了"儿女私情"与"家国之情"的对比。又如小说安排那豪一旦效忠于国王，将会导致女友被国王夺走的下场："You have served him faithfully, and your reward is that within a few days he will take me from you—me, who should have been your wife take me from you." ③（你忠心耿耿地侍奉他，而他对你的回报却是，再过几天，他就会把我——把我这个理应成为你妻子的人，从你身边夺走。）译者翻译为"所得赏即夺吾身自汝家，而归诸后宫"④，以"后宫佳丽三千人"的典故，翻译上述较为冗长的文句，凸显娜妮楚楚可怜的牺牲形象，亦可让读者透过自身熟悉的典故掌控人物遭遇。

当林纾注入自身的美学形式与概念，连接楚神话的非洲巫术，加剧神怪小说的色彩时，不必然让译本走向神怪离奇的单一方向。小说又导入哈葛德小说中颇能契合晚清小说界呼吁的写情模式。《蛮荒志异》演绎回肠荡气的爱情故事，一对年轻的祖鲁男女受到白种人赫登陷害而各分东西。娜妮掉入瀑布，九死一生，可是凭着坚定的信仰理念，感天动地，起死回生。在守尸神（guardian spirit）的谕示下，娜妮赶往那豪决斗赫登的现场，拯救了中弹受创的那豪，铲除了作恶多端的赫登。那豪与娜妮犹如时代儿女，以坚定的感情，一路克服白人的诡计与背叛，反映了哈葛德小说《序言》中所称道的人物意志与感情："I dedicate these

---

① Henry Rider Haggard, *Black Heart and White Heart*, p.46.
② 〔英〕哈葛德著，〔清〕林纾、曾宗巩译，《蛮荒志异（上）》，页 36。
③ Henry Rider Haggard, *Black Heart and White Heart*, p.38.
④ 〔英〕哈葛德著，〔清〕林纾、曾宗巩译，《蛮荒志异（上）》，页 27。

tales—and more particularly the last, that of a Faith which triumphed over savagery and death."①（我献上这些故事，尤其是最后一个，即关于信仰战胜野蛮和死亡的故事。）

　　哈葛德以英国侵袭祖鲁为时代背景的小说，透过非洲男女之情，搬演祖鲁族群的家国兴衰，颇能呼应晚清"小说界革命"对于情爱书写的呼吁："本社所最欲得者为写情小说，惟必须写儿女之情而寓爱国之意者，乃为有益时局"②。"儿女之情"的题材，需"寓爱国之意"，以林纾之语便是"拾取当时战局，纬以美人壮士"③。林纾固然翻译了诸多"哀感顽艳"的言情小说，可是也借由翻译小说的途径发挥了"爱国保种"的功能。"爱国保种"与"哀感顽艳"并非二元论，如论者所提："当时文坛似乎也形成了如此的创作风气，林纾的自著小说也常出现'以国事为经，以爱情为纬'的结构模式。因此而涉及到诸多关乎情爱、道德领域的思想，呈现文化语境的张力——时代氛围使得当时文人在创作上使出两套笔墨，并尽力将私人情感纳入国家意识的框架。"④该小说不仅将"私人情感"纳入"国家意识"的框架，更试图将其提升到哲学思考的层次，让那豪与娜妮在经历死亡试炼时，靠着强烈的信念，战胜死亡，反映了通俗题材亦能延伸到哲学思考的层次。

　　《蛮荒志异》不只涵盖上述的"英雄、神怪、男女"等中国传统小说常见的模式，更蕴藏着严肃的政治议题，如赫登行进的

---

　　①　Henry Rider Haggard, *Black Heart and White Heart*, pp.3-4.

　　②　〔清〕新小说社，《新小说社征文启》，《新民丛报》第 19 号（1902 年 10 月），目录与正文间之广告页，页 4—5。

　　③　〔清〕林纾，《〈劫外昙花〉序》，《中华小说界》第 2 卷第 1 期（1915 年 1 月），页 1。

　　④　刘雪真，《依违于古今中外之间——林纾译／著言情小说研究》（台中：东海大学中国文学研究所博士论文，2012），页 69。

空间路线，实是于英属地与祖鲁地之间的界线，个中又折射殖民地、反抗地与战争地等内涵。魅影幢幢的阴森树林，实也是祖鲁族群发动轰轰烈烈的战火的地点。在"神怪小说"的标签下，该小说潜藏各种缠绕的新旧元素。可以更进一步追问的是，当林纾翻译哈葛德一系列以祖鲁地为背景的热带树林时，如何透过对小说原著的移植，扩大中国小说的美学内涵？此系列小说无疑替中文读者展现了完整的树林生态，如水泽、巨蟒、毒虺、狮豹、野狼、腐草、险路、瘴疠与疾病等。从惊悚的视觉、腐臭的气味到恐惧的感受，层层叠合，无不让树林书写散发魅力。

这些树林场景的意象繁复，让人目不暇接，如《三千年艳尸记》中，树林沼泽遍布毒蛇巨蟒，"大陆中均水泽，万蛇同集，巨蟒尤多，凡百猎物皆备"，即或是体型微小的飞蚊也令人发狂："乃不能寐，虫集无数。意灯光招引之耶？或白种人气味顿异，虫异而集嘬，且不知此虫饥至数千万年……扬声而鸣，吾辈受嘬乃欲发狂。"湿热的树林产生有毒气味，"腐草之气绝腥臭，不可近。杂瘴气以熏人，闻之棘鼻"。[1] 随队而行的动物家禽，因环境恶劣而接连病亡，如《钟乳髑髅》写动物死伤的惨景："一死于毒蛇，三以渴死，一中瘴而僵，更三牛，吃毒草立毙。"[2]《斐洲烟水愁城录》铺陈道路崎岖的险况："道行艰辛，或见嘬于虻之故。至于疮痏鳞集，兼旬之间，为虻所嘬。更遇骤雨，发奇冷。驴死其半。"[3]

---

① 〔英〕哈葛德著，〔清〕林纾、曾宗巩译，《三千年艳尸记（上）》（上海：商务印书馆，1914），页36、48—49、85。

② 〔英〕哈葛德著，〔清〕林纾、曾宗巩译，《钟乳髑髅（上）》，页29。

③ 〔英〕哈葛德著，〔清〕林纾、曾宗巩译，《斐洲烟水愁城录（上）》，页82。

就小说叙事而言，热带树林本身便是华丽的空间场景，更何况又承载着祖鲁族群的命运，透过艰辛坎坷的树林环境，铺展族群搏斗的命运，替一个消失的王朝写下轰轰烈烈的篇章！在哈葛德的各篇小说中，以祖鲁战争为背景的《蛮荒志异》最淋漓尽致地透过树林美学展现族群命运。鬼影幢幢的伊森倭那树林，"在血河及恩邦耶拿河之间，去此八咪，有地曰小手，先是其地本寂寂无闻，乃不及数礼拜中，忽喧传于全洲，人人咸知其名"①。作者透过赫登狩猎的场景，揭开树林的空间场景，如"地临大泽，草木丛蔚""地产野兕绝多""崇山隆起""小阜起伏""林木尤丛森"等②，接而又上演祖鲁战争，植入族群的奋战身影。1879 年 1 月，祖鲁军队以长矛和牛皮盾为武器，击毙用后膛枪和野战炮的英军，取得祖鲁开战初期的胜利。透过黑人与白人的肤色对峙，恰能道出祖鲁人的奋战精神：

> 时为一千八百七十九年正月二十号，勋爵勒兵出孔道，沿罗溪，入莺底利丛林中，夜中列营于大山之下，山曰伊森倭那。是日，大王西帝威尧大出兵，可二万余。跨哈聘多山而下，列营于平原。营去伊森倭那东偏，可一咪有半，是夜全营不火，士皆枕矛而卧。其中最勇剧者，为营西于兵，劲旅可三千五百人……此时红日已高，白人之军，弹如雨下，而营西于军中，矛盾皆出，继以大军，角声暄天而起，冲入英营。弹中铁甲，然仍前趣，弗乱其行。二军立时相接，如折铁，苦战甚酣。苏噜人声大号，自阵前达于阵后。声如蜂

---

① 〔英〕哈葛德著，〔清〕林纾、曾宗巩译，《蛮荒志异（上）》，页 11。
② 同前注，页 12。

衔。营西于猛士，力扑敌军。[①]

哈葛德以居高临下的视角，描写两军行进山林，各在伊森倭那山与哈聘多（Upindo）山扎营，枕戈待旦。透过"二万余，跨哈聘多山而下，列营于平原"，"是夜全营不火"的大场景描写，营造气势磅礴的战争场景。引文出现的"营西于"（Umcityu），乃是祖鲁战营中的精锐部队，冲锋陷阵，直捣英军现场。虽然，两军武器高下有别，白人军队"弹如雨下"，祖鲁军队"矛盾皆出"。可是，祖鲁军队骁勇无比，"弹中铁甲，然仍前趣"，在"角声暄天"中，"如折铁，苦战甚酣"。哈葛德透过一连串的听觉、视觉、感觉等多重感官的意象，传达祖鲁王国的最后传奇。

无论 20 世纪三十年代中国的东北地区战役期间的树林书写或是现当代的马华文学的雨林书写，都可在 19、20 世纪之交中国翻译文学的起点，寻得一条可以重新对照的线索。不同世代的作者，在政权消长、文化存亡之际，透过树林空间场景，思索族群的命运。树林场景成为一个族群命运起落的承载体，布满巨型蚊虫、狮鳄角力与蟒蛇毒虺的树林场景，铭刻着祖鲁王朝的政治风云与族群搏斗的英勇身影。作者将巫术、战争、族群与罗曼史等元素，熔为一炉。女巫似真若幻的预言、先王萦绕不去的诅咒、族群战斗的血河等元素于树林场景中交错结合，在历史与想象之间，向读者展现鬼魅巫术所在处，亦可以是群族圣战的现场，投射陌生又熟悉的空间方案。

对于志异传统丰富的中国译者而言，非洲丛林内的神巫预言、鬼魅传奇等，都不难接受与改造，无须太多美学上的克服。林纾

---

① 〔英〕哈葛德著，〔清〕林纾、曾宗巩译，《蛮荒志异（上）》，页 51—52。

以中国读者熟悉的概念，渲染神秘的鬼怪气氛，演绎非洲传奇。同时，小说触及男女情爱，以国事为经，以爱情为纬，呼应了晚清"小说界革命"的写情诉求。更可观的是，该小说的神鬼、男女情节，又结合族群存亡之战，拓展了热带树林的书写美学，使得看似通俗的情节，却又承载了严肃的政治思考，体现了通俗文学现代化的视野。

五、种族之感：从《黑心白心》到《蛮荒志异》

在英国发兵侵略德兰士瓦的期间，曾在该地工作生活的哈葛德，对于白种与黑种的属性，出现激烈的反思，甚至透过黑种与白种的颠覆方式，改写既定的黑种偏见。本节讨论林纾在接受"黑种白心"与"白种黑心"的主题时，会如何因为自身的意识形态的牵引，而将之引导入晚清译者一再形塑的"人体标签"？翻译转调中，译本如何浮现不同的拉扯力道，使得林纾笔调下的"黑种白心"隐藏着更深一层的变调？

哈葛德的小说创作涵盖西方现代小说常出现的价值，如论者多提及的英雄主义、发现异域、征服未知、追求财富、爱情至上与个体主义等，表征西方关于文明等级、权力秩序、种族竞争和历史走向等，反映"工业革命后的西方现代思想、主流意识形态和文化精神"[①]哈葛德固然无法自免于作为英国子民的文化思考与意识形态，可是，实际的非洲经验，又让他反思与批判英殖民政府的非洲政策。就他创作的 *Black Heart and White Heart*，从英

① 潘红，《哈葛德小说在中国：历史吊诡和话语意义》，《中国比较文学》2012 年第 3 期，页 102。

文题名，即可见他在以"白心"与"黑心"的对比方式，重构黑人与白人的位置。

若就 19 世纪后半叶的英国文学书写而言，哈葛德对于白种的反思，实有端倪。随着欧洲各殖民势力在非洲的竞逐与扩展，英国作者如康拉德已开始反思白人与黑人的关系，松绑、挑战或颠覆白人中心的优越性，将非洲黑人作为自身反省的对象，透过原始野蛮的力量，重思英国的出路。不少论者固然从哈葛德的作品，指出其作为英国子民的身份的帝国主义意识①，可是也出现不同的声音，如 Gerald Cornelius Monsman 修正"哈葛德只是大英帝国主义宣传者"的说法，认为其小说交杂着 19 世纪南非（Zulu）、荷裔非洲人（Boer）和英国文化的拉扯、冲突与对话②。

于此"黑人与白人"架构的反思中，哈葛德参与其中，推波助澜。从 *Nada the Lily* 与 *Black Heart and White Heart* 等宣扬黑人英雄的小说，都可见到他抽离白人的叙述视角，以黑人角度叙述祖鲁族群的兴衰起落。*Nada the Lily* 透过苍老的巫医莫波（Mopo）的口吻，讲述战士洛巴克从被迫流亡到一步步崛起的过程。文中以英国驻非的长官 Somseu 作为叙述的对象：

---

① 如 W. Katz 的 *Rider Haggard and the Fiction of Empire: a critical study of British imperial fiction* 论述哈葛德小说中的浪漫倾向，对制造理想化的帝国主义有极大效用，小说中浪漫化或传奇化的猎人、贸易者与冒险家加强了殖民主义的正当性。作者以诸多篇幅讨论哈葛德透过小说叙事的英雄人物替帝国主义服务，满足英国物质精神的需求。T. Pocock 的 *Rider Haggard and the Lost Empire, A Biography* 检视哈葛德在真实中作为大英帝国公众人物的身份，从哈葛德童年长成到日后职务发展，反射当时的大英帝国的具体处境。

② Gerald Cornelius Monsman, *Henry Rider Haggard on the imperial frontier: the political and literary contexts of his African romances* (Greensboro, NC: ELT Press, 2006).

You ask me, my father, to tell you the tale of the youth of Umslopogaas, holder of the iron Chieftainess, the axe Groan-maker, who was named Bulalio the Slaughterer, and of his love for Nada, the most beautiful of Zulu women.[①]

（我的大人，关于洛巴克这个人，这个被称为屠夫布拉里奥，并且持有那把被尊为钢铁女酋长，也就是号称呻吟制造者的斧头的人，您要我讲述他年轻时的故事，以及他对祖鲁第一美女娜达的爱。）

Black Heart and White Heart 则是刻意安排整篇故事由叙事者转述娜妮（Nanea）的叙述：

It was from the lips of none other than Nanea his wife that the teller of this tale heard its substance.[②]

（说这个故事的人正是从他的妻子娜妮之口听到了这个故事的内容。）

哈葛德采黑人的叙述视角，无疑突破了过往以白人视角为主的叙事模式，更能站在祖鲁人位置，反思与批判白人介入非洲的合理性，逆转白人价值凌驾黑人的写法。该小说以英国入侵祖鲁为背景，颠覆 "黑" "白" 位置，重塑黑人与白人的属性，饶具意义。当然，此一反转亦有其局限，表面上看似颠覆黑种与白种形象，内里仍逃不出 "黑与白" 二元架构：黑人拥有白心，白人拥有黑

---

① Henry Rider Haggard, *Nada the Lily*, pp.5-6.
② Henry Rider Haggard, *Black Heart and White Heart*, p.71.

心，某种程度继承了先前的"黑"与"白"的绝对范畴，失去了扰乱黑白界线、拓展文学深度的契机。

当林纾面对此一思考颠覆黑人与白人形象的著作时，人致翻译出了"黑种白心"与"白种黑心"的主题，呈现了两者于外在形貌与内在心理的反差性：

> 黑心郎，汝外体白而且美，然吾观汝心房血，皆作深黑色，即微有赤者，久亦将成为黑。夫以汝白皙之躯干，胡为乃包藏黑心……黑干而白心者，汝听之。汝心之白如牛乳，大凡人心能作牛乳白者，其人必无过。①

小说译著循着原著架构，呈现赫登的"白人黑心"与那豪的"黑人白心"。黑人那豪虽拥有黑皮肤，心肠却纯白善良，即或知道赫登心怀不轨，要挟他的性命，却以德报怨，不惜以肉身抵挡虎豹。白人赫登虽有白皮肤，却心狠手辣，因纠纷伤人，为逃脱英属地的法律制裁，而逃入祖鲁地。树林狩猎期间，赫登机关算尽，欲置那豪于死地，横刀夺爱。此一出场时被描述为"人争尊礼"的白人，随着叙事的展开，受到各方围观、揭发与指控：

> （那豪）："锡汝嘉名曰'黑心'者，当哉！当哉！在汝所言，至为当理。汝自以为智识驾人之上。宜有是言。顾汝之机遇殊佳，何恤他人，且汝名称其实……嗟夫，汝名黑心，其必有故，今知之矣。我固将士，闻王旨，即以王旨为然，

---

① 〔英〕哈葛德著，〔清〕林纾、曾宗巩译，《蛮荒志异（上）》，页 16。

无敢违抗，即与汝斗死，亦为国死，他非所恤。"[1]

（娜妮）："此策实黑心郎为我画之。彼以策愚我，复举发吾谋。诸公知此贼作如是狡狯者，直欲取我，我痛拒之。故为是阴毒左计，陷我父子夫妇于死。此真白种人计划哉。"[2]

哈葛德将赫登置入黑人群体的围观中，透过命名、评价与批判的方式，如那豪称之"阴心吗吗"、娜妮称之"黑心郎"，凸显其"黑心"本质。赫登的祖鲁之旅，变为其"白种黑心"的展现。

理应上，瓜分非洲／中国的时代共感，会让林纾更进一步巩固哈葛德对于"黑种"与"白种"的反思。可是，现实中面对列强威胁的中译者，在呈现"黑种白心"的主题时，又因自身的文化传统的牵扯，而导入不同的拉扯力道。翻译并非真空或是中性的呈现，而是会随着不同因素的介入而出现微妙的转变。林纾无法自免于根深蒂固的华夏意识，屡屡渗入自身观看异域的文化观念，遂使得一部原本有意颠覆黑种与白种论的著作，却隐藏着深层的变调。就中译本的题名改变，即可见到林纾的翻译转调。哈葛德原著具有反转、厘清意义的题名——*Black Heart and White Heart*，变为天差地别的《蛮荒志异》。译者根本性地抽换了原著的命题，将非洲置入"蛮荒"架构，投射"华夏"中心的心理。史家已然指出"华夏"意识强化"非我族类"的特殊命名："华夏称四方'非我族类'为戎、狄、蛮、夷或羌等。"[3] 中译本以呼应传统观看异域模式的"蛮荒"字样，召唤哈葛德原本有意撇下的

---

① 〔英〕哈葛德著，〔清〕林纾、曾宗巩译，《蛮荒志异（上）》，页 24—25。

② 同前注，页 44。

③ 王明珂，《华夏边缘——历史记忆与族群认同》（北京：社会科学文献出版社，2006），页 120。

非洲"人体标签"，将此一议题扣入"九夷、八狄、七戎、六蛮，谓之四海"的天下观。①

随着晚清历史地理学的传播，世界五大洲的新知识虽已逐渐传播，可是关于"戎狄蛮夷"的旧观念却萦绕不去，反映了"知识"与"观念"的落差。周宁对此已提及："人们不是通过一种新知识认识世界，而是通过一种固有的、带有坚固的文化价值的'世界观'认识世界。这种世界观是意识形态化的，由一些似是而非的'常识'与'传说'构成，它排斥新知识，也'消化'新知识，新知识只是作为一种'想象兴奋剂或调味品'被纳入旧有的世界观框架中。晚清中国社会，一边是关于西方或世界的新知识出现，一边是中华四夷的旧观念依旧流行。"②

虽然19世纪后半叶的译者，具有相对于"天下"观的"世界"思维，可是又缠绕着"中华四夷"的旧观念，藕断丝连，遂使得《蛮荒志异》由始至终都出现令非洲"蛮荒"化的倾向。

林纾在译著序言指出《蛮荒志异》"描写蛮俗，亦自有其耸目者"，可见较吸引他的是非洲的"蛮俗"。在翻译过程中，他有意无意地巩固"蛮俗"视角，自行添加一系列围绕着"蛮"的修辞，以"蛮王""蛮女""蛮地"等，指涉祖鲁人名与地名，使得祖鲁变为"蛮荒"世界。他将"Cetywayo's kraal"（西帝威尧的村庄）翻成"蛮村"③；"The domestic customs of these Zulus were

---

① 〔宋〕郑樵注，《尔雅》，《北京图书古籍珍本丛刊》（北京：书目文献出版社影印元刻本，1988），第5册，页16a。

② 周宁，《天下辨夷狄：晚清中国的西方形象》，《书屋》2004年第6期，页13—14。

③ Henry Rider Haggard, *Black Heart and White Heart*, p.35. 〔英〕哈葛德著，〔清〕林纾、曾宗巩译，《蛮荒志异（上）》，页24。

not pleasant"（令人不感愉悦的祖鲁风俗）译为"凡苏噜敝俗，往往令人不欢"[1]；"the little frontier town of Utrecht in the Transvaal"（德兰士瓦的乌德勒支边疆小城）翻译为"边鄙村庄，曰阿忒者，实居脱蓝斯之内地"[2]。"蛮村""敝俗""边鄙"，都是译者衍生的修辞。在翻译行旅的过程中，原著诸多看似中性的概念，变为译著中具有贬义的文句。

林纾的翻译模式，并非个案，实回应了19、20世纪之交的中文译著的整体趋势。彼时译者从不同角度，将非洲塑造为"蛮荒"天地，隐然回应传统士大夫将"异域"变为"鬼怪盛行、凶险可怕"的视野。[3]1879年，史锦镛与沈定年翻译 David Livingstone 出版于 1857 年的 *Missionary Travels and Researches in South Africa*——《黑蛮风土记》。从中英题名即可见到晚清译者对于非洲所投射的特定想象。此一"黑蛮"题名跟原著刻意保持中立的名称——South Africa，天差地别。中译本内文对于黑人形体亦有诸多丑化，如"其人貌狞恶，獐头鼠目"，"贱而丑。呜呼政教号令，为人心风俗所关，可勿讲哉"，"若夫鬼蜮伎俩，余既知之，尔何必以甘言餂我"，"黑肤腻皮，涂泥燥裂，余谛视之，状如鬼怪"[4]，译者深化了愚昧、落后、神秘的"非洲"印象，彰显了未经礼教熏陶的非洲人体标签。

---

① Henry Rider Haggard, *Black Heart and White Heart*, p.29.〔英〕哈葛德著，〔清〕林纾、曾宗巩译，《蛮荒志异（上）》，页20。

② Ibid., p.8. 同前注，页2。

③ 沈庆利，《现代中国异域小说之界定及发生发展概况》，《现代中国异域小说研究》（北京：北京大学出版社，2009），页9。

④ 〔英〕立温斯敦著，〔清〕史锦镛译语，〔清〕沈定年述文，〔清〕陈以真校字，《黑蛮风土记》，页23b、24a、28a、28b。关于该书的出版社与年份，请见本书第一章关于《黑蛮风土记》的讨论。

林纾投射"蛮荒"概念，使得译本中的人物形象产生微妙的变化。哈葛德描写受伤的赫登，受到娜妮喂食牛乳，心理起了变化："Whether it was the savage girl's touch"①，以"蛮女"对照 savage girl，确实不失原著本意。可是，林纾叠加"蛮"字，将祖鲁年轻女孩牢牢地钉入华夏观的十字架：

（*Nada the Lily*）：She knelt down beside him, and supporting him with her left arm, with her right held the gourd to his lips. How it came about Hadden never knew, but before that draught was finished a change passed over him. Whether it was the savage girl's touch, or her strange and fawn-like loveliness, or the tender pity in her eyes, matters not—the issue was the same. She struck some cord in his turbulent uncurbed nature, and of a sudden it was filled full with passion for her—a passion which if, not elevated, at least was real.②

（她跪在他旁边，用左手支撑他，用右手将葫芦瓢靠上他的嘴唇。赫登不知道这是怎么发生的，但在他那口饮尽之前，他有了改变。是蛮人女孩的触摸，或是她奇异而又像小鹿般的可爱，或是她眼中的温柔怜悯，都不重要——问题是一样的。她在他那狂躁的、没有束缚的天性中触到了一根绳子，突然之间，那股激情充满了对她的热情——这种激情，如果不是高尚的，至少是真实的。）

（《蛮荒志异》）：于是，娜妮曲其膝，以左臂扶赫登，以

---

① Henry Rider Haggard, *Black Heart and White Heart*, p.41.
② Ibid.

右手取牛乳进之。此时，赫登应作何状？记者则不能曲绘。第此良剂，既入赫登之心，计乃大左。不审此蛮女以手触之耶？抑蛮女爱情有以激发之耶？又或此蛮人心悯人穷，故为是媚态耶？吾书且勿叙及。[①]

若是仔细核对，即可见到一些差异：娜妮以葫芦喂水，变为喂食牛乳。从昏迷醒来的赫登，无从知道发生何事，译著变为"赫登应作何状，记者则不能曲绘"，是以第三人称角度叙述自己不能曲绘角色之心境。原著接而搬演赫登如小鹿乱撞的内心世界，连续使用 she、her 第三人称代名词描述娜妮，而译者一律以"蛮女""蛮人"指称："此蛮女以手触之耶？""抑蛮女爱情有以激发之耶？""又或此蛮人心悯人穷？"上述种种提问，原是为凸显爱情来得突然，不知是源于娜妮的触摸、情意或是怜悯，问题都一样（the issue was the same）——赫登爱上了娜妮。哈葛德的原意是："她打中了他动荡不羁的天性里的某根线，突然间它充满了对她的激情——一种就算不崇高也至少是真实的激情。"可是，林纾却错过原著细腻的情感描绘，以叙事者的语气打断："吾书且勿叙及"，不免大煞风景。

面对赫登的示爱，娜妮不知所措，哈葛德描写道："You, a white lord, love me, a Zulu girl? How can that be?"[②]（你，一个白种，爱我，一个祖鲁女孩？怎么可能？）哈葛德笔下的祖鲁女孩站在白人面前，提问"一位白人如何会爱我"的问题，已然降格。林纾又将"祖鲁女孩"译为"蛮女"，因此出现双重的降格："君白

① 〔英〕哈葛德著，〔清〕林纾、曾宗巩译，《蛮荒志异（上）》，页29。
② Henry Rider Haggard, *Black Heart and White Heart*, p.43.

人，乃垂青及于苏噜之蛮女，世固有其事耶？"① 原本属于种族不对等的差异，又嵌入"华夏—蛮夷"的差异，叠加上礼教不对等的差异，产生多层次的变调。林纾接而又在此一双重降格中，自行想象赫登此一白人患得患失的心理，衍生原著所无的句子："在法亦定不能享有蛮荒之艳福矣"②，透过"蛮荒艳福"，再次反映他对于祖鲁人的特定投射。

除"蛮荒"之外，林纾一再逸出原文脉络，以"荒伧"形容祖鲁人物的行径与个性。"荒伧"实是指向鄙贱粗野，未必能够确切道出哈葛德原著文意，却颇能回应属于林纾文化脉络的礼教观。译本多次出现以"荒伧"形容祖鲁人物的修辞，如马波达指控娜芬之父安格那（Umgona）将女儿许配给 the son of Zomba（森伯之子）③，林纾却自行加入"荒伧"，变为"荒伧森伯之子"。林纾多次以"荒伧""伧人"置换原文主词，如翻译赫登煽动马波达的片段："酋长无恙，彼伧人乃不以礼相属"。核对原著，乃是"they seem to have treated you roughly"④（他们似乎粗暴对待你），将"他们"转换为了"伧人"。赫登吩咐马波达按其计谋行事，可同时复仇那豪与安格那，林纾将复仇的变为复仇"二伧人"⑤；女巫洞察赫登对她的蔑视，以反讽的语气指称："If the white lord says I am a cheat, it must be so."⑥（如果白种人说我是骗子，那一定是如此。）林纾翻译为："白种人，汝以余为荒伧，我

---

① 〔英〕哈葛德著，〔清〕林纾、曾宗巩译，《蛮荒志异（上）》，页33。
② 同上注，页30。
③ Henry Rider Haggard, *Black Heart and White Heart*, p.47.
④ Ibid., p.48.
⑤ 〔英〕哈葛德著，〔清〕林纾、曾宗巩译，《蛮荒志异（上）》，页37、38。
⑥ Henry Rider Haggard, *Black Heart and White Heart*, p.25.

固伧矣。"① 上述各种引文对白，或出自白人的指控，或出自祖鲁人的相互攻击，或出自祖鲁人的自我嘲讽，殊途同归，都是林纾的文化投射：将"荒伧"标签贴在人物身上，恰好反映译者如何因自身的意识形态，而在翻译过程中衍生有意无意的转调。

吊诡的是，林纾在"蛮荒"的架构下，虽然普遍将黑种套入晚清惯见的非洲"人体标签"，可是碰到原著具有歧视性的专用术语时，却因文化隔阂而错失精准翻译的契机。译著面向 kaffir 与 nigger 等歧视非洲人种的字眼时，却以广泛的"土人"概念翻译。Kaffir 与 nigger 乃是种族歧视性的字眼，有"黑鬼"之意，哈葛德描写赫登运货时因货物短少，滋生纠纷："Hadden explained the matter by throwing the blame upon his kaffir boys."②（赫登透过责怪"黑鬼"男孩来解释这个问题。）林纾翻译为："赫登曰：此非吾责，当责彼土人之司车者"③，将赫登怒眼中看到的"kaffir"，翻译为"土人"。此外，哈葛德描写赫登无法容忍"野蛮黑鬼"（savage nigger）在他狩猎时对他的监控与蔑视："to be looked down upon by a savage nigger was more than his pride could stomach."④（被野蛮"黑鬼"蔑视，是他的自尊心所无法容忍的。）林纾干脆省略主词，仅以"至不能一日自容矣"⑤，一笔带过。哈葛德原著使用 kaffir 与 nigger 等污辱性字眼，原是为彰显赫登此一白人的愤怒，译者却将之变为广义的"土人"，降低了原文的紧张感。

---

① 〔英〕哈葛德著，〔清〕林纾、曾宗巩译，《蛮荒志异（上）》，页 17。

② Henry Rider Haggard, *Black Heart and White Heart*, p.8.

③ 〔英〕哈葛德著，〔清〕林纾、曾宗巩译，《蛮荒志异（上）》，页 2。

④ Henry Rider Haggard, *Black Heart and White Heart*, p.29.

⑤ 〔英〕哈葛德著，〔清〕林纾、曾宗巩译，《蛮荒志异（上）》，页 20。

处于 19 世纪后半叶的英国文学思潮中，哈葛德的小说某种程度回应了对黑人与白人属性的反思，透过黑人视角重构白人与黑人的形象，甚至颠覆两者的关系，虽然仍无法脱离二元架构，可是已跨出一大步。林纾翻译此一"黑种"与"白种"主题时，却因受到自身观看异域的文化传统的启发／限制，将哈葛德有意正名的黑种属性，又重新置入晚清人士形塑的非洲"人体标签"，遂使得原著有意宣扬的"黑种白心"论，变形为"蛮荒黑种"的形象。

六、结语

林纾与哈葛德看似来自天南地北的作者，在一连串时代的战火下，共享一核心的关怀：非洲祖鲁／晚清中国如何受到列强的威胁？在"瓜分非洲／瓜分中国"的际遇中，两人在战火下见证天翻地覆的年代，隐然出现生命的共振：他们反复思索族群命运，勾勒动人的生命印记。从《鬼山狼侠传》到《蛮荒志异》，哈葛德透过虚构的黑人英雄，力挽狂澜，展演已然消失的尚武之风，再现祖鲁辉光。祖鲁兴衰的议题必然牵动林纾的心绪，他透过哈葛德的"非洲"题材，开拓了一条通到自身身世的秘密管道，从家国之痛到个人身世之痛，翻译小说成为他寻找家国出路的方式，序跋书写亦成为他感时忧国的标志。

林纾翻译哈葛德的小说文本时，屡屡渗入自身的理念，不仅引发时人共鸣，也与原著潜藏着精彩的对话关系。哈葛德描写祖鲁英雄的血腥事迹时，不无反思，他所指出的写作伦理的问题，尤能反映白人作者面向祖鲁题材所预设的"文明—野蛮"冲突。处于不同政治文化脉络的林纾，在跨文化的翻译过程中，以"外史"角度，赋予译本特定的框架，张扬战士的形象，替一去不返的王朝，重写光辉。

林纾一再翻译哈葛德的小说，除可发挥微言大义，将小说文本引申到晚清中国的政治情境外，文学美学形式亦是一大主因。对于志异传统丰富的晚清译者而言，可以轻易透过自身的文学传统、文化精神与诗学模式，延伸发挥哈葛德小说中的神巫预言与鬼魅传奇，实现美学形式的接轨与转化。《蛮荒志异》不仅仅只是通俗文本，鬼魅树林承载起族群的命运，男女爱情又寄寓家国前景，呼应了晚清"小说界革命"的写情诉求，开启了通俗文学现代化的视野。

在近现代的政治局势中，林纾宣扬可以振衰起敝的祖鲁英雄时，同时受到文化传统的牵引，将原著《黑心与白心》之题名，变为《蛮荒志异》，呼应传统士大夫观看天下的华夏心理。哈葛德原著透过黑人视角，重构白人与黑人属性，宣扬"黑种白心"并批判"白种黑心"。译者循着自身的文化语境，重写黑种与白种身份，将哈葛德有意正名的黑种属性，重新置入晚清人士形塑的"人体标签"，遂使得译著出现与原著背道而驰的内涵。此一看似矛盾的悖论，却又恰如其分地反映了译者的驳杂位置——辗转于中西文学传统，层层调动不同脉络的文化思潮，创造出一诡谲矛盾的"非洲"形象。

总而言之，本章关注备受忽略、迄今尚未有任何专门评论的《蛮荒志异》，发掘个中潜藏的文本潜能。该小说内蕴着各种元素，如清末民初论者所提及的"英雄、儿女、鬼神"与"地理、历史、言情"等，又有诉诸于彼时瓜分语境的"种族之感"，遂使得族群命运、通俗爱情与离奇巫术等不同体系的内容，熔于一炉。无论是在文学主题与美学形式上，都贴合了时代语境，在传统的审美基础上又注入了新元素，理应获得更多关注。

第六章

演述非洲，言说中国：

晚清作者笔下的异域形象与自我投射

一、前言

中国传统文献如晚唐段成式《酉阳杂俎》、南宋赵汝适《诸蕃志》、元代汪大渊《岛夷志略》与明代马欢《瀛涯胜览》等，虽已陆续出现"非洲"的记载，可是大多显得零星片段，"道听途说，或限于表面"[①]。一直要到19世纪，随着历史地理学的兴起，较为详尽深入的非洲介绍，逐渐兴起与传播。在文化全球性传播的脉络下，各种非洲传记或文学书写，经由新兴媒体的传播，传入晚清中国文化界，更新了彼时人士的"非洲"认识。各西方地理探勘队伍带着先进的科学仪器与地理学观念，探入非洲内陆，测量经度纬度、风土民俗与宗教信仰等，揭开了过去相对陌生神秘的非洲内陆。

本书前面各章已讨论立温斯敦、施登莱、凡尔纳、哈葛德等人以"非洲"为背景的著作，透过翻译想象的模式，进入晚清中国文化界。不仅于此，晚清报刊如《益闻录》《申报》等刊物，参酌世界时事发展时，系统性报道"非洲"历史、地理、风俗、时疫、奴隶、政治局势与探险活动等，推波助澜，推进晚清有关"非洲"的视野。除报刊外，晚清文人亦介入其中，透过文学创作，展现其对于"非洲"的想象。

从传记翻译、文学翻译到晚清人士的新闻报道、时事评述与文学想象等，都可见到时人译介／叙述／想象"非洲"的视野，投射了特定的"异国"形象。就异国形象学理论而言，晚清人士的非洲视野，饶具意义，主要是其投射的非洲形象，又言说了怎样的自我？从20世纪五十年代，基亚（M.F. Guyard）《人们所看

---

① 李安山，《中非关系研究三十年概论》，《西亚非洲》2009年第4期，页5。

到的外国》反思形象学的研究方向："不再追求抽象的总括性影响，而设法深入了解一些伟大民族传说是如何在个人或群体的意识形态中形成和存在卜去"①，已然点出个人或群体意识形态对于异国形象的牵动与形塑。发展到八九十年代，达尼埃尔-亨利·巴柔与让-马克·莫哈，更进一步将原本作为结果的形象推到注视者如何观察的问题："异国形象"成为"我"此一言说者／观察者的表现，他者形象同时也传递了"我"这个注视者、言说者、书写者的某种形象，开启了细致的思考路线。巴柔指出："他者形象不可避免地同样要表现出对他者的否定，对我自身、对我自己所处空间的补充和外延。我想言说他者（最常见的是由于专断和复杂的原因），但在言说他者时，我却否认了他，而言说了自我。"②异国形象并非只是对现实的单纯复制或是描述，也是对"一个集体思想中的在场成分的描述。这些在场成分置换了一个缺席的原型（异国），替代了它，也置换了一种情感和思想的混合物"③。

马克·莫哈《试论文学形象学的研究史及方法论》回顾 20 世纪四十年代到现当代各论者对于形象学的理论推进，且提出相关研究的方法："研究一个形象时，真正的关键在于揭示其在内的'逻辑''真实情况'，而非核实它是否与现实相符。说到底，正是这样，人们才使得'再现'（representation）一词摆脱了认识论哲学传统赋予它的意义"，撇下"将事实上的、直接的和间接的

---

① 〔法〕基亚著，颜保译，《人们所看到的外国》，收入孟华主编，《比较文学形象学》（北京：北京大学出版社，2001），页 63。

② 〔法〕达尼埃尔-亨利·巴柔著，孟华译，《从文化形象到集体想象物》，《比较文学形象学》，页 123—124。

③ 〔法〕达尼埃尔-亨利·巴柔著，孟华译，《形象》，《比较文学形象学》，页 156。

经媒体转介的两类存在重叠在一起"的简化思维。[1] 从巴柔到莫哈，都再三强调形象并非现实的复制品（或相似物），却是按照注视者文化中的模式、程序而重组与重写的，"形象学拒绝将文学形象看作是对先存于文本的异国的表现或一个异国现实的复制品。它将文学形象主要视为一个幻影、一种意识形态、一个乌托邦的迹象，而这些都是主观向往相异性所持有的"。形象并非"复制"的，却是"对一种文化现实的再现，通过这种再现，创造了它（或赞同、宣传它）的个人或群体揭示出和说明了他们生活于其中那个意识形态和文化的空间"[2]。

从巴柔到让-马克，都强调形象学研究并非只专门关注异国形象，也透过客体反过来观察建构主体或描述者以及其背后的社会、文化整体或是意识形态的投射。让-马克更进一步关注描述者及"形象"与"社会集体想象物"的关系，盖因出现于文本的形象模式有其意识形态的支撑，乃是"全社会对一个集体、一个社会文化整体所做的阐释"，反映"一个社会（人种、教派、民族、行会、学派……）集体描述的总和，既是构成，亦是创造了这些描述的总和"[3]。循着异国形象学思考的问题，有关"非洲"的呈现模式，与其说是叙说"非洲"，倒不如说是晚清作者自我的文化象征性表现。形象学所研究的绝不是形象真伪，或是对于"现实"所做的文学置换而已，却是"如何构成了某一历史时期对异国的特定描述；研究那些支配了一个社会及其文学体系、社

---

① 〔法〕让-马克·莫哈著，孟华译，《试论文学形象学的研究史与方法论》，《比较文学形象学》，页23、24。

② 同前注，页24。

③ 同前注，页24、30。

会总体想象物的动力线"[1]。

本章将于此理论思路上，讨论晚清知识分子如何在特定的政治与文化情境中，透过"非洲"此一异国形象，叩问自身政治际遇与文化危机，诉说自我焦虑与期许。这些处于新旧世界观嬗变期间的作者，背景不同，可能是士大夫、传教士、报人、译者、作家或教育工作者，亦可能同时叠合上述两或三种身份，纷纷卷入"叙说非洲"的行列，这恰能反映晚清的政治与文化局势如何牵引着不同身份背景的作者，结构性地再现特定的"非洲"形象。彼时人士对于非洲的报道、叙述、演绎、想象与翻译等，并非真空状态下的产物或复制品，却受到论者"在场成分"与刻意的彰显模式影响，论者替异国形象置入了属于自身脉络的现实政治与文化情境，使其成为晚清中国文人自我的映照。

在论文结构上，本章先观察 19 世纪末晚清作者群反复叙说的"瓜分非洲"，如何投射彼时论者正面临着的"瓜分中国"的焦虑。第二，本章探讨晚清作者如何结合中西思潮，将非洲人种、脸谱置入某种观看视野，形塑"乌鬼""黑奴"与"黑蛮"等套话结构。第三，本章讨论晚清作者如何以"追奇猎异"的笔调，放大非洲狮与食人族的符码，投射"触险蹈危"的非洲形象。最后，本章探索 19 世纪的晚清中国作者如何将非洲视为民族危机的出口，透过"探险非洲"的方式，撤除"东亚病夫"的形象，在危险非洲的场景上驰骋民族精神。从此环环相扣的四个子题切入，正可见到晚清作者由个人主观感受与集体意识的建构主体（the subject），与相对立的客体（the object），有着更复杂的关系，

---

[1] 〔法〕达尼埃尔 - 亨利·巴柔著，孟华译，《形象》，《比较文学形象学》，页 156。

可回应本章"演述非洲，言说中国""异域形象与自我投射"的论题。

二、亡国灭种：瓜分非洲，掠夺中国

在新兴媒体的推波助澜下，19世纪有关"非洲"的报道与评论，逐渐增加。从普遍的地理学介绍，发展到更具体的新闻报道，如埃及改革、运河开通、奴隶贩卖与探险活动等，揭开了非洲的最新动态。在这些新闻报道中，尤可留意的是有关"非洲瓜分"（Scramble for Africa）的内容急遽增加，这反映了晚清中国人士对于非洲政治情势的高度关注。从图像、新闻、政论到文学书写等，一再反映非洲"亡国灭种"的景象。

随着电缆线的兴起，世界各地的新闻迅速传播，开启了晚清人士观看世界的视角。这些国际新闻报道涉及石油、铁路、植棉、造纸、运河与劳工革命等，五花八门，共同反映了晚清人士对于国际局势的关注。在这些国际新闻中，屡屡可见非洲、印度、波兰、朝鲜与越南等地受到列强的瓜分、割据或占领的报道。① 若就中国媒体发展而言，几乎没有任何一个时期，会比晚清更关注国际"亡国史"的新闻。研究者已然指出，对于 20 世纪初期的中国来说，"亡国史"比改革复兴史更有现实意义，更能起到警示和教育作用。正是在这种认识下，外国亡国史在 20 世纪初期大行其道，期刊上介绍外国亡国史的文章也屡见不鲜，这成为此时外国史学宣传的主流之一。②1902 年，广智书局出版柴四郎著、麦鼎华译的《埃及近世史》时，便曾在《新民丛报》第 6 号刊登

---

① 晚清出版的书籍与报刊推出了大量的"亡国史"文章或书籍：关于"印度"，如 1901 年《励学译编》的《印度蚕食战史》、1904 年上海群谊译社的《印度灭亡战史》、1907 年《浙江潮》的《印度灭亡之原因》；关于"波兰"，如 1901 年《杭州白话报》的《波兰国的故事》、1902 年《经济丛编》的《波兰灭亡始末记》、1903 年《经济丛编》的《波兰亡国之由》、1904 年《俄事警闻》的《讲俄国与普奥瓜分波兰的事》；关于"朝鲜"，如 1904 年《新民丛报》的《朝鲜亡国史略》、1910 年《国风报》的《朝鲜灭亡之原因》、1910 年《南报》的《亡韩尾声》、1910 年《孔圣会星期报》的《三韩亡国后之残史》；关于"菲律宾"，如1903 年，如《湖北学生界》的《菲律宾亡国惨状纪略》；关于"埃及"，如 1900 年《清议报》连载《埃及近世史》、1902—1904 年《经济丛编》连载《埃及百年兴衰记》、1903 年《游学译编》连载《埃及亡国惨状记》与文明书局的《埃及惨状》；关于"越南"，如 1906 年，《第一晋话报》的《越南亡国惨话》、1910 年《南报》的《安南亡国痛史》、1911 年《南风报》的《越南亡国始末谈》。相关研究可见：俞旦初，《中国近代爱国主义的"亡国史鉴"初考》，《世界历史》1984 年第 1 期，页 23—31；邹振环，《清末亡国史"编译热"与梁启超的朝鲜亡国史研究》，《韩国研究论丛》1996 年第 2 辑，页 325—355；刘雅军，《"衰亡史鉴"与晚清社会变革》，《史学理论研究》2010 年第 4 期，页 59—68；胡闽苏，《晚清小说中的域外亡国叙事（1900—1911）》(苏州：苏州大学比较文学与世界文学所硕士论文，2015)；朱煜洁，《外国史学在近代中国的传播——以晚清期刊为研究视角》(苏州：苏州大学中国史研究所硕士论文，2015)。

② 朱煜洁，《外国史学在近代中国的传播——以晚清期刊为研究视角》，页 85。

《绍介新著》，提及："读建国之史，使人感，使人兴，使人发扬蹈厉。读亡国之史，使人痛，使人惧，使人怵然自戒。……虽然，处将亡之势，而不知其所以亡者，则与其读建国史，不如读亡国史。"[①] "亡国史"与"建国史"一体两面，殊途同归，都可带来激励与警惕的效用。前者使人感 / 兴 / 发扬蹈厉，后者则使人痛 / 惧 / 怵然自戒。

在西方列强掀起的殖民风暴中，非洲受创最巨，19 世纪后半叶，非洲鲜少地区能自免于欧洲殖民的势力范围。若就时间点而言，早于 19 世纪后半叶，关于"瓜分非洲"的新闻逐渐受到关注。1880 年代，正处于第二次工业革命时期的欧洲，为扩大原材料资源与解决廉价劳工等需求，竞逐向外扩展势力，掀起"瓜分非洲"的热潮。1884 年 11 月 15 日，在德国首相俾斯麦的发起和主导下，德国、奥匈帝国、比利时、丹麦、法国、英国、意大利、荷兰、葡萄牙、俄国、西班牙、瑞典 – 挪威联盟、奥斯曼土耳其帝国和美国共十四国于柏林召开会议，策划"瓜分"非洲的方案[②]，使得非洲的瓜分幅度，远超越亚洲、南美洲等地。

值得注意的是，晚清中国人对于"瓜分非洲"的传播，随着自身的需求而有变化。就"瓜分非洲"爆发的 1880 年代，中国报刊的报道实不多，主要由上海英文报刊如 *The North China Daily News*（1864—1951），报道西方列强占据非洲的新闻。[③] 这

---

① 〔清〕佚名，《绍介新著》，《新民丛报》第 6 号（1902 年 4 月），页 6，总页 96。

② 关于非洲遭受瓜分的分析与探讨，可见 Thomas Pakenham, *The Scramble for Africa: White Man's Conquest of the Dark Continent from 1876 to 1912* (New York : Perennial, 1991).

③ "The Economist gives the following rough summary of the partition of Africa," *The North-China Daily News* (1890.10.17).

些新闻以西方在中国的读者为主，传达世界的局势发展。中文报刊虽加入报道的行列，如 1891 年，《益闻录》第 1050 号刊登《斐洲分割》①，仍属零星报道的阶段。一直要到 1897 年，随着政治局势的急遽转变，晚清中国卷入与"瓜分非洲"雷同的命运。1897年 11 月，德意志帝国以山东"曹州教案"之名，占据胶州湾和胶澳（今青岛），迫使清廷签订《胶澳租借条约》。随后，俄、德、英、日、法等国又逼迫清廷签订各种条约，获得东三省、山东省、长江流域各省与福建省等的管辖权。进入 20 世纪，清廷因为义和团事件，惨遭八国联军围剿，签署《辛丑条约》。从租借地、租界划分、商埠地到铁路附属地等，无不引发晚清中国人的分裂恐慌，遂促成晚清中国人对于"瓜分非洲"的报道热潮。

从上述时间点而言，发生于 1880 年代的"瓜分非洲"事件，一直要到 1890 年代末，随着晚清自身的需求／诉求而被大肆报道。此一"迟到"的跟进报道，实是言说晚清中国人的"瓜分"忧患与困境。晚清作者所投射的"非洲"形象，同时传递了"我"这个注视者、言说者、书写者的际遇。一旦，"他者"形象成为自我的延伸时，更需注意的是"我"此一注视者／言说者所注入的各种情感和思想的混合物，"一个社会在审视和想象着'他者'的同时，也进行着自我审视和反思。毫无疑义，异国形象事实上同样能够说出对本土文化（审视者文化）有时难于感受、表述、想象到的某些东西。因而，异国形象（被审视者文化）就能将未被明确说出、定义的，因此也就隶属于'意识形态'的各个'国

---

① 〔清〕佚名，《斐洲分割》，《益闻录》第 1050 号（1891 年 3 月 25 日），页 124a。

别’的现实，置换为一种隐喻的形式”①。

从异国形象学的角度切入，可以思考晚清各界所传播与演述的"瓜分非洲"到底反映了怎样的政治处境与文化需求。在殖民势力的扩展运动中，晚清中国作者因自身政治局势的演变，频频凸显"瓜分非洲"的形象，反映了晚清中国所遭受的领土瓜分与主权割裂的威胁。短短数年，各报刊掀起报道瓜分非洲的热潮。如1897年，《时务报》第19期刊登朱开第《纽约讲学报：非洲瓜分》，《利济学堂报》第4期刊登《洋务掇闻一（续）：非洲瓜分》与第5期刊登《洋务掇闻一（续）：思欲瓜分》；1898年，《湘报》第70期刊登《瓜分非洲清册》，《知新报》第59期刊登《非洲近事：论欧人分割非州无益》；1899年，《知新报》第92期刊登《时论辑译：支那分割之趋势》。各报刊对于非洲地理疆域的关注，显然不只是因为历史地理学的关怀，却是回应自身的瓜分语境。

就早期有关"瓜分非洲"的新闻报道而言，由于缺乏驻非的新闻人员，多转载外电报道。同一篇报道，亦可能辗转刊登于不同报刊。1898年，《知新报》第48—50期刊登同一新闻，题名加入"非洲近事"，变为《非洲近事：非洲疆域说略》，内文提及"西十月伦顿四季报录罗拔尼谭卡士地来稿"②，乃是转载西方报刊的新闻，叙说摩洛哥、突尼斯、的黎波里塔尼亚、埃及等地受到列强的控制或渗透等概况。同一年，《湘报》第174期转载该新闻，题名前面加入"各国新闻"，变为《各国新闻：非洲疆域说

---

① 〔法〕达尼埃尔 - 亨利·巴柔著，孟华译，《形象》，《比较文学形象学》，页156。

② 〔清〕佚名，《非洲近事：非洲疆域说略》，《知新报》第48期（1898年4月），页19a。

略》，内文注明是引述的《知新报》。① 位于陕西的官办报刊《秦中书局汇报》，题名变为较简洁的《非洲疆域说略》，内文亦提及转载《知新报》。② 从澳门《知新报》到湖南《湘报》、陕西《秦中书局汇报》等不同地区的中文报章，集体动员，在"非洲近事""各国新闻"的包装下，刊登了此一叙说"瓜分非洲"的文章。

从辗转传播于 1898 年的《非洲近事：非洲疆域说略》而言，尤可见到外电新闻所隐藏的西人不由自主的矛盾立场：一方面指出"非洲地大物博，人性愚而好角力，教化最乏"，因而肯定西人的殖民贡献，文中不乏溢美之词，如指出摩洛哥一旦缺乏西方外力协助，"彼得自主，但其政治甚劣，万难振起"；阿尔及利亚则是"经法人历治半百年，乃有今日之盛"；挑尼士亚（突尼斯）则属于"法人保护之小国""国人极有志振兴"；由土耳其控制的的黎波里塔尼亚，若能落入意大利人手中，"政治可望更新，行至极东，则到埃及"。可是，一方面又意识到西方殖民非洲的暴力，如"非洲人之受残害，较之昔日，有加无减，且有等欧人到彼游探，所过之地，杀其人民，焚其村落，视黑人如草芥，其居心抑何忍也"③？同一篇文章浮现殖民贡献论／暴力论的扞格观点，更能呼应晚清论者的接受视野：一方面对于西方的文明发展有所期待，一方面又对于主权丧失与殖民暴力有所警惕。

当"瓜分非洲"的新闻与讯息纷至沓来时，晚清人士以图像、文字与诗歌等，回应此一可以对照晚清中国处境的议题。位于美国纽约的 *Punch* 刊物，刊出了一系列有关殖民与被殖民者的图像，

---

① 〔清〕佚名，《各国新闻：非洲疆域说略》，《湘报》第 174 期（1898），页 696。

② 〔清〕佚名，《非洲疆域说略》，《秦中书局汇报》（1898），页 57。

③ 〔清〕佚名，《非洲近事：非洲疆域说略》，页 19a-20a。

将非洲政治局势，经由文化再现的方式，转化为活灵活现的图像。1890 年，"On the Swoop！"[①]《老鹰》（见图 6-1），戴着英国皇冠的大鹰伸出凶猛利爪攫取非洲。1906 年，"In the Rubber Coils"[②]《橡胶线圈》（见图 6-2），以利奥波德三世国王（King Leopold III）头像出现的猛蛇正要攫取"刚果自由国"男子。这些图像都有共通点：凶猛动物绕着非洲人的身体肢体，反映了英国、比利时等殖民国以强大的军事力量，攻城略地。图像具有的视觉效果，一下便能"刺"中人心，瞬间勾动观者的内心感受。沉重的民族创伤，凝聚于线条组织下，诉求土地的分裂与现实的困境。这些图像透过惊悚、瞬间的猛烈动作，惟妙惟肖地传达了非洲身体遭受凶猛动物围绕与束缚，传达了帝国攫取与占据的意图。

　　在跨国的美学资本的流动中，19 世纪国际报刊亦将此一瓜分非洲的图像技法，延展到"瓜分中国"的再现美学。出现于 19、20 世纪之交的"时局全图""瓜分中国图"便是将"中国"置入狼虎豺豹、熊犬蛤鹰围绕的脉络，活灵活现地点染晚清中国与列强的关系，"吞噬"意图不言可喻！从 1899 年谢缵泰（Tse Tsan-tai，1872—1937）《时局全图》（"The Situation in the Far East"）（见图 6-3），发展到 1903 年刊登于《俄事警闻》的《瓜分中国图》，透过熊、鹰、虎、豹等凶猛动物占据领土，反映中国人对于列强瓜分的忧患。从"瓜分非洲"到"瓜分中国"，恰好形成一对话关系，以相似的视觉文化符码凸显晚清中国与非洲的瓜分经历。晚清中国／非洲同样被猛兽环绕与占据，喻示着四分五裂的领土际遇。晚清中国被隐喻化为一弱小的种类，受到凶猛动物的占据、

①　John Tenniel, "On The Swoop!" *Punch*, Vol. 98 (1890.4.26), 198.

②　Linley Sambourne, "In the Rubber Coils," *Punch*, Vol. 131(1906.11.28), 389.

ON THE SWOOP!

图 6-1 "On The Swoop!"《老鹰》

IN THE RUBBER COILS.

图 6-2 "In the Rubber Coils"《橡胶线圈》

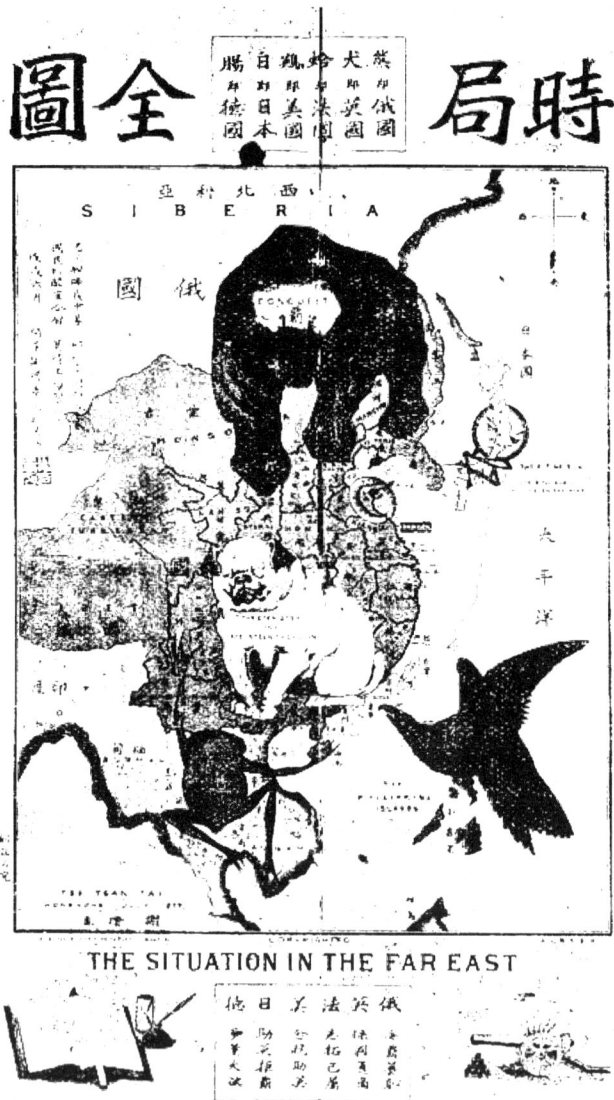

图 6-3 谢缵泰《时局全图》

捕捉、攻击、攫掠。这些图透过"不对等的力量"，放大了现实中非洲／中国领土如何受到瓜分占据的状态，表现了惊悚的视觉感。[1]

此一以动物占据地图、表达领土受创的报道形式，不仅于晚清报刊媒体传播，亦逐渐渗透到教科书内容中。19 世纪末变法维新下的新式学堂，积极调整与更新教育内容，让学生更能面向国际时事，开启现代化的教育改革进程。光绪二十七年（1901），由晚清上海澄衷蒙学堂编撰的第一部"专为小学堂训蒙而作"的新式学堂教科书——《澄衷蒙学堂字课图说》，介绍四分五裂的非洲（见图 6-4），"埃及开化最早。迤南地当赤道，炎燠荒陋。欧洲群雄，竞割裂之"[2]。该文绘制四分五裂的非洲领土，凸显从北至南惨遭瓜分的情状：放眼非洲，"其粗足自立者"，只剩下摩洛哥、德兰士瓦与奥兰治，其余都受到不同程度的占据。

此一伴随着"瓜分中国"恐慌而出现的对"瓜分非洲"关注，是透过各种各样美学形式出现的。20 世纪初，伴随着新学的兴起，各新式学堂出现了可以激发学子精神的新音乐形式——"学堂乐歌"，以豪迈壮阔的歌词，灌输富国强兵、抵御外侮、男女平等与科学文明等诉求。此一新兴的学堂乐歌亦将非洲黑种的命运纳入歌词。1897 年，由南洋公学总教习张焕纶（1843—1902）撰写，师范生张惕铭、姚立人、沈庆鸿等谱调的南洋公学院歌——《警醒歌》，以黑种命运作为晚清中国人的警惕："警！

---

[1]　关于近现代"时局图""瓜分中国图"的各种版本及演变，可见：〔德〕鲁道夫·G. 瓦格纳（Rudolf G. Wagner）著，吴亿伟译，《中国的"睡"与"醒"：不对等的概念化与应付手段之研究（China "Asleep" and "Awakening": A Study in Conceptualizing Asymmetry and Coping with It）》，《东亚观念史集刊》第 1 期（2011 年 12 月），页 3—44。

[2]　〔清〕刘树屏编，《澄衷蒙学堂字课图说》（上海：澄衷蒙学堂，光绪三十年〔1904〕第十一次石印），卷 1，页 32a。

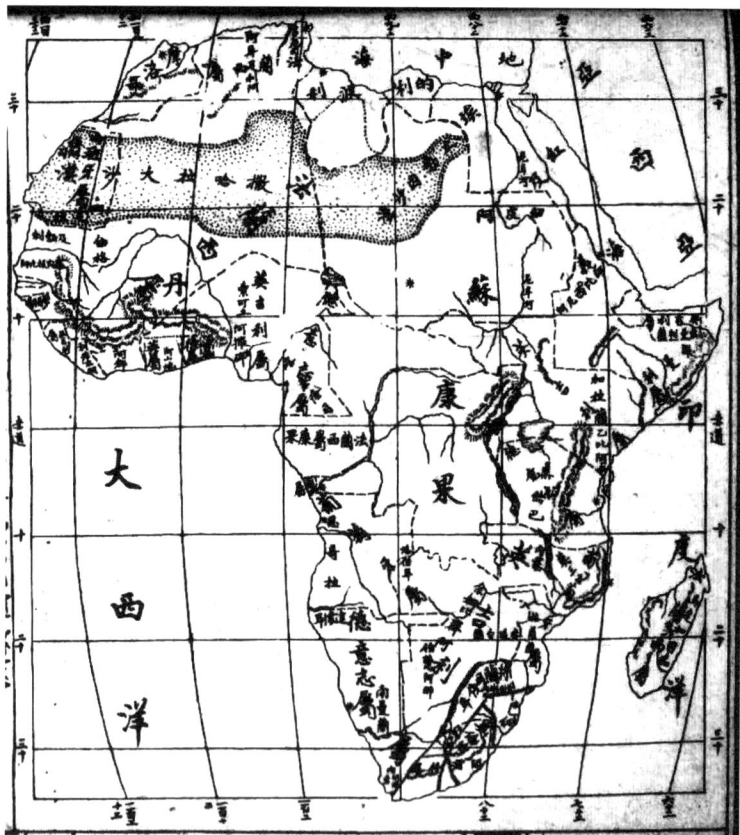

图 6-4 《澄衷蒙学堂字课图说》的瓜分非洲图

警！警！黑种奴，红种烬，黄种酣眠鼾未竟。毋倚冰作山，弗饮鸩如酝。”[①]歌词将黑、红、黄种并置，以急促的“警！警！警！”连续出现的单字句，表达紧张急促的灭亡警惕。1904 年，清朝湖广总督张之洞（1837—1909）创作《学堂歌》，“饬发各学堂学生、各营兵勇，令其熟读歌唱”，以激发“忠爱之忱，鼓励其自强之志”。歌词出现“黄种古，白种强，黑蠢棕微红种亡”，“波兰灭，印度亡，犹太遗民散四方。埃及国，古老邦，衰微文字多雕丧”[②]。这些有关国族灭亡的教诲，透过学堂乐歌的节奏，反复传唱，烙印在莘莘学子的脑海。

“瓜分非洲”引发了“黑种”灭亡的忧患。观察 19、20 世纪之交的文章，可以发现晚清作者在反复描写黑奴悲歌，愈是写得惨绝人寰，愈是反映作者内在的焦虑：黑种灭亡的忧患，实是黄种危机的投射。冯克（Frank Dikotter）提及黑种灭绝乃是黄种之殷鉴：“对连续性的强调导致了对灭绝的恐惧。灭族变成了灭种。……有色民族在种族观念中起到了预言的功能，较黑的品种是种族衰落的先兆。他们为中国示范了未来的命运，如果它不能与人类的白种主人并驾齐驱的话，也将重蹈深色人种的覆辙。”[③]黑种衰微灭绝的主题，一再进入文艺创作的脉络，受到文学修辞、意象与美学的转化，分享着相似的修辞、意象与心理结构，而将瓜分对象置入类比的架构，彰显了晚清中国与非洲领土瓜分与主权分裂的样态。

---

① 〔清〕张经甫，《警醒歌》，《知新报》第 25 期（1897 年 7 月），页 10a。

② 〔清〕张之洞，《札学务处发学歌军歌》，收入《张文襄公全集》（北京：中国书店，1990），第 2 册，卷 106，页 853、854、857。

③ 〔英〕冯克著，杨立华译，《种族的灭绝》，《近代中国之种族观念》（南京：江苏人民出版社，1999），页 70。

1904 年,《宁波白话报》刊登慈溪俞因女士《非洲黑奴歌》。其以五言体诗的形式，演绎弱肉强食下的黑奴的遭遇与命运时，便寄寓：

> 地球五大洲，人类各悬殊。黄白红黑棕，种族不相符。
> 白种强而智，黑种弱而愚。人愚国自灭，户口籍为奴。
> 贩奴有狡侩，卖奴有市区。相奴如相马，眸目视全躯。
> 左手按其颊，右手摩其肤。齿牙若何长，骨节若何粗。
> 健者多值钱，弱者无所需。价值既相当，离别在须臾。
> 买父弃其子，买母遗其孤。买兄抛其弟，买妇挥其姑。
> 买夫离其妻，买妻绝其夫。骨肉尽分离，痛哭在道途。
> 呼天天不语，泪落如连珠。大声呼疾走，敢不与之俱。
> 入间见主人，惴惴语嗫嚅。主人开口道，尔等须勤劬。
> 尔凿山中矿，尔辟田间芜。奔走若牛马，片刻无欢愉。
> 五更日未来，鞭策一群驱。日暮始归来，束缚如囚徒。
> 一饭难求饱，有口不能糊。一衣难御寒，薄骨冻已枯。
> 死生不足惜，疾病有谁扶。千辛万苦状，妙笔难追摹。
> 非洲人虽愚，试问究何辜。呼嗟我黄人，对此亦堪虞。
> 英俄法德伊，狡狯如妖狐。凌辱我人民，侵削我版舆。
> 大梦犹未醒，人世皆糊涂。往者不可谏，来者犹可图。
> 当以黑奴鉴，振作无蹰躇。作歌告同胞，阁笔增唏嘘。①

《非洲黑人歌》从地球五大洲与各色种族的辽阔视角，观察非洲

---

① 〔清〕慈溪俞因女士，《非洲黑奴歌》，《宁波白话报》(1904 年 1 月) 第 6 册，页 9。

黑人的命运与遭遇。在国族盛衰的架构下，作者放大了非洲黑奴在人种竞演下沦为奴隶后任由宰割的场景：在贩奴市场，"左手按其颊，右手摩其肤"，且引发伦理惨剧，"父母抛弃、夫妻离异、骨肉分离，痛哭淋漓"。黑奴受到剥削，从"五更日未来"到"日暮始归来""奔走若牛马""来缚如囚徒"，三餐无法温饱，衣服无法温暖，"一衣难御寒，薄骨冻已枯"。作者对此人间炼狱图的描绘，实有其终极关怀，从"瓜分非洲"延伸到"瓜分中国"："呼嗟我黄人，对此亦堪虞"，用黑人描写自我的境遇，痛诉"英俄法德伊，狡狯如妖狐。凌辱我人民，侵削我版舆"的瓜分遭遇。作者将黑种的灵魂钉在展示板上，表现其痛苦、认命和绝望，惕勉黄种振作向上，勿重蹈黑人覆辙。诗歌最后一句点出整首作品之主旨："当以黑奴鉴，振作无踌躇。作歌告同胞，阁笔增唏嘘"。如此主题必然符合晚清诗界改革对于公共议题的诉求，政治功能大于文学审美，表现了对民族出路的渴望。

从上可见，19、20 世纪之交，晚清中国的时局发展，牵引论者观看非洲的视角，透过图像、新闻、评论、诗文与歌曲节奏等，反复叙说"瓜分非洲"的情景，回应"瓜分中国"的际遇。从《非洲疆域说略》到《黑人歌》，都可见到论者言说非洲时置入了属于其自身脉络的现实政治与文化情境的"混合物"，投射了一集体思想的在场成分的描述。

三、演绎黑种：乌鬼、黑奴、黑蛮

在"瓜分非洲／中国"的关注中，晚清作者以特定的套话、修辞与技法，渲染愚昧、落后、神秘的形象，使得"黑种"身体承担了"国家"四分五裂的际遇，形成了近现代所惯见的"身体／

国体"观。[①] 本节将讨论晚清各作者如何层层调动与转嫁不同脉络的文化思潮与文学技法，投射一具有位阶差序的非洲"人体标签"。

周宁早已指出：中国人跟西人接触时，总是在"华夏四夷的地理神话框架"内"鬼化"西人："'佛郎机''红毛夷'，长身高鼻、猫眼鹰嘴、拳发赤须、诡服异行、烹食小儿……鬼化兽化的西方形象，已成为国人社会文化无意识中的一种原型。这种原型是中国千年历史中无数次典型经验的积淀和浓缩，比个别时代任何外在现实经验都更坚定稳固，更具有塑造力与包容性。"[②] 此一"无数次典型经验的积淀和浓缩"而塑造出来的"夷狄"与"番鬼"化的形象，不仅仅出现于西人身上，更出现于本章讨论的非洲"黑种"：围绕着黝黑的皮肤，拓展"乌鬼""黑鬼""黑奴""鬼奴""鬼国""黑鬼奴"与"乌鬼国"等人体标签。

有关"乌鬼""黑奴"与"黑蛮"等命名，辗转流传于不同文献，形成了根深蒂固的套话结构。作为他者定义的载体，"套话"是陈述集体知识的最小单位，是文化的概括与缩影，以暗含的方式提出一个恒定的等级制度，是一种对世界和对一切文化真正的两分法，如西方称中国为"病夫"，中国称西方为"洋鬼子"，皆属套话，此乃是一社会和一被简化了的文化表述之间建立起一致性关系的对象。[③]《明史·和兰传》提及荷兰人役用黑人

---

① 颜健富，《"身体／国体"观："病体中国"的时局隐喻与治疗淬炼》，《从"身体"到"世界"：晚清小说的新概念地图》（台北：台湾大学出版中心，2014），页209—244。

② 周宁，《天下辨夷狄：晚清中国的西方形象》，《书屋》2004年第6期，页18。

③ 〔法〕达尼埃尔-亨利·巴柔著，孟华译，《比较文学形象学》，页160。

奴隶时指出："其所役使名乌鬼，入水不沉，走海面若平地。"[1] 明末官员卢若腾（1598—1664）著《乌鬼》一诗："乌鬼乌肉、乌骨骼，须发旋卷双眼碧。"[2] 清代水师提督陈伦炯（1687—1751）《海国闻见录》"大西洋记"条描述"乌鬼"。[3] 清朝谢清高（1765—1821）《海录》称："鬊毛乌鬼国在妙哩士正西……民人蠢愚，色黑如漆，发皆鬊生。"[4] 这些横跨数百年的称谓，或是指其"乌肉乌骨骼""须发旋卷""色黑如漆，发皆鬊生"的外观，或是渲染"乌鬼入水不沉"的特质，都围绕着"乌黑"特质，逐渐积累沉淀"乌鬼""黑鬼"与"黑蛮"等套话，以简化对立的法则，形塑固定与刻板的非洲人体标签。

随着葡萄牙、荷兰人贸易商船往来广州、澳门等地，带来黑奴，使得中国沿海一带开始出现黑奴身影。乾隆十六年（1751），大学士傅恒（1722—1770）奉乾隆帝之命，将其辖区内的少数民族与外国人衣冠服饰绘成图像，而后成书《皇清职贡图》。书中"大西洋国黑鬼奴"与"黑鬼奴妇（澳门黑奴）"条目提及："夷人所役黑鬼奴即唐时所谓昆仑奴，《明史》亦载荷兰所役，名乌鬼。生海外诸岛……通体黝黑如漆，惟唇红齿白，戴红绒帽，衣杂色粗绒短衫，常握木棒。妇项系彩色布，袒胸露背，短裙无裤，手足带钏。男女俱结黑革条为履，以便奔走。"[5] 傅恒详细描述黑奴面貌，"通体黝黑"，搭配上"唇红齿白"，屡屡成为一强烈对比

---

① 〔清〕张廷玉等，《明史·和兰传》（台北：艺文印书馆，1955），页 3676。
② 〔明〕卢若腾，《岛噫诗》（台北：台湾大通书局，1977），页 24a-25b。
③ 〔清〕陈伦炯，《海国闻见录》（台北：艺文印书馆，1966），页 24a-25b。
④ 〔清〕谢清高口述，杨炳南笔受，冯承钧注释，《海录注》（台北：台湾商务印书馆，1970），页 77—78。
⑤ 〔清〕傅恒等编纂，《皇清职贡图》（扬州：广陵书社，2008），页 47。

图 6-5 "大西洋国黑鬼奴"   图 6-6 "大西洋国黑鬼奴妇"

的人体标签。该文附上两幅图：《大西洋国黑鬼奴》（见图 6-5）与
《大西洋国黑鬼奴妇》（见图 6-6），内文侃侃而谈黑种人体、服
饰、配备、饮食与位阶等，成为彼时较详细介绍黑奴的文章，替
往后各种描述黑人形体的文章，奠定了一参照架构，如印光任
（1691—1758）、张汝霖（1709—1769）《澳门纪略·澳蕃篇》、阮
元（1764—1849）《广东通志》都曾援引上述文字片段①，让"黑

_____

① 如印光任、张汝霖编《澳门纪略》截取《皇清职贡图》内容，介绍当
地黑奴："通体黝黑如漆，特唇红齿白，略似人者，是曰鬼奴。明洪武十四年，爪
哇国贡黑奴三百人。明年，又贡黑奴男女百人。唐时谓之昆仑奴，入水不眜目，
贵家大族多畜之。"〔清〕印光任、张汝霖，《澳门纪略·澳蕃篇》（台北：成文
出版社，1968），页 203。阮元（1764—1849）《广东通志》卷三百三十，一字不
漏，援引上述文字片段，〔清〕阮元，《广东通志》（台北：中华丛书编审委员会，
1959），卷 330，页 5659。

奴"标签在中国东南沿海一带辗转传播。

就在近代中国对非洲塑造人体套语时，西方亦勾勒一连串鲜明的非洲人体套语。18、19世纪的西方颅相学（phrenology），透过（伪）科学论点，塑造似是而非的种族生物学观点。1796年，德国神经解剖学家弗朗兹·约瑟夫·盖尔（Franz Joseph Gall，1758—1828）提出"颅相学"学说，对于不同种族的头颅类型进行研究与分类，归纳基本特征、才智能力、道德观念与暴力倾向等。盖尔搜集诸多头颅头骨，划分大脑部位，对应其不同的心理特征（见图 6-7）[1]，如爱、防卫、欺骗、狡猾、贪婪、犯罪，控制欲本能，颅骨位置基本上可以判断不同的人格特质。[2]

盖尔的学说引发回响，其中最有名的是1839年，莫顿（Samuel George Morton，1799—1851）于 *Crania Americana*，描述各物种的头骨配置和随之而来的心理能力，列出欧洲白种人、亚洲蒙古人、美洲原住民与非洲黑人等种族的头颅尺寸，推估其智慧。[3] 随后，莫顿的跟随者诺特（Josiah C. Nott，1804—1873）与格里登（George R. Gliddon，1809—1857）于1855年出版

---

[1]　Franz Joseph Gall, *Manual of phrenology: being an analytical summary of the system of Doctor Gall* (Philadelphia: Carey, Lea, and Blanchard, 1835), p.262.

[2]　Franz Joseph Gall, *Manual of phrenology*, pp.155-231. 该书第五部分 "organology, or a knowledge of the primary forces, and description of their organs" 一一剖析各种大脑部位所能对应的个性与特质。

[3]　Samuel George Morton, "On the Varieties of the Human Species," *Crania Americana, or, A comparative view of the skulls of various aboriginal nations of North and South America: to which is prefixed an essay on the varieties of the human species* (Philadelphia : J. Dobson, 1839), pp.5-7. 就莫顿的学说，白种人被描述为人类中获得最高智力禀赋的；蒙古人被描述为行为多变，注意力如猴子般总是容易从一事物转移到另一事物；美洲原住民被描述为获取知识缓慢，复仇心强，喜欢战争，缺乏海上冒险；非洲黑人被描述为快乐、灵活与懒散，智力则是属于人类中的最低等级。

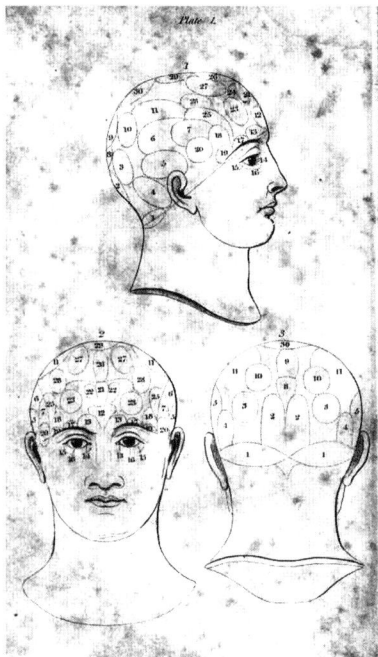

图 6-7 *Manual of phrenology* 的颅相学插图

Types of Mankind 时，预设不同种族头骨的假设差异，更进一步发挥莫顿学说。两人透过人类与灵长类动物骨骼比较测量的方式，判定非洲人面部更接近于灵长类动物的头骨，无论在体质与智力上，都远逊于欧洲人。①

随着人道主义的兴起，"颅相学"学说备受质疑，逐渐式微，

① Josiah C. Nott, George R. Gliddon, *Types of mankind: or, Ethnological researches based upon the ancient monuments, paintings, sculptures, and crania of races, and upon their natural, geographical, philological and Biblical history* (Philadelphia: J.B. Lippincott, Grambo & Co., 1855), p.458.

不过，关于西人对于黑种的描述，很快便出现另一套话描述。各探险家与传教士扛着人道旗帜，以改革黑种为职志，闯入魅影幢幢的"黑暗大陆"。此一"黑暗"不仅仅是物理面的黑暗或是生理性的肤色，还导向价值范畴：黑暗乃是"恐惧最重要、最自负的成分，它可以唤起一切有关的价值观念"[①]。黑暗意味着恐惧、落后、蒙昧、原始，有待开垦、教化、殖民。在道德上和文化上，非洲被视为"黑暗大陆"。1878 年，美国战地记者施登莱《穿越黑暗大陆》(Through the Dark Continent)，将"非洲"推入黑暗蒙昧的深渊："我的希望能够点燃暗黑的未来吗？"[②](my hopes brighten my dark future?)他指出非洲人停留在铁器时代，落后开发国家四千年，拥有野蛮人的天性，所以背负天命的神之子民(the Son of God)有责任要帮助他们脱离现在悲惨的状态。[③] 对于施登莱提出的"责任"感，西方研究者布兰林格犀利指出：当西方探险家，传教士与科学家"用光淹没"时，非洲才变黑，需透过帝国主义意识形态的火炬将之照亮。它敦促以文明之名废除野蛮习俗，在自身优势的信念下，创造"黑暗大陆的神话"(myth of the dark continent)。[④]

处于此一不同的思潮与脉络中，晚清作者描述非洲人种时，层层调动不同的系谱，演绎特殊的黑种人体学。在新地理学的传播下，19 世纪的中国人虽已能相对客观介绍非洲地理学，如彼时

---

① Toni Morrison, *Playing in the Dark: Whiteness and the Literary Imagination* (Cambridge: Harvard UP, 1992), p.37.

② Henry M. Stanley, *Through the Dark Continent* (London: George Newnes, 1899), p.30.

③ Ibid., p.38.

④ Patrick Brantlinger, "Victorians and Africans: The Genealogy of the Myth of the Dark Continent," *Critical Inquiry*, Vol.12, No.1 (Autumn, 1985), p.166.

深受肯定的地理学著作《海国图志》与《瀛寰志略》有别于传统舆地学，系统性开启了非洲的历史、地理、民俗与社会状况等，却仍有一定的局限——屡屡召唤"黑鬼""乌鬼"等观念，塑造刻板化的非洲人体。魏源（1794—1857）收于《海国图志》的《释五大洲》，系统性介绍非洲疆域、种族、人口、沿革、建置、物产、生活、风俗与宗教等，谈及非洲族群时，便出现可以回应上述中西脉络的黑种套语：

> 小西洋利未亚洲滨海之地，多产黑人。欧罗巴商舟过之，多买为奴，供役使。《明史》谓之乌鬼，今沿其称呼。西洋为鬼子，然白夷与黑夷，各产各地，相去数万里，岂惟非一国，并非一州。今谓黑奴为乌鬼可也，并谓白夷为白鬼则大不可。[1]

在晚清中国文人想象的世界秩序中，无论白种或黑种，都可被纳入"鬼"系列的观看模式，构成异己的世界。乌鬼、黑夷、黑奴等套语，都反映了过去"无数次典型经验的积淀和浓缩"的经验。不同的是，经由西方近代的殖民大叙事的洗礼，魏源重新辨析了"白鬼"与"黑鬼"的差异。他替白人正名，认为不可称西人为"白鬼"，却认可"谓黑奴为乌鬼可也"的偏见，恰能反映其白人凌驾于黑人的思考。在优胜劣败的进化链条上，"白鬼"与"黑鬼"恰可分出高低，"白鬼"获"正名"的良机，"黑鬼"则永劫不复。

---

[1] 〔清〕魏源编，《国地总论上：释五大洲》，《海国图志》（台北：成文出版社，1967），页 2623。

徐继畲（1795—1873）《瀛寰志略》卷八介绍阿非利加各国的地理位置、疆域地区、地形气候、风土风俗、经济物产、人种肤色与历史沿革等。可是，作者却在此一从"天下"转到"瀛环"的新世界观中，渗入属于自身文化传统的卦位观念，渲染人种偏见："阿非利加一土，以八卦方向视之，正当坤位。其气重浊，其人类颛愚，故剖判已历千万年，而淳闷如上古，风气不能自开。"①如果说欧洲的颅相学凸显"颅骨"决定说，那么徐继畲便显示了"方位"决定说，透过"坤位"宣告非洲人种颛愚，必然无法"诛草莱而播嘉谷，秽墟且变为腴壤"。处于八卦"坤位"的非洲，因气浊，导致"人类颛愚"。由此可见，当新世界观与新知识已然出现，可是尚未成为常态性或稳定性的常识，使得《瀛寰志略》交错式地叠合了新知识与旧观念。

从盖尔的"颅相学"、施登莱的"黑暗大陆"，到徐继畲的非洲"卦位"，都有异曲同工之妙：透过任意主观性的"方位"或是"光亮度"，判定高低有别的位阶差序，使得原本偏向于物理属性的描述性语言，变为人种规范性的价值判别。19 世纪到中国传教的教士，推波助澜，结合（伪）科学、宗教、殖民与启蒙的观点，激化了非洲人体形象。1904 年，由传教士主导的报刊《万国公报》刊登林乐知（Young John Allen，1836—1907）译、范祎（范子美，1866—1939）述《格致发明类征：黑种形体》，挂着"科学"的名义，阐释"黑种"之"形体"：

> 非洲卷发之黑奴，足底甚平，满身肤中，皆有黑油，其鼻甚劣，故白种人与黑人相配者，所生之子女，为人所不齿。

---

① 〔清〕徐继畲，《瀛寰志略》（上海：上海书店出版社，2001），页 262。

直至十数代犹然。有人谓黑人之血一点，可降低白人，而白
人全身之血，不能提挈一黑人，亦种界之蔽也。近有格致家
研黑白之分别，谓黑人与黑种所生者，其鼻尖皆无开骨，或
谓以此而言，则黑人于人类为别种。故虽传十数代，而仍不
能除也。①

在"伪科学"的描述中，黑人鼻尖因无开骨，遭判定为人类之
"别种"。透过"异类"的划分，论者对于黑种的戒慎恐惧，便成
为确保白人绝对位置的依据：白人只要掺杂一点黑人血液，便会
降低地位；反之，黑人全身输入白人血液，却是徒劳无功。白人
与黑人所生子女，即或十数代后，仍无法摆脱耻辱。此以拒斥与
丑化为对比的白人视角，将非洲人种耻辱化，竖立起"我们，白
种人"与"他们，别种人"的界线。

从中国的华夏意识到西方颅相学、黑暗大陆神话等，犹如经
纬般，穿梭于非洲人体标签。当晚清作者转嫁与叠合中西思潮，
演绎非洲人体标签时，又将之置入"进化论"的轴线。在"弱肉
强食"的结构中，黑种一再被放到种族优劣的位阶排序，承担起
国族衰败的寓言。1895 年，也是严复翻译"物种进化论"的前两
年，他在《直报》发表了系列文章如《原强》《论世变之亟》《辟
韩》《救亡决论》，展现了一位知识分子在世变中的严肃思考。其
中，《原强》一文论述各大洲的人种演述："盖天下之大种四：黄、
白、赭、黑是也。"他逐一论述黄种、白种、赭种与黑种所居之
地与相关特质，谈及黑种时，以"最下"称之，认为其远不如

---

① 〔美〕林乐知译，〔清〕范祎述，《格致发明类征：黑种形体》，《万国公
报》第 191 期（1904 年 12 月），页 22。

其他人种："黑种最下，则亚非利加及绕赤道诸部，所谓黑奴是矣。"①1902 年，梁启超《新民说六：第八节、论权利思想》乃是一篇有意针砭晚清中国国民素质的文章，当他批判素质低落的中人时，指出："夫全地球千五兆生灵中，除印度、非洲、南洋之黑蛮外，其权利思想之薄弱，未有吾国人若者也！"②言下之意，"黑蛮"更不如中国人，乃是开化程度最低的人种。

　　若就文学创作的场合，黑种的形象又得到更形象化的发挥。作者透过叙事笔调，以扭曲、痛苦、压抑的身体姿态，演绎黑种的命运。1904 年，旅生的长篇小说《痴人说梦记》安排中国角色寻找海外世界时，误闯"灭黑国"，看到无数黑人受到"手里提着木棍"的白人之驱使，担任苦力差役。铺子里"白的坐在帐台上"，"黑的司茶水，搬物件，碟蹼甚劳"。黑人"噼柴烧火"，白人"炒菜跑堂"。黑奴身体佝偻，躲在阴影中，任由白人驱使。叙事者沿途所见，都是不平等待遇，黑人"在小街小巷里躲着，还要天天去做苦工，吃些猪狗的食料"。小说将差别待遇，归结于"优胜劣败"的进化道理：

　　　　只因黑人愚，白人智，所以黑人受白人的凌虐……优胜劣败的理，一些不错，将来世界上，只怕止有智人能生存不灭，那愚人的种类，恐怕都要灭尽哩……不但愚人竞不过智人，以致灭种，便智人里面也要相竞起来，也有个优胜劣败。如今驱黑人的白人自以为强，难保将来他们这种人，不受人

---

　　① 〔清〕严复，《原强》，收入王栻主编，《严复集》（北京：中华书局，1986），第 1 册，页 10。

　　② 〔清〕中国之新民（梁启超），《新民说六：第八节、论权利思想》，《新民丛报》第 6 号（1902 年 4 月），页 14。

的驱使。①

在进化论底下，弱种淘汰，优种存留，乃是天经地义之事。面临瓜分的焦虑，晚清作者以黑种为黄种警惕的教条的情况，普遍出现于晚清小说。1906 年，连载于《月月小说》的《新封神传》，以故事新编的模式，描写姜子牙尘缘未满，"驾起云头"，降落非洲山脚，看到"许多人在那里掘山，把黑漆漆的石头，一块块挖的挖"。"碧眼紫髯"的白人"恶狠狠在那里督着"，黑人则是"大半蓬头赤脚，涕泪满脸"地劳动，"三分像人，四分像鬼"，"好像出棺的僵尸"。②此一形象是在回应上述非洲黑种乃是"人类之别种"，只能屈服于他种，在下层劳动中，度过惨淡的人生。

在所有的拒斥黑种论中，最极端的是康有为（1858—1927）的"黑种改造"论。康有为完成于 20 世纪初的《大同书》，以高亢的语调，展现绝对的人种排他性，将黑种排除于其精心苦思的"大同"世界：

> 然黑人之身，腥不可闻。……故大同之世，白人、黄人才能、形状相去不远，可以平等。其黑人之形状也，铁面银牙，斜颔若猪，直视如牛，满胸长毛，手足深黑，蠢若羊豕，望之生畏。……其棕、黑人有性情太恶、相貌太恶或有疾者，

---

① 〔清〕旅生，《痴人说梦记》，《绣像小说》第 51 期（1905 年 6 月），第 27 回，页 1。

② 〔清〕大陆，《新封神传》，《月月小说》第 1 期（1906 年 11 月），第 1 回，页 2、3。

医者饮以断嗣之药以绝其传种。①

康有为设计大同世界，原是为泯灭造成人类苦痛的界线，"无邦国，无帝王，人人平等，天下为公"。可是，在消解差异性、追求大同社会时，他以各种渲染的字眼投射黑种形象，如"腥不可闻""铁面银牙""斜领若猪""直视如牛""性情太恶"，并且"满胸长毛""手足深黑"，使之成为"蠢若羊豕，望之生畏"的总体印象。无论就西方进化论或是中国礼教标准而言，"黑种"都远有未逮之处，需彻底灭绝，"饮以断嗣之药以绝其传种"，方能消除"种界"差异。

从上可见，于19、20世纪之交人种论述甚嚣尘上的时刻，晚清人士演绎非洲黑种形象时，调动了中西脉络的华夏中心、颅相学、黑暗大陆与进化论等思潮，其间潜藏着具有位阶排序的二元架构，深化了愚昧、落后、神秘的非洲人体标签。"黑蛮""黑奴""黑鬼"等套语，反映了晚清人士叠合的自身文化传统与近代西方殖民话语的贬义。

四、非洲风土：触险蹈危，荒地蛮俗

就近现代的书写而言，各作者绘声绘影，将"非洲"描写为惊心动魄的危险世界。在"追奇猎异"的笔调下，从传记翻译到文学创作，反复传播凶猛狮子、致命花木与食人族等符码，将非洲一变而为"触险蹈危""荒地蛮俗"的危险世界。无论报刊报

---

① 〔清〕康有为著，邝柏林选注，《大同书》（沈阳：辽宁人民出版社，1994），页139—144。

道或是文学创作，无不激化神秘、黑暗、野蛮与凶猛的非洲印象，这恰好回应了近现代各西方论者所形塑的"黑暗大陆"的形象。[①]本节将聚焦讨论晚清不同身份背景的作者如何透过翻译改造、新闻报道与文学创作的方式，渲染非洲的奇风异俗与凶险之事？

19、20世纪之交的文艺刊物出现世界"猎奇"的视野，如1892年，韩子云（1856—1894）《海上奇书》设有记载世界奇闻趣事和名胜古迹的"卧游集"一栏；1904年，《新新小说》创刊号至隔年第二卷第八期刊出伏鸶庵记述各国趣闻的《奇觚》一百则；1906年，《月月小说》设有上海知新室主人译述世界奇人奇事的"札记小说"与不记作者之名的"西事拾异"；1907年，《小说林》设有陈鸿璧收录西方奇闻屑谈的"印雪簃簏屑"。这些刊物以固定专栏或连载方式刊出"奇"文，乃是有意为之的编辑策略，反映了近现代人士面向世界时的猎奇心态。

若是聚焦于本章讨论的"非洲"形象，即可见到各作者极尽其能地"追奇猎异"，渲染特定的非洲形象。即或是翻译著作，也可逸出原著脉络，径自塑造与虚构危险的非洲世界。1879年，由史锦镛"译语"、沈定年"述文"的《黑蛮风土记》，乃是翻译立温斯敦出版于1857年《南非传教旅行与研究》(*Missionary Travels and Researches in South Africa*)，译著一开场便虚构了一段不见于立温斯敦原著的内容，指出非洲遍布"触险蹈危，几不自保"的险事：

> 余以远人深入其境，风俗不知，言语不通，道路不辨。于熙熙攘攘之中，辄见怪怪奇奇之事，往往触险蹈危，几不

---

① 相关"黑暗大陆"的讨论，可见本书《导论》第四节。

自保。至今追忆，犹觉寒心。譬如谈虎者，能令满座变色。
然古人游记之作，亦自不废，眼辄笔之于书，拉杂不成体格。
今复检行囊出旧稿，次第之得数十条，自初至以及将归，踪
迹可考，言不能尽，绘之以图。[①]

沈定年诉诸"怪怪奇奇之事"，"谈宴一日，遇新奇事为古今所
罕闻，耳目所未见"，实跟中国文人"追奇猎异"的文化心理有
关，切合彼时文人的审美风格。从译著题名即可见到译者有意为
之的猎奇笔调，以《黑蛮风土记》翻译原著《南非传教旅行与
研究》之题名。此一题名的调动，也出现在林纾翻译的《蛮荒志
异》，明显有别于原著题名 *Black Heart and White Heart*。这些译
著以"黑蛮""蛮荒"等字眼，渲染"荒地"之"蛮俗"，构成蛮
荒混沌、愚昧落后的"蛮荒"世界，反映了观看主体的集体无意
识："荒野假定了历史的零刻度，那些被推测住在荒野中的土著就
被认为是生活在一种原始或者野蛮的状态"[②]。

　　面向仿如未曾进化的"历史零刻度"的非洲蛮荒时，晚清作
者无不穷极摹写，将"非洲"塑造为布满野狮、食人族与奴隶贩
的凶险天地。其中，最让人闻之色变的是万兽之王——非洲野狮，
几乎出现于各种涉及非洲的传记与文学著作，最经典的是立温斯
敦的"遇狮记"（见图6-8）。1844年，立温斯敦在 Mabotsa 设立
据点时，以双管猎枪射击在石头后方休息的雄狮，狮子猛扑而
来，咬着立温斯敦的左臂，留下十多个印记，"臂上牙痕凡十一

---

　　① 〔英〕立温斯敦著，〔清〕史锦镛译语、沈定年述文、陈以真校字，《黑
蛮风土记》，页1。

　　② 〔美〕米切尔（W. J. T . Mitchell）编，杨丽、万信琼译，《风景与权力》
（南京：译林出版社，2014），页321。

图 6-8 《黑蛮风土记》立温斯敦遇狮场景

处，皆洞穿其中，无异弹创，吁！亦危矣哉"①，这成为晚清人士
津津乐道的话题。若是核对原著，旅居非洲多年的立温斯敦，实
不愿放大非洲猛狮的符码，反而如其题名以"Researches"视角，
指出非洲"猛狮"符码是后天人为的形塑：

　　时下画家以夸张的手法来描绘狮子，多情善感的人认定
狮吼是地球上所有声音中最慑人的一种，这两者源于同样的
感觉。我们会听到"万兽之王震慑人心的吼声"，事实上那
是因为，在漆黑的野外，当每一道强烈的闪电一瞬下来都会
使你觉得眼盲，而倾盆泻下的雨又迅速把火堆浇灭，让你连

---

　　① 〔英〕立温斯敦著，〔清〕史锦镛译语，沈定年述文，陈以真校字，《黑
蛮风土记》，第一则《大狮》，页码不清。

想要找棵树来遮蔽都来不及，你的猎枪又有可能失灵了，这时候如果听到狮吼，当然就会无比惊恐。但如果你是置身在舒适的家中或车厢里，情况就大为不同了，听到狮吼也不会觉得害怕或惊慌。傻里傻气的鸵鸟也会发出跟狮子一样大的叫声，但人类从来不怕它。一直说狮子的吼声有着莫大的威胁，这简直就是莫大的蠢话。[①]

立温斯敦以个人的研究视角，打破了外界对非洲狮吼声的迷思，指出画家轻易将狮吼声置入夹杂闪电的雷雨夜、遍寻不着像树干之类遮蔽物的背景中，必然加剧狮吼声的恐怖程度。立温斯敦以 Sebituane 南部平原为例，指出狮子因为饥荒而显得羸弱，只能攻

---

① 原文是："The same feeling which has induced the modern painter to caricature the lion, has led the sentimentalist to consider the lion's roar the most terrific of all earthly sounds. We hear of the 'majestic roar of the king of beasts.' It is, indeed, well calculated to inspire fear if you hear it in combination with the tremendously loud thunder of that country, on a night so pitchy dark that every flash of the intensely vivid lightning leaves you with the impression of stone-blindness, while the rain pours down so fast that your fire goes out, leaving you without the protection of even a tree, or the chance of your gun going off. But when you are in a comfortable house or wagon, the case is very different, and you hear the roar of the lion without any awe or alarm. The silly ostrich makes a noise as loud, yet he never was feared by man. To talk of the majestic roar of the lion is mere majestic twaddle." David Livingstone, "The Roar of the Lion resembles the Cry of the Ostrich," *Missionary Travels and Researches in South Africa: Including a Sketch of Sixteen Years' Residence in the Interior of Africa, and a Journey from The Cape of Good Hope to Loanda on the West Coast; Thence Across the Continent, Down the River Zambesi, to the Eastern Ocean* (New York: Harper, 1858), p.157.

图 6-9 《黑蛮风土记》中的狮牛斗

击未成年的幼牛或雏物，甚至屡被保护幼牛的牛群踢走。[1]

相比起立温斯敦的"研究"视角，中文译者以追奇猎异的笔调，将原本奄奄一息的羸弱狮子，翻译为虎虎生威的非洲猛狮，这恰好跟立温斯敦有意破解的"猛狮"符码背道而驰。译文第十则"狮牛斗"翻译"狮吼声"："兽类不一，惟狮独猛鸷，其啸声震动，林木为颠簸。余闻之，恐甚未有如此声之厉者也"[2]。译文陷入原著有意破解的窠臼，反而将立温斯敦强调不足为惧的狮子

① David Livingstone, "Buffaloes and Lions," *Missionary Travels and Researches in South Africa*, p.158.

② 〔英〕立温斯敦著，〔清〕史锦镛译语，沈定年述文，陈以真校字，《黑蛮风土记》，第十则《狮牛斗》，页码不清。

吼，导入"惟狮独猛鸷，其啸声震动，林木为颠簸"的方向。译文第九则"兽灾"翻译狮牛斗场景（见图 6-9），实是立温斯敦叙述友人奥斯维尔在非洲冒险时见到懦弱的三只狮子无法轻易拖下中弹受伤的牛只。[①]译者以移花接木的方式，将奥斯维尔的经历变为立温斯敦的遭遇，增加现场的紧张感："是时，适有一牛为三狮所搏，如小儿夺食状，牛已就殆，余犹遥见其撑拒之势，以头角乱抵狮腹，力竭声嘶，闻之惨痛，车行殊疾，不知其究竟，然牛终不免矣"[②]。在翻译创作中，译者有声有色地勾勒立温斯敦实无参与的场景，透过牛群惨叫、车子速度与传主感慨等，呈现惊心动魄的景观，且又凭空想象以下场景："余见三狮搏一牛之后，越日又过一处，见狮牛互斗，又于地上，见死牛数头，百里之内必四五见，盖狮食之遗也。"[③]凡此种种，都可见到译者反其道而行，巩固了立温斯敦有意打破狮子作为"万兽之王"的迷思，彰显了非洲"触险蹈危，几不自保"的"怪怪奇奇"之事。

晚清译者的翻译转向，在在反映时人将"非洲"塑造为危险世界的偏执。非洲传记若缺乏狮子袭人的情节，便如隔靴搔痒，无法显现非洲的既定印象。《黑蛮风土记》出版后的四年，《益闻录》开始连载由虚白斋主"口译"、邹翰飞"笔述"的《三洲游记》，乃是翻译自施登莱 *Through the Dark Continent*（《穿越黑暗大陆》）。中译者透过"移花接木"的方式，注入原著所无的人狮对抗场面：

①　David Livingstone, "Cowardice of the Lion," *Missionary Travels and Researches in South Africa*, p.153.

②　〔英〕立温斯敦著，〔清〕史锦镛译语，沈定年述文，陈以真校字，《黑蛮风土记》，第九则《兽灾》，页码不清。

③　同前注，第十则《狮牛斗》，页码不清。

> 麦君燃枪击之，不中。狮怒，舍其人从前涧跳至，直扑
> 麦君。麦君急闪石屏之后，该狮之首，误扑石上，橐然有声。
> 众兵即欲放枪又恐伤及麦君。余急命土兵以佩刀刺之，狮皮
> 甚厚不能入。又向余扑，余偏身而避。该狮竟攫住土兵一人，
> 恣意嚼其首。时康庇已率兵追至，举刃攒刺。康庇力大，竟
> 刺入狮腿。狮负痛大吼一声，舞跳而逸，一跃丈许，误入深
> 硖中。①

译者虚构原著所无的内文，写出麦君（施登莱）放枪后反遭狮子
反扑的场景。若是层层核对晚清的各种译著，即可发现上述由译
者杜撰的内容，并非凭空而出，却是取自《黑蛮风土记》所呈现
立温斯敦 1884 年 2 月在玛波塔撒（Mabotsa）遇到悍狮的场景：

> 举手中枪拟之，心惊摇战之时，手亦稍弛。弹之中否，
> 未及辨认，觉有弹訇然落石上。狮闻声，怒甚，直扑其弹，
> 以口含之，若投物于犬径前搏食状。侔中一友曰美倍，亦以
> 枪继之。狮耸身扑余，不支而倒，以前两足按余，若猫捕鼠，
> 势将果其腹矣。仓卒谛视，狮形甚巨，头面项崎一如常狮，
> 惟尾修长，怒时直竖，俨然铁竿，不似凡狮之蒙茸。毛散而
> 起，螺旋圆阔，若扇形者。迨美倍枪声甫止，忽舍余而搏美
> 倍，足肘为噬伤。旁一伴见势猛不敌，轮所执尖枪，直前刺

---

① 〔清〕虚白斋主口译，邹翰飞笔录，《续录三洲游记》，《益闻录》第 507
号（1885 年 10 月 31 日），页 502b-503a。

之。狮又舍美倍而追刺者，跳掷数四，忽颠蹶而扑。[①]

19 世纪后半叶最令人瞩目的两部非洲传记——分别翻译自立温斯敦与施登莱传记的《黑蛮风土记》《三洲游记》，出现移花接木的现象。虚白斋主与邹翰飞将立温斯敦的遇狮场景搬到施登莱的传记，从人物开枪失准，发出巨大声响，"石上橐然有声"，触怒狮子，反遭狮子反击，土人挺身而出，击退狮子，都可见到高度的雷同。此一互文现象，反映了中译者面向非洲文本时对于"非洲猛狮"符码的制约性反射，遂在翻译过程中强加了原著所无的遇狮内容。

　　《三洲游记》更进一步演绎晚清中国文人眼中的人狮大战，虚构远在万里以外的上海报馆报道麦君等人惨被非洲狮吞噬之噩耗，夸大其词，变为"野狮数十头，从林中跃出，将从者五十名啮毙"，且引发上海文人的诗词哀悼："梨花寒食，难招海外之魂，芳草斜阳，空洒风前之泪，闺中少妇，望远情殷，得此惊传，不知若何怨痛也"[②]。译者的翻译笔调，完全逸出施登莱的原著脉络，渗入了小说叙事、文人诗词与新闻报道的形式，如此种种中国诗学化的改动，无不凸显狮子吃人的恐怖印象，渲染非洲的危险性。

　　在"追奇猎异"的笔调下，即或是偏向历史地理学的文章，也加入不少渲染的笔调，使得非洲的"风土民俗"变为"蛮荒志异"。《益闻录》乃是晚清最常刊登非洲新闻与介绍的报刊之一，从 1883 年到 1888 年连载施登莱的非洲传记《三洲游记》，陆续

---

　　① 〔英〕立温斯敦著，〔清〕史锦镛译语，沈定年述文，陈以真校字，《黑蛮风土记》，第十则《大狮》，页码不清。

　　② 〔清〕虚白斋主口译，邹翰飞笔录，《续录三洲游记》，《益闻录》第 541 号（1886 年 3 月 10 日），页 101a。

刊登各种围绕非洲的报道。1884 年 10 月 4 日，《益闻录》第 398 号刊出《苏丹考略》，介绍苏丹的地理、气候、文化、风俗、宗教与伦理："地近赤道，炎气蒸为瘴疠，多毒虫恶豸。其间黑番杂处，部落甚多，界限鸿沟，彼此不相统属。……土人皆崇回教，风俗之卑，几同禽兽。每有父女兄妹为婚姻，而无嫌忌。伦常之道，不堪问矣。"[1] 从炎气、瘴疠、毒虫、恶豸、黑番、风俗、伦常等，无不都带着渲染的语气，形塑"触险蹈危，几不自保"的印象。

早在连载《三洲游记》前，《益闻录》便于第 369、373、375、377 与 379 号连载《亚斐利加洲总论》，此乃是 19 世纪八十年代较全面介绍非洲地理学的文章，具有高度的客观性。不过，当作者触及非洲的风土民俗，却出现追奇猎异的笔调，将非洲变为"荒地蛮俗"的集大成：

> 居民类多狂狂獉獉，目不识丁，风俗蠢蛮，性成枭獍，动以杀人食肉为事，不知礼义廉耻为何物，其所奉之教，所敬之神，从心所欲，随在皆是，日月星辰、山川草木、牛羊犬马、虎豹豺狼，皆有敬拜之者。有僧人尼子，供虺蛇于佛龛中，奉之若神明，尊之若师保。有卜居涧畔，早夕拜奔流瀑布，以为莫大灵奇。有藏虫豸于椟，顶礼尊崇，不遑饱饫。父母年老力衰，或病难痊愈，则杀以祭飨，分食其肉，以为体恤。且国中邪妄术法，处处盛行。土人执意信从，不知分辨。酋长即以其所信者导之，俾易于抚绥，酋长家族遘疾，

---

[1] 〔清〕佚名，《苏丹考略》，《益闻录》第 398 号（1884 年 10 月 4 日），页 463b-464a。

则国人每怀惴惴，盖恐其一旦速死，民之被诬诅咒，因而诛戮者必有多人，故凡欲嫁祸于仇，以巫法诬之，而全家每至冤死，刑律无轻重，悉以枭首为断，其政治之卑陋，礼教之未兴如此。[①]

从发型、发饰、耳环、服装、刺绣等，构成了"狰狞可怖"的人体观。作者加入批判性字眼，如"狌狌猱獉""风俗蠢蛮""性成枭獍"与"狰狞可怖"等，实也流露"礼义廉耻"的观看标准，不符合此一标准的，便遭到拒斥。该文作者以高浓缩的方式，将各种风俗与文化并置，从动辄杀人、任意信教、分食父母之肉到遵从邪妄术法等，遂使得原本属于非洲不同地区的风土民俗，变为概括性或整体性的"荒地蛮俗"，离经叛道，如"混沌无知，近禽兽"，"污秽不洁"，耸人听闻"食人"形象，父母年迈病痛，"杀以祭飨，分食其肉"，达到"不知礼义廉耻为何物""其政治之卑陋，礼教之未兴如"的教诲。叙述文字带着蔑视、污辱性的偏见，务必将非洲塑造为致命性的形象，实是为铺述文章最后的结论："近年有人往内地开教，屡有书牍，谓民风渐见淳厚，野性渐见蠲除，奉教诸人，均甚循良，亦足见返朴归真，斯民尚可教也。"[②]非洲蛮俗有待西方教士拨乱反正的论述，一体两面，反映上述布兰格林所谓的"黑暗大陆的神话"，用待西方教士或探险者以外来的火炬照亮。

原始"蛮荒"乃是一个尚未被文明洗礼的空间，与匮缺、贫

---

① 〔清〕佚名，《续录亚斐利加洲总论》，《益闻录》第 379 号（1984 年 7 月 30 日），页 350—351。

② 〔清〕佚名，《续录亚斐利加洲总论》，《益闻录》第 379 号（1984 年 7 月 30 日），页 350。

乏、落后等意义联系，替外来者的欲望创造无限的想象时，更是合理化殖民者发现／征服／占有非洲的行径。愈是危险的荒野，愈能巩固自身的宗教教义、礼教文明与文化系统等意义，提供观看主体的身份形塑。"危险"是人们构建秩序出现的反常事物，因而"危险"（反常）需通过管理、治理（解决）达到正常的秩序。人们面对反常出现的事物，借由过滤机制审视非正常的事物，不合于标准与秩序的，便会成为危险的表征。① 于是，各种关于非洲风土民俗的介绍文章，循着异常的轨道，编辑与重构非洲风土。若是观察彼时的论述，经常可见到类似的结构：西方教士进入非洲内陆，借由"发现"或"见证"的模式，揭开荒地蛮俗，证明传授福音的重要性。这当中隐藏一吊诡性，1891 年 4 月，《画图新报》所载《六合谈屑·非洲近事》叙述西方牧师进入非洲内陆，见证村庄械斗的惨景："此村死尸，堆如山积，四围跳跃欢欣，并将死尸割肉，炙而食之"，围观的小孩"以枝叶捧死尸之肉"，且"将年老妇人活烧以为戏"。此一"凶恶之至矣"的荒地

---

① 〔英〕玛丽·道格拉斯（Mary Douglas）著，黄剑波、卢忱、柳博赟等译，《世俗的污染》，《洁净与危险》（北京：北京民族出版社，2008），页 37—51。该书以污染表征危险，指出："如果把关于污秽的观念中的病源学和卫生学因素去掉，我们就会得到对于污秽的古老定义，即污秽就是位置不当的东西（matter out of place）。这是一个十分具有启发性的研究进路，它暗示了两个情境：一系列有秩序的关系以及对此秩序的违背。这样一来，污秽就绝不是一个单独的孤立事件。有污秽的地方必然存在一个系统。污秽是事物系统排列和分类的副产品，因为排序的过程就是抛弃不当要素的过程。这种对于污秽的观念把我们直接带入到象征领域，并会帮助建立一个通向更加明显的洁净象征体系的桥梁。……污秽就是分类的剩余和残留。它们被排除在我们正常的分类体系之外。在努力关注污垢的过程中，我们背离了自己最强烈的精神习惯。"（页 45）

蛮俗，愈加凸显宗教福音让当地居民"大改前非"的重要性。[①]

关于发现非洲"异俗"的叙述模式，普遍出现于彼时教会报刊，替晚清中国读者彰显了一则则血腥化的风土民俗，放大了非洲居民的愚昧迷信。如 1870 年，《中国教会新报》刊登《亚非利加黑人图》："其俗之可笑者，祭神则杀人以献，凡树石鸟兽皆以为神，拜之祀之"[②]。1881 年，《万国公报》刊登李提摩太《古教汇录·第十五章论亚非利加土人等教》，批判非洲各地"自古迄今无有一定教名，无经、无文字，有地师讲吉凶，巫婆讲邪法最深，此等人性最凶恶"[③]。1881 年，《益闻录》载《黑蛮祷雨纪闻》介绍非洲土人的祷雨仪式，以"喷饭"形容该习俗之荒谬性。[④] 原本，西人主导的教会报刊，透过一系列"可笑""凶恶""喷饭"等表述方式，背后预设了一"正常"的标准，回应与巩固西人的殖民叙事。在近现代的西方话语体系中，各教士因非洲人缺乏西方的宗教福音，而将之建构为野蛮、愚昧、落后的形象。西方教士话语所传播的"非洲"形象，透过反复叙说的方式，强化了"荒地蛮俗"的印象，使之逐渐变为一种共识，进而又演化为根深蒂固的观念。

相比起报刊新闻报道与地理学文章，小说叙事更可挣脱"实事求是"的束缚，穿梭于真实与虚构的界线。在文明／野蛮、教

---

① 〔清〕佚名，《六合谈屑·非洲近事》，《画图新报》第 11 年第 12 卷（1891 年 4 月），页 83。

② 〔清〕佚名，《亚非利加黑人图》，《中国教会新报》第 77 期（1870 年 3 月），页 135。

③ 〔清〕李提摩太，《古教汇录·第十五章论亚非利加土人等教》，《万国公报》第 652 期（1881 年 8 月 13 日），页 15b。

④ 〔清〕佚名，《黑蛮祷雨纪闻》，《益闻录》第 114 号（1881 年 8 月 20 日），页 196a。

化／野性的既定标准中，最为人津津乐道的是"食人族"，其展现的茹毛饮血的场面，将危险界线推到更边缘。1897年，刊登于《集成报》的《非洲异俗》，渲染掳人与杀人文化的场景："所虏敌人，皆监禁之，俟良辰佳莭（节）方将杀戮。各家闻有杀人，无不庆贺"，"凡为酋长，须多杀人，方能保举，故所居之处，骷髅累累如贯珠，诚理之不易觧者"①。从良辰佳节杀戮囚虏的"无不庆贺"，酋长因杀敌而能"骷髅累累如贯珠"，彻底放大了违反人道常轨的"异俗"。清末民初规模较大的《申报》刊登《蛮方风俗记》，作者署名"琐尾"，真实身份不详。题名标为"小说"，以第一人称叙事者，串联非洲的荒地蛮俗，投射"风俗极惨酷残忍"的总印象。小说虽然缺乏叙事梗概，却透过"追奇猎异"的笔调，剪裁各种耸动的非洲传闻，再一次传播与巩固了非洲的荒地蛮俗。从"奉祀最要之神六尊"的宗教迷信，到"王死必杀男女五百名"的残酷蛮俗，都"令人绝倒"，作者进而发出"其残忍如此"的感慨。"埃卑亚果他地方"的"阿罗神"，常栖树林，万一被盯上，"须遄奔而归，避深室内，否则必死"。非洲西境代霍买国"风气强悍"，"女子初生，即报名注入军籍"，"各家闻有杀人，无不庆贺"，"王宫中，髑髅累累，如悬灯然。寝宫遍铺敌人骨殖。多者为贵"。桑西巴尔判案方式，"令服毒药以试之，服之而吐，则谓无罪。服之而死，则谓有罪。如不吐亦不死，则谓其罪恶更甚"。非洲西境上战场前，先杀一敌，"收其心血，和野草数种，煎汤以饮未经战阵之人，以壮其胆而坚其体"②。透过各

---

① 〔清〕佚名，《非洲异俗》，《集成报》第20册（1897年11月），页24b-25a。

② 〔清〕琐尾，《蛮方风俗记》，《申报》第13965号（1911年12月31日），页3。

地区风土民俗的串联，作者将这些风土民俗一变而为"荒地蛮俗"，在在说明非洲因为缺乏礼教与宗教的熏染，变为"触险蹈危"的危险世界。

晚清作者面向非洲时总是调动"追奇猎异"的笔调，屡屡放大食人狮与食人族的符码。从译者、报人到作家等，透过不同的文体形式，展演"为古今所罕闻，耳目所未见""述之足以谈资助焉"的非洲风土。这些经由夸大、发明、想象与杜撰等书写模式，将非洲最致命的奇异瞬间，推到了最前端，以偏概全，渲染了非洲的总印象。

五、东亚病夫？冒险非洲，拯救中国

虽然，"非洲"如上所述是一充斥着危险、恐怖、神秘与死亡的地域，可是又促成一看似悖反却相益得彰的"冒险"天地。非洲的"落后愚昧"，反映了某种"奇观"式的危险"他者"，更能调动人们探索非洲的欲求。无论是传记书写或是文学创作，"探险非洲"始终是一受到欢迎的题材。冒险人物探入触险蹈危的蛮荒天地，遭遇困难，经由搏斗，展现其屹立不摇的精神意志。在西方探入非洲的冒险书写参照系上，本节将探索晚清作者如何因自身文化与时局所需，将"非洲"塑造为一可让中国人物遨游驰骋、展现冒险精神的文化他者。

伴随着西方殖民扩充、科学发明、地理大发现、印刷业进展而产生的书写，英国出现各种海外冒险的书写，以彰显人物"探寻世界"的梦想与意志，如《鲁滨孙漂流记》《格列佛游记》《金银岛》等透过漂流海外的异域风情，及克服困难与挑战，渲染高潮迭起的冒险情节，宣扬自我优越感的英雄形象。随着工业文明与物质发展所带来的文明腐朽、道德堕落等危机，"探索／征服"非洲的主题，出现另一变奏，即朝着内心世界的探索，反省自我的黑暗面，如李维士*（F. R. Leavis）指出19世纪末欧洲文艺思潮促使康拉德等人察觉英国传统的冒险书写无法承载愈来愈复杂的精神世界，而得加入新元素。[1] 康拉德《黑暗之心》（*Heart of Darkness*），以反思性的视角，探入非洲刚果，内文虽仍有不少对于黑种的歧视，可是已然跳出白人殖民或征服非洲的主题，并发现非洲文化亦可成为欧人精神危机的出口。如论者所指出："康拉德刻意将传统丛林冒险题材纳入其小说并对其进行艺术革新，从而使冒险只是作为一个引子或一种陪衬，其真实意图是企盼'有野性的生气'的原始非洲丛林为爱德华时代身染沉疴的英国人开出一剂道德拯救的良药，力挽英国人在工业文明进程中失落了的人的自然本性。"[2]

若是参照上述"探险非洲"与"黑暗之心"的两条路线，更明显可见晚清作者的选择。大体而言，19、20世纪之交的中国文化界，正在酝酿"冒险小说"类别——透过论述、广告、评论、翻译、创作等方式，逐渐确立了作为小说次文类的"冒险"类型，

---

* 又译为"利维斯"。——编者注

[1]　F. R. Leavis, *The Great Tradition* (New York: New York University Press, 1963), p.27.

[2]　岳峰，《论康拉德非洲丛林冒险题材的"陌生化"》，《求索》2011年第8期，页217。

且翻译了各种具有探险、殖民或征服世界主题的西方著作。^① 无论就文学史或是社会文明的发展线索，都不足以催生类似康拉德《黑暗之心》的著作。就文学史发展而言，"冒险小说"乃是晚清文学界引入的新品种，正在形塑自身的边界内涵，尚未进入文类发展到成熟程度后才会出现的反思阶段。就社会发展而言，晚清亦未产生如西方工业化下的精神危机与心理冲突，故原始非洲场景成为可以抚慰精神危机的天地。即或是翻译著作，更多译介立温斯敦、施登莱、哈葛德与凡尔纳等人以"探险非洲"为题材的著作。有关康拉德著作的译介，需等到文学观念更为成熟的五四阶段。^②

在晚清作者的笔下，"非洲"尚未成为如康拉德笔下反思"黑暗之心"的所在，却是如西方冒险小说中可以证明自身力量的场景。"探险非洲"成为一可以振衰起敝的文本。时人带着自觉意识，指出有关非洲的冒险文本，可以重塑中国国民的精神，如林纾《埃及金塔剖尸记·译余剩语》指出"行将撷取壮侠之传，足

---

① 以商务印书馆 1903 年陆续推出的《说部丛书》为例，"冒险小说"便有《鲁滨孙漂流记》（英国笛福著，林纾、曾宗巩合译，1905）、《雾中人》（英国哈葛德著，林纾、曾宗巩合译，1906）、《三藩市》（美国诺阿布罗克士著，金石、褚嘉猷合译，1906）、《环游月球》（法国焦奴士威尔士著，商务印书馆译，1904）、《秘密电光艇》（日本押川春浪著，金石、褚嘉猷合译，1906）、《澳洲历险记》（日本樱井彦一郎著，金石、褚嘉猷合译，1906）、《鲁滨孙漂流续记》（英国笛福著，林纾、曾宗巩合译，1906）、《斐洲烟水愁城录》（英国哈葛德著，林纾、曾宗巩合译，1905）与《梦游二十一世纪》（荷兰达爱斯克洛提斯著，杨德森译，1903）等。

② 程香、黄焰结，《世界文学视阈下康拉德在中国的"赋形"、"变形"与"正形"》，《安徽工程大学学报》第 30 卷第 3 期（2015 年 6 月），页 51—56。

以振吾国民尚武情神者"①，改写了"东亚病夫"的形象。晚清中国或晚清人被贴上"东亚病夫"的标签②，一体两面指向国人吸毒成瘾而体质虚弱与政治衰败而国力衰弱。当晚清文学一再出现"病夫""病国"标签时③，慨然有问世之志的作者群愈感国势阽危，纷纷思考如何除去东亚病夫的标签。探险非洲所具有的冒险精神与勇敢意志，成为药方之一。西方人物探险非洲的行径，成为晚清作者屡屡歌颂的对象。1902 年，由梁启超创刊的《新小说》连载颐琐的《黄绣球》，以立温斯敦闯入非洲的行径，鼓舞女性争取自身的权益。小说第十六回先是叙写："立温斯顿探险到亚非利加洲的内地，进了沙漠，蒙了瘴疠，同那土蛮猛兽交斗，几十年

---

① 〔清〕林纾，《埃及金塔剖尸记·译余剩语》（上海：商务印书馆，1914），页 2。

② 此一将中国视为"病夫"或"病人"早在 1896 年 1 月便出现于《时务报》之《中国实情》："夫中国一东方之病夫也，其麻木不仁久矣。然病根之深，自中日交战后，地球各国，始悉其虚实也。"《时务报》12 月又刊出《天下四病人》，将"中国"列入"病人"。分别见〔清〕张坤德译，《中国实情》，《时务报》第 10 册（1896 年 11 月），页 15b；〔清〕张坤德译，《天下四病人》，《时务报》第 14 册（1896 年 11 月），页 13b。此一联系引发回应，群起效尤，"病夫"与"中国"产生联系，如 1901 年 7 月，《国民报》第 3 期发表《东方病人》，指出："甲午以后，西人谓东方有病人焉，中国是也。戊戌以后，西人谓东方有死人焉，中国是也。今则谓东方之死人，已骨朽肉腐，行将扬为灰烬，散诸无何有之乡矣。"见〔清〕佚名，《东方病人》，《国民报汇编》（台北，1968），页 191。

③ 如梁启超《新中国未来记》第 5 回标题凸显"病"与"药"："对病论药独契微言"。东海觉我《情天债》叠合"病夫"与"老大帝国"："列位试想，六十年前，老大病夫的帝国，如何能一变至此呢？"春帆《未来世界》透过"未来"想象将"过去"的中国列为"老大病夫"："现在的中国是立宪以后的中国，与那以前老大病夫的中国不同。"分别见〔清〕梁启超，《新中国未来记》，《新小说》第 7 期（1903 年 9 月），第 5 回，页 27，总页 107；〔清〕东海觉我，《情天债·楔子》，《女子世界》第 1 期（1904 年 1 月），页 2；〔清〕春帆，《未来世界》，《月月小说》第 24 期（1909 年 1 月），第 25 回，页 67—68。

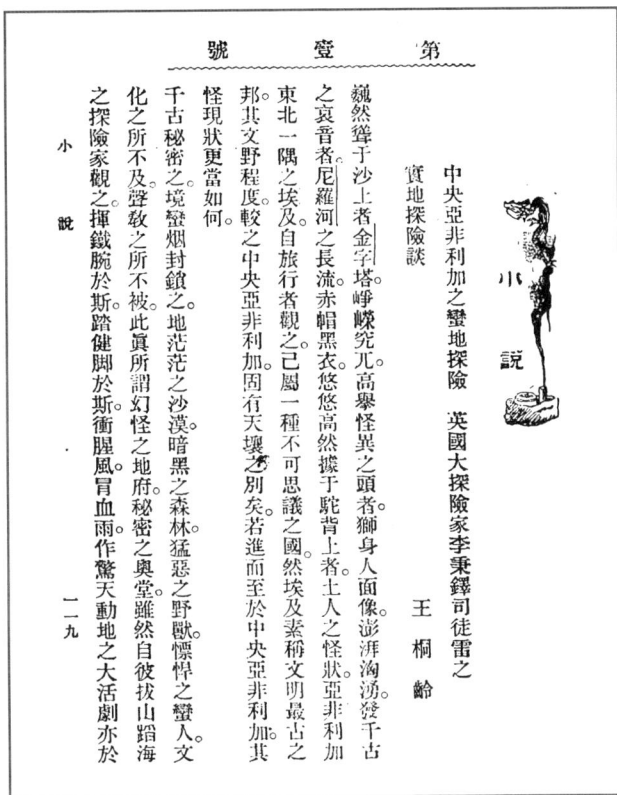

图 6-10　王桐龄《中央亚非利加之蛮地探险》

不怕不怯，才能叫那非洲全境归他英国所辟。"①第二十七回又再次强化讯息："岂但是哥仑布，要能把那一处做得同我们这里一样，简直是开通太平洋航路、为两半球凿成交通孔道的麦哲伦！渐渐的一处一处做开去，都成了我们的殖民地，不更就是英国的

---

① 〔清〕颐琐，《黄绣球》，收入王继权等编，《中国近代小说大系》（南昌：江西人民出版社、百花洲文艺出版社，1988—1996），第16回，页311。

立温斯顿开通非洲全部的本领吗？"① 此一以立温斯敦勇闯非洲的参照，确可作为晚清作者自我激励的方式，不过急于探索出路而发出高亢的加冕语气如"非洲全境归他英国所辟"时，却也遮蔽了"探险非洲"可能隐藏的殖民暴力。

相比起颐琐以小说片段歌颂立温斯敦探险非洲的行径，1908年，王桐龄刊登于《学海》创刊号的《中央亚非利加之蛮地探险，英国大探险家李秉铎司徒雷之实地探险谈》(见图 6-10)，已不可同日可语。题名"小说"，乃是有意以小说叙事的方式，替两位西方人物——"李秉铎"（立温斯敦）与"司徒雷"（施登莱）的冒险传奇留下记录。王桐龄，号峄山，河北任丘人，留学日本，1912 年毕业于东京帝国大学文学系。他显然掌控与消化了不少有关立温斯敦与施登莱的探勘事迹，遂能串联两位探险人物的非洲经历。小说以立温斯敦 1866 年第三次非洲之旅为背景，摆脱了早期模糊不清或是片段式写法，颇能详尽道出人物的行程路线。相比起前两次的"凯旋而归"，立温斯敦遇到各种严峻挑战，差点命丧旅途，下落不明，进而牵引出施登莱于 19 世纪七十年代初探入非洲寻找立温斯敦的事迹。

作者一开始便提及北非金字塔、狮身人面像、尼罗河、土人，称其乃是"不可思议"之地。可是，中非比起北非，"怪状更甚"，从非洲东岸桑地巴港筹备由阿拉伯、印度与非洲土著组成的探险队，自罗白麻河（白尼罗河）往内陆探进，在道路荒僻未开发、曲折难进的凶险地形中，"且行且斫""开辟鸟道"，因"奔驰过度"而导致"脚部生疽"。疾病更是肆虐，"汉泊路一病，荏苒半载，征鞍久歇，髀肉复生，日月逝矣。岁不我与，俯仰身世，英

---

① 〔清〕颐琐，《黄绣球》，第 27 回，页 399。

雄之感慨"①。六十年代末与七十年代初之交，正当立温斯敦音讯
杳然，西方涌现寻找立温斯敦的呼声之时。1871 年 1 月，美国报
刊派出司徒雷（施登莱），抵达桑地巴港，探寻立温斯敦。途中
困难重重，如"担夫难募"、粮食短缺，"七月中旬，到温阳炎境，
陆续患流行传染病"②，少数健康者亦逃亡，且因战事发生而受困
于温阳炎城。

　　王桐龄一一铺叙两位探险家的坎坷之旅，从疾病、土人背叛、
粮食短缺到道路坎坷，渲染非洲地形、天气、猛兽、蛮俗与疾病，
淋漓尽致地展现非洲的穷山恶水。道路愈是艰辛，愈能彰显人物
的冒险精神——施登莱锲而不舍，克服各种磨难挑战，寻得立温
斯敦。两人惺惺相惜，"漫步向前，脱帽鞠躬，问其是否是李秉
锋先生"，留下"I supposed you are Dr. Livingstone"（我假设你是
立温斯敦博士）的经典名言（见图 6-11）。就晚清各种报刊新闻
报道，都可见到各种关于立温斯顿与施登莱探险非洲的溢美之词，
即或立温斯敦探索非尼罗河源头的任务失败，并无妨于晚清论者
给予其高度的怜悯与肯定。③

　　晚清作者不仅仅歌颂或演绎西方人物的冒险非洲，也在吸取
相关小说后，加以转化，逐渐形塑中国人物探险非洲的叙事。在
晚清小说界对于"冒险"精神的提倡中，出现各种驰骋非洲的小
说文本，如 1905 年，吴趼人《新石头记》以续书的形式，安排
贾宝玉重返红尘，误入理想空间——文明境界，跟随老少年进行
"空中旅行记"。作者安排他们搭着时速一千二百里的空中猎车，

　　① 〔清〕王桐龄，《中央亚非利加之蛮地探险，英国大探险家李秉锋司徒
雷之实地探险谈》，《学海》第 1 期（1908 年 2 月），页 119—123。

　　② 同前注，页 125。

　　③ 详可见本书第二章对于《黑蛮风土记》的专文讨论。

图 6-11　施登莱 *How I Found Livingstone: Travels, Adventures, and Discoveries in Central Africa*，描绘两人相逢场景

循着近现代的地理版图与指南针，又以 20 世纪的电机枪狂风暴雨式地狂射大鸟之口，一路追赶飞鸟，追到非洲"茫茫的一片沙漠"[①]，促成横跨亚洲与非洲的地理幅度。从"驾猎车人类战飞禽"与"中非洲猎获大鹏"等回目，即可见小说意图：中国人物透过现代科技器物，克服非洲凶猛的凶禽猛兽，展现人物的强韧意志与冒险精神，改写"东亚病夫"的符码，替政治困局寻找可能的出路。

1908 年，碧荷馆主人《新纪元》更进一步演绎空间想象，搬演黄、白种的世界大战，将苏伊士运河纳入大战回圈。小说作者

---

① 〔清〕吴趼人，《新石头记》，收入王继权等编，《中国近代小说大系》，第 35 册，第 27 回，页 315。

逆转现实，搬演自身的"世界警察"梦，锄强扶弱，眼见弱小国家遭受白人欺凌，便发动由黄种人对抗白种人的世界大战。主人翁黄之盛之名带有"黄种强盛"之意，他指挥调度各地联盟，战略线从锡兰、孟买上空展开空战，又以南海与苏伊士河为中心展开，密电埃及政府扼守苏伊士河，展现开阔的格局。在不同作者的笔调下，"探险非洲"的题材，有不同的变调。晚清作者透过世界战争的格局，将"非洲"划入晚清的势力回圈，发挥具有"现实—想象"对照色彩的"乌托邦"想象，逆转现实中积弱不振的国势。

　　上述各种文本从不同角度，将"非洲"纳入叙事，开拓过往较少触及的非洲场景，确实有其意义。可是，各作者对于非洲普遍掌控不足，使得非洲场景更偏向零星片段，广度与深度不免有限。即或是王桐龄《中央亚非利加之蛮地探险，英国大探险家李秉铎司徒雷之实地探险谈》全篇以非洲为叙事场景，可是更偏向于人物传记的铺叙，尚难反映作者的创作能力。于此书写不足中，《狮子血》尤显瞩目。1905 年，雅大书社以单行本的形式出版何迥的《狮子血》，自第六回"为游湖忽入奴隶场"迄第十回"以武定国以文化民"，以逾半篇幅，触及非洲民族、文化、体制、风俗，勾勒非洲沙漠、部落与奴隶市场。何迥，身份不详，集子仅注明其所在地为"常州"。长达 4 页的目录页及 82 页的正文的边栏，均出现"支那哥伦波"的字迹（见图 6-12），反映了作者欲以西方人物哥伦布作为中国探险人物的范本，可是又不流于单一的系谱，层层叠合中西脉络思潮。[1]

---

[1]　针对人物形象如何叠合中西思潮，笔者已于另一篇论文有所讨论，此处不再赘论。颜健富，《"冒险"精神：何迥〈狮子血〉"支那哥伦波"的形塑》，《从"身体"到"世界"：晚清小说的新概念地图》，页 59—103。

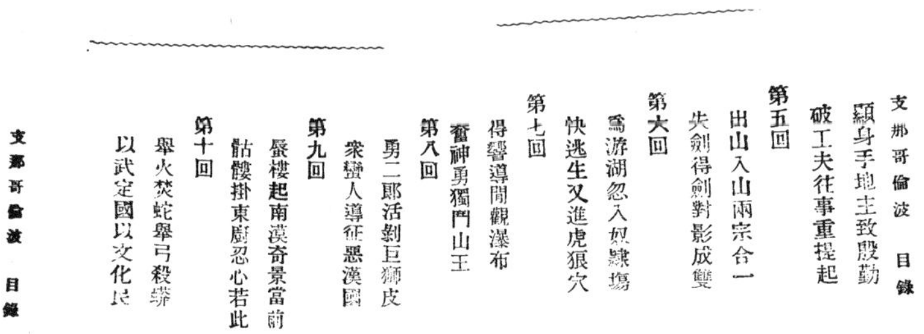

图 6-12 《狮子血》目录页

《狮子血》触角甚广，几乎回应了本章上述各种观察点，如"瓜分非洲""非洲人体"与"危险非洲"等，且延伸到本节所讨论的"探险非洲"主题，堪称晚清小说创作中最详细的"非洲"书写。更可观的是，其非洲情节，统一于有机的叙事结构，透过非洲青年加富伦任由剥削摆弄的际遇，逐一拉出非洲的掳拐与食人文化。加富伦在沙漠旅途中遭遇阿拉伯人掳拐贩卖，接而惨遭"拳毛倒睫，渗濑怕人"的买主剥削，日夜劳动，"咆哮痛骂了一场，各抽十鞭，又罚一餐"。[1] 接而，又落入"狰狞丑恶，直无人形"的鄂薄人手中，夜里听到"刀声霍霍"，透过"墙隙中透进灯光"，"霎时把三魂六魄"，隔墙正在"切人的下身，块块望锅里丢，是把人做粮食的"。[2] 作者以一系列惨烈的听、视觉意象，呈现血腥惊悚的食人文化，各家灶边"鲜血淋漓""壁上又挂满了骷髅"[3]，"满地浓浓的血迹，迎着日光闪闪烁烁的，候红候紫"，"壁上骷髅，用索贯串倒挂着，肉已刮尽。揭盖锅子，一块一块煮的正沸，却都是人身上的皮肉，剔尽了筋骨，偏带了生殖器同

---

[1] 〔清〕何𫚦，《狮子血》（上海：雅大书社，1905），第 6 回，页 44—45。

[2] 同前注，第 6 回，页 46—47。

[3] 同前注，第 9 回，页 72。

煮"①。就晚清的小说创作中，《狮子血》乃是最能展现食人族场景的小说，从"刀声霍霍"到"日光闪闪烁烁"等的气氛烘托，渲染了令人毛骨悚然的灶边惨状。

何迥将非洲塑造为"触险蹈危"的空间场景，恰好开拓了小说叙事中的冒险天地。标上"冒险小说"的《狮子血》，乃是中国较早有"冒险"类型自觉的小说。在"探险非洲"的情节架构下，"支那哥伦波"的世界之旅，实是"东亚病夫"在世界舞台上自我正名的过程，是在回应自身的政治与文化语境。作者替人物注入生机活力，塑造奋迅勇猛的民族标志。小说主标"狮子血"乃是为衬托副标"支那哥伦波"打狮的英勇形象，呼应晚清小说界所宣扬的"冒险精神"。二郎连环套式地为民除害，面对"圆睛拳爪金毛大狮子"，不假思索，与狮搏斗，"举起拷栳大的拳头"往狮背狂击，"只须一鼓气"，便"一身铜筋铁骨"，"全身气力，运到十指"，挖入狮身。②二郎接而又率领众人出征食人族。面向"横行一世"的鄂薄族，射出弹弓，"粒粒都是铁弹，着眼眼瞎，着肢肢断"③。面向萨朴达族，二郎施展出神入化的中国武功，肉身化为飞天遁地的白光，顿时便"杀得萨朴达人马仰人翻"④，无不药到病除、斩草除根，各种威胁都不足为惧。这些改写"东亚病夫"的片段，一扫"鬼躁鬼幽，趑步欹跌，血不华色，面有死容"的样态，实践了"威力""奋迅""勇猛""大无畏""大雄"

①　〔清〕何迥，《狮子血》，第10回，页73。
②　同前注，第8回，页56—57。
③　同前注，第9回，页71。
④　同前注，第10回，页77。

的诉求。①

在各种以"非洲"为背景的创作小说中，《狮子血》恐怕是唯一触及男女情爱的小说，呼应了哈葛德以人物罗曼史结合祖鲁兴亡史的路线，让非洲人物摆脱奴隶的命运，有情人终成眷属。加富伦与德迷华同是天涯沦落人，受尽折腾与鞭打，滋生爱意。可是，在层层的变卖过程中，两人失散，一直到二郎出征食人族，救出德迷华，两人又相逢，到山洞叙旧。此小说未彻底发挥罗曼史情节，最终仍返回国族路线。两人在山洞相聚时，遭遇大蟒蛇追赶，"离着蟒口不过一丈"，二郎适时射出一箭，"正从蟒的口中，穿进胸前，一箭正噼了脑门"。② 小说中，非洲青年男女得以结合，主旨不在铺陈爱情完满的结局，却是彰显晚清人物居功厥伟的教诲。对比哈葛德的罗曼史小说，尤可见到晚清作者受制于国族叙事，即或有男女爱情的成分，却将之置于家国兴亡的架构，较难见到艳情、神秘、古老、凄美的爱情成分。

何迥透过文学想象反转现实，回应彼时晚清中国与非洲共同面临的瓜分危机。晚清人物与非洲人物同心协力、并肩作战，开启中非共同体的叙事想象，恰能回应清末民初各论者对于非洲的同情与支持。编著《非洲通史：现代卷》的彭坤元早已注意到清末民初的中国论者高度关注与同情非洲的处境：

> 从 19 世纪末到清朝灭亡的十多年间，关注非洲政局的
> 发展，评说非洲问题的著述和报刊文章不断出现。例如，

---

① 〔清〕中国之新民（梁启超），《新民说二十·第十七节之续：论尚武》，《新民丛报》第 29 号（1903 年 4 月），页 8，总页 8;〔清〕谭嗣同，《仁学》（北京：华夏出版社，2002），页 63。

② 〔清〕何迥，《狮子血》，第 10 回，页 78—79。

1894～1895年阿比西尼亚人民抗击意大利侵略的战争，
1899～1902年在南非进行的英布战争，1911年德法两国争
夺摩洛哥引发的"豹子跳跃"事件等，都引起知识界和爱国
志士的关注。梁启超、康有为、戴鸣池、王韬、伟大的革命
先行者孙中山、民主革命家陈天华等人，都曾对非洲发生的
事件发表过看法。①

论者如戴鸣池、王韬、康有为、梁启超与陈天华等人，都曾对非
洲际遇发表观点，他们批判列强的殖民意图，并且从非洲的命运
看到自身的未来。《狮子血》透过叙事展演的方式，回应了彼时
论者的关怀。在现实生活中，晚清中国和非洲都备受列强的分割
威胁。小说作者异想天开，安排中、非人物携手合作，在风雨飘
摇中，寻找家国出路。

从上所述，可见非洲的"危险天地"一体两面促成了"冒险
天地"。冒险人物探入蛮荒天地，经由历练与搏斗，塑造奋迅勇
猛的民族标志。就晚清的写作语境而言，"探险非洲"的情节架
构，实是回应晚清文人自身的政治与文化际遇，这成为"东亚病
夫"在世界舞台上自我正名的过程。

六、结语

本章观察19、20世纪之交，晚清中国作者对于"非洲"形
象的塑造，厘清异国形象牵涉的本国与异国的对照及其背后的集
体想象物。这些展现"非洲"形象的材料，投射了"自我"与

---

① 彭坤元，《清代人眼中的非洲》，《西亚非洲》2000年第1期，页62。

"他者"、"本土"与"异域"、"中国"与"世界"的互辨，隐藏着作为书写者的"主体"与被描写的"他者"的对应关系。

19、20世纪之交，晚清中国的时局发展，牵引晚清论者观看非洲的视角，他们透过图像、新闻、评论、诗文与学堂歌等，回应"瓜分非洲"的主题。在亡国灭种的危机中，晚清论者屡屡关注西方列强如何割据非洲领土。叙说非洲，实也是时人对于自身命运的反思。从《非洲近事：非洲疆域说略》到《黑奴歌》，都可见到晚清论者对于瓜分的焦虑。晚清论者固然因政治局势而对于瓜分非洲／瓜分中国有一共同体的投射，可是对于非洲黑种却又带着文化偏见，围绕着黑种皮肤，拓展出"乌鬼""黑鬼""黑奴""鬼奴""鬼国""黑鬼奴"与"乌鬼国"等套话，形塑了愚昧、落后、神秘的人种印象。此一描绘黑种的套话，反映了晚清论者结合中西思潮的凝视：一方面调动自身的天下观与华夏意识，产生将黑种"蛮荒化"的论述，这实也反映礼教规范的标准。同时，又叠入近现代西方殖民主义下的颅相学、黑暗大陆与进化论等思潮，在"文明与野蛮""进步与落后"的标准下，激化非洲"人体标签"。

晚清作者面向非洲时总是调动"追奇猎异"的笔调，屡屡放大奇异的瞬间，如致命性的食人狮与食人族等符码，经由夸大、发明、想象、杜撰等模式，被推到非洲形象的最前端。不同身份的人士如译者、报人与作家，从不同的美学形式，巩固非洲"触险蹈危""荒地蛮俗"的印象，放大奇观性的瞬间，以偏概全，渲染非洲风土，令此一危险天地又促成冒险的天地，成为一可以振衰起敝的空间场景。冒险人物探入蛮荒天地，驰骋了民族精神，展现了屹立不摇的意志，改写了"东亚病夫"的形象。

晚清作者笔下的"非洲"形象，潜藏着丰富的议题，不只是对异国现实的单纯复制，也同时反映了注视者的文化处境与意识形态。上述出现于不同文体形式的"非洲"形象，固然掺杂着纪实与想象、现实与幻想等成分，却殊途同归，折射了一个时代的集体想象物。就"异国"形象学而言，言说他者，乃是叙说自我，反映了 19、20 世纪之交论者的命运与际遇。

结　论

　　晚清文学研究乃是一进行式的研究，随着文献资料的发掘与爬梳，可以重现或重构晚清文坛风貌。本书系统性与结构性观察了一仍有待建构的学术议题：19世纪晚清中国文人如何／为何接受、看待与想象非洲异域？"非洲"是在怎样的知识结构与传播模式下进入晚清文化界的？当他们面临自身不熟悉的新天地时，要如何呈现或传达异域形象？肩负不同身份背景与任务的译者，必然因其自身的属性，而牵动其看待域外的特定视野，使得其译作中潜伏了群体的命运、遭遇、认同、危机与应变，更蕴藏了丰富的文化与学术讯息。

　　在新世界观的传播下，晚清人士逐渐关注"非洲"历史、地理、时事、风土与民俗等。不同身份背景的作者，透过历史地理学、新闻报道、游记书写与文学创作等，投射特定的非洲视野，展现具体路线、方位、经纬、天候、风土、民俗与政经。时人经由知识积累的模式，逐渐形塑认识非洲的台阶，且从历史地理学、报刊新闻，逐渐扩展到文艺评论与文学想象。

　　各篇章透过"跨文化行旅"的架构，观察非洲"探勘／冒险"文本翻译传播到晚清中国的过程，检视各译本的发生脉络与不同版本的差异，进而探索与评估其特点与诉求，完成有关晚清探勘／冒险非洲的研究议题。本书逐一论证各译者如何根基于自身的立场，吸收、转化与汇聚不同来源的材料，如宗教信仰、文人互动圈与历史地理学等，衍生出一条条纵横交错的翻译"歧路"。此一研究主要延续笔者对于晚清文学与文化的长期关怀，试图以新的研究视角发掘材料，又透过材料的发掘，开拓新视角，将晚清文艺材料推到一个具有世界文艺流通的框架中。

　　本书前三章透过立温斯敦与施登莱的"探勘非洲记"，追踪过去鲜少受到晚清研究者注意的苏格兰传教士立温斯敦与其

著作 *Missionary Travels and Researches in South Africa* 与施登莱 *Through the Dark Continent* 在晚清的接受与传播情况。立温斯敦与施登莱带着各路人马，经由严苛的路途考验与疾病威胁，大幅度揭开不为西方世界所知的非洲内陆，引发各方瞩目，开拓了探勘非洲的视角。早于19世纪后半叶，这些著作已然翻译传播到晚清中国，分别名为《黑蛮风土记》（或《泰西风土记》）与《三洲游记》（或《斐洲游记》）。笔者根基于一批不受瞩目的史料与文学材料，探索译本的发生语境、意识形态与诗学结构，以及其所折映的意义，重塑了19、20世纪之交晚清中国文化界对于立温斯敦与施登莱其人其事的接受与传播概况，填补了学术空白。

随着非洲认识的深化，19世纪后半叶的西方文坛，陆续出现探险非洲的文学创作。本书第四章《穿越非洲的心脏：论〈飞行记〉的地理路线、文明阶梯论与科学冒险》与第五章《编"野人"之史：论林纾翻译哈葛德〈蛮荒志异〉》，从"冒险非洲"的主题探索凡尔纳与哈葛德的小说创作，它们恰能反映西方世界对于"非洲"的关注。这些文学创作透过地理学、科学与神怪等视角，虚实交错、天马行空地将"非洲"纳入叙事想象。晚清译者翻译相关小说时，又出现特定接受视野而产生若干变调。此二篇章探讨凡尔纳与哈葛德的小说创作透过不同的脉络翻译传播到晚清中国的过程，厘清各版本演变，除替文本跨文化行旅的路线填补具体与完整的讯息外，更评估小说译本对于晚清中国小说界的启示。

第六章《演述非洲，言说中国：晚清作者笔下的异域形象与自我投射》，从前五章的翻译的"接受"端，延伸到晚清报人与文人的综合性"创造"端，观察他们如何透过新闻报道、文艺评论与文学创作等，展现非洲视野。在亡国灭种的危机中，晚清论者屡屡探索可与"瓜分中国"相互隐喻的"瓜分非洲"，关注非洲领土如何遭受西方列强的割据。他们层层调动中国的华夏意识与近现代西方的殖民论述，形塑了愚昧、落后、神秘的非洲"人体标签"。晚清作者以"追奇猎异"的笔调，塑造致命性的食人狮与食人族等符码，投射非洲"触险蹈危"的印象。此一危险场景又变为冒险天地，成为一可以改造晚清中国民族形象的空间所在。

　　本书梳理过去较少受到关注的非洲译著，全面追踪各文本的传播路线与发生脉络，并且探索与评估其特点与诉求。若以原著到译本的行旅路线而言，除直接从英属地翻译到中文外，亦可能折射更复杂的路线，譬如经历英译本、日译本与中译本多层次转译的法国凡尔纳所著的《气球上的五星期》一书，便是一值得注意的案例。就此一系列的非洲文本而言，本书逐一核对各译本与原著，论证了译者如何根基于自身的立场，吸收、转化与汇聚了不同来源的材料，如宗教信仰、文人互动圈与历史地理学等。

　　除追踪各非洲文本的翻译路线外，本书亦追踪晚清文化界对于原著与译本的评论，以及评估相关译本对于晚清文化界的启发意义，探讨个中潜藏的文化讯息，如1872年夏末清朝派遣第一批留学生三十人赴美计划、新兴的报刊与出版社的发展，都促成各种探勘非洲／冒险非洲的译本的传播与翻译。19世纪七十年代初，正逢欧美各界热切关注施登莱寻找立温斯敦的新闻时，晚清亦涉入其中，透过多元文体如新闻报道、文艺评论与文学创作等，关注施登莱寻找立温斯敦的事件。小说创作者甚至将立温斯敦与施登莱化为人物主人翁，演绎两人探勘非洲的事迹。

　　《导论》曾提及晚清人士在"世界"的橱窗中看到非洲，可是经由内文各篇章的讨论，却又可以发现各译者透过"非洲"的橱窗，看到的是自我的生命故事与时代的缩影。于此总结处，笔者欲更进一步讨论此批著作值得延伸观察的面向。

一、文学史反思：非洲探险记的消长起落

在文化全球性传播的脉络下，以"非洲"为背景的传记与文学创作，经由新兴媒体的传播，传入晚清中国文化界。从时间演进而观，可见这批崛起于晚清的非洲译著，在"五四"后却无以为继。若就中文翻译演进而言，随着掌控外语人才的崛起以及翻译出版业的兴盛，理应上更能克服晚清局限，出版成熟译本，可是，实际情形却相反。过去论者如李欧梵已然指出哈葛德在"五四"的退热潮，更明显的是，曾于晚清阶段多次获得出版机会的立温斯敦与施登莱译著，却在五四阶段销声匿迹，不再有任何更新的译本，导致晚清译本成为百年以降的唯一中译本。

从相关译本的崛起到消失，实能反映晚清对于非洲的积极关注，甚至超越后代中文文化圈的关注。王德威曾指出晚清文学所具有的包容性："（晚清）作品的题材、形式，无所不包：从侦探小说到科幻奇谭，从艳情纪实到说教文字，从武侠公案到革命演义，在在令人眼花缭乱。它们的作者大胆嘲弄经典著作，刻意谐仿外来文类，笔锋所至，传统规模无不歧义横生，终而摇摇欲坠。以往五四典范内的评者论赞晚清文学的成就，均止于'新小说'——梁启超、严复等人所倡的政治小说。殊不知'新小说'内包含多少旧种子，而千百'非'新小说又有多少诚属空前的创造力……比起五四之后日趋窄化的'感时忧国'正统，晚清毋宁揭示了更复杂的可能。"① 晚清作者的包容性不仅仅体现于新旧语言、题材与思潮而已，亦同时延展到往后更为人关注的欧美大洲

---

① 王德威，《没有晚清，何来五四》，《被压抑的现代性——晚清小说新论》（台北：麦田出版社，2003），页16。

以外的"非洲"。就在19世纪七八十年代才刚开始起步的文学翻译阶段，便连续出现立温斯敦及施登莱等人的非洲译本，以及报刊卷起各种有关探勘非洲的报道与评论之风，格外令人瞩目。

上述的"五四正统""感时忧国"之论，固然可以说明"五四"压抑晚清出现的特定题材，凸显晚清不相排挤的旨趣与价值意识。可是，如此解释亦可能一体两面地简化"五四"内涵，且因视角过于广泛而失去尖锐的学术提问。于此"晚清—五四"的讨论轴线上，实可更进一步探索的是为何探勘／冒险主题会崛起于晚清而后又消失于"五四"？是怎样的政治文化语境导致此一接受视野的消长？就接受视野而言，探勘／冒险非洲的题材，更能切合世界观正急遽转变的晚清时代，译者翻译《黑蛮风土记》《三洲游记》时，既实践"欲游而不能游"之缺憾，又可表达"欲极五洲万里之遥"的世界想象。于此一"天下"与"世界"观交锋的年代，各人士透过文艺模式，极力推动各国历史地理学，使得理应较为冷门的非洲探勘／冒险记受到青睐。

其次，非洲探勘记所具有的"冒险"精神，格外能够呼应晚清文化界的诉求。19、20世纪之交，正逢改革"东亚病夫"而提倡冒险精神的年代，有什么能比闯入非洲穷山恶水与食人族、狮子抗斗，更能张扬民族精神呢？在一个向外扩展世界观的年代，晚清文人需要探勘非洲的文本，来回应自身的政治与文化际遇。译者在翻译改写的过程中，甚至虚构中国人物跟随西方传主勇闯非洲，创造了崭新的民族身份，更新了自我的形象。由此而观，探险非洲的情节架构，可以促成民族形象的变化，改写"东亚病夫"的形象，形塑勇往直前的民族标志。

第三，"瓜分非洲"的政治情境与威胁，调动晚清人士看待非洲的视角，将自我的焦虑投射到非洲。在西方列强掀起的殖民风暴中，非洲受创最巨，且引发"黑种"灭亡的忧患。晚清论者因自身的政治局势发展而屡屡关注西方列强对于非洲领土的割据，黑种灭亡的忧患乃是黄种危机的投射。即或是面向通俗文本如哈葛德小说时，林纾亦渗入个人忧患，将非洲故事演绎为晚清中国人的"忧国书"，展演瓜分非洲／瓜分中国的寓言，遂使得非洲场景埋藏着晚清中国政治的忧患。

当上述各种危机与情境转移，顺应着时势而崛起的非洲译本也跟着消失。从晚清进入"五四"，新世界观已逐渐成为普遍的知识范式，"五四"文艺界没有涌现如晚清文艺界的历史地理学热潮，文学刊物逐渐步上专业化的创作与评论方向。同时，"五四"虽面临主权与领土争夺问题，可是焦虑感远不如晚清，使得透过"瓜分非洲"反思"瓜分中国"的情感需求，出现变化。随着文学改革的推动，"五四"文艺界对于文学性的要求有所提高，遂逐渐撤下文学价值较低的立温斯敦与施登莱等人的非洲传记，同时降低了对于哈葛德等通俗小说的需求。

若是观察彼时深受西方文坛肯定的康拉德、吉卜林（Rudyard Kipling）与毛姆（W. Somerset Maugham）等，晚清译者更关注在文学技法上稍逊一筹的哈葛德。从今天的文学评论视野观察，康拉德《黑暗之心》（*Heart of Darkness*）透过人物的刚果河历险，投射西方白人在非洲原始丛林的内心考验，更多偏向内心世界的思辨，非洲行旅顿然变为主人翁内在黑暗面的探索，某种程度已从"冒险小说家"（adventure novelists）发展到具有自我反思深度的"良心小说家"（novelists of conscience）的阶段。可是，如此超前的文学书写，未必能够符合晚清文艺界的期待视野。

18、19世纪之交，正逢晚清文化界提倡"冒险"精神时，"冒险"书写的意义与功能被放大。相比起深刻反思、自我叩问的"良心"文学，晚清更需要可以振衰起敝、驰骋张扬的"冒险"文本。因此，一直要到文学观念更为成熟的五四阶段，康拉德"其人其事"，才获得更多关注与探讨。"五四"作者告别立温斯敦、施登莱与哈葛德等人的著作，更重视此前受到忽略的康拉德，反映了新文化运动对于文学美学的推动。

二、翻译观重审：翻译改写的研究潜能

关于"探勘／冒险非洲"主题的翻译与传播，如上所述，具有相当的视野与意义。可是，译者接受与传播此一主题时，受到自身的文化传统与美学成规的介入，多少遮蔽了相关主题的内容。此一未竟之处，对于翻译研究而言，却又格外能够反映晚清人士因特定位置而出现的翻译创造，甚至蕴藏着译者的生命轨迹、文化记忆与文学传统等，都足以成为学界的研究对象与内容。

一般而言，晚清的翻译方式译述、编译、译演、译意与译编等，大多以"意译"为代表，若以今天之语，可统称为"翻译改写"。在翻译规范仍未崛起的晚清时期，译者如严复虽已提出"信达雅"的翻译准则，可是却因各译者的水平有限，仍无法达到"信"的规范。各译者结合文学传统、中西方思潮与各种价值体系，使得晚清的翻译实践跟理论自觉有较大的鸿沟。早在严复之前，翻译立温斯敦非洲传记的沈定年，于笔述《黑蛮风土记》一书时便提及可跟严复"信"准则相呼应的理念（详见本书第二章），可是就该书的翻译实践而言，却是反其道而行，任意翻译，导致译本内的非洲路线错乱，甚至出现主旨重构的现象。译者一方面凸显翻译真实性的理论自觉，可是一方面又杜撰能够符合特定期待视野的内容，使得理论自觉与翻译实践出现悖论。

不同世代的译者，从早期的史锦镛、沈定年与邹弢，到后期的林纾与谢炘，透过"探勘非洲""冒险非洲"等翻译改写与翻译创作的方式，叙说自我的生命故事与时代际遇。本书逐一追踪与讨论各译者如何在新旧世界观转型的过程中面向非洲探勘／冒险记。这些来自不同世代与圈子的译者，如沪地文艺圈、徐家汇天主教会、常州文化集团与福州文友圈的译者，移接探勘／冒险主题时，衍生与蔓延了各种文化诉求、价值规范与美学形式等，也丰富了所谓"翻译改写"的内涵。译者对于非洲译著的翻译与改写，潜藏着自身社会的论域，替原著注入了晚清文化脉络的诉求。

原著在协商与改造的过程中，变为更能符合译者脉络的新主旨。谢炘《飞行记》因受到英译本与日译本的牵制，而使得凡尔纳原著中有意偏重的"地理学"成分，让位给"科学冒险"的成分。林纾翻译哈葛德的小说 *Black Heart and White Heart*，将题名改为《蛮荒志异》，以中国"说鬼说狐"的"志异"传统，反映中国美学的转换。非洲丛林内回荡着离奇的神巫预言、曲折的浪漫故事与恐怖的鬼魅传奇等，颇能接通彼时晚清中国作者的审美管道。哈葛德一系列以非洲传说为背景的小说，轻易接通中国的"志异"传统，使得非洲神灵鬼怪，非但不显得荒诞不经，反而可以引发晚清中国人共感。

当译者面向各种探勘／探险非洲的文本时，未必能够完全掌控或消化，且经常导入属于自身脉络的元素，而出现翻译改写的现象。一般而言，晚清译本的改编，都习于归为"意译"。可是"意译"的诠释模式过于笼统，较难精准反映价值主旨改弦易调的译著，因而本书提出"拆除主干""拼凑片段"等诠释模式，分析译者如何釜底抽薪，"拆除"原著"主干"，或是拼凑属于自身脉络的元素要件，展现新主旨或是诉求。

以本书关注的非洲译本为例，即可见到晚清译者的"翻译改写"，内蕴着多重的声调，如抒情、启蒙与叙事等，乃是未来可延伸性研究的焦点。以"抒情"而言，各译者透过杜撰的诗词、日记与书信等形式，注入个人的情感意识，反映了晚清文人面向非洲文本时对其的重构与调整。就原著脉络，立温斯敦不擅长写作、凡尔纳与哈葛德小说未必强调文学修辞，可是，晚清译者却透过各种文学形式与技法，在非洲时空中放歌酬唱、哀悼怀古，阐释发明文人情感。晚清译者翻译各种探勘／冒险非洲记时，频频召唤文学才情，注入韵律节奏、意象美感与文人旨趣等。在任意性与跳跃性的翻译过程中，译本处处浮现中国诗学审美、文化品位与文学风格，超度了原著较无着力经营的修辞。透过情节经营、气氛烘托与美学经营等，译者嵌入大量的诗词与书信体，以表现情感意识，结构性改变了原著内容，使得一本具有研究意涵的非洲探勘记变为文人逞才肆情的译本。

就"启蒙"而言，译者在透过西方文本，探索知识思潮，开拓非洲历史地理学外，又提供地理小说、冒险小说的形式，展现了不同于中国神魔想象的叙事模式，开拓了晚清小说的冒险书写，无疑为晚清文化界提供了有关冒险想象的参照视野。"翻译"本身即是一具有启蒙的行为，晚清译者在翻译的过程中，又更进一步针对时代所需，拼凑来自不同脉络的知识片段，改变了原著内容，放大了启蒙功能。本书自第一章讨论晚清译者翻译改写的《黑蛮风土记》，到第六章探讨晚清各作者的"非洲"想象，都可见到各译本如何加入来自不同脉络的知识片段与文化思潮。译者甚至将原著的非洲路线变为"世界"路线，自行扩大为东亚、南洋、南亚、欧美等世界各大洲的场景，透过虚构的路线，沿途介绍各地区风土民情、奇闻逸事、器物发明等，反映"开眼看世界"

的憧憬。

就"叙事"而言，译者的翻译改写不仅是抒情与启蒙的意图，且在翻译改写的过程中，又屡屡流露叙事的欲望，通过虚构晚清中国人视角，一再加入属于晚清中国人的身份与声调，注入自身的生命故事。无论施登莱或是哈葛德的译本，都可见到不少晚清译者有意为之的情节渲染，如嵌入沪地文友之间的情谊，将生离死别之情感，发挥得淋漓尽致。译者甚至虚构中国人物随着西方传主，探入蛮荒天地，驰骋民族精神，经由历练与搏斗，展现屹立不摇的精神意志。探险非洲的情节架构，促成了民族形象的变化，形塑了勇往直前的民族标志，改写了"东亚病夫"的形象。译者在非洲译本中，亦叙述各种自身对于非洲的臆想，想象／虚构非洲部落与部落之间的战争、落后野蛮的脸谱体格、凶猛的狮虎等符码。译者替原著添加枝节，拼凑了各种具有张力、冲突或转折的片段。

晚清译著文本跨越不同文化圈，从西方到日本到中国的多重语境，必然形成层层的"翻译改写"现象，扩大了原著与译著的差距。这些译本暗潮汹涌，内蕴着译者个人的生命故事乃至于社会整体的历史际遇。从"探勘非洲"的传记到"冒险非洲"的小说，都可见到晚清译者拼凑诗文、报道与叙事等内容，渗入诗词、新闻、史地、翻译与小说等参差不齐的元素，这反映了其对于抒情、启蒙与叙事的追求。

三、跨文化检讨："非洲"形象的反射

关于近现代中国文学之研究，经常可见到"跨文化行旅""全球化""中西交会"等关键词，可是此一"跨""全球""交会"

等，经常忽略"非洲"，使得学术研究出现较大的缺角。无论是"世界"想象或是"跨文化"行旅的讨论架构，若能补入过去一直处于边缘的"非洲"材料，必能突破以欧、美、日为主的模式，让文学研究变得更丰富与周全。本书提出以探险非洲为中心的译著，探索与追踪其书写背后的文化脉络，挖掘隐藏在文学史底下的各种现象。

在未来研究中，这些过去不受重视"非洲"形象，若能跟美国、欧洲与日本等"异国"形象，置入一具有呼应的架构，让材料与材料产生对话、互撞、冲击与融合，可更凸显文化他者的塑造成规。域外形象的建构，涉及政治、科学、文化、历史、教育、社会等面向，确可让学界借以了解 19 世纪中国人对于"世界"的接受与想象，媾和历史与文学、现实与想象，促成跨领域的交流。从 19 世纪后半叶的《黑蛮风土记》与《斐洲游记》，到 20 世纪初的《飞行记》与《蛮荒志异》所呈现的"非洲"形象，隐藏了各种属于译者位置背后的民族心理、文化思潮与政治遭遇等，恰能反映译者对于世界的自我认知与定位。

晚清译者与作者笔下的"非洲"形象，不只是翻译者对于异己现实的单纯复制，更涉及描述者的观看位置与社会的集体思维，具有重要的研究意义。长期处于边缘的"非洲"材料，实映照了晚清的文化地图。从立温斯敦《黑蛮风土记》到哈葛德《蛮荒志异》等著作，都可见到新世界观如何纠缠着传统礼教观与西方颅相学、黑暗大陆与进化论等，渲染愚昧、落后、神秘的非洲"人体标签"，其间潜藏着华夏中心的礼教视角与西方的进化论与殖民论述。林纾观看异域更是受到自身文化传统的启发／限制，拆除了哈葛德 *Black Heart and White Heart* 原本有意凸显的"黑种白心"与"白种黑心"主干，使得原著的"黑种白心"产生变调。

透过这些研究，都可见晚清作者如何站在自身的文明、宗教、礼教等标准凝视非洲。

异国形象受到"社会集体想象物"的开拓／制约，成为对他者的一种描述，这牵涉到作者所处的社会整体对异国的"总体认识"，反射了作者"自我"的文化与意识形态。晚清译者将黑种"蛮荒化"的同时，亦屡屡放大奇异的瞬间，经由夸大、发明、想象与杜撰等模式，反复传播凶猛狮子、致命花木与食人族等符码，将非洲一变而为危险世界。无论报刊报道或是文学创作，无不激化了神秘、黑暗、野蛮与凶猛的非洲印象。"瓜分中国"的政治情境与威胁，又调动了晚清人士看待非洲的视角，将自我的焦虑投射到非洲。在西方列强掀起的殖民风暴中，非洲受创最巨，且引发了"黑种"灭亡的忧患。晚清论者因自身的政治局势发展而屡屡关注西方列强对非洲领土的割据，如林纾翻译哈葛德以祖鲁人为视角的小说，以反思晚清中国文化政治的前景。

除回应晚清中国的时势发展与文化想象外，译者又因隶属于特定的位置，而导入不同的知识学理与教条。以史锦镛与沈定年合作翻译的《黑蛮风土记》为例，它大量删除立温斯敦原著所触及的基督教义，使得立温斯敦原本有意平衡处理的"传教研究"与"旅行"内容，变为偏向"风土记"的译著。《三洲游记》则是将施登莱的地理学探勘著作，变为一本偏向"采风问俗"的"游记"，彰显了晚清中国人更关注的风土民情、社会形态、集市交易、非洲人体、庶民生活与宫廷文化等。就 19 世纪的翻译著作而言，教会机关与译者身份，往往会左右译本内容的走向。以天主教会机关赞助、任司铎（神父）一职的龚柴翻译的《三洲游记》为例，它多处渗入天主教义理，甚至将施登莱原著提及的基督教义变为天主教，反映了宗教赞助单位对于译本内容的影响。

四、译著参照系：晚清“非洲”书写

本书主要观察各文本在“跨文化行旅”的架构中，翻译传播到晚清中国的轨迹，不过，探讨过程中，亦触及晚清作者对于非洲的报道、评论、诗文与小说创作等。晚清人士不仅透过翻译改写的方式展演非洲视野，亦透过各种文体展现具有丰富研究潜能的“非洲”想象。这些早期文献，有助于观察近现代中国人对“非洲”形象的建构，恰可跟本书着重的译本研究，形成互补与对照。

事实上，早于19世纪前，中国人便有亲历或行经非洲的记录，如15、16世纪的费信《星槎胜览》、马欢《瀛涯胜览》、巩珍《西洋番国志》和《武备志》，一直到18世纪，樊守义随艾若瑟赴欧时路过好望角，著有《身见录》；从1782—1795年，谢清高曾随国外船只到非洲，其口授的《海录》记述妙哩士（Maoritius）、峡山（好望角）、散爹哩（St Helena）等地。[①] 只是，相关的传统文献较为简略，稍难凸显非洲的面貌。

随着19世纪五十年代埃及境内火车铁轨与六十年代苏伊士运河的启用，大规模缩短了欧亚路线，开启了中国人跨大洲的文化之旅。1859年，郭连城由海路直达苏伊士，再由苏伊士坐火车经开罗至亚历山大，著有《西游笔略》，记载各地风景、建筑与风土等。六十年代以后，随着出访欧美人数的剧增，“非洲”逐渐成为各旅人的行经之地。无论是从地球顺时针或逆时针出发的人士，都会经过位于非洲一带的苏伊士运河。逆时针如李圭1876

---

① 〔清〕谢清高口述，杨炳南笔受，冯承钧注释，《海录注》（台北：台湾商务，1970），页60。

年由上海、日本横滨、太平洋（大东洋）、美国旧金山与费城，再到英国伦敦、法国马塞后，便进入位于非洲与阿拉伯一带的苏伊士运河，驶往红海、印度洋后返回上海[①]；顺时针者如斌椿1866年从天津登舟，往南洋前进，过经南印度锡兰，接而经过属于阿拉伯应属地的亚丁，至埃及国都，再由地中海易舟，至法、英、荷、丹麦、瑞典、俄、比等国[②]。

当然，火车与运河的使用，不仅仅停留于表层的造访人数，且涉及更深层次的观看与体验模式。选择怎样的路线必然会牵动特定的风景！王韬、斌椿、张德彝、郭嵩焘、薛福成、邹代钧与戴鸿慈等人，都曾记载行经埃及铁轨或苏伊士运河的经历，并且在调动彼时辗转流传的地理指南时，又加入个人的亲身体验与感受，立体化地描述非洲场景、交通路线、运河概况、政治局势、风土民俗与古迹名胜等。

虽然，这些游记书写，远不同于本章所论述的"探勘／冒险"非洲的内容，更偏向"过境／旅行"非洲记，必然无法深入拓展类似立温斯敦、施登莱与哈葛德的探勘记录，可是却颇能反映19世纪中国人的行旅体验与书写模式。他们透过日记、文件、杂记等书写场合，见证世界的图景时，又心有戚戚焉，勾动身世之感。他们介绍埃及一带的交通路线、风土民俗、旅游胜地与政治局势等，并且勾勒非洲奴隶、瓜分非洲等时势演进。这些游记书写蕴藏着各种有待发掘的研究潜能，如在横跨各大洲的路线中，"非洲"如何与亚洲、欧洲等国产生多层次的对照？他们又如何调动

---

① 〔清〕李圭，《环游地球新录·东行日记》，收入钟叔河编，《走向世界丛书（第一辑）》（长沙：岳麓书社，1985），第6册，卷6，页312—313。

② 〔清〕斌椿，《乘槎笔记》，收入钟叔河编，《走向世界丛书（第一辑）》，第1册，卷1，页143—144。

中国传统诗学、科学知识与异国情调等，描写非洲风土民俗，造成异域形象与异域实际内涵的矛盾？

除游记外，从历史地理学著作到非洲探勘记录、游记与文学译本等，都展现了各种有关非洲的视野。晚清文学革命视域下产生的小说、诗文、戏曲等亦有探索非洲的视野，以历史地理学而言，魏源《海国图志》、冈本监辅《亚非理驾诸国记》、无名氏《地兰士华路考》、韦廉臣《埃及纪略》、冈本监辅《埃及国记》、丁韪良《新开地中河记》与林乐知《阿比西尼亚国述略》、林则徐《四洲志》、魏源《海国图志》与徐继畬《瀛寰志略》等，都是可以关照的参照系，可丰富"探勘／冒险"脉络外的研究视角。

以文学创作而言，旅生《痴人说梦记》、许指严《电世界》、吴趼人《新石头记》、荒江钓叟《月球殖民地小说》、碧荷馆主人《新纪元》都已碰触到非洲场景，虽然着墨不多，可是弥足珍贵，反映了晚清作者已开始将"非洲"转化成为叙事背景的尝试。何迥《狮子血》探及非洲民族、文化、体制、风俗，勾勒非洲沙漠、部落与奴隶市场，占全书大半篇幅；就戏剧创作而言，汪笑侬以波兰故事编出《苦旅行》，以波兰灭国的故事为主轴，又安排人物到非洲旅行，铺写当地可作为中国借鉴的概况。就介于历史与小说之间的演义作品而言，沈惟贤与高尚缙著作的《万国演义》勾勒黑人从非洲遭贩卖到西方国家的悲惨命运，借此控诉殖民掠夺与奴隶贩卖等行径。就说唱文学而言，陈天华《猛回头》写出非洲因"蠢如鹿豕，全不讲求学问"而惨遭瓜分的命运。① 这些

---

① 〔清〕旅生，《痴人说梦记》，《绣像小说》第 51 期（1905 年 2 月），第 27 回，页 1；〔清〕高阳氏不才子（许指严），《电世界》，第 9 回，页 32；〔清〕陈天华，《猛回头》，收入柴德赓等编，《中国近代史资料丛刊·辛亥革命》（上海：上海人民出版社，2000），页 155。

作品或是勾勒非洲的奴隶贩卖、瓜分命运，或是以追奇猎异的方式呈现非洲的文化风俗、历史地理学，渲染离奇诡异的景观。

总而言之，从 19 世纪七十年代乃至于 20 世纪初，出现了一批有关探勘／冒险非洲材料，涉及地理学材料、小说叙事、传记文学等，反映了晚清文化界对于非洲的接受与想象。各篇章论文透过各种文献文本的追踪、探索，经由文本细读、理论思考与议题探讨等方式，发掘相关材料的研究潜能，重构了晚清文化界对于"非洲探勘／冒险记"的接受与传播模式。"探勘非洲"实隐藏了晚清中国人开拓新世界的视野。晚清作者笔下的"非洲"形象，掺杂着纪实与想象、现实与幻想等成分，潜藏着丰富的议题。透过以上几个研究面向的总结与开展，实也反映了非洲研究仍有诸多可以发挥的空间，有待学界继续开垦与耕耘。

本书得以出版，感谢丛书主编台大讲座教授郑毓瑜老师的鼓励与指教，台大出版中心编辑出版组副理纪淑玲小姐及其带领的编辑团队的核校与设计，台湾地区科技事务主管部门专题研究计划与补助人文社会科学研究中心的补助，专书与各单篇论文匿名审查人的意见。由于专书出版在即，部分精彩意见，未及回应，期待未来的调整良机。本书撰写过程中，获李欧梵、陈建华、郑文惠、黄锦珠、刘苑如、胡晓真、柯庆明、张淑香、李惠绵、刘纪蕙、陈国球、沈国威、宋寅在等教授的意见、勉励或协助，深受鼓舞。由清大近现代文学领域的同仁、爱丁堡大学（黄雪蕾）、罗格斯大学（宋伟杰与王晓珏）、北京大学（张丽华）、香港城市大学（崔文东）、马来亚大学（张惠思）与苏丹依德理斯教育大学（许德发）共组的移动研究群，定期在不同城市切磋讨论，催生本书若干篇章。不同阶段的研究助理如赵家琦、朱芯仪、徐珮

芬、潘芊桦、黄铃棋与张卉芯等，从文献搜集到论文核校，贡献
诸多，成为本书的主要基石。本书英译部分获译者陈耀宗先生的
校订，一并致谢。清大校园的自由风气，清大中文系提供各老师
轮享研究进修的机会，清大图书馆购入各种近现代报刊资料库，
皆是本书得以完成之因。本书撰写期间，先后获台湾地区科技事
务主管部门、亚太文化研究中心与清大中文系的补助或协助，办
理了多场近现代文学与文化研讨会议与学术活动，感谢来自不同
国家、地区的专题演讲者、座谈人、主持人、发表人、评论人与
参与者。研究进修期间，感谢关西大学亚洲文化研究中心、台湾
地区科技事务主管部门人文社会科学研究中心与政大数位人文研
究中心的接待。同时，感谢上海图书馆、日本国会图书馆、东京
大学图书馆、关西大学图书馆、首尔大学奎章阁、伦敦大英图书
馆、赞比亚立温斯敦博物馆与开普敦公立图书馆等，提供文献阅
览与复制的服务。本书各篇章内容烙印了我在不同城市搜集资料
与撰写论文的身影，成为另类的游记！

征引书目

一、原始文献

〔南朝·梁〕顾野王，《大广益会·玉篇》，收入于王云五主编，《丛书集成简编（343—346）》，台北市：商务印书馆，1966。

〔宋〕郑樵注，《尔雅》，《北京图书古籍珍本丛刊》，第5册，北京：书目文献出版社影印元刻本，1988。

〔明〕卢若腾，《岛噫诗》，台北：台湾大通书局，1977。

〔明〕艾儒略著，谢方校译，《职方外纪校译》，北京：中华书局，1996。

〔清〕丁韪良，《各国近事》，《中西闻见录》第5期，1872；第23期，1874。

〔清〕大陆，《新封神传》，《月月小说》第1期，1906。

〔清〕小说林社，《谨告小说林社最近之趣意》，《车中美人：艳情小说》，上海：小说林社，1905。

〔清〕小说林社，《仅告小说林社创设宏文馆之趣意》，收入碧荷馆主人，《黄金世界》，上海：小说林社，1907。

〔清〕王桐龄，《中央亚非利加之蛮地探险，英国大探险家李秉铎司徒雷之实地探险谈》，《学海（甲编）》第1号，1908。

〔清〕中国之新民（梁启超），《亚洲地理大势论》，《新民丛报》第4号，日本：新民丛报社，1902。

〔清〕中国之新民（梁启超），《新民说五：第七节、论进取冒险》，《新民丛报》第 5 号，日本：新民丛报社，1902。

〔清〕中国之新民（梁启超），《新民说六：第八节、论权利思想》，《新民丛报》第 6 号，日本：新民丛报社，1902。

〔清〕中国之新民（梁启超），《张博望班定远合传》，《新民丛报》第 8 号，日本：新民丛报社，1902。

〔清〕中国之新民（梁启超），《新民说二十：第十七节之续：论尚武》，《新民丛报》第 29 号，日本：新民丛报社，1903。

〔清〕王锡祺编，《小方壶斋舆地丛钞》，台北：广文书局，1962。

〔清〕王韬，《探地记》，收入〔清〕王锡祺编，《小方壶斋舆地丛钞》，台北：广文书局，1962。

〔清〕王韬，《漫游随录》，收入钟叔河编，《走向世界丛书（第一辑）》，第 4 册，长沙：岳麓书社，1985。

〔清〕王韬，《洪逆琐记》，载《瓮牖余谈》，收入《近代中国史料丛刊三编》，第 61 辑，台北：文海出版社，1987—1990。

〔清〕民哀，《花萼楼随笔：小说丛话》，《小说新报》第 6 年第 9 期，1920。

〔清〕包罗多，《从鬼山狼侠传谈起》，《申报》第 19814 号（上海：申报馆）1928 年 5 月 15 日。

〔清〕成，《小说丛话》，《中华小说界》第 1 年第 5 期，1914。

〔清〕印光任、张汝霖，《澳门纪略》，台北：成文出版社，1968。

〔清〕池仲佑，《海军实纪》附《战役死难群公史略》，收入张侠等编，《清末海军史料》，北京：海洋出版社，1982。

〔清〕西泠野樵，《绘芳录》，《晚清民国小说研究丛书》，第 43 册，长春：吉林文史出版社，1988。

〔清〕阮元，《广东通志》，台北：中华丛书编审委员会，1959。

〔清〕佚名，《亚非利加黑人图》，《中国教会新报》第 77 期，1870。

〔清〕佚名，《人魂必有论》，《益闻录》第 1 号，1879。

〔清〕佚名，《益闻录弁言》，《益闻录》第 1 号，1879。

〔清〕佚名，《魂在全身论》，《益闻录》第 16 号，1879。

〔清〕佚名，《论人魂永生》，《益闻录》第 24 号，1879。

〔清〕佚名，《野族纪闻》，《益闻录》第 62、63、64 号，1880。

〔清〕佚名，《黑蛮祷雨纪闻》，《益闻录》第 114 号，1881。

〔清〕佚名，《三洲游记小引》，《益闻录》第 278 号，1883。

〔清〕佚名，《书中法新约后》，《益闻录》第 361 号，1884。

〔清〕佚名，《续录亚斐利加洲总论》，《益闻录》第 379 号，1884。

〔清〕佚名，《苏丹考略》，《益闻录》第 398 号，1884。

〔清〕佚名，《亚斐利加东境考略》，《益闻录》第 421 号，1884。

〔清〕佚名，《六合谈屑·非洲近事》，《画图新报》第 11 年第 12 卷，1891。

〔清〕佚名，《斐州分割》，《益闻录》第 1050 号，1891。

〔清〕佚名，《教化非洲》，《中西教会报》第 3 卷第 27 期，1893。

〔清〕佚名，《非洲异俗》，《集成报》第 20 册，1897。

〔清〕佚名，《各国新闻：非洲疆域说略》，《湘报》第 174 期，1898。

〔清〕佚名，《非洲近事：非洲疆域说略》，《知新报》第 48 期，1898。

〔清〕佚名，《非洲疆域说略》，《秦中书局汇报》，期数不详，1898。

〔清〕佚名，《格致——人力催眠术》，《知新报》第 53 期，1898。

〔清〕佚名，《绍介新著》，《新民丛报》第 6 号，日本：新民丛报社，1902。

〔清〕佚名，《外国学事——催眠术》，《教育世界》第 80 期，1904。

〔清〕佚名，《杂录——催眠术能疗酒癖》，《大陆报》第 2 卷第 6 期，1904。

〔清〕佚名，《商务印书馆最新小说四种出版》广告，《申报》第 11805 号，上海：申报馆，1906 年 3 月 2 日。

〔清〕佚名，《江苏学会法政讲习所开会纪事》，《申报》第 11994 号，1906 年 9 月 9 日。

〔清〕佚名，《英吉利大小说家哈葛德（H. Rider Haggard）》，《礼拜六》第 38 期（1915.2），页 5。

〔清〕佚名，《评林》，《小说林》第 9 期，1908。

〔清〕佚名，《本馆李问渔司铎逝世》，《圣心报》第 25 卷第 7 期，1911。

〔清〕佚名，《教务要闻：追悼龚古愚司铎》，《善导报》第 12 期，1914。

〔清〕佚名，《东方病人》，《国民报汇编》，台北，1968。

〔清〕李圭，《环游地球新录》，收入钟叔河编，《走向世界丛书（第一辑）》，第 6 册，长沙：岳麓书社，1985。

〔清〕李杕，《序》，收入龚柴，《五洲图考》，上海：徐家汇印书馆，1898。

〔清〕沈定年，《序》，收入〔英〕立温斯敦著，〔清〕史锦镛译语，沈定年述文，陈以真校字，《黑蛮风土记》，出版地、出版单位不详，首尔：奎章阁藏，1879。

〔清〕何迥，《狮子血》，上海：雅大书社，1905。

〔清〕吴趼人，《新石头记》，收入王继权等编，《中国近代小说大系》，第 35 册，南昌：江西人民出版社（同百花洲文艺出版社），1988—1996。

〔清〕志刚，《初使泰西记》，收入钟叔河编，《走向世界丛书（第一辑）》，第 7 册，长沙：岳麓书社，1985。

〔清〕沈惟贤、高尚缙，《万国演义》，上海：作新社，1903。

〔清〕吴咏秋，《题龚古愚司铎〈地舆图考〉调寄金缕曲》，《益闻录》第 286 号，1883。

〔清〕李提摩太，《古教汇录·第十五章论亚非利加土人等教》，《万国公报》第 652 期，1881。

〔清〕祁兆熙，《游美洲日记》，收入钟叔河编，《走向世界丛书（第一辑）》，第 2 册，长沙：岳麓书社，1985。

〔清〕泳甫世瀛，《仓山旧主应唐景星观察之聘，将有泰西之行，赋此赠别，即请诸大吟坛正和》，《申报》第 3598 号，1883年 4 月 21 日。

〔清〕林则徐，《四洲志》，北京：华夏出版社，2002。

〔清〕林纾，《埃及金塔剖尸记》，上海：商务印书馆，1914。

〔清〕林纾，《〈劫外昙花〉序》，《中华小说界》第 2 卷第 1 期，1915。

〔清〕林纾，《〈鲁滨孙漂流记〉序》，收入阿英编，《晚清文学丛钞·小说戏曲研究卷》，台北：新文丰出版公司，1989。

〔清〕林纾，《周莘仲广文集遗稿诗·引》，收入汪毅夫，《台湾近代文学丛稿》，福州：海峡文艺出版社，1990。

〔清〕林纾，《林跋》，收入王松，《沧海遗民剩稿》，南投：台湾省文献委员会，1994。

〔清〕林纾，《〈黑奴吁天录〉跋》，收入《林纾译著经典：珍藏版·三》，上海：上海辞书出版社，2013。

〔清〕东海觉我，《情天债·楔子》，《女子世界》第 1 期，1904。

〔清〕周树奎，《神女再世奇缘著者解佳传略》，《新小说》第 2 卷第 11 期，1905。

〔清〕卧霞逸士，《仓山旧主翔翁明府乡大人，素擅诗才，久为沪邦所共仰，今应唐景星观察之聘，历游海邦，见有友人送行诗三章因步其韵录请诸大吟坛正之》，《申报》第 3603 号，1883 年 4 月 26 日。

〔清〕姚文栋，《安南小志》，《小方壶斋舆地丛钞》，帙十，第 2 册，台北：广文书局，1962。

〔清〕计伯，《绪论：论二十世纪系小说发达的时代》，《广东戒烟新小说》第 7 期，1907。

〔清〕哀时客（梁启超），《论美菲英杜之战事关系于中国》，《清议报》第 32 期，1899。

〔清〕俞钟诏，《寄怀瘦鹤词人》，《益闻录》第 162 号，1882。

〔清〕春帆，《未来世界》，《月月小说》第 24 期，1909。

〔清〕仓山旧主，《舟入锡兰岛》，《申报》第 3704 号，1883 年 8 月 5 日。

〔清〕仓山旧主，《舟行南洋中三十余日苦热日甚感而有作》，《申报》第 3704 号，1883 年 8 月 5 日。

〔清〕仓山旧主，《亚丁岛》，《申报》第 3704 号，1883 年 8 月 5 日。

〔清〕旅生，《痴人说梦记》，《绣像小说》第 51 期，1905。

〔清〕荒江钓叟，《月球殖民地小说》，《绣像小说》第 27 期、第 28 期、第 30 期，1904。

〔清〕海门放眼达观人，《古愚龚公小传》，《圣教杂志》第 4 卷第

2 期，1915。

〔清〕徐念慈，《小说管窥录》，收入阿英编，《晚清文学丛钞·小说戏曲研究卷》，台北：新文丰出版公司，1989。

〔清〕袁祖志，《癸未，李春、唐景星观察招游欧洲，倚装漫成，即呈诸大吟坛正之》，《申报》第 3704 号，1883 年 8 月 5 日。

〔清〕袁祖志，《谈瀛录》，上海：同文书局，1884。

〔清〕高阳氏不才子（许指严），《电世界》，《小说时报》第 1 期，上海：小说时报社，1909。

〔清〕徐维则辑，顾燮光补，《游记第二十八》，载《增版东西学书录》，收入王韬、顾燮光等编，《近代译书目》，北京：北京图书馆出版社，2003。

〔清〕马德新著，马安礼译，《朝觐途记》，《中国宗教历史文献集成》，第 95 册，合肥：黄山书社，2005。

〔清〕徐继畬，《瀛寰志略》，上海：上海书店出版社，2001。

〔清〕张之洞，《札学务处发学歌军歌》，收入《张文襄公全集》，北京：中国书店，1990。

〔清〕康有为著，邝柏林选注，《大同书》，沈阳：辽宁人民出版社，1994。

〔清〕条吟，《贺龚古愚司铎寿辰》，《善导报》第 12 期，1914。

〔清〕张廷玉等，《明史》，台北：艺文印书馆，1955。

〔清〕陆君亮，《〈月月小说〉发刊辞》，《月月小说》第 1 年第 3 号，1906。

〔清〕张坤德译，《中国实情》，《时务报》第 10 册，1896。

〔清〕张坤德译，《天下四病人》，《时务报》第 14 册，1896。

〔清〕陈伦炯，《海国闻见录》，台北：艺文印书馆，1966。

〔清〕商务印书馆，《新出小说埃及金塔剖尸记》广告，《申报》

第 11596 号，1905 年 7 月 30 日。

〔清〕商务印书馆刊登，《蛮荒志异》广告，《申报》第 11916 号，1906 年 6 月 21 日。

〔清〕郭连城，《西游笔略》，台北：文海出版社，1973。

〔清〕梁启超，《饮冰室自由书：文野三界之别》，《清议报》第 27 期，1899。

〔清〕梁启超，《论小说与群治之关系》，《新小说》第 1 期，1902。

〔清〕梁启超，《新中国未来记》，《新小说》第 7 期，1903。

〔清〕梁启超，《读西学书法》，江都于宝轩骈庄辑，《皇朝蓄艾文编》，台北：台湾学生书局，1965。

〔清〕梁启超，《汗漫录》，《清议报》第 35 期，1900。收入《中国近代期刊汇刊》，第 3 册，北京：中华书局，1991。

〔清〕梁启超，《清代学术概论》，北京：东方出版社，1996。

〔清〕梁启超，《夏威夷游记》，《梁启超全集》，北京：北京出版社，1999。

〔清〕张经甫，《警醒歌》，《知新报》第 25 期，1897。

〔清〕梁溪潇湘馆侍者辑，《春江花史》，上海：二石轩印行，1884。

〔清〕郭嵩焘，《伦敦与巴黎日记》，收入钟叔河编，《走向世界丛书（第一辑）》，第 4 册，长沙：岳麓书社，1985。

〔清〕寂寞徐生，《小说丛谈（八）》，《申报》第 17273 号，1921 年 3 月 27 日。

〔清〕张德彝，《航海述奇》，收入钟叔河编，《走向世界丛书（第一辑）》，第 1 册，长沙：岳麓书社，1985。

〔清〕张德彝，《随使英俄记》，收入钟叔河编，《走向世界丛书

（第一辑）》，第 7 册，长沙：岳麓书社，1985。

〔清〕虚白斋主口译，邹翰飞笔录，《三洲游记》，《益闻录》第
278、279、280、319 号，1883。

〔清〕虚白斋主口译，邹翰飞笔录，《续录三洲游记》，《益闻录》
第 279、281、284、286、288、289、294、308、313、318 号，
1883；第 341、350、352、421 号，1884；第 431、507 号，
1885；第 533、541、544、553、613、618、623 号，1886；
第 635、640 号，1887；第 736 号，1888。

〔清〕虚白斋主口译，邹翰飞笔录，《斐洲游记》，上海：上海中
西书室，1900。

〔清〕饮冰（梁启超），《问答》，《新民丛报》第 26 号，日本：新
民丛报社，1903。

〔清〕傅恒，《皇清职贡图》，扬州：广陵书社，2008。

〔清〕黄震遐，《非洲的苏鲁民族》，《申报》第 19774 号，1928 年
4 月 5 日。

〔清〕尊闻阁主人，《点石斋画报缘启》，《点石斋画报》甲集 1 期，
1884。

〔清〕斌椿，《乘槎笔记》，收入钟叔河编，《走向世界丛书（第一
辑）》，第 1 册，卷 1，长沙：岳麓书社，1985。

〔清〕曾经沧海，《游美国纽约大医院记》，《益闻录》第 47 号，
1880。

〔清〕曾经沧海《美国舞戏记略》，《益闻录》第 56 号，1880。

〔清〕曾经沧海，《游美国哑人院》，《益闻录》第 62 号，1880。

〔清〕曾经沧海，《游雪加古大学院记》《估计巨工》《照影愈奇》
《英铸大炮》，《益闻录》第 83 号，1881。

〔清〕新小说社，《中国唯一之文学报〈新小说〉》，《新民丛报》

第 14 号，日本：新民丛报社，1902。

〔清〕新小说社，《新小说社征文启》，《新民丛报》第 19 号，日本：新民丛报，1902 年 10 月，目录与正文间之广告页。

〔清〕邹弢，《宫闺联名谱题词即尘缕馨仙史正可》，《申报》第 1410 号，1876 年 11 月 27 日。

〔清〕邹弢，《贺新凉·再赠赋秋生并柬存恕斋主人正和》，《申报》第 1808 号，1878 年 3 月 20 日。

〔清〕邹弢，《满江红·再题陈卓轩珍砚斋图代徐佩之丈作》，《申报》第 1869 号，1878 年 5 月 30 日。

〔清〕邹弢，《怀龙湫旧隐兼寄缕馨仙史味梅馆主赋秋生仓山旧主饭颗山樵》，《申报》第 2340 号，1879 年 11 月 4 日。

〔清〕邹弢，《李小宝词史诗询近况原韵奉答》，《申报》第 2374 号，1879 年 12 月 8 日。

〔清〕邹弢，《心禅居士自虞阳贻书来尚湖渔隐附诗寄怀即次原韵呈政》，《益闻录》第 162 号，1882。

〔清〕邹弢，《和花影词人赠湘兰韵录尘晒正并乞缕仙朵红赐刊》，《益闻录》第 441 号，1885。

〔清〕邹弢，《三借庐笔谈》，《笔记小说大观（第二十八编）》，第 10 册，台北：新兴书局，1979。

〔清〕邹弢，《三借庐赘谭》，收入续修四库全书编纂委员会编，《续修四库全书》，第 1263 册，上海：上海古籍出版社，1995。

〔清〕邹弢著，王海洋校点，《浇愁集》，合肥：黄山书社，2009。

〔清〕邹弢，《三借庐集》，清代诗文集汇编编纂委员会编，《清代诗文集汇编》，上海：上海古籍出版社，2010。

〔清〕慈溪俞因女士，《非洲黑奴歌》，《宁波白话报》第 6 册，

1904。

〔清〕琐尾，《蛮方风俗记》，《申报》第 13965 号，1911 年 12 月
　　31 日。

〔清〕齐学裘，《癸未三月中，浣仓山旧主翔甫仁兄世大人应聘
　　出洋，壮游各国，诗以送之，即用其祝寿原韵》，《申报》第
　　3597 号，1883 年 4 月 20 日。

〔清〕编者，《告示》，《益闻录》第 193 号，1882。

〔清〕慕真山人，《和瘦鹤词人留别原韵》，《益闻录》第 123 号，
　　1881。

〔清〕黎庶昌，《与莫芷升书》，《拙尊园丛稿》，收入沈云龙主编，
　　《近代中国史料丛刊第八辑》，第 76 册，台北：文海出版社，
　　1967。

〔清〕蒋维乔，《鹪居日记》，《蒋维乔日记》，第 1 册，北京：中
　　华书局，2014。

〔清〕刘树屏编，《澄衷蒙学堂字课图说》，上海：澄衷蒙学堂，
　　光绪三十年（1904）第十一次石印。

〔清〕霍伟著，任保罗译，《李文司教播道斐洲游记》，上海：上
　　海广学会，1909。

〔清〕颐琐，《黄绣球》，收入王继权等编，《中国近代小说大
　　系》，第 25 册，南昌：江西人民出版社、百花洲文艺出版社，
　　1988—1996。

〔清〕谢清高口述，杨炳南笔受，冯承钧注释，《海录注》，台北：
　　台湾商务印书馆，1970。

〔清〕涛园居士，《〈埃司兰情侠传〉叙》，收入阿英编，《晚清文
　　学丛钞·小说戏曲研究卷》，台北：新文丰出版公司，1989。

〔清〕薛福成，《薛叙》，《泰西各国新政考》，台北："中研院"近

代史研究所藏，清光绪二十一年（1895）版本。

〔清〕邝富灼，《六十年之回顾》，《良友画报》第 47 期，1930。

〔清〕双菅室主人，《环球揽胜图说略》，《小说林》第 9 期，1908。

〔清〕魏源编，《海国图志》，台北：成文出版社，1967。

〔清〕谭嗣同，《谭嗣同全集》，北京：三联书店，1954。

〔清〕谭嗣同，《仁学》，北京：华夏出版社，2002。

〔清〕耀公，《探险小说最足为中国现象社会增进勇敢之慧力》，《中外小说林》，香港：夏菲尔国际出版有限公司，2000。

〔清〕严复，《严复集》，北京：中华书局，1986。

〔清〕严复、夏曾佑，《〈国闻报〉附印说部缘起》，收入阿英编，《晚清文学丛钞·小说戏曲研究卷》，台北：新文丰出版公司，1989。

〔清〕龚柴，《地舆图考》，上海：益闻馆，1883。

女婴氏，《在路上》，《民国日报·觉悟》1925 年第 7 卷第 27 期。

艾青，《在路上》，《出版消息》1933 年第 15 期。

佚名，《最近逝世之中国文学家：林纾〔照片〕》，《小说月报》第 15 卷第 11 期，1924。

佚名，《谢仁冰先生》，《复旦周刊》第 1 期，1926。

陈天华，《猛回头》，收入刘晴波、彭国兴编校，《陈天华集》，长沙：湖南人民出版社，1982。

陈天华，《猛回头》，收入柴德赓等编，《中国近代史资料丛刊·辛亥革命》，上海：上海人民出版社，2000。

张若谷，《古文家李问渔传》，《圣教杂志》第 27 卷第 6 期，1938。

赵铁鸣，《在崎岖的路上》，《民国日报·觉悟》1924 年第 3 卷第 8

期。

鲁迅，《中国小说史略·清之拟晋唐小说及其支流》,《鲁迅全集》, 北京：人民文学出版社，2005。

鲁迅，《月界旅行·辨言》,《鲁迅全集》，北京：人民文学出版社, 2005。

鲁迅，《鲁迅全集》，北京：人民文学出版社，2005。

郑振铎，《林琴南先生》，收入钱钟书等著，《林纾的翻译》，北京： 商务印书馆，1981。

钱钟书，《林纾的翻译》，收于薛绥之，张俊才编，《林纾研究资 料》，福州：福建人民出版社，1983。

〔日〕福泽谕吉，《脱亚论》,《时事新报》第 917 号，1885 年 3 月 16 日。

〔日〕福泽谕吉著，北京编译社译，《文明论概略》，北京：商务 印书馆，1995。

〔日〕桥川时雄等主编，王云五等重编，《续修四库全书提要》， 台北：台湾商务印书馆，1972。

〔英〕合信氏（Benjamin Hobson），《轻气球》,《博物新编》，上 海：墨海书馆，1855。

〔英〕立温斯敦著，〔清〕史锦镛译语，沈定年述文，陈以真校字, 《黑蛮风土记》，上海：申报馆，1879。

〔英〕哈葛德著，〔清〕林纾、曾宗巩译，《雾中人》，上海：商务 印书馆，1906。

〔英〕哈葛德著，〔清〕林纾、曾宗巩译，《蛮荒志异》，上海：商 务印书馆，1906。

〔英〕哈葛德著，〔清〕林纾、曾宗巩译，《三千年艳尸记》，上海： 商务印书馆，1914。

〔英〕哈葛德著，〔清〕林纾、曾宗巩译，《鬼山狼侠传》，上海：商务印书馆，1914。

〔英〕哈葛德著，〔清〕林纾、曾宗巩译，《斐洲烟水愁城录》，上海：商务印书馆，1915。

〔英〕哈葛德著，〔清〕林纾、曾宗巩译，《钟乳髑髅》，上海：商务印书馆，1915。

〔法〕威尔奴著，〔清〕少年中国之少年译，《十五小豪杰》，《新民丛报》第 4 号，日本：新民丛报社，1902。

〔法〕萧鲁士原著，译者佚名，《空中旅行记》，《江苏》第 1 期，1903。

〔法〕迦尔威尼著，〔清〕天笑生译，《译余赘言》，《秘密使者》，上海：小说林社，1907。

〔法〕萧尔斯勃内著，〔清〕谢炘译，《飞行记》，上海：小说林社，1907。

〔法〕凡尔纳（Jules Gabriel Verne）著，李元华译，《气球上的五星期》，西宁：青海人民出版社，1997。

〔法〕史式徽（Joseph de la Serviere）编著，天主教上海教区史料译写组译，《江南传教史》，上海：上海译文出版社，1983。

〔美〕林乐知译，〔清〕范祎述，《格致发明类征：黑种形体》，《万国公报》第 191 期，1904。

〔美〕Roy Chapman Andrews 著，陈泽泳译，《展开新世纪的探险·非洲的发现探险史实》，《东方杂志》第 43 卷第 6 号，1947 年 6 月。

二、近人论著

毛文芳，《阅读与梦忆——晚明旅游小品试论》，《中正中文学报年刊》（嘉义）第 3 期，2000 年 9 月。

王立，《永恒的眷恋——悼祭文学的主题史研究》，上海：学林出版社，1999。

王宏志，《"暴力的行为"——晚清翻译外国小说的行为及模式》，《重释"信达雅"：二十世纪中国翻译研究》，上海：东方出版中心，1999。

王明珂，《华夏边缘——历史记忆与族群认同》，北京：社会科学文献出版社，2006。

孔慧怡，《还以背景，还以公道——论清末民初英语侦探小说中译》，王宏志编，《翻译与创作：中国近代翻译小说论》，北京：北京大学出版社，2000。

王德威，《翻译"现代性"——论晚清小说的翻译》，《想象中国的方法：历史·小说·叙事》，北京：三联书店，1998。

王德威，《没有晚清，何来五四》，《被压抑的现代性——晚清小说新论》，台北：麦田出版社，2003。

王德威，《"有情"的历史——抒情传统与中国文学现代性》，《现代"抒情传统"四论》，台北：台湾大学出版中心，2016。

田正平主编，《留学生与中国教育近代化》，广州：广东教育出版社，1991。

史景迁，《文化类同与文化利用》，北京：北京大学出版社，1997。

艾周昌，《〈三洲游记〉初析——到东非内陆旅游的第一个中国人的纪实》,《历史教学问题》1989 第 4 期。

巫仁恕,《清代士大夫的旅游活动与论述——以江南为讨论中心》,《"中研院"近代史研究所集刊》第 50 期,2005 年 12 月。

李安山,《20 世纪中国的非洲研究》,《国际政治研究》2006 年第 4 期。

李安山,《中非关系研究三十年概论》,《西亚非洲》2009 年第 4 期。

李仲均,《赵汝适与〈诸蕃志〉》,《海交史研究》1990 年第 2 期。

吴振汉,《明末山人之社交网络和游历活动——以何白为个例之研究》,《汉学研究》第 27 卷第 3 期,2009 年 9 月。

李汉秋,《〈儒林外史〉的版本及其沿递》,《儒林外史汇校汇评》,上海:上海古籍出版社,2010。

何维刚,《魏晋文人挽歌的文化考察——以〈文选〉所收录之陆机〈挽歌〉三首为考察中心》,2010 年 9 月。

沈福伟,《元代航海家汪大渊周游非洲的历史意义》,《西亚非洲》双月刊 1983 年第 1 期。

沈庆利,《现代中国异域小说之界定及发生发展概况》,《现代中国异域小说研究》,北京:北京大学出版社,2009。

李欧梵,《帝制末的文学:重探晚清文学——在常熟理工学院"东吴讲堂"的讲演》,《东吴学术》2011 第 4 期。

李欧梵,《林纾与哈葛德——翻译的文化政治》,《东岳论丛》第 34 卷第 10 期,2013 年 10 月。

李欧梵,《见林又见树:晚清小说翻译研究方法的初步探讨》,《东亚观念史集刊》第 12 期,2016 年 6 月。

李奭学,《翻译的旅行与行旅的翻译:明末耶稣会与欧洲宗教文学的传播》,《道风:基督教文化评论》第 33 期,2010 年 7

月。

孟兆臣，《中国近代小报史》，北京：社会科学文献出版社，
　　2005。

岳峰，《论康拉德非洲丛林冒险题材的"陌生化"》，《求索》2011
　　年第 8 期。

孟华，《比较文学形象学论文翻译、研究札记》，收入孟华主编，
　　《比较文学形象学》，北京：北京大学出版社，2001。

周宁，《天下辨夷狄：晚清中国的西方形象》，《书屋》2004 年第
　　6 期。

金观涛、刘青峰，《从"天下"、"万国"到"世界"——晚清民
　　族主义形成的中间环节》，《二十一世纪》第 94 期，2006 年
　　4 月。

金观涛、刘青峰，《从"天下"、"万国"到"世界"——兼谈中
　　国民族主义的起源》，《观念史研究：中国现代重要政治术语
　　的形成》，香港：香港中文大学，2008。

俞旦初，《中国近代爱国主义的"亡国史鉴"初考》，《世界历史》
　　1984 年第 1 期。

俞旦初，《哥伦布在近代中国的介绍和影响》，《近代史研究》
　　1993 年第 1 期。

范伯群，《绪论》，《中国近现代通俗文学史》，南京：江苏教育出
　　版社，1999。

胡胜，《神魔小说的生成》，《明清神魔小说研究》，北京：中国社
　　会科学出版社，2004。

祝均宙，《中国近现代中文期刊概述：发展脉络及特色》，《上海
　　图书馆馆藏近现代中文期刊总目》，上海：上海科技文献出
　　版社，2004。

郝岚,《林纾对哈葛德冒险与神怪小说的解读》,《东方论坛》2004 年第 1 期。

孙潇、卫玲,《〈益闻录〉编辑传播策略探析》,《西北大学学报（哲学社会科学版）》第 40 卷第 6 期，2010 年 11 月。

陈大康,《晚清〈新闻报〉与小说相关编年（1906—1907）》,《明清小说研究》2008 年第 1 期。

陈大康,《翻译小说在近代中国的普及》,《文艺理论研究》2012 年第 3 期。

张文亮,《深入非洲三万里——李文斯顿传》，台北：校园书房，2003。

陈平原,《二十世纪中国小说史·第一卷（1897 年—1916 年）》，北京：北京大学出版社，1989。

陈平原,《二十世纪中国小说理论资料》，北京：北京大学出版社，1997。

陈平原,《中国小说叙事模式的转变》，北京：北京大学出版社，2003。

陈平原,《中国现代小说的起点——清末民初小说研究》，北京：北京大学出版社，2005。

陈宏淑,《译者的操纵：从 Cuore 到〈馨儿就学记〉》,《编译论丛》第 3 卷第 1 期，2010 年 3 月。

陈伯熙,《上海轶事大观》，上海：上海书店，2000。

张治,《"引小说入游记"：〈三洲游记〉的移译与作伪》,《中国现代文学研究丛刊》2007 年第 1 期。

张治,《蜗耕集》，杭州：浙江大学出版社，2012。

郭延礼,《中国近代翻译文学概论》，武汉：湖北教育出版社，1998。

陈建华,《从革命到共和：清末至民国时期文学、电影与文化的转型》,桂林：广西师范大学出版社,2009。

许俊雅,《林纾及其作品在台湾考辨》,《中正汉学研究》(嘉义)第 19 期,2012 年 6 月。

章清,《晚清"天下万国"与"普遍历史"理念的浮现及其意义》,《二十一世纪》第 94 期,2006 年 4 月。

张伟、张晓依,《土山湾——中国近代文明的摇篮》,台北：秀威资讯,2012。

陈国球,《序言》,《抒情·人物·地方》,成都：四川人民出版社,2021。

张庆松,《美国百年排华内幕》,上海：上海人民出版社,1998。

张灏,《转型时代中国乌托邦主义的兴起》,《新史学》第 14 卷第 2 期,2003 年 6 月。

费正清著,傅光明译,《观察中国·导言》,北京：世界知识出版社,2002。

彭坤元,《清代人眼中的非洲》,《西亚非洲》2000 年第 1 期。

程香,黄焰结,《世界文学视阈下康拉德在中国的"赋形"、"变形"与"正形"》,《安徽工程大学学报》第 30 卷第 3 期,2015 年 6 月。

程章灿,《鬼话连篇》,新北市：华艺学术出版社,2014。

黄兴涛,《晚清民初现代"文明"和"文化"概念的形成及其历史实践》,《近代史研究》2006 年第 6 期。

邹振环,《清末亡国史"编译热"与梁启超的朝鲜亡国史研究》,《韩国研究论丛》1996 年第 2 辑。

邹振环,《土山湾印书馆与上海印刷出版文化的发展》,《安徽大学学报（哲学社会科学版）》2010 年第 3 期。

熊月之，《略论晚清上海新型文化人的产生与汇聚》，《近代史研究》第 4 期，1997 年 4 月。

熊月之，《晚清社会对西学的认知程度》，收入王宏志编，《翻译与创作：中国近代翻译小说论》，北京：北京大学出版社，2000。

刘文明，《19 世纪欧洲"文明"话语与晚清"文明"观的嬗变》，《首都师范大学学报（社会科学版）》2011 年第 6 期。

刘禾，《国民性理论质疑》，《语际书写——现代思想史写作批评纲要》，上海：三联书店，1999。

刘禾著，宋伟杰等译，《跨语际实践——文学，民族文化与被译介的现代性（中国，1900—1937）》，北京：三联书店，2002。

潘红，《哈葛德小说在中国：历史吊诡和话语意义》，《中国比较文学》2012 年第 3 期。

刘雅军，《"衰亡史鉴"与晚清社会变革》，《史学理论研究》2010 年第 4 期。

郑毓瑜，《诠释的界域——从〈诗大序〉再探"抒情传统"的建构》，《中国文哲研究集刊》（台北）第 23 期，2003 年 9 月。

钱钢、胡劲草，《留美幼童：中国最早的官派留学生》，上海：文汇出版社，2004。

谢天振，《译介学》，上海：上海外语教育出版社，1999。

颜健富，《广览地球，发现中国——从"文学视角"观察晚清小说的"世界想象"》，《中国文哲研究集刊》（台北）第 41 期，2012 年 9 月。

颜健富，《杂混、猎奇与翻转——论何迥〈狮子血〉"支那哥伦波"的形塑》，《清华中文学报》（新竹）第 10 期，2013 年 12 月。

颜健富，《从"身体"到"世界"：晚清小说的新概念地图》，台北：台湾大学出版中心，2014。

颜健富，《晚清文化界对于 David Livingstone 与非洲探勘记的接受与传播》，收入李奭学、胡晓真编，《图书、知识建构与文化传播》，台北：台湾图书馆汉学研究中心，2015。

颜健富，《拆除主干，拼凑片段：论〈斐洲游记〉对于施登莱 *Through the Dark Continent* 的重构》，《中国文哲研究集刊》（台北）第 53 期，2018 年 9 月。

谭帆，《中国古代小说文体文法术语考释》，上海：上海古籍出版社，2013。

罗志田，《天下与世界：清末人士关于人类社会认知的转变——侧重梁启超的观念》，《近代读书人的思想世界与治学取向》，北京：北京大学出版社，2009。

关诗珮，《现代性与记忆——五四对林纾文学翻译的追忆与遗忘》，收入陈平原编，《现代中国》第 11 辑，北京：北京大学出版社，2008。

〔日〕樽本照雄编，贺伟译，《新编增补清末民初小说目录》，济南：齐鲁书社，2002。

〔美〕李维·史特劳斯（Claude Lévi-Strauss）著，李幼蒸译，《野性的思维》，台北：联经出版事业公司，1990。

〔法〕达尼埃尔 - 亨利·巴柔（Daniel-Henri Pageaux）著，孟华译，《形象》，收入孟华主编，《比较文学形象学》，北京：北京大学出版社，2001。

〔法〕达尼埃尔 - 亨利·巴柔（Daniel-Henri Pageaux）著，孟华译，《从文化形象到集体想象物》，收入孟华主编，《比较文学形象学》，北京：北京大学出版社，2001。

〔德〕狄泽林克（Hugo Dyserink）著，方维规译，《比较文学形象学》，《中国比较文学》2007 年第 3 期。

〔英〕冯克（Frank Dikotter）著，杨立华译，《种族的灭绝》，《近代中国之种族观念》，南京：江苏人民出版社，1999。

〔法〕让·马克·莫哈（Jean-Marc Moura）著，孟华译，《试论文学形象学的研究史与方法论》，收入孟华主编，《比较文学形象学》，北京：北京大学出版社，2001。

〔英〕玛丽·道格拉斯（Mary Douglas）著，黄剑波、卢忱、柳博赟等译，《世俗的污染》，《洁净与危险》，北京：北京民族出版社，2008。

〔法〕迪马（Olivier Dumas）著，蔡锦秀、章晖译，《凡尔纳带着我们旅行——凡尔纳评传》，桂林：广西师范大学出版社，2003。

〔法〕罗·埃斯卡皮（Robert Escarpit）著，王美华、于沛译，《文学社会学》，合肥：安徽文艺出版社，1987。

〔德〕鲁道夫·G. 瓦格纳（Rudolf G. Wagner）著，吴亿伟译，《中国的"睡"与"醒"：不对等的概念化与应付手段之研究（China "Asleep" and "Awakening": A Study in Conceptualizing Asymmetry and Coping with It）》，《东亚观念史集刊》第 1 期，2011 年 12 月。

〔美〕米切尔（W. J. T . Mitchell）编，杨丽、万信琼译，《风景与权力》，南京：译林出版社，2014。

三、学位论文

朱煜洁，《外国史学在近代中国的传播——以晚清期刊为研究视角》，苏州：苏州大学中国史研究所硕士论文，2015。

胡闽苏，《晚清小说中的域外亡国叙事（1900—1911）》，苏州：苏州大学比较文学与世界文学所硕士论文，2015。

孙潇，《天主教在华第一份中文期刊〈益闻录〉研究》，西安：西北大学传播学系硕士论文，2011。

张汉波，《"小说林"与晚清小说杂志的转型》，上海：华东师范大学中国语言文学研究所博士论文，2013。

刘雪真，《依违于古今中外之间——林纾译／著言情小说研究》，台中：东海大学中国文学研究所博士论文，2012。

钱琬薇，《失落与缅怀：邹弢及其〈海上尘天影〉研究》，台北：政治大学中国文学研究所硕士论文，2007。

四、外文论著

〔日〕柳田泉，《明治初期翻译文学の研究》，东京：春秋社，1961。

〔英〕ジュールス・ベルネ著，〔日〕井上勤译，《亚非利加内地三十五日间空中旅行》，东京：绘入自由出版社，1883。

〔法〕Verne, Jules. *Cinq semaines en ballon.* Paris: Hetzel, 1863.

"Death of Dr. Livingstone," *New York Times*, 1867.3.22.

"Dr. David Livingstone," *sacramento Daily Union*, 1870.2.12.

"LIVINGSTONE: Herald Special from Central Africa Finding the

Great Explorer," *The New York Herald*, 1872.7.2.

"Sir Henry M. Stanley," *The North-China Daily News*, 1904.5.12.

"Sir Henry's Funeral," *The North-China Daily News*, 1904.6.21.

"The Economist gives the following rough summary of the partition of Africa," *The North-China Daily News*, 1890.10.17.

"The Fate of Dr. Livingstone," *Timaru Herald*, 1867.3.25.

"The Report of the Murder of Dr. Livingstone," *New York Times*, 1867.4.6.

Aberger, Peter. "The Portrayal of Blacks in Jules Verne's Voyages extraordinaires," *The French Review*, Vol. 53, No. 2, 1979.12.

Abramova, S. U. "Ideological, doctrinal, philosophical, religious and political aspects of the African slave trade," *The African Slave Trade from the Fifteenth to the the Nineteenth Century*. Paris: UNESCO, 1979.

Blaikie, William Garden. *The Personal Life of David Livingstone: Chiefly from His Unpublished Journals and Correspondence in the Possession of His Family*. New York: Harper, 1881.

Brantlinger, Patrick. "Victorians and Africans: The Genealogy of the Myth of the Dark Continent," *Critical Inquiry*, Vol. 12, No. 1, Autumn, 1985.

Eaton, Jeanette. *David Livingstone: Foe of Darkness*. New York: W. Morrow, 1947.

Ercolino, Stefano. "Length," *The Maximalist Novel: From Thomas Pynchon's Gravity's Rainbow to Roberto Bolaño's 2666*. New York: Bloomsbury Academic, 2015.

Evans, Arthur B. *Jules Verne Rediscovered: Didacticism and the*

Scientific novel. New York: Greenwood Press, 1988.

Evans, Arthur B. "Jules Verne's English Translations," *Science Fiction Studies*, Vol. 32, No.1, 2005.3.

Gall, Franz Joseph. *Manual of phrenology: being an analytical summary of the system of Doctor Gall.* Philadelphia: Carey, Lea, and Blanchard, 1835.

Gentzler, Edwin. *Contemporary Translation Theories.* London & New York: Routledge, 1993.

Haggard, Henry Rider. *Cetywayo and His White Neighbours.* London: Trubner& Co., Ludgate Hill, 1882.

Haggard, Henry Rider. *Allan Quatermain.* New York: Harper, 1887.

Hughes, Thomas. *David Livingstone.* London: Macmillan, 1891.

Haggard, Henry Rider. *Nada the Lily.* London: Longmans, Green, and Co., 1892.

Hermans, Theo, ed. *The Manipulation of Literature: Studies in Literary Translation.* London and Sydney: Croom Helm, 1985.

Haggard, Henry Rider. *The Days of My Life.* Moscow: Original, 2018.

Haggard, Henry Rider. *Black Heart and White Heart.* Glasgow: Good Press, 2019.

Jarosz, Lucy. "Constructing the Dark Continent: Metaphor as Geographic Representation of Africa," *Geografiska Annaler: Series B, Human Geography*, Vol. 74, No. 2, 1992.

Jeal, Tim. *Livingstone.* Harmondsworth: Penguin Books, 1985.

Jeal, Tim. *Explorers of the Nile: The Triumph and Tragedy of a Great Victorian Adventure.* London: Faber and Faber, 2011.

John B. Thompson. *The Media and Modernity: A Social Theory of the*

Media. Cambridge: Polity, 1995.

Joseph Conrad. *Heart of Darkness.* Ontario: Broadview Press, 1999.

Leavis, F. R. *The Great Tradition.* New York: New York University Press, 1963.

Lefevere, Andre. *Translating Literature: Practice and Theory in a Comparative Literature Context.* London: Routledge, 1992.

Lefevere, Andre. *Translation, Rewriting and Manipulation of Literary Fame.* London and New York: Routledge, 1992.

Lefevere, Andre. *Translation, Rewriting and the Manipulation of Literary Fame.* Shanghai: Shanghai Foreign Language Education Press, 2004.

Livingstone, David. *Missionary Travels and Researches in South Africa: Including a Sketch of Sixteen Years' Residence in the Interior of Africa, and a Journey from The Cape of Good Hope to Loanda on the West Coast; Thence Across the Continent, Down the River Zambesi, to the Eastern Ocean.* New York: Harper, 1858.

Lucknow, William. *Five Weeks in a Ballon.* New York: Appleton & Co., 1869.

Mackenzie, Rob. *David Livingstone: The Truth Behind the Legend.* Eastbourne: Kingsway Publications, 1993.

Monsman, Gerald Cornelius. *Henry Rider Haggard on the imperial frontier: the political and literary contexts of his African romances.* Greensboro, NC: ELT Press, 2006.

Moretti, Franco. *Modern Epic: The World-System from Goethe to García Márquez.* New York & London: Verso, 1996.

Morrison, Toni. *Playing in the Dark: Whiteness and the Literary Imagination*. Cambridge: Harvard UP, 1992.

Morton, Samuel George. "On the Varieties of the Human Species," *Crania Americana, or, A comparative view of the skulls of various aboriginal nations of North and South America: to which is prefixed an essay on the varieties of the human species*. Philadelphia: J. Dobson, 1839.

Nott, Josiah C., Gliddon, George R. *Types of mankind : or, Ethnological researches based upon the ancient monuments, paintings, sculptures, and crania of races, and upon their natural, geographical, philological and Biblical history*. Philadelphia: J.B. Lippincott, Grambo & Co., 1855.

Pakenham, Thomas. *The Scramble for Africa: White Man's Conquest of the Dark Continent from 1876 to 1912*. New York: Perennial, 1991.

Rhoads, Edward J. M. *Stepping Forth into the World: The Chinese Educational Mission to the United States, 1872-81*. Hong Kong: Hong Kong University Press, 2011.

Sambourne, Linley. "In the Rubber Coils," *Punch*, Vol. 131, 1906.11.28.

Sherard, R. H. "Jules Verne at Home," *McClure's Magazine*, Vol. 2, No. 2, 1894.1.

Stanley, Henry M. *How I found Livingstone: Travels, Adventures and Discoveries in Central Africa: Including an Account of Four Months' Residence with Dr.Livingstone*. London: Sampson Low, Marston, Low, and Searle, 1872.

Stanley, Henry M. *Through the Dark Continent*. London: George Newnes, 1899.

Stott, Rebecca. "The Dark Continent: Africa as Female Body in Haggard's Adventure Fiction," *Feminist Review*, Vol. 32, No. 1, 1989.

Tenniel, John. "On The Swoop!" *Punch*, Vol. 98, 1890.4.26.

Toury, Gideon. *Descriptive Translation Studies and Beyond*. Amsterdam & Philadelphia: John Benjamins, 1995.

Valdeón, Roberto A. "The construction of national images through news translation: Self-framing in El País English Edition," L.van Doorslaer, P. Flynn,& J. Leerssen eds., *Interconnecting Translation Studies and Imagology*, Amsterdam: John Benjamins, 2015.

Venuti, Lawrence. " The Formation of Cultural Identities," *The Scandal of Translation: Towards an Ethics of Difference*. London & New York: Routledge, 1998.

Verne, Jules. *Five Weeks in a Balloon: A Voyage of Exploration and Discovery in Central Africa*. London: Chapman and Hall, 1870.

Waley, Arthur. "Notes on Translation," *Secret History of the Mongols*. London: George Allen & Unwin Ltd., 1963.

Walton, Henry. *Livingstone: Fifty Years After*. London: Hutchinson & Co., 1925.

Wilson, Arthur. *The Living Rock: The Story of Metals since Earliest Times and Their Impact on Civilization*. Cambridge: Woodhead Publishing Limited, 1994.

五、网页资料

"西敏寺"官方网站，http://www.westminster-abbey.org/our-history/people/davidlivingstone（检索日期：2020 年 10 月 13 日）。

"Letter to: Parents & Sisters"（《给父母与姐姐的信》），1841.9.29, https://www.livingstoneonline.org/in-his-own-words/catalogue?query=liv_000491&view_pid=liv%3A000491（检索日期：2020 年 10 月 13 日）。

"Letter to: Robert M. Livingstone"（《给罗伯立温斯敦的信》），1852.5.18, https://www.livingstoneonline.org/in-his-own-words/catalogue?query=liv_000756&view_pid=liv%3A000756（检索日期：2020 年 10 月 13 日）。

皇家地理学会官方网站，https://www.rgs.org/about/the-society/history-and-future/（检索日期：2020 年 12 月 20 日）。